KB152997

소설,
나는
이렇게
썼
다

소설창작실기론②
소설, 나는 이렇게 썼다

1999년 10월 25일 초판 1쇄 발행

지은이 · 이호철, 하근찬, 구인환 외
엮은이 · 이병렬
펴낸이 · 이정옥
펴낸곳 · **평민사**
주　소 · 서울특별시 서대문구 남가좌2동 370-40 (우: 120-122)
전　화 · (02) 375-8571, 375-3815(영업), 375-8572(편집)
팩시밀리 · (02) 375-8573
등록번호 · 제10-328호

값 10,000원

소 설 창 작 실 기 론 2

소설, 나는 이렇게 썼다

이호철, 하근찬, 구인환 외 지음

이 병 렬 엮음

평민사

　이 책은 대학 국어국문학과, 국어교육학과 그리고 문예창작학과의 소설
창작실기 교재로 기획된 '소설창작실기론'의 두 번째 것이다.

　현재 전국 대학의 국문과와 국교과 그리고 문창과의 전공 과목 중에는
소설창작실기, 소설창작연습, 창작방법론, 소설창작입문, 창작실기론, 소
설창작론 등 이름은 달리하고 있지만, 소설 창작과 관련한 여러 강좌가 개
설되어 있다. 이 강좌는 학생들로 하여금 실제 소설을 써보게 함으로써 소
설 창작의 과정을 이해하고 이를 그들의 실제 소설 창작에 응용하게 함은
물론 나아가 소설을 이해하는 데에 도움을 주고자 하는 데에 목적이 있다.

　그런데 학생들로 하여금 무턱대고 소설을 쓰라고 할 수만은 없는 일이
다. 여기에 필요한 것이 소설창작 이론서이다. 그러나 그 이론서의 이해만
으로 학생들이 소설을 척척 써낼 수 있다면 모든 사람이 손쉽게 소설가가
될 수 있을 것이다. 문제는 그렇지 않다는 데에 있다.

　모든 예술 분야가 다 그렇겠지만, 소설 창작이란, 논리와 체계를 갖춘 이
론만으로 완성되는 것은 아니다. 소설 창작은 '1 + 1 = 2'라는 수학공식
과는 다르다. 그러기에 논리적이고 체계적으로 한 작가의 창작 방법 혹은
그 과정을 설명한다는 것은 거의 불가능한 일이다. 한 편의 소설이 만들어
지는 과정 속에는 논리와 체계를 뛰어넘는 작가의 상상력이 작용하고 있기
때문이다. 따라서 학생들로 하여금 소설을 쓰게 만드는 가장 좋은 길은 직
접 소설을 써보면서 그 과정을 스스로 깨닫게 하는 일일 것이다. 이 책은
바로 그러한 의도로 기획된 두 번째 것이다.

　마침 1998년 가을에 있었던 한국현대소설학회의 학술발표대회(주제 :
소설창작론의 이론과 실제)에서 학생들에게 전범이 될 수 있는, 작품을 중
심으로 한 소설창작실기 교재의 필요성이 제기되었고, 이에 작가이자 대학

에서 소설 창작 강좌를 담당하고 있는 몇몇 교수들이 머리를 맞대고 고민한 결과, 지난 여름 『소설, 이렇게 쓰라』라는 책을 출간하였다. 그 책을 편집하는 과정에서 엮은이의 머리에 떠오른 것은 기왕이면 다른 작가들의 생각도 학생들에게 들려 줄 필요가 있다는 생각이었다.

'그 소설을 어떻게 썼느냐'야말로 작가들에게 독자들이 던지는 가장 흔한 질문일 것이다. 그러나 의외로 작가의 입장에서 그 창작과정을 자세히 언급하는 것은 곤혹스러운 일이다. 차라리 소설 한 편을 더 쓰는 것이 쉬운 일일 것이다. 더구나 이미 발표한 작품에 대해 작가가 나서서 이러쿵 저러쿵 떠드는 것도 그렇게 좋은 모양새는 아니다. 일단 활자화되어 발표된 작품은 작가의 것이라기보다는 독자들의 것이기 때문이다. 즉, 작가의 의도가 무엇이건 그 작품을 통해 느끼는 것은 오로지 독자들의 몫이다. 그러기에 책의 기획 의도와 함께 후학들을 위한 교육적 사명까지 들먹이며 작가들을 설득하는 데에 엮은이로서는 참으로 품을 많이 들여야 했다. 그런 노력의 결과로 원로 작가에서부터 중견 그리고 90년대에 등장한 신인에 이르기까지 고른 참여를 보여 책의 내용이 한층 알차게 되었다.

첫 번째 책 『소설, 이렇게 쓰라』와 마찬가지로, 이 책에는 일체의 소설 창작 이론과 관련한 내용은 없다. 따라서 이 책은 소설창작의 이론서가 아니다. 단지 한 편의 소설 전편을 소개하고, 그 작품의 실제 작가가, 어디에서 영감을 얻어 어떠한 과정을 거치며 그 작품을 쓰게 되었는가만을 밝히고 있을 뿐이다. 책의 이름 그대로 '나는 이렇게 썼다'만 있다. 따라서 논리적이거나 체계적이지 못하다. 게다가 기획에 참여한 작가들의 창작과정 해설의 형식도 동일한 것이 아니다.

비록 논리적이거나 체계적이지도 못하고, 더구나 설명의 방법도 제각기 다르지만, 학생들은 한 편 한 편의 소설을 읽은 후, 작가의 입장이 되어, 하찮은 소재가, 혹은 영감이 어떠한 과정을 거쳐 한 편의 소설로 만들어졌는가를 이해할 수 있을 것이다. 그렇게 한 편 한 편 읽어 나가면서 그 작품의 창작과정 혹은 작가의 상상력을 어느 정도 이해한다면 실제 자신의 소설 창작에도 상당한 도움을 얻을 것이리라 여겨진다.

기획 의도가 무엇이건, 이 책이 반드시 대학생만을 위한 것은 아니다. 소설을 쓰고자 하는 일반인들은 물론, 소설을 공부하는 모든 사람들에게 한 편의 소설이 만들어지기까지의 과정을 보여 줌으로써, 소설 쓰기는 물론 소설 혹은 그 작품을 이해하는 데에 일정한 도움을 줄 수 있을 것이다.

모쪼록, 엮은이의 강압적(?)인 요구와 기획 의도에 동의하고 참여해 준 모든 작가들 그리고 어려운 출판 여건에도 불구하고 늘 웃음으로 맞아 주시는 평민사 이정옥 사장께 감사를 표하며, 이 책이 소설을 쓰고자 하는, 혹은 이해하고자 하는 모든 사람들에게 유용한 자료가 되었으면 하는 바램이다.

마지막으로, 작품의 배열은 문단 등단 순으로 하였음을 밝혀 둔다.

1999년 10월
작가들을 대신하여
엮은이 이병렬 씀

이호철

원산 출생. 1950년 12월 월남하여, 1955년 7월 『문학예술』에 단편 「탈향」이 당선되며 등단.
소설집으로 『탈향』, 『나상』, 『무너지는 소리』, 『닳아지는 살들』 등이,
장편소설로 『소시민』, 『서울은 만원이다』, 『남녘 사람 북녘 사람』 등이 있다.
현대문학상, 동인문학상, 대한민국문학상, 대산문학상 등을 수상했으며
자유실천문인협의회 대표를 역임하고 현재 경원대학교 초빙교수로 있다.

탈향(脫鄉)

하룻밤 신세를 진 화차칸은 이튿날 곧잘 어디론가 없어지곤 했다. 더러는 하루 저녁에도 몇 번씩 이 화차 저 화차 자리를 옮겨 잡아야 했다. 자리를 잡고 누우면 그런대로 흐뭇했다. 나이 어린 나와 하원이가 가운데, 두찬이와 광석이가 양 가장자리에 눕곤 했다.

이상한 기척이 나서 밤중에 눈을 떠보면, 우리가 누운 화차칸은 또 화통에 매달려 달리곤 하였다.

"야야, 깨 깨, 빨릿…."

자다가 말고 뛰어내려야 했다. 광석이는 번번이 실수를 했다. 화차 가는 쪽으로가 아니라 반대쪽으로 뛰곤 했다. 내리고 보면 초량 제4부두 앞이기도 했고 부산진역 앞이기도 했다. 이 화차 저 화차 기웃거리며 또 다른 빈 화차를 찾아들어야 했다.

"야하, 이 노릇이라구야 이거 견디겐."

"…."

"에이 망할 놈의."

광석이는 누구에라 없이 짜증을 부리곤 했다.

그러나 이튿날 아침이 되면 어김없이 넷은 가지런히 제3부두를 찾아 나갔다. 가지런히 밥장수 아주머니 앞에 앉아 조반을 사먹었다.

"더 먹어라."

"응."

"더 먹어."

"너 더 먹어."

꽁치 토막일망정 좋은 반찬은 서로 양보들을 했다.

어두운 화차칸 속에서 막걸리 사발이나 받아다 마시면, 넷이 법석대곤 했다.

우리들 중 가장 어린 하원이는 늘 무언가 풀어헤치듯,

"야하, 부산은 눈두 안 온다, 잉. 어잉 야야, 벌써 자니 이 새끼, 벌써 자니. 진짜, 잉. 광석이 아저씨네 움물 말이다. 눈 오문 말이다. 뒤에 상나무 있잖니? 햐얀 양산처럼 되는, 잉. 한번은 이른 새벽이 됐는데 장자골집 형수, 물을 막 첫 바가지 푸는데 푸뜩 눈뭉치가 떨어졌다, 그 형수 뒷머리를 덮었다. 내가 막 웃으니까, 그 형수두 눈떨 생각은 않구, 하하하 웃는단 말이다. 원래가 그 형수 잘 웃잖니?"

광석이는 히죽히죽 웃으면서,

"토백이 반원 새끼덜, 우릴 사촌끼리냐구 묻더구나. 그렇다니까, 그러냐아구, 어쩌구. 그 꼬락서니라구야. 이 새끼 벌써 취핸?"

조금 사이를 두어,

"야하, 언제나 고향 가지?"

두찬이는 혀 꼬부라진 소리로,

"이제 금방 가게 되잖으리."

"이것두 다아 좋은 경험이다."

"암, 그렇구 말구."

"우리, 동네 갈 땐 꼭 같이 가야 된다, 알겐."

"아무럼, 여부 있니. 우리 넷이 여기서 떨어지다니, 그럴 수가. 벼락을 맞을 소리지. 허허허, 기분좋다. 우리 더 마실까. 한 사발씩만 더, 딱 한 사발씩."

광석이는 쨍한 소리로 노래를 불렀고, 두찬이는 화차 벽을 두드리며 둔하게 장단을 맞추었다. 하원이는 자질구레한 심부름을 했다. 술

을 한 병 더 받아 온다, 담배를 사온다. 나는 곯아떨어져 잠이 들어
버리곤 했다.

어느 날 저녁 광석이는 작업반 반장을 끌고 왔다. 두찬이는 화차
칸에 벌렁 누운 채 아는 체도 안 했다. 하원이는 귀빈이라도 온 듯
이 퍽으나 대견스러워했다. 광석이는 술 몇 사발 값이나 내놨다. 하
원이는 곧 술을 받으러 갔다. 겸해서 초 한 자루도 사왔다. 그제서야
두찬이는 마지못해 일어나 앉았다.

"이러구 어째 사노?"

반장이 지껄였다.

"이것두 다아 경험임넨다."

광석이는 공손히 대답했다. 그러자 두찬이는 벌컥 성난 소리로,

"참례 마소."

"그러니 어떻게 해야잖나? 밤낮 이러구 있을라나."

"참례 말라는데, 참례할 거 머 있어? 남의 일에."

"…."

반장은 조금 뒤에 곧 자리를 떴다. 광석이는 배웅까지 하고 돌아
왔다.

"두찬이 넌 그리 고집을 부리니?"

"머이 고집이야."

"에이 참 딱해서."

"…."

"타향에 나와선 첫째, 사교성이 좋고 주변머리가 있어야 하는 긴
데."

광석이는 혼자소리처럼 꿍얼댔다.

두찬이와 광석이는 스물네 살이었다. 그러나 두찬이 편이 네댓 살
은 더 들어 보였다. 훤칠하게 큰 키에 알맞게 뚱뚱한 것이며, 검은
얼굴에 뒤룩뒤룩한 눈, 두꺼운 입술, 술사발이나 들어가면 둔하게 왁

자지껄하지만 여느 때는 통히 말이라고는 없었다. 광석이는 키는 큰 편이나 조금 여위었고 까무잡잡한 바탕에 오똑 선 콧대, 작은 눈, 엷은 입술에 쉴 새 없이 날름거리는 혓바닥하며, 홀가분한 걸음걸이 진득한 데라고는 두 눈을 씻고 보자 해도 찾아볼 수 없었다. 하원이는 나보다 한 살 밑이어서 열여덟 살이었다. 어디서나 입을 헤에 벌리고 있곤 했다.

중공군이 밀려온다는 바람에 무턱대고 배 위에 올라타긴 했으나, 도시 막막하던 것이어서 바다 위에서 우리 넷이 만났을 땐 사실 미칠 것처럼 반가웠다.

야하, 너두 탔구나, 너두, 너두.

배칸에서 하루 저녁을 지나, 이튿날 아침에는 부산 거리에 부리어졌다. 넷이 다 타향 땅은 처음이라, 마주 건너다보며 그저 어리둥절했다. 마을 안에 있을 땐 이십촌 안팎으로나마 서로 아접조카 집안끼리였다는 것이 이 부산 하늘 밑에선 새삼스러웠던 것이다.

"야하, 이제 우리 넷이 떨어지는 날은 죽는 날이다, 죽는 날이야."

광석이는 몇 번이고 되풀이하여 지껄이곤 했다.

이럭저럭 한 달쯤 무사히 지났다. 그러나 고향으로 돌아갈 날은 갈수록 아득했다. 이 한 달 사이에 두찬이는 두찬이대로, 광석이는 광석이대로 남 모르게 제각기 배포가 서게 된 것은(배포랄 것까지는 없지만) 그들을 탓할 수만 없는 일이었다. 쉽사리 고향으로 못 돌아갈 바에는 늘 이러고만 있을 수는 없다, 달리 변통을 취해야겠다, 두찬이와 광석이는 나머지 셋 때문에 괜히 얽매여 있는 것처럼 스스로를 생각하게 된 것이었다. 자연 우리 사이는 차츰 데면데면해지고, 흘끔흘끔 서로의 눈치를 살피게끔 됐다.

광석이는 애당초가 주착이 없다 할까 주변이 있다 할까 엄벙덤벙 토박이 반원들과 얼려 막걸리 사발이나 얻어 마시곤 했고, 주변 좋게 보탬을 해서 북쪽 얘기를 해쌓고, 이렇게 며칠이 지났을 땐 어느

덧 반원들은, 나나 두찬이나 하원이와는 달리, 광석이만은 오래 전부터 사귀어 온 친구처럼 손을 맞잡고는,

"나왔나!"

"오냐, 느 형님 여전하시다."

"버르장머리 몬 쓰겠다. 누구보꼬 형님이라카노."

"자네 언제부터 말버르장머리하곤, 허 요새 세상이 이래 노니."

농담조로 수인사가 오락가락했으니, 나나 두찬이나 하원이는 광석이의 이런 꼴을 멀끔히 남 바라보듯 바라다봐야 했다. 광석이는 차츰 반원들과 얼려 왁자지껄하는 데 재미를 느끼는 것 같았고, 날이 갈수록 자신만만해졌다.

그 꼴사나움은 이루 말할 수 없어 더더구나 주변 없고 무뚝뚝하고 외양보다 실속만 자란 두찬이는 저대로 뒤틀리는 심사를 지닌 채 다른 궁리를 차리는 모양이었다. 사실 이즈음부터 두찬이는 얌생이를 해도 다만 밥 두 끼 값이나 골고루 나누어 주는 법이 없이, 일판만 나오면 혼자 부두 앞 틈사이 샛길을 허청허청 돌아다녔다. 이런 두찬이는 으레 술이 듬뿍 취해 화차칸으로 돌아오곤 하였다.

하원이는 자주 울먹거렸다.

"야하, 부산은 눈두 안 온다, 잉."

하고 애스럽게 지껄이곤 했다.

되잖은 청으로 타령 같은 것을 부르는 두찬이의 취한 목소리가 바람결에 가까워오면 화차칸은 무엇인가 덮어씌운 듯 조용해졌다.

"문 열어라."

드르르 문을 열면, 싸느다란 부두 불빛이 푸르무레하게 화차칸에 찼다. 두찬이는 문간에 막아서서, 비트적거리며 한참을 허허허 웃어 댔다. 하원이는 한쪽 구석에서 또 울먹울먹거렸다. 화차칸으로 기어 올라온 두찬이는 헉헉 숨차 하면서 광석이부터 찾았다.

"야, 광석아, 이 새끼야, 이 새끼 어디 갔니?"

누운 채 광석이는 귀찮은 듯이 쨍한 목소리로,

"왜애, 왜 기래, 왜?"

"나, 술 마셨다. 나 오늘 얌생이했다. 사아지 두 벌, 근사하더라, 나 혼자 가지구 나 혼자 마셨다. 왜, 못마땅허니? 못마땅할 것 없어, 잉, 이 새끼야."

광석이는 발끈 일어나며,

"취했음 잘 거지, 누구까 지랄이야. 어디 가서 혼자만 처마시군."

"말 자알 헌다. 그래 난 혼자만 마셨다. 넌 부산내기덜과 왁자고 오멘서 마시구. 난 내 돈 내구 먹지만, 넌 술 사주는 사람두 많두나. 원래 사람이 잘났으니까, 인심이 좋아서. 난 못났구. 그렇지만 무서울 건 쬐외꼼두 요만침두 없어. 두구 보렴, 두구 봐, 보잔 말야."

하원이가 일어나 앉아 소리내어 쿨쩍거리기 시작했다.

광석이는 갑자기 부러 악을 쓰듯 목대를 짜서,

"남쪽 나라 십자성은 어머님 얼굴…."

두찬이도 광석이에 지지 않고 온 화차칸이 떠나갈 듯,

"아, 신라의 밤이여, 아, 신라의 밤이여, 타아향살이 십 년에… 씹할, 어떻게 되나 보자꾸나, 될 대루 돼라, 이 새끼야, 이 새끼야, 이 쥐길 새끼야."

발길로 화차 벽을 텅텅 내찼다.

하원이는 어느새 엉엉 소리내어 울었다.

초저녁에는 화차 지붕에 성깃성깃 빗방울이 들었다. 밤이 깊었는데도 두찬이는 아직 돌아오지 않는다. 화차칸에 누운 채 광석이는 또 하원이를 향해 수다스레 지껄였다.

길을 다녀도 점잖게 다녀라, 뭘 그리 음식점 안을 끼웃끼웃하는 거냐, 고구마를 사먹으면 고구마만 먹을 거지 손가락까지 빨아먹는 건 무슨 식이냐, 일판에선 좀 똑똑히 놀지 밤낮 토박이 반원들에게

놀림감만 되는 거냐, 외투 호주머니에 두 손은 노상 찌르고, 털모자
도 뭘 그리 꽉 눌러쓰고, 주둥아리에다가는 잔뜩 노끈까지 졸라매느
냐, 부산서 그렇게 추워서야 이북에선 어떻게 견뎠느냐, 너 혼자라면
모르지만 괜히 너 때문에 우리 셋까지 망신하지 않느냐, 그러잖아두
반원들은 우리 넷을 사촌끼리처럼이나 여기는 판이 아니냐.

하원이는 통 말대답이라고는 없고 어느새 나는 잠이 들었다.

"…야야 깨 깨 화차가… 빨릿."

화차 문을 드르르 열었을 땐, 낮은 바라크 지붕 너머로 환히 널려
져 있는 부두 불빛이 모로 움직였다. 벌써 제4부두 앞이었다. 차 가
는 쪽으로 훌쩍 내리뛰었다. 차가운 축축한 자갈돌이 손에 닿았다.
엉거주춤하게 일어났을 땐 저만큼 앞에 누가 뛰어내리고 있다. 정신
을 차리고 몸을 바로잡았을 때는, 어기정어기정 앞사람이 일어나고
그보다 더 앞에 누가 또 뛰어내렸다. 어느새 차는 삐그덕거리며 커
브를 돌고 있었다. 그러자 분명히 저만큼 훌쩍 뛰어내리는 소리가
또 났다. 무엇엔가 휙 부딪치는 소리 같았다. 오싹 잔등에 찬 기운이
지나가자,

"아야야야 아야야 아아아 내 팔이야 내 팔이야아 아이구우 아야."

광석이 소리다. 앞으로 끌려가는 소리다— 쉭 쉭 치끄덕 치끄덕—

시뻘건 불빛이 까만 하늘에 기관차 머리끝을 선명히 내솟구었다가
다시 어둠 속으로 묻혀 버렸다.

"아야야 아아아아."

칠흑의 어둠 속에서 누가 내 허리를 움켜잡았다. 두찬이었다. 어
두무레한 저쪽에서 펑덩한 외투가 너펄거리며, 비트적비트적 하원이
가 달려왔다. 곁에 와서는 여전히 포켓 속에 두 손을 찌른 채 멍청
히 서 있다.

나는 후닥닥 그쪽으로 내닫기 시작했다.

"야!"

흠칫 돌아섰을 땐, 두찬이는 외투 포켓에 두 손을 찌른 채 외면을 하며,

"어디 가?"

"……"

"어디 가냐 말야, 가문 뭐하니?"

"머이 어째!"

"내버려두구 우린 우리대루 가. 거기 가문 뭐한? 어떻게두 할 수 없잖니?"

다시 힐끗 내 편을 건너다보며,

"맘대루 해, 올람 오구 말람 말구."

두찬이는 그냥 반대쪽으로 저벅저벅 걸어가는 것이 아닌가. 나는 한참을 그 자리에 그냥 서 있었다. 와그적와그적 자갈돌을 밟고 가는 두찬이 발자국 소리를 한발짝 한발짝 와작와작 썹듯이 들었다.

하원이는 흑흑 목을 놓고 흐느꼈다. 내 곁으로 와서 내 팔소매를 비틀어 움켜잡으며 광석이 쪽으로 끌었다.

"아이구야아 아이구야아."

화차는 이미 멀리 부산진 쪽으로 사라졌고, 광석이의 가라앉은 비명뿐이었다.

어느새 밤하늘은 활짝 개어 있었다. 바람이 일기 시작했다.

화차 바깥은 모진 바람이었다. 하원이는 한구석에서 또 쿨쩍거렸다.

애당초 나는 두찬이처럼 심술이 세다거나, 광석이처럼 주변이 좋다거나, 하원이처럼 겁이 많다거나 그 어느 편도 아니었다. 나는 이젠 우리 넷 사이가 어떻게 돼도 좋았다. 아직 나대로의 뚜렷한 배포가 서 있는 것은 아니었지만.

그저 때로 하원이의 애원하는 듯한 애스런 표정을 대할 때마다 섬

뜩하게 뒷잔등이 차갑곤 하였다. 그러나 나는 번번이 외면을 하곤 했다. 나로서도 모를 일이었다. 하원이에 대하여 자꾸 미안함을, 막연히 책임감 같은 것을 느끼게 됐고, 그럴수록 우락부락 웬 신경질이 끓어올랐다.

광석이나 두찬이도 이 점 비슷한 것 같았으나, 나에게만은 그다지 큰 부담을 갖는 것 같지는 않았다. 그러나 우리 사이도 처음 화차살이가 시작될 때보다 꽤나 어석버석해진 것만은 틀림없었다. 이미 두 달이 지났으니까 그럴 만도 했다.

사실 나는 광석이 곁으로 갔을 때, 자조도 느꼈다. 또 어떤 자랑스러움도 느꼈다. 다만 이렇게 광석이 곁으로 온 바엔 광석이가 죽고 안 죽고는 내가 알 바 아니다. 광석이가 죽을 때까지 광석이를 지키고 있었다는 것을, 이 다음에 고향에 가더라도(갈 수만 있다면) 조금도 부끄러움을 느끼지 않고 떳떳할 수 있으리라.

하원이는 또 외투 포켓에 두 손을 찌른 채 쿨쩍쿨쩍 울었다. 나는 왼팔 중동이 무 잘라지듯 동강이 난 광석이를 등에 업었다. 하원이는 울음을 꿀꺽꿀꺽 삼키면서 광석이 엉덩이를 받들고 뒤따라섰다.

그렇게 이 화차로 일단 들어왔다.

한참 만에 광석이는 조금 정신이 드는 모양으로 어처구니없을 정도로 차악 가라앉은 침착한 목소리로 물었다.

"여기 어디야? 두찬인 어디 갔니?"

나는 서슴지 않고 받았다.

"병원에 갔어."

"병원에? 아이구 어떡하니. 팔 하나 갖구 먹구살등 거. 두찬이 빨리 안 오니?"

광석이는 벌떡 일어날 듯이 몸을 움직거리면서 다시 가쁘게 헉헉거리었다.

"우리 진짜 꼭 같이 가자, 고향 갈 땐. 두찬인 날 오해했는갑드라,

오해. 두찬이에게 할 말이 있는데, 어잉야, 너인 날 어드케 생각핸. 내가 머 어쨌단 말야. 야하, 너들 날 벌어먹이간? 진짜 벌어먹이간?"

이튿날 아침 광석이는 이미 죽어 있었다.

작업모가 삐뚤어져 있고, 왼쪽 볼이 화차칸 바닥에 찰싹 붙어 있었다. 입술이 쌔하얬다. 그렇잖아도 여윈 얼굴이 더 해쓱해졌다. 눈기슭엔 눈물이 아직 채 마르지 않고 있었다. 피가 여기저기 말라붙었다. 하원이는 손수건을 꺼내 조심히 턱을 문질러줬다. 둘이서 그냥 일판으로 나갔다.

두찬이는 쭈그리고 앉아 조반을 사먹고 있었다. 조반을 먹고 나서 두 손으로 입술을 썩썩 문지르고, 담배 한 대를 피워 물었다. 두 눈을 잔뜩 으그러뜨리고 한쪽 볼을 치켜올리고 악착스럽게 뻐끔뻐끔 빨았다. 깊숙하게 디룩디룩한 눈알이 먼 곳을 바라보듯 가끔 하늘 한복판에 가 있었다.

일판으로 들어서자, 늙수그레한 토박이 반원 하나가 불쑥 두찬이에게 물었다.

"와 하나 없노. 그 잘 떠든 사람 하나 없네. 어디 갔나?"

"좋은 데 갔소다."

"좋은 데? 취직했나?"

"…"

"어디? 미군 부대나?"

"…"

"잘됐구먼. 넌 안 가나?"

"…"

두찬이는 문득 고개를 돌렸다. 내 눈과 마주치자 휘딱 외면을 하고는 바다 쪽 등대를 멀거니 건너다보았다. 묻던 사람은 대통을 뻑뻑 빨며 또,

"어딘고, 적기(赤岐) 병기창 앙이가?"

"…."

두찬이는 역시 대답이 없었다. 묻던 사람은 두찬이를 올려다보다가 대통을 시멘트 바닥에 탁탁 털고 일어섰다.

저녁 일을 마치고 부두 앞을 나왔을 땐, 두찬이는 또 온데간데없었다. 하원이가 곁에 오더니 내 허벅다리를 쿡 찔렀다. 흠칫 놀라 돌아다보았을 땐 거기 저녁놀이 싸느랗게 비낀 좁은 틈바구니 샛길로 두찬이의 뒷모습이 허청허청 걸어가고 있었다. 나와 하원이는 마주 바라보았다. 하원이는 또 울먹거렸다. 나는 외면을 했다.

화차 문을 열었으나 들어가기가 싫었다. 하원이가 먼저 들어갔다.

"잠들은가부다 야."

어두무레한 화차 속, 외투 포켓에 두 손을 찌른 하원의 몸집이 휭하게 커 보였다. 하원이는 아직 광석이가 죽은 것을 모르고 있는 것이다.

"…."

나도 비로소 눈물이 두 볼을 스쳐 흘렀다. 당황해서 눈물을 닦으려 하자 하원이는 멀뚱이 나를 건너다보았다. 그제야 하원이도 울음이 터졌다. 나보다 더.

"너 왜 우니. 너 안… 안 울문 나두 안 울지… <u>흐흐흐</u>…."

하원이는 울면서 이렇게 지껄였다.

"<u>흐흐흐</u>… 울… 울지 말자… 잉… 잉…."

하원이는 또 이렇게 겨우겨우 울음을 참아 넘기려고 애썼다. 나는 화차칸 바닥에 주저앉았다. 서러웠다. 죽은 광석이보다 이런 꼴을 당하고 있는 나 자신이, 또 저런 하원이 꼴이.

밤에는 보오얀 겨울 안개가 끼었다. 인근 판잣집에서 겨우겨우 삽과 괭이를 빌었다. 거적대기에 광석이를 둘둘 말았다. 하원이는 엉엉 울었다.

밤이 깊어, 우리는 광석이를 맞들고 떠났다. 화차가 듬성하게 서 있는 틈을 빠져 나가는 나와 하원이는 이런 말을 주고받았다.

"날씨 꽤 뜨뜻하다야, 잉."

"그래."

"15번 하치(일터) 냉장배 나갔재?"

"어제 나갔잖니. 그 이찌고(딸기) 맛 참 좋더라, 잉."

"그래, 참말."

한참 만에 또 하원이는,

"놀멘 가자야."

"힘드니?"

"아아니."

"근데 왜."

"야하, 이렇게 땀이 난다."

돌아오는 길에 불쑥 하원이는 또 말했다.

"두찬이 형 맘좋은 줄 알았더니 나쁘더라, 그런 법이 어딨니?"

하원이는 어둠 속에서 다시 흘끔 건너다보고는 컬럭컬럭 헛기침을 했다.

이튿날, 이젠 제법 길어진 해가 뉘엿뉘엿 질 무렵이다.

두찬이는 불현듯이 우리 화차칸으로 돌아왔다.

"……."

"……."

나는 반가웠다. 없는 것보다는 한 사람이라도 더 있는 게 아무래도 마음이 든든했다. 그러나 하원이는 내 허벅다리를 쿡쿡 찔렀다. 처음에는 웬 영문인지 몰랐다. 좀 만에야 두찬이를 떼어 놓고, 둘만이 어디 다른 데로 가자는 눈치인 것을 알았다. 나는 모르는 체했다. 하원이는 그냥그냥 내 허벅다리를 쿡쿡 찔렀다. 밤이 깊어도 두찬이는 누울 줄 몰랐다. 화차 벽에 기대어 앉아 연방 담배만 거푸 피웠다. 담뱃불을 들이빨 때마다 두찬이 얼굴이 별나게 큼직하게 드러났다. 뒤룩뒤룩한 눈알이 조심스럽게 움직였다. 이따금 긴 한숨을 내뿜곤 했다. 왈칵 가래를 돋우어 드르르 화차 문을 열고는 내뱉기도 했다. 잠이 올 리 없었다. 숨쉬기조차 어쩐지 힘이 들었다.

얼마만큼 지나서 두찬이는 불쑥 거칠게,

"야, 자니?"

"…."

나는 잠이 든 체했다. 구석에서 하원이는 울음을 삼키느라고 흑흑거렸다.

화차 벽에 부딪쳐 오는 바닷바람만이 얘릉거렸다.

다시 세 사람의 생활이 시작됐다. 광석이가 있을 땐 그래도 더러 웃을 때가 있었으나 요샌 피차에 통히 웃을 일이라고는 없었다. 나는 가끔 혼자서 노래 같은 것을 불렀다.

"흘러가는 구름 저편…."

화차칸이 찌렁하게 울렸다. 그것으로 나는 조금 기분이 풀렸다. 그러나 두찬이는 싫은가 보았다. 상을 찌그러뜨리고 나를 건너다보곤 했다. 그러면 나는 노래를 뚝 그쳤다. 일 나갈 때가 되면 두찬이는 누운 채 화차 천장을 올려다보고 담배를 피웠다. 그러고는 나와 하원이를 깨웠다.

"일어나라, 일어나라구."

셋이 가지런히 일판으로 나갔다. 하원이는 노상 울먹거렸다. 내 허벅다리를 쿡쿡 찔렀다. 둘만이 어서 다른 데로 가자는 것이다. 그러나 나는 번번이 모르는 체했다.

일판에선 여전히 우리를 사촌끼리처럼이나 여겼다.

"사촌끼링교? 비슷하네."

처음 우리 넷이 부두 앞에 나타났을 때 가지런히 훑어보며 지껄였

듯 지금도 저희들끼리 키들거리며 지껄이곤 했다. 그러고는 북쪽 얘기를 하라고 자꾸 졸랐다. 두찬이는 해사하게 웃으면서 머리를 모로 젓기만 했다. 얘기할 줄 모른다는 뜻이리라. 풀이 죽은 낯색이었다. 일이 끝나면 셋이 가지런히 돌아왔다. 어두운 화차칸. 내가 가운데 눕고 두찬이와 하원이가 양가장자리에 누웠다. 하원이더러 가운데 누우라니까 두찬이 모르게 아얏 소리를 지를 만큼 내 허벅다리를 꼬집어뜯었다.

어느새 봄이었다. 아침 저녁으로 초량 뒷산 마루에는 제법 아른아른한 기운이 어리었다.

며칠이 지난 어느 저녁이다. 밤이 어지간히 늦었는데도 두찬이는 돌아오지 않았다. 하원이는 기쁜 듯이 지껄였다. 여느 때의 하원이같지 않게 활발스럽기까지 했다.

"두찬이 형 아주 간가부다, 잉잉."

"…."

"야하!"

"…."

"넌 왜 늘 아무 말도 안 헌?"

"…."

"벌써 여긴 봄이다 야. 이북은 아직도 굉장히 추울 끼다."

"…."

"…?"

되잖은 청으로 타령 같은 것을 부르는 두찬이의 취한 목소리가 또 가까워 왔다. 하원이는 흠칫 놀라 또 내 허벅다리를 조심스럽게 찔렀다.

"문 열어라."

드르르 문을 열었을 땐, 싸느다란 부두 불빛이 푸르무레하게 또 화차칸에 찼다. 막걸리 병이 들려 있었다. 문간에 막아서서 비트적 거리며 한참을 허허허 웃어댔다.

"술 마셔, 술. 탁배기다 조오치! 안주? 여깄어, 있구말구, 안주 없이야 술이 있나, 암 있구 말구, 허허, 이 새끼덜, 개구리들처럼 오그리구 누웠구나."

나는 서슴지 않고 술병을 받아 들었다. 나팔을 불었다. 괜히 다급하게 서둘렀다.

"하… 하원아… 넌, 넌 안 마시지?"

"난 마실 줄 몰라요."

"마실 줄 모르다니, 아직 술두 못 마셔? 자, 빨리."

내 손에서 술병을 빼앗아 하원이 쪽으로 갔다.

"난 마실 줄 모른단데 힝힝."

하원이는 또 울먹거렸다.

"놔요, 놔, 놓으란데. 내 손 쥐문 안 돼, 내 손 쥐문 안 돼."

나는 당황해서 큰소리로,

"하원아, 마셔, 마시라는데, 어서."

"흐흐… 응. 마실게, 흐흐흐…."

한참 동안 조용했다. 별안간 두찬이 엉엉 울기 시작했다. 두찬이 우는 김에 하원이의 쿨쩍거림이 뚝 그쳤다.

"야."

두찬이 벌떡 일어나 앉았다. 화차문은 열어제친 채였다. 어수선한 바람이 몰아들었다. 두찬이는 머리칼을 앞으로 흩뜨린 채 내 곁으로 다가왔다. 구석에서 하원이가 다시 소리내어 흑흑 흐느꼈다.

"야, 너 오늘 죽여 버린다. 어잉 이 새끼야, 넌 왜 그때 혼자만 간. 왜 날 붙들지 않안. 부르지도 않안. 그리고 이제 와선 괄세야, 이 새끼야. 그땐 암말두 안 허군 이제 와서. 넌 잘햇것 같니, 잘햇 것 같애? 하늘이 내려다본다, 이 뻔뻔한 새끼야."

다시 하원이 울음소리가 뚝 그쳤다. 두찬이는 내 무릎을 움켜잡았다. 그러나 다시 그냥 벌렁 뒤로 나자빠졌다.

"어잉, 이 쥐길 새끼, 개새끼, 취했 줄 아니? 취할 탁이 있니? 이 개새끼야, 요렇게 정신이 말똥말똥하다, 말똥말똥해. 왜 넌 암 말두 안 헌. 뛰디래 잡든지 칼침을 주든지 하잖구. 어허허허, 내, 이제 무신 낯짝으로 동네 가간, 어허허허… 광석아아… 광석아, 하아."

두찬이는 벌렁 자빠져서 화차 안이 쩌렁쩌렁하도록 그냥 어이어이 울어댔다.

이튿날 아침 두찬이는 보이지 않았다. 부두 일판에 나가도 없었다.

사흘쯤 지난 뒤, 어두운 화차칸 속에서 하원이는 지껄였다.

"야하, 우리 이젠 꼽대가리(밤낮을 거푸 일하는 것) 자꾸 해서 돈 좀 쥐자. 그러구 저기 영주동 산꼭대기에다 집 하나 짓자. 거기 집 제두 일 없닝 기더라야. 잉야 조카야, 흐흐흐 우습다. 진짜 우스워. 난 너두 두찬이 형처럼 그렇게 될까 봐 얼마나 떨언 줄 안. 광석이 아저씨두 맘은 좋은 폭은 못 됬시야, 잉. 우린 동네 갈 젠 꼭 같이 가자. 돈 벌어서, 돈 벌문 말야, 시계부터 사자, 어부러서. 그까즌 거, 꼽대가리 대구 하지 머. 광석이 아저씨까 두찬이 형은 못 봤다구 글자 마, 알 거이 머야, 너까 나만 암말두 안 헌 담에야. 그저 대구 못 봤다구만 글자 마. 낼부터 나 진짜 꼽대라기 할란다. 잉, 조카야, 우습다. 잉? 이케(이렇게) 잠이 안 온다야. 우리 오늘밤, 그냥 밤 새자. 술 마시까, 술?"

나는 그저 나도 모르게 이런 말을 지껄이고 있었다.

"바람도 없이 내리는 눈송이여, 아, 눈송이여."

무엇인가 못 견디게 그리운 것처럼 애탔다. 그러나 누가 알랴! 지금 내 마음밑 속에서 일어나는 돌개바람 같은 것을… 아, 어머니! 이미 내 마음은 하원이를 버리고 있는 것이다. 순간 나는 입술을 악물었다. 와락 하원이를 끌어안았다. 눈물이 두 볼에 흘러내렸다. 하원이는 흐흐흐 웃었다. 지껄였다.

"이 새끼 술도 안 먹구 취햄. 참 부산은 눈두 안 온다 잉, 눈두. 이북 말이다. 눈 오문 말이다. 눈 오문 말이다. 광석이 아저씨네 움물 말이다. 야하 굉장헌데. 새벽엔 까치가 울구, 그 상나무 있잖니. 장자골집 형수 잘 웃잖니. 하하하 하구. 그 형수 꽤나 부지런했다. 가마이 보문, 언제나 젤 먼저 물 푸러 오군 하는 게 그 형수더라, 잉. 야하 눈 보구 싶다, 눈이."

(『문학예술』, 1955. 7.)

체험, 거짓말, 문장쓰기 그리고 예술가적 자세

이 호 철

어느 작가를 막론하고 픽션으로서의 소설 속 무대와 그 작가가 직접 겪은 현실과의 상관관계는 예외없이 어슷비슷하지 않을까 싶다. 르포르타주나 논픽션이 아닌 한, 소설 속의 현실은 어디까지나 픽션으로서의 현실이지, 실제 현실은 아닌 것이다.

단편 「탈향」의 무대는 부산의 제3부두이다. 그 점, 실제로 필자가 겪은 경험과 정확히 맞먹는 것이다. 그리고 등장인물은 네 사람, 화자인 나를 비롯하여 광석이, 두찬이 그리고 나보다 한 살 아래인 하원이, 이들도 실제의 모델이 있다. 바로 고향 마을에서 같이 피난 나온 사람들이다. 물론 정확히 들어맞는 것은 아니다. 소설 속에서는 광석이가 죽지만, 그 실제 모델은 고희의 나이로 지금 경기도 평택에 살고 있고, 거꾸로 소설 속에서 광석이를 어린 나와 하원이에게 남겨 둔 채 밤중에 저 혼자만 내뺐던 두찬이는 50년대 말엽 서울에서 품팔이를 하다 거의 굶어죽다시피 죽었다.

고향 마을에서 50년 12월 별안간 월남해 온 이 네 사람이 부산의 3부두에서 부두 노동을 하면서 벌어지는 이야기가 바로 작품 「탈향」의 주 내용이다. 그러나 실제로 작가인 필자의 체험과 맞먹는 내용은 이런 정도의 테두리를 넘어서지 못한다. 즉 그 소설 속에서 벌어지는 사건 전말의 대부분은 픽션에 속한다는 것이다.

우선 이 작품의 등장인물 네 사람은, 북의 고향 마을에서 같은 시기에 월남하여 부산의 3부두에서 함께 부두 노동을 한 일은 있지만, 화차살이를 한 일은 없었다. 단지, 그 당시 방을 못 얻은 피난민들 일부가 더러 화차살이를 하는 것을 본 일은 있다. 화차에서 피난민 한 식구가 잠자다가 한밤중에 기관차가 느닷없이 매달고 서면까지 끌고 가 무척 당황했었다든가, 어쨌다든가, 그런 이야기를 전해 들은 일은 있었다. 그것을 그대로 이 작품의 등장인물들이 겪은 일마냥 써먹은 것이다.

따라서 이 작품의 알맹이를 이루는 부분은 완전히 픽션이다. 애당초 화차살이를 한 일이 없었던 만큼 이 네 사람이 그런 비슷한 일조차 겪었을 리가 없는 것이다. 광석이가 잠결에 화차에서 뛰어내리다가 앗차 실수로 팔이 끊어졌다는 둥, 그때 두찬이 혼자서 비겁하게 내뺐다는 둥 하는 식의, 이 작품의 그야말로 중심 축을 이루는 부분들이 몽땅 허구일밖에 없었던 것이다. 그러니까 그 뒤로 벌어지는 모든 사건들도 자연히 꾸며진 이야기가 될 수밖에 없다.

특히 광석의 시체를 맞들고 화차가 듬성하게 서 있는 틈을 빠져 나가면서 나와 하원이가 주고받는 대화들도 당연히 몽땅 꾸며낸 이야기 즉, 거짓말이다. 그런데 40여 년 전, 이 작품을 처음 읽어 주었던 황순원 선생께서 유독 그 대목을 집어내어 매우 생동감이 있다고 칭찬을 해주시어 필자는 놀라지 않을 수 없었다. 막말로 나로서는 생판 거짓말 투성이로 만들어 낸 대목을 유독 집어내서 칭찬을 해주시었기 때문이었다.

요컨대 소설의 본령은 역시 픽션에 있다. 현실의 실제 국면과 기계적으로 연결시키는 속에서는 제대로 생긴 소설이 태어날 수가 없다. 막말로, 대담무쌍하게 '거짓말'을 하는 것이다. 물론 이 경우의 '거짓말'이라는 것은 무작정 한 '거짓말'이 아니라, 그 작가의 내부에서 일정 기간 발효를 거쳐 숙성될 대로 숙성한 뒤, 완전히 그 작가의 영혼 끝머리까지 이르러 혈육화되어 뽑혀 올라온 것이어서, 그것은 이미 그 작가에게는 결코 단순한 '거짓말'일 수가 없고, 시정(市井) 속에서 어쩌다가 겪는 그 어떤 사실보다도 훨씬 더 진짜배기를 담게 되는 것이다.

처음에 「탈향」을 쓰면서는 제목을 '어둠 속에서'라고 했고, 원고지 45매 정도의 분량이었다. 사건의 내용인즉, 함께 화차살이 하다가 어느 날 밤에 끌려가는 기관차에서 잘못 내려 광석이 팔이 떨어져 나갔다. 그런데 같은 동갑내기인 두찬이는 그냥 혼자서만 내빼 버려, 그래서 나하고 하원이하고 화차에 올려놓고 부두에 일 나갔다가 오후에 들어와 보니까 죽어 있더라. 그래서 저녁에 둘이서 삽이며 곡괭이를 구해 가지고 들것에다가 시체를 싣고 나가서 묻었다. 그러고 나서 어느 날 두찬이가 돌아와 운다. 하원이도 눈치가 있으니까, 나까지 도망가지 않도록 항상 불안하게 애걸조로, '고생하다가 고향 갈 때는 같이 가자,' 이렇게 나오지만, 나는 속으로, 너하고는 못살아, 이 바닥에서 나는 나대로 살아야겠어, 말하자면 이런 소설이다.

애당초 첫 문장은 '그 무렵 나와 두찬이와 광석이와 하원이는 부두 노동을 하고 있었다'로 시작하였다. 소설의 핵심 내용을 함축하고 있는 것이어서, 독자들은 '그래, 너희 넷이서 부두 노동을 하고 있었어? 그래서? 이제부터 어쨌다는 이야기야?' 이렇게 읽기 시작할 터이니 한 40장 쓸 때에는 산뜻하니 기분이 좋았다. 황순원 선생께서도 이제 됐다, 추천해 주마, 원고지 쓰는 법도 가르쳐 주시고, 그랬던 것이다.

그러나 뒤에 필자의 실력을 과시하고 싶어 철학도 좀 넣고, 어려운 인생론도 좀 지껄이고 싶고 그래서 의욕을 가지고 한 250매 정도로 고쳤다. 그러나 첫 문장은 역시 마찬가지였다. 이것을 다시 60장 정도로 줄여 놓았지만 역시 똑같았다. 어딘가 마음에 걸리는 부분이 있었다. 이쯤부터 필자 자신이 지겨워졌는데, 이를 읽어 보신 김동리 선생께서 서술체가 좀 걸린다고 예리하게 지적을 하셨고, 황순원 선생과 김동리 선생께서 내 소설을 읽어 보셨다는 데에서 벌써 나는 고양된 기분이었고, 버스를 타고 돌아오는 길에 문득 첫 문장이 떠올랐다. '하룻밤 신세를 진 화차칸은 이튿날에는 곧잘 어디론가 없어지곤 했다'라는 문장이었다.

이것이 바로 첫 문장이 지닌 구성상의 특색이다. 소설이라는 것이 문장으로 모아진 유기체인데, 처음 썼던 문장은 그 자체로는 완전하지만, 뒤에 가서 다시 쓴 문장에 비하면 너무 빤하다.

이 문장이 떠오를 때까지 세 번 고쳤다. 제목도 「암야(暗夜)」에서 다시 「탈향」으로 고쳤다. 한 2년 동안 이렇게도 써보고 저렇게도 써보고 했기 때문에, 필자는 이제 작중 인물들은 완전히 꿰고 있는 상태여서 첫 문장이 새롭게 떠오르자 흥분이 되기까지 했다.

저녁 식사 후, 잉크 병하고 펜하고 원고지를 들고 2층으로 올라가서 여덟 시부터 밤 두 시까지 내리 썼다. 묘사체로 바꾸면서. 종전에는 단락이 셋 정도로 나뉘어지면서 죽 이어져 갔는데, 새로 쓸 때는 금방금방 잘랐다. 단락이 늘어났다. 그렇게 문체가 달라지니까 대목대목 보태지기도 하고 생략되기도 했다. 이렇게 써서 황순원 선생께 보였더니 아, 훨씬 좋아졌다고 하셨다.

여기서 중요한 것은 바로 이것이다. 요즈음 신인들, 문학 예술하는 자세의 타락을 볼 수 있다. 사회가 그런 식으로 되었다지만 정말 혼신의 힘으로 대어드는 예술가적 자세가 많이 바래지고 희석되었다. 자기의 어떤 머리끝까지 가려는 자세가 없어졌다. 문제는 쓰는 사람의 자세, 어떻게 대어드느냐, 어디까지 대어드느냐, 이 점이다. 대강대강 휘적휘적 써서 넘기고, 이런 식이 되어서는 곤란하다.

우리가 흔히 비평가들이 소설 설명하는 것 보게 되면, 「탈향」의 주제가 뭐냐? 말하자면 고향을 벗어나온 사람이 부산에 떨어져, 아, 나는 나대로 여기서 살아야겠다, 이제 고향만 바라보고 있을 수는 없다는 그 어떤 느낌으로 나는 벌써 하원이를 버리고 있다. 물론, 그것도 아직 뚜렷하지는 않고, 또 그 사실이 혼자서 슬프다. 그런 것들이 하나의 정감으로 나오는 것이다. 그러면 작가는 처음부터, 나는 이런 것을 쓰자, '재래적인 농촌공동체에서 살다가 6·25라는 타의에 의해, 네 명이 부산이라는 타지에 떨어진다. 여기서 재래적으로 길들여진 그것으로는 도저히 살 수가 없으므로 이 새 상황 속에서는 새로운 삶을 받아들인다. 이 모습을 쓰자.' 이렇게 됐을까? 말하자면 이론을 등에 업고, 농촌공동체가 어쩌구, 분명한 주제를 정해 놓고 이것을 쓰자, 그랬을까?

소설은 그런 식으로 되지는 않는다. 도리어 그런 도식적 접근에서는 뭔가 뻐득거리고 공연히 심각해지고, 자연스럽게 나가지가 않는다. 처음부터 테마를 정하고 쓰는 것은 아니다. 일단은 내 체험, 내가 알고 있는 사람살이에서 출발하는 수밖에 없다.

소설은 역시 픽션이다. 픽션 쪽에 큰 의미가 있고, 두 번째로 강조하고 싶은 것은 소위 이론적인 접근, 유식한 문자 섞인 분석적·학문적 접근으로 소설이 나오는 것은 아니라는 점이다. 소설이란 자기 삶의 끝머리와 보통 사람들이 사는 삶하고 연결되는 대목에서 뽑아내 가지고, 그것을 김치 익듯이 익혀서 머리끝에서 발끝까지 한 유기체로서, 그래서 정서와 영혼으로 와닿아야 하는 것이다. 마치 엄마가 아기를 낳듯이, 그렇게 온몸으로 들어왔다가 나올 때 완전한 유기체로서의 작품이 나온다. 물론 머리가 좋아야 한다. 그러나 머리만 가지고 되는 것은 아니라는 사실을 명심해야 된다.

(엮은이 주 : 이 글은 『이호철의 소설창작강의』(정우사, 1997. 10)
97~117쪽의 내용을 발췌 정리한 것임을 밝혀 둔다.)

하근찬

경북 영천 출생. 1957년 한국일보 신춘문예에 「수난이대」가 당선되며 등단.
단편집으로 『수난이대』, 『흰종이 수염』, 『산울림』 등이,
장편소설로 『야호』, 『월례소전』, 『산에 들에』 외 다수가 있으며,
대한민국문학상, 조연현문학상, 요산문학상, 유주현문학상, 대한민국문화훈장 등을 수상했다.

수난이대(受難二代)

　진수가 돌아온다. 진수가 살아서 돌아온다. 아무개는 전사했다는
통지가 왔고, 아무개는 죽었는지 살았는지 통 소식이 없는데, 우리
진수는 살아서 오늘 돌아오는 것이다. 생각할수록 어깻바람이 날 일
이다. 그래 그런지 몰라도 박만도는 여느때 같으면 아무래도 한두
군데 앉아 쉬어야 넘어설 수 있는 용머리재를 단숨에 올라채고 말았
다. 가슴이 펄럭거리고 허벅지가 뻐근했다. 그러나 그는 고갯마루에
서도 쉴 생각을 하지 않았다. 들 건너 멀리 바라보이는 정거장에서
연기가 몰씬몰씬 피어오르며, 삐익—기적소리가 들려 왔기 때문이다.
아들이 타고 내려올 기차는 점심 때가 가까워야 도착한다는 것을 모
르는 바 아니다. 해가 이제 겨우 산등성이 위로 한 뼘 가량 떠올랐
으니, 오정이 되려면 아직 차례 멀은 것이다. 그러나 그는 공연히 마
음이 바빴다. 까짓것 잠시 앉아 쉬면 뭐할끼고. 손가락으로 한쪽 콧
구멍을 찍 누르면서 팽! 마른 코를 풀어 던졌다. 그리고 휘청휘청
고갯길을 내려갔다.
　내리막은 오르막에 비하면 아무것도 아니었다. 대구 팔을 흔들라
치면 절로 굴러 내려가는 것이다. 만도는 오른쪽 팔만을 앞뒤로 흔
들고 있었다. 왼쪽 팔은 조끼 주머니에 아무렇게나 쑤셔 넣고 있는
것이다. 삼대독자가 죽다니 말이 되나. 살아서 돌아와야 일이 옳고
말고. 그런데 병원에서 나온다 하니 어디를 좀 다치기는 다친 모양
이지만, 설마 나같이 이렇게사 되지 않았겠지. 만도는 왼쪽 조끼주머

니에 꽂힌 소맷자락을 내려다보았다. 그 소맷자락 속에는 아무것도 들은 것이 없었다. 그저 소맷자락만이 어깨 밑으로 덜렁 처져 있는 것이다. 그래서 노상 그쪽은 조끼 주머니 속에 꽂혀 있다. 볼기짝이나 장딴지 같은 데를 총알이 약간 스쳐 갔을 따름이겠지. 나처럼 팔뚝 하나가 몽땅 달아날 지경이었다면 그 엄살스런 놈이 견뎌 냈을 턱이 없고말고. 슬며시 걱정이 되기도 하는 듯 그는 속으로 이런 소리를 주워섬겼다.

내리막길은 빨랐다. 벌써 고갯마루가 저만큼 높이 쳐다보인다. 산모퉁이를 돌아서면 이제 들판이다. 내리막길을 쏘아 내려온 기운 그대로 만도는 들길을 잰 걸음 쳐 나가다가 개천둑에 이르러서야 걸음을 멈추었다. 외나무다리가 놓여 있는 조그마한 시냇물이었다. 한여름 장마철에는 들어설라치면 배꼽이 묻히는 수도 있었지마는, 요즈막엔 무릎이 잠길 듯 말 듯한 물이다. 가을이 깊어지면서부터 물은 밑바닥이 환히 들여다보일 만큼 맑아져 갔다. 소리도 없이 미끄러져 내려가는 물을 가만히 내려다보고 있으면 절로 이뿌리가 시려 온다.

만도는 물 기슭에 내려가서 쭈그리고 앉아 한 손으로 고의춤을 풀어 헤쳤다. 오줌을 찌익—갈기는 것이다. 거울면처럼 맑은 물 위에 오줌이 가서 부글부글 끓어오르며 뿌우연 거품을 이루자, 여기저기서 물고기떼가 모여든다. 제법 엄지 손가락만큼씩한 피라미도 여러 마리다. 한 바가지 잡아서 회 쳐놓고 한 잔 쭈욱 들이켰으면……군침이 목구멍에서 꿀꺽했다. 고기떼를 향해서 마른 코를 팽팽 풀어 던지고, 그는 외나무다리를 조심히 디뎠다.

길이가 얼마 되지 않는 다리였으나, 아래로 물을 내려다보면 제법 어찔했다. 그는 이 외나무다리를 퍽 조심한다. 언젠가 한 번 읍에서 술이 꽤 되어 가지고 흥청거리며 돌아오다가 물에 굴러 떨어진 일이 있었던 것이다. 지나치는 사람이 없었기에 망정이지, 누가 보았더라면 큰 웃음거리가 될 뻔했었다. 발목 하나를 약간 접쳤을 뿐 크게 다친 데는 없었다. 이른 가을철이었기 때문에 옷을 벗어 둑에 늘어 놓고 말릴 수는 있었으나, 여간 창피스러운 것이 아니었다. 옷이 말 짱 젖었다거나, 옷이 마를 때까지 발가벗고 기다려야 한다거나 해서 가 아니었다. 팔뚝 하나가 몽땅 잘라져 나간 흉측한 몸뚱어리를 하 늘 앞에 드러내 놓고 있어야 했기 때문이었다. 지나치는 사람이 있 을라치면 하는 수 없이 물 속으로 뛰어 들어가서 얼굴만 내놓고 앉 아 있었다. 물이 선뜻해서 아래턱이 덜덜거렸으나, 오그라 붙는 사타 구니께를 한 손으로 꽉 움켜쥐고 버티는 수밖에 없었다.

"흐흐흐……."

그때 일을 생각하면 지금도 곧 웃음이 터져 나온다. 하늘로 쳐들 린 콧구멍이 연신 벌름거렸다.

개천을 건너서 논두렁 길을 한참 부지런히 걸어가노라면 읍으로 들어가는 한길이 나선다. 도로변에 먼지를 부옇게 덮어 쓰고 도사리 고 앉아 있는 초가집은 주막이다. 만도가 읍에 나올 때마다 꼭 한 번씩 들르곤 하는 단골집인 것이다. 이 집 눈썹이 짙은 여편네와는 예사로 농을 주고받는 사이다.

술방 문턱을 넘어서며 만도가,

"서방님 들어가신다."

하면, 여편네는,

"아이 문둥아, 어서 오느라."

하는 것이 인사처럼 되어 있다. 만도는 여간 언짢은 일이 있어도 이 여편네의 궁둥이 곁에 가서 앉으면 속이 저절로 쑥 내려가는 것이다.

주막 앞을 지니치면서 만도는 술방 문을 열어 볼까 했으나, 방문 앞에 신이 여러 켤레 널려 있고, 방 안에서 웃음소리가 요란하기 때 문에 돌아 오는 길에 들르기로 했다. 신작로에 나서면 금시 읍이었 다. 만도는 읍 들머리에서 잠시 망설이다가 정거장 쪽과는 반대되는 방향으로 걸음을 옮겼다. 장거리를 찾아가는 것이었다. 진수가 돌아오는데 고등어나 한 손 사가지고 가야 될 거 아니가 싶어서였다. 장날은 아니었으나, 고깃전에는 없는 고기가 없었다. 이것을 살까 하면 저것이 좋아 보이고, 그것을 사러 가면 또 그 옆의 것이 먹음직해 보이고. 한참 이리저리 서성거리다가 결국은 고등어 한 손을 샀다. 그것을 달랑달랑 들고 정거장을 향해 가는데, 겨드랑 밑이 간질간질해 왔다. 그러나 한쪽밖에 없는 손에 고등어를 들었으니 참 딱했다. 어깻죽지를 연신 위아래로 움직거리는 수밖에 없었다.

정거장 대합실에 들어선 만도는 먼저 걸린 시계부터 바라보았다. 두 시 이십 분이었다. 벌써 두 시 이십 분이라니, 내가 잘못 보았나? 아무리 두 눈을 씻고 보아도 시계는 틀림없는 두 시 이십 분이다. 한쪽 걸상에 가서 궁둥이를 붙이면서 곧장 미심쩍어했다. 두 시 이십 분이라니, 그럼 벌써 점심 때가 지났단 말인가? 말도 아닌 것이다. 자세히 보니 시계는 유리가 깨어졌고, 먼지가 꺼멓게 앉아 있었다. 그러면 그렇지, 엉터리였다. 벌써 그렇게 되었을 리가 없는 것이다.

"여보이소, 지금 몇 싱교?"

맞은편에 앉은 양복쟁이한테 물어 보았다.

"열 시 사십 분이요."

"예, 그렁교."

만도는 고개를 굽신하고는 두 눈을 연신 껌벅거렸다. 열 시 사십 분이라, 보자, 그럼 아직도 한 시간이나 넘어 남았구나. 그는 안심이 되는 듯 후유 숨을 내쉬었다. 궐련을 한 개 빼물고 불을 댕겼다. 정거장 대합실에 와서 이렇게 도사리고 앉아 있노라면, 만도는 곧잘 생각나는 일이 한 가지 있었다. 그 일이 머리에 떠오르면 등골을 찬 기운이 좍 스쳐 내려가는 것이었다. 다섯 개의 손가락이 시퍼렇게 굳어진, 이끼 낀 나무토막 같은 팔뚝이 지금도 저만큼 눈앞에 보이는 듯했다.

바로 이 정거장 마당에 백 명 남짓한 사람들이 모여 웅성거리고 있었다. 그 중에는 만도도 섞여 있었다. 기차를 기다리고 있는 것이었으나, 그들은 모두 자기네들이 어디로 가는지 알지를 못했다. 그저 차를 타라면 탈 사람들이었다. 징용에 끌려 나가는 사람들이었다. 그러니까 지금으로부터 십이삼 년 옛날의 이야기인 것이다.

북해도 탄광으로 갈 것이라는 사람도 있었고, 틀림없이 남양군도로 간다는 사람도 있었다. 더러는 만주로 갔으면 좋겠다고 하기도 했다. 만도는 북해도가 아니면 남양군도일 것이고, 거기도 아니면 만주겠지. 설마 저희들이 하늘 밖으로사 끌고 가겠느냐고, 아무렇지도 않은 듯이 그 들창코로 담배 연기를 푹푹 내뿜고 있었다. 그러나 마음이 좀 덜 좋은 것은 마누라가 저쪽 변소 모퉁이 벚나무 밑에 우두커니 서서 한눈도 안 팔고 이쪽만을 바라보고 있는 때문이었다. 그래서 그는 주머니 속에 성냥을 두고도 옆 사람에게 불을 빌리자고 하며 슬머시 돌아서 버리곤 했다. 홈으로 나가면서 뒤를 돌아보니 마누라는 울 밖에 서서 수건으로 코를 눌러대고 있었다. 만도는 코허리가 찡했다. 기차가 꽥꽥 소리를 지르면서 덜커덩! 하고 움직이기 시작했을 때는 정말 기분이 덜 좋았다. 눈앞이 뿌옇게 흐려지는 것을 어쩌지 못했다. 그러나 정거장이 가맣게 멀어져 가고, 차창 밖으로 새로운 풍경이 획획 날아들자 그만 아무렇지도 않아지는 것이었다. 오히려 기분이 유쾌해지는 것 같기도 했다.

바다를 본 것도 처음이었고, 그처럼 큰 배에 몸을 실어 본 것은 더구나 처음이었다. 배 밑창에 엎드려서 꽥꽥 게워내는 사람들이 많았으나, 만도는 그저 골이 좀 띵했을 뿐 아무렇지도 않았다. 더러는 하루에 두 개씩 주는 주먹밥을 남기기도 했으나, 그는 한꺼번에 하루 것을 뚝딱해도 시원찮았다. 모두들 내릴 준비를 하라는 명령이 떨어진 것은 사흘째 되는 날 황혼 때였다. 제각기 봇짐을 챙기기에 바빴다. 만도도 호박덩이만한 보따리를 옆구리에 덜렁 찼다. 갑판 위에 올라가 보니 하늘은 활활 타오르고 있고, 바닷물은 불에 녹은 쇠처럼 벌겋게 출렁거리고 있었다. 지금 막 태양이 물 위로 뚝 떨어져 가는 중이었다. 햇덩어리가 어쩌면 그렇게 크고 붉은지 정말 처음이었다. 그리고 바다 위에 주황빛으로 번쩍거리는 커다란 산이 둥둥 떠 있는 것이었다. 무시무시하도록 황홀한 광경에 모두들 딱 벌어진 입을 다물 줄 몰랐다. 만도는 양 어깨를 버쩍 들어 올리면서 히야— 고함을 질렀다. 그러나 섬에서 그들을 기다리고 있는 것은 숨막히는 더위와 강제 노동과, 그리고 잠자리만큼씩이나 한 모기떼……그런 것뿐이었다.

섬에다가 비행장을 닦는 것이었다. 모기에게 물려 혹이 된 자리를 벅벅 긁으며, 비 오듯 쏟아지는 땀을 무릅쓰고 아침부터 해가 떨어질 때까지 산을 허물어 내고, 흙을 나르고 하기란 고향에서 농사일에 뼈가 굳어진 몸에도 이만저만한 고역이 아니었다. 물도 입에 맞지 않았고, 음식도 이내 변하곤 해서, 도저히 견디어 낼 것 같지가 않았다. 게다가 병까지 돌았다. 일을 하다가도, 벌떡 자빠지기가 예사였다. 그러나 만도는 아침 저녁으로 약간씩 설사를 했을 뿐 넘어지지는 않았다. 물도 차츰 입에 맞아 갔고, 고된 일도 날이 감에 따라 몸에 배어드는 것이었다. 밤에 날개를 치며 몰려드는 모기떼만 아니면 그냥저냥 배겨내겠는데, 정말 그놈의 모기들만은 질색이었다.

사람의 힘이란 무서운 것이었다. 그처럼 험난하던 산과 산 틈바구니에 비행장을 다듬어 내고야 말았던 것이다. 그러나 일은 그것으로 끝나는 것이 아니고, 오히려 더 벅찬 일이 닥치는 것이었다. 연합군의 비행기가 날아들면서부터 일은 밤중까지 계속되었다. 산허리에 굴을 파 들어가는 작업이었다. 비행기를 집어 넣을 굴이었고, 그리고 모든 시설을 다 굴 속으로 옮겨야 하는 것이있다.

여기저기서 다이너마이트 튀는 소리가 산을 흔들어댔다. 앵앵앵—

하고 공습경보가 나면 일을 하던 손을 놓고 모두 굴 바닥에 납작납작 엎드려 있어야 했다. 비행기가 돌아갈 때까지 그러고 있는 것이었다. 어떤 때는 근 한 시간 가까이나 엎드려 있어야 하는 때도 있었는데, 차라리 그것이 얼마나 편한지 몰랐다. 그래서 더러는 공습이 있기를 은근히 기다리기도 했다. 때로는 공습경보의 사이렌을 듣지 못하고 그냥 일을 계속하는 수도 있었다. 그럴 때는 모두 큰 손해를 보았다고 야단들이었다. 어떻게 된 셈인지 사이렌이 미처 울리기도 전에 비행기가 산등성이를 넘어 달려드는 수도 있었다. 그럴 때는 정말 질겁을 하는 것이었다. 가장 많은 손해를 입는 것도 그런 경우였다. 만도가 한쪽 팔을 잃어버린 것도 바로 그런 때의 일이었다.

여느 날과 다름 없이 굴 속에서 바위를 허물어 내고 있었다. 바위 틈서리에 구멍을 뚫어서 다이너마이트 장치를 하는 판이었다. 장치가 다 되면 모두 바깥으로 나가고, 한 사람만 남아서 불을 댕기는 것이다. 그리고 그것이 터지기 전에 얼른 밖으로 뛰어 나와야 한다. 만도가 불을 댕길 차례였다. 모두들 바깥으로 나가 버린 다음 그는 성냥을 꺼냈다. 그런데 웬 영문인지 기분이 꺼림칙했다. 모기에게 물린 자리가 자꾸 쑥쑥 쑤시는 것이었다. 긁적긁적 긁어댔으나 도무지 시원한 맛이 없었다. 그는 이맛살을 찌푸리면서 성냥을 득! 그었다. 그래 그런지 몰라도 불은 이내 픽 하고 꺼져 버렸다. 성냥 알맹이 네 개째에사 겨우 심지에 불이 댕겨졌다. 심지에 불이 붙는 것을 보자, 그는 얼른 몸을 굴 밖으로 날렸다. 바깥으로 막 나서려는 때였다. 산이 무너지는 듯한 소리와 함께 사나운 바람이 귓전을 후려갈기는 것이었다. 만도는 정신이 아찔했다. 공습이었던 것이다. 산등성이를 넘어 달려온 비행기가 머리 위로 아슬아슬하게 지나가는 것이었다. 미처 정신을 차리기도 전에 또 한 대가 뒤따라 날아드는 것이 아닌가. 만도는 그만 넋을 잃고 굴 안으로 도로 달려 들어갔다. 달려 들어가서 길바닥에 아무렇게나 팍 엎드리고 말았다. 그 순간이었다.

쾅! 굴 안이 미어지는 듯하면서 다이너마이트가 터졌다. 만도의 두 눈에서 불이 번쩍했다.

만도가 어렴풋이 눈을 떠보니, 바로 거기 눈앞에 누구의 것인지 모를 팔뚝이 하나 아무렇게나 떨어져 있었다. 손가락이 시퍼렇게 굳어져서 마치 이끼 낀 나무토막처럼 보이는 팔뚝이었다. 만도는 그것이 자기의 어깨에 붙어 있던 것인 줄을 알자, 그만 으악! 정신을 잃어버렸다.

재차 눈을 떴을 때는 그는 푹신한 담요 위에 누워 있었고, 한쪽 어깻죽지가 못 견디게 쿡쿡 쑤셔댔다. 절단(絶斷)수술은 이미 끝난 뒤였다.

쾌액— 기차 소리였다. 멀리 산모퉁이를 돌아오는가 보다. 만도는 자리를 털고 벌떡 일어서며 옆에 놓아 둔 고등어를 집어 들었다. 기적소리가 가까워질수록 가슴이 울렁거렸다. 대합실 밖으로 뛰어나가 홈이 잘 보이는 울타리 쪽으로 가서 발돋움을 했다. 땡땡땡……종이 울리고, 잠시 후 차는 소리를 지르면서 달려들었다. 기관차의 옆구리에서는 김이 픽픽 풍겨 나왔다. 만도의 얼굴은 바짝 긴장이 되었다. 시커먼 열차 속에서 꾸역꾸역 사람들이 쏟아져 나왔다. 꽤 많은 손님이 내리는 것이었다. 만도의 두 눈은 곧장 이러저리 굴렀다. 그러나 아들의 모습은 쉽사리 눈에 띄지 않았다. 저쪽 출찰구로 밀려가는 사람의 물결 속에 두 개의 지팡이를 짚고 절룩거리면서 걸어 나가는 상이군인이 있었으나, 만도는 그 사람에게 주의가 가지는 않았다. 기차에서 내릴 사람은 모두 내렸는가 보다. 이제 미처 차에 오르지 못한 사람들이 홈을 이리저리 서성거리고 있을 뿐인 것이다. 그놈이 거짓으로 편지를 띄웠을 리는 없을 터인데, 만도는 자꾸 가슴이 떨렸다. 이상한 일이다, 하고 있을 때였다. 분명히 뒤에서,

"아부지!"

부르는 소리가 들렸다. 만도는 깜짝 놀라며 얼른 뒤를 돌아보았다. 그 순간 만도의 두 눈은 무섭도록 크게 떠지고, 입은 딱 벌어졌다. 틀림없는 아들이었으나, 옛날과 같은 진수는 아니었다. 양쪽 겨드랑이에 지팡이를 끼고 서 있는데, 스쳐 가는 바람결에 한쪽 바지가랑이가 펄럭거리는 것이 아닌가. 만도는 눈앞이 노오래지는 것을 어찌지 못했다. 한참 동안 그저 멍멍하기만 하다가, 코허리가 찡해지면서 두 눈에 뜨거운 것이 핑 도는 것이었다.

"애라이 이놈아!"

만도의 입술에서 모지게 튀어 나온 첫마디였다. 떨리는 목소리였다. 고등어를 든 손이 불끈 주먹을 쥐고 있었다.

"이기 무슨 꼴이고, 이기!"

"아부지!"

"이놈아, 이놈아 ―."

만도의 들창코가 크게 벌름거리다가 훌쩍 물코를 들이마셨다. 진수의 두 눈에서는 어느 결에 눈물이 지르르 흘러내리고 있었다. 만도는 모든 게 진수의 잘못이기나 한 듯 험한 얼굴로,

"가자, 어서!"

무뚝뚝한 한 마디를 던지고는 성큼성큼 앞장을 섰다. 진수는 입술에 내려와 묻는 짭짤한 것을 혀끝으로 날름 핥아 버리고 절름절름 아버지의 뒤를 따랐다. 앞장서 가는 만도는 뒤따라오는 진수를 한번도 돌아보지 않았다. 한눈을 파는 법도 없었다. 무겁디무거운 짐을 진 사람처럼 땅바닥만 내려다보며, 이따금 끙끙거리면서 부지런히 걸어만 갔다. 지팡이에 몸을 의지하고 걷는 진수가 성한 사람의, 게다가 부지런히 걷는 걸음을 당해낼 수는 도저히 없었다. 한 걸음 두 걸음씩 뒤지기 시작한 것이 그만 작은 소리로 불러서는 들리지 않을 만큼 떨어져 버리고 말았다. 진수는 목구멍으로 왈칵 넘어오려는 뜨거운 기운을 참느라고 어금니를 야물게 깨물어 보기도 했다. 그리고

두 개의 지팡이와 한 개의 다리를 열심히 움직여댔다.

앞서가던 만도는 주막집 앞에 이르자 비로소 한 번 뒤를 돌아보았다. 진수는 오다가 나무 밑에 서서 오줌을 누고 있었다. 지팡이는 땅바닥에 던져 놓고, 한쪽 손으로는 볼일을 보고, 한쪽 손으로는 나무 둥치를 안고 있는 꼬락서니가 을씨년스럽기 이를 데 없다. 만도는 눈살을 찌푸리며, 으음—신음소리 비슷한 무거운 소리를 토했다. 그리고 술방 앞으로 가서 방문을 왈칵 잡아당겼다.

기역자 판 안쪽에 도사리고 앉아서 속옷을 뒤집어 이를 잡고 있던 여편네가 킥! 웃으며 후다닥 옷섶을 여민다. 그러나 만도는 웃지를 않았다. 방 문턱을 넘어서면서도 서방님 들어가신다는 소리를 지르지도 않았다. 이처럼 뚝뚝한 얼굴을 하고 이 술방에 들어서기란 아마 처음 일일 것이다. 여편네가 멋도 모르고,

"오늘은 서방님 아닌가베."

하고 킬룩 웃었으나, 만도는 으음—또 무거운 신음 소리를 토하고는 기역자 판 앞에 가서 쭈그리고 앉기가 바쁘게,

"빨리, 빨리."

"핫다나, 어지간이도 바쁜가베."

"빨리 곱배기로 한 사발 달라니까구마."

"오늘은 와 이카노?"

여편네가 건네주는 술사발을 받아 들며 만도는 후유—한숨을 크게 내쉬었다. 그리고 입을 얼른 사발로 가져갔다. 꿀꿀꿀 잘도 넘어간다. 그 큰 사발을 단숨에 비워 버리고는 도로 여편네 앞으로 불쑥 내민다. 그렇게 거들빼기로 석 잔을 해치우고서야 으으윽 게트림을 했다. 여편네가 눈을 휘둥그래 가지고 혀를 내둘렀다. 빈 속에 술을 그처럼 때려마시고 보니 금세 눈두덩이 확확 달아오르고, 귀뿌리가 발갛게 익어 갔다. 술기가 얼근하게 돌자 이제 좀 속이 풀리는 듯 방문을 열고 바깥을 내다보았다. 진수는 이마에 땀을 척척 흘리면서

절름절름 저만큼 오고 있었다.

"진수야!"

버럭 소리를 질렀다.

"좀 쉬었다 가자."

"……."

진수는 아무런 대꾸도 없이 어기적어기적 다가왔다. 다가와서 방문턱에 걸터앉으니까, 여편네가 보고,

"방으로 좀 들어오이소."

한다.

"여기 좋심더."

그는 수세미 같은 손수건으로 이마와 코 언저리를 아무렇게나 훔친다.

"마, 아무 데서나 묵어라. 저, 국수 한 그릇 말아 주소."

"야."

"곱배기로 잘 좀. 참기름도 치소, 잉?"

"야아."

여편네는 코로 히죽 웃으면서 만도의 옆구리를 살짝 꼬집고는, 소쿠리에서 삶은 국수 두 뭉텅이를 집어 든다.

진수가 국수를 훌훌 끌어 넣고 있을 때, 여편네는 만도의 귓전으로 얼굴을 살짝 갖다 댄다.

"아들이가?"

만도는 고개를 약간 앞뒤로 끄덕거렸을 뿐 좋은 기색을 하지 않았다. 진수가 국물을 훌쩍 들이마시고 나자 만도는,

"한 그릇 더 묵을래?"

한다.

"아니예."

"한 그릇 더 묵지 와?"

"그만 묵을랍니더."

진수는 입을 썩 닦으며 부스스 자리에서 일어났다.

주막을 나선 그들 부자는 논두렁 길로 접어들었다. 아까와 같이 만도가 앞장을 서는 것이 아니라, 이번에는 진수를 앞세웠다. 지팡이를 짚고 기우뚱기우뚱 앞서가는 아들의 뒷모습을 바라보며, 팔뚝이 하나밖에 없는 아버지가 느릿느릿 따라가는 것이다. 손에 매달린 고등어가 자꾸 달랑달랑 춤을 춘다.

너무 급하게 들이부어서 그런지 만도의 뱃속에서는 우글우글 술이 끓고, 다리가 휘청거린다. 콧구멍으로 더운 숨을 훅훅 내뿜어 본다. 정신이 아른하다. 좋다.

"진수야!"

"예?"

"니 우짜다가 그래 됐노?"

"전쟁하다가 이래 안댔심니꺼. 수류탄 쪼가리에 맞았심더."

"수류탄 쪼가리에?"

"예."

"음──."

"얼른 낫지 않고 막 썩어 들어가기 때문에 군의관이 짤라 버립디더. 병원에서예."

"······."

"아부지!"

"와?"

"이래 가지고 나 우째 살까 싶습니더."

"우째 살긴 뭘 우째 살아. 묵숨만 붙어 있으면 다 사는 기다. 그런 소리 하지 말아."

"······."

"나 봐라, 팔뚝이 하나 없어도 잘만 안 사나. 남 봄에 좀 덜 좋아서 그렇지, 살기사 와 못살아."

"차라리 아부지같이 팔이 하나 없는 편이 낫겠어예. 다리가 없어 놓니 첫째 걸어댕기기에 불편해서 똑 죽겠심더."

"야야, 안 그렇다. 걸어댕기기만 하면 뭐하노. 손을 지대로 놀려야 일이 뜻대로 되지."

"그럴까예?"

"그렇다니까. 그러니까 집에 앉아서 할 일은 니가 하고, 나댕기메 할 일은 내가 하고, 그라면 안 되겠나, 그제?"

"예."

진수는 가벼운 한숨을 내쉬며 아버지를 돌아보았다. 만도는 돌아보는 아들의 얼굴을 향해서 지그시 웃어 주었다. 술을 마시고 나면 이내 오줌이 마려워진다. 만도는 길가에 아무렇게나 쭈그리고 앉아서 고등어 묶음을 입에 물려고 한다. 그것을 본 진수가,

"아부지 그 고등어 이리 주이소."

한다.

팔이 하나밖에 없는 몸으로 물건을 손에 든 채 소변을 볼 수는 없는 것이다. 아버지가 볼일을 마칠 때까지 진수는 저만큼 떨어져 서서, 지팡이를 한쪽 손에 모아 쥐고 다른 손으로는 고등어를 들고 있었다. 볼일을 다 본 만도는 얼른 가서 아들의 손에서 고등어를 다시 받아 든다.

개천 둑에 이르렀다. 외나무다리가 놓여 있는 그 시냇물이다. 진수는 슬그머니 걱정이 되었다. 물은 그렇게 깊은 것 같지 않지만, 밑바닥이 모래흙이어서 지팡이를 짚고 건너기가 만만할 것 같지 않기 때문이다. 외나무다리 위로는 도저히 건너갈 재주가 없고…….

진수는 하는 수 없이 둑에 퍼지고 앉아서 바지가랑이를 걷어 올리기 시작했다. 만도는 잠시 멀뚱히 서서 아들의 하는 수작을 내려다보고 있다가,

"진수야, 그만두고, 자아, 업자."

했다.

"업고 건너면 일이 다 되는 거 앙이가. 자아, 이거 받아라."

고등어 묶음을 진수 앞으로 내민다.

"……."

진수는 픽 난처해하면서, 못 이기는 듯이 그것을 받아 들었다. 만도는 등을 아들 앞에 갖다 대고, 하나밖에 없는 팔을 뒤로 번쩍 내밀며,

"자아, 어서!"

했다.

진수는 지팡이와 고등어를 각각 한 손에 쥐고, 아버지의 등으로 가서 슬그머니 업혔다. 만도는 팔뚝을 뒤로 돌려서 아들의 하나뿐인 다리를 꼭 안았다. 그리고,

"팔로 내 목을 감아야 될 끼다."

했다.

진수는 무척 황송한 듯 한쪽 눈을 찍 감으면서, 고등어와 지팡이를 든 두 팔로 아버지의 굵은 목줄기를 부둥켜안았다. 만도는 아랫배에 힘을 주며 끙! 하고 일어났다. 아랫도리가 약간 후들거렸으나 걸어갈 만은 했다.

외나무다리 위로 조심조심 발을 내디디며 만도는 속으로, 이제 새파랗게 젊은 놈이 벌써 이게 무슨 꼴이고, 세상을 잘못 만나서 진수니 신세도 참 똥이다 똥, 이런 소리를 주워섬겼고, 아버지의 등에 엎힌 진수는 곧장 미안스러운 얼굴을 하며, 나꺼정 이렇게 되다니 아부지도 참 복도 더럽게 없지, 차라리 내가 죽어 버렸더라면 나았을 낀데……하고 중얼거렸다.

만도는 아직 술기가 약간 있었으나 용케 몸을 가누며 아들을 업고 외나무다리를 조심조심 건너가는 것이었다.

눈앞에 우뚝 솟은 용머리재가 이 광경을 가만히 내려다보고 있었
다.

(『한국일보』, 1957. 1.)

상이군인에서 얻은 영감과 외나무다리의 결합

하 근 찬

「수난이대」는 1957년에 한국일보의 신춘문예에 당선된 작품으로, 나의 처녀작인 셈이다.

이 작품의 착상이 머리에 떠오른 것은 1956년 가을 어느 날 동해남부선의 삼등열차 속에서였다. 그 무렵 부산에서 대학에 다니고 있던 터이라, 나는 부산과 고향인 영천 사이를 기차로 자주 왕래했었다.

그 무렵의 기차 타기란 한마디로 이만저만한 고역이 아니었다. 연발 연착은 다반사고, 차중에서 으레 두어 차례 증명서 조사를 받아야 하며, 또 끊임없이 잡상인들에게 시달려야만 했다. 안 사면 그만이지 잡상인에게 시달리다니, 얼른 납득이 안 가는 얘기겠지만, 사실 그 무렵은 그랬다.

잡상인들이란 대개가 상이군인들이었다. 팔이 하나 없거나 다리가 하나 떨어져 나갔거나 혹은 얼굴이 형편없이 뭉개져 버린 그런 상이군인들이 둘 또는 셋씩 패를 지어 다니며 물품을 강매했다. 손 대신 쇠갈고리가 박힌 의수로 협박하듯 물건을 불쑥 내밀며 사라는 데는 질리지 않을 도리가 없었다. 사 주면 그만이지만, 그렇다고 한두 번도 아닌데 번번이 살 수는 없는 노릇이었다. 학생 신분인데 무슨 돈이 그렇게 있겠는가. 그러나 안 산다고 그냥 고개만 내저었다가는 야단이다.

"우리가 누굴 위해 이렇게 됐는지 모르갔수?"

쇠갈고리가 눈앞으로 다가드는 것이다. 그러니 더럽지만 그저, '미안합니다. 미안합니다.' 해야 한다.

아무튼 그런 분위기의 기차 안에서 나는 「수난이대」의 모티브를 얻었던 것이다.

당장 눈앞에 대하면 불쾌하고 저항을 느끼게 하는 상이군인들이지만, 그러나 가만히 생각해 보면 그게 아니었다. 그것은 어떤 전율과 분노를 자아내게 하기에 충분한 것이었다. 그 인간 파편 같은 상이군인들의 모습에서 전쟁이라는 괴물의 수법을 볼 수 있었고, 그 잔인하고 거대한 괴물의 그림자 속에서 발버둥치는 무고한 민중의 모습을 실감할 수가 있었다. 그리고 나아가서는 이 땅과 이 겨레의 운명 같은 것을 느낄 수도 있는 것 같았다.

이 땅과 이 겨레의 암담한 운명을 상징하고 있는 것 같은 상이군인들의 모습— 무엇이 하나 될 것 같았다.

그런데 한번은 그런 기차 안에서 나는 어떤 문예지에 실린 기행문 하나를 읽고 있었다. 누가 쓴 것인지는 기억에 남아 있지 않으나, 아무튼 국내의 이름 있는 분이 유럽을 다녀 보고 와서 쓴 글이었다. 그 글을 읽어 내려가던 나는 속으로 '옳지, 됐어, 됐어.'하고 쾌재를 불렀다. 머리에 번쩍 와닿는 것이 있었다.

어떤 도시의 뒷골목에서 신기료장수를 발견한 그 필자는 매우 호기심이 동했다. 앉아서 구두를 고치고 있는 모습이 우리 나라의 신기료장수와 별로 다를 게 없었던 것이다. 유럽도 별수없구나 싶었고, 그러면서도 어쩐지 친밀감 같은 것이 느껴져 필자는 그 신기료장수에게 다가가서 구두를 벗었다. 그리고 징을 몇 개 박으면서 말을 걸었다. 그 신기료장수는 매우 명랑한 사람이었다. 이쪽 한마디 말에 벌써 호의를 눈치챈 듯 서슴없이 자기 이야기를 늘어놓았다.

그 신기료장수는 다리 한쪽이 무릎 밑으로는 잘려 나간 불구자였다. 하나밖에 없던 아들은 이번 2차 대전에 죽었다는 것이다. 그리고 자기는 1차 대전 때 이렇게 다리 하나를 잘려 버렸다면서, 그 무릎 위로만 남은 다리 토막을 끄떡 들어 보이며 허허허 웃더라는 것이다.

아들은 2차 대전에 죽고, 아버지는 1차 대전에 다리가 하나 잘려 나가고 — 옳지, 바로 이것이로구나 싶었다. 이것이야말로 바로 우리의 경우에도 딱 들어맞는 이야기가 아닌가. 이대에 걸친 수난— 그것은 유럽의 경우보다도 어쩌면 우리의 경우에 더 절실하게 들어맞는 이야기인 것 같았다. 이 땅과 이 겨레의 암담한 운명을 상징할 수 있는 주제였다.

구상은 곧 이루어졌다.

이대에 걸친 수난이니 곧 '수난이대' —— 이렇게 제목부터 먼저 왔고, 아들이 6·25에 당했다면, 아버지는 태평양전쟁에 당한 것으로 해야 한다.

뻔한 노릇이다. 그리고 사실 또 그랬던 것이다.

아들이 6·25에 당하고, 아버지는 태평양전쟁에 당하고—— 그렇다면 이건 능히 장편소설 감이다. 이대에 걸친 전쟁 피해담—— 이 거창한 놈을 어떻게 단편소설이라는 조그만 궤짝 속으로 집어넣을 것인지, 문제는 거기에 있었다. 약간 무리가 가더라도 구상을 잘하면 불가능한 일은 아닐 것 같았다.

그 해의 신춘문예에 응모하리라는 생각을 하고 있었던 터이라 구상에 골몰하기 시작했다. 그런데 비교적 쉽게 그것을 해결할 수가 있었다. '외나무다리'가 계기였다. 우리 고향의 냇물에는 그 무렵만 해도 외나무다리가 흔히 눈에 띄었는데, 그 외나무다리의 아슬아슬한 역할을 생각하자 번쩍 머리에 떠오르는 것이 있었다. 수난의 두 부자로 하여금 그 외나무다리를 건너게 해보자는 생각이었다. 말하자면 그 아슬아슬한 외나무다리 위에 이대의 수난을 집약시키는 것이다.

그렇다면 두 부자가 다 다리가 성해서는 의미가 없다. 아무리 아슬아슬한 외나무다리라 할지라도 다리가 성하면 능히 건널 수가 있을 터이니 말이다. 어느 한쪽이 다리가 불구여서 혼자서는 외나무다리를 건널 수가 없도록 해야만 이야기가 될 것 같았다. 그래서 아들 쪽을 전장에서 다리 하나가 잘려나간 상이군인으로 설정했고, 아버지는 징용으로 남양군도에 끌려가서 팔을 하나 잃어버린 불구자로 설정했다.

이쯤 되니 문제는 이제 다 해결된 거나 마찬가지였다. 다리를 하나 잃은 상이군인이 되어 돌아오는 아들을 팔이 하나 없는 아버지가 마중을 나가게 한다. 그리고 외나무다리에 이르자 아버지가 아들을 업고 다리 위에 오르도록 하는 것이다.

그런데 잠시 망설이게 된 것은 그 다음이었다. 그렇게 외나무다리 위에 오른 두 불구 부자가 무사히 다리를 건너가게 하느냐, 아니면 중도에 냇물에 떨어지게 하느냐 하는 문제였다. 즉 결론인 셈이었다.

무사히 건너가게 하는 것도 중도에 떨어지게 하는 것도 다 일리가 있는 것 같았다. 중도에 떨어지게 하는 것은 수난을 강조하는 의미가 되어 주제를 더욱 짙게 하는 효과를 이루는 것 같았고, 무사히 건너가게 하는 것은 그런 수난 속에서도 삶에의 의지라 할까 집념이라 할까 그런 것을 잃지 않게 하는 것 같았다. 다시 말하면 떨어지게 하는 것은 절망을 상징하는 것이었고, 건너가게 하는 것은 절망의 극복을 상징하는 것이었다.

그렇다면 문제는 간단했다. 나는 결코 절망에 그치는 쪽을 택하고 싶지는 않았다. 절망을 디디고 넘어서려는 의지, 그 강인한 삶에의 집념 쪽을 택하고 싶었다. 이 땅과 이 겨레의 암담한 운명의 극복을 희망하고 싶었다.

그리고 또 한편 아무리 허구이기는 하지만 그 수난의 불구 부자를 다시 냇물에 밀어 넣어 버릴 수는 도저히 없는 노릇이었다.

이 결말 부분에 대해서는 신춘문예의 시상식 때 잠시 담소(談笑) 거리가 되었었다. 소설 부문이 아닌 다른 부문의 심사위원 한 분이 웃으시면서, '그 두 부자가 외나무다리에서 떨어지게 했다면 더 재미있었을 텐데……' 이런 말씀을 하셨다. 극적 효과를 앞세우는 말씀인 것 같았다.

그 말씀에 나는 아무 대꾸도 하지 않고 그저 속으로, '모르시는 말씀.' 하고 웃기만 했었다.

구인환

충남 장항 출생. 서울대학교 국어교육과와 같은 대학 대학원을 졸업, 문학박사 학위를 받았다. 서울여대 조교수를 거쳐 서울대 교수, 명예교수, 국어국문학회 대표이사, 한국현대소설학회 회장, 한국소설가협회 대표위원, 문학과문학교육연구소 소장 등을 역임했다. 1960년 4월 『문예』에 「동굴주변」이 당선되며 등단 이후 「산정의 신화」, 「숨쉬는 영정」, 「동작골 비화」 등 단편 150여 편, 「촛불 결혼식」, 「푸라하의 겨울」, 「모래성의 열쇠」 등 중편 12편 「일어서는 산」, 「산밑 사람들」, 「동트는 여명」 등 장편 8편 등을 썼다. 한국소설문학상, 월탄문학상, 서울시문화상 등을 수상했다.

伎伐浦의 전설

1

강은 언제나 아름답다. 흐르는 강물에 물새가 나는 것도 멋이 있지만, 달리는 차에서 강과 산과 들을 바라보는 것은 더욱 아름답다. 그것은 달리는 풍경화요 살아 있는 삶의 파란 광장이다. 금강산 북쪽에서 발원하여 소양강과 합하여 흐르는 북한강의 꿈과 태백산과 대덕산의 북쪽에서 발원하여 양주로 흘러 오는 남한강의 서정이 어우러진 양수리의 비경이 얼마나 경외스럽고 아름다운가. 충북의 천마와 천산, 경북의 60령고개에서 발원하여 공주를 거쳐 부여로 흘러오는 금강! 그것은 푸른 강의 광장에서 춤추는 인영은 삼천궁녀가 낙화암에 수놓은 백의 현란한 꽃들이요 고란사(皐蘭寺)에서 새벽에 물을 떠 고란초를 띄워 임금님에게 바치는 궁녀의 하얀 얼굴이다. 더구나 백제의 마지막 서울인 부여를 건너 수복정을 바라보는 길목을 넘어서 조룡대의 한을 되새기는 금강은 더욱 그 파란빛을 더하고 있다. 거기에 펼쳐지는 푸른 들과 무량사(無量寺)의 정기를 담뿍 담은 홍산 들판이 펼쳐지고 철새들의 낭만이 서린 금강의 하구 둑을 향해 역사의 한을 되새기며 강물은 유유히 흘러간다.

공주에서 부여를 지나 홍산을 거쳐 차는 장항 쪽을 향하여 달리고 있다. 실은 부여에 내려 박물관을 보고 소나무 우거진 부소산에 올라 옛 성터와 창고터와 사자루에 올라 계백장군의 동상과 평제탑과

정림사가 천오백 년의 한을 되새기고 있는 부여 시내와 금강을 굽어 봐야 하고, 천천히 걸어서 낙화암에 올라 조룡대의 한을 되새기며 고란사에 내려가 고란초를 띄운 물을 마시고 배를 타고 삼천궁녀가 낙화의 꽃을 수놓는 낙화암을 바라보며 수복정을 향해 뱃노래를 불러야 한다. 무량사도 들르지 못하고 화양들을 지나 차는 금강을 왼쪽에 끼고 장항을 향하여 달려갔다.

언덕의 주택과 아파트의 창들, 가로수와 간판 네온사인 교회의 십자가가 공중에서 춤을 추듯이 흘러갔다. 마구 새파랗게 일어나는 들판과 산과 푸른 하늘이 한 폭의 동양화를 채색하고 있다. 강물이 굽이치는 금강이 강경과 임포를 지나 하구 둑을 향해 흐르고 있다. 하얀 뱅어를 잡는 범선(帆船)이 떠 있는 듯하고 뱅어가 황해를 거슬려 올라와 상류로 뛰오르는 듯했다.

나는 창가에 눈을 던졌다. 창을 넘어오는 바람이 달고 시원했다.

달려가는 풍경이 망가진 영사기의 필름과 같이 흘러간다. 그 장면 중 한 장면이 멈추어 흑백색으로 클로즈업되어 왔다. 그것은 소실댁 할머니의 초췌한 몰골이었다.

소실댁 할머니는 가끔 집에 보이지 않았다. 근래에 와서 집을 비울 때가 늘어나고 있다. 그것도 해가 누엿누엿해질 때 방안에 있는가 하고 가 보면 자리에 없고, 혹시 채전에라도 나가 있는가 하면 개구리 바위 산 기슭을 감도는 뒷 모습이 보일 때도 있다. 그야 잠시 외출할 수도 있고 마실을 갈 수도 있으나 소실댁 할머니는 언제나 한 곳으로 발길을 돌리고 있다. 소실댁은 무슨 놈의 소실댁이냐고 불만스러운 말로 그저 할머니라고 부르지 무슨 새색시도 아닌데 소실댁이냐고 불만을 나타내고 있지만 동네에서는 그저 소실댁 할머니라고 부르고 그저 소실댁이라고 부르고 있다. 곳곳한 몸매며 피부색이나 카랑카랑한 목소리만 두고 봐도 그 누구도 소실댁 할머니나 소실댁이라고 부르지 그저 할머니라고 부르거나 말하는 사람이 별로 없다.

"또 거기 간 게 아냐. 소실댁 할머니가 이상해진 것이 아닌가……."

"나들이 간지도 모르지. 안뜸에 장마루댁이 있잖아……."

"말하기 좋다고 아무렇게나 말하는 게 아니라구……."

"제 입 가지고 제가 말하는데 누가 무어라구 말한데유."

"기산댁은 그렇게 앞가슴이 넓어서 집에서는 숨도 못 쉬고 사는가."

모산댁이 듣다 못해 쐐기를 박았다.

입이 걸기로 이름난 기산댁이 주춤하더니 반격을 가해 왔다.

"아니 해가 질 무렵이나 가는 비가 오는 날이면 거기 가 먼 데를 바라보고 앉아 있는 게 이상하지 않다구유. 그 무슨 기벌포라는데 무엇이 나오는 게요, 간 사람 되살려 온데요, 이건 실성이 시작된 거라구유 그렇지 않으면 왜 지벌폰지 기벌포를 간다 이거에요, 백제 때 죽어간 군사의 고혼이라도 달랠라구유……."

"아니 이 사람 정말 못 하는 소리가 없구만, 그게 어떤 소리라구 입에 담는단가."

모산댁이 더 참고 있을 수가 없었다.

아무리 노인이 좀 이상한 빛이 보이더라도 속으로 걱정하면서 지켜 볼 일이지, 이상하다느니 실성이 시작되었다느니 악담을 늘어놓을 것까지는 없는 일이다. 설사 그런 빛이 보인다고 해도 좋은 일은 퍼뜨리고 흉한 일은 숨기라고 했듯이 무슨 수라도 만난 듯이 떠벌릴 것은 없다. 그야 좋은 일이면 동네방네 떠들고 다녀도 누구 하나 탓할 사람이 없지만 궂은 일은 가지고 떠들면 듣는 사람이 면구스럽고 기분이 언짢아져 아무 도움이 되지 않는다.

샘터에서 아낙네들의 말이 해가 지는 황혼의 마을에 번져 갔다.

붉은 댕기를 두른 아가씨가 물동이를 이고 종종 걸음으로 걸어가고, 들에 나간 촌로가 소를 몰고 돌아온다. 벌써 저녁을 짓는 연기가 여기저기에서 나기 시작하고 부엌에서 아낙네들의 손길이 바빠진다.

"그 한을 무엇으로 풀겠어유. 그저 시간이 약이라지만 이렇게 세월이 지나갔는데도 더 깊어 가는 한숨을 듣기가 민망할 정도에유."

"하도 억울해서 눈을 감지 못할지도 모르지. 그놈의 전쟁이 일어나 많은 사람을 한에 가슴 치게 하는지 몰라유."

"그러니 남편이 죽으면 산에다 묻고 자식이 죽으면 가슴에 묻는다고 하잖아유. 가슴에유."

"동작에 묻힌 당매 최씨네 집은 그래두 덜하는가 보지유. 눈에 보기라도 하고 현충일에 나라에서 제사를 지내 주니 그래두 나을 거지유"

"그러니 현충일에 다가오면 가슴이 더 메어지는지 모르지유. 남은 나라에서 하는 제삿밥이라도 얻어먹는데 이건 원한으로 떠돌고 있으니 어찌 가슴이 메어지지 않겠어유. 그래두 또 한자식 때문에 산다는게 아니에유."

"다들 전쟁을 겪은 일인데 왜 이렇게 다르대유. 소실댁 할머니도 이제 털어 버릴 때가 되었는데……."

"글쎄 말에유. 개구리 바위에 그렇게 빌었으면 좋은 데로 갔을 텐데 요새 부썩 더 가슴이 아픈가 봐유……."

아낙네들의 말은 끝이 없다. 물동을 이고 일어나면서도 귀담아 들으며 웃고 가다가도 뒤돌아보면서 참여자로서의 즐거움을 느낀다. 어서 가서 배고파 돌아오는 식구들의 저녁을 지어야 한다는 생각을 깜박 잊고 살아가는 재미가 소록소록 나는 샘터의 이야기를 외면할 수는 없는 모양이다.

"개구리 바위에 빈다고 간 사람이 다시 돌아오나유. 남양으로 징용 간 사람도 아닌데."

"이 사람아! 그런 소리가 어딨어. 그건 악담이야. 험담이라구."

역시 모산댁이 일침을 놓았다.

개구리 바위에는 만석군을 지낸 추씨와의 사연이 전해 오고 있다.

개구리 바위는 추씨와 얽힌 전설을 간직하고 제련소 옆에 서 있는 바위이다. 개구리 바위에서 오 리쯤 떨어진 솔리 추씨가 개구리 바위 때문에 아주 번성하면서 잘살았다고 한다. 그런데 어느 해 봄부터 가뭄이 계속되어 이웃 마을의 우물도 다 마르게 되었다. 그런데 추씨 집의 우물만은 마르지 않아 이웃에서 많은 사람이 와서 물을 길어 갔다. 한참 물을 기르는데 추씨 주인 남자가 우리는 어떻게 살라고 다 길어 가느냐고 아낙네들이 기른 물을 자기 우물에 쏟아 부었다. 아낙네들은 어디를 가서 물을 길러야 할지 난감했다. 분함과 억울한데 분통이 터졌다. 그때 먹구름이 몰리어 소나기를 퍼부으며 번갯불이 번쩍했다. 사람들은 다 엎드려 피하면서도 비가 오는 기쁨에 넘쳤다. 그 요란한 번갯불에 추씨들이 가장 귀하게 여기는 개구리 바위가 두 쪽이 났다. 그 뒤에 추씨의 몰락이 시작되었다. 만석군 부자가 하루 아침에 무너져 갔다.

토지개혁으로 나중에는 몇 푼 안 되는 채권을 받았으나 6·25 전쟁이 터져 휴지화되고, 인천 상륙 작전으로 후퇴해 가면서 서천 등기소에 불을 질러 3백 명이 학살될 때에 추부자와 일본대학을 나온 큰아들 부자가 한꺼번에 학살당하여 하루 아침에 만석군의 재산이 날아가 버렸다. 부자는 망해도 삼 년 먹고 살고 일어서는 집은 삼 년이 지나도 이가 서 말이라고 했다. 머슴은 일어서는 집보다 기울어지는 집에 살아야 한다고 했다. 기울어지는 부자는 살던 품이 있어서 옛날과 같이 살지만, 일어서는 집은 아끼고 검소하게 살아 풍성하지 않아 먹고 얻을 것이 없다는 것이다. 그런데 추부자는 그렇게 살아 보지도 못하고 갑자기 기둥이 무너져 집이 무너져 식구들이 환난을 겪게 된 것이다.

"여기 서지요. 역전이 바로 여기지요."

"여기 괜찮으시겠어요?"

"나 때문에 일부러 돈 것 아니에요."

"아닙니다. 덕분에 즐거웠어요. 재미있는 얘기도 많이 듣고요."

"상아다방이 바로 저기거든요. 수고했어요."

"그럼 금요일에 또 뵙지요"

강 대표가 다소곳하게 인사를 하고 차에 올랐다. 장항중학교에 근무하면서 서천에 산다고 했다. 이십 리 길이니 출퇴근이 적절하다는 것이다. 하기야 직장은 너무 가까워도 안 되고 너무 멀어도 안 된다. 한 삼사십 분 거리면 가장 좋은 거리이다. 서천에서 장항에 근무하기는 안성맞춤이다. 길산 들을 바라보고 나서면 면사무소 앞을 지나 여우고개를 넘어 감돌면 장항의 다스래들이 보이니 시원하게 달리는 기분이 출근 맛을 더해 준다. 지금은 아파트가 많아 화장실이 실내에 있고 처가를 친가보다 더 가까이 지내는 세상이 되고 말아 그 의미가 달라지고 말았지만, 칙간과 처가는 멀리 두어야 한다는 옛말이 직장에도 적용된다. 너무 가까이 있으면 구린내가 나고 속이 훤히 들여다보여 좋지 않고, 너무 멀리 있으면 소원해지고 불편하다는 것이다. 직장과 가까이 있으면 출퇴근하는 긴장감도 없어지고 직장과 가정의 거리가 유지되기 쉽지 않다. 가다오다가 동료가 들를 수도 있고 더구나 학교의 경우에는 학생들의 눈에 비쳐 자주 입에 오르내리게 된다.

"학생이 자꾸 줄어서 걱정이에요. 장항은 인구가 줄고 있거든요."

그 친구의 말에 목에 무엇이 걸리는 듯했다. 서울은 말할 것 없고 대전이나 전주와 같은 도시와 공단 주변에는 인구가 늘어서 걱정인데 장항을 위시한 서천군은 인구가 감퇴한다는 것이다. 그것은 여기만 그런 것이 아니다. 농촌을 주로 하는 고장은 젊은이는 다 도시로

빠져 나가 어린아이의 울음소리를 듣기 어려운 공동화(空洞化) 현상
이 된다. 초등학교가 분교로 전락되고 그나마 분교도 없어지는 판이
니 농촌 문제가 이만 저만이 아니다. 장항은 농촌을 끼고 있지만 그
런대로 항구와 공장이 있으면서도 군산의 그늘에 가리어 인구가 늘
지 않는다.

장항은 금강의 문턱으로 백제의 기벌포(伎伐浦)의 한을 되새기고
있는 항구이다. 1931년 천안에서 144km의 장항선이 완결되어 도
시로 변모하고 궁기농장(宮岐農場)이 간척사업을 하여 1938년 10
월 1일 읍으로 승격하고 국제항으로 50년대 각광을 받았으나 지금
쇄락한 항구로 하구 둑에 밀려 군산에 대안을 이루고 있을 뿐인 장
항, 장군(長群) 발전 계획에 고군산열도와 개야도를 메꾸어 2010년
에는 인구 30만의 중도시가 된다는 안개와 같은 꿈을 안고 금강의
하류를 지키고 있는 장항, 제련소가 있고 한솔제지와 태평양화학, 풍
농비료 그리고 농공단지가 있는데도 옛 그대로 잠을 자고 있을 뿐이
다. 옛날 항구의 잔교(殘橋)나 제련소로 직행하던 선로가 광석이 들
어오지 않아 철로길만 골동품과 같이 남아 있는 장항이 아직도 발전
의 그늘에 가려 잠을 자고 있다. 6·25 전쟁 때에 잉여농산물이 들
어와 북석대던 선창가에 하구 둑에 밀려 그 회수가 적어진 도선(渡
船)만이 외롭게 갈매기를 벗하고 있을 뿐이다.

차가 서서히 움직이자 나는 손을 가볍게 흔들고 발을 옮겼다.

상아 다방의 아크릴이 번하게 보였다. 바로 들어가려다가 역전으
로 서너 발자욱을 옮겼다.

역전은 아주 고적하다. 광장 앞에 대기차들만이 서 있다. 서울발
무궁화 열차 도착 시간이 다 된 모양이다. 차들이 발동을 걸고 있는
것이 도착 시간이 다가온 까닭이다. 서울을 출발하여 천안까지는 쾌
속으로 달리다가 천안 밑에 오면 단선(單線)으로 거북이 철도가 된
다. 상하선이 곡예를 하듯이 비껴 가며 오르고 내리고 한다. 열차의

운행이 여의치 않으면 아침 저녁 두 편이 있는 새마을호가 무궁화호
나 통일호가 지나가는 것을 작은 역에서 대기했다가 가는 형편이다.
무궁화호가 통일호를 보내기 위해 역에서 대기했다가 통일호가 통과
하고 나서 30초 지난 뒤에 반대 방향으로 출발한다. 송정리에서 목
포까지 단선으로 있다가 이제야 복선화한다는 말이고 보면 장항선이
복선화되기란 요원한 일이다. 조치원에서 공주 부여를 지나 홍산을
거쳐 장항에 오는 충남선이 계획되고는 있지만, 그것이 언제 실현될
지는 알 수 없는 일이다.

나는 발을 떼지 못하고 그 자리에 서 눈을 돌려 봤다.

멀리 제련소의 연기 없는 연돌이 하늘에 떠 있고, 한솔제지 공장
이 그 위용을 자랑하고 있다. 성주골 언덕에 서 있는 장항초등학교
가 아련히 보이고 새로 지은 붉은 벽돌의 성당이 성스럽게 서 있다.
역전 슈퍼나 식당도 옛날 그대로요, 길목 신부락에 이르는 골목도
옛날 그대로 조용히 잠들어 있다.

오랜만의 귀향이다. 훌쩍 떠나는 기분을 맛보기가 이렇게도 어려
운지 모른다.

특별히 남다르게 하는 일도 없이 보내는 나날이 그렇게 바쁘게 흘
러가니 이건 도무지 세월 속에 묻혀 허우적거리고 있는 자신이 얄미
울 때도 적지 않다. 까짓 것 남들과 같이 뒹굴며 세류를 타고 살아
가면 되는 것을 제딴엔 그래도 하고 싶은 일에 정진하겠다고 발버둥
치고 있는 것이 가소롭게 보일 것이 뻔하니 옛부터 백면서생은 오줌
통에 빠져도 건져 줄 필요가 없다는 게 아닌가.

공주에서의 연수 강의를 마친 김에 발길을 장항으로 돌린 것이다.
공주에서 부여를 지나 팔십 리 옛 백제의 영광을 되새기며 일로 장
항으로 달려온 것이다.

사실은 공주나 부여에서 옛 역사의 발자취를 더듬는 것도 좋은 일

이다. 백제의 숨을 쉬고 있는 무령왕릉과 박물관, 그리고 계룡산 자락의 갑사(甲寺)와 마곡사(麻谷寺)를 보면서 공주에서 하루 머물러도 좋고, 부여에 들려 부소산의 사자루와 백화정 고란사에서 배를 타고 낙화암을 감돌아 수복정을 거쳐 옛 그대로의 정경을 간직한 무량사(無量寺)에 들러서 김시습의 향훈(香薰)을 가슴에 안아도 좋을 것이다.

"교수님! 장항을 가신다구요?"

2시간 연속 강의를 하고 쉬는 시간에 대표가 다가왔다.

"예, 여기 온 김에 고향에 좀 다녀오려구요."

나는 담뱃불을 끄면서 대표를 바라보았다.

흡연실에는 너덧 사람이 담배를 피우면서 담소의 꽃을 피우고 있었다. 역시 교육원도 복도 끝에 있는 휴게실을 흡연실로 하고 있었다.

—아니 담배도 피우지 않고 무슨 세상을 안다고, 그것은 실내에 기른 콩나물과 같다고…….

—그래서 담배와 술을 먹지 않은 사람과는 상종하지 말라는 게 아닌가요.

—그렇게 담배가 해로우면 아예 전매청을 폐쇄하면 될 것이 아닌가. 전매청은 신제품을 개발하고 또 값을 자꾸 올리면서 텔레비에서는 엄청나게 해로우니 피우지 말라고 야단이니 이건 병 주고 약 주는 꼴이니…….

—그래서 오기로 이렇게 피우는 게 아닌가요. 자기 건강 자기가 알아서 하는데 이건 담배를 피우는 사람을 마치 죄인 취급하고 있으니…….

교사들의 가시 돋친 말들이 자연(紫煙) 속을 난무하고 있다. 교사들의 꿈꾸는 교육의 방향과는 엉뚱하게 벌어져 가는 그 흐름에 이만저만 불만이 아니었다. 알고 실천해도 어려운데 전혀 모르고 소경

코끼리 만지는 격으로 진행되는 일련의 교육적 현실에 불만이 없을 수 없다.

교사들의 자격 연수이다. 한문 교사들을 국어 부전공 자격을 주기 위한 연수로 여름과 겨울 방학을 꼬박 실시하고 있다고 한다. 대개 40 전후의 중견 교사들로 남자가 대부분이요 40명 중 여교사가 4, 5명이 있을 정도이다. 일반 교사의 연수 때보다 교실이 꽉 차 있는 중후감을 느끼는 분위기였다.

고향이 장항이요 6·25 때에 공주사대에서 청강을 하고 장항농업중학을 나왔다고 하니 교사들이 친근하게 느껴지고 다가오는 것 같았다.

"아니 이게, 누구셔요. 서 교수가 아닌가요."

상아탑의 문을 밀자 주인 마담이 반갑게 맞이했다. 수수한 부잣집 맏며느리와 같은 마담 언니의 정겨운 목소리가 고향 맛이 풋과일과 같이 향긋하게 안겨 왔다.

"박 회장은 아직 안 오셨는데요."

묻지도 않은 말을 언니가 먼저 대답했다.

실은 상아다방에 들어서면서 기섭이가 보이지 않아 의아한 눈으로 사방을 두리번거리는 것을 눈치채고 하는 말이었다.

"오겠지요. 이 좁은 데서 어디를 가겠습니까."

"늦으시는 분이 아니거든요. 연락이 된 거지요."

"그러믄요. 차나 먼저 주세요."

"둥굴레차지요."

마담 언니는 잘도 기억하고 있다. 그 전에 몇 번 들를 때마다 둥굴레차를 마신 것을 잊지 않고 있는 셈이다. 장사 속은 특수한 머리가 움직인다고 하더니 일 년에 두어 서너 번 올까 말까 하는 사람의 취향을 기억할 정도니 역시 장사는 무서운 힘을 지니고 있는 모양이다. 전문이라는 말은 이런 경우를 두고 하는 말이다. 자기가 관여하고 있는 분야에 대한 전문성과 직업성이 아울러 겸비하는 경우를 두고 하는 말이리라. 고향은 언제나 정답다. 그 누가 무어라고 해도 어머니의 품안이 편안하듯이 안온하고 평온하다. 고향은 탕아 돌아와도 반갑게 맞이하듯이 언제 와도 옛 향기를 풍겨 준다. 정지용의 시 「고향」이 그렇게 사람들이 시로 노래로 좋아하는 것도 바로 정겨운 안식을 좋아하기 때문이리라.

"이게 어떻게 된 거야. 자동차 정류장에서 기다렸잖아. 공주에서 온다는 사람이 버스를 안 타고 여기에 와 앉아 있으면 어떻게 되는 거야."

기섭이 바삐 들어오면서 변명 비슷하게 말했다.

"그렇게 지레 앞서가는 것이 박 회장이 아닌가요."

서두는 기섭이 얄미운지 마담 언니가 한 마디를 했다.

"자 일어나라구. 기다리는 사람이 있으니. 이건 장항에 있는 사람은 눈에 안 띄고 가뭄에 콩 나듯이 오는 서울 사람만 눈에 띄는 모양이지."

"그래요. 어디 시골 사람 서러워서 살겠어요. 박 회장과 우리는 이렇게 지키고 있는데 훨훨 날아다니다가 풀썩 고개를 내밀고 사람들의 가슴을 설레게 하니."

마담 언니가 한술을 더 뜨고 있다. 기섭과 손발이 척척 맞았다.

"숨이나 돌리고. 차라도 한 잔 마시고 언니 얼굴도 보고 가야 할 게 아니야. 눈빛은 박 회장에게 가 있는데……."

"그러세요. 누이 좋고 매부 좋은 게 좋은 거죠. 안 그래요, 서 교수님, 박 회장은 입으로 야단이지 실속이 없거든요."

다시 나온 둥굴레차엔 고향과 친구의 맛이 더하여 실내를 더욱 환하게 했다. 부모의 손길이 산 위에 있는 탓인지 오래 살던 집인데도 한 구석이 비어 있는 듯했다.

2

"아니 무엇 하고 있는 거야. 아직도 꿈 속인가."

전화기에 울리는 소리가 귓가를 마구 후볐다. 몽롱한 의식 속에 섬광이 난무할 뿐이다.

"누가 또 야단이야. 잠 좀 자게 놓아 두라구."

"잠 좋아하네. 지금 떠나야 한단 말이야. 어서 털구 일어나라구."

아무 말도 들려 오지 않는다. 귀에서 소리가 앵앵거릴 뿐이다. 오리무중을 헤매고 있는데 무슨 말이 귀에 들려 올 리가 없다. 몽롱한 기분에 푹 잠 속에 빠지고 싶을 뿐이다.

"차를 보낼 테니 어서 준비하라구."

기섭의 단호한 목소리에 눈이 번쩍 떠졌다. 눈을 비비고 머리를 쓰다듬으며 정신을 가다듬었다. 머리가 몽롱하고 가슴이 이상해서 그대로 앉아 있을 수가 없다. 도로 벌떡 누우며 전화기에 소리치듯이 말했다.

"건너뛰면 돼. 잠이나 자구 하자구."

"기분 난다드니 잘되었다. 꿈 나라에서라도 찾아가겠다 이거야. 아서요, 오늘이 더 중요하다구. 더 소중하단 말야."

이 친구 제법 훈계조로 조여 들고 있다. 내일은 내일이라고 술의 꽃밭 속으로 끌고 가던 기섭이 멀쩡하게 동진해 오고 있는 것이다. 사람이 그 정도 가지고 흩어지면 되느냐고 어깨를 으쓱하면서 몰아치고 있다.

"꿈 속으로 들어가야 돼. 좀 도와 달라고……."

더 이상 버틸 수가 없다. 그대로 자리에 쓰러져 잠 속으로 빠져 들었다. 포근한 잠 속에서 또 하나의 영토를 가꾸어 가는 것이다. 간밤에 마신 술기운에서 아직 벗어나지 못하고 있는 것이다.

아구찌개의 맛은 일품이었다. 누구 말대로 둘이 먹다가 하나가 죽어도 모를 정도였다. 볼품없는 고기가 이런 맛을 가지고 있다니 놀라울 일이다. 그것은 고기 맛이 아니라 고향과 우정이 가미된 애정의 맛인지도 모른다. 아구찜은 그 매콤한 맛이 술이 입에 짝짝 붙게 한다.

"이 맛은 무정집에서만 맛볼 수 있다구. 다른 데 가 보면 이 맛이 안 나유."

"다 같은 아군데 왜 맛이 다르지."

"그거야 당연하지. 쓰는 조미료는 비슷하지만 손끝이 다르다구."

"손끝이 다르다구. 손으로 감치는 맛을 낼 수도 있고, 탁하고 쏘면서 입안에 딱 달라붙는 맛도 낼 수 있는 거야."

"그건 또 무슨 소리야. 같은 아구에 같은 양념을 쓰는데 왜 맛이 다른지 알 수 없는 일인데."

나는 선양 소주를 입에 털어 넣으면서 아구찜의 맛을 음미했다. 역시 서울에서 먹던 아구찜과는 다르다. 그것도 무정집에서만 맛볼 수 있는 독특한 맛이다.

무정집은 장항에서만 유명한 것이 아니요 근동에서 이름난 아구찜이다. 군산은 물론 익산이나 심지어 대천에서까지 미식가는 찾아온다는 것이다.

"무정집의 아줌마의 손길은 천의 얼굴을 가진 신비의 손이라구. 아줌마의 손이 가는 곳에 진미가 있고 진미가 있는 곳에 술의 맛이 하늘을 올라가고, 하늘을 올라가니 천지가 내 것이 되니 무정집은 이렇게 사람으로 꽉 차 있는 거야."

기섭은 침이 마르도록 찬사를 늘어 놓는다.

"아줌마가 기섭의 연인이 아닌가. 그렇지 않고는 무정집의 선전부장이 될 수 없는 일이 아닌가."

나의 말에 이 친구 사람을 무엇으로 보고 하는 소리야. 나는 어디까지나 미식가로서 하는 말이라구. 이래 봐도 장항이나 서천 고을에 나만치 혀를 가진 사람이 없다구, 일장 말을 시작하면 그 어느 장소에서나 청중을 사로잡고 마음대로 주무르고, 붓을 들었다면 사람의 심금을 울려 놓지 않은 경우가 없으니 이 기섭을 당할 자가 어디 있겠느냐구, 먹었다 하면 감칠맛 나는 음식을 개발하고 쭉 밀어 주니 미식가로서 장원급제할 그래두 장항이 난 인물이라 아니냐고 기염을 토했다.

—이 친구 기자의 멋이 나타나는군, 한때 그 필봉이 가슴을 찌르던 그 기백이 멋과 낭만으로 변하여 지금은 장항의 유지로 좌지우지하고 있는 것이다.

"무슨 연설을 하는 거유. 박 회장의 말에 빠지지 말고 자 선양 한잔 주어 봐요. 인심이 그게 아닌데……."

아줌마가 정색을 하고 들어왔다. 손님이 많아 인사가 늦어 죄송하다고 깍듯이 말하고는 기섭에게 화살을 부었다.

"자 이 잔 받아요, 그리고 서 박사 한 잔 주어 봐유. 서울 샌님이 고향 산천에 푹 빠지게 아줌마가 눈길을 주라구요."

기섭이 취기가 오는 모양이다. 객지에 나가 있는 모처럼 고향에 온 사람을 놓고 마구 떠들어댔다. 주기가 어지간히 돌아 이제 옷을 훌훌 벗은 기섭으로 변해 가고 있는 것이다.

"소실댁 할머니는 어떠세요. 지금도 기벌포에 나가신다면서유. 거기는 무엇하러 나가는지 황혼을 바라보며 한숨을 쉬고 있대유……."

"지금도 그러시나유?"

"술이나 들구 멀리서 온 친구의 재미있는 얘기나 듣자구. 어머니의 한을 그 누가 풀 수 있겠어유. 그러다가 세상을 떠나는 거지……."

기섭이 한숨을 쉬듯이 말문을 돌렸다. 이 좋은 자리에서 나올 말이 아니다. 아물러서 딱정이 질 때까지 그대로 놓아두는 수밖에 없다.

실은 소실댁 할머니만 당한 일이 아니다. 전쟁 중에 갖은 고초와 몹쓸 일을 당하지 않은 사람이 없으리만큼 전쟁은 언제나 참혹하다. 더구나 동족 상쟁의 6·25전쟁은 그 유례를 찾아볼 수 없는 한민족의 비극이다. 반 세기가 지났어도 아직도 휴전 사태로 세계의 화약고의 하나로 긴장을 더하고 있으니 역사의 흐름이 이상 기후를 이루고 있다. 미국의 남북 전쟁이나 게리 쿠퍼와 잉그릿드 버그만이 열연한 〈누구를 위해 좋은 울리나〉의 배경인 스페인 내란과 그 치열한 이데올로기의 상충인 베트남 전쟁 등은 다 승패가 가려진 전쟁으로 끝났는데 6·25전쟁만 휴전 상태가 50년 반세가 지나고 아직도 일촉즉발(一觸卽發)의 대립을 하고 있으니 역사의 운명이라고 보기에는 너무 애꿎은 장난이다.

"손을 묶어 강물에 내던졌다며유, 붉은 청년들이 그토록 잔인했어유."

아줌마가 의심쩍은 눈으로 기섭을 바라봤다. 기섭은 선양을 한 잔 쭈욱 마시고 아줌마에게 잔을 넘기고는 그 특유한 억양으로 말했다.

"말 말아유. 서천 등기소 학살을 알지요. 우익의 유지 삼백 명을 등기소에 집어넣고 불을 지른 거예유. 그뿐인 줄 알아요, 강 건너 옥구에서는 아 글쎄 여자의 젖을 도려서 마을 샘에 집어넣어 젖을 담고 여기 솔리에서는 추부자 식솔을 돌로 때려 죽이고 수복 후에는 역으로 부역자를 죽창으로 찔러 죽여 피로 낭자하구, 베트남 전쟁에서도 배트공이 한국군을 제일 무서워하는데 그건 베트콩이 있는 마을은 가옥을 불사르고 쏘아 버리는 거예유. 그건 이 한민족의 잔인함을 말하는 거야. 수복 후 부역자를 카페고랑이 기슭에 구덩이를 파고 묻어 버린 것이나 지금도 이웃 마을끼리 등을 돌리고 사는 한산의 어느 마을을 보면 그놈의 사상인가 전쟁이 이 나라를 멍들고 깨지게 만들어 아직도 그 상처에 기우둥거리고 있는 거야."

기섭의 눈에 이슬이 맺혔다. 형이 억울하게 당하여 기자가 되어 세상을 바로잡으려고 뛰어다녔던 자기가 밉기까지 했다고 토로하면서 술잔을 기울였다.

　"괜한 얘기를 꺼냈나 봐유. 아픈 상처는 건드리지 말라구 했는데. 박 회장님! 이 한 잔 받아유."

　아줌마가 분위기를 바꾸려고 기섭에게 선양을 공격했다.

　"효식이가 밖에 나오지 않는 것도 주 교장의 한 때문이라구."

　기섭은 엉뚱하게 6·25전쟁 때에 학살된 효식의 아버지 주 교장으로 화제를 바꾸려고 했다.

　"자 한 잔 들고 50년을 씹어 보라구."

　잔을 권하자 기섭은 단숨에 마시고는 바로 잔을 돌렸다.

　"술이라면 서 교수라구. 청탁불고요 주야불고니 아줌마하고 대작이 될 거야. 암 되고 말고……."

　기섭은 혀가 좀 꼬부라진 목소리로 아줌마의 공격을 나에게 넘기려고 했다.

　현충일이 얼마 남지 않아 전쟁의 상흔이 되살아오는 것일까. 세월의 흐름에 따라 깊은 곳에 묻혀 있던 한과 서러움이 한꺼번에 분출되는 것일까.

　"왜 이렇게 야단이야. 선양이 보약이라도 된 건가."

　기섭은 멀쩡했다. 간밤에 무정집에서 마신 선양의 흔적이 보이지 않았다. 역시 기자로서 다져진 실력인지도 몰랐다.

　"내 동생이라구. 야 인사해라. 서 교수 알지. 장항의 영재에다가……."

　젊은이가 고개를 숙이며 인사를 했다.

　"창수입니다. 형님 이상으로 모시고 있습니다."

　다부지게 어깨가 다져진 젊은 친구였다.

"잠깐만 기다려. 누가 나올 거야. 이 친구가 늦잠이 들었나. 틀림이 없는 친구인데……."

기섭이가 누구를 기다리면서 연방 성주산 쪽을 바라보았다.

"누군데 눈이 그렇게 눈이 빠지는 거야."

나는 아직도 머리가 띵한데 이 친구는 멀쩡하게 차까지 동원하고 있으니 주야불고의 단계를 넘은 친구다.

"기섭아 웬일로 불러 내는 거야. 잠도 못 자게……."

효식이었다. 뛰어왔는지 숨이 가빠 말을 잊지 못했다.

"야 이 자식아! 밤잠을 안 자고 무엇 한 거니. 이제 그만 밝혀라. 몸에 해롭다. 해로워……."

기섭이 입가에 미소를 띠면서 농담을 했다.

"야 넌 입 좀 고쳐라. 마개를 하던지 꿰매던지 해야지 거칠어 못쓰겠다. 어디다 버리든지 장롱 속에 집어넣어야 되겠다."

효식이도 만만치가 않다. 입심으로 따지자면 효식이도 빠지지 않았다. 다만 기섭이 떠들썩한데 비하여 효식은 조용하면서도 끈덕진 것이 달랐다. 둘이 맞붙으며 기섭이가 뒤로 물러나게 되어 있다.

"도대체 무슨 바람이 분 거니. 아침부터 사람을 끄집어 내고, 창수도 왔구나. 왜 창수를 불러 내고?"

"야 잔소리 말구 따라오라구. 어른이 하는 일에 공손하게 따라 올 것이지 무슨 놈의 말이 그렇게 많니."

기섭이 또 효식의 비위를 건드렸다.

"예 형님! 분부대로 하옵지요. 이렇게 하라는 거지. 야이 이 자식, 꿀이나 처먹어라. 그래야 벙어리가 될 게 아니야."

두 사람의 설전은 언제나 백중지세였다. 서로 재치 있게 받아 넘기는 것이 배구 공이 그것도 결승전에 이쪽저쪽으로 왔다 갔다 하는 것 이상으로 빠르게 넘나들었다.

"도대체 무엇하려고 차까지 동원해 놓고 야단이니 야단이야."

"자식이 급하기는, 그렇다고 바늘 허리에 실을 꿰겠니⋯⋯. 창수야! 가자."

"어디야. 소두 도살장을 가는 것을 아는데 야 넌 친구라고 하면서 죄수와 같이 끌려가는 거니⋯⋯."

효식이 가만히 있을 리가 없다. 악착같이 기섭에게 달라붙었다.

"자식이 꽤나 보채네. 넌 밤마다 이렇게 보채는 거지. 자식이 그러니 저렇게 살이 안 찌지."

차는 제련소 옆을 지나 솔리 쪽으로 달려갔다.

"아니 이게 어떻게 된 거야. 이쪽으로 가서 어디를 가자는 거야. 솔리에 가서 무엇을 하려고?"

나도 그대로 있을 수가 없었다. 솔리를 거쳐 어디를 가는 것도 문제지만 그쪽으로 길이 막혀 있으니 어떻게 하자는 건지 알 수가 없었다.

"앗다 서 교수! 그 호랑이 담배 먹던 시절을 말하지 말라구. 이 길이 솔리를 지나 합전을 거쳐 충장대를 지나 도듬 마령까지 뚫렸다구."

"도듬 마령까지?"

"세월을 붙들어 맬 수 없는 것, 열흘 피는 꽃이 없듯이 십 년이 넘는 권세가 없다구."

기섭은 여유 있게 말하면서 차를 출발시켰다.

"우선 기벌포부터 가보자구⋯⋯. 기벌포를 안 보고 장항을 볼 수 없고 백제를 알 수가 없지⋯⋯."

소실댁 할머니의 야윈 얼굴이 스쳐 갔다. 기섭은 형에 대한 기억을 감추면서 우리에게 어머니의 한을 같이 하게 하려는지도 모른다.

─바로 여기가 기벌포라구. 간언을 듣지 않고 간상배와 주유에 빠진 의자왕에게 간언한 성충의 한이 서려 있으면서 신라에게 당나라 수군이 패한 곳이기도 하다구.

일명 지벌포라고도 하는 기벌포(伎伐浦)! 백제의 한을 머금고 유유히 흐르는 금강의 입구 장항에 이르러 전망산과 후망산 사이로 빠져 서해의 대해에 스스로를 던진 곳이요, 기벌포는 바로 장항 제련소가 있는 전망산과 섬인 후망산의 포구를 말한다. 금강물은 전망산이 막아 주고, 바닷물은 후망산이 막아 주는 포구로 물이 불어나면 물이 돌아 손량이라고도 한다. 소정방이 660년 신라군과 연합하여 수군 13만과 김유신의 5만 대군과의 싸움에서 백제를 공략할 때에 기벌포에서 막았더라면 한산대첩과 같은 전승을 가져왔을 텐데 의자왕이 간신의 말에 기벌포를 포기하여 당나라군이 백마강으로 올라가 백제는 멸망하게 된 것이다. 의자왕 16년 3월에 왕이 궁녀와 더불어 사자루에서 술 마시고 춤을 추며 놀이를 그치지 않아 충신 좌평 성충이 간곡히 간언하니 왕이 노하여 성충을 옥에 가두어 놓고 사자루의 주연에 취해 간다. 성충은 죽음을 앞두고 상소하기를,

"충신은 죽더라도 임금을 잊지 않을 것이니, 한 말씀 올리고 죽고자 합니다. 신이 항상 시세의 변천을 살펴보건대, 반드시 전쟁이 일어날 것입니다. 무릇 용병에는 그 자리를 택해 살펴야 할 것이니, 강의 상류에 처하여 적을 맞이한 후에야 보존할 수 있습니다. 만일 다른 나라의 군사가 쳐들어오면, 육지에서는 탄현을 넘지 못하게 하고, 수군을 기포(伎浦) 연안에 들어오지 못하게 하소서. 이러한 험애한 곳에 의하여 적을 막은 후에야 가합니다." 라고 했으나 왕이 오히려 성충을 벌하고 대비를 하지 않고 술과 여자에 빠져 백제가 망하게 된 것이다. 바다는 기벌포에서 육로는 탄현(炭峴 지금의 논산)에서 막으라고 진언했는데 늦게야 고마미지현으로 유배 보낸 성충을 불러오고 계백으로 하여금 결사대 5천 명을 거느리고 황산에 나아가 싸우게 했으나 대패하여 백제가 망하게 된다. 그 후 신라는 당나라군

을 665년 내소성에서 물리치고 676년 11월에 기벌포 전투에서 설인귀의 해군을 대파한 승리의 포구이기도 하다. 그 포구가 6·25전쟁 후 수장의 처형장으로 변하여 고혼이 헤매는 한의 포구로 변한 것이다.

소실댁 할머니도 인민군이 후퇴할 때에 부역자들에 의해 큰아들이 이곳 기벌포의 고혼이 되어 한과 슬픔을 달래면서 아픔을 삭이는 곳이기도 하다. 근래 자주 이곳에 와 서녘을 바라보고 있어서 기섭은 긴장과 초조의 나날을 보내고 있다.

—기벌포는 백제의 한과 도공이 일본으로 망명할 때의 한이 서리고 동족의 상쟁에서 한으로 얼룩진 곳이다.

차는 송림 사이로 솔리를 향해 달렸다. 6·25전쟁으로 가장 피해를 입은 솔리는 아직도 그 후유증이 마을을 어둡게 하고 있다. 전쟁이 터지고 인민군이 서천군을 점령하자 솔리 사람들이 추부자와 그 식솔에 대한 학대와 살상을 하고 수복이 되자 추부자와 그 식솔이 부역자를 몰아 붙여 눈뜨고 볼 수 없는 살상이 양쪽에서 다 벌어져 원한이 지금껏 가시지 않고 있다. 비단 그것은 솔리의 경우만이 아니요, 한산이나 방방곡곡에 남아 있는 전쟁의 비극의 상처들이다.

"아직 충장대 해수욕장은 이른데 화력발전소에 갈 리도 없고, 이건 추리소설도 아니고……."

효식이가 여전히 궁금한 모양이다.

"자식! 애들같이 성급하지 말라구, 서두는데 만사가 어긋나는 거야, 세계 제일의 교통사고도 눈 깜짝할 사이로 끝나는 식사도 다 급한 탓이라구."

차는 충장대를 감돌아 바닷가를 달렸다. 산을 감돌자 훤히 앞이 트이고 서해가 펼쳐졌다. 훤히 앞이 트여 가슴이 시원했다. 원만한 만이 펼쳐 푸른 바다가 시원하게 펼쳐져 있다.

"야 이건 별천지인데. 이런 만이 있다니 서천군의 보밴데."

나는 양팔을 높이 펼치면서 심호흡을 했다. 가슴이 훤히 피어지는 것 같았다.

"자 저기 소나무집에 들러 탕이나 먹고 가자구."

기섭의 말소리가 좀 흐려지는 것 같았다. 서 교수가 왔으니 도듬마령에 가서 회나 먹자고 하면서도 내심 응어리진 한을 내뿜고 싶은 심정인지도 모른다. 아버지 주 교감의 학살로 두문 불출하고 학교에만 나가는 효식을 불러내어 6·25를 앞둔 심정을 서로 달래고 싶었는지도 모른다.

소나무집은 조촐하면서도 고풍스러운 횟집이다. 그 위에 새로 지은 깨끗한 횟집이 여기저기 있으나 바닷가 아주 작게 보이는 집이 마음을 끌었다.

"언니! 여기 알아서 가져와유. 우럭 한 마리도 좋고. 술은 한산 소곡주로 하고……."

날렵한 젊은 여인이 어서 오세요 인사를 하고 서 있었다. 기섭은 구면인 듯 자유로운 표정이고 효식과 나는 흘낏 그 여인을 훔쳐보고 있었다.

"예쁜데 언제 또 숨겨 놓은 거니, 기섭 네 놈의 재주는 따를 수가 없어. 저런 미인을 어쩌자고 또 이런 구석에 처박아 놓은거야."

"야 너 지금 무슨 소리를 하는 거니. 마음 착한 아가씨를 너 같은 놈이 욕하게 해서는 안 돼. 안 되고 말고, 나도 가까이 가지 못하는데, 너 같은 놈은 백 년 걸려도 소용이 없다구."

"그래서 슬슬 몰아 가느라구 우리를 끌고 왔다 이거지."

효식은 또 가만히 있지 않았다.

"자식아 이렇게 좋은 데에 왔으면 고마운 마음으로 먹기나 하면 됐지 무슨 놈의 말이 그렇게 많은 거니……."

입가의 미소 뒤에 어두운 그림자가 서려 있었다. 소실댁 할머니의 얼굴이 그 위에 포개졌다.

"자 부쳐내기를 듬뿍 가져와유. 쓰기다시는 현해탄에 버려야지."

"아니 이렇게 많이 나오면 회는 주문할 필요가 없지."

효식과 나는 자꾸 나오는 부쳐내기에 눈이 휘둥그래졌다. 다른 기본적인 것은 물론이요, 산낙지, 해삼, 멍게, 바다지렁이, 농어 대가리, 생율, 심지어 인삼까지 나오니 너무 푸짐하여 한산소곡주 맛이기가 막혔다. 거기에 싱싱한 우럭회가 더하니 이건 진수성찬이요 산해진미에 비길 바 아닌 성찬이었다.

—자 우리의 아픔을 승화하고 소나무집의 발전을 위하여!

건배 제청에 모두 잔을 부딪치며 위하여를 크게 부르고 잔을 비웠다.

—자 언니도 잔을 가지고 와요.

—고마워유. 마시면 안 되는데…….

슬쩍 뒤로 빼면서 잔을 받아 입에 댔다.

—이 친구 귀중한 분이니 잘 모셔야 돼요. 서울에서 날고 있으니…….

기섭이 말이 떨어지자 언니가 빙긋이 웃으며 말했다.

—알고 있는데요.

—뭐 미스 민이 서 교수를 안다구?

—그럼은요. 글도 많이 읽었는데요.

—아니 이건 어떻게 된 거야. 또 이건 강력한 라이벌인데…….

—그것 봐. 공 들이는 사람 따로 있고 임자가 따로 있는 거라구.

—자 우리 미스 민의 소나무집의 연정을 위하여 건배!

효식의 건배에 일제히 잔을 부딪치면서 분위기가 무르익어 갔다.

—자 오늘은 중요한 데를 가자. 주 교장선생을 찾아 뵙는 거야. 그

엄격하고도 인자한 존안을 뵙고 가자구.

거나한 기분으로 강바람을 마시는데 기섭이 재촉을 했다. 효식은 사연을 몰라 어리둥절했다. 겨우 성묘 때에 한 번 가는 정도이니 효식도 앞장설 수가 없다.

―가는 거야. 원혼을 위로해 드려야 해. 술은 선양이면 돼. 주 교장선생은 술도 별로 안 하셨는데…….

심상소학교 때에 차렷하고 호령하는 목소리가 귀에 들리는 듯했다. 해방 후에 교감을 거쳐 명교장으로 활동하다가 6·25전쟁 때에 학살당한 주 교장선생의 인품은 지금도 후학의 귀감이 되고 있다.

송내리 산기슭에 있는 묘소는 그렇게 잘 다듬어져 있지는 않았다. 묘분이 그런대로 잘 되어 있고 묘비가 서 있었다.

"자식아 묘좀 가꾸지 넌 무엇하고 있는 거야."

기섭이 조금은 의아한 눈으로 효식을 힐책했다.

―자 우선 절부터 하고 소주를 따르자.

다같이 큰절을 하고 무릎을 구부렸다.

―이렇게 저희들이 왔습니다. 원혼을 거두시고 천상에서 고이 잠드소서.

기섭이 선양을 따라서 바치고는 목메인 소리로 고천을 했다.

"효식아! 미안하다. 너의 아픔을 그 누가 알겠니. 우리 어머니의 한을 자식인 나도 어렴풋한데……. 그 동안 널 따돌린 듯해 내가 미안하다. 사실은 그게 아닌데. 너도 어려웠을 거다. 서 교수는 서울에 있으니 잘 알 리 없구."

"무슨 소리를 하는 거야. 난 그런 생각을 해본 적이 없다구. 내가 원래 소심해서 사람과 만나기를 좋아하지 않아 사람들과 어울리지 못한 거야."

"어쨌든 주 교장선생의 가르침을 받은 제자로서 아들인 효식을 불러 내서 활발하게 세상 살이를 하게 하지 못한 것이 한스럽다구

.......”

가지고 온 선양을 다 마시고 자리를 일어섰다.

―교장선생님! 원혼을 푸시고 편안히 쉬십시오.

모두 가볍게 절을 하고 산을 내려왔다.

"형님! 큰일났습니다."

창수가 허겁지겁 뛰어왔다.

"무슨 일인데 이렇게 야단이냐?"

기섭이 술기 있는 목소리로 창수를 바라보았다. 창수는 잠시 망설이다가 더듬거리는 음성으로 말했다.

"형님! 놀라지 마십시오. 소실 할머니……."

"무어! 할머니가 왜? 무슨 일이 있는 거냐?"

창수는 여전히 더듬거리면서 말했다.

"소실댁 할머니가 기벌포에서 뛰어 내렸답니다."

"뛰어 내려? 어디로……."

기섭은 무슨 말인지 통 알 수가 없었다.

"어디는요 어디는요. 금강이지요."

창수의 말에 이쪽을 쳐다보던 기섭은 어서 가자고 창수의 손을 끌고 찻길로 내려갔다.

푸르른 산은 여전히 녹색의 들판을 벗하여 하지의 여름을 가꾸고 있었다.

(『조선문학』, 1999. 8)

기벌포(伎伐浦)의 한 - 철저한 조사와 준비

구 인 환

1. 이번에는 명작을 한 편 쓰는 거야. 황진이같이 날렵하고 온달같이 우직하며 거북선같이 힘있는 작품, 가장 순수하고 소중한 것에의 동경과 모험으로 상실한 낙원을 찾는 「산정의 신화」나 남북 이산 가족의 아픔과 한을 형상화한 「숨쉬는 영정」, 혼탁한 현실 속에서 순수한 삶을 추구하는 「촛불 결혼식」과 같은 작품을 연달아 쓰고 싶은 충동에 창작 노트를 뒤적이지만 많은 소재 중 소설의 제재로 작중에 살아 있는 삶을 창조할 수가 없다. 소재들의 항의는 빗발친다. 난 언제 작중 속에 들어 갈 수 있느냐고. 언제나 이건 무엇이 될 만한데 하고 메모 해놓은 것이 사장되고 있는 것이다.

나는 두 권의 노트를 다시 뒤져 본다. 작가 노트와 창작 노트다. 작가 노트는 소재나 단상을 메모한 것이요, 창작 노트는 소재 중 제재를 선택하여 대학 노트 양면에 소설의 제목과 등장 인물, 플롯의 개요, 주제 등을 구상하고 서두나 대화 등을 써보는 소설의 구상을 구체적으로 하는 노트이다. 워드로 컴퓨터에 입력하기도 한다.

우선 워드로 제목이나 어느 장면과 배경이나 행동 또는 심리 묘사를 해보기도 하여 형상화의 문 앞에서 숙성을 하여 그것이 안에서 익어 나의 것이 되었을 때에 집중적으로 써간다.

한 편의 소설을 쓴다는 것은 쉬운 일이 아니다. 소설이 현실이나 역사의 반영이라고는 하지만, 그것은 있는 그대로가 아니고 새로운 질서의 세계를 창조해야 소설의 묘미가 있게 된다. 흔히 종합월간지나 여성잡지에서 모집하는, 정말 눈물겹도록 처절하게 살아간 체험을 그대로 쓴 수기는 비소설 곧 논픽션으로 소설로 인정하지 않는다. 소설은 어디까지나 소설이어야 하기 때문이다. 그러니 소설 이하의 소설이 없고 소설 이상의 소설이 없다고 하지 않는가. 어떤 사건을 통해 무엇을 나타내야 할지 실로 쉬운 일이 아니다. 다른 말로 하면, 무엇을 어떻게 형상화해야 하는가, 무엇의 제재와 주제 어떻게의 기법과 문체가 소설 창작의 기본이 되어 그 대단한 작품을 세상에 내놓는다.

소설의 제재가 될 소재는 세상에 뒹굴고 있다. 이웃과 세상살이 모든 것이 소설의 제재가 될 수 있고, 역사의 회오리나 그 아픔 절규가 다 소설의 제재가 되고 남는다. 그러니 작가는 언제나 촉각을 곤두세우고 소설의 제재가 될 소재를 찾아 예리한 눈을 펼친다. 심지어 즐거운 술자리에서까지 소설이 됨직한 얘기를 누가 고백적으로 얘기하면 즉석에서 승낙을 받아 둔다. 이런 소재는 모두 작가 노트에 수록되어 제재로 발탁되기를 기다린다.

2. 금강의 하구인 장항(長項)은 서천군의 서남쪽의 항구 도시로 군산에 가리어 쇠락한 도시로 주춤거리고, 역사의 회오리 속의 비극을 그대로 간직한 채 금강의 탁류는 흐르고 있다. 흐르는 탁류 속에 백제의 한을 되새기고 일제 식민지 치하와 6·25전쟁의 상흔이 수면에 잠겨 있다. 일제 치하의 짓눌리고 억압당하는 민초의 삶과 수난은 「일어서는 산」과 「동트는 여명」의 장편으로 상재했지만 6·25전쟁의 비극은 항상 아픔의 상처로 민족의 수난과 개인의 한으로 작품화하려고 작가 노트에 자료를 써놓고 있었다. 물론 장편으로 계획중인 해방공간과 6·25전쟁까지 5년 동안의 이데올로기의 대립과 민족 양분의 비극을 서너 권의 장편으로 써서 「일어서는 산」과 부산 피난 생활의 「움트는 겨울」에 있는 로망을 완성하는 사이, 금강의 기벌포에 서린 한을 과거와 현재를 조응하여 비극을 승화하려는 작품을 쓰려고 모티브를 모색하고 있었는데 뜻밖에 공주에서의 강의를 끝내고 장항에 들르는 가운데 한 편의 단편이 구상되게 되었다.

3. 1998년 12월 18일. 공주에 있는 충남교육연수원의 교원연수는 재미있고 보람된 시간이었다. 국어과 교사가 아니고 한문과 교사를 부족한 국어과 교사로 전보하기 위한, 여름과 겨울 방학 동안의 강습이다. 40명의 한문과 교사들이 국문과의 여러 교과 강의를 받아 국어과 교사의 자격을 갖추는 것이다. 국어과 교사 연수 때와는 달리 남자교사가 많았고, 휴게실의 자연(紫煙) 속에 교육의 연약과 고향의 상실 역사적 비극을 얘기하게

되고, 강 대표의 승용차를 타고 부여, 홍산, 화양, 하구 둑, 장항에 오면서 역사의 흔적과 그 상흔을 직접 보게 되어, 백제의 비극과 6·25전쟁의 한을 담아 한 편의 소설로 부각시키려는 창작욕이 용솟음쳤다.

상아 다방에 들러 초등학교 동창이요 기자와 번영회장 사물놀이회장 등 장항 토박이 친구인 김 회장을 만나면서 소설의 구상은 서서히 구체화되어 갔다. 먼저 사건의 구상과 소재들의 수집을 메모해 갔다.

- 장항의 명물인 진주집의 아구탕,
- 장항항과 하구 둑에 서린 여러 상황과 현실,
- 제련소가 있는 기벌포와 백제 성충과 의자왕에 얽힌 역사의 회오리,
- 6·25전쟁 때의 이데올로기의 대립 속에서의 피해 상황,
- 그 가운데서도 추부자 만석군이 있었던 솔리 마을에 대한 정보를 조사,
- 지명과 역사적 사건의 정확성,
- 등장 인물과 그 명명,

서울에 돌아와 구체적 플롯을 짜기 시작했다. 서두를 무엇으로 시작할 것인가, 그것을 어떤 서술법으로 시작할 것인가, 주인공들의 성격을 암시할 수 있는 이름 곧 명명(命名)을 어떻게 할 것인가가 문제이다. 특히 소실댁 할머니의 명명에 시간이 걸렸다. 김명석 회장은 박기섭 회장으로 쉽게 바꾸었다.

우선 시점과 서두가 문제였다. 시점은 좀 강하고 직접적인 인상을 주기 위하여 나(서 교수)를 주로 하는 1인칭 관찰자시점으로 정했다.

서두는 소실댁이 기벌포에 앉아 있는 것으로 할까, 금강의 서사로 시작할까. 「탁류」나 「일어서는 산」의 금강 묘사가 있으니 그렇고, 그렇다고 이면적 주인공인 소실댁을 서두에 노출시키는 것도 이상했다. 결국 일반적인 강에서 금강으로 좁혀 오는 원근법적 서사를 하기로 해서 서두를 두들기기 시작했다. '강은 언제나 아름답다'고 시작하자 그 다음이 자연스럽게 연상적 진행으로 追敍하여 주인공 나와의 연관을 차창을 바라보는 달리는 차로 연결했다.

서사적 진행은 이미 짜 놓은 플롯을 앞서간다. 도상의 플롯이 서사 속의 리얼리티에 의해 스스로 수정하고 새로운 話素를 삽입해 갔다. 주 교장 묘의 참배는 플롯에 없었는데 사건이 진행하면서 자연히 삽입되어 한이 맺힌 소실댁 할머니의 투신으로 주 교장의 학살에 의한 효식의 비극과 합일하여 백제 이후 기벌포에 얽힌 한에 맺힌 비극을 극대화시키게 됐다.

자료의 조사와 구상은 두어 달 가량 걸렸으나 집필은 이틀에 끝났다. 제재는 충분히 익히고 집필은 단숨에 하는 것이 좋다. 익을수록 리얼리티 있는 새로운 허구적 서사물인 소설이 탄생한다. 퇴고는 작품이 끝나고 한참 뒤에 독자의 입장에서 하는 것이 좋다.

소설을 쓰는 것은 일종의 장인적인 재주 벌림이면서 노동자와 수도자를 겸해야 하는 고난의 길이다. 그것은 소설다운 소설을 쓰기 위한 습작 과정을 겪으면서 자기화된 소설적 기법으로 사랑과 죽음, 역사의 아픔이 뒹구는 새로운 삶을 창조하여 인간의 존재를 해명하고 흩어진 삶을 고발하고 그 날의 지형(地平)을 그려내야 하기 때문이다. 한 편의 작품이 완성되었을 때의 일종의 자기 기쁨, 임산부가 다시는 아이를 안 낳겠다고 다짐하면서 또 아이를 잉태하듯이 또 새로운 작품을 쓰기 위한 시각을 곤두세우게 된다. 괴테가 '창작은 産苦와 같다'고 창작을 어린아이를 낳는 괴로움에 비유한 것도 잉태, 창조, 출산의 과정의 창작과정과 그 숙명적 연속성을 말한 것이다.

나는 오늘도 작가노트와 창작노트를 껴안고 세상의 물결 속에 모티브와 그것을 새로운 질서의 세계를 만들 장인의 사냥을 시작하면서, 헤르만헤세의 말대로 여행에의 충동과 고향의 동경 사이를 소요한다.

송기숙

전남 장흥 출생. 1965년 『현대문학』에 문학평론 「이상서설」로 등단, 1966년 같은 잡지에 단편 「대리복무」를 발표하였다. 소설집으로 『암태도』, 『백의민족』, 『도깨비 잔치』, 『테러리스트』 등이 있고, 장편소설로 『자랏골의 비가』, 『녹두장군』 등이 있다. 현대문학상, 만해문학상, 요산문학상 등을 수상했으며, 민족문학작가회의 회장을 역임하고 현재 전남대 국문과 교수로 재직하고 있다.

칠일야화

제1야 첫날밤에 만난 사람

김진수는 「진도지방 종합학술조사단」의 일원으로 진도에서 7일 동안 설화 분야를 조사했다. 그가 첫날밤에 만난 사람은 설화 구술자가 아니고 그가 오래 전에 근무했던 교육대학 제자였다. 그는 진도 조그마한 분교 섬마을 선생이었다. 진도에서도 사뭇 멀리 떨어진 섬에 내외가 부부교사로 나가 있다는 것이다. 알고 보니 부부가 다 김진수 제자였다.

그는 교육청에 나왔다가 소식을 들었다며 김진수가 내민 손을 두 손으로 덥썩 우더잡고 반가워 못 견뎠다. 김진수가 그 대학에 있을 때 학내문제로 학생들이 항의농성을 벌인 일이 있는데, 김진수는 학생과장이었고 그 제자는 그 사건 주동자였다. 서로 날카롭게 맞섰던 처지라 십여 년 만에 만난 감회가 유별났다. 제자는 김진수를 대뜸 맥주집으로 끌었다.

그는 외딴 섬에서 선생질하기가 얼마나 고달픈 일인지, 옛날 시위 주동자다운 호기와 열정으로 술청을 깡깡 울리며 김진수한테 연방 술을 권했다. 육성회장 아들에게는 으레 우등상을 주기로 되어 있는 폐습을 고치다가 당한 일이며, 교육청에 줄을 대놓고 학교에는 코빼기도 내비치지 않는 청부를 제자리로 불러들이기까지 사표를 걸고 싸운 일이며, 파견 나와 있는 순경과의 갈등이며, 해당화 피고 지고 어쩌고 하는 소리는 유행가에나 있는 낭만이고, 그런 섬에서 선생질을 하자면 실력은 놔두고 되잖은 소리를 뒤집어 뭉개 버릴 수 있는, 속말로 아구빨이며 때로는 주먹과 배짱, 시쳇말로 전천후 인간이 아니면 교육은커녕 제대로 배겨날 수도 없을 것 같았다.

"자네 지금 나이가 몇인가?"

서른 셋이라 했다. 김진수는 먼지 날리는 소리로 헤프게 웃었다. 모난 돌이 정 맞는다는 패배주의가 처세의 지혜로 그 효력이 점점더 팔팔해 가는 세상에, 파쇄기에서 금방 쏟아져 나온 생자갈 같은 학생 때의 패기를 서른 세 살까지 지니고 있다니, 김진수는 대견스럽기도 하고 어이가 없기도 했다.

"평호 소식 듣습니까?"

"지난번에 출장 왔다고 찾아왔더군."

두 사람은 한참 웃었다. 지금 서울 어느 통신사 기자로 있는 그의 일 년 선배인 정평호가 교직을 그만둘 때의 엉뚱한 일이 떠오른 것이다. 대학을 졸업하고 역시 섬으로 발령났던 그가 두 달도 못 되어 김진수를 찾아왔다. 주말도 아닌데 웬일이냐니까 오늘 사표를 냈다는 것이다.

"옥분 있잖습니까? 옥수수가루 말입니다. 이게 미국 케아란 구호단체에서 우리 나라 결식아동 구호용으로 보낸 겁니다. 도시에서는 빵공장에다 하청을 주어 학생들한테 빵으로 나눠 주지만 섬에서는 그냥 포대째 주거든요. 담당 선생이 나더러 그걸 한 포대 가져가라길래 섬이니까 벽지수당 나오듯 그런 게 나오는 줄 알았더니 그게 아니었습니다. 학생들한테 나온 걸 선생들이 잘라먹고 있는 겁니다. 도대체 이게 뭡니까? 우리 정부가 보낸 것도 아니고, 남의 나라에서 보낸 건데, 노래기 간을 내먹고 말지 이게 선생들이 할 짓입니까? 당장 교장한테 쫓아가서 항의를 했습니다."

말이 항의지 그의 성깔로 보아 이만저만 감때사납게 대들지 않았을 것 같아 김진수는 지레 웃었다.

"교장이란 작자 말하는 것 좀 보십시오. 선생들도 이런 섬구석까지 와서 고생하니까 후생사업 겸해서 조금씩 나눠 준 것인데 그게 뭐가 잘못이냐는 겁니다. 손자 밥 떠먹고 천장 쳐다본다더니, 이건 되레 한술 더 떠서 큰소립니다. 말로는 안 되겠어서 사정없이 패버렸습니다."

"교장을 패?"

"반 죽여 놓고 나와서 교육청에다 사표 던져 버렸습니다."

그는 김진수의 책망에 미리 항거하듯 단호하게 말을 뱉어 놓고 고개를 돌려 버렸다. 아직도 분이 안 풀리는지 이마 밑으로 으긋하게 눈을 깔고 씩씩거리고 있었다. 김진수는 맥살 없이 웃으며 담배만 뻐끔거렸다.

"그 교장은 이제 자네 같은 사람이 없어졌으니까 그런 후생사업을 마음놓고 계속하겠구먼. 벌이 화가 난다고 소 엉덩이에다 독침을 쏘면 소는 움찔하다가 말지만 벌은 죽어 버리잖아?"

김진수는 한다는 소리가 기껏 접장 가락의 이런 곰삭은 소리였다. 그는 공부 더 해서 신문사에나 들어가겠다고 하더니 그는 기어코 일반대학을 거쳐 신문사에 들어갔다.

"섬사람들은 면직원이든 누구든 외지 사람들이라면 처음부터 눈길이 곱지 않지만 선생들은 더 우습게 봅니다. 선생들이 섬사람들을 그렇게 만든 겁니다. 상록수 교사란 사람들, 그 사람들은 더 문젭니다. 순수한 사람도 있지만 대부분 겉으로만 뻔지레하게 꾸며 놓고 신문기자 불러다가 초치고 기름치고 법석을 떠는데 섬사람들 눈에 그런 짓이 곱게 보이겠습니까? 요새는 벽지 근무평점이 높아지자 섬에 들어오려는 선생들이 줄을 서는데 그런 사람들은 낯 내놓고 시간만 때우지요. 제가 봉급을 털어서 젖염소를 사다가 아이들한테 아침마다 염소젖을 나눠 먹였더니 제 점수 따려는 수작이라고 빗볼 지경입니다. 이제는 그런 오해도 풀려 우리 섬은 주민들과 학교가 한 덩어리가 되었습니다마는 그러기까지 삼 년이라는 세월과 피나는 노력이 필요했습니다."

김진수는 섬으로 발령난 교사들이 육지로 상륙하려고 요로에 돈 뿌리는 걸 함포사격이라 한다던 소리를 그 대학에 있을 때 들은 적이 있었다. 목표를 잘 관측해서 정확히 포를 쏘아야 하는데, 포탄이 빗나가 탄약만 날리는 수도 있고, 탄약이 적어 제대로 약발이 나지 않는 경우 등, 그들은 그때 만나면 화제가 그런 것인 듯했다.

밤이 이슥할 때까지 이야기하다 헤어졌다. 그는 꼭 그 섬에 한번 오라 했고 김진수는 그러마고 단단히 약속을 했다.

제2야 대낮에 난 도깨비

12개 분야 12명의 교수들은 낮에 흩어졌다가 밤에 모이면 마치 수학여행 나온 중학생들처럼 떠들썩했다.

"김 선생, 이야기 많이 수집했소? 재미있는 것 있으면 하나 들어봅시다."

"하나 할까요? 이건 어디나 있는 진도판 자린고비 설화입니다."

김진수는 두말없이 이야기를 시작했다.

"옛날 어떤 새댁이 시집온 다음날 집안 청소를 했습니다. 새댁답게 꼼꼼하게 청소를 하는데, 큰 방 천장에 웬 고등어대가리가 파리똥을 잔뜩 뒤집어쓰고 매달려 있지 않겠습니까? 뭐가 이런 얄궂은 게 매달려 있나 떼다 내버렸습니다. 그런데, 밥을 차리다보니 이 집에 반찬이라고는 김치는 고사하고 장 한 방울도 없습니다그려. 하는 수 없이 맨상에다 밥만 한 그릇씩 달랑달랑 얹어 시아버지·시어머니·남편 앞에 가져다 놨습니다. 그러자 내외가 천장을 쳐다보더니 저기 고등어대가리 어디 갔느냐고 눈이 둥그래지는 겁니다. 며느리는 그게 어쨌다는 것인지 머쓱해서 제가 떼다 버렸노라고 이실직고를 했습니다. 며느리 말이 떨어지기도 전에 시어머니가 노발대발 우리는 밥을 떠넣고 그걸 쳐다보고 밥을 먹는데 이제 어쩔 셈이냐고 시퍼렇게 닥달입니다그려."

대충 아는 이야기라 모두 건성으로 웃었다.

"그때 시아버지가 어험 기침을 하고 나서, 기왕지사는 기왕지사니 오늘부터는 네가 우리 곁에 앉아서 밥을 떠넣을 때마다 '고등어대가리'라고 말을 해라. 그러면 그 소리를 듣고 밥을 먹겠다, 이랬습니다."

"허. 그 며느리 탈 났구면."

"이제 갓 시집온 며느리가 어쩌겠습니까? 그저 시키는 대로 시아버지가 밥을 떠넣으면 '고등어대가리,' 시어머니가 떠넣으면 '고등어대가리,' 이러고 밥숟갈이 들어갈 때마다 고등어대가리를 외고 있습니다. 신부가 첫날부터 이런 곤욕을 치르자 신랑이란 놈은 잔뜩 볼이 부었지만, 그도 별수없이 곁붙이로 고등어대가리 말 반찬에 밥을 먹고 있습니다. 그렇게 한참 고등어대가리 타령인데, 어쩌다가 시아버지하고 시어머니 밥숟갈이 한꺼번에 들어갔습니다. 며느리는 다급하게 '고등어대가리, 고등어대가리' 연거푸 소리를 질렀습니다. 그러자, 시아버지가 상을 찌푸리며, '거 너무 짜다.'

—우하하하

"그러잖아도 상판이 메주볼이던 신랑 놈이 '짜면 나눠 잡수쇼그랴."

—우하하하

모두 한바탕 웃고 나서 옛날 가난이 어떻고 우리 민족의 해학이 어떻고 한마디씩 했다. 그러나 실은 이 이야기는 그 날 수집한 게 아니었다. 그 날은 이야기를 하나도 수집하지 못했다. 김진수는 구비문학 계통이 전공이 아니었으나 평소 설화에 관심이 많아 직접 조사를 한번 해보겠다고 나선 터라 이야기 수집이 이만저만 어려운 일이 아니라는 것만 깨닫고 돌아섰던 것이다. 그러나 모처럼 동료들의 기대를 저버릴 수가 없어 이야기를 꾸어다가 웃겼던 것이다.

　시골에서 자란 김진수는 어렸을 때 보면 시골에 쌔고쌨는 것이 옛날 이야기였으므로 더구나 진도 같은 데서는 판을 잡아 녹음기만 틀어 놓으면 이야기는 얼마든지 쏟아져 나올 줄 알았는데 막상 닥쳐놓고 보니 당황하지 않을 수 없었다. 세 동네나 쓸고 다니며 노인들을 모아 다섯 차례나 술판을 벌였으나 구색 갖춘 이야기는 나오지 않았다. 그래도 끈질기게 술판을 벌이고 자신부터 먼저 걸쭉하게 음설패설을 풀어 놓으며 설레발을 쳤으나 이야기가 좀 되어 가는가 하면 끝이 동경이 꼬리로 잘리거나 앞도 뒤도 없는 토막이야기뿐이었다. 저기 저 섬 있잖어. 저 섬이 말이여, 둥둥 떠들어오는디 애기 밴 여자가 오매 섬이 떠오네 한께 저 자리에 딱 멈춰 부렀다여. 그래서 어떻게 됐습니까? 그래서 저 섬이 떠들어오다 지금까장 저기 있는 거여. 이런 이야기는 흔해빠진 대로 설화 구색은 갖춘 것이라 그래도 나은 편이었다.

　어느 동네에서는 한창 술을 권하며 분위기를 잡는 판인데 어린애를 업은 할머니가 옆집에다 소리를 지르며 저쪽으로 달려가고 있었다.

　"어야, 곱단네. 야구 시간 되았네. 나 시바네 집으로 가네잉."

　사뭇 다급하게 뛰어가며 외쳤다. 야구라니, 설마 했으나 그가 들어가는 시바네 집에는 텔레비전 안테나가 부스터를 달고 껑충하게 서 있었다. 그리고 보니, 그 날이 황금사자기쟁탈 고등학교 야구 준결승 날이었다. 그가 뛰어가는 기세나 친구를 부르는 목소리로 미루어 그들은 이미 야구에 상당히 재미를 붙이고 있는 것 같았다. 그러니까, '원 스트라이크 투 보올' 따위 야구 용어 같은 걸 알아서가 아니라 치고 달리고 관중들이 아우성치는 그런 광경이 그저 재미있을 터였다. 요사이 텔레비전이 보급되기 시작하면서 이 동네도 얼마 전에 저 집에서 텔레비전을 들여 놨다는데, 동네 사람들은 이것저것 닥치는 대로 구경하다 보니 야구 팬까지 되어 버린 모양이었다.

어느 동네서는 김진수가 음담패설을 하나 늘어놓으며 분위기를 잡아 보려 했으나 호호호 웃기만 할 뿐 장대 빠진 차일처럼 도무지 분위기가 뜨지 않았다. 부처님도 고개를 돌리고 웃는다는 것이 음담이라 이런 분위기 잡는 데는 음담만한 약이 없어 음담을 훨씬 진한 걸로 하나 더 터뜨리자 모두 배를 쥐고 웃더니, 그렇게 이야기를 잘하면서 우리 같은 촌사람들더러 무슨 이야기를 하라냐며 그런 이야기 또 하나 하라고 되레 이쪽을 졸랐다. 술꾼 못난 것 기생한테 술 따르고 노래부르더라고 김진수는 혼자 설치다가 멋없이 일어서고 말았다. 대학 교수까지 된다는 사람이 느닷없이 나타나서 술판을 벌여 놓고 귀신 나는 옛날 이야기를 하라고 상스런 음담까지 늘어놓으며 너스레를 떨었으니, 이거야말로 대낮에 난 도깨비가 아닐 수 없었다.

제3야 모래를 먹고 사는 돼지

이 날은 엉뚱한 이야기가 녹음되어 한바탕 웃음판이 벌어졌다. 진도가 고향인 제자 하나가 그 날부터 김진수를 거든다고 녹음기를 틀어놓은 채 들고 다녔던 것이다.

넝햅 조서기라니? 그 콧중뱅이 옆댕이가 굴타리 묵은 물외 꼬부리맨키로 각 짜부라진 자석 말이여? 아따, 어디가 그로코롬 험하게 짜부라지기사 했을랍디여? 불 맞은 비니루 쪼빡맨키로 살짝 쪼깐 쪼그라질라다 말았제. 짜부라졌건 쪼그라졌건 그 늦대가리 없는 자석이 꼴값을 해도 유분수제, 아니, 되아지 사료에 모새가 몇 빠센토 섞였다고 아가리를 놀리더라고? 그렁께 자기가 실지로 현장에 나와서 조사해 본 칙면에서는 사료에 모새가 섞인 것이 사실은 사실이되, 그것이 오십 빠센토라는 소리는 너무 부락적인 칙면에서 하는 소리고 정당한 칙면에서 볼 쩍에는 십 빠센토라 보는 것이 공정하다, 이것 이지라우. 워매, 그 아가리를 대가리째 열댓 번 돌려 놔도 선찮을 놈 의 자석 말하는 것 봐. 뭣이, 십 빠센토? 우리 있던 자리에서는 사 료공장 놈덜을 쥑일 놈덜 발길 놈덜 기버큼 물던 자석이, 한 발 빕 더선께 이참에는 그따위 가락으로 아갈창을 놀려? 생각을 해보란 말 이여. 곡식이고 사료고, 근으로 달아서 따질 때가 있고 되로 되아서 따질 때가 있는 것인디, 근으로 달아 온 사료를 갖고 뭣을 보고 가 서 십 빠센토가 으짜고 오십 빠센토가 으짜고 쩨고 있냐 말이여, 그 잡을 놈의 자석이. 하여간, 넝햅 이얘기는 서로가 한번 보고 말 처지 가 아닌께 너무 이해적인 칙면에서만 따질 것이 아니라 서로 햅조적 인 칙면에서 양해적으로 해결을 보도록 허라 이것인디… 쥑일 것덜 양해 좋아하네. 그새 사료공장 물 켜고 그 구실하는 속내가 환한디, 햅조가 으짜고 양해가 으째? 잡을 것들, 즈그덜이 진짜로 넝민을 위 한 것덜이라면 사료공장 놈덜을 당장 유치장에 처박는 것이 아니라 속 찬 놈은 즈그덜밲이 없는 것맨키로 양해 찾고 햅조 찾고 아가릴 놀려? 하여간 때리는 서방보담 말리는 씨엄씨가 더 밉더라고 이럴 때 보면 업자덜보담 넝햅 것들이 쥑일 것덜이여. 잣것덜, 업자덜 업 고 그로크롬 넝민덜 농간질 해처묵을라면 넝햅창고 옆굴탱이에 써논 글씨나 쪼깐 지워번지고 농간을 부려도 부리라고 혀. 열녀전 끼고 서방질도 유분수제, 넝햅은 넝민의 것이라고 글씨나 작게 써놨음사. 허허, 아직까지도 관에서 써논 그런 글씨 한나 새겨서 읽을 줄 모름 쟈? 그런 것은 거꾸로만 새기면 틀림없어람쟈. 넝햅은 넝민의 것이 다, 이것도 그것을 거꾸로 새기면 넝햅은 넝민의 것이 아니다, 이로 크롬 되는디, 원래 임자가 확실한 것은 이것이 뉘 것이라고 말할 것 이 없거던이라우. 우리가 논밭귀퉁이에 이름 써서 말뚝 박아 놓고, 이녁 마누라한테 이것은 뉘 마누라라고 이름표 붙여 놈쟈? 집에 문 패는 우체부 집 찾기 조라고 붙여 논 것이고. 허긴 그려. 하여간 넝햅이 진짜 녱민들 것이 될라면 팔모로 생각해 봐도 길은 딱 한 가지 뿐이여. 젤 꼭대기 조합장부터 젤 밑바닥 급사 새끼까지 말짱 선거로 뽑는 재주뿐이다, 이거여. 그로크롬 선거만 해봐. 녱민덜만 보면 한압씨 한압씨, 조반 잡수셨습니껴, 저녁 잡수셨습니껴, 조석 문안에 허리가 성해나들 않을 거여. 그런디, 이 잣것덜이 젤 꼬래비 급사 새끼덜까지 녱민이라면 한질이나 눈 아래로 내려다보고 묻는 말에 값 안 드는 말 한마디 곱게 하는 법이 없어. 얼른 갑시다. 교수님들께서 아까부터 기다리고 있습니다. 대학 괴수들이 먼 일로 왔다고? 꾹금스럽게 귀신 나는 옛날 이얘기나 노랫가락이나 그런 것 들으러 왔다고 안 그러요. 여튼에 능참봉을 한께 하루에 거동이 열두 번이라등마는, 오랜만에 이장 한번 한께 여그서 불러대고 저그서 불러대고 똥 싼 데 개 불러대대끼 불러대는 통에 못 해묵겄어. 괴순가 선생인가는 그 잭인덜은 월급 타묵고 배가 땃땃하먼 있는 돈에 해수욕장으로 바캉스나 갈 일이제 바쁜 사람 오라가라 성가시게 야단이구만.

"지금 저 사람이 그 이장이여?"

모두 배를 쥐고 웃었다.

요새 테레비, 라디오에 연속극이야 유행가야 멋들어진 신식 이얘기에 노랫가락이 흘러 넘치는디, 그런 것 놔두고 귀신 나는 옛날 이얘기 찾는 것은 먼 입맛으로 간 맞춘 취미가 그런 취미가 있어? 그래도 대학 괴수까지 된 사람덜이 이 더위에 여그까장 여비 쓰고 올 적에는 다 그만한 물정이 있겄제. 이런 녱촌에 왔으면 그런 귀신 나는 소리나 들을 것이 아니라 녱민덜 냉가슴 앓는 속사정이나 조깐 조사해다가 테레비나 라디오에 말하라고 혀. 테레비 보면 괴수들이 뻔질나게 나오등마는 녱민들 사정 이얘기 하는 놈은 씨가 없더만. 괴수라고 다 테레비에 나올 것이여. 소 갈 데 따로 있고 말 갈 데 따로 있더라고 다 적저금 취미가 다르겄제. 그래도 대학 괴수라면 누가 되았든지 그만치 세상 이치나 물정에 환할 것인게 아까 녱햅

이야기만 하더래도 괴수들 한마디가 우리 같은 촌놈덜 백 마디에 댈 것이여. 환하게 이치 발라서 사개가 딱 물리게 개탕을 치면 정부에서도 그만한 생각이 있을 거 아니냐 이거여. 아이고 이치고 깨묵이고 작년에 송청기미 가서 농촌봉사 왔다는 대학생이란 것들 얘기 들어 본께 한다는 소리가 보리푸때죽에 이빨 빠질 소리만 골라서 하고 자빠졌대. 맘을 새로 곤쳐 갖기라디야, 정신핵맹이라디야, 귀신 썻나락 까묵는 소리를 나잘장근이나 야지랑을 까잦히등마는 끄트머리 가서 한다는 소리가 뭣인 줄 알어? 이것도 따지고 보면 아까 그 되아지 사료에다 모새 섞어 폴아묵은 놈덜하고 한 짝인디, 나는 되아지가 풀을 먹는 줄을 여그 와서 첨 알았다, 농촌에 흔해터진 것이 풀 아니냐, 이러고 느닷없는 소리를 하글래 먼 소리를 저런 소리를 하는고 하고 가만히 들어 보잔께, 풀이 흔해 터진 농촌에서 스무 마리고 서른 마리고 되아지 키우기는 맘 한나 묵기에 달린 것이다, 이 소리더만. 허허허. 그런께, 되아지 키워서 부자 되기는 맘 한나 묵기에 달린 것인디, 촌놈덜이 겔러터져서 사는 것이 이 꼴이다, 시방 이 소리네그랴. 참말로 씨 받아다 가꿀 소리네. 되아지가 썩은 것이고 곯은 것이고 아무것이나 후덩그려 퍼묵은께 풀도 솔잎이고 갈잎이고 아무것이나 걸터듬을 것이다, 이러고 허시는 호령이그만. 그런 소리는 해도 쪼깐 찡찡히 해. 이 집 되아지가 들으면 웃다가 사레들려. 하여간, 되아지 사료에다 모새 섞어서 폴아묵는 놈이 없는가, 풀 먹여서 되아지 안 키운다고 호령하는 놈이 없는가, 그러고 보면 멍청한 것들은 촌놈덜뿐이그만. 그래 놓고도 돌아가서는 촌놈덜 정신이 화끈하게 정신핵맹 일으켜 놓고 왔다고 큰소리칠 거 아녀. 괴수고 대학생이고 농촌 사정에는 그 꼴로 담싼 작자덜이라 오늘 같은 날도 농민덜이 뙤약볕에서 몸뚱아리 곰고다가 이러코 점심 묵고 한참씩 그늘에 들앉은 짬이 그냥 할 일 없어 노는 줄 알 것이여. 장근 그늘에서만 삼시롱도 덥네 뜨겁네 피서다 바캉스다 헐떡거리고 댕기는 객인덜이 그늘에 잠깐 들어앉은 짬이 녕민들한테는 피서고 바캉슨 줄 알간디?

"정말 유구무언이그만."

아이고, 괴수님덜이람쟈? 이 동네 이장 오똉만이올씁니다. 이 누추한 동네까지 오시니라고 을매나 수고가 많으셨음쟈? 글안해도 엊저녁에 군청 공보계장님한테서 전화를 받고 아침부터 지둘르고 있었제 으쨌담쟈. 공보계장 말씸이 귀한 분네덜이 우리 지방까지 오셨은께 우리 지방적인 칙면에서 햅조를 잘 해드려사 쓴다고 신신당부를 하십디다. 그러잖아도 시방 하여간에 뭣이든지 우선적인 칙면에서 햅조적으로 나설 태세를 갖추고 있제 으쩐담쟈. 그런디 공보계장님한테서 대략적인 칙면에서는 말씸을 들었습니다마는 옛날 이얘기라는 것이 일트면 고담이지람쟈? 그런 고담이나 노랫가락 같은 것을 연구적인 칙면에서 조사하시겄다 이것인께 그런 것을 말씸드리더라도 유식한 칙면에서 말씸을 드려사 쓸 것인디, 모도가 무식한 사람덜뿐이라놔서⋯⋯.

제4야 백만 명의 유괴범

김진수는 사흘째도 수확이 별로였고, 더구나 밥상머리에서 풀어놓을만한 이야기는 없었다. 여기저기 다니는 사이 옛날 이야기보다는 현대판 설화라고나 해야 할 터무니없는 실화에 더 많이 접했다. 낚시대회 판에 잡어처럼 수집 실적에는 아무 상관도 없는, 이런 실화들은 모두가 옛날 이야기만큼이나 황당하고 어처구니없는 것들이었다.

이 날도 엇바람 먹은 연처럼 분위기가 뜨지 않아 애를 먹고 있는데 엉뚱한 사람이 끼여들어 독장을 치는 바람에 판이 깨지고 말았다. 어느 갯마을에서 술판을 벌이며 이야기를 유도하고 있을 때였다.

"교수님, 교수님도 이 신문 보셨지라?"

언제 왔던지 평상 곁에 섰던 사내가 가방에서 신문 한 뭉치를 꺼내더니, 기사를 짚어 보이며 흥분했다. 미성년자 집단유괴라는 기사 제목이 대문짝만했다. 얼마 전에 며칠 동안 연달아 보도되어 세상이 떠들썩했던 사건이었다. 그러고 보니 그 사건이 벌어진 곳이 바로 이 근방 섬이었다.

"내가 바로 이 동네 출신이고 그 면 면서깁니다. 이 기사는 전부가 엉터리기삽니다. 우리 섬은 김이야 멸치잡이야 소문난 부촌이라 전부터 외지 사람들이 들어와서 일을 했고, 유괴되었다는 그 아이들 26명도 모두 제 발로 들어와서 일을 하고 제대로 월급을 받았습니다. 돈 벌려고 제 발로 들어온 아이들한테 월급 주고 일 부린 것이 어째서 그게 유굅니까? 이 기사 때문에 멀쩡한 사람들이 지금 일곱 명이나 유치장에 갇혔습니다."

사내는 마치 김진수가 그 신문기자라도 된 것같이 신문을 탕탕 치며 입침을 튀겼다. 그렇지 않아도 쇠눈같이 큰 눈이 튀어나올 것 같았다.

"이 사건의 발단이 무엇인 줄 아십니까?

김진수는 다행히 알고 있었으나 그냥 눈만 끔벅이고 있었다. 이 사내가 어떻게 여기 나타났는가 했더니 여기가 그 섬으로 가는 연락선 기항지였다. 연락선을 기다리며 서성거리다가 여기 사람들이 몰려 있는 걸 보고 다가왔던 모양인데 교수란 사람이 그런 기막힌 사건은 놔두고 한가하게 고리삭은 옛날이야기나 조르고 있자 비위짱이 상했던 모양이었다.

"사건의 발단은 계모 슬하의 문제가정에서 뛰쳐나온 아이가 그 아버지한테 공갈편지를 띄운 바람에 일어난 겁니다. 그 아버지가 경찰서에다 고발을 했던 모양인데 신문기자들부터 쫓아와서 이 꼴을 만들어 놨어요."

이제 알았느냐는 듯이 그 큰 눈을 더 크게 뜨고 김진수를 건너다 봤다.

"2백여 호가 넘는 우리 섬에는 경찰까지 한 사람 상주하고, 교통편만 하더라도 정기여객선에다 중학교가 있는 건너편 섬으로 날마다 통학선에다 선박 왕래가 끊어질 때가 없으니까 그 아이들이 정말 유괴되었다면 얼마든지 도망칠 수 있습니다. 바로 이 사람이 우리 외숙인데 이이는 지금까지 전기세 한번도 미납한 적이 없는 사람입니다."

신문에 난 사진 가운데서 한 사람을 가리키며 평상을 탕탕 쳤다. 신문은 얼마나 펴고 접고 했는지 부옇게 보풀이 지고 글씨가 시커멓게 뭉개져 있었다. 그 기사가 난 신문들은 몽땅 모아서 숫제 가방에다 넣고 다니며 기회만 있으면 이렇게 왜장을 치는 모양이었다.

"잘못이라면 요사이 그 흔한 가출 소년들이 서울이 아니고 우리 섬으로 왔다는 것뿐입니다. 혹사 어쩌고 떠들어대지만 그들이 하는 일이란 게 도시 공장이나 식당 일보다 더 고될 것이 없고 월급도 꼬박꼬박 주었는데 도대체 그것이 어떻게 유굅니까? 그런 식으로 따지면 가출한 처녀들을 식모로 데리고 사는 집은 물론이고, 이발소·식당·여관, 그 수많은 공장의 공장주들은 몽땅 유괴범입니다. 전국에 그런 유괴범은 백만 명도 넘을 것입니다. 똑같은 아이들을 도시 사람들이 부려먹으면 그것은 취직이고, 섬사람들이 부려먹으면 유괴란 말입니까? 촌놈들을 사람으로 안 보니까 이 따위 짓을 하는 게 아니고 뭡니까?"

좀도둑도 없어 사립문이 없는 집이 태반인데, 철옹성 같은 담장도 못 미더워 철조망에 유리조각까지 박아 놓고 사는 험악한 도시에서 나 있는 유괴란 말로 생사람들 결딴을 내놨다고 거듭 평상을 쳤다.

김진수는 사내가 몇 마디 하다가 말 줄 알고, 옹기전에 들어온 황소 보듯 멀뚱하게 건너다보고 있었으나 사내는 제물에 가을 고추처럼 점점 약이 올라 장설이 그칠 것 같지 않았다. 뭐라 한마디할까 하다가 이미 간을 보고 벌인 춤인데 웬만한 소리는 자동차 바퀴에 구두끝 튕기듯 할 것 같아, 일진 탓으로 돌리는 것이 속 편할 것 같 았다.

제5야 카이자의 것과 객주의 것과

"이 섬 호수가 46호랬지요? 톳이나 미역, 우뭇가사리 등 작년도 이 마을 어촌계 호당 수입이 전부 얼마였지요? 모두 똑같을 테니 계 장님댁 액수가 얼마였던가 기억을 한번 더듬어 보세요."

김진수는 첫날 만났던 제자가 근무하는 섬에 어업 분야의 박 교수 와 함께 들어가, 박 교수가 어업분야 조사하는 걸 구경하고 있었다.

"가만 있자, 미역이 일곱 속에 속당 이천오백 원씩 받았은게, 만 칠천오백 원하고……."

그는 하나하나 기억을 더듬어 갔다. 톳이 이백 근당 백팔십 원씩 삼만 육천 원, 돌김이 칠십 속에 이만 천 원, 기타 우뭇가사리 등이 약 사만 원으로, 도합 십일만 사천 오백원이었다.

"그러면 그걸 어떻게 팔았습니까? 사러 들어옵니까, 가지고 나갑 니까?"

"대개 목포 상회로 가지고 가지람쟈."

"해초를 공동관리, 공동채취해서 똑같이 분배한 다음에 판매만은 개별적으로 하는군요. 그러면 거래하는 상회는 항상 같은 상흽니까?"

"대개 그러지람쟈. 이 섬사람들이 거래하는 상회가 니갠디, 대개 자기가 댕기는 상회가 따로따로 있지람쟈."

"해초 나면 갚기로 하고 상회에서 미리 돈을 꾸어다 쓰는 경우도 있지요?"

"그러지람쟈. 나도 작년에 십만 원 가져다 썼그만이라."

"그 돈은 어디다 썼습니까?"

"중학교 댕기는 아이 학비로도 쓰고, 작년에 섬 한나 사는디 보태기도 했지람쟈."

"무인도의 일 년간 해초 채취권을 샀단 말씀이지요?"

"허허. 이런 일을 깊이도 아시네요."

"객주집에서 그렇게 돈을 가져다 쓰면 어떻게 갚습니까?"

"해초 나면 갚지람쟈."

"물때마다 채취한 해초를 상회에 가지고 가서 그 해초 값에 상당한 액수만큼 공제를 해나가겠군요."

그런다고 했고 이자는 월 사부라 했다.

"그러면 연 오 할쯤 되겠군요? 해초가 흉작이어서 그 해에 갚지 못하면 빚을 돌려앉힙니까?"

그런다고 했다.

"해초를 가지고 가면 객주집에서 잠도 재워 주고 식사도 줍니까?"

"그런 사람도 있는 것 같습디다마는 나는 그런 집에서 자 본 적이 없그만이라우."

"어때요, 객주집에 드나드는 기분이? 목포 나가면 거래할 일이 없어도 그 상회에 들릅니까?"

"그런 사람도 있는 모양입디다마는 뭣이나 쪼간 얻어 묵을라고 그런 것 같아서 나는 잘 안 들리그만이라우."

"일 년 수입을 통틀어 말하면 얼마나 됩니까? 이 섬에 논은 없으니까 말할 것이 없고, 아까 계장님은 밭농사를 열다섯 마지기 짓는다고 했는데 어느 쪽이 많습니까?"

"촘촘히 따져 본다 치라면 반반쯤 될 것 같그만이라우."

이 섬사람들의 일 년 총수입은 평균 이십이만 구천 원 안팎인 셈이다.

"이 동네에서 밭농사나 해초 수입 말고 다른 수입 있는 사람 있습니까? 해태는 물이 깊어 발을 못 막을 것이고, 고기잡이를 한다거나?"

"낭자망을 하는 집이 한 집 있고, 더러는 주낙질도 하기는 합녀이다마는 자기 집 밥반찬 정도제, 그것으로 돈벌이는 안 되지람쟈. 나는 작년에 십일만 원에 산 섬이 해초가 풍작이어서 십구만 원이나 이익을 봤지람쟈. 그런 사람이 또 한 사람 있지람쟈."

"일종어업공동권은 이전했습니까?"

"못했그만이라. 측량비가 한 섬에 칠만 원이나 되는디, 본섬 말고도 여기 딸린 자잘한 섬이 시 개나 되그던이라우. 그렁께 사칠은 이십 팔 이십팔만 원이 있어야 하는디, 그런 돈이 한꺼번에 있어사제람쟈. 그래서 어업권 행사료만 해년마다 삼만 사천육백 원씩 물제 어짠담쟈. 맹년까지 안 해가면 행사료를 비싸게 올린다고 해쌓는디, 큰일이그만이라."

"수협에서는 무슨 융자라든지, 하여간, 무슨 명목으로나 돈 가져다 쓴 적 있습니까?"

"내가 시방 어촌계장 한 지가 오 년쨌디, 그런 일은 없그만이라우."

김진수는 일종어업공동권이 무언지 나중에 박 교수한테 물어 보았다. 바다에서 저절로 자라는 해초나 조개 따위를 채취하는 걸 일종어업이라 하는데 어느 섬이든 그 섬에 자라는 해산물 채취권은 관행으로 그 섬사람들에게 공동으로 있으므로, 옛날 토지조사령에 따라 개인의 토지를 개인 앞으로 등기했듯이, 섬사람들도 이 공동권리를 법률적으로 획득해야 한다는 것이다. 이 섬은 그걸 못 해 일종어업권이 국가에 있기 때문에 국가는 해마다 그 권리 행사료를 징수한다고 했다.

"아까 들어 보니까 행사료라는 걸 수협에서 징수하는 모양인데 조상 대대로 그냥 뜯던 해초를 뜯는다고 그 알량한 어업권 어쩌고 국가는 매년 행사료만 받아먹고, 연 오 할이나 되는 높은 이자돈을 내다 쓰는 섬사람들한테 융자 한 푼 없단 말입니까?"

"원래 취지는 어민들한테 그 권리를 확보해 주자는 것인데, 여기는 너무 가난해서 그런 문제가 생긴 것입니다."

"그럼 이런 사람들한테 국가란 도대체 뭡니까?"

"어업정책을 여러가지로 세우고 있는 것 같으니까 이런 일도 해결이 될 것입니다."

작년에 어업공동체 연구로 박사 학위를 받은 박 교수는 어민들의 어려운 사정을 구석구석 알고 있었고 그런 일에 도움될 이야기를 자세하게 해주었다.

그 날 저녁 두 사람은 김진수 제자 관사에서 걸쭉하게 술을 마시고 늦게 잠이 들었다가 이른 아침 느닷없는 종소리에 눈을 떴다. 웬일인가 했더니 학생들이 몰려들고 있었다.

"흘리지 말고 조심해서 따라!"

학생 수가 56명이라는데 5, 6학년들은 일찍 나와서 젖 짜고 나눠주는 일을 거들고 있었다. 젖염소 세 마리와 닭 60여 마리를 기르고 있었으며 내외가 꼭 어머니 아버지같이 아이들에게 염소젖 한 컵과 달걀을 하나씩 나눠 먹이고 있었다. 아침 여섯 시에 종을 치면 동네 아이들이 토끼 새끼들처럼 눈을 비비며 뛰어오는 모양이었다. 네댓 살짜리 꼬마들까지 곁붙이로 따라와서 우유를 받아 아껴서 홀짝거리며 낄낄거리고 있었다.

제6야 법성포 야화

김진수는 며칠 동안 여기저기 돌아다니며 우리 현실의 음지 속에 가리워진 사실들을 볼 수가 있었다. 그는 여기 오기 전에 받은 문병란 시집 『죽순밭에서』에 실린 「법성포 야화」가 생각났다.

바다에 와서
바다를 찾다가
바다를 못보고 간다.
잃어버린 바다는
서울 조기눈깔 속에
냉동된 파도소리
동지나해 고기잡이 간 남편을 기다리는
어떤 아낙네의 눈 속에서 문득
법성포는 실마리가 풀리기 시작한다.

흑산도 뱃놈의 손바닥 위에
따라지가 되어 놓인
만선의 꿈
깃발을 골백번 나부껴 보아도
남의 풍년 속에 살아온 인생
더디 나오는 장땡을 쥐면
까치놀 타고 온 슬픈 인생이
빈 손바닥 위에 엎어져 간다.

30년 기관사 김생원
월수입 4만 원의 주름살 속에서
아득한 해조음을 듣고 있을 때
어촌 새마을 사업
어협 직원의 빛나는 뱃지 속에서
비로소 나는 법성포를 보았다.

10원짜리 썩은 고등어가
100원짜리 반찬이 되어 놓인 식탁,
썩은 고등어눈깔 속에서
어부는 있어도
어업이 없는 포구가 술에 취한다.

칠산 바다 젊은 사공은
마이가리에 묶여 돌아오지 못하고
3·7제 설운 사연
바다의 소작어업 풀릴 길 없어
죄없는 젓가락만 밤새도록 두드린다.

드높이 솟은 냉동공장아
줄지어 서 있는 선술집아
쫓겨간 임도 없이
구멍 뚫린 고무신 밑바닥에
쓸쓸히 젖고 가는 슬픈 노래
홍어기의 2월 밤이 더디 새고 있다.

제7야 녹음기가 듣고 전한 고별사

김진수의 설화 수집성적은 닷새 동안에 겨우 20여 편 남짓이었다. 김진수는 밤에도 한번 나가 봤으나 밤에는 더 어려웠다. 집집마다 라디오 앞에 귀를 기울이고, 특히 연속극 시간에는 온 가족이 몰려 숨을 죽이고 있었으며, 동네마다 한두 대씩 있는 텔레비전 앞에는 동네 사람들이 가득 몰려 깔깔거리고 있었다. 그런 분위기를 깰 수도 없었고 더구나 농사일에 고단한 사람들을 붙잡고 오래 수작을 부릴 수도 없었다.

김진수는 초조한 나머지 뙤약볕을 무릅쓰고 여자들 김매는 밭머리까지 막걸리 주전자를 들고 다니고, 입담 좋은 할머니가 있다면 춘향이네 골목같이 꼬불꼬불한 골목길을 좌우 사방으로 돌아 궁상을 떨고 다녔지만 별로 얻은 게 없었다.

이런 조사는 경험이 그만큼 중요한 것 같았으나 더 근본적인 문제가 있는 것 같았다. 할머니 할아버지들이 손주들한테 이야기 졸림을 받아 옛날 이야기를 자꾸 되풀이해야 기억이 연속될 것인데, 그런 기회를 거의 라디오에 빼앗겨 버리고 이제는 텔레비전까지 보급되는 중이었다. 텔레비전 세상이 오면 민중들 사이에서 설화는 거의 사라질 판이었다.

김진수는 마지막날까지, 해 저문 나그네 고개티 채듯 모질음을 쓰고 다니다가 그야말로 극적으로 기막힌 이야기꾼을 만났다. 46세에 국민학교 졸업이라서 처음에는 별로 탐탁하게 여기지 않았다. 나이도 나이려니와 국민학교일망정 근대교육을 받은 사람한테서 제대로 옛날 이야기가 나올까 싶지 않아서였다. 그러나 만나 보니 보통 이야기꾼이 아니었다. 김진수는 흥분하지 않을 수 없었다. 품팔이 논매고 있는 사람을 이장이 불러 왔는데 그는 이야기꾼답게 가난한 생활보호자였으며 얼핏 미욱하게 보였으나 기억력이 비상하고 이만저만 입담이 좋은 게 아니었다. 그러나 시간이 없었다. 조사는 오늘로 끝내고 내일은 아침 일찍 떠나야 하는데 이미 시간이 오후 네 시를 넘고 있었다. 읍내로 나가자고 했더니 자기 아내가 몸살이 나서 누워 있다며 고개를 저었다.

"이 사람아, 점잖은 괴수님이 사정을 하는디 멀 그런가? 일 중동낸 것은 걱정 말고 자네 집 저녁밥은 우리 집사람한테 말할란게 갔다오게. 술 한잔을 하더래도 읍내로 나가사 기름끼 있는 안주에다 지대로 할 거 아녀."

이장이 등을 떼밀자 사람 좋아 보이는 그는 헤프게 웃으며 누그러졌다. 나는 택시를 불러 읍내로 달렸다. 여관 주인한테 특별히 부탁해서 안주를 푸짐하게 차려 술판을 벌이자 그 입에서는 이야기가 아가리 벌어진 보따리에서 곡물 쏟아지듯 쏟아졌다. 도깨비 이야기라면 도깨비 이야기, 인색한 놈 이야기라면 인색한 놈 이야기, 그가 간혹 쓰는 말마따나 출출이 문장이었다. 둘러앉은 교수들은 술잔을 들고 배꼽을 뺐다.

밤이 깊어지자 교수들은 자기 방으로 돌아가고 이 방에서 잘 사람들도 한 사람씩 자리를 펴고 눕기 시작했다. 12시가 넘자 모두 코를 골고 나하고 두 사람만 남았다.

"쪼깐 쉬어 감시롱 합시다."

"예, 예. 아직도 안주가 많이 남았습니다. 자, 드십시오."

그는 지친 기색이 완연했고 웃어 주던 청중들이 없어지자 신명도 풀린 것 같았다. 논매는 사람을 매 꿩 덮치듯 끌고 와서 그 달음으로 이야기 재촉이 불같았으니 피로할밖에 없었다. 논매기는 농사일 중에서도 가장 고된 일이라 밥숟갈만 빼면 곯아떨어졌을 터였다. 더구나 내일도 남의 일을 맞춰 놨다고 했다. 그러나 김진수는 모처럼 만난 이런 기막힌 이야기꾼을 그대로 둘 수는 없었다.

"유기장수 이야기 한번 해보세요."

"그것은 다 들었을 것인디라."

그래도 한번 해보라고 하자 마지못해 입을 열었다. 그러나 그 출출이 문장이던 말발이 이 앓는 사람 싫은 밥 께적거리는 꼴이었다. 그가 쓰는 말마따나 하찮은 또랑광대도 추임새 바람으로 노는 것이라 청중 없는 이야기판은 내가 보기에도 민망스럴 지경이었다.

"…그 담날 이놈이 유구짐을 떠억 짊어지고 그 집으로 썩 들어섰음다그랴. 엊저녁에 죽은 놈이 멀쩡하게 살아 갖고 유구짐까지 짊어지고 덜렁 나타났으니 그 집 사람들이 얼매나 놀랬겠음쟈. 이 자석이 시방 귀신이라냐 사람이라냐 한참 멀뚱거리고 있는디."

그때 밖에서 누가 문을 두드렸다. 옆방 최 교수가 배를 움켜쥐고 오만상을 찌푸리며 혹시 약 없느냐고 했다.

"그대로 계속하십시오. 여기 그대로 녹음이 되고 있습니다. 어서 계속하세요."

이층 자기 방으로 뛰어가던 김진수는 다시 뒤돌아 뛰어 내려왔다. 방 열쇠를 잊고 갔던 것이다.

"아니, 그대로 계속하라니까요. 나 얼른 다녀올 테니 그대로 계속해요. 지금 녹음기가 돌아가고 있어요."

"예, 예."

바삐 약을 찾아 주고 돌아서자 최 교수가 또 붙잡았다. 배를 좀 문질러 달라는 것이다. 마음이 바빠 죽을 지경이었으나 아픈 사람을 팽개칠 수가 없어, 변소길 바쁜 아낙네 수제비 모태 주무르듯 우악스럽게 몇 번 주물러 주고 내뺐다. 방으로 달려오자 그는 벽에 기대어 졸다가 눈을 씀벅이며 허리를 세웠다.

"다 하셨습니까?"

그는 대답을 하는 둥 만 둥했다.

"수고하셨습니다. 이걸로 이만 끝냅시다."

김진수는 택시부터 불렀다. 차비를 합쳐 5천 원을 내밀자 그는 무춤 뒤로 물러서며 그가 자주 썼던 표현대로 눈알이 화등잔만해졌다. 김진수는 돈을 쥐어 주고 고맙다는 인사를 거듭했다. 자리에 눕자 그 동안 피로가 한꺼번에 풀린 것 같았다. 이야기를 찾아 천방지축 헤맸던 게 어디 허방을 헤매다가 온 것 같았다.

김진수는 돌아오는 배에서 7일 동안의 여행을 되돌아보았다. 일주일이 일 년이나 된 것 같고, 그 동안 보고 들었던 일들이 생생한 감동으로 살아왔다. 여태 까맣게 잊고 살았던 자신의 과거를 되찾은 것 같고, 그들과 호흡을 함께 하는 사이 어떤 소중한 활력을 공급받은 느낌이었다. 공사장에 모래똥처럼 짓밟혀 온 인생들이지만 산동네 저녁 불빛처럼 안온한 표정들이며, 섬놈이라는 자기비하 속에 담겨 있는 빠듯한 저항이며, 모두가 신선하고 정다웠다.

'섬에 들어온 사람들은 모두 빼앗아 가려고만 하고 음으로 양으로 피해만 준다던' 그 제자의 말들이 아프게 다가오며 어젯밤 이야기꾼을 너무 혹사했던 일이 떠올라 김진수는 실소를 머금었다. 만약 그가 식자라도 들고 사회적 신분이 있는 사람이었다면 그토록 험하게 붙잡고 늘어질 수가 있었을 것인가. 좋아하는 술도 기분대로 못 마시게 요령을 부렸고, 더구나 부인이 앓고 있다는 사람을 납치하듯 덮쳐다가 눈꺼풀이 겹치도록 이야기만 뽑아 냈던 것이다. 뽑아 낸 정도가 아니라 약탈이었다.

그 이야기꾼의 선해빠진 얼굴과 익살이 넘치던 목소리가 은은하게 울려 오며 마지막 했던 유기장수 이야기가 어떻게 되었나 싶었다. 녹음기를 틀었다.

—그대로 계속하십시오. 여기 그대로 녹음이 되고 있습니다. 어서 계속하세요. …… 아니, 그대로 계속하라니까요. 나 얼른 다녀올 테니 계속해요. 지금 녹음기가 돌아가고 있어요. 예, 예. 젠장, 이애기를 많이 해봤제마는 혼자 앉아서 이애기하란 소리는 살다가 한번 첨 들어 보네. 무담씨 와갖고 잠도 못 자고 이것이 먼 꼴이여. 허, 이거, 여편네나 괜찮은가 모르겠네. 참말로 재수가 없을란게, 젠장.

(『현대문학』, 77. 10. (99. 1. 개작))

*「카이자의 것과…」 『마태복음』 22;12-22. 바리새 인들이 예수께 카이자에게 세금을 내는 것이 옳으냐 그르냐고 묻자 예수가 카이자의 것은 카이자에게 하느님의 것은 하느님에게라 대답한 대목이 있음.

결말부터 떠오른 영감, 그리고 정확한 자료 조사

송 기 숙

1. 소설에서 보듯이 종합학술조사단의 일원으로 조사를 나갔다가 오랜 만에 그곳 사람들의 질박한 정서와 생활에 젖다 보니 돌아오는 선상에서 여러 가지로 감회가 뒤얽혔다. 유독 마지막날 밤 이야기꾼을 여관으로 데 려와서 녹음기를 틀어 놓고 설쳤던 내 꼴이 떠올랐다. 마음씨 좋은 그이가 돌아가면서 나더러 무어라 했을까, 혼자 쓴웃음 웃고 있다가 언뜻 그이가 했을 법한 말이 떠올랐다. 순간 그 말을 소설의 결말로 삼으면 재미있는 소 설이 되겠다는 생각과 함께 소설 전체의 구성까지 잡혔다.

며칠 동안 다니면서 실감했던 일들을 정리하면 경제 개발의 음지인 농촌 의 세태를 어지간히 드러낼 수 있을 것도 같았다. 도시와 농촌간의 불균형 발전에서 농민들이 느끼는 상대적인 박탈감이며, 공무원을 포함한 지배계 층과 도시인들에 대한 불신 등, 구체적인 사례들로 가시 찌르듯 아프게 다 가오며 소설의 구성이 잡혀 갔다. 제목도『천일야화』를 본떠「칠일야화」로 하면 좋을 것 같았다.

나는 집에 돌아오자 수집해 온 설화는 내던져 놓고 소설부터 쓰기 시작 했다. 칠 일 동안 겪었던 일들이 일곱 가지 이야기로 어렵지 않게 꾸며졌 다.

그 뒤 개작을 두 번 했는데 한번은 작품집에 실으면서 이야기 한 대목을 바꿔 넣었고, 그 다음에도 다른 데 실으면서 문장을 손봤다.

진도는 '진도아리랑'이나 '진도씻김굿' 같은 것에서 보듯이 이 섬 하나가 독자적인 문화권을 형성하고 있기 때문에 민중문화의 보고라 할 만한 곳인 데, 그곳 도깨비굿은 이산가족 문제를 다룬 중편「어머니의 깃발」에서도 중요한 부분을 차지한다. 도깨비굿은 직접 볼 기회는 없었지만 조사 때의 현장 체험이 그 굿을 묘사하는 데 바탕이 되었다.

「칠일야화」는 며칠간의 체험이 바탕이 된 것인데, 작가들은 현장 조사를 해야 할 때가 많으므로 현지 조사에 대한 내 경험을 몇 가지 이야기하려 한다.

역사소설처럼 현장이 있는 소설이나, 작품 배경이 구체적인 모델이 있는 경우는 현장을 깊이 들여다보면 사건이 새로운 각도에서 보이기도 하고 사건 전개의 새로운 모티프를 얻기도 한다. 두 번 갔을 때가 다르고 세 번 갔을 때가 다르게 보이는 경우가 있다. 조사를 나갈 때는 미리 기초 자료를 널리 모아 익히는 등 준비를 튼튼히 해야 제대로 보인다. 기초 지식이 없거나 준비 없이 현장에 가면 아무리 자세히 보아도 겉모습만 훑게 된다. 매사가 그렇지만 이런 데서도 준비한 만큼만 보인다.

이 소설에서 농협 이야기가 나오는데 나는 전부터 당시 농협의 실상을 상당히 깊이 알고 있는 편이었다. 말만 협동조합이지 박정희 정권 때 제정한 '임시조치법'이라는 악법에 묶여 조합원들이 조합장이나 이사를 선출하지 못하고 관에서 임명했기 때문에 농민들이 조합의 주인 행세는커녕 농협 직원들한테 저 아래서 굽실거릴 수밖에 없었고, 농협은 농민들의 이익이 아니라 농민을 수탈하는 기구가 되어 있었다. 일테면 당시 수출 드라이브 정책에 따라 우리 나라는 비료 수출국이면서도 우리 농민들이 사는 비료값은 수입하는 나라 농민들이 사는 비료값의 두 배였다. 수출경쟁을 하느라 생산비보다 더 싸게 수출을 하도록 하고 정부는 그 손해만큼을 우리 농민들의 비료값에 얹어 버렸던 것이다. 그게 수출보상금이라는 것인데 농협은 그걸 시정하려는 노력은커녕 그런 수탈의 하수인 노릇만 하고 있었다. 소설에 나온 그 부분 대화는 물론 픽션이지만 확실한 사실들에 근거한 인식이 있었기 때문에 자신있게 쓸 수 있었고 리얼리티라면 일정하게 리얼리티를 획득할 수 있었다.

어촌계 이야기는 또 다른 수탈의 현장이었다. 그런 섬은 음지 중에서도 음지였는데 이럴 경우 그들에게 국가라는 것이 무엇인가 하는 개탄이 앞섰다. 당시 근대화는 경제개발의 명분이었으나 이런 섬들은 근대화는커녕 식민지시대 일본 사람들이 손댔던 근대화 정책이 중단된 상태에서 국가는 전에 없었던 입어료란 것만 챙겨 농민들한테는 근대화 이전보다 되레 피해를 주고 있었다. 일본 총독부가 논밭 경계를 정확히 조사하여 토지 소유권을 정확히 하려고 1909년부터 토지조사를 했던 것과 마찬가지로, 여기서도 어업 소유권을 확정하려고 기초조사를 했던 모양인데, 섬사람들은 소유권을 이전해 올 목돈이 없어 이런 피해를 당한 것이다. 사실은 섬사람들한테는 거기 있는 섬을 누가 떠메가는 것도 아니고 다른 섬사람들이 침범하는 것도 아니므로 그들에게는 소유권이란 게 무의미한 것이기도 했다. 이것은 사실 자체가 아이러니여서 사실대로 기술했다.

2. 나는 장편『녹두장군』을 쓰면서는 현장을 샅샅이 뒤지다시피 했는데 그 사이 여러 가지 요령이라면 요령이 생기기도 했다.

이런 경우도 있다. 『녹두장군』의 경우 전봉준 장군의 아버지가 농민들의 앞장을 서서 등장, 요사이 말로는 탄원서를 냈다가 곤장을 맞아 장독으로 죽었는데 죽은 시기가 3월설과 6월설로 대립되어 있다. 이 사실은 전봉준 장군이 봉기에 앞장선 원인과 관련 지어 생각할 경우 중요한 쟁점이 되는데, 나는 그런 사감이 전봉준 장군의 그런 결단에 영향을 주었을 거라고는 보지 않는 편이라 그 사실에는 별로 관심이 없었는데 현장에서 조사를 하다가 우연히 3월설을 뒷받침할 수 있는 결정적인 방증 자료를 얻었다. 전봉준 생가가 있는 이웃 동네서 조사를 할 때였다.

"전봉준 아버지 탈상 때는 부조가 산더미만큼 쌓였는데 이 동네 아무개 할머니는 하도 가난해서 부조를 가재도 가지고 갈 것이 없어서 파 한 다발을 뽑아 들고 부조를 갔더라요. 깔깔."

나는 파 한 다발이란 말에 귀가 번쩍했다. 파를 뽑아서 다발로 들고 갈 수 있는 절기는 초봄이라는 생각이 들었던 것이다. 음력 유월은 대개 양력으로 7월이며 그때 파는 씨로 갈무리되어 처마 밑에 걸려 있을 때다. 부조의 양이 집더미가 산더미로 과장될 수는 있겠지만 쑥갓이나 가지 따위가 파로 바뀔 수는 없을 터이다. 이런 경우는 내가 농촌 출신이기 때문에 금방 알 수 있었지만 좀 전문적인 경우는 준비가 부실하면 사실 여부나 과장 여부를 알 수가 없고, 문헌에서 읽은 이야기인지 전해 내려온 이야기인지도 구별할 수가 없다.

역사소설은 역사적인 사실을 철저하게 섭렵해야 하고, 사건의 역사적인

의의에 대한 인식을 바탕으로 자기 관점을 지녀야 하는데 내가 『녹두장군』
을 쓸 때만 하더라도 이 방면에 대한 학계의 연구는 사건 자체에 대한 정리
마저 제대로 되어 있지 않는 상태였다. 문헌만 보고 현장에 가 보면 문헌에
있는 지명이 아예 없는 경우가 있고, 특히 전투현장에 대한 기술은 종잡을
수가 없었다. 현장 조사를 통해서 정리할 수밖에 없었는데 그게 이만저만
어려운 일이 아니었다.

그런데 이런 것은 노력하면 웬만큼 해결할 수 있었으나 아무리 생각해도
풀 수 없는 수수께끼가 하나 나타났다. 백산에서 봉기한 농민군은 황토재
싸움에서 감영군을 격파하고 황룡강싸움에서는 조정군을 물리쳐 하늘을 찌
를 듯한 기세로 전주성에 입성했다. 그런데 백산봉기 때 만 명에 가깝던 농
민군이 전주 입성 때는 수가 되레 줄어들었다. 한 달 사이에 절반 가까이
줄어든 것이다. 그 동안 병력 손실이 다소 있었지만 충천하는 사기로 보아
몇 배로 불어났어야 할 농민군이 되레 줄어든 것이다. 더구나 그런 농민군
이 입성한 지 보름쯤 뒤에는 관군과 화약을 맺고 해산해버린다. 화약을 맺
은 데는 일본군과 청나라 군대가 출동했기 때문에 그들에게 개입의 명분을
주지 않으려는 이유도 있었지만 농민군들의 수가 줄어든 것은 도무지 이해
할 수 없었다.

아무리 문헌을 뒤져도 우선 수가 줄어든 까닭을 알 수 없었고, 화약을 맺
더라도 그렇게 쉽게 응해 버린 게 납득이 되지 않았다. 논문에서는 사실만
기술하고 넘어갈 수 있지만 소설에서는 그럴 수가 없다. 소설은 글자 그대
로 픽션이지만 인과관계가 생명이라 이런 부분은 논문보다 엄격할 수밖에
없다.

문헌자료를 수없이 뒤지며 고심에 고심을 거듭하다가 우연히 백산에서
봉기한 날짜(양력 4월 30일) 무렵에 현장에 갔더니 들판에 보리가 피고 있
었다. 바로 이거구나, 나는 혼자 무릎을 쳤다. 보리가 피고 있을 때는 초근
목피로 연명하는 보릿고개 절정기였다. 그때는 웬만한 집에는 식량이 떨어
져 사람들은 얼굴이 누렇게 뜰 지경이었다. 그런데 농민군들은 관곡을 빼
앗아다가 제대로 밥을 먹었다. 농민군에 나가면 관에 대한 분풀이도 할 수
있고 배가 터지게 밥을 먹을 수 있었던 것이다. 그러나 한 달 뒤는 사정이

또 달랐다. 그때는 보리가 익어 집에서도 밥을 먹을 수 있고, 보리타작에 모내기에 농사일이 천장만장이었다. 농민군에 나가고 싶어도 나갈 수가 없었을 것이고, 나갔던 사람들도 빠져 나갔을 건 뻔한 일이었다. 의기야 충천했겠지만 생활이 발목을 잡은 것이다.

농민군들은 모두 가난한 밑바닥 농민들이므로 대부분의 가족 구조는 자신을 중심으로 늙은 부모와 처자식이었다. 보리베기와 보리타작은 농사일 가운데서도 가장 고된 일인 데다가 일이 시각을 다툰다. 그 무렵은 비가 자주 올 때라 보리를 베어 놓고 사흘만 비를 맞히면 싹이 나버리고, 보리를 집으로 나르고 도리깨로 타작하는 일은 노인들이나 여자들 힘으로 감당할 수가 없다. 그 판에 집안의 기둥이 빠져 나와 버렸으니 다 지어 놓은 보리 농사를 망칠 판이었다. 하늘에 구름만 끼여도 집안일 걱정에 좀이 쑤셨을 것이다.

농민군들은 정규군이 아니고 자발적으로 나온 의군들이라 제 발로 돌아가면 지도부는 붙잡을 명분이 없었다. 농민군이 관군의 화약 제의에 응하지 않을 수 없었던 중요한 이유 가운데 하나는 그때가 농사철이었기 때문이었다는 내 설명은 그 뒤 학계에서도 채택되었다. 이차 봉기를 눈발이 날리는 11월에 했던 것도 농사철을 피하다가 그렇게 된 것이다.

이름 모를 산새니, 이름 모를 꽃들이니 하는 표현을 더러 쓰는데 일반 사람들의 가벼운 수필에서는 그럴 수도 있지만 소설에서는 그런 표현은 용납되지 않는다. 우리 나라에 있는 새들은 텃새에다 철새를 합쳐도 보통사람들 눈에 띄는 새는 50가지 남짓이고 꽃이나 나무도 그 정도이다.

소설가 김정한 선생은 산을 좋아해서 호도 요산인데 그분은 등산을 갔다가 이름을 모르는 나무나 꽃이 보이면 반드시 꺾어다가 이름을 알아냈다고 한다. 젊었을 때는 산에 다녀오면 방안에 나무와 풀이 가득했다는 것이다.

이청준

전남 장흥 출생. 서울대 문리대 독문과를 졸업했다. 1965년 12월 『사상계』 신인문학상 공모에
단편 「퇴원」이 당선되며 등단하여, 창작집으로 『별을 보여드립니다』, 『소문의 벽』, 『이어도』,
『살아있는 늪』, 『시간의 문』 등이, 장편소설로 『씌어지지 않은 자서전』, 『당신들의 천국』, 『춤추는 사제』,
『자유의 문』, 『인간인』, 『흰옷』 등이 있고 현재 이청준 문학전집 전30권을 발간중에 있다.
　동인문학상, 한국일보 창작문학상, 이상문학상, 대한민국문학상, 이산문학상, 대산문학상,
21세기문학상, 성옥문화상 예술부문대상 등을 수상했으며, 현재 순천대학교 석좌교수로 있다.

눈길

1

"내일 아침 올라가야겠어요."

점심상을 물러나 앉으면서 나는 마침내 입 속에서 별러 오던 소리를 내뱉어 버렸다.

노인과 아내가 동시에 밥숟가락을 멈추며 나의 얼굴을 멀거니 건너다본다.

"내일 아침 올라가다니. 이참에도 또 그렇게 쉽게?"

노인은 결국 숟가락을 상 위로 내려놓으며 믿기지 않는다는 듯 되묻고 있었다.

나는 이제 내친 걸음이었다. 어차피 일이 그렇게 될 바엔 말이 나온 김에 매듭을 분명히 지어 두지 않으면 안 되었다.

"예, 내일 아침에 올라가겠어요. 방학을 얻어 온 학생 팔자도 아닌데, 남들 일할 때 저라고 이렇게 한가할 수가 있나요. 급하게 맡아 놓은 일도 한두 가지가 아니고요."

"그래도 한 며칠 쉬어 가지 않고…… 난 해필 이런 더운 때를 골라 왔길래 이참에는 며칠 좀 쉬어 갈 줄 알았더니……."

"제가 무슨 더운 때 추운 때를 가려 살 여유나 있습니까."

"그래도 그 먼 길을 이렇게 단걸음에 되돌아가기야 하겠냐. 넌 항상 한동자로만 왔다가 선걸음에 새벽길을 나서곤 하더라마는…… 이번에는 너 혼자도 아니고…… 하룻밤이나 차분히 좀 쉬어 가도록 하거라."

"오늘 하루는 쉬었지 않아요. 하루를 쉬어도 제 일은 사흘을 버리는 걸요. 찻길이 훨씬 나아졌다곤 하지만 여기선 아직도 서울이 천리 길이라 오는 데 하루 가는 데 하루……."

"급한 일은 우선 좀 마무리를 지어 놓고 오지 않구선……."

노인 대신 이번에는 아내 쪽에서 나를 원망스럽게 건너다보았다.

그건 물론 나의 주변머리를 탓하고 있는 게 아니었다. 내게 그처럼 급한 일이 없다는 걸 그녀는 알고 있었다.

서울을 떠나올 때 급한 일들은 미리 다 처리해 둔 것을 그녀에게는 내가 말을 해줬으니까. 그리고 이번에는 좀 홀가분한 기분으로 여름 여행을 겸해 며칠 동안이라도 노인을 찾아보자고 내 편에서 먼저 제의를 했었으니까. 그녀는 나의 참을성 없는 심경의 변화를 나무라고 있는 것이었다.

그리고 그 매정스런 결단을 원망하고 있는 것이었다. 까닭 없는 연민과 애원기 같은 것이 서려 있는 그녀의 눈길이 그것을 더욱 분명히 하고 있었다.

"그래, 일이 그리 바쁘다면 가 봐야 하기는 하겠구나. 바쁜 일을 받아 놓고 온 사람을 붙잡는다고 들을 일이겠나."

한동안 입을 다물고 앉아 있던 노인이 마침내 체념을 한 듯 다시 입을 열었다.

"항상 그렇게 바쁜 사람인 줄은 안다마는, 에미라고 이렇게 먼 길을 찾아와도 편한 잠자리 하나 못 마련해 주는 내 맘이 아쉬워 그랬던 것 같구나."

말을 끝내고 무연스런 표정으로 장죽 끝에 풍년초를 꾹꾹 눌러 담기 시작한다.

너무도 간단한 체념이었다.

담배통에 풍년초를 눌러 담고 있는 그 노인의 얼굴에는 아내에게서와 같은 어떤 원망기 같은 것도 찾아볼 수 없었다. 당신 곁을 조급히 떠나고 싶어하는 그 매정스런 아들에 대한 아쉬움 같은 것도 엿볼 수가 없었다.

성냥불도 붙이려 하지 않고 언제까지나 그 풍년초 담배만 꾹꾹 눌러 채우고 앉아 있는 노인의 눈길은 차라리 무표정에 가까운 것이었다.

나는 그 너무도 간단한 노인의 체념에 오히려 불쑥 짜증이 치솟았다.

나는 마침내 자리를 일어섰다. 그리고는 그 노인의 무표정에 밀려나기라도 하듯 방문을 나왔다.

장지문 밖 마당가에 작은 치자나무 한 그루가 한낮의 땡볕을 견디고 서 있었다.

2

지열이 후끈거리는 뒤꼍 콩밭 한가운데에 오리나무 무성한 묘지가 하나 있었다. 그 오리나무 그늘에 숨어 앉아 콩밭 아래로 내려다보니 집이라고 생긴 게 꼭 습지에 돋아 오른 여름 버섯 형상을 닮아 있었다.

나는 금세 어디서 묵은 빚문서라도 불쑥 불거져 나올 것 같은 조마조마한 기분이었다.

애초의 허물은 그 빌어먹게 비좁고 음습한 단칸 오두막 때문이었다. 묵은 빚이 불거져 나올 것 같은 불편스런 기분이 들게 해 오는 것도 그랬고, 처음 예정을 뒤바꿔 하루 만에 다시 길을 되돌아갈 작정를 내리게 한 것 역시 그러했다. 하지만 내게 빚은 없었다. 노인에 대해선 처음부터 빚이 있을 수 없는 떳떳한 처지였다.

노인도 물론 그 점에 대해선 나를 완전히 신용하고 있었다.

"내 나이 일흔이 다 됐는디, 이제 또 남은 세상이 있으면 얼마나 길라더냐."

이가 완전히 삭아 없어져서 음식 섭생이 몹시 불편스러워진 노인을 보고 언젠가 내가 지나가는 말처럼 권해 본 일이 있었다. 싸구려 가치라도 해 끼우는 게 어떻겠느냐는 나의 말선심에 애초부터 그래 줄 가망이 없어 보여 그랬던지 노인은 단자리에서 사양을 해버리는 것이었다.

"이럭저럭 지내다 이대로 가면 그만일 육신, 이제 와 늘그막에 웬 딴 세상을 보겠다고⋯⋯."

한번은 또 치질기가 몹시 심해져서 배변이 무척 힘들어하시는 걸 보고 수술 같은 걸 권해 본 일도 있었다.

노인은 그때도 역시 비슷한 대답이었다.

"나이를 먹어도 아녀자는 아녀자다. 어떻게 남의 눈에 궂은 데를 보이겠더냐. 그냥저냥 참다 갈란다."

남은 세상이 얼마 길지 못하리라는 체념 때문에도 그랬겠지만, 그보다 노인은 아무것도 아들에겐 주장하거나 돌려 받을 것이 없는 당신의 처지를 감득하고 있는 탓에도 그리 된 것이었다.

고등학교 1학년 때 형의 주벽으로 가계가 파산을 겪은 뒤부터, 그리고 마침내 그 형이 세 조카아이와 그 아이들의 홀어머니까지를 포함한 모든 장남의 책임을 내게 떠맡기고 세상를 떠난 뒤부터 일은 줄곧 그렇게만 되어 온 셈이었다.

고등학교와 대학교와 군영 3년을 치러 내는 동안 노인은 내게 아무것도 낳아 기르는 사람의 몫을 못 했고, 나는 또 나대로 그 고등학교와 대학과 군영의 의무를 치르고 나와서도 자식놈의 도리는 엄두를 못 냈다. 노인이 내게 베푼 바가 없어서가 아니라 그럴 처지가 못 되었기 때문이다. 나는 나대로 형이 내게 떠맡기고 간 장남의 책임을 감당하기를 사양치 않을 수가 없었기 때문이었다.

노인과 나는 결국 그런 식으로 서로 주고받을 것이 없는 처지였다. 노인은 누구보다 그것을 잘 알고 있었다. 그렇기 때문에 내게 대해선 소망도 원망도 있을 수 없었다.

그런 노인이었다. 한데 이번에는 웬일인지 노인의 눈치가 이상했다. 글쎄 그 가치나 수술마저 한사코 사양을 해온 노인이, 나이 여든에서 겨우 두 해가 모자란 늘그막에 와서야 새삼스레 다시 딴 세상 희망이 생긴 것일까.

노인은 아무래도 엉뚱한 꿈을 꾸고 있는 것 같았다. 그것은 너무나 엄청난 꿈이었다.

지붕 개량 사업이 애초의 허물이었다.

"집집마다 모두 도단 아니면 기와들을 얹는단다."

노인은 처음 남의 말을 하듯이 집 이야기를 꺼냈었다. 어제 저녁 때 노인과 셋이서 잠자리를 들기 전이었다. 밤이 이슥해서 형수는 뒤늦게 조카들을 데리고 이웃집으로 잠자리를 얻어 나가 버리고, 우리는 노인과 셋이서 그 비좁은 오두막 단칸방에다 잠자리를 함께 폈다.

어기영차! 어기영…… 그때 어디선가 밤일을 하는 남정들의 합창 소리가 왁자하게 부풀어올랐다. 귀를 기울이고 듣고 있다가 무슨 소리냐니까 노인이 문득 생각난 듯이 귀띔을 해왔다.

"동네가 너도 나도 집들을 고쳐 짓느라 밤잠들을 안 자고 저 야단들이구나."

농어촌 지붕 개량 사업이라는 것이었다. 통일벼가 보급된 후로는 집집마다 그 초가지붕 개초가 어렵게 되었단다. 초봄부터 시작된 지붕 개량 사업은 그래저래 제격이었다. 지붕을 개량하면 정부 보조금 5만 원을 얻는다는 것이었다. 모심기가 시작되기 전 봄철 한때하고 모심기가 끝난 초여름께부터 지금까지 마을 집들 거의가 일을 끝냈

단다.

나는 처음 그런 노인의 이야기를 들었을 때 무턱대고 가슴부터 덜렁 내려앉고 있었다. 노인에 대한 빚 생각이 처음으로 머릿속에 떠오른 순간이었다. 이 노인이 쓸데없는 소망을 지니면 어쩌나. 하지만 나는 곧 마음을 가라앉혔다. 무엇보다도 나는 노인에 대해서 빚이란 게 없었다. 노인이 그걸 잊었을 리 없었다. 그리고 그런 아들에게 선부른 주문을 내색할 리 없었다. 전부터도 그 점만은 안심을 할 만한 노인의 성깔이었다. 한데다가 그 노인이 설령 어떤 어울리잖을 소망을 지닌다 해도 이번에는 그 집 꼴이 문제 밖이었다. 도대체가 기와고 도단이고 지붕을 가꿀 만한 집 꼴이 못 되었다. 그래저래 노인도 소망을 지녀 볼 엄두를 못 낸 모양이었다. 이야기하는 말투가 영락없는 남의 일이었다.

하지만 사실은 그게 오해였다. 노인의 속마음은 그게 아니었다.

"관에서 하는 일이라면 이 집에도 몇 번 이야기가 있었겠군요?"

사태를 너무 낙관한 나머지 위로 겸해 한마디 실없는 소리를 내놓은 것이 나의 실수였다.

노인은 다시 자리를 일어나 앉았다. 그리고 머리맡에 놓아 둔 장죽 끝에다 풍년초 한 줌을 쏘아박기 시작했다.

"왜 우리 집이라 말썽이 없었더라냐."

노인은 여전히 남의 말을 옮기듯 덤덤히 말했다.

"이장이 쫓아와 뜸을 들이고, 면에서 나와서 으름짱을 놓고 가고…… 그런 일이 한두 번뿐이었으면야…… 나중엔 숫제 자기들 쪽에서 사정조로 나오더라."

"그래 어머닌 뭐라고 우겼어요?"

나는 아직도 노인의 진심을 모르고 있었다.

"우길 것도 뭣도 없는 일 아니겠냐. 지놈들도 눈깔이 제대로 박힌 인간들일 것인디…… 사정을 해오면 나도 똑같이 사정을 했더니라.

늙은이도 사람인디 나라고 어디 좋은 집 살고 싶은 맘이 없겠소. 맘으로야 천 번 만 번 우리도 남들같이 기와도 입히고 기둥도 갈아내고 하고는 싶지만 이 집 꼴을 좀 들여다보시오들, 이 오막살이 흙집 꼴에다 어디 기와를 얹고 말 것이 있겠소……."

"그랬더니요?"

"그랬더니 몇 번 더 발길을 스쳐 가더니 그 담엔 호지부지 말이 없더라. 지놈들도 이 집 꼴을 보면 사정을 모를 청맹과니들이라더냐?"

노인은 그 거칠고 굵은 엄지손가락 끝으로 뜨거운 장죽 끝을 눌러대고 있었다.

"그 친구들 아마 이 동네를 백 퍼센트 지붕 개량으로 모범 마을을 만들고 싶어 그랬던 모양이군요."

나는 왠지 기분이 씁쓸하여 그런 식으로 그만 이야기를 얼버무려 넘기려고 하였다.

그런데 그게 오히려 결정적인 실수였다.

"하기사 그 사람들도 그런 소리들을 하더라. 오늘 밤일을 하고 있는 저 집을 끝내고 나면 이제 이 동네에서 지붕 개량을 안 한 집은 우리하고 저 아랫동네 순심이네 두 집밖에 안 남는다니까 말이다."

"그래도 동네 듣기 좋은 모범 마을 만들자고 이런 집에까지 꼭 기와를 얹으라 하겠어요."

"그래 말이다. 차라리 지붕에 기와나 도단만 얹으랬으면 우리도 두 눈 딱 감고 한번 저질러 보고 싶기도 하더라마는, 이런 집은 아예 터부터 성주를 다시 할 집이라 그렇제……."

모범 마을이 꼬투리가 되어서 이야기가 다시 엉뚱한 곳으로 번지고 있었다. 나는 비로소 다시 가슴이 섬찟해 왔다. 하지만 이미 때가 너무 늦고 말았다.

"하기사 말이 쉬운 지붕 개량이제 알속은 실상 새 성주를 하는 집도 여러 집 된단다."

한번 이야기를 꺼낸 노인이 거기서부터는 새삼 마을 사정을 소상하게 털어놓기 시작했다.

그 지붕 개량 사업이라는 것은 알고 보니 사실 융통성이 꽤나 많은 일이었다. 원칙은 그저 초가지붕을 벗기고 기와나 도단을 얹은 것이었지만, 기와의 하중을 견뎌 내기 위해선 기둥을 몇 개쯤 성한 것으로 갈아 넣어야 할 집들이 허다했다. 그걸 구실로 대부분의 사람들은 성주를 새로 하듯 집들을 터부터 고쳐 지어 버렸다. 노인에게도 물론 그런 권유가 여러 번 들어 왔다. 기둥이 허술해서 기와를 못 얹는다는 건 구실일 뿐이었다. 허술한 기둥을 구실로 끝끝내 기와 얹기를 미뤄 온 집이 세 가구가 있었는데 이 날 밤에 또 한 집이 새 성주를 위해서 밤일을 벌이고 있다는 것이었다. 노인이 기와 얹기를 단념한 것은 집 기둥이 너무 허약해서가 아니었다. 노인은 새 성주가 겁이 나 일을 단념할 수밖에 없었던 것이다. 허술한 기둥만 믿을 수가 없었다.

일은 아직도 낙관할 수 없었다. 나는 불시에 다시 그 노인에 대한 나의 빚만을 생각하고 있었다.

노인도 거기서 한동안은 그저 꺼져 가는 장죽불에만 신경을 쏟고 있었다. 하더니 이윽고는 더 이상 소망을 숨기기가 어려운 듯 가는 한숨을 삼키는 것이었다. 그러고는 그 한숨 끝에다 무심결인 듯 덧붙이고 있었다.

"이참에 웬만하면 우리도 여기다 방 한 칸쯤이나 더 늘여내고 지붕도 도단으로 얹어 버리면 싶긴 하더라만……."

마침내 노인이 당신의 소망을 내비친 것이었다.

"오늘 당할지 낼 당할지 모를 일이기는 하다만, 날짐승만도 못한 목숨이 이리 모질기만 하다 보니 별의별 생각이 다 드는구나. 저런 옷궤 하나도 간수할 곳이 없어 이리 밀치고 저리 밀치다 보면 어떤 땐 그저 일을 저질러 버리고 싶은 생각이 꿀떡 같아지기도 하고

......"

노인은 결국 그런 식으로 당신의 소망을 분명히 해버리고 만 셈이었다. 지금은 아니더라도 적어도 그런 소망을 지녔던 것만은 분명히 한 것이었다.

나는 이제 할 말이 없었다. 눈을 감은 채 듣고만 있었다. 노인에 대해선 빚이 없음을 골백 번 속으로 다짐하고 있었다.

"이번에는 면에서도 그냥 흐지부지 지나가 주더라만 내년엔 또 이번처럼 어떻게 잠잠해 주기나 할는지. 하기사 면 사람들 무서워 집을 고친다고 할 수도 없는 노름이제, 늙은이 냄새가 싫어 그런지 그래도 한데서 등짝 붙이고 누울 만한 방 놔두고 밤마다 남의 집으로 잠자릴 얻어 다니는 저것들 에미 꼴도 모른 체하지는 못 할 일이니라."

내가 아예 대꾸를 않으니까 노인은 이제 혼자말 비슷이 푸념을 계속했다. 듣다 보니 그 노인의 머릿속엔 이미 꽤 구체적인 계획표까지 마련되어 있었던 것 같았다.

"나라에서 보조금을 5만 원이나 내주었다. 일을 일단 저지르고 들었더라면 큰 돈이야 얼마나 더 들 일이 있었을라더냐...... 남정네가 없어 남들처럼 일손을 구하기가 쉽진 못했겠지만 네 형수가 여름 한철만 밭을 매주기로 했으면 건너집 용석이 아배라도 그냥 모른 체하지는 않았을 것이다......"

흙일을 돌볼 사람은 그 용석이 아버지에게 부탁을 하고 기둥을 갈아 낼 나무 가대는 이장네 산에서 헐값으로 몇 개를 부탁해 볼 수가 있었다는 것이다.

노인의 장죽 끝에는 이제 불기가 꺼져 식어 있었다.

노인은 연신 그 불이 꺼진 장죽을 빨아대면서, 한사코 그 보조금 5만 원과, 이웃의 도움이 아까워서라도 일을 단념하기가 아쉬웠다는 투였다.

하지만 노인은 그러면서도 끝끝내 내게 대한 주장이나 원망의 빛을 보이진 않았다. 이야기의 형식은 어디까지나 과거의 일로서 그런 생각을 해봤을 뿐이고, 그럴 뻔했다는 말일 뿐이었다 그리고 그런 식으로 나에 대해선 어떤 형식으로도 직접적인 부담감을 느끼게 하지 않으려는 식이었다. 말하는 목소리도 끝끝내 그 체념기가 짙은 특유의 침착성을 잃지 않은 채였다.

"하지만 다 소용없는 일이다. 세상 일이 그렇게 맘같이만 된다면야 나이먹고 늙은 걸 설워 안 할 사람이 있을라더냐. 나이를 먹으면 애기가 된다더니 이게 다 나이먹고 늙어 가는 노망기 한가지제."

종당에는 그 당신의 은밀스런 소망조차도 당신 자신의 실없는 노망기 탓으로 돌리고 있었다.

하지만 나는 이제 노인의 내심을 못 알아볼 리 없었다. 한마디 말 참견도 없이 눈을 감고 잠이 든 체 잠잠히 누워만 있던 아내까지도 그것을 분명히 눈치채고 있었다.

"당신, 어젯밤 어머니 말씀에 그렇게밖에 응대해 드릴 방법이 없었어요?"

오늘 아침 아내는 마당가로 세숫물을 떠 들고 나왔다가 낮은 소리로 추궁을 해왔다. 그때 나는 아내에게 그저 쓸데없는 참견 말라는 듯 눈매를 잔뜩 깎아 떠보였었다. 아내는 그러는 나를 차라리 경멸 조로 나무랐다.

"당신은 참 엉뚱한 데서 독해요. 늙은 노인네가 가엾지도 않으세요. 말씀이라도 좀더 따뜻하게 위로를 드릴 수 있었을 텐데 말이에요."

아내도 분명 노인의 말뜻을 알아듣고 있었다. 그리고 나보다도 노인의 일을 걱정하고 있었다. 노인에 대한 나의 속마음도 속속들이 모두 읽고 있는 게 당연했다. 내일 아침으로 서둘러 서울로 되돌아가겠노라는 나의 결정에 아내가 은근히 분개하고 나선 것도 그런 사

연을 모두 알고 있었기 때문이었다. 한다고 그런들 무슨 뾰족한 수
가 있을 수가 있는가.

어쨌든 노인이 이제라도 그 집을 새로 짓고 싶어하고 있는 건 분
명했다. 아무래도 알 수가 없는 일이었다. 아닌 게 아니라 나이를 먹
으면 노인들은 모두 어린애가 되어 가는 것일까. 노인은 정말로 내
게 빚이 없다는 사실을 잊어버리고 만 것일까. 노인의 말처럼 그건
일테면 노망기가 분명했다. 그런 염치도 못 가릴 정도로 노인은 그
렇게 늙어 버린 것이었다. 하지만 나는 굳이 노인의 그런 노망기를
원망할 필요도 없었다. 문제는 서로간의 빚의 문제였다. 노인에 대해
빚이 없다는 사실만이 내게는 중요했다. 염치가 없어져서건 노망을
해서건 노인에 대해 내가 갚아야 할 빚만 없으면 그만인 것이다.

—빚이 있을 리 없지. 절대로! 글쎄 노인도 그걸 알고 있으니까
정면으로는 말을 꺼내지 못하질 않던가 말이다.

어디선가 계속 무덥고 게으른 매미 울음소리가 들려 왔다.

나는 비로소 자신을 굳힌 듯 오리나무 그늘에서 몸을 힘차게 일으
켜 세웠다. 콩밭 아래로 흘러 뻗은 마을이 눈앞으로 멀리 펼쳐져 나
갔다. 거기 과연 아직 초가지붕을 이고 있는 건 노인네의 그 버섯
모양의 오두막과 아랫동네의 다른 한 채가 전부였다.

—빌어먹을! 그 지붕 개량 사업인지 뭔지 하필 이런 때 법석들이
지?

아무래도 심기가 편할 수는 없었다. 나는 공연히 그 지붕 개량 사
업 쪽에다 애꿎은 저주를 보내고 있었다.

3

해가 훨씬 기운 다음에야 콩밭을 가로질러 노인의 집 뒤꼍으로 뜰
을 들어서려다 보니, 아내는 결국 반갑지 않은 화제를 벌여 놓고 있

었다.

"이 나이에 내가 살면 얼마나 더 좋은 세상을 살겠다고 속없이 새 방 들이고 기와지붕을 덮자겠냐…… 집 욕심 때문이 아니라 나간 뒷일이 안 놓여 그런다……."

뒤곁에서 안뜰로 발길을 돌아 나서려는데, 장지문을 반쯤 열어젖힌 안방에서 노인의 말소리가 도란도란 흘러나오고 있었다.

"날씨가 선선한 봄가을철이나, 하다못해 마당에 채일(차일)이라도 치고들 지내는 여름철만 되더라도 걱정이 덜하겠다마는, 한겨울 추위 속에서나 운 사납게 숨이 딸깍 끊어져 봐라. 단칸방 아랫목에다 내 시신 하나 가득 늘여 놓으면 그 일을 어쩔 것이냐."

이번에도 또 그 집에 관한 이야기였다. 노인을 어떻게 위로한다는 것일까. 아니면 아내는 노인의 소망을 더 이상 어떻게 외면할 수가 없도록 노골화시켜 버리고 싶은 것일까.

답답하게 눈치만 보고 도는 나에 대한 아내의 원망은 그토록 뿌리가 깊고 지혜로웠더란 말인가. 노인의 이야기는 아내가 거기까지 유도해 내고 있었던 게 분명했다. 노인은 이제 그 아내 앞에 당신의 집에 대한 소망을 분명한 목소리로 털어놓고 있었다.

그리고 이젠 당신의 소망에 대한 솔직한 사연을 말하고 있었다. 노인이 그 오랜 체념의 습관과 염치를 방패 삼아 어물어물 고비를 지나가려던 내 앞에 노인의 소망이 마침내 노골적인 모습을 드러내 온 것이었다. 노인의 소망은 이미 짐작하고 있었지만, 설마하면 그렇게 분명한 대목까지는 만나게 될 줄을 몰랐던 일이었다. 나는 마치 마지막 희망이 무너진 느낌이었다. 하지만 그 노인의 설명에는 나에게는 마침내 분명해진 것이 있었다. 노인이 갑자기 그 집에 대한 엉뚱한 소망을 지니게 된 당신의 내력이었다. 노인은 아직도 당신의 삶을 위해서는 새삼스런 소망을 지니지 않고 있었다. 노인의 소망은 당신의 사후에 내력이 있었다.

"떠돌아들어 살아 오긴 했어도, 난 이 동네 사람들한테 못 할 일은 한 번도 안 해 보고 살아온 늙은이다. 궂은 밥 먹고 궂은 옷 입고 궂은 잠자리 속에 말년을 보냈어도 난 이웃이나 이 동네 사람들 한테 궂은 소리는 안 듣고 늙어 왔다. 이 소리가 무슨 소린고 하니 나 죽고 나면 그래도 이 동네 사람들, 이 늙은이 주검 위에 흙 한 삽, 뗏장 한 장씩은 덮어 주러 올 거란 말이다. 늙거나 젊거나 그렇게 내 혼백 들여다봐 주러 오는 사람들을 어찌할 것이냐. 사람은 죽어 이웃이 없는 것보다 더 고단한 것도 없는 법인디, 오는 사람 마다할 수 없고 가난하게 간 늙은이가 죽어서라도 날 들여다봐 주러 오는 사람들한테 쓴 소주 한잔 대접해 보내고 싶은 게 죄가 될거나. 그래서 그저 혼자서 궁리해 본 일이란다. 숨 끊어지는 날 바로 못 내다 묻으면 주검하고 산 사람들이 방 하나뿐 아니냐. 먼 데서 온 느그들도 그렇고…… 그래서 꼭 찬바람이나 막고 궁둥이 붙여 앉을 방 한 칸만 어떻게 늘여 봤으면 했더니라마는…… 그게 어디 맘 같은 일이더냐. 이도 저도 다 늙고 속없는 늙은이 노망길 테이제……."

노인의 소망은 바로 그 당신의 죽음에 대한 대비에서 비롯된 것이었다.

알 만한 노릇이었다. 살림이 망조나고 옛살던 동네를 나와 떠돌기 시작하면서부터 언제나 당신의 죽음에 대한 대비를 게을리해 오지 않던 노인이었다. 동네 뒷산 양지바른 언덕 아래다 마을 영감 한 분에게 당신의 집터(노인은 당신의 무덤 자리를 늘 그렇게 말했다)를 미리 얻어 놓고 겨울철에도 날씨가 좋으면 그곳을 찾아가 햇볕바래 기를 하다가 내려온다던 노인이었다. 노인은 이제 당신의 죽음에 마지막 준비를 서두르고 있는 것이었다. 나는 더 노인의 이야기를 엿듣고 있을 수가 없었다. 발길을 움직여 소리없이 자리를 피해 버리고 싶었다.

한데 그때였다. 쓸데없는 일에 공연히 감동을 잘하는 아내가 아무래도 견딜 수가 없어진 모양이었다.

"전에 사시던 집은 터도 넓고 간 수도 많았다면서요?"

아내가 느닷없이 화제를 바꾸고 나섰다. 별달리 노인을 달랠 말이 없으니까, 지나간 일이나마 그렇게 넓게 살던 옛집의 기억을 상기시켜서라도 노인을 위로하고 싶어진 것이리라. 그것은 노인도 한때 번듯한 집살림을 해온 기억을 되돌이키게 해서 기분을 바꿔 드리고 싶어서이기도 했겠지만, 그 외에도 그것은 또 언제나 가난한 살림만을 보고 가게 하는 부끄러운 며느리 앞에 당신의 자존심을 얼간이나마 되살려 내게 할 가외의 효과도 있을 수 있었다. 어쨌거나 나는 당분간 다시 자리를 피할 필요가 없어지고 있었다.

"옛날 살던 집이야, 크고 넓었제. 다섯 칸 겹집에다 앞뒤 터가 운동장이었더니라…… 하지만 이제 와서 그게 다 무슨 소용이냐. 남의 집 된 지가 20년이 다 된 것을……."

"그래도 어머님은 한때 그런 좋은 집도 살아 보셨으니 추억은 즐거운 편이 아니시겠어요? 이 집이 답답하고 짜증나실 땐 그런 기억이라도 되살려 보세요."

"기억이나 되살려서 어디다 쓰게야. 새록새록 옛날 생각이 되살아나다 보면 그렇지 않아도 심사가 어지러운 것을."

"하긴 그것도 그러실 거예요. 그렇게 넓은 집에 사셨던 생각을 하시면 지금 사시는 형편이 더 짜증스러워지기도 하시겠죠. 뭐니뭐니해도 지금 형편이 이렇게 비좁은 단칸방 신세가 되고 마셨으니 말씀이에요……."

노인과 아내는 잠시 그렇게 위론지 넋두린지 분간이 가지 않는 소리들을 주고받고 있었다. 한동안 그렇게 오가는 이야기를 듣다 보니, 나는 아내의 동기가 다시 조금씩 의심스러워지고 있었다. 아내의 말투는 그저 노인을 위로하기 위해서가 아니었다. 노인을 위로해 드리기는커녕 심기만 점점더 불편스럽게 하고 있었다. 노인에게 옛집을 상기시켜 드리는 것은 당신의 불편스런 심기를 주저 앉히기보다 오늘을 더욱더 비참스럽게 느끼게 만들고 있었다. 집을 고쳐 짓고 싶은 그 은밀스런 소망을 자꾸만 밖으로 후벼대고 있었다. 아내의 목적은 차라리 그쪽에 있었던 것 같았다.

아내에 대한 나의 판단은 과연 크게 빗나가지 않았다.

"방이 이렇게 비좁은데 그럼 어머니, 이 옷장이라도 어디 다른 데로 좀 내놓을 수 없으세요? 이 옷장을 들여 놓으니까 좁은 방이 더 비좁지 않아요."

아내는 마침내 내가 가장 거북스럽게 시선을 피해 오던 곳으로 화제를 끌어들이고 있었다.

바로 그 옷궤 이야기였다. 17,8년 전, 고등학교 일학년 때였다. 술 버릇이 점점 사나워져 가던 형이 전답을 팔고 선산을 팔고, 마침내는 그 아버지 때부터 살아 온 집까지 마지막으로 팔아 넘겼다는 소식이 들려 왔다. K시에서 겨울방학을 보내고 있던 나는 도대체 일이 어떻게 되어 가는지 알아보고 싶어 옛 살던 마을을 찾아가 보았다. 집을 팔아 버렸으니 식구들을 만나게 될 기대는 없었지만, 그래도 달리 소식을 알아볼 곳이 없었기 때문이었다. 어스름을 기다려 살던 집 골목을 들어서니 사정은 역시 K시에서 듣고 온 대로였다. 집은 텅텅 비어진 채였고 식구들은 어디론지 간 곳이 없었다. 나는 다시 골목 앞에 살고 있던 먼 친척간 누님을 찾아갔다. 그런데 그 누님의 말을 들으니, 노인이 뜻밖에 아직 나를 기다리고 있다는 것이었다.

"여기가 어디냐. 네가 누군디 내 집 앞 골목을 이렇게 서성대고 있어야 하더란 말이냐."

한참 뒤에 어디선가 누님의 소식을 듣고 달려온 노인이 문간 앞에서 어정어정 망설이고 있는 나를 보고 다짜고짜 나무랐다. 행여나 싶은 마음으로 노인을 따라 문간을 들어섰으나 집이 팔린 것은 분명해 보였다.

　그 날 밤 노인은 옛날과 똑같이 저녁을 지어 내왔고, 거기서 하룻밤을 함께 지냈다. 그리고 이튿날 새벽 일찍 K시로 나를 다시 되돌려 보냈다. 나중에야 안 일이었지만 노인은 거기서 마지막으로 내게 저녁밥 한 끼를 지어 먹이고 당신과 하룻밤을 재워 보내고 싶어, 새 주인의 양해를 얻어 그렇게 혼자서 나를 기다리고 있었다는 것이었다. 언젠가 내가 다녀갈 때까지는 내게 하룻밤만이라도 옛집의 모습과 옛날의 분위기 속에 자고 가게 해주고 싶어서였는지 모른다. 하지만 문간을 들어설 때부터 집안 분위기는 이사를 나간 빈 집이 분명했었다.

　한데도 노인은 그때까지 매일같이 그 빈 집을 드나들며 먼지를 털고 걸레질을 해온 것이었다. 그리고 그때 노인은 아직 집을 지켜 온 흔적으로 안방 한쪽에다 이불 한 채와 옷궤 하나를 예대로 그냥 남겨 두고 있었다.

　이튿날 새벽 K시로 다시 길을 나설 때서야 비로소 집이 팔린 사실을 시인해 온 노인의 심정으로는 그 날 밤 그 옷궤 한 가지나마 옛집 살림살이의 흔적으로 남겨서 나의 괴로운 잠자리를 위로하고 싶었음이 분명했던 것이다. 그러한 내력이 숨겨져 온 옷궤였다.

　떠돌이 살림에 다른 가재 도구가 없어서도 그랬겠지만, 이 20년 가까이를 노인이 한사코 함께 간직해 온 옷궤였다. 그만큼 또 나를 언제나 불편스럽게 만들어 온 물건이었다. 노인에게 빚이 없음을 몇 번씩 스스로 다짐하고 있다가도 그 옷궤만 보면 무슨 액면가 없는 빚 문서를 만난 듯 기분이 새삼 꺼림칙스러워지곤 하던 물건이었다.

　이번에도 물론 마찬가지였다. 노인의 방을 들어선 순간에 벌써 기분을 불편스럽게 해오던 옷궤였다. 그리고 끝내는 이틀 밤을 못 넘기고 길을 다시 되돌아갈 작정을 내리게 한 것도 알고 보면 바로 그 옷궤의 허물이 컸을지 모른다.

아내도 물론 그 옷궤에 관한 내력을 내게서 들을 만큼 듣고 있었다.

아내가 옷궤의 내력을 알고 있는 여자라면, 그 옷궤에 관한 나의 기분도 짐작을 못할 그녀가 아니었다. 더욱이 내가 바깥에서 두 사람의 이야기를 엿듣고 있는 걸 알고서 그랬을 수도 있었다.

나는 어느새 그 콧속을 후비는 못된 버릇이 되살아날 만큼 긴장을 하고 있었다. 생각지도 않았던 곳에서 갑자기 묵은 빚 문서가 튀어나올 것 같은 조마조마한 기분이었다. 노인이 치사하게 그 묵은 빚 문서로 나를 궁지에 몰아 넣으려 덤빌 수도 있었다.

─그래 보라지. 누가 뭐래도 내겐 절대로 빚진 게 없으니까. 그래본들 없는 빚이 생길 리가 있을라구.

나는 거의 기구를 드리듯 눈을 감고 기다렸다.

하지만 다행스러운 것은 아직도 그 무심스러워 보이기만 한 노인의 대꾸였다.

"옷궤를 내놓으면 몸에 걸칠 옷가지는 다 어디다 간수하고야? 어디다 따로 내놓을 데가 있는 것도 아니지만, 그걸 어디다 내놓을 데가 생긴다고 해도 그것 말고는 옷가지 나부랑일 간수해 둘 데는 있어야 할 것 아니냐."

알고 그러는지 모르고 그러는지 노인은 그리 그 옷궤 쪽에는 신경을 쓰고 있지 않은 것 같았다.

"옷이야 어떻게 못을 박아 걸더라도, 사람이 우선 좀 발이라도 뻗고 누울 자리가 있어야잖아요. 이건 뭐 사람보다도 옷장을 모시는 꼴이지 뭐예요."

아내는 거의 억지를 부리고 있었다.

옷궤에 대한 노인의 집착심을 시험해 보기 위한 수작임이 분명했다.

하지만 노인의 반응은 여전히 의연했다.

"그건 네가 모르는 소리다. 그 옷궤라도 하나 없으면 이 집을 누가 사람 사는 집이라 할 수 있겠냐. 사람 사는 집 흔적으로 해서라도 그건 집안에 지녀야 할 물건이다."

"어머님은 아마 저 옷장에 그럴 만한 사연이 있으신가 보군요. 시집 오실 때 해오신 건가요?"

노인의 나이가 너무 높다 보니 아내는 때로 그 노인 앞에 손주딸처럼 버릇이 없어지기도 했지만, 이번에는 숫제 장난기 한가지였다.

"내력은 무슨……."

노인은 이제 그것으로 그만 입을 다물어 버리고 말았다. 옷궤 이야기는 더 이상 들추고 싶지가 않은 모양이었다.

하지만 아내도 이젠 그쯤에서 호락호락 물러설 여자가 아니었다. 노인이 입을 다물어 버리자 아내도 그만 거기서 할 말을 잃은 듯 잠시 침묵을 지키고 있더니 이윽고는 다시 공세를 펴기 시작했다.

"하긴 어쨌거나 어머님 마음이 편하진 못하시겠어요. 뭐니뭐니해도 옛날에 사시던 집을 지켜 오시는 게 최선이었는데 말씀이에요. 도대체 그 집은 어떻게 해서 팔리게 되었어요?"

다시 그 집 얘기였다. 그 역시 모르고 묻는 소리가 아니었다. 아내는 그 옷궤의 내력과 함께 집이 팔리게 된 사정에 대해서도 모두 알고 있었다. 옷궤를 구실로 그 노인의 소망을 유인해 내려는 그녀 나름의 노력의 연장이었다.

하지만 노인의 태도도 아직은 아내에 못지않게 끈질긴 데가 있었다.

"집이 어떻게 팔리기는…… 안 팔아도 좋을 집을 장난삼아서 팔았을라더냐. 내 집 지니고 살 팔자가 못 돼 그리 된 거제……."

알고도 묻는 소릴 노인은 또 노인대로 내력을 얼버무려 넘기려고 하였다.

"그래도 사정은 있었을 게 아녜요? 그 집을 지을 때 돌아가신 아버님이 몹시 고생을 하셨다고 하던데요?"

"집이야 참 어렵게 장만한 집이었지야. 남같이 한번에 지어 올린 집이 아니고 몇 해에 걸쳐서 한 칸씩 두 칸씩 살림 형편 좋아서 늘여 간 집이었더니라. 그렇게 마련한 집이 결국은 내 집이 못 되고…… 그런다고 이제 그런 소린 해서 다 뭣을 하겠냐. 어차피 내 집이 못 될 운수라 그리 된 일을 이런 소리 곱씹는다고 팔려간 집 다시 내 집이 되어 돌아올 것도 아니고……."

"하지만 그리 어렵게 장만한 집이라 애석한 생각이 더할 게 아녜요. 지금 형편도 그럴 수밖에 없고요. 어떻게 되어 그리 되고 말았는지 그때 사정이라도 좀 말씀해 보세요."

"그만둬라, 다 소용없는 일이다. 이제는 그럭저럭 세월이 흘러서 기억도 많이 희미해진 일이고……."

한사코 이야기를 피하려는 노인에게 아내는 마침내 마지막 수단을 동원하고 있었다.

"좋아요. 어머님께선 아마 지난 일로 저까지 공연히 속을 상하게 할까 봐 그러시는 모양인데요, 그래도 별로 소용이 없으세요. 저도 사실은 이야기를 대강 다 들어 알고 있단 말씀이에요."

"이야기를 들어? 누구한테서?"

노인은 비로소 조금 놀라는 기미였다.

"그야 물론 저 사람한테지요."

노인의 물음에 아내가 대답했다. 눈에는 보이지 않았지만, 밖에서 엿듣고 있는 나를 지목한 말투가 분명했다. 짐작대로 그녀는 벌써부터 내가 밖에서 엿듣고 있는 낌새를 알아차리고 있었음이 분명했다.

"제가 알고 있는 건 그 집을 팔게 된 사정뿐만도 아니에요. 어머님께서 저 사람한테 그 팔려간 집에서 마지막 밤을 지내게 해주신 일도 모두 알고 있단 말씀이에요. 모른 척하고 있기는 했지만 저 옷장 말씀이에요, 그 날 밤에도 어머님은 저 헌 옷장 하나를 집안에다 아직 남겨 두고 계셨더라면서요. 아직도 저 사람한텐 어머님이 거기서 살고 계신 것처럼 보이시려고 말씀이에요."

아내는 차츰 목소리가 떨려 나오고 있었다.

"그렇담 어머님, 이제 좀 속시원히 말씀해 보세요. 혼자서 참아 넘기시려고만 하지 마시고 말씀이라도 하셔서 속을 후련히 털어놔 보시란 말씀이에요. 저흰 어머님 자식들 아닙니까. 자식들한테까지 어머님은 어째서 그렇게 말씀을 참아 넘기시려고만 하세요."

아내의 어조는 이제 거의 울먹임에 가까웠다.

노인도 이젠 어찌할 수가 없는지, 한동안 묵묵히 대꾸가 없었다.

나는 온통 입안의 침이 다 마르고 있었다. 노인의 대꾸가 어떻게 나올지 숨도 못 쉰 채 당신의 다음 말만 기다리고 있었다.

하지만 그 아내나 나의 조바심하고는 아랑곳도 없이 노인은 끝내 심기를 흐트리지 않았다.

"그래 그 아그(아이)도 어떻게 아직 그 날 밤 일을 잊지 않고 있더냐?"

"그래요. 그리고 그 날 밤 어머님은 저 사람이 집을 못 들어가고 서성대고 있으니까 아직도 그 집이 안 팔린 것처럼 저 사람을 안으로 데려다가 저녁까지 한 끼 지어 먹이셨다면서요?"

"그럼 됐구나. 그렇게 죄다 알고 있는 일을 뭐하러 한사코 나한테 되뇌게 하려느냐."

"저 사람은 벌써 잊어 가고 있거든요. 저 사람한테선 진짜 얘기를 들을 수도 없고요. 사람이 독해서 저 사람은 그런 일 일부러 잊어요. 그래 이번엔 어머님한테서 진짜 이야길 듣고 싶은 거예요. 저 사람 얘기 말고 어머님의 그 날 밤 진짜 심경을 말씀이에요."

"심정이나마나 저하고 별다른 대목이 있었을라더냐. 사세부득해서 팔았다곤 하지만 아직은 그래도 내 발길이 끊이지 않은 집인데, 그 집을 놔두고 그 아그가 그래 발길을 주춤주춤 어정대고 서 있더구나……."

아내의 성화를 견디다 못해 노인은 결국, 마지못한 어조로 그 날 밤 일을 돌이키고 있었다. 어조에는 아직도 그 날 밤의 심사가 조금도 실려 있지 않은 채였다.

"그래 저를 나무래서 냉큼 집안으로 데리고 들어갔더니라. 그리고 더운 밥 지어 먹여서 그 집에서 하룻밤을 재워 가지고 동도 트기 전에 길을 되돌려 떠나 보냈더니라……."

"그래 그때 어머님 마음이 어떠셨어요?"

"마음이 어떻기는야. 팔린 집이나마 거기서 하룻밤 저 아그를 재워 보내고 싶어 싫은 골목 드나들며 마당도 쓸고 걸레질도 훔치며 기다려 온 에미였는디, 더운 밥 해 먹이고 하룻밤을 재우고 나니 그만만해도 소원은 우선 풀린 것 같더구나."

"그래 어머님은 흡족한 기분으로 아들을 떠나 보내셨다는 그런 말씀이시겠군요. 하지만 정말로 그게 그렇게 될 수가 있었을까요? 어머님은 정말로 그렇게 흡족한 마음으로 아들을 떠나 보내실 수 있으셨을까 말씀이에요. 아들은 다시 학교로 돌아가는 길이었다 하더라도 어머님 자신은 그때 변변한 거처 하나 마련해 두시질 못하셨을 처지에 말씀이에요."

"나더러 또 무슨 이야길 더 하라는 것이냐."

"그때 아들을 떠나 보내실 때 어머님 심경을 듣고 싶어요. 객지 공부 가는 어린 아들을 그런 식으로 떠나 보내시면서 어머님 자신도 거처가 없이 떠도셔야 했던 그때 처지에서 어머님이 겪으신 심경을 말씀이에요."

"그만두거라. 다 쓸데없는 노릇이니라. 이야기를 한들 그때 마음이야 네가 어찌 다 알아들을 수가 있었냐."

노인이 다시 이야기를 사양했다.

그러나 그 체념기가 완연한 노인의 어조에는 아직도 혼자 당신의 맘속으로만 지녀 온 어떤 이야기가 남아 있을 것 같았다.

나는 이제 더 이상 기다리고 있을 수가 없었다. 아내는 그런 나의 기미를 눈치채고 있었다 하더라도 노인만은 아직 그걸 알지 못하고 있었다. 노인의 말을 그쯤에서 그만 중단시켜야 했다. 아내가 어떻게 나온다 하더라도 내게까지 그것을 알게 하고 싶지는 않을 노인이었다. 내 앞에선 더 이상 노인의 이야기가 계속될 수가 없었다.

나는 이윽고 헛기침을 한 번 하고서 그 노인의 눈길이 닿고 있는 장짓문 앞으로 모습을 불쑥 드러내고 나섰다.

4

위험한 고비는 그럭저럭 모두 지나가고 있었다.

저녁상을 들일 때 노인은 언제나처럼 막걸리 한 되를 가져오게 하였다. 형의 술버릇 때문에 집안 꼴이 그 지경이 되었는데도 노인은 웬일로 내게 술 걱정을 그리 하지 않았다. 집에만 가면 당신이 손수 막걸리 한 되씩을 미리 마련해다 주곤 하였다.

—한잔 마시고 잠이나 자거라.

그러면서 언제나 잠을 자기를 권하는 것이었다.

이 날 저녁도 마찬가지였다.

"그래, 정 내일 아침으로 길을 나설라냐?"

저녁상이 들어왔을 때 노인은 그렇게 조심스런 목소리로 나의 내심을 한 번 더 떠왔을 뿐이었다.

"가야 할 일이 있으니까 가겠다는 거 아니겠어요."

나는 노인에게 공연히 짜증기가 치민 목소리로 퉁명스럽게 대꾸했다.

노인은 그것으로 그만이었다.

"그래 알았다. 저녁하고 술이나 한잔 하고 일찍 쉬거라."

아침부터 먼 길을 나서려면 잠이라도 일찍 자 두라는 것이었다. 나는 말없이 노인을 따랐다. 저녁 겸해서 술 한 되를 비우고 그리고 술기를 못 견디는 사람처럼 일찌감치 잠자리를 펴고 누웠다.

형수님이 조카들을 데리고 잠자리를 찾아 나가자 이 날 밤도 우리는 세 사람 합숙이었다.

어쨌거나 이제 위태로운 고비는 그럭저럭 거의 다 넘겨 가는 셈이었다. 눈을 붙였다 깨고 나면 그것으로 모든 건 끝나는 것이었다. 지붕이고 옷궤고 더 이상 신경을 쓸 일이 없어진다. 노인에게 숨겨진 빚 문서가 있을까. 하지만 이 날 밤만 무사히 넘기고 나면 노인의 빚 문서도 그것으로 영영 휴지가 되는 것이다.

—잠이나 자자. 빚이고 뭐고 잠들면 그만이다. 노인에게 빚은 내가 무슨 빚이 있단 말인가…….

나는 제법 홀가분한 기분으로 눈을 감고 잠을 청했다. 술기 탓인지 알알한 잠 기운이 이내 눈꺼풀을 덮어 왔다.

그렇게 얼마쯤 아늑한 졸음기 속을 헤매고 난 때였을까. 나는 웬일인지 문득 다시 잠기가 서서히 엷어져 가고 있었다. 그리고 아직도 그 어렴풋한 선잠기 속에 도란도란 조심스런 노인의 말소리가 들려 오고 있었다.

"그 날 밤사말로 갑자기 웬 눈이 그리도 많이 내렸던지 잠을 잤으면 얼마나 잤겠느냐마는 그래도 잠시 눈을 붙였다가 새벽녘에 일어나 보니 바깥이 왼통 환한 눈 천지로구나…… 눈이 왔더라도 어쩔 수가 있더냐. 서둘러 밥 한 술씩을 끓여다가 속을 덥히고 그 눈길을 서둘러 나섰더니라……."

나는 다시 정신이 번쩍 들고 말았다. 어찌된 일인지 노인이 마침내 그 날 밤 이야기를 아내에게 가닥가닥 털어놓고 있는 중이었다.

"처지가 떳떳했으면 날이라도 좀 밝은 다음에 길을 나설 수 있었으련만, 그땐 어찌 그리 처지가 부끄럽고 저주스럽기만 했던지…… 그래 할 수 없이 새벽 눈길을 둘이서 나섰지만, 시오 리나 되는 장터 차부까지 산길이 멀기는 또 얼마나 멀더라냐."

기억을 차근차근 더듬어 나가고 있는 노인의 몽롱한 목소리는 마치 어린 손주아이에게 옛얘기라도 들려 주고 있는 할머니의 그것 처럼 아늑한 느낌마저 깃들고 있었다.

아내가 결국엔 노인을 거기까지 유도해 냈음이 분명했다.

—이야기를 한들 네가 어찌 다 알아들을 수가 있겠냐……

낮결에 노인이 말꼬리를 한 가닥 깔고 넘은 기미를 아내가 무심히 들어넘겼을 리 없었다.

그 날 밤—아니 그 날 새벽—아내에겐 한 번도 들려 준 일이 없는 그 날 새벽의 서글픈 동행을, 나 자신도 한사코 기억의 피안으로 사라져 가 주기를 바라 오던 그 새벽의 눈길의 기억을 노인이 이제 받아 낼 길이 없는 묵은 빚 문서를 들추듯 허무한 목소리로 되씹고 있었다.

"날은 아직 어둡고 산길은 험하고, 미끄러지고 넘어지면서도 차부까지는 그래도 어떻게 시간을 대어 갈 수가 있었구나……."

이야기를 듣고 있는 나의 머릿속에도 마침내 그 날의 정경이 손에 닿을 듯 역력히 떠올랐다. 어린 자식놈의 처지가 너무도 딱해서였을까. 아니 어쩌면 노인 자신의 처지까지도 그 밖엔 달리 도리가 없었을 노릇이었는지 모른다. 동구 밖까지만 바래다 주겠다던 노인은 다시 마을 뒷산의 잿길까지만 나를 좀더 바래 주마 우겼고, 그 잿길을 올라선 다음에는 새 신작로가 나설 때까지만 산길을 함께 넘어가자 우겼다. 그럴 때마다 한 차례씩 애시린 실랑이를 치르고 나면 노인과 나는 더 이상 할 말이 있을 수가 없었다. 아닌 게 아니라 날이라도 좀 밝은 다음이었으면 좋았겠는데, 날이 밝기를 기다려 동네를 나서는 건 노인이나 나나 생각을 않았다. 그나마 그 어둠을 타고 마을을 나서는 것이 노인이나 나나 마음이 편했다. 노인의 말마따나

미끄러지고 넘어지면서, 내가 미끄러지면 노인이 나를 부축해 일으
키고 노인이 넘어지면 내가 당신을 부축해 가면서, 그렇게 말없이
신작로까지 나섰다. 그러고도 아직 그 면소 차부까지는 길이 한참이
나 남아 있었다. 나는 결국 그 면소 차부까지도 노인과 함께 신작로
를 걸었다.

아직도 날이 밝기 전이었다.

하지만 그러고 우리는 어찌 되었던가.

나는 차를 타고 떠나가 버렸고, 노인은 다시 그 어둠 속의 눈길을
되돌아선 것이다.

내가 알고 있는 건 거기까지 뿐이었다.

노인이 그 후 어떻게 길을 되돌아갔는지는 나로서도 아직 들은 바
가 없었다. 노인을 길가에 혼자 남겨 두고 차로 올라서 버린 그 순
간부터 나는 차마 그 노인을 생각하기가 싫었고, 노인도 오늘까지
그 날의 뒷 얘기는 들려 준 일이 없었다. 한데 노인은 웬일로 오늘
사 그 날의 기억을 끝까지 돌이키고 있었다.

"어떻게 어떻게 장터 거리로 들어서서 차부가 저만큼 보일 만한 데
까지 가니까 그때 마침 차가 미리 불을 켜고 차부를 나오는구나. 급
한 김에 내가 손을 휘저어 그 차를 세웠더니, 그래 그 운전수란 사
람들은 어찌 그리 길이 급하고 매정하기만 한 사람들이더냐. 차를
미처 세우지도 덜하고 덜크렁덜크렁 눈 깜짝할 사이에 저 아그를 훌
쩍 실어 담고 가버리는구나."

"그래서 어머님은 그때 어떻게 하셨어요?"

잠잠히 입을 다문 채 듣고만 있던 아내가 모처럼 한마디를 끼여들
고 있었다.

나는 갑자기 다시 노인의 이야기가 두려워지고 있었다. 자리를 차
고 일어나 다음 이야기를 가로막고 싶었다. 하지만 나는 이미 그럴
수가 없었다. 사지가 말을 들어 주지 않았다. 온몸이 마치 물을 먹은

솜처럼 무겁게 가라앉아 있었다. 몸을 어떻게 움직여 볼 수가 없었다. 형언하기 어려운 어떤 달콤한 슬픔, 달콤한 피곤기 같은 것이 나를 아늑히 감싸 오고 있었다.

"어떻게 하기는야. 넋이 나간 사람마냥 어둠 속에 한참이나 찻길만 바라보고 서 있을 수밖에야…… 그 허망한 마음을 어떻게 다 말할 수가 있을 거나……."

노인은 여전히 옛얘기를 하듯 하는 그 차분하고 아득한 음성으로 그 날의 기억을 더듬어 나갔다.

"한참 그러고 서 있다 보니 찬바람에 정신이 좀 되돌아오더구나. 정신이 들어 보니 갈 길이 새삼 허망스럽지 않았겠냐. 지금까진 그래도 저하고 나하고 둘이서 함께 헤쳐 온 길인데 이참에는 그 길을 늙은 것 혼자서 되돌아서려니…… 거기다 아직도 날은 어둡지야 …… 그대로는 암만해도 길을 되돌아설 수가 없어 차부를 찾아 들어갔더니라. 한 식경이나 차부 안 나무 걸상에 웅크리고 앉아 있으려니 그제사 동녘 하늘이 훤해져 오더구나…… 그래서 또 혼자 서두를 것도 없는 길을 서둘러 나섰는데, 그때 일만은 언제까지도 잊혀질 수가 없을 것 같구나."

"길을 혼자 돌아가시던 그때 일을 말씀이세요?"

"눈길을 혼자 돌아가다 보니 그 길엔 아직도 우리 둘 말고는 아무도 지나간 사람이 없지 않았겠냐. 눈발이 그친 그 신작로 눈 위에 저하고 나하고 둘이 걸어온 발자국만 나란히 이어져 있구나."

"그래서 어머님은 그 발자국 때문에 아들 생각이 더 간절하셨겠네요."

"간절하다뿐이었겠냐. 신작로를 지나고 산길을 들어서도 굽이굽이 돌아온 그 몹쓸 발자국들에 아직도 도란도란 저 아그의 목소리나 따뜻한 온기가 남아 있는 듯만 싶었제. 산비둘기만 푸르륵 날아올라도 저 아그 넋이 새가 되어 다시 되돌아오는 듯 놀라지고, 나무들이 눈을 쓰고 서 있는 것만 보아도 뒤에서 금세 저 아그 모습이 뛰어나올 것만 싶었지야. 하다 보니 나는 굽이굽이 외지기만 한 그 산길을 저 아그 발자국만 따라 밟고 왔더니라. 내 자석아, 내 자석아, 너하고 둘이 온 길을 이제는 이 몹쓸 늙은 것 혼자서 너를 보내고 돌아가고 있구나!"

"어머님 그때 우시지 않았어요?"

"울기만 했겄냐. 오목오목 디더 논 그 아그 발자국마다 한도 없는 눈물을 뿌리며 돌아왔제. 내 자석아, 내 자석아, 부디 몸이나 성히 지내거라. 부디부디 너라도 좋은 운 타서 복받고 살거라…… 눈앞이 가리도록 눈물을 떨구면서 눈물로 저 아그 앞길만 빌고 왔제……"

노인의 이야기는 이제 거의 끝이 나 가고 있는 것 같았다. 아내는 이제 할 말을 잊은 듯 입을 조용히 다물고 있었다.

"그런디 그 서두를 것도 없는 길이라 그렁저렁 시름 없이 걸어온 발걸음이 그래도 어느 참에 동네 뒷산을 당도해 있었구나. 하지만 나는 그 길로는 차마 동네를 바로 들어설 수가 없어 잿등 위에 눈을 쓸고 아직도 한참이나 시간을 기다리고 앉아 있었더니라……"

"어머님도 이젠 돌아가실 거처가 없으셨던 거지요."

한동안 조용히 입을 다물고 있던 아내가 이제 더 이상 참을 수가 없어진 듯 갑자기 노인을 추궁하고 나섰다. 그녀의 목소리는 이제 울먹임 때문에 떨리고 있었다.

나 역시도 이젠 더 이상 노인을 참을 수가 없었다. 이제나마 노인을 가로막고 싶었다. 아내의 추궁에 대한 그 노인의 대꾸가 너무도 두려웠다. 노인의 대답을 들을 수가 없었다. 하지만 그 역시도 불가능한 일이었다.

나는 아직도 눈을 뜰 수가 없었다. 불빛 아래 눈을 뜨고 일어날 수가 없었다. 사지가 마비된 듯 가라앉아 있는 때문만이 아니었다. 졸음기가 아직 아쉬워서도 아니었다. 눈꺼풀 밑으로 뜨겁게 차 오르는 것을 아내와 노인 앞에 보일 수가 없었다. 그것이 너무도 부끄러웠기 때문이었다. 아내는 이번에도 그러는 나를 알고 있었던 것 같았다.

"여보, 이젠 좀 일어나 보세요. 일어나서 당신도 말을 좀 해보세요."

그녀가 느닷없이 나를 세차게 흔들어 깨웠다. 그녀의 음성은 이제 거의 울부짖음에 가까웠다. 그래도 나는 일어날 수가 없었다. 뜨거운 것을 숨기기 위해 눈꺼풀을 꾹꾹 눌러 참으면서 내처 잠이 든 척 버틸 수밖에 없었다.

음성이 아직 흐트러지지 않고 있는 건 오히려 그 노인뿐이었다.

"가만 두거라. 아침길 나서기도 피곤할 것인디 곤하게 자고 있는 사람 뭣하러 그러냐."

노인은 일단 아내의 행동을 말려 두고 나서 아직도 그 옛얘기를 하는 듯한 아득하고 차분한 음성으로 당신의 남은 이야기를 끝맺어 가고 있었다.

"그런디 이것만은 네가 잘못 안 것 같구나. 그때 내가 뒷산 잿등에서 동네를 바로 들어가지 못하고 있었던 일 말이다. 그건 내가 갈 데가 없어 그랬던 건 아니란다. 산 사람 목숨인데 설마 그때라고 누구네 문간방 한 칸이라도 산 몸뚱이 깃들일 데 마련이 안 됐겠냐. 갈 데가 없어서가 아니라 아침 햇살이 활짝 퍼져 들어 있는디, 눈에 덮인 그 우리 집 지붕까지도 햇살 때문에 볼 수가 없더구나. 더구나 동네에선 아침 짓는 연기가 한참인디 그렇게 시린 눈을 해갖고는 그 햇살이 부끄러워 차마 어떻게 동네 골목을 들어설 수가 있더냐. 그 놈의 말간 햇살이 부끄러워서 그럴 엄두가 안 생겨나더구나. 시린 눈이라도 좀 가라앉히자고 그래 그러고 앉아 있었더니라……"

(『문예중앙』, 77. 12.)

어머니, 아내와 함께 쓴 소설

이 청 준

1968년 결혼을 하고서도 나는 바로 어머니가 계신 고향 마을로 신행길을 나서지 못했다. 당신이 서울로 올라와 내 혼례식과 새며느리를 보고 가신 데다 시골에선 거처다운 정처가 없이 떠돌고 지내시는 터라 마음 편히 찾아 뵐 곳이 없었기 때문이다. 그러다 두어 해 뒤 큰 자형이 한 동네 동구 밖의 헌 오두막을 손봐뒀다는 소식을 듣고서야 비로소 아내와 함께 어머니를 뵈러 갔을 때 그 집엔 당신과 혼자 되신 형수, 어린 세 조카아이들까지 온 식구들이 단칸방살이로 지내고 있었다. 게다가 그 비좁은 방 한쪽엔 어머니가 전일 집을 제대로 지니고 사실 때의 유일한 흔적이자 그 어릴 적 어느 눈 내린 새벽녘 당신과의 마음 아픈 헤어짐을 떠올리게 하는 반닫이 옷궤 하나가 들어앉아 있어 그렇지 않아도 심란하기 그지없는 내 심사를 더욱 무겁게 하였다.

하지만 그때까진 내 떳떳치 못한 처지가 맘에 걸려 아내에게마저 지난날의 우리 집 영락 과정을 다 털어놓지 못하고 지내 온 터라 아직 그 옷궤의 사연을 알 리 없는 아내는 '이 비좁은 방에 웬 옷궤까지냐'고 물색 없이 원망을 하고 들었다. 나는 물론 할 말이 없었고, 어린 새며느리 앞에 누추한 처지가 면구스럽기만한 어머니 역시 묵묵부답일 수밖에 없었다. 그리고 그땐 그쯤 옷궤의 사연이 더 드러나지 않은 채 우리는 다시 서울로 돌아오고 말았다.

그런데 다시 몇 년 뒤(77년 이른 봄) 그간의 서울살이에 지칠 대로 지친 심신을 더 버텨 낼 길이 없어 한동안 시골 자형네한테로나 내려가 방을 하나 빌어 지내며 글을 써 보다가 사정이 괜찮으면 아예 그대로 주저앉아 버리고 말 작정으로 아내까지 동행해 간 길에 그 어머니의 헌 오두막 거처에서 하룻밤을 먼저 지내게 됐을 때였다. 이번에는 내가 그 한 해 전 「눈길」에 앞서 어머니의 이야기를 쓴 「새가 운들」을 읽었을 뿐 아니라 그 동안 둘 사이에 허물이 많이 줄어 내게서도 몇 차례 우리 집의 이산 내력을 들은 바 있는 아내는 그때까지 방안 아랫목을 지키고 앉아 있는 그 헌 옷궤에 대한 생각이나 말이 퍽 달라졌다.

—어머님, 이 사람 어렸을 때 옛날 집에서 하룻밤을 마지막 함께 보내고 헤어져 떠나 보내던 날 밤에도 어머님은 아직 그 집이 팔리지 않고 그냥 살고 계신 양 보이려 저 옷궤를 남겨 두고 계셨더라면서요?

어머니는 이번에도 물론 그 옷궤에 깃든 어두운 사연을 돌이키려 하지 않았다.

—그 옷궤라도 없으면 이 집 어느 한 곳 사람 사는 표시를 찾아볼 데가 있더냐?

짐짓 대수롭잖게 넘어가려고 하였다. 하지만 이미 그 옷궤의 내력을 알고 있는 아내가 이번에는 그대로 물러서려 하지 않았다. 그리고 나이 차이가 너무 많아 고부간이 아니라 이젠 아예 막내딸이나 손주 아이처럼 흉허물 없이 채근하고 드는 며느리 앞에 늙으신 어머니도 끝내는 가는 한숨기를 섞어 가며 뜸뜸이 그 옷궤의 사연을 한 가닥씩 털어놓기 시작했다.

그러나 사실 그 옷궤의 사연은 이야기의 실마리에 불과했다. 이야기의 핵심은 그 집에서 함께 하룻밤을 지내고 이튿날 새벽 일찍 십여 리 면소께까지 눈 오는 산길을 걸어나가 당신을 바깥 어둠 속에 세워 둔 채 나 혼자 훌쩍 버스로 올라 떠나가고 만 쓰라린 이별의 곡절이었다. 나는 이후 당신 혼자 어디로 어떻게 어두운 새벽길을 되돌아갔는지 이야기를 들은 일이 없었다. 그땐 이미 어디에도 돌아갈 거처가 없는 처지였던 탓에 당신이 그 이야기를 꺼낸 일도 없었으려니와 나 또한 두렵고 처연스런 느낌에 그걸 차마 물을 수가 없었기 때문이다. 내가 당신의 처지를 좀 떳떳하게 해드릴 수 있을 때나 옛날 얘기처럼 물어 볼 수도 있을 그 날 새벽녘의 뒷일은 내겐 이를테면 당신에 대한 오랜 마음의 빚덩이가 되어 온 셈이었다. 하지만 나는 여태도 당신 앞에 그 빚꾸러미를 들추고 들 처지가 못되었다. 커녕은 자신의 앞뒤도 제대로 가리지 못해 서울살이까지 끝낼 길을 찾아보려 당신 곁을 찾아 내려온 무력한 아들이었다. 부끄럽고 두렵지 않을 수 없었다.

아내 역시 어머니나 우리의 그런 처지를 너무 잘 알고 있었다. 그러면서도 아내는 위태롭기 그지없는 그 늙은 시어머니의 아픈 곳을 끝까지 들추고 들었다. 그건 물론 철없는 호기심에서가 아니었다. 노인에 대한 애틋한 심사에서만도 아니었다. 그것은 나와 어머니, 아내 자신을 포함한 우리 모두의 답답한 처지에 대한 소리없는 항변의 표시였다. 나는 그 아내 앞에 더욱 부끄럽고 서글퍼지지 않을 수 없었다. 그런 자신이 참을 수 없도록 가증스럽기만 하였다.

하지만 나는 그 아내나 어머니 앞에 무슨 말도 할 수 없었다. 아랫목에 잠이 든 척 숨을 죽이고 누운 채 둘 사이의 이야기를 몰래 엿듣고 있을 수밖에 없었다. 옷궤의 사연을 시작으로 아내가 끝끝내 그 날 새벽 헤어짐 이후의 당신의 행선지까지 캐물어 들어갔고, 그 아내의 집요한 채근에 못 이겨 노인 또한 목소리가 더욱 담담해져 가고 있었기 때문이다.

그 다음 이야기는 소설 「눈길」의 줄거리와 거의 동일하다. 아니 「눈길」은 그 이후뿐만 아니라 소설 전체의 진행이 실제와 일치하고 있는 셈이다. 그러나 나는 당시 소설이고 뭐고를 생각할 마음의 여유가 있을 수 없었음이 물론이다. 소설은커녕 거기서 며칠을 견디지 못하고 다시 서울로 돌아오고 말았다. 하지만 서울로 돌아오고 보니 내 가슴속에는 그 새 확연한 소설 한 편이 자리해 있었다. 그리고 그것을 조금 다듬어 쓴 것이 「눈길」이다.

「눈길」은 그러니까 나 혼자 쓴 소설이 아니라 내 어머니와 아내 셋이서 함께 쓴 소설인 셈이다. 오랜 세월 가려져 온 그 새벽 헤어짐 이후의 두려운 사연을 당신의 삶 속에 간직해 온 어머니나 그 헌 옷궤의 설운 사연을 실마리 삼아 끝내 그 무고한 아픔의 실체를 드러내 준 아내가 아니었으면 이 소설은 씌어지지 않았을 것이다. 그리고 그런 뜻에서 어머니나 아내는 「눈길」의 실제 실연자들로서 소재뿐 아니라 그 헤어짐을 중심 삼아 이야기의 반전 시점을 마련해 준 구성이나 우리 삶의 원죄성, 아픔, 부끄러움 따위의 주제까지도 함께 다 제공해 준 셈이었다. 거기에 내가 다듬고 덧붙인 바란 무력하고 모멸스런 자신을 더욱 가책하려는 심사에서 어머니에게 우정 '빚이 없다' 뻔뻔스럽게 우기고 든다거나 당신을 불손하게 '노인'이라 부르는 따위의 수사상의 역설적 반어법을 고려한 정도였달까. 그것은 이 「눈길」에 앞서 '노인'과 아내와 나 셋이서—형수와 조카아이들은 매번 이웃집 잠자리를 얻어 가곤 했으므로—그 하룻밤을 함께 보낸 일이 없이 쓴 「새가 운들」과 비교해 보면 더욱 뚜렷해질 것이다.

김지연

경남 진주 출생. 서라벌예대 문예창작과를 졸업했다. 1967년 매일신문 신춘문예에
소설 「천태산 울녀」가 당선되며 등단하였고, 1968년 『현대문학』에 단편소설 「산영」으로 추천 완료했다.
『山배암』, 『山울음』, 『山情』, 『野生의 숲』, 『흑색 病棟』, 『히포크라테스의 戀歌』, 『씨톨』,
『어머니의 고뇌』등 27권의 소설집이 있으며, 한국소설문학상, 펜문학상, 월탄문학상 등을 수상했다.

연(緣)

　내 불안감은 내가 정작 필리핀에서 타이페이행 비행기에 올라 좌석을 찾으면서부터 조금씩 고조되기 시작했다.

　어떻게도 표현하기 힘든 심장을 죄는 것 같은 황계증(惶悸症)이 가슴 밑바닥에서 서서히 꿈틀거려 나를 심히 편치 못하게 했다. 기내(機內)의 기온은 후덥지근한 밖의 그것과는 달리 소름이 솟을 만큼 서늘하게 피부에 와 닿는데도 나는 답답함에 심호흡을 했다.

　나를 둘러싼 공기의 입자 하나하나가 흙먼지를 동반한 뿌연 모래가루로 내 숨통을 질식시킬 것 같은가 하면 또한 입자마다 형형색색의 요사스런 빛깔로 독을 뿜으며 내 둘레로 천방지축 난무하는 것도 같았다. 그런가 하면 비행기 동체의 은회색 철판들이 사방에서 나를 향해 조여드는 것도 같았다.

　마치 소나기 쏟아지기 직전의 서서히 어두워지는 하늘처럼, 뭔가 음산하고 외경(畏敬)스런 어떤 일이 내 주위에 드디어 터지고 말 것 같은 불길한 예감이 가슴을 짓누르는 것이었다.

　"……왜일까……."

　나는 컹컹 울려대는 심장 부근에 두 손바닥을 펼쳐 지그시 눌렀다. 물론 혼자 훌쩍 떠난 여행이어서 미지의 세계에 대한 생소함이나 불안감 따위의 감정이 가능할 수도 있지만, 그러나 그것은 서울을 이륙할 때 이미 앓았었고, 더욱이 혼자서 이미 필리핀 전역의 관광을 끝낸 뒤라 문제가 되지 않았다. 오히려 익숙한 고장을 찾아가

듯 처음으로 발 딛는 나라에 대한 두려움 같은 것은 전혀 느끼지 않고 있었다.

'그렇다면⋯⋯.'

전신을 서리서리 휩싸는, 당장의 공포에 가까운 돌연한 두려움이 어디에서 비롯되는 것인지 거듭 반추해 보아도 풀 수는 없었지만, 그러나 이런 순간이 언제부터인가 미리 예정되어 있었던 것 같은 묘한 기분이 되기도 했다. 어떤 필연적인 과정을 비로소 접하는 것 같은⋯⋯.

이러한 느낌의 형태는 쉽사리 설명이 되지 않을 것 같았다. 왜냐하면 색깔도 형체도 모호한, 지극히 요사스럽고 불길한 두려움이 혼신을 옥죄는데도 그 형태가 내 살속 뼛속에 깊숙이 도사린 본성적 희열(喜悅)과도 상통하는 일면이 있었기 때문이다.

좀더 달리 표현하자면 희열인지 내 본태성의 요기(妖氣)인지 분별하기 힘든 작은 불덩어리 하나가 가슴 어디쯤에선가 불거져 나와 뒤웅박질 치듯 춤을 춘다고 할까. 무언가 뿌듯이 차오르는 격정의 환희를 광란의 몸태짓으로 표현하는 것도 같고, 또한 신내리기를 염원하는 무당춤의 떨림 같기도 했다.

나는 내면의 이러한 증상들이 점점 고조됨을 느끼면서 심호흡과 함께 상체를 흔들었다. 심장을 누르던 양손을 떼어 내고 흔들리는 손으로 안전벨트를 조이기 시작했다.

그때, 기다란 두 개의 뻣뻣한 물체 하나가 내 바른편에 맞는 듯하더니 둔중한 육성을 토해 냈다.

"엑스큐스 미!"

나는 숨을 꿀꺽 들이마셨다.

두 개의 곧은 기둥처럼 뻣뻣이 버텨 서 있는 사내의 긴 다리를 흘낏 스치면서 나는 빰을 감쌌다. 사내가 선 바른편의 귓쌈과 어깨와 팔에 경미한 전율이 오면서 싸늘한 찬 기운이 순식간에 덮씌워졌기 때문이었다.

찬 기운은 마치 얼음 바람을 일시에 쏟아붓는 듯 선명하게 부딪쳐
와서 나는 어깨를 움츠리며 사내의 두 다리를 좇아 얼굴을 쳐들었다.
그러다 나는 또 한번 호흡을 삼켰다.

"아……."

바른편에 쏟아지던 냉기가 순식간에 전신으로 뻗지르고 몸 구석구
석에 오소소한 소름이 비명을 내지르며 솟구쳤다. 긴 다리 위의 얼
굴을 보는 순간, 호젓한 풀숲에서 느닷없이 몸통을 위로 솟구친 영
물 구렁이를 맞부닥뜨린 섬뜩함이 덮씌워졌기 때문이다.

나는 사내가 내 앞을 지나 창켠의 좌석으로 들어갈 수 있도록 상
체를 옆으로 젖혀 비꼈다. 사내가 지극히 오만한, 이를테면 모멸감에
이글대는 흰 눈으로 나의 턱없이 창황스러워하는 얼빠진 몰골을 지
그시 노려보면서 천천히 옆자리에 들어가 앉았다.

나는 여전히 후들거리는 손으로 안전벨트를 다시 죄곤 머리를 뒤
로 기대어 눈을 감았다. 기내에 들어서면서부터 시종일관 겪는 나의
유별한 상태를 자제해 보기 위해서였다. 내 귀를 넘쳐 남의 귓속까
지 파고들 것 같은 커다란 심장 박동 소리나마 죽여 보고 싶었던 것
이다.

그러나 힘주어 감은 망막 안으로는 2미터도 넘어 뵈는 사내의 깡
마르고 긴 몸뚱이와 마름모꼴의 작은 얼굴에 흘리던 야릇한 미소와,
그리고 튀어나올 듯 돌출한 눈두덩 안에서 번득이던 음흉스런 눈동
자 따위만 넘실거렸다.

뿐만이 아니었다. 내 바른쪽에 섰던 사내가 창켠의 왼쪽 좌석에
앉고서부터 거짓말처럼 내 왼쪽 귓불과 어깨와 팔과 허리에 찬바람
이 일었다. 마치 검은 얼음덩어리(사내는 검정 양복 차림이었다)로
뭉쳐진 냉혈 동물이 내 왼켠에 놓여진 것처럼 찬 기운이 닿고 있었
다. 그 서늘한 기운은 단순히 차갑다는 감각 이상의 으시시한 전율

과 혐오감 비슷한 감정도 동반케 했다.

그런데 희한스런 심사인 것은, 그 냉기가 그지없이 부담스러우면서도 시간이 더함에 따라 기실은 낯설지 않다는 느낌이 드는 것이었다. 사내가 앉은 자리가 흡사 깊은 산 구릉의 얼음골인 듯 서리서리 뿜어 내는 찬 공기가 기체내에 샅샅이 배어들어 모든 것을 얼려 버릴지도 모른다는 생각을 하면서도, 나는 내 몸사위로 펼쳐지는 요사한 기운 속으로 차츰 적응하기 시작했다.

'……참으로 알 수 없는 현상이다…… 이 사내는 도대체 누구일까…… 인도 인일까? 아랍 인일까?'

나는 끊임없이 솟구치는 의혹 속에서 입술을 바직였다. 그러다 고개를 흔들었다. 당장의 나의 모든 상황은 과민한 내 신경 탓으로 빚어지는 일시적인 조증(躁症) 현상이라 헤아렸기 때문이다. 남편의 돌연한, 청천벽력 같은 배신(背信)이 가져다 준 후유증의 신경 증상일 거라 생각했다.

대체적으로 자상하고 원만한 성품이라 믿어 의심치 않았던 남편이 어느 날 술기 한 점 없는 말짱한 얼굴로 날벼락을 쳤다.

"우리, 끝내자. 너같이 차갑고 이기적이고 집요하고 끈적하고 소유욕이 마귀 같은 여자하곤 더 이상 지탱할 수가 없다. 너는 나의 머리칼 한 올까지도 네 손가락에 칭칭 감고 풀었다 조였다, 네 멋대로 갖고 논다. 나를 하얗게 말리고 있다. 매일매일 숨통이 막혀서 질식할 것 같다. 긴 말 줄이자. 나는 다시 자유롭고 싶다. 내 몸통을 똘똘 휘감아 바작바작 죄는 찬 몸의 너에게서 벗어나고 싶다. 여기 도장 찍어. 네가 동의하든 아니하든 어차피 나는 지금 이 순간부터 네 소유는 아니다—."

참으로 경악스럽게도 남편은 석수장이가 돌을 쪼듯 분명하고 거칠게, 또한 뱃속의 오물을 끝내 토해내듯 탁탁 말을 튕겼다.

내가 입술을 벌리고 넋 나간 몰골인 채 꿈에서조차 상상할 수 없는 그의 느닷없는 행위를 멍하니 바라보자 그가 입귀로 냉소를 흘리면서 이혼 서류를 내 코밑으로 바싹 들이밀었다.

"도장 찍어. 너와 나는 처음부터 잘못 끼워진 단추였어. 물과 기름으로 서로가 겉돌았고 불과 물로 너는 나의 열기를 끊임없이 죽였어. 십 년간, 우리는 피차가 잘 참아 온 거야. 더 끄는 건 이득일 게 없어. 물론 너도 뿌리내리지 않는 우리 둘의 사이를 묶으려고 나를 혼신으로 사랑하려 노력했던 것 이해한다. 그러나 너의 그런 행위들이 내 피를 말리고 내 숨통을 막았던 거야. 뿐만 아니라 너는 교활했어. 네 이성과 감성과 몸통이 각각 별개로 뛰면서 너는 끝까지 경직된 바위였어. 섬뜩할 지경이야…… 자식이 없다는 거, 이혼 사유가 아니다. 그건 당연해. 나는 언제나 네 몸속에서 백 퍼센트 결빙(結氷)됐으니까. 히히……내가 쓸데없는 말을 많이 주절대는군. 너 또한 이런 기회를 진작부터 기다리고 있었을 텐데 말이야. 자, 도장 찍어……."

남편은 완벽하게 일방적이었다.

도대체 영문이나 알자는 내 말 따위는 '다 말했다'는 한마디로 묵살해 버렸다. 피차간에 힘든 가면의 탈을 벗고 솔직하자고 했다. 우리 사이는 애시당초부터 애정의 싹이 솟을 수 없는 연(緣)으로서 피차의 노력은 바위에 물 주기로 힘의 소모일 뿐이라고 했다. 굳이 역설하지 않아도 불을 보듯 너도 선명히 느끼고 알고 있지 않느냐고 했다.

그러나 남편의 주장들이 하나같이 진실이라 쳐도 아닌 밤중에 홍두깨식인 이혼 요구를 나는 들어 줄 수가 없었다. 도장을 찍지 않았다. 뭔가 내가 크게 잘못했다면 용서를 해달라고 빌었다. 남편 앞에 무릎을 꿇고 두 손을 모으며 간곡하게 읍소했다.

"제발 이러지 마라. 너는 잘못한 것 없어. 물론 나도 없어. 우리는 다만 합(合)이 아닐 뿐이야. 네가 도장을 찍든 아니 찍든 나는 이제 집을 나간다. 너를 보는 것은 고통이야. 가증스럽고 섬뜩해."

남편은 그 말을 마지막으로 실제 집을 나가 버렸다. 거짓말같이 어느 날 일순간에 일어난 일이었다.

집을 나간 남편이 그의 회사 근처에 하숙방을 얻었다는 소식을 그 다음날 저물녘에 알아내고 나는 다시 그에게 매달렸다. 이혼을 하더라도 일단은 집으로 들어가자고 했다. 그러나 그는 '내가 너를 해치지 않도록 다시는 나타나지 말라.'며 입귀에 거품을 물고 나를 문밖으로 끌어내었다.

나는 그와의 지난 십 년을 시시콜콜 되새겨 보았지만 이렇다 하게 크게 다툰 일도, 특별히 문제되었던 어떤 사건도 없었으며, 오히려 그는 내 인생의 전부였으므로 내가 하루에도 여러 번 그의 음성을 듣고 싶어했고 그의 체취를 맡고 싶어했고 그의 노예가 되고 싶어했고, 그가 내 곁에 있어야만 안심할 수 있어 그를 언제나 이점저점 자상하게 관여하고 다독거려 주었을 뿐이었다.

그러나 한 가지, 남편은 귀가할 때나 잠자리에서, 혹은 아침 침구 속에서 나를 첫 대면케 되면, 눈에 띄게 흠칫 놀라는 반응을 보이면서 새삼 내 모습을 뜨아하게 바라보는 습관은 있었다.

그의 그런 반응은 신혼초에도 있었으므로 나는 그가 어렸을 때부터 가진 기벽이거나 버릇으로 괘념치 않았던 것이지만, 그러나 가끔은 그가 나를 바라볼 때 만면에 화사한 웃음을 먼저 머금어 그의 생경스런 눈빛을 바꾸어 보려고는 했다.

하지만 그는 여전한 반응을 보였었다. 몇 번인가 그에게 왜 그토록 놀라느냐고 물었지만 "나도 모르겠어…… 하지만 당신은 내 가까이 올 때 인기척을 먼저 내는 게 좋겠어……."라는 묘한 대꾸를 했었다.

그런 그의 습관(?)이 느닷없이 이혼을 요구하는 행위와 상관 있을지도 모른다는 의혹과 함께 부부 방사(房事) 때의 그의 푸념 또한 유관할 수 있다는 느낌도 없지 않았다.

그는 어쩌다 갖는 지극히 짧은 정사(情事) 때마다 곧잘 "아니야…… 이건, 아니야…… 분명히, 뭐가 잘못됐어……"라며 투덜거렸다. 달리 특별한 경험이 없는 나는 내 기능상의 미숙이라 여겨 그가 요구하는 갖은 노력을 다해 보았지만 그는 완벽한 환희를 얻지 못하는 것 같았다. 나야 그것에는 애시당초부터 남들이 말하는 기막힌 희열을 느끼지 못했으므로, 내가 불감증이 아니면 성행위란 원래 그 정도의 느낌 외는 달리 더 특별한 것이 아닌 걸로 알고 있었다.

그런데 그러한 모든 원인들이 끝내는 남편의 이혼 요구와 가출을 도모케 된 것임을 나는 이후에사 깨달았지만, 그래서 다시 노력해 보겠다고 애소하고 친정 가족을 동반하여 위협도 해보았지만, 남편은 나를 면대하려 들지 않았다.

그렇게 석 달을 넘겼다. 남편은 일층 비약하여 사회 활동을 하는 중년의 독신녀와 공공연히 동거를 시작했고, 미안해하기는커녕 오히려 간통죄로 고소하겠으면 뜻대로 하라면서 이혼에 동의하지 않는 나에게 극도의 혐오감과 증오심을 드러냈다.

나는 아연하여 이토록 어처구니없이 일방적으로 당할 수도 있는 것인가를 생각하면서, 일단은 그를 향한 온갖 줄을 느슨히 던져 둔 채 얼마간 관조해 보기로 했다.

그러다 문득 어느 날, 필리핀행 비행기 티켓을 샀다. 무엇인가에 떠밀리듯 몹시 초조해져서 황망히 섬나라의 티켓을 끊어 놓고 나는 잠시 망연했었다. 평소에 특별한 관심을 갖지 않았던 나라를 순간적인 충동 같은 것에 쫓겨 여행지로 결정하고서도 내가 과연 잘한 것인지 얼른 분별이 되지 않았기 때문이다. 그러나 그 순간의 나에게는 여행이 내 삶의 필연적인 과정인 양 스스로에게 저절로 긍정이 되어졌고, 여행지 역시 막연한 상태이면서도 필리핀이어야 된다는 일면으로만 마음이 모두어졌다.

출생 후 처음으로 혼자 나서는 여행길이 주위 사람들의 걱정만큼

실상은 별로 두렵지도 않았었다. 혼자, 더구나 말벙어리인 채 필리핀의 여러 섬들을 일주여간 돌아치면서 머리를 식혔다.

마음을 정리하고 머리를 식혔다기보다 실제는 도깨비놀음 같은 남편의 행위를(그는 오래도록 곪아 왔다고 말했지만) 어떻게 이해해야 될 것인지를 끈질기게 모색하면서 방황했다고 함이 더 어울렸다. 그러나 며칠을 소모해도 이렇다 할 묘안은 집혀들지 않았고, 이어 나는 필리핀 공항에서 타이페이행 티켓을 샀던 것이다.

대만 역시 관심이나 특별한 지연(地緣)이 있어 택한 것은 아니었다. 얼핏 떠오른 동경(東京)보다 덜 복잡할 것이라는 현실적인 계산도 있었지만, 그러나 막연히 그곳이 정작 내가 가야 하는 목적지인 것 같은 느낌이어서 더 머뭇거리지 않았었다.

필리핀과 또 다른 색다른 그곳의 낯선 풍물들이 결국 얼어붙은 내 감정을 희석시켜 남편에 대한 나의 태도를 담담히 결정 짓게 도와 줄 거라는 기대도 하면서였다.

나는 내 좌측의 사내가 끝없이 피운다고 생각되는 찬 기운과 이 사내의 출현을 전후한 나의 유별스런 모든 신체적, 심리적 상태가 실은 나 자신에게 원인이 있는 것으로 미루면서, 느긋한 기분을 가지려 애를 썼다.

좀 전에 그러했던 것처럼 다시 의자 등받이에 머리를 얹고 눈을 감았다. 잠들 수 있으면 그런대로 깊숙이 잠 속에 빠져들고 싶다는 기분을 가지면서였다.

그러나 사내가 앉은 내 왼쪽 부위는 여전히 서늘했고, 나는 사내를 돌아보고 싶었으나 번들거리는 그 음산한 눈길과 마주칠 것이 두려워 감은 눈두덩에 더욱 힘만 주었다.

비몽사몽간이었다.

내 좌측 의자에 엄청난 굵기의 흑갈색 구렁이 한 마리가 사방에 푸른빛을 뿜어 내며 둘둘 또아리를 틀고 앉아 있었다. 겉껍질인 검은 비늘이 번들번들한 윤기와 요사스런 빛깔로 혼색되어 현란한 빛살을 만들어 내면서 쌍갈래 긴 혓바닥을 가증스럽게 날름대고 있었다. 가끔은 여남은 살 소년의 머리통만한 대가리를 꼿꼿이 위로 솟구쳐 불거진 작은 눈알과 혓바닥을 동시에 뒤굴리며 나를 찍듯이 째려보기도 했다.

나는 온몸을 경련하듯 흔들면서 눈을 번쩍 떴다. 그리고 숨을 죽였다. 남자 승무원이 내 앞좌석의 승객과 주고받는 말소리를 나는 눈을 감고도 선명하게 듣고 있었기 때문에 구렁이를 본 것이 꿈인지 생시인지 얼른 분별이 가지 않았던 것이다.

속옷 안으로 식은땀이 흥건히 배어 있었다. 나는 등받이에서 머리를 떼고, 조심스럽게 좌측으로 얼굴을 돌렸다. 거기에는 갈색 살갗, 검은 양복의 기다란 그 사내가 마름모형의 얼굴을 아래로 꺾고 졸고 있었다.

나는 안도의 한숨을 깊숙이 잦히면서 창 밖의 구름 무리에 시선을 주었다.

'도대체, 내가 왜 이러는 것일까…… 나는 왜 이 사내에게 진드기처럼 들러붙어 전율하는 것일까…… 하지만…….'

어처구니없게도 나는 타이페이에도 도착할 때까지 그 사내의 기운 속에서 헤어나지 못했다. 사내가 그의 주변으로 쉬임 없이 내뿜는 불그레한 달무리 같은 찬 기운 속에 절여져 허둥댔던 것이다.

그런데 놀랄 수밖에 없는 현상이 비행기가 타이페이 공항에 착륙하면서 또 일어났다. 기내에서 드디어 출영구를 통해 밖으로 나왔을 때, 좀더 정확히는 사내가 내 곁을 떠남과 동시에 나는 한껏 자유로워짐을 느꼈던 것이다.

나를 덮씌웠던 천 갈래 만 갈래로 얽힌 칡줄 그물 따위가 홀렁 벗겨진 자유로움인가 하면, 한 꺼풀 허물을 벗어 내는 파충류의 기분 또한 이런 것이려니 싶을 만큼 경직된 몸과 마음이 풀려졌던 것이다.

실로 날아갈 것 같은 혼쾌함이 몸 구석구석에 용솟음치는 것 같고 절로 휘파람이 입술 끝에 물려졌다.

뿐만 아니라 얼굴과 목덜미에 혈색이 돌기 시작하면서 나는 비로소 정상의 나를 되찾는 기분으로 공항을 가볍게 벗어났다.

대국(大國)의 한 덩어리라는 선입관 탓인지 타이페이의 첫인상은 오랜 식민지화로 그들만의 독특한 전통이 결여된 필리핀보다 깊은 뿌리를 내리고 안정되어 있는 것 같음을, 공항로에서부터 여유 있게 느끼기도 했다.

시내로 들어가는 즉시 대북시의 중앙부에 위치한 호텔부터 우선 정했다. 그리고 천천히 여장을 풀고 뜨거운 물로 샤워를 했다. 이어 두 시간여의 휴식을 취한 후, 저물녘에사 거리로 나섰다. 우선 한인(韓人) 교포들의 기념품 가게가 몰려 있다는 골목을 찾아갔다.

이국 거리에 드물지 않게 눈에 띄는 우리말 표기의 상정들을 두루 살펴보다가 마닐라의 어느 교포가 소개한 '물레방아'란 이름의 가게를 발견하곤 문을 밀고 들어갔다. 강원도 원주가 고향이라는 나이 지긋한 남자가 친절하게 맞이해 주며 역시 교포인 젊은 청년 가이드를 소개해 주는 등 소문대로 고국의 여행객을 위한 관리를 솔선하여 도모해 주었다.

물론 나는 대북에 머무는 동안 그 가게에서 잠안옥이라든가 상아 도장 등 이곳의 특산물을 사 주는 것으로 그들의 친절에 사례를 해야 되었지만, 그러나 일주여간 또한 비행기 속에서의 낯선 사내로 하여 긴장했던 탓인지 말이 통하는 교포를 만난 것이 여간 편안하지 않았다.

대북시의 정식 관광은 다음날부터 갖기로 가게측과 계획을 짜고 저녁에는 소개받은 교포 청년을 앞세워 유명하다는 야시장(夜市場) 구경을 나섰다. 시장은 소문만큼 규모가 컸다. 불빛이 대낮같이 휘황찬란하고, 골목마다 노도처럼 떠밀려 다니는 인파들로 시끌벅적 요란스러웠다.

"이 시장의 명소부터 보셔야겠지요? 코브라 피 마시는 데 말입니다!"

청년이 싱글거리며 돌아봤다. 의향을 물어 본다기보다 뱀에 대한 내 반응을 보기 위한 의도인 것 같았다.

나는 고개를 끄덕였다. 사실상 이곳 야시장의 명물이 코브라 생피와 인육(人肉) 시장(창녀촌)이란 말은 이미 듣고 있었고, 관심 또한 없는 것이 아니어서 작은 손카메라까지 들고 나온 터인데, 새삼 징그럽다거나 협오스럽다는 말로 엄살을 떨 필요가 없었던 것이다.

"한국에서 부부 여행단이 오면 이론이 분분하지요. 남편들은 몸에 좋다는 뱀 피를 기어이 마시겠다 고집하고, 부인네들은 뱀 골목에 가는 것조차 기피하거든요. 사실은 한국의 설렁탕처럼 이곳 사람들에게 뱀탕은 예사인데 말씀이에요. 저도 가끔 야시장에 나와 뱀탕을 먹는답니다."

청년이 말을 계속했다. 나는 청년에게 내가 뱀탕을 한 그릇 사주겠다고 응수했다. 그러나 사실은 천연덕스럽게 말했지만 목에서 솟구치는 역함으로 고개를 외로 꼬았다.

뱀 골목으로 들어섰다. 그럴싸해서인지 야릇한 뱀 비린내가 물신 풍기는 것 같았다. 뱃가의 생선 횟집 골목에 들어선 것처럼 뱀 가게는 골목의 양켠에 즐비해 있고, 횟집마다에 유리벽의 수족관이 시설된 것처럼 투명한 유리벽의 뱀 우리(含)가 가게마다 길켠으로 진열되어 있었다.

골목을 물결지어 오가는 사람들이 유리상자 속의 각종 뱀들을 구경하면서 원하는 종류를 지정해 주면 주인은 그것을 꺼내 우선 아가리를 벌뜨려 독을 받아 내고, 이어 기둥 쇠못에 대가리를 찔러 박곤 목 부분을 칼로 그어 껍질을 벗겨 내다 몸통 어느 부분에선가 유리잔을 들이대어 피를 받아 내곤 했다.

코브라며 구렁이며 창사, 혹사 등 여러 종류의 뱀들을 한꺼번에 몰아넣은 대형 유리상자 앞에서 건장한 사내들이 고래고래 소리를 질러 일방 호객하면서, 또 격렬하게 꿈틀거리는 뱀을 여러 마리 손 아귀에 움켜쥐고 흔드는가 하면 뱀의 껍질을 쫙쫙 벗겨 내리기도 했다.

손님들의 주문이 없어도 사내들은 유리상자 속에 팔을 디밀어 손에 잡히는 대로 한 마리씩 집어 내어 나무 기둥의 못에 대가리를 찍고 껍질을 벗긴 후 피를 받아 내선 원하는 사람들에게 즉석에서 팔기도 했던 것이다.

사내들의 뱀 다루는 솜씨가 흡사 가락동 시장의 뱀장어 장수가 뱀장어 껍질을 벗겨 횟감 만들듯 아주 예사롭고 빠른 솜씨로 진행되는 것을 목을 움츠리고 구경하던 나는, 청년의 이끎에 새삼 화들짝 놀라기도 했다.

"저에게 뱀탕을 사 주시겠다고 하셨지요? 안으로 들어가시지요. 저는 피는 못 마셔요. 한국 여행객은 코브라 피를 제일 좋아해요. 중간치 한 마리가 십만 원 정도인데 그래도 한국보다는 값이 싸다고 하면서 소주잔 한잔도 안 되는 피를 너도나도 사 마신다구요."

나는 청년과의 약속을 지키기 위해 오만상을 찌푸리고 호흡을 멈춘 채 가게 안의 홀로 들어갔다. 좁은 홀의 사방 벽은 유리병 속의 뱀 약제와 뱀술, 뱀 박제로 즐비하고, 메스껍고 비릿한 뱀 냄새가 진동하여 절로 얼굴이 찌푸려졌다.

홀 중앙부에 허리를 곧추펴고 앉았다. 김이 무럭무럭 오르는 뜨끈한 뱀탕 한 그릇이 설렁탕 그것처럼 뚝배기에 담겨져 청년 앞에 놓여졌다.

나는 뱀탕에서 오르는 김이 내 앞으로 번지는 듯해서 고개를 돌리며 청년에게 어서 들라고 권했다.

"잠깐만요, 저기 좀 보세요! 저 친구는 이제 마악 잡은 코브라 피를, 아니 독물부터 먼저 마시는군요. 뱀 생회도 시켜 놓았는데요!"

나는 청년이 얼굴을 일그러뜨린 채 그러나 눈을 빛내며 바라보고 있는 홀의 구석 켠으로 시선을 돌리다가 '헉!'하고 짧은 비명을 꿀떡 삼켰다. 순식간에 온몸의 솜털이 곤두서고 심장이 오그라붙는 것 같았다. 청년이 지그시 응시하고 있는 상대는 비행기 속의 바로 그 사내였던 것이다.

사내는 탁자 위에 놓여진 코브라의 피와 독과 생살을 차례대로 마시고 있었다. 사뭇 엄숙한 의식이라도 치르듯, 기도하듯 각 잔마다 두 손으로 공손히 받쳐올려 입으로 삼키고 있었다. 허옇게 썰어 놓은 뱀의 살점이 쟁반 위에서 고물고물 움직거리는 것 같았다. 사내는 그 생살을 계란을 푼 그릇에 쏟아 넣고 역시 스프를 마시듯 씹지 않고 후루룩 둘러마셨다.

나는 어깨와 턱을 흔들면서 진저리를 쳤다. 그러다가 대가리 쳐든 살모사 앞에 얼어붙은 개구리마냥 사지가 뻣뻣이 경직되면서 손끝 하나 마음대로 움직일 수가 없는 상태로 되어 갔다.

'내가, 또 왜 이러지⋯⋯.'

청년이 뱀집 주인과 뭔가를 주고받더니 우리말로 속삭였다.

"저 친구 아랍 녀석인데 이 집 단골이랍니다! 일 년에 대여섯 번은 이 집에 와서 코브라 피를 마시고 유독 살찐 구렁이 생회를 즐겨 먹는 좀 괴이한 친구라는군요. 어쩐지⋯⋯ 내뿜는 것이, 기분이 좋지 않지요?"

청년이 납빛으로 질려 있는 내 얼굴이 나름대로 이해가 된다는 듯한 표정을 하곤 사내의 분위기를 말했다.

나는 말없이 고개를 끄덕여 보였다. 저 사내와 필리핀서 이곳까지 비행기에 나란히 앉아 왔다거나, 비몽사몽간에 내 옆에 앉았던 저 사내가 또아리쳐 있는 구렁이로 보였다는 말은 물론 일체 하지 않았다. 더욱이 내가 저 사내로 하여 얼마나 기이한 심적 충격과 외경심으로 황계증을 일으켰던가는 말할 기분이 아니었다.

사내는 낮에 입었던 검정 싱글 차림 그대로였다.

그는 탁자 위에 진열된 독과 피와 살점을 그대로 말끔히 비우곤 호주머니에서 백지보다 더 흰 손수건을 꺼내 입술을 닦았다. 그리고 자리에서 일어났다. 자기에게 쏟아지고 있는 바로 이웃 좌석의 우리들 시선을 의식하지 못하는 듯 일별 한번 없이 길숨한 몸매를 흐트러진 의자 사이로 요리조리 유연하게 피하면서 스르르 홀 밖으로 사라졌다.

나는 눈앞의 대형 유리상자 안에서 쉴새없이 꿈틀대는 커다란 영물 구렁이 한 마리가 슬며시 밖으로 기어나와 홀을 쉬익쉬익 미끄러져 빠져 나갔다는 착각 속을 잠시 헤맸다.

그런데 역시 해괴하고 요상스런 분명한 증세가 또 일어났다.

타이페이 공항에 비행기가 착륙하고 옆자리의 그 사내가 내 곁을 뜰 때 그토록 신선하게 닿던 흔쾌한 자유스러움이 방금 또다시 온몸을 엄습해 왔던 것이다. 극도로 경직되던 몸뚱이가 사내가 사라짐과 동시에 이완되면서, 나는 다시 정상의 기분을 되찾았던 것이다.

그러다 나는 불쑥 스치듯, 내 남편이 혹여 그 사내의 모든 기운과, 빛깔과 흡사한 무엇을 나에게서 느끼는 게 아닌가 하는 생각을 떠올렸다. 그럴 것 같았다.

우연이라기엔 미흡한, 무엇인가 필연적인 유관성 속에 나와 두 번이나 부딪친 그 사내가 나에게 어떤 암시나 예시를 주는 것 같았다. 웬지 결코 범상한 일 같지만은 않았다.

'…… 남편도…… 나에게서…….'

내 의혹은 청년의 천박스럼으로 하여 중단되었다. 눈앞의 청년은 뱀 토막이 둥둥 뜨는 뱀탕을 후루룩후루룩 소리를 내어 마시고 씹으면서 날더러도 맛이나 좀 보라고 숟가락을 내밀었던 것이다. 나는 이맛살을 찌푸리면서 고개를 돌려 버렸다.

청년이 그릇을 비우는 것을 기다려 나는 서둘러 자리에서 일어났다.

"창녀촌 골목을 가 보시겠습니까? 바로 인육 시장이지요. 갖은 요염한 차림의 꽃녀들이 가게 앞에 상품처럼 진열되어 있지요!"

가게 밖으로 나서면서 청년이 다른 한 곳의 이색 지대를 또 소개하려 했다.

"필요로 하지도 않으면서, 구경만 하는 것은 꽃녀들을 모욕하는 일일 것 같으네요."

"하지만 여기는 시장인 걸요. 물건을 사지 않아도 구경은 얼마든지할 수 있거든요."

"그들은 상품이 아니라 사람이잖아요."

청년은 뭐라고 더 많은 말을 했지만 나는 응수를 하지 않았다.

한번 떠나기 쉽지 않은 여행길에 역시 야시장의 명물이라는 화류촌 눈요기도 스쳐 봄직했지만, 그러나 꽃녀들이 바로 젊은 여인들이라는 데 연민이 갔고, 그보다도 사내를 본 이후부터 야시장의 모든 풍물에 대한 호기심이 가셔졌다는 것이 정확한 이유인지도 몰랐다.

뿐만 아니라 거리를 헤매는 당장의 내 행위가 참으로 무의미하다는 생각까지 치밀면서 갑자기 권태감이 엄습하기 시작했다. 어서 호텔로 돌아가야 한다는 강박증에 사로잡혔다. 나는 전에 없던 이런 조급한 내 심층 변화에 스스로도 심히 의아로웠지만 한마디로 분석이 되지 않았다.

결국 나는 몸이 피곤하다는 이유로 야시장 구경을 그 정도에서 끝내겠다고 했다. 청년이 당황해했다. 나의 가이드로 계약된 저녁 시간이 네 시간인데 절반도 안 되어 돌아가겠다고 하니 행여 수고료에 차질이 생길 것을 염려하는 듯해서 나는 시간과 상관없이 네 시간의 수고료 전액을 청년에게 지불했다.

청년은 지극히 만족한 얼굴로 내가 낮에 여장을 푼 호텔 문앞까지

나를 데려다 주었으며, 다음날 아침 아홉 시경에 시내 관광을 위해 호텔 로비에서 전화를 걸겠다고 했다.

나는 고개를 끄덕이며 청년을 돌려 보내곤 허겁지겁 방 안으로 들어갔다. 나는 내가 왜 이토록 성급하게 호텔로 돌아와야 하는지 꼬집어 설명할 수 없었지만, 텅 빈 방 안에 들어서면서부터 마음이 차분해짐을 느낄 수 있었다.

한국 시간으론 자정쯤 되었으리라 싶은데 사위는 여전히 수선스러웠다. 호텔이 시내 중심가에 위치했으면서도 방음이 허술한 옛 건물이어선지 자동차 소리며 이상한 금속음 소리며가 끊임없이 귓전을 때리고 머리맡을 어지럽혔다. 도무지 잠을 이룰 수가 없었다.

나는 벌떡 일어나 다시 욕실로 들어가 샤워기를 틀었다. 야시장에서 돌아온 후 벌써 세 번째 맞는 더운 물 세례였다. 삼십여 분전에 두 번째 샤워를 끝내고도 잠이 들지 않아 구내 가게에서 대만산의 소흥주(紹興酒) 한 병을 사서 따라 마시기도 했었다. 그러나 잠은커녕 머릿속은 더 맑아지고 알콜 기운 때문인지 외려 심장 박동의 속도는 점점 급해지는 것 같았다. 나는 좀더 뜨거운 물로 세 번째 샤워를 했다.

남편은 청천벽력 같은 배신 행위 후에 나는 수차례 이런 불면(不眠)의 고통을 겪었고, 그때마다 샤워와 포도주 몇 잔으로 설친 잠을 들이고는 했었다.

하물며 당장에 내가 버텨 선 곳은 낯선 타국의 휑한 빈 방이었다. 홀로 서 있기는 한국이나 대만이나 다를 바 없고 소란스러움과는 달리 여수(旅愁)가 겹친 여행중의 잠자리가 원만할 것이라고는 애초부터 기대하지 않았었다.

그러나 앞 행선지인 마닐라에서의 밤들은 오히려 그런 나의 우려가 노파심인 양 흐드러지게 잘 잔 셈이었는데, 어인 일인지 대북의 첫 밤은 그렇지가 못했다.

나는 커다란 타월로 머리의 물기를 천천히 닦아내고 그 타월로 역시 몸을 감곤 소흥주병을 찾아들었다. 소흥주에 얽힌 내력이 좋아 굳이 그것을 구했을 뿐, 그 술의 맛이나 농도를 익히 알지 못하는 나는 일단 그것의 양을 늘려 보기로 했다.

작은 공기잔에 두 잔을 연거푸 따라 마셨다. 목과 속이 일시에 화끈거려 오고 심장 뛰는 소리가 쾅쾅 가슴을 흔들었다. 알콜 기운이 전신에 퍼지면 오히려 느긋해지고 두둑한 뱃심까지 생기던 국내에서의 증상과는 대조적으로 다른 느낌이었다.

나는 비로소 첫 번째 두 번째 샤워를 할 때나 구내 쇼핑 센터에 소흥주를 사러 갈 때나 한결같이 황계증과 유사한 증상을 계속 겪고 있었다는 사실을 깨달았다.

좀더 정확히는 야시장 밤 가게에서 뱀 피와 생살을 마시던 그 전율스런 사내를 두 번째 보고 난 이후부터, 비행기에서 겪던 그 모든 내면의 증상과 흡사한 통증을 경미하나마 겪고 있었다는 사실을, 또한 시간이 흐를수록 그 증상을 더 짙게 체감하고 있음을 느낀 것이다.

마치 원인불명의 질환이 드디어 그 정체를 드러낼 때 느끼는 낭패감처럼, 나는 내 심신에 발작하는 통증의 실체가 비행기 안에서의 그것과 일치한다는 확신감이 들면서 몸을 떨기 시작했다.

소흥주 병을 움켜진 손도 떨렸다. 나는 그것을 잔에 따를 여유를 갖지 못하고 병 주둥이를 입술에 대고 고개를 뒤로 젖혔다.

몇 모금인가를 꿀꺽꿀꺽 마셨다.

소심증의 악성 종양 환자가 자기 병이 암이라는 사실을 알고부터 암세포가 악화일로로 치닫는 예가 있듯이, 나는 극도의 위기 의식 속으로 잦아들면서 컹컹 치는 가슴을 움켜쥐었다. 나는 또다시 고개를 젖히고 술병을 기울였다.

순간, 얼음물을 전신에 덮씌우는 것 같은 찬바람이 온몸을 훑었다.

컹컹 곤두박질치던 심장이 그대로 얼어붙는 것 같았다.

입술에서 술병을 떼어 내며 고개를 들었다. 그리고 내 앞에 우뚝 선 검은 허깨비를 향해 싱긋 웃음을 머금었다. 기다란 사람 형태의 허깨비가 당장의 내 어지러운 상태에서 보일 만도 하다고 끄덕거렸다. 그러다가 서서히 웃음을 삼켰다. 그 물체는 공기중에 일렁이는 신기루 같은 허깨비가 아닌, 붙박힌 사람 형상으로 움직이지 않았던 것이다.

나는 두 눈을 홉떠 꿈벅이면서 앞니로 내 혀끝을 깨물어 보았다. 모지락스럽게도 아팠다. 현실이었다. 그 사내였다. 방 가운데에 꼿꼿이 선 사내의 얼굴에 엷은 실웃음이 물결처럼 번져 나가고 있었다.

사내는 내 얼굴에 마름모꼴의 작은 눈을 박듯이 천착하곤, 꿈틀꿈틀 다가섰다. 나는 손끝 하나 발끝 한자락 움직일 수가 없었다. 숨소리 한번 제대로 내뿜지 못하고 사내의 흡찰하는 눈기운 속에 휘둘리며 얼이 빠져 있었다.

문틈 사이로 찬바람을 일으키며 쉬익쉬익 배 밀고 들어온 구렁이가 몸통을 꿈틀꿈틀 곧추세워 다가들고 있다는 헤아림으로 부들부들 떨면서도 마치 그를 기다리고 있었던 여자처럼 나는 사내를 향한 채 지극히 다소곳이 서 있었다.

사내가 팔을 뻗어 내 바른손에 움켜쥐어진 소흥주 병을 손가락을 한 개씩 풀어 내어 응접 탁자 위에 놓았다.

그리고 내 상체를 한입으로 빨아들이듯 쓸어안았다. 나는 사내의 가슴 안에서 전혀 예기치 않은 또 하나의 충격적인 심신의 증상을 겪었다. 사내가 풍겨 내던 온갖 찬 기운과 음산함과 섬뜩함으로 사뭇 결빙 직전이던 내 육신이 사내의 몸통과 접촉함으로써 해빙(解氷)되어짐을 느꼈던 것이다.

사내의 가슴이 끝없이 넓고 따뜻하게 느껴졌다. 당찮은 안도감과 느긋한 편안함이, 아울러 달큰한 감미로운 감정까지 만창으로 범벅

되며 전신을 마냥 끓게 했다.

사내의 입술이 내 입술을 흡입하고 나는 모래성처럼 허물어져 내렸다. 끈적한 점액질을 뿜어 내며 내 입 속에서 난무하는 사내의 혓바닥이, 간교스런 쌍갈래의 뱀 혀가 아니라, 코브라의 독과 피와 생살을 마시던 야수의 혓바닥이 아니라, 오로지 내 육신의 불씨로 잠자는 세포 구멍마다에 불기운을 흘려 넣었다.

나는 사내의 목을 비틀듯 죄어 안았다. 나는 서른여섯 살의 지금까지 남편에게 적극성을 보인 적이 병적일 정도로 없었으므로 의외의 내 행동에 질리면서도 사내의 격정에 아주 자연스럽게 협조했다.

지극히 당연한 과정처럼 사내는 뜨겁게 내 속에 잦아들었고 나는 사내를 흡입했다. 그리고 사내와 나는 하나로 녹아들어 하늘이 내려앉는 가사(假死) 상태에 이르렀다. 다시 새로운 기운이 푸석푸석 솟아나면 사내는 나를 쉬임없이 잦혔고, 칡줄처럼 끈질긴 사내의 격정은 희부염한 먼동이 방 안에 스며들 때까지 이어졌다.

설핏 선잠이 스쳤던 것일까.

나는 눈을 감은 채 화덕 같은 방사(房事)로 내 몸의 형체가 멋대로 이완되어 제자리에 붙어 있지 않을 것이라 생각했다. 몸 속 구석구석 응어리져 처박힌 정(情)의 결석(結石)들이 뜨거운 물로 녹아 빠져 나가고, 둘둘 얽힌 별의별 속 내장들도 실꾸리 풀리듯 흘러나가고, 그래서 머리 몸통 팔다리가 제자리를 떠나 침대 여기저기에 흩어져 널려 있을 것 같았다.

나는 마냥 노곤하고 편안하고 흔쾌하고 시원한 기분 속에 미소를 머금었다. 우선 흩어진 내 육체의 분신들을 제자리로 접착시켜야 한다는 생각을 했다. 그래서 팔을 움직거렸다. 제자리에 있었다. 머리와 다리를 움직거렸다. 모두 제자리에 있었다. 재미가 있어 킁킁 웃었다.

눈을 떴다. 이미 방 안은 훤하게 밝아 있었다. 방 안에는 나 외에 아무도 있지 않았다. 광풍 몰아치듯, 질긴 칡줄 쇠줄 곡예 부리듯 쉬임없이 숨통을 죄고 풀고 녹이며 내 죽음을 손아귀서 갖고 놀듯 하던 사내는, 보이지 않았다.

물론 옆자리도 비어 있었다. 베개 하나와 시트가 침대 아래에 굴러져 뒹굴고 침대 면이 쟁기로 갈아 놓은 논바닥처럼 울퉁불퉁 구겨져 지난 밤의 광란의 흔적으로 남아 있었지만, 또한 사랑의 유액조차 새하얀 시트에 번져 있었지만, 사내는 없었다.

뿐인가, 방문은 지난 밤 내가 소홍주를 사 온 이후 걸어 두었던 그대로 손잡이는 굳게 잠겨져 있고, 창문은 진작부터 폐쇄되어 있었고, 더욱이 비상용 문고리도 안에서부터 철커덕 걸려 있는데, 사내는 보이지 않는 것이었다.

희한스럽게도 마음이 담담하고 편안했다. 물론 진저리치도록 겪던 황계증도 외경심도 씻은 듯 없어졌다. 아무래도 좋다는 생각이었다. 방 안에서 사내가 나간 흔적이 없다면 천장으로 솟았거나 땅 속으로 기어들었거나 문틈으로 식식 쇳바람 소리를 내며 빠져 나갔거나, 사내는 제 갈 길을 갔다는 생각만이 모두어졌다.

사내와의 끝없던 정사(情事)가 숙명적인 어떤 과정에 의한 당연한 행위로 접혀들면서 그의 흔적 없는 잠적 또한 그런 맥락과 관계되는 것으로 개의할 필요가 없다는 생각이었다.

뿐만 아니라, 사내가 느닷없이 내가 묵는 호텔의 방 안에 들어 온 길도 나간 길도 없이 흐드러지게 정사를 벌인 일이 실제로 벌어진 현상이었는지의 의혹이 있을 법한데도, 나는 그것에 별로 관심이 쏟아지지 않았다.

오로지 내 육신에는 격정에 떤 남자의 흔적이 구석구석에 질펀하고 내 기분은 완벽하게 흔쾌하고, 또한 그 행위의 기억들이 살아 있는 그림을 보듯 선명하다는 것만이 소중하게 느껴지는 것이었다. 그러나 일면으로는, 당장의 내 심리 상태가 왠지 내 의지와는 상관이 없는 어떤 절대적인 무엇이 나를 모든 것을 긍정케 하는 방향으로 이끄는 것 같은 느낌이 들기도 했다.

분명한 것은, 지난 밤 내 가사(假死) 상태의 환희가 서른여섯 해 지금까지의 이승에서 단 한번도 가져 보지 못한 경험으로, 내 격에 어울렸던 전생(前生)의 연(緣)을 비로소 재회한 것이 아닌가 하는 느낌이 있을 뿐이었다.

사내의 출현은, 원천적으로 어긋난 합(合)에 고통스러워 허우적이는 나를 구제하거나 위무(慰撫)키 위해, 나를 한국에서 필리핀으로, 마닐라에서 타이페이로 전전토록 하여 결국 이곳 좁은 공간에서 만나지도록 당초부터 누구인가에 의해 마련되어져 있었던 것처럼 느껴지는 것이었다.

그 믿음은 불가역적으로 나를 온통 지배했다. 알 수 없는 힘이었다. 새삼스런 용기가 육신의 구석마다에서 뼈와 살갗을 뚫고 치솟으려 용트림치는 것 같음을 느꼈다.

나는 일어나 짐을 챙기기 시작했다.

이승에서의 내 연(緣)을 찾기 위해 한시라도 빨리 한국으로 돌아가야 한다는 생각으로 허둥지둥 쫓기기 시작했다.

시내 관광을 맡아 줄 청년이 나타나기 전에, 호텔을 벗어나기 위해 나는 한껏 서둘렀다.

(『한국문학』, 88. 5.)

뱀의 영상과 애증의 결합, 그리고 손끝 묘사

김 지 연

    1984년 여름이었다. 필리핀의 마닐라에서 개최된 국제펜클럽 세미나에 참석하고 돌아오는 길에 타이페이에 들렀다. 함께 여행한 다섯 명의 일행 중 필자만 대만(臺灣)이 초행이었을 뿐 모두가 몇 차례 다녀간 사람들로서, 뒤에 안 사실이지만 그들의 목적은 따로 있었다.

    야시장(夜市場)에 가서 코브라 피를 먹는 일이 그곳 방문의 첫째 이유였던 것이다. 코브라 피를 마시는 일이 당시로서는 대만 관광의 명물로 인기가 있었던 모양이었지만 필자는 예비지식이 없었던 터라 적지 않게 경악했다. 그러나 뱀이라면 남다른 관심이랄까 애증(愛憎)을 갖고 있었기에 오히려 좋은 기회를 체험케 될 것으로 기대했다.

    대만에 도착하던 첫날밤에 일행은 곧바로 야시장을 찾았다. 그들은 두 사람씩 마주앉아 엄숙한 의식을 치르듯 코브라 두 마리를 주문했다. 그리고 귀한(?) 피를 100% 흡수하기 위해 우선 위(胃)를 청소한다는 목적으로 뱀의 이빨 사이에서 뽑은 독(毒)을 나누어 마셨고, 이어 피를 마신 후 놀랍게도 구렁이 생살까지 나누어 먹었다.

    카메라를 든 채 그들의 야만적인 모습을 담으랴, 유리 상자 속에 득시글대는 각종 뱀(코브라, 구렁이, 청사, 백사 등)을 찍으랴, 껍질이 벗겨진 채 기둥의 쇠못에 길게 박혀 마냥 꿈틀대는 허연 뱀의 무리를 찍으랴 혼이 나간 필자에게 주인이 손짓으로 불렀다. 사진 촬영이 금지된 곳인가 하여 의아한 낯빛으로 주인을 마주보았더니 그가 뚝배기를 들어 보이며 자리에 앉게 했다. 얼결에 식탁에 앉았더니 주인은 껍질 벗겨진 뱀을 토막내어 끓인 김이 솟는 뱀 설렁탕 한 그릇을 서비스라며 필자 앞에 놓아 주었다.

    숨을 컥 들이마시면서 반사적으로 자리에서 일어나 버렸다. 고개를 완강하게 흔들면서. 그러다 맞은 켠 구석 쪽에 앉은 길다란 얼굴의 외국 남자(거무스레한 살갗에 검정 양복, 유난히 작고 번득이는 삼각눈을 가졌었다)

하나가 묘한 웃음을 흘리면서 필자의 행동을 지켜 보고 있음을 목격했다. 또 한 번 서늘한 기분을 맛보았다. 사내의 찌르듯 쏘아보는 번득이는 안광이며 웃음이 심히 혐오스럽다 못해 공포감까지 안겨 주었던 것이다.

얼핏 음흉한 구렁이 한 마리가 어두운 구석에서 또아리를 틀고 대가리와 목만 길게 뽑고 있다는 느낌이 스쳤다.

그 순간적인 감응(感應)이 「연(緣)」을 쓰게 된 동기이다.

평소 뱀에 대해 유별한 관심이 있었고 특히 그 날 밤 뱀의 독과 피와 살을 꼿꼿한 자세 근엄한 낯빛으로 보양(?)하는 그들의 의식이 경이로워 기록하고픈 마음도 없지는 않았다.

여행 다녀온 직후에는 밀린 일로 얼마간 정신없이 돌아쳤다. 그러나 바쁜 와중에서도 뱀집 홀의 구석에 꼿꼿이 앉아 안광을 번득이던 사내의 얼굴이 수시로 떠올랐다. 소름이 끼쳐질 만큼 혐오스런 차가운 사내의 연상은 이어 차가운 여자로 대치되었고 또한 남자가 결빙(結氷)된다는 '몸이 얼음처럼 찬 여자'로 이어졌다.

뭔가 될 것 같은 감이 왔다. 거기에다 뱀에게서 느껴지는 원천적인 어떤 기운(氣運)이 머리 속에 감돌면서 인연(人緣)에 관한 생각을 하기 시작했다.

뱀으로부터 받은 감응은 저마다 각각일 수 있겠으나 필자는 일단은 섬뜩함과 혐오감과 징그러움 그리고 볼수록 사악한 원죄의 덩어리로(기독교적인 내용과는 상관없이) 뭉쳐진 듯한 몸체와 혓바닥 놀림은 외경스런 전율감을 갖게 했다. 또한 그러한 모든 것은 우주에 존재하는 생명체(生命體)들의 원천적인 본질과 연결된 것처럼 느껴지곤 했었다.

열 살 전후의 어린 나이 때는 뱀만 보면 원수 만난 듯 돌팔매질로 쳐서 죽였고 개울에서 멱을 감다가 물뱀을 만나면 샅을 오므리고 결사코 물 속에서 도망쳐 나왔으며 좀더 자라서는 뱀에 대해 경외로움에 가까운 조심성을 가졌다.

썩은 이엉의 지붕 위에 구렁이 한 마리가 배를 깔고 누워 있자 어머니는 지붕을 쳐다보며 손을 합장하고 '그만 집으로 들어가시라'며 빌었다. 집지킴이(구렁이)가 그 집 밖으로 몸체를 드러내면 집이 망한다고 걱정하면서였다.

오뉴월 한낮 흙담장 위에 길게 몸체를 뻗고 햇볕을 쬐고 있을 때에도 어머니는 담장 아래에 정안수까지 떠다 놓고 두 손바닥을 싹싹 비비고 머리를 조아리며 '주인님, 그만 집으로 들어가시라'고 했다.

뱀에 대한 애증(愛憎)의 유별한 감정이나 인간 삶의 원질적인 무엇과의 필요성을 강하게 느낀 것도 그즈음부터였다. 결국 필자의 이러한 뱀에 대한 평소의 사념들이 「연(緣)」에서 뱀과의 전생(前生)을 연결 짓게 했고 형상화시켰다.

그러나 앞서 기술한 것처럼 작품의 모든 구상을 순차적으로 완벽하게 짜놓고 시작했던 것은 아니다. 중추가 될 대동맥 한 가닥만 머리 속에 잡히면 나머지 주제(主題)를 돋구거나 다지기 위한 부수적인 사건들은 집필 중의 손끝 머리끝에서 대부분 형상화되었다. 「연(緣)」에서 뿐만 아니라 다른 작품에서도 비슷한 집필 태도를 갖고 있지만 이 작품에서는 사건을 복잡하게 아니한 탓으로 손끝 묘사에 별반 어려움을 겪지 않았다.

물론 손끝 묘사가 머리의 지시에 의해 작동하는 것이지 그야말로 손끝 자체로만 독립적으로 문장이 형상화되는 것은 아니다. 그런데도 모든 줄거리를 세밀하게 거의 완벽하리만큼 짜놓고 썼을 때보다 그렇지 않았을 경우가 더 감칠맛 있는 형상화가 되는 예를 필자는 많이 경험했다.

작품의 결미는, 주인공이 남편의 이유 모를 불확실한 그러나 분명한 배신감에 집착하고 방황하던 자신을 가름하는 것으로 매듭지어진다. 사내와의 뜨거운 합환(合歡)으로 남편과는 연(緣)의 이음이 상반되어 있었음을 자각하면서 심리적 여유를 갖는다.

이 작품의 집필 연월일이 확실치는 않으나 1984년 대만을 다녀온 이후니까 1985년경으로 미루어 짐작이 되지만, 창작 과정에서의 기억될 만한 어떤 유별한 점이 특별히 있었다고는 생각되지 않는다.

김주영

경북 청송 출생. 서라벌예술대학 문창과를 졸업했다.
1971년 『월간문학』에 「휴면기」가 당선되어 등단하여, 소설집으로 『겨울새』, 『새를 찾아서』 등이
장편소설로 『객주』, 『아들의 겨울』, 『천둥소리』, 『활빈도』, 『화척』, 『야정』 등이 있다.
한국소설문학상, 유주현문학상, 대한민국 문화예술상, 이산문학상 등을 수상했다.

새를 찾아서

없었다. 낯익은 얼굴들은 물론 삭막한 공터만 나를 기다리고 있었다. 암담한 기분으로 혼자 서 있었다. 필경 기다려 주었어야 했을 사람들이 이처럼 완벽하게 나를 따돌리고 말았다는 데서 순간 모멸감조차 느꼈다. 강남의 약속장소에서 버스가 출발할 시각은 오후 2시였다. 그런데 버스는 이미 떠나고 없었다. 낯선 관광버스 한 대가 휑하니 넓은 주차장에 촌닭처럼 뎅그라니 서 있었다. 그때 시각은 2시 20분이었다. 약속시간에 맞추려고 집에서 출발한 것은 한 시간 전의 일이었다. 그런데 2시에서 20분이 늦은 20분만큼의 부피로만 야속하다는 생각이 드는 게 아니라 오늘 오후 전체가 야속하다는 생각을 떨쳐 버릴 수 없었다. 대문을 나서고부터 동분서주로 택시를 잡기 시작해서 불과 20분 거리인 약속장소에 도착하기까지 나는 무려 한 시간을 택시 속에서 가슴을 조였다. 쑥스러운 고백이긴 하지만 나는 평소에 내 나름대로 지키려고 애쓰는 몇 가지 좌우명 같은 것이 있다. 그 중에 한 가지가 약속한 시간을 지키자는 것이었다. 그것이 아무리 하찮은 약속이든 그리고 금방 후회해 버린 약속이든 간에 한번 작정이 되어서 약조한 일이라면 그 시각에 반드시 현장에 나타나야 한다는 것이 내가 지키려 애쓰는 일 중의 한 가지였다. 때로는 내가 그 약속장소에 나타남으로 해서 뒤집어쓰는 불이익은 불상사를 충분히 예견하고 있으면서도 약속한 일인 이상 그것은 지켜야 한다는 신조로 살아 왔다. 약삭빠르다는 평판보다는 신의를 지킨다는 평판을 듣고 싶다는 저의가 물론 거기엔 깔려 있었다. 그러나 그런 저의 가 있다 해도 사람의 됨됨이를 갖춰 나가는 데는 신의 쪽에 구두점 을 찍어 두는 편이 옳다는 생각을 하고 있었다. 그래서 오늘도 낭비 라는 질책을 무릅쓰고 콜택시까지 잡아 탔었다. 이번의 여행에서 반 드시 내가 끼어야 한다는 삼엄한 절대성은 물론 없었다. 그리고 백 여 명이 넘는 회원(會員)들 중에서 이번의 답사여행(踏査旅行)에 참 가할 마흔다섯의 멤버가 미리 정해진 것도 아니었다. 집행부에서 그 시간에 버스를 몰고 나와서 기다렸다가 선착순으로 도착한 마흔 다 섯의 회원들이 승차하게 되면 더 이상 기다릴 것이 없이 버스는 떠 나게 되어 있었다. 그것이 지금까지의 관행이었다. 내가 시간 지키기 에 조바심을 했던 것도 그러한 관행은 전통적으로 지켜지는 모임이 었기 때문이었다.

그런데 이 우스꽝스럽긴 하지만 운명적인 여행은 당초부터 이상한 조짐으로 시작되고 있었다. 결론부터 얘기하자면 이 도시에 길은 많 았으나 그것이 통로의 구실은 못하고 있었다. 적어도 그날 오후 이 도시에서 굴러다니는 자동차는 빠르다는 개념으로 인정받은 문명의 이기는 아니었다. 손수 운전 아닌 승객으로 깍듯한 대접을 받으면서 언젠가는 목적지에 도착한다는 보장 이외는 자동차의 기능과 품위는 빠르다는 개념에서 무참하게 훼손되고 있었다. 설혹 그 진전이 느리 더라도 쉬지 않고 나아가는 자가 최후에 승리한다는 교훈을 가르치 는 우화로서 토끼와 거북이의 경주 외에는 아직 더 이상의 적절한 우화는 없는 것 같다. 그런데 나는 그 우화를 들을 때마다 그래도 거북이보다는 토끼 편으로 마음이 기울곤 했었다. 간단한 논리는 토 끼는 어쨌든 거북이보다 빠르다는 것이었다. 거리는 온통 거북이로 깔려 있었다. 하소연할 곳도 없고 보상받을 길도 없는 그 한 시간이 란 공간의 거리 끝에서 나를 기다리고 있었던 것은 허탈밖에 아무것 도 없었다. 그런데 이상한 일이었다. 조금 전에도 말했지만 이번의 답사여행에 내가 반드시 끼어야 한다는 강제성도 없었고 개인적으로도 반드시 가야 한다는 당위성도 없었지만 쉽게 포기해 버리기가 아쉬웠다는 점이었다. 내가 쉽게 포기하고 돌아서지 못한 이유는 있었다. 그것은 버스가 설령 20분전에 출발했다손 치더라도 오늘 같은 토요일 오후의 혼잡 속에선 아직 시계(市界)를 벗어나기는 어려웠을 것이고 설령 시계를 벗어났다 할지라도 첫 번째나 두 번째쯤의 휴게소에서 쉬고 있는 버스와 맞닥뜨릴 수 있는 여지는 충분했기 때문이었다. 나는 답사여행의 목적지를 알고 있었고 그쪽으로 가는 노정은 한 길뿐이었다. 일단 멀지 않은 거리에서 그들과 만날 수 있다는 보장에 어느 정도의 확신이 선 이상 지체할 수는 없었다. 택시를 잡기로 마음을 다잡아 먹고 길을 건너갔다.

"교외로 나갈 수 있겠어요?"

세 번째로 다가온 택시의 운전사에게 나는 의향부터 물었다.

차창 밖으로 보이는 내 행색을 힐끔하던 기사가 말했다.

"교외로요?"

"예."

"우선 타시죠."

배낭을 안고 뒷좌석으로 오르는 내게 그는 다시 물었다.

"어디로 가시려고요?"

"팔당 쪽으로 가봤으면 해요."

그렇게 운을 떼놓고 나는 교외로 나갈 수 있겠느냐고 물었던 연유에 대해서 차근차근 설명하기 시작했다. 운전사는 무던해 보이는 사람이었다. 그러나 무던해 보였다는 내 표현은 적절하지 못했다. 아니 적절하지 못하다는 이 말 역시 적절하지 못한지도 몰랐다. 종잡을 수가 없었다고나 할까. 날카롭다거나 잘생겼다거나 못생겼다거나 작다거나 크다거나 깡말랐다거나 뚱뚱하다거나 젊었다거나 늙었다거나 하는 구체적인 표현을 쓸 수 있는 느낌을 주는 인상이 아니었다. 그런데 일상적인 얼굴과 허우대를 가지고 있는 사람치고 도대체 첫 대면에서 느끼는 인상이 종잡을 수가 없었다는 것은 설득력이 있는 말이 아닐 게다. 그런데도 그때 나는 그랬다. 그것은 그때 내 자신이 무척 조급해 있었기에 시쳇말로 눈에 보이는 것이 없을 지경이었다는 것이 옳은 말일지도 모른다. 그런데 꼭이 그렇다고만 할 수도 없는 것은 그 사람과의 긴 여행을 마무리짓고 헤어지기까지 우리는 다섯 시간 동안을 한 차에서 같이 있었다. 그 다섯 시간 동안 우리는 택시에서 내린 적도 없었고 합승을 시킨 적도 없었다. 그런데 그가 노란색의 상의를 입고 있었다는 것 외에 어떤 구체적인 이미지를 심어 주는 인상이란 내게 남아 있는 것이 없었다.

그는 장황하게 늘어놓는 뒷좌석의 내 설명을 참을성 있게 듣고 난 다음 말했다.

"그래요. 놓친 버스를 뒤쫓아가서 잡아 준 경험이야 많죠."

"제가 그렇게 되었습니다."

"그렇지만 뭘 찾는 일이란 게 실제로 부닥쳐 보면 그렇게 간단한 일이 아니지 않습니까. 세상사란 게 뻔히 바라보고도 놓치는 경우가 어디 한두 번이겠습니까. 선생님이 생각하고 있는 것처럼 익히 알고 있는 코스라 할지라도 까딱 엇갈리기라도 한다면 어떡하죠?"

"그러게 말입니다."

나는 그의 말에 다시 막연한 기분이 되고 말았다. 일테면 그의 말은 일리가 있었기 때문이었다. 그래서 부득이 처음에는 염두에도 두지 않고 있던 한 마디를 불쑥 내뱉을 수밖에 없었는데 물론 사태가 거기까지는 발전되지 말기를 간절한 마음으로 빌면서였다.

"할 수 있겠소. 만약의 경우 양양(襄陽)까지 가주셔야 되겠는데 양양까지라도 가실 수 있겠습니까?"

"양양이라면 한계령을 넘어서 오색을 지나서 낙산 가는 길목이 아닙니까?"

"그래요. 일행의 목적지가 거기거든요. 선림원사지(禪林院寺址)라 해서 옛 절터가 양양군 내에 있으니까 최악의 경우라 할지라도 양양 시내에서 찾는다면 틀림없이 만날 수 있을 겁니다."

"절터에는 숙소 될 만한 곳이 없을까요?"

"옛날 절터 주변에 오십 명에 가까운 인원이 묵을 만한 숙소는 없을 거예요. 필경 첩첩산중일 게고 스님들이 기거하고 있는 사찰도 아니랍니다."

"시찰(視察) 가십니까?"

"시찰이 아니라 답사(踏査)를 가는 거예요."

그는 다시 다잡아 물었다.

"교수님이십니까?"

"저요? 교수는요. 회사의 월급장이에요."

"절도 없고 중도 없는 곳에 그냥 터만 보러 가신다는 겁니까?"

그가 백미러를 통해서 나를 일별하긴 했으나 토지 투기꾼들이 작당해서 토지를 보러 다니는 부류는 아닌가 하는 의구심이 담겨 있는 눈초리는 아니었다.

"그렇다니까요. 왜요 절터만 보러 가면 못쓰나요?"

"아니 그런 건 아닙니다만 중도 싫다고 떠나 버린 절터를 왜 이렇게 바득바득 찾아가시나 하구요."

"그래도 뭔가 바라볼 게 있으니 답사지로 정했겠지요. 난 절터보다 일행을 뒤따라잡는 게 더 절박한 일입니다."

"양양까지 간다면 일곱 시가 넘겠죠?"

"그렇게 되지 않기를 바라지만 만일 양양까지 가게 된다면 기사님은 거기서 하룻밤 묵으셔야 되겠습니다."

"올라가야죠."

"그 밤중에요?"

"어때요, 스름스름 올라가죠."

처음에 얘기했던 것처럼 역시 종잡을 수 없는 사람이었다. 대개의 경우 택시운전사는 내 요구를 일언지하에 거절해 버리거나 의향이 있었더라도 내게 가파른 시선을 보내면서 서울에서 양양까지의 거리를 필요 이상으로 멀게 잡거나 영업상의 여러 가지 장애나 어려움을 주절대면서 과다한 요금을 요구해서 아귀를 지은 다음 택시를 운행하려 했을 터였다. 그런데도 그는 그러한 상식을 완벽하게 깨뜨려 버렸다. 나중에 양양시에 도착해서 내가 요금을 지불하려 할 때까지 요금에 대해서는 일언반구도 없었다. 우리 두 사람은 은연중 그런 문제쯤이야 적당한 선에서 타협이 이루어지겠지 하는 넉넉한 심정이 되어 버린 듯했다.

그러나 우리는 그렇게 운좋은 사람들은 아니었다. 밀리고 밀리면서 간신히 시계를 벗어나서 남한강과 북한강이 서로 맞물리는 양수리(兩水里)를 지나서 팔당(八堂)에 이르기까지 몇 대의 관광버스를 추월하면서 유심히 살펴보았지만 일행이 탄 답사버스를 만날 수 없었다. 물론 곳곳에 휴게소가 있었고 휴게소 마다에는 몇 대의 관광버스들이 영락없이 정차해서 숨을 돌리고 있었다. 물론 휴게소에서도 그들을 만날 수 없었다. 한 시간을 달리고 두 시간을 달렸는데도 일행이 탄 버스는 보이지 않았다. 혹시 답사 일정이 변경된 것은 아닐까. 서울을 떠나기 전에 연구소 사무실에다 확인 전화라도 걸어보는 건데 뒤따라 잡아야 한다는 일념에만 몰두한 나머지 뒤따라 잡기는 처음부터 빗나간 일인지도 몰랐다. 내가 찾고 있는 일행 마흔다섯은 답사계획을 다음 주로 미루고 지금쯤 제각기 자기들 집에 들어앉아 있을지도 모르겠는데 내가 지금 전혀 엉뚱한 짓으로 그들을 뒤쫓는답시고 허둥대고 있는 것은 아닐까. 그런 의문이 부쩍부쩍 나를 잡아당기고 있었지만 운전사에게 그런 말을 할 수는 없었다. 또 만에 하나 답사 일정이 바뀌어졌다고 하자. 그랬다면 필경 사전에 취소 통보를 받았을 일이었다. 지금까지의 전례를 볼 때 그것은 믿어도 좋았다. 업무처리에 빈틈없기로 소문난 미스 리가 그 연구소 사무실을 지키고 있는 한 그런 실수는 저지를 여자가 아니었다. 나뿐만 아니라, 모든 회원들이 그녀의 빈틈없고 깔끔한 업무처리에 혀를 내두를 정도이니까. 게다가 미스 리가 감당하고 있는 주된 업무가 바로 회원들에 대한 연락이나 통보였다. 그렇게 생각을 굳힌다면 이 잘못된 출발은 다른 측면에서 분석해 볼 필요가 있었다. 가령 답사 예정지로 되어 있던 선림원사지가 행정구역의 분할 명의만 양양군 관내로 되어 있을 뿐 실제의 지리적 위치는 고성(高城)이나, 인제(麟蹄)나, 홍천(洪川)에 깊숙이 치우쳐져 있어서 나로선 전연 예상할 수 없었던 엉뚱한 길목으로 일행들이 달리고 있는 것은 아닐까. 물론 나는 평소의 버릇대로 지도를 지니고 있었다. 그러나 강원도 지명 어느 곳을 살펴봐도 선림원사지로 표기된 곳은 보이지 않았다. 다만 마지막으로 가늠해 볼 수 있는 것이 있다면 버스에 오른 회원들이 갑자기 만장일치로 다른 답사지를 결정해서 그곳으로 떠나 버렸다면 나와 길이 엇갈릴 수도 있었다. 그러나 나는 답사통지를 받던 날 선림원사지가 양양군내에 있다는 것을 몇 번이나 확인해서 들었고 통지서에도 선림원사지는 양양군으로 적혀 있었다. 그리고 이 모임이 있어 온 수년 동안 버스 속에서 답사 예정지를 바꾸는 엉뚱한 일 따위는 없었다. 첫째는 놀러 다니는 사람들이 아니었고 대개는 2개월 전쯤 현지와의 연락과 유적의 가치를 점검해서 답사지가 결정되기 때문이었다. 전전긍긍하면서 이런 생각 저런 상념에 빠져 있는 차창 밖 산기슭으로는 드디어 엷은 회색의 저녁 이내가 깔리기 시작했다.

"이상하죠. 도대체 이 길밖엔 딴 길이 없는데….'

말끝을 얼버무리지 못하는 내게 운전사는 물었다.

"거길 몇 번째 가십니까?"

"어딜요?"

"절터로 가신다면서요?"

"몇 번이 아녜요. 이번이 초행입니다."

이상한 건 그도 마찬가지였던 모양이었다.

"참 이상하네. 우리가 서울 떠나서 세 시간이 넘게 화장실 한 번 간 일 없이 평균 구십 킬로 이상씩을 줄곧 달려오지 않았습니까. 그렇다면 충분히 버스를 뒤따라 잡을 수 있었을 텐데 말이죠."

"이상한 일입니다. 딱 한 가지 가능성이 있긴 하죠. 그 버스가 서울을 떠나서 우리처럼 국도로 진입하지 않고 동부고속도로로 들어서서 강릉으로 갔다가 다시 양양으로 올라오는 노정을 잡았을지도 모를 일이지요."

"그럴까요?"

"여러 가지로 생각도 하고 가능할 수 있는 일들을 생각해 봤지만 길이 엇갈릴 불찰이 있다면 그것뿐입니다. 그러나저러나 간에 양양에서 만날 수 있는 가능성만은 요지부동이겠지요."

"비행기로 날았나 원."

"비행기라뇨. 그럴 리가 없어요."

"선생님도 믿으시죠?"

"뭘?"

"이 국도에선 양양 가는 길이 한 가닥뿐이고, 휴게소마다 놓치지 않고 찾아본 걸 말입니다."

"그럼요. 그러니까 안심하세요."

나는 그를 안위시켜야겠다는 심산으로 불쑥 그렇게 내뱉었다. 그러나 나는 속으로 생각했다. 답사회원들의 성향을 꼼꼼하게 분석해 볼 필요도 없이 다섯 시간 이상의 노정을 그 밋밋하고 열적은 고속도로로 차를 달리게 할 사람들이 아니란 것이었다. 양평과 홍천과 인제를 거치고 한계령을 넘어서 양양에 이르는 노정은 고속도로 버금가리만치 탄탄하게 포장된 국도일 뿐더러 차창 밖으로 펼쳐지는 경치와 시골풍경과 마을어귀에 세워 둔 돌에 새겨진 맛갈스런 우리 말의 마을 이름들, 그런 것들을 저버릴 사람들이 아니었고 또한 양양의 선림원사지를 답사지로 결정한 근저에는 한계령의 경치에 흠뻑 젖어 보고 싶다는 계산도 다분했었다. 그렇다면 도대체 이들은 어디로 갔단 말인가. 같은 길을 세 시간 동안 90킬로 이상의 속력으로 줄곧 뒤따라 왔다면 기필코 만났어야 상식이 아닌가. 그러나 말보다는 달리 운전기사는 초조한 내 안색을 백미러로 훔쳐본 모양이었다. 그가 녹음기를 조작하자 간드러진 주현미의 노래가 흘러나오기 시작했다.

이런 젠장 마음을 편하게 가져야지. 기왕에 결심하고 떠난 여행인 이상 그들을 만나지 못한다 할지라도 양양의 시골 여인숙에 하룻밤을 묵으면서 개 짖는 소리라도 듣고 돌아온다면 그게 소득 아닌가. 그곳에는 시골이 아니면 들을 수 없는 소리들도 아직은 수다하게 남아 있을 게야. 그 소리들을 듣고 돌아간다 해도 택시요금 벌충은 되고도 남겠지. 나를 양양에다 내려 주고 밤을 도와서 다시 서울로 되돌아가야 할 이 사람은 유유자적인데 그곳에 내려서 잠자면 그만일 내가 왜 이렇게 안달인가. 만에 하나인들 양양에서 일행을 찾지 못한다 할지라도 아침 느지막하게 일어나서 서울행 완행버스를 타자. 완행버스 타 본 지도 꽤나 오래군. 지금은 연세를 오십을 넘긴 분이지만 누나의 어릴 적 포부가 완행버스 차장이 아니었던가. 누나는 그 포부의 언저리조차 만져 보지 못한 채 신행가던 날도 20리 산골에 있는 시댁을 타박타박 걸어서 떠났는데 세월이 흘러 이제 오십을 넘기셨다.

누나와 나는 유별나게 우애가 좋았다. 성깔은 서로 판이했지만 어머니를 일찍 여읜 남매들이 대개 그러하듯이 일찍부터 양보를 배우게 되었고 눈치를 익히게 되어서 어릴 적부터 빈축을 사거나 말썽을 빚는 일은 저지르지 않으려 했었다. 친구들과는 소원한 관계를 유지하는 대신 나는 거의 누나에게 달라붙어 지냈다는 게 옳았다. 나이 차이가 열한 살이나 되었기 때문에 나에게 있어 누나는 거의 어머니 맞잡이었다. 그녀는 막내인 나를 거의 헌신적으로 돌보려 하였다. 그녀의 헌신적인 모습이 가장 두드러지게 나타나던 것은 내가 위험한 일에 뛰어들려 할 때였다. 그녀는 내 나이 또래로서는 위험하달 수 있는 일에 뛰어들려고 했을 때 그것을 극력 만류하려 들지 않는 대신 그녀가 자진해서 위험한 일에 스스럼없이 같이 뛰어드는 것이었다. 여름에 강으로 나가서 멱을 감거나 자맥질을 할 때 그녀는 항상 내 곁에 있었고 가을걷이 때 감이나 대추를 추수할 때 그녀는 항상 내 위에 있었다. 그리고 겨울에 새집을 후리러 다닐 때 그녀는 항상 내 아래에 있었다. 내가 자맥질을 하면 그녀도 자맥질을 했고 속곳바람으로 감나무를 타고 올라가서 나무 아래에선 내가 가리키는 감을 따 주었고 새집을 후릴 때는 항상 나를 무등 태우고 추운 겨울 밤바람 속에서 숨죽이며 서 있었다. 여름마을 인근의 숲이나 탱자 울타리에 깃을 내리고 살던 참새들이 겨울에 눈이 내리기 시작하면 마을의 초가집으로 깃을 옮겼다. 새들은 매년 쌓아 올린 이엉의 켜 속으로 소년들이 손을 집어넣으면 팔목까지 들어갈 만한 홈을 파고 들어가서 눈발이 날리는 겨울 추위를 견뎌 냈다. 새집을 후릴 때 가계가 넉넉한 집의 아이들은 '덴찌'라는 것을 가지고 다녔다. 손전등을 덴찌라고 불렀는데 새집의 구멍에다가 갑자기 덴찌의 불빛을 들이대면 새들은 그 갑작스런 불빛에 놀라 혼수상태에까지 이르러서 꼼짝하지 못하고 있을 때 재빨리 손을 집어넣어서 손쉽게 새를 잡아 낼 수 있었다. 지붕을 크게 손상시키는 일이 아니었으므로 집의 주인들은 아이들의 겨울 참새 후리기를 대개는 까다롭게 책망하지 않았다. 그러나 누나와 나는 결정적인 무기가 되는 덴찌라는 것을 가질 수 없었다. 그래서 우리들의 사냥은 언제나 서툴렀고 실적도 보잘것이 없는 경우가 대부분이었다. 그 극성스런 덴찌꾼들이

북새판을 놓고 간 뒤를 따라다니면서 혹시 그들이 놓치고 지나 버린 새집을 후리거나 아니면 오래오래 밖에서 떨며 서성이다가 덴찌꾼들의 분탕질에 놀라서 도망간 새들이 다시 저희들의 구멍집으로 돌아올 때를 기다렸다가 새집 사냥을 하곤 했기 때문에 우리는 무수한 시간을 무작정 떨면서 새들을 기다리곤 하였다. 겨울밤 허공을 나는 새들은 흡사 나는 돌멩이처럼 까맣게 보였다. 새들은 도망나온 것으로 재빨리 찾아들기보다는 희뿌연 허공 저쪽을 날아서 사라져 버리곤 하였다. 우리는 남의 집 깟짓동에 기대앉거나 불 꺼진 쇠죽솥 아궁이 앞에 앉아서 도망 나간 새들이 깃을 찾아들기를 무작정 기다리는 것이었다. 때때로 누나는 울었다. 그러나 소리내어 울진 않았다. 어쩌다 문득 누나의 얼굴로 시선이 던져졌을 때 그녀의 볼따구니에 달빛에 은회색으로 반질거리는 눈물 자국이 보이곤 했었다. 그러나 나는 새를 후려야 한다는 일념에만 몰두해 있었기에 누나가 왜 그런 궁상스런 모습으로 울고 있는지에 대해 단 한 번도 물어 본 적이 없었다. 누나는 절망적인 편은 아니었지만 야맹증(夜盲症)이 있는 데다가 사시(斜視)였다. 그러한 신체적 결함이 있었기에 결국 우리 마을에서 20리나 더 산골로 들어간 동네로 시집가게 되었겠지만 새잡이 한 가지만 두고 볼 때도 그녀가 겨울 밤중에 새를 후리러 다니기엔 불상사에 속하리만치 걸맞지 않는 일이었다. 당초부터 몸피 작은 내가 덩치가 큰 누나를 무등 태울 수는 없는 노릇이었지만 그래서 누나는 언제나 나를 무등 태우고 내 손에 잡혀 나올 참새의 깃털 소리를 애타게 기다려 주곤 하였다. 그녀는 언제나 사시나무 떨듯 추위를 이겨 내지 못했다. 그녀는 시집갈 때까지 한겨울에도 내복이란 것을 입어 본 일이 없었다.

"손을 집어넣을 때는 퍼뜩 집어넣고 손에 만챘다카면(만져지면) 칵 움카쥐고 천천히 빼그래이."

나는 내 사타구니에 희미하게 감지되어 오는 누나의 목덜미의 온기를 느끼면서 누나가 태워 준 무등에서 필요 이상으로 오래 머물곤 하였다. 그러나 누나가 말했던 대로 손을 퍼뜩 집어넣어 보았자 칵 움카쥘 새는 항상 없었고 그래서 손을 천천히 빼낼 일도 없었다. 어떤 때는 새벽녘까지 새집을 후리다가 누나의 귀밑머리에 서릿발이 하얗게 맺히는 시각이 되어서야 언 무같이 서걱거리는 몸들을 이끌고 집으로 돌아온 적도 있었다.

"와, 이맹쿠로 재수가 없노. 덴찌꾼들은 새끼뎅이에 새를 주렁주렁 꿰가주고 댕기드라마는."

야맹증이 있는 누나는 내 팔에 기대어 집으로 돌아오면서 푸념을 늘어놓곤 했었다. 그래서 우리는 새를 잡아 본 적이 없었다. 그런데도 갑자기 추워진 날의 밤이나 눈이 푸짐하게 내린 날 밤에는 영락없이 새를 후리러 나서는 것이었고, 누나 또한 여축없이 뒤따라 나서던 것이었다. 한 가지 이상했던 일은 그때 선망의 적이 되었던 덴찌에 대해서였다. 그것만 손에 넣을 수 있다면 우리는 최소한 몇 마리쯤의 새는 잡을 수 있었을 것이었다. 새를 후리는 솜씨의 숙련도와는 아무 상관없이 다만 그 물건만을 가지고 있음으로써 보장이 되는 수확이 있었기 때문이었다. 덴찌는 그만치 결정적인 물건이었다. 그런데 우리는 그 덴찌라는 물건을 한없이 부러운 눈초리로 바라보았으면서도 그것을 손에 넣겠다는 데까지 생각이 미치지 못했었다. 이상한 일이었으면서 조금도 이상하지 않게 그런 염의를 품지 않았다. 물론 우리는 그만한 생각이나 욕구를 가질 수 있는 나이와 사고력의 수준에 있었는데도 그랬다. 이상한데도 이상하지 않게 그 물건을 손에 넣어야겠다는 염의를 품지 않았다니, 이상한 일이었다. 참새 고기는 허약한 시골 아이들에게는 보신(補身)이 되는 것이었고 겨우내내 육고기 맛을 볼 수 없는 산골 아이들은 그래서 새집 후리기에 거의 아귀다툼이다 싶게 열중하고 있었다.

택시가 한계령을 넘으면서 날은 완전히 어두워졌다. 그 동안 운전기사는 자신의 고향집이 경기도 평택이라는 것과 거기에 조그만 농장이 있어서 위험한 운전사 생활을 청산하고 농사를 짓기로 작심해서 겨우 아내를 설득시키는 데까지는 성공했으나 시골이라면 호랑이보다 더 무서운 줄 아는 처가의 반대에 부딪쳐 물거품이 된 일이며, 내 고향이 어디냐고 묻더니 자기 아내의 고향이 바로 그곳이라는 말까지 하면서 내 초조를 잠재우려고 애썼다. 부슬부슬 내리기 시작한 비도 긋다말다 했었는데 한계령 초입에 당도하고부터 길이 미끄러워져서 택시는 거의 기다시피 했다. 한계령을 무사히 넘어 오색(五色)을 지나 양양 초입에 득달했을 때, 시각은 밤 7시 반을 넘고 있었다. 나는 그에게 군청(郡廳)까지만 데려다 달라고 말했다. 군청 앞에 당도해서야 그는 라이터를 켜서 마일미터의 눈금을 살펴보았다.

"얼마 드리면 되겠습니까?"

그가 빙긋이 웃으며 대답했다.

"서울에서 이백구십 킬로를 뛰었네요. 이 거리면 서울과 대구간의 거리와 맞먹는데요, 보통 육만 원에 뛰죠."

나는 요금을 건네주면서 말했다.

"빗길입니다. 난 여기서 잘 테지만… 무리하시는 것보단 여기서 주무시고 올라가시죠."

"고맙습니다."

손을 흔들고 돌아서서 군청으로 들어갔다. 불이 꺼진 건물의 현관에서는 불빛이 보이고 숙직하고 있는 사람의 모습도 창 너머로 어른거렸다. 숙직하고 있던 군청의 직원은 우리 일행이 답사할 선림원사지의 위치를 정확하게 알고 있었고 동국대학교 발굴단이 그곳을 두번씩이나 다녀간 날짜까지도 기억하고 있었다. 군청에서 나는 다시 새로운 문제와 부딪치게 되었다. 나는 한계령을 넘어서 양양까지 내처 달려왔을 게 아니라, 오색에서 택시를 내렸어야 했다는 점이었다. 물론 선림원사지는 양양군 관내에 있었다. 그러나 그 절터로 가는 길목은 양양 읍내에서보다는 오색에서가 훨씬 가까웠다. 오색약수터에서 4킬로 정도 양양 읍내 쪽으로 내리막길을 내려오다 보면 길 오른손 편으로 홍천 가는 길목임을 가리키는 녹색 표지판이 보이던 것을 기억했다. 선림원사지는 그 표지판이 가리키는 비포장길로 들어서서 25킬로 정도 가면 서림이라는 뜸마을을 만나게 되고 그곳에서 다시 4킬로를 더 가게 되면 다시 황이라는 산중 마을을 만나게 되는데 그 황이라는 마을에서 왼손 편 계곡을 가로질러 놓여 있는 다리를 건너서 계곡을 따라 3킬로 정도를 걸어가면 절터가 나타난다는 것이었다.

"선림원이란 절이 양양에 말고 다른 곳에는 없겠지요?"

의구심과 푸념이 한데 섞인 내 질문에 숙직원은 배달된 지 오래되었지만 나를 상종하느라고 놓아 둔 채여서 식어 가는 우동 그릇을 힐끗 내려다보며 말했다.

"양양에선 그곳뿐이죠."

"그렇겠지요."

"서로 다른 고장에 있는 절이라 하더래도 이름이 같은 절이란 보기 드문 일 아닙니까. 지명으로야 강원도에도 고성(高城)이 있고 경남에도 고성(固城)이 있습니다만 한자로는 서로 다르지요."

나는 양양 읍내의 여인숙에 잠자리를 잡으려 했던 당초의 결심을 바꾸었다. 군청 숙직원의 대답 한 마디가 결심을 바꿀 수 있는 충분한 자료를 제공한 셈이었다. 양양 읍내란 곳은 고장의 인근에 흩어져 있는 관광명소에 비해서 상대적으로 볼품도 없었고 정취도 없었다. 비가 추적추적 내리고 있는 밤에 희미한 불빛 속으로 바라보이는 읍내 풍경은 더욱 을씨년스러웠다. 트럭이나 빈 택시들이 빗물을 튀기면서 낙산이나 강릉 쪽으로 트인 국도를 달려가고 있을 뿐 거리는 괴괴하기조차 했다. 홍청거리는 주변 관광명소들에 운송중계의 역할이나 해주면서 근근히 읍내로서의 체모를 유지해 가는 그런 시

가지 풍경을 하고 있었다. 물론 몇 군데의 숙박업소도 있긴 했지만 대개는 텅텅 비어 있었고 시설 역시 조잡하고 엉성했다. 게다가 바닷소리가 들려 온다든지 내설악 한 모퉁이가 조망되는 것도 아니었다. 물론 나는 읍내 여기저기로 일행을 찾아보긴 했었지만 애당초 일행들이 이런 곳에서 숙소를 정했을 거라곤 생각지도 않았다. 막상 양양에 내려서 시내를 살피는 동안 그것을 느꼈었고 예상은 적중되었다. 하물며 목적지인 절터가 오색보다는 훨씬 먼 거리에 있는 양양에 숙소를 잡으리만치 미욱한 사람들이 아니란 것은 나도 알고 있었다. 택시로 가면 불과 20분 거리에 그들이 숙소를 잡고 있다는 확신이 선 이상 이곳의 여인숙에서 볼품없는 몰골로 하룻밤인들 지낼 까닭이 없었다. 나는 곧 택시를 잡았다. 노선버스는 이미 끊어진 시각이었기 때문이었다. 오색으로 가는 택시 속에서 운전사에게 내가 추리한 것을 얘기했더니 그 역시 동감이었다.

"그렇군요. 오색 아니면 묵을 곳이 없겠군요."

"그렇지요?"

"틀림없습니다."

그 확신에 찬 대답이 적지않이 힘이 되고 위안이 되었다. 우리는 오색으로 되짚어 가는 길목에서 홍천 가는 길목의 그 표지판을 빗속으로 확인했고 드디어 오색에 당도하게 되었다. 오색 약수터의 주차장에는 많은 관광버스들이 당도해 있었다. 주차장뿐만 아니라 여러 곳의 숙소 주변에는 응당 한두 대씩의 버스들이 주차되어 있었다. 오색의 숙박시설들은 좁은 지역 한 곳에만 밀집되어 있었다. 계곡 건너 마을에서 민박을 하고 있었지만 많아야 삼사 명의 등산객을 수용할 수 있을 뿐 십 명이 넘는 단체고객일 때는 오색 주차장 주변의 숙박시설이 아니면 비집고 들어갈 곳이 없다는 것을 몇 번의 여행에서 알고 있었다. 숙소마다 찾아 들어가서 구차히 문의해 볼 것도 없이 밖에 주차한 버스만 찾아내면 바로 그 주변 숙소에 일행이 묵고 있을 것이었다. 나는 대절버스의 관광회사 이름과 번호판의 숫자들을 알고 있었다. 우리의 답사 여행에는 항상 단골버스가 따라다니고 있었기 때문이었다. 처음부터 마음을 가다듬고 주차장에서부터 시작해서 숙소 주변에 흩어진 버스들에 이르기까지 차근차근 뒤지기 시작했다. 이미 밤이 깊었기 때문에 움직이고 있는 차량들도 없었고 한계령을 넘어오거나 넘어가고 있는 차량들도 보이지 않았다. 비가 내리고 있었기 때문에 숙소들은 일찍부터 빈 방 하나 남아 있지 않을 정도로 대만원이었다. 그러나 예상은 완전히 빗나가고 말았다. 오색에는 일행들이 묵고 있지 않았다. 그때는 벌써 밤 11시에 가까운 시간이었다. 아무리 일에 미쳐 있는 운전사일지라도 그 후 2시께 서울을 출발해서 밤 12시가 가까운 시각까지 운행을 계속하고 있을 리는 만무했다. 중도에서 고장을 일으켰더라면 필경 내가 오가던 길에서 만났을 터였다. 도대체 이들은 어디로 갔을까. 도대체 어디쯤에서 멈춰 있는 것일까. 물론 뒤쳐진 내가 이토록 앙칼지게 자기들을 찾아 헤매고 있으리라고는 만에 하나인들 생각하지 못하고 있을 터이지만 그렇다 할지라도 이렇게 행방이 묘연할 수 있는 것일까. 드디어 나는 지치고 말았다. 그런데 그 지쳤다는 느낌 저쪽에는 형용을 할 수 없는 어떤 고통이란 것이 자리잡고 있었다. 고통을 느꼈지만 찾는 걸 포기할 수밖에 없었다. 나는 몇 번인가 내 자신에게 그 포기라는 것이 포용하고 있는 모든 의미와 결과들을 확인시키고 확인시켜서 이제는 한 발자욱도 앞으로 나아갈 수 없도록 다짐시켰다. 지금까지 그들을 찾기 위해서 탕진한 시간과 돈과 근력과 기대를 깡그리 포기하게 되자 허탈이 왔다. 이젠 택시들까지 끊어진 뒤여서 일행이 묵고 있는 곳을 딱 떨어지게 탐지했다 할지라도 더 이상은 기동할 수도 없었다. 그러나 다시 문제가 생겨났다. 물론 짐작은 하고 있었던 터였지만 그 많은 여관들 중에서 내가 묵을 단 한 개의 방도 비어 있는 곳이 없었다. 현관으로 들어서면 빈 방이 있느냐고 묻기도 전에 종업원이 먼저 눈치채고 방이 없습니다. 하고 묻지도 않은 대답을 건넸다. 오색의 여관촌은 내게 내어 줄 빈 방이 없다는 것에 무슨 약속이라도 한 것 같았고 만약 그런 약속이라도 있었다면 그것은 완벽하게 지켜지고 있었다. 그런데 이상하게도 새벽 1시가 넘은 이 시각에 들어가 쉴 수 있는 방이 이제 오색에서는 없다는 사실을 되풀이해서 확인하면서도 내 처지가 난감하고 딱하다는 낭패감으로 부닥쳐 오지 않는다는 점이었다. 그렇다면 남아 있는 방법은 노숙이었다. 그러나 노숙할 수 있는 장비가 내겐 없었다. 그런데도 난감해지지가 않았다. 날샐 때까지 산책이나 해볼까, 그런 마음으로 주차장 쪽으로 발길을 옮겼다. 새벽 1시를 넘기고 있었지만 토산품 가게들의 외등은 켜놓은 채였고 가로등도 띄엄띄엄 한데다가 보슬비까지 내리고 있어서 산책하기에는 꽤나 운치 있는 밤이었다. 사방에서 고요가 가라앉고 있었고 계곡을 흘러가는 물소리는 내 이마 위로까지 차올랐다. 지난 하루동안의 갈팡질팡에 스스로 고소를 금치 못하면서 오색의 여관촌 일대를 서너 바퀴 돌았다. 그리고 당도한 곳이 주자창 매표소(駐車場 賣票所)였다. 여관촌 일대가 모두 잠들어 있었지만 그 매표소에는 불이 켜져 있었는데다가 사람들도 움직이고 있었기에 무심코 다가가 본 것이었다. 그 매표소란 곳이 도시의 신문판매대나 복권판매대같이 알루미늄 샤시 같은 것을 사각으로 꿰어 맞춰서 안쪽에다 조그만 침상 겸용 의자 같은 걸 만들어 둔 곳이었다. 때문고 낡은 유리창을 통해 안쪽을 기웃거리자니 좁은 공간에 세 청년이 새 새끼들처럼 비집고 앉아서 뭔지 알 수 없는 안주로 소주를 마시고 있었다. 그들은 소주로 잠 오지 않는 새벽 추위를 녹이고 있었다. 내가 창밖에 서서 오랫동안 떠나지 않는 눈치이자 문을 열고 안으로 들어오라는 것이었다. 나 역시 무료했던 참이라 기다렸다는 듯이 불고염치하고 안으로 들어가서 비집고 섰다. 네 사람이 움직이면서 서 있기엔 불편한 공간이었다. 한 청년이 우선 소주 한

잔을 권했고 밖에서 보았을 땐 뭔지 알 수 없었던 구운 더덕을 안주로 권했다.

"선생님 어디서 오셨어요?"

청년은 내가 등에 지고 있는 낡은 배낭과 비에 젖은 행색을 번갈아 보면서 물었다. 나는 오랜 여행 경험으로 해서 청년이 내게 보내고 있는 의구심의 정체를 당장 눈치챌 수 있었다. 청년은 선생님 어디서 오셨어요가 아니라 동무 어디서 왔소라고 묻고 싶었을지도 몰랐다. 경찰기관에 신고되어서 시달림을 겪기 전에 청년의 의구심을 풀어주는 일이 상책이었다. 그래서 필요 이상으로 내 신분과 어제부터 지금 이 시각에 이르기까지 겪고 있는 일들을 미주알고주알 소상하게 설명해 준 것 같았다. 내가 시시콜콜 얘기하고 있는 동안에도 계속 순배(巡杯)는 되고 있어서 드디어 소주병은 비어 있었다. 내 얘기를 듣고 있던 한 청년이 말했다.

"일행들이 오색에서 묵지 않는다면 양양에서 가까운 낙산(洛山)이나 설악산(雪嶽山) 초입에 있는 여관촌에서 묵을지도 모르겠습니다. 양양에서 오색까지나 양양에서 낙산이나 설악산 입구까지 거리란 모두가 이십여 리 차이밖에 안 되어서 거기가 거기거든요. 오색 여관에 예약이 여의치 못했을 때는 낙산 쪽으로 바꿀 수 있고 사실 버스로 이삼십 리쯤 더 가는 것은 산골에서 이웃 가는 것보다 손쉬운 일이 아니겠습니까?"

청년의 말에는 일리가 있었다. 내가 찾고 있는 일행들이 기왕 동해의 턱밑까지 달려온 이상 운행거리에 크게 구애받지 않는다면 멀지 않은 바닷가인 낙산의 숙박촌에서 하룻밤을 파도소리와 밤바다를 바라보면서 지내자는 낭만적인 의견은 흔히 나올 법한 것이겠고 그 의견은 쉽게 동의될 수도 있었다. 그리고 오색에서의 숙소 예약이 여의치 못했다면 시설이 고급한 설악산 초입의 숙소에서도 묵을 수 있었다. 그들이 오색에 묵고 있지 않다는 사실이 너무나 확실해진 이상 그러한 가능성 역시 상대적으로 증대된 셈이었다. 순간적으로 나는 솔깃해졌다. 시쳇말로 얘기가 되는 제안이었기 때문이었다. 바다가 있는 낙산이 그 중 그럴싸하다고 생각했다. 선림원사지와 한계령의 경치를 겨냥하고 왔던 사람들일지라도 양양까지 왔다면 바다에 대한 향수를 떨쳐 버리기는 힘들 것이었다. 게다가 일행 중에는 다수의 여성회원들도 끼어 있었으니 그런 제안이 있었다면 쉽게 동의되었을 터였다. 그러나 나는 실소하고 말았다.

"그럴지도 모르지요. 그러나 지금은 너무 늦었지요. 아니 새벽이니까 너무 이르지요. 버스는 물론 택시도 없어서 단 한 발자욱인들 옮겨 놓을 수 있는 처지가 아닙니다. 물론 양양 시내의 택시를 호출할 수도 없는 시각이고⋯."

그런데 청년의 대답은 그렇지가 않았다.

"아닙니다 선생님. 차 있습니다."

"차요?"

"예. 저도 서울서 혼자 차 몰고 여기까지 놀러 와서 소주나 마시며 노닥거리던 참이었거든요."

청년이 가리키고 있는 창 밖으로 내다보자니 소형 승용차 한 대가 서 있었다. 물론 초저녁에도 보았던 차였다. 그러나 이미 그들을 찾기로 한 일을 단념하고 심기를 가다듬은 이상 여기서 그대로 주저앉기로 했다. 그리고 승용차를 세 사람 중에서 어떤 사람이 운전할 지는 모르겠지만 그들은 모두 술을 마신 상태가 아닌가. 욱하는 기분 한 가지로 빗길을 나섰다가 사고라도 저지른다면 그 북새통을 어떻게 감당할 것인가. 세 청년들이 아직도 나를 "동무"로 의심해서 좀더 곁에 두고 관찰하자는 심산으로써 그런 제안을 하고 있다면 구태여 승용차를 타지 않고 이 매표소 안에 있어 줄 수도 있었다. 그러나 선의의 제안인 이상 거절해야 마땅했다.

"아닙니다. 술도 마신 터에 그만두십시다. 오늘 오전 중으로는 어차피 선림원사지에서 만날 사람들이니까요."

"선생님 제 운전 경력은 십 년째입니다."

"그런데 내 음주 경력은 삼십 년이 넘습니다만 아직도 취하면 비틀
거린답니다."

"밑져봐야 본전 아닙니까?"

"지금 이 상태가 본전입니다. 음주 운전에 또 빗속입니다. 밑질 게
뻔한데 왜들 본전을 까먹으려고 부득부득 우기고들 드는지…."

"밑질 장사를 할 만큼 취하지가 않았어요. 소주 한 병을 네 사람이
나눠 마신 걸 가지고 그렇게 타박만 하실 게 아니지요. 그리고 우리
도 어차피 오색으로 되돌아와야 하니까요. 그리고 선생님으로 말하
면 당장 들어가실 숙소도 없이 밖에서 밤을 새워야 할 바엔 일행을
찾으면서 시간 보내는 것도 해로울 게 없지 않습니까?"

곁에 있던 두 청년도 맞장구를 치고 나섰다. 그랬다. 새벽 1시를
넘겼다고는 하지만 적어도 다섯 시간 이상은 기다려야 해가 뜰 것이
었다. 그 다섯 시간을 마냥 빗속을 서성거리면서 지새운다는 일도
보통 난감한 일이 아니었다. 에라, 모르겠다. 그때의 심정이 그랬다.
우리는 매표소의 문을 대충 단속하고 난 뒤 승용차에 올랐다. 산속
길은 칠흑같이 어두웠고 비는 계속 내리고 있었다. 낙산까지는 생각
보다 먼 거리였다. 빗길이었기 때문에 더욱 늦긴 했지만 운전하는
청년이 염려했던 것보다는 훨씬 신중하게 차를 몰았기 때문이기도
하였다. 운전 경력 십 년이란 말을 확인할 수는 없겠지만 운전 솜씨
는 세련되었고 신중했다. 낙산에 당도한 우리는 승용차를 탄 채로거
나 혹은 차를 내려서 일행을 뒤졌다. 예상했던 대로 많은 관광객들
이 그곳에 묵고 있었고 정거해 있는 버스들을 볼 수 있었다. 다행히
내가 찾고 있던 관광버스와 같은 회사의 차량을 발견할 수가 있었다.
그러나 숙소에 들어가서 잠자리에 든 운전사를 간신히 깨워서 물어
봤지만 선림원사지 답사일행이 탄 자기네 회사 버스는 만나지 못했

다는 것이었다.

"설악사 입구로 가보죠."

나 역시 낙담인 채 새로운 제의를 해오는 그들에게 별 도리 없이 동의하고 말았다. 어쩐지 이젠 부아가 끓어오르기 시작했고 무슨 발광을 하든지 또는 수모를 겪는 한이 있더라도 이 밤중 안으로 기어이 그들을 찾아내고야 말겠다는 서러운 양심까지 생겨나던 것이었다.

낙산에서 다시 설악산으로 갔다. 그러나 마찬가지로 일행을 찾을 수 없었다. 아니 우리가 설악산의 주차장에서 버스를 찾을 수 있었다 해도 일행의 숙소는 찾을 수 없었을 것이었다. 설악산 입구의 숙박촌에는 전국에서 모여든 수백 대의 관광버스들이 몸을 비비며 서 있어서 버스의 홍수를 이루고 있었고 근방에는 백여 곳의 숙박시설이 널려 있었기 때문이었다. 그 버스의 범람을 바라보는 순간 우리는 질려 버렸다. 한 청년의 표현대로 아마도 전국의 관광버스 명색들은 그 날 밤 모두 설악산으로 모여든 것 같았다. 청년 중에 한 사람은 두루마리 화장지 두 개를 잇대어 놓은 크기만한 '덴찌'를 갖고 있었다. 매표소에 있던 것을 그대로 들고 온 듯했는데 그 손전등은 새 전지를 갈아 끼운 지도 오래되지 않아서 매우 밝았다. 청년은 주차장의 어둠 속에 도열해 있는 관광버스들의 소속 회사 표지와 번호판을 손전등을 휘적거리며 빠른 걸음으로 찾았다. 낙산에서도 청년은 그 손전등을 켜서 휘젓고 다녔지만 그것이 내 시선에 하나의 존재로 느껴지기는 설악산 주차장에서였다. 내게 심어진 손전등의 위력은 결정적인 것이었다. 그러나 그 시절의 덴찌보다 몇십 배의 밝은 촉광을 가지고 있는 손전등을 청년은 가지고 있었지만 버스는 찾지 못했다. 버스는 새보다 몇백 배의 부피를 더하고 있는데도 그랬다.

어느날 밤, 누나와 나는 한 충격적인 일을 발견하게 되었다. 거의 매일이다시피 새집을 후리러 다녔지만 누나와 나는 언제나 허탕이었다. 그 날도 역시 덴찌꾼들의 분탕질에 허탕을 치고 새벽에 집으로 돌아오는 길이었다. 집으로 들어서는 순간, 나는 그것을 발견했었다. 구태여 덴찌꾼들을 저주하거나 타박할 까닭이 없다는 발견이 그것이었다. 그것은 간단했다. 바로 우리 집도 새들이 곧잘 깃을 트는 초가집이었고, 초가집인 이상, 필경 여느 집들처럼 대여섯 군데의 새집은 있을 것이라는 일이었다. 우리 집도 덴찌꾼들의 순례 목표에 포함되어 있어 마땅하다는 결론에 이른 것이었다. 역시 내 생각이 옳았던 것은 내 말을 듣고 난 누나가,

"우약꼬, 니 말이 딱 맛따대이. 우약꼬, 내가 입때까지 고걸 생각 못했데이, 니 말이 맞대이."

우리 집인 이상 우선 삽짝을 닫아 걸어서 덴찌꾼들의 범접을 딱 잘라서 거절하고 누나와 내가 조용히 그리고 은밀하게 새집을 후릴 수가 있지 않은가. 그 간단하면서도 보장된 성과를 발견한 우리는 흥분했다. 그리고 우리는 우리 집에서 살고 있는 새들을 후리는 일에 착수했다. 우선 웃방의 문을 활짝 열었다. 너무 어두웠기에 방에 켜둔 불빛을 이용하자는 심산에서였다. 역시 내가 누나의 무등을 탔다. 예상했던 것처럼 우리 집의 이엉의 켜에도 새집들이 들어 있었다. 두 번째까지는 허탕을 쳤지만 세 번째의 집에서 나는 새를 잡았다. 살아 있는 새와의 첫 번째 만남은 충격적이었다. 내가 세 번째의 구멍집에 손을 깊숙이 집어넣자마자 손끝에 와 닿는 뭉클한 온기는 분명 새의 깃털이었다. 신선하다고는 볼 수 없는 그 온기가 감지되는 순간 나는 누나가 얘기했던 대로 무작정 칵 움켜쥐었다. 거의 찰나의 순간이었다. 그리고 그 상황에선 누나가 말해 준대로 꽉 움켜쥐는 방법밖에 달리 요지부동의 방법이 있을 수 없었다. 그러나 첫 번째의 만남이란 언제나 방법이 서툴게 마련이고 그래서 실패의 확률은 높게 도사리고 있는 법이었다. 그리고 새는 눈으로 침입자를 노려보고 있었을 터였지만 내 무기는 눈이 없는 손이었다. 내가 새

의 깃털을 꽉 움켜쥐는 순간, 나는 손바닥이 물어 뜯기는 듯한 따끔한 충격을 동시에 받은 것 같았다. 착각이었는지도 모를 그 아픔에 나는 소리치면서 구멍집에서 손을 빼냈고 내가 손사래를 치는 동안 새는 구멍집을 빠져 나오고 말았다. 그 순간 나는 잠시 허공에 떠 있었다. 내가 구멍집에서 얼떨결에 손을 빼내어 흩뿌릴 때와 놀란 새가 구멍집에서 빠져 나온 것과 누나가 무등 태우고 있던 나를 내던지듯 내려놓고 방문 앞으로 다가가 문을 닫은 것은 거의 동시의 일이었다. 물론 나는 그 와중에 허공을 헛디디면서 마당으로 나가 뒹굴었다. 누나는 닫은 방문을 뒷짐을 진 상태에서 단속하고 돌아선 자세에서 마당으로 나뒹구는 나를 바라보았으나 달려와서 부축할 의향은 전연 없어 보였다. 그런 야멸스런 외면은 내가 누나를 알고 난 이후 처음 겪는 일이었다. 놀란 상태에서 나는 누나의 고함소리를 들었다.

"새 잡았대이."

그것은 사건이었다. 그러나 새가 누나의 손에 들려 있는 것은 아니었다.

"새가 방으로 들어갔대이."

누나가 새를 잡았다고 단정지어 말한 것은 그 때문이었다. 물론이었다. 나도 그걸 믿었다. 방안으로 들어간 새를 놓칠 리는 없었다. 더구나 새가 방으로 날아들었다는 것은 얼살을 먹어서 온전한 방향 감각을 잃고 있었다는 증거였다. 얼이 빠져 제정신이 아닌 새, 그리고 방안으로 들어간 새는 독 안에 든 쥐에 비유해서 절대 과장이 아니었다. 그래서 우리들의 새 사냥은 새로운 국면으로 접어들었다. 다 잡아 둔 새라 할지라도 우리들이 새가 있는 방안으로는 들어가야 했기 때문이었다. 잽싸게 그 일을 결행하지 못한다면 방문이 열려 있는 찰나를 이용해서 새는 허공으로 영원히 날아가 버릴 것이기 때문이었다. 참으로 그 순간의 전율을 나는 지금껏 잊지 못하고 있다. 우리는 한순간 온 삭신이 굳어 있었다. 그래서 어찌할 바를 몰라했었다. 방안에서는 간헐적으로 벽에 부딪치는 참새의 깃털소리가 들리곤 했다. 새는 출구를 찾아서 무턱대고 날았고 그때마다 벽에 부딪쳐 방바닥으로 나뒹굴고 있는 듯했다. 그때 방에 켜두었던 불이 꺼졌다. 그런데 불이 꺼지자 오히려 방안은 조용해졌다. 새는 출구를 찾아 날기를 포기한 듯했다. 한동안 방안은 조용했다. 누나가 내 손을 꼭 잡아 쥐고 있었다. 그리고 잽싸게 방문을 열었고 우리는 방안으로 나뒹굴어졌다. 역시 누나는 재빠른 솜씨로 방문을 안에서 닫았다. 어둠 속에서 보이지 않는 새와의 숨가쁜 혼전은 그때부터 시작되었다. 우리는 놀란 새가 뛰거나 버둥거리는 소리의 중심에다 무작정 우리들의 몸뚱이를 날려 덮쳤다. 그러나 그때마다 새가 나래를 퍼덕이는 소리는 전연 엉뚱한 곳에서 들려 오곤 했었다. 그러면 우린 다시 일어나 그 소리의 중심부에다 레슬링 선수처럼 아낌없이 몸을 던졌다. 새가 퍼덕이는 소리보다는 우리들의 팔다리가 벽과 방구들에 부딪치는 소리가 더 크게 들렸다. 무릎이며 팔꿈치와 뒤통수 같은 곳이 아리거나 쓰렸고 온 몸뚱이는 물을 뒤집어쓴 듯이 땀으로 젖어 있었다. 그리고 그러한 새와의 혼전은 긴 시간으로 이어졌다. 그러나 새는 아직 잡히지 않았다. 그때 문득 우리는 새의 날개깃 소리가 들리지 않고 있다는 것을 깨달았다. 누나가 말했다.

"영구야, 가만있어 보래이."

누나는 어둠 속을 더듬거려서 내 두 손을 꼭 잡아쥐었다. 누나의 손은 잿불에 묻었다 꺼낸 고구마같이 뜨거웠고 코에서는 단내가 풍겼다. 새는 없었다. 형용만 보이지 않았던 것이 아니라 소리조차 들리지 않았다. 언제 그런 불상사가 빚어졌는지 몰라도 열려 젖혀진 방문 밖으로부터 희미한 그믐달이 새어들고 있었다. 벌써 새벽이었다.

우리 네 사람은 답사일행을 찾기를 포기하고 설악산 입구 여관촌

에서 곧장 승용차를 돌려서 오색으로 돌아왔다. 그때가 새벽 3시 반
이었다. 해가 뜰 시각은 아직도 두 시간 이상을 기다려야 했다. 청년
들의 권유대로 매표소 안으로 들어가 졸면서 해뜨기를 기다리기로
했다. 한계령 계곡의 새벽은 몹시 추웠다. 어느새 비는 그쳐 있었으
나 대신 살점을 쓸어내리는 듯한 한기가 엄습해 오기 시작했다. 남
아 있던 소주를 들이키고 난 세 사람은 무릎 속에 고개를 내리박은
채 잠이 들기도 했으나 나는 그렇지 못했다. 잠을 청해 보았지만 추
위 때문에 여의치가 못했다. 배낭을 뒤져보았다. 한 장의 수건이 나
왔다. 수건을 남방셔츠 안쪽으로 집어넣어서 아랫배를 감싼 이후 잠
깐 졸았던 것 같았는데 잠이 깨어 보니 오전 7시였다. 청년들이 건
네주던 커피 두 잔으로 쓰린 창자를 달래고 있다가 마침 양양 시내
에서 약수터로 오는 등산객을 태우고 도착한 첫 번째의 택시를 잡은
것이 아침 9시께였다.

   선림원사지로 가려는 심산에서였다. 일행들과는 완전히 길이 엇갈
렸을 망정 이곳까지 달려온 이상 혼자서라도 절터를 가보고 싶었다.
이제 일행들을 찾기란 생각조차 말기로 작정한 터였다. 택시는 비포
장인 데다 지난밤의 비로 물이 고인 길바닥을 간단없이 기우뚱거리
면서 달리기 시작했다. 도로가 비포장으로 방치되어 있었기에 주변
의 자연경관은 아직도 오염되지 않고 훼손되지 않은 채 고스란히 간
직되어 있었다. 도로 왼손 편으로 맑은 물이 흐르는 깊은 계곡이 연
달아 나타났다. 계곡길로 들어서면서부터 그 계곡에서 굼틀거리고
있는 해묵은 정적들과 만났다. 삼십 분 이상을 달렸는데도 지나치는
사람을 만날 수 없었다. 운전사가 내 무료를 달래 줄 심산에서였던
지 이 계곡 뜸마을에 살고 있는 사람들이 멧돼지 사냥하는 법을 애
기하고 있었다.

   "산돼지가 막걸리를 환장하게 좋아한답니다. 술을 사람들이 마실
때보다는 다소 독하다 싶게 두어 말을 걸러서 산돼지가 잘 다니는

길목에다가 동이째 놓아 두고, 멀찌감치 숨어서 지켜 보지요. 돼지란 놈이 감자밭을 뒤지려고 새끼들을 거느리고 산을 내려오다가 술동이를 만나게 됩니다. 횡재를 만났으니 주둥이를 동이에 박아선 두 말들이 술을 단숨에 마셔 버린답니다. 그리고는 제 가던 길을 가지요. 그러나 멀리 가지 못해서 비틀거리기 시작하다가 픽 쓰러져선 곯아 떨어진답니다. 그때 뒤따라가던 사람이 안심하고 다가가서 그냥 멱을 따면 되는 거예요. 환장하게 취한 돼지란 놈은 워낙 취했던 나머지 제 멱을 칼로 따고 있는데도 코를 곯고 있답니다."

육십 리 잇수나 되는 계곡길을 더듬어 올라서 운전사는 나를 선림원사지 앞에다 정확하게 내려 주었다. 계곡에는 지난 밤에 내린 비로 거센 물살이 흐르고 있었다. 이끼가 낀 돌계단을 조심해서 올라가 보았더니 오른손 편으로 추녀가 곧장 땅에 닿을 것 같은 너와집 한 채가 바라보였는데, 사람은 보이지 않고 개 한 마리가 혼자 집을 지키고 있다가 목청이 터져라 짖어대었지만 제가 서 있던 자리에서 더 이상 움직이지는 않았다. 동국대학교 발굴단들이 다녀간 날짜가 쓰어진 초라한 표지판이 절터 초입에 서 있었다. 절터에는 발굴조사단들에 의해서 노출이 된 주춧돌 열 대여섯 개가 바라보였고 산기슭 쪽으로 치우쳐진 안쪽에 두 개의 부도(浮屠)가 아침 이슬에 축축하게 젖어 있었다. 돌보는 사람이 없어선지 사지(寺址) 안에 있는 안내판은 넘어져서 거꾸로 뒤집힌 채였다. 뒤집어 보았더니 선림원은 오늘에서부터 천 년 전에 지어진 절이었다고 적혀 있었다. 개 짖는 소리가 뜸해지면서 고요가 천 년 전의 절터에서 일어서기 시작했다. 정적은 계곡 아래 먼발치에서 흐르고 있는 물소리조차 마셔 버려서 이젠 그 소리조차 들리지 않게 되었다. 하늘에는 구름 한 점 없었고 햇살은 허공에서 고기의 지느러미처럼 부드럽게 살아 움직였다. 두 개의 부도 중에서 하나는 용(龍)트림이 부조(浮彫)되어 있었고 다른 하나는 기단부(基壇部)에 거북이가 양각(陽刻)되어 있었다. 천 년 전에 입적(入寂)하신 선사(禪師)의 사리(舍利)를 봉안하고 있었다. 나는 입고 있던 웃도리를 부도 앞에 벗어 깐 다음 앉았다. 그리고 그 자리에서 나는 무려 3시간 이상이나 꼼짝 않고 앉아 있었다. 그러나 바라보이는 것이라고는 아무것도 없었다. 너무나 오랫동안 똑같은 구도(構圖)의 풍경만 바라보다 보면 종국에 이르러서는 아무것도 바라보이지 않게 되는 것인지도 몰랐다. 일상의 시선으로 본다면 절터 주변의 경치는 절경이었다. 절터에 앉아서 바라보면 발 아래의 좁은 계곡을 사이하고 곧장 높은 산구릉이 몇 개의 주름을 잡으면서 하늘로 가파르게 솟아 있었다. 그 가파른 산기슭에는 숲이 무성했다. 숲은 단풍이 들 대로 진하게 들어서 산구릉이 폭파하지 않고는 단풍이 그대로 스러질 것 같지가 않아 보였다. 그 숲으로 맑디맑은 아침 햇살이 무리지어서 내려쏟고 있었다. 그런데 그것뿐이었다. 크고 벅찬 생명력이 그 숲에서 꿈틀거리고 있었는데도 가없는 고요가 그 숲을 뒤덮고 있었다. 그리고 아무것도 보이지 않았다. 그때 내게 떠오른 것이 사찰에 가면 흔히 보게 되는 우심도(牛深圖)였다. 그런데 그 동자(童子)는 결국 소를 찾지 않았던가. 그때 나는 다시 고개를 흔들었다. 이 고요가 있지 않은가.

이제 정말 일행과 만나는 일에 대해선 생각하지 말자. 이곳까지 당도할 동안 길거리에서 우연히 만난 사람들이 모두 나와 동행(同行)해 주지 않았던가 정작 아둥바둥 공력을 들여서 뒤따라 잡고자 했던 사람들은 나를 기다려 주지 않았지만 예정에도 없이 만났던 사람들은 이곳까지 정확하게 나를 데려다 주지 않았던가. 비 내린 뒤의 이 절터 주변에 남아 있는 발자욱은 내가 남긴 것뿐이었다. 부도 앞에 앉아 있기를 4시간이 되었다. 시계를 보았다. 오후 2시였다. 어제 오후 서울의 출발장소에서 답사버스가 떠났을 시각이었다.

바로 그때 나는 그 새를 보았다.

한 마리의 새가 허공을 긋고 내려오더니 부도 앞에 서 있는 작은 소나무 가지로 내려앉았다. 물론 나는 그 새가 허공에서부터 날아와 소나무 가지에 내려앉아, 꼼짝 않고 있는 것을 놓치지 않고 바라보았다. 움직이고 있었던 것은 그 새뿐이었기 때문에 새는 당장 내 시선을 사로잡을 수 있었고 또 정확하게 그랬다. 그리고 난 다음에 매우 긴 시간이 흘렀다. 새는 날아가지도 않았고 움직이지도 않았다. 소나무가 서 있는 곳은 내가 앉아 있던 자리에서 불과 너댓 발자욱의 거리였다. 과장된 말을 즐겨 쓰는 사람일 경우 팔을 뻗으면 손에 잡힐 수 있는 그런 거리였다. 그런 거리였기 때문에 기필코 새가 움직이지 않았다고 잘라 말할 수 있다. 새는 움직이지 않았고 그대로 솔방울로 변해서 나무와 같이 되고 말았다. 환시(幻視)라기엔 모든 것이 너무나 정확했고 확실했다. 꼬빡 스물네 시간을 입에 곡기를 넣어 본 적이 없었다지만 하루 허기로 정신이 몽롱하거나 얼이 빠질 지경에까지 이르진 않았다고 자신있게 말할 수 있었다. 한 시간 가까이 그 자리에 앉아 있었지만 솔방울로 변한 새가 다시 날으는 새로 변하지는 않았다. 그런데 한 가지 묘한 일이 있었다. 그러한 상황 전체가 조금도 이상하다는 것으로 느껴지지 않았다는 점이었다. 그것은 내가 그 자리에서 아무렇지도 않은 듯 툭 털고 일어날 수 있었다는 데도 그랬다. 나는 절터를 내려와 긴 계곡을 걸어서 내려가기 시작했다. 삼십 분 정도 걸었을까, 계곡에 가로놓인 다리 아래 자갈 밭에서 비둘기떼가 내려앉은 듯이 옹기종기 모여서 밥을 짓고 있는 일단의 사람들을 보았다. 우리 일행은 나보다 먼저 출발했지만 그제서야 선림원사지로 가는 길 초입에 이른 것이었다. 그들이 나를 따돌린 것이 아니라 내가 그들을 따돌린 셈이었다. 그들은 먼저 가 본 선림원사지에 대해 물었다.

"당신들 거기 가거든 부도 앞에 서 있는 소나무의 솔방울이 몇 개 인가 그것 한번 헤아려 보구려."

"아니, 절터에 가서 솔방울만 헤아려 보고 왔더란 말인가?"

"그럼 천 년 전 절터에 가서 소를 찾아볼까. 하긴 개는 한 마리 있더군."

"날으는 새의 미주알을 본다더니 원 별소리를 다 듣겠군."

(『문학과 사상』, 87. 3.)

가수(假睡) 상태에서 문득 건져낸 상념

김 주 영

소설가의 머릿속처럼 복잡한 것도 없을 것이다.

소설쓰기란 완성이 없는 작업이기 때문에 만약 끝이 보인다면, 이미 그는 소설가로서의 명분이나 열정이 망가져 버렸다는 징조일 것이다. 그래서 소설가는 항상 무엇인가 골똘한 상념에 잠겨 있다. 횡단보도를 건너가고 있을 때에도, 모처럼 가족들끼리 모여 앉은 식탁에서도, 심지어는 화장실에 앉아서도 그는 무언가를 생각하고 있다. 그의 모든 오관은 인간들의 갈등과 좌절과 성공에 대해서, 또는 종교에 대하여, 새와 나무들의 울음소리와 푸르름에 쏠려 있다.

머릿속은 항상 그런 문제들에 대한 질문과 대답으로 뒤엉켜 있지만 그렇다고 어느 한 가지 속시원하게 풀리는 것은 없다. 그래서 그의 시선 앞에는 항상 뿌연 안개가 끼어 있다. 술을 마시고, 사람을 찾아가 밤을 지새워 격론을 벌이고, 홀쩍 혼자의 여행도 떠나보고, 때로는 기행을 저지르며, 어떤 때에는 호젓한 산골에 들어가 자신이 누구인가를 들여다보기도 하지만, 명쾌한 해답은 항상 멀고 먼 곳에 있다는 불확실성과 좌절을 깨닫게 된다. 아주 작고 사소한 것에 어떤 해답이 있을 듯하고, 그것보다 더 위대하고 무거운 것에 대답이 있을 듯도 하다가 어느 날 문득 이승과 하직한다.

「새를 찾아서」는 고적 답사 여행에서 얻어진 소재를 소설화한 것이다. 답사 여행 일행과 약속된 서울의 출발지점에 도착했을 때, 이미 답사 버스는 강원도 양양에 있는 목적지를 향해 출발한 뒤였다. 나는 곧장 택시를 잡아타고 양양으로 달렸다. 버스보다는 속도가 빠르기 때문에 중간 어느 지점에서인가 버스를 따라잡을 수 있다는 계산에서였다. 그러나 다섯 시간 이상을 달려 양양 시내에 도착하기까지 나는 버스를 발견하지 못했다. 밤샘으로 일행들이 유숙하고 있을 만한 숙소를 찾아다녔으나 그것도 헛수고였다.

결국은 오색 약수터 주차장에 있는 매표소에 들어가 노숙을 하고 이튿날 새벽같이 택시를 잡아타고 목적지였던 절터를 찾아갔다. 역시 일행의 모습은 거기서도 찾아볼 수 없었다. 절터에는 몇 개의 주춧돌과 부서진 비석 그리고 옆으로 기운 부도(浮屠) 하나가 휑뎅그레하게 서 있을 뿐이었다. 사방 어디를 둘러보아도 인적이라곤 찾아볼 수 없었고, 새소리 한 번 들리지 않는 고요만 가라앉고 있었다. 아침 열 시를 넘긴 시각인데도 분명 이곳 절터를 향해 출발해있던 답사 일행의 모습은 오리무중이었다.

나는 오리나무 아래에 누웠다. 두 끼니를 걸렀으므로 나는 거의 탈진 상태였고, 그런 상태였으므로 나는 거의 가수(假睡) 상태에 빠져들었다.

그러다 비몽사몽간에 문득 들려오는 소리를 들었다. 새소리였다. 몸집이 참새보다 조금 커 보이는 개개비인가? 그런데 신기한 것은 키꼴도 그다지 크지 않은 조그만 오리나무 가지를 요리조리 민첩하게 옮겨다니면서 조잘거리는 그 새는 나무 아래에 누워있는 사람의 존재를 눈치챘을 법한데도 거의 30분 이상이나 나무에서 떠나지 않고 재잘거림을 계속하고 있었다. 그 새도 사람이 그리웠던 것일까? 아니면 땅속으로 기어들 것만 같았던 내 탈진을 일깨워 주려는 의도였을까?

탈진한 몸, 가수 상태의 정신, 그러나 그런 경황에도 나는 문득 서로 다른 행동양식과 언어소통 능력을 가진 새와 사람 사이에도 대화가 가능할지 모른다는 상념에 빠져 들었다.

「새를 찾아서」는 그런 상념의 결과물이다.

박범신

충남 논산 출생. 원광대 국문과를 졸업했다. 1973년 『중앙일보』 신춘문예에 소설 「여름의 잔해」가 당선되며 등단하여, 『죽음보다 깊은 잠』, 『돌아눕는 혼』, 『풀잎처럼 눕다』, 『숲은 잠들지 않는다』, 『불의 나라』, 『물의 나라』, 『토끼와 잠수함』, 『식구』, 『흰 소가 끄는 수레』, 『침묵의 집』 등 50여 권의 소설집과 장편소설을 냈다. 현재 명지대 문창과 교수로 재직하고 있다.

겨울 아이

그 해 겨울, 고향으로 가는 강변에서의 저녁 무렵에 나는 그 아이
를 만났다. 그때 나는 퇴색한 가죽가방 하나 덜렁 들고 이미 강 건
너편에 가 닿고 있는 발동선의 환한 불빛을 바라보고 있었다. 건너
편 나루터에서 갈대밭을 가르고 하얗게 뻗쳐 있을 고향 길은 어둠에
가려 보이지 않았다. 나는 담배를 태워 물고 나목처럼 선 채 강심을
핥고 가는 바람소리를 들었다. 고향에 올 때면 언제나 그랬던 것처
럼 가슴 한 자리가 차갑게 비어 오는 느낌이 들었다. 흔들리는 수면,
어두운 개펄과 키 큰 미루나무, 수런거리는 갈대밭, 그리고 두런두런
사라지는 사람들의 발소리, 멀고 가까운 저녁 불빛⋯⋯. 그 모든 적
막한 불빛과 침잠된 어둠 때문에 귀향할 때의 나는 조금 서러워져서
도시에서의 질기고 때문은 껍질들을 바람 센 강변에 홀가분하게 벗
어 놓게 되는 것이다.

그 날도 예외는 아니어서 담배 한 가치가 완전히 탈 때까지 나는
움직이지 않았다. 까마뜩하게 먼 데서 개짖는 소리가 들려 왔다. 나
는 목덜미를 한번 부르르 떨고 비로소 춥다는 생각을 했다. 바로 그
때, 흡사 개 짖는 소리에 불려 온 듯이 그 아이가 홀연히 내게 나타
났던 것이다. 무릎이 불쑥 나온 검정 바지, 낡은 털샤쓰, 허리가 드
러난 다우다 잠바를 걸치고 빵모자를 눈썹까지 뒤집어쓴 위에 토끼
털의 귀걸이까지 하고 있어서 아이는 처음, 먼 데서 온 이상한 차림
새의 거지 왕자처럼 내게는 환상적으로 보였다.

"건널 꺼유?"

거짓말같이 투명한 목소리로 아이가 내게 말을 붙여 왔다.

"그래, 고향이 강 건너다."

"늦었슈, 인자 나룻밴 저쪽서 밤 새울팅게."

바지주머니에 엄지손가락만 나오게 두 손을 쑤셔넣고 휙휙 휘파람을 불면서 아이는 발장단까지 치고 있었다. 부여 쪽에서 강을 따라 올라온 바람이 나루터 뒤편의 우뚝 솟은 돌산에 곤두박질을 쳤다. 파먹을 대로 파먹어서 정상보다도 아래쪽이 더 파여진 돌산——이따금 파편처럼 남겨진 돌로 하릴없는 석공이 비석이나 만들어 팔 뿐 주위에 난립한 주택 때문에 이제 방치해 놓을 수밖에 없게 된 채석장의 어두운 공간이 깊고 음산해 보였다.

"춥쥬, 아저씨?"

"강바람이라 차구나."

"쐬주 한 병 딱 차구유, 구들장이나 지러 가쥬. 야끼모처럼 딱신 딱신한 방 있응게로!"

아이가 씩 웃었다. 나는 비로소 뜨내기 길손을 낚으러 나온 아이의 정체를 알았다.

"짜아식, 그래 너의 여관 어디니? 읍내니?"

"지미, 읍낸 오살나게 비싸기만 헌 거 모르슈? 저기유, 저기."

아이가 손가락질을 했다. 돌산에서 K읍과 나루터 사이를 가로지르고 쪽 곧은 강둑 끝에 옥녀봉의 검은 머리가 우선 눈에 들어왔다. 그리고 그곳에서부터 나루터까지 반원을 그리며 나앉은 곳은 갈대가 말라붙은 버려진 개펄이었다. 아이는 그 개펄의 한 점을 가리키고 있었다.

"저기 불빛 하나 뵈쥬?"

"그래 뵌다."

"고게 우리 집인디 읍내 워디보담도 기찬 여관이다 이거유, 방 따끈허게 불놓고 나왔응게 안 갈라면 마슈. 공갈 아녀유!"

화가 난 듯이 거의 씨근거리며 아이가 소리쳤다.

2년 전만 해도 아이가 가리키는 그곳은 강 건너 송산군민들이 K읍으로 드나들던 유일한 관문이었다. 오밀조밀 가게와 주점들이 모여 있었고 사공이 노를 젓는 낡은 나룻배가 하루에도 수십 번 도시로 가는 사람들을 그곳에 부렸다. 그러던 것이 강안에 토사가 쌓이고 배를 대기 어려워지자 나루를 관리하던 송산군청은 강 건너쪽 나루와 직선거리인 현재의 돌산 밑으로 나루터를 옮기고 배도 발동선으로 바꿔 신장개업을 했다. 그곳의 가게와 주점들은 하루 아침에 생계의 유일한 수단을 잃어버렸다. 한 달도 못 돼 하나 둘 새 나루터로 옮겨 앉거나 K읍내로 떠나서 본래의 나루터는 황폐한 개펄의 일부가 되어 갔다. 그런데 딱 한 집만이 유독 그 버려진 땅에 외롭게 남아 있어서 고향에 오가던 때마다 맹랑한 호기심을 불러일으켰던 기억이 나는 비로소 떠올랐다. 더구나 지난 여름엔 그 집 앞의 공터, 다른 가게들이 있었던 자리에 네모 반듯하게 토치카처럼 지어 놓은 시멘트 건물을 보았다. 강을 건너기도 전에 나는 그 건물이 K읍의 분뇨 탱크임을 알았고 이젠 저 집도 별수없이 쫓겨 가리란 생각으로 까닭없이 섭섭한 기분에 사로잡혔던 것이다.

하지만 아이가 가리키는 손가락 끝에서 지금까지 그 집은, 옆의 시커먼 분뇨 탱크에 맞서듯이 밝은 불빛을 사려안고 남아 있음에 나는 묘한 감동을 느꼈다.

"참 내! 갈 참유, 안 갈 참유?"

빵모자 속에서 아이가 마침내 짜증을 냈다.

"가자, 임마!"

섰던 자리에서 빙글 한 바퀴 돈 아이는 휘파람을 찍 갈기고 쪼르르 나루터를 떠났다. 소주와 새우깡을 한 봉지 사들고 아이를 따라 둑으로 올라서자 저만큼 평야의 한자락을 깔고 앉은 K읍의 불빛이 환히 내려다보였다. 가라앉은 소음에 섞여 열차의 목쉰 기적도 들려왔다. 일제 때만 해도 한꺼번에 수백 척의 상선들이 입항할 수 있었던 큰 도시였다. 강변에는 즐비하게 요리집이 들어차고 황산동 명월관 앞에 꽃 같은 기생을 실어 나르는 인력거가 진을 쳤다고 한다. 그러나 해방 후 자꾸 졸아져서 지금은 고깃배 몇 척이 강심에서 잉어나 낚아 올리고 3만 인구를 유지하기에도 힘에 겨운 쇠잔해 가는 소읍이었다.

"요리 내려가야 혀유."

아이가 촐랑촐랑 둑을 내려섰다.

"길은 3년 전이나 똑같구나."

"풀이 요렇게 무성헌디두유? 씨팔, 그땐 증말 기분 째졌는디…"

"째져?"

"술집 혔거등유, 강에서 잡은 매기, 뱀장어가 안주로 맨날 모자랄 정도였다 그 말유."

부시시, 마른 갈대가 강 양편에서 몸을 떨었다. 문득 옥녀봉 쪽에서 개새끼들아, 하고 악을 쓰는 소리가 들려 왔다. 습기 찬 동굴을 울려나오는 것처럼 그 소리는 주위의 어둠을 날카롭게 할퀴며 강바람에 파묻혀 갔다.

문득, 구치소의 투박한 마룻바닥이 생각났다. 더럽게 때가 끼고 썰렁썰렁 찬 바람이 기어 오르던 그 마룻바닥. 사실 나는 그 해 가을 교문 앞에서 돌이나 몇 개 집어 던지고 비실비실 웃으며 도망치던 데모 따위에는 조금도 끼여들고 싶지 않았었다. 그보다도 불란서 상징주의 작가들에 대한 논문 자료 수집이 더 급했던 것이다. 해를 넘기면 졸업반이 아닌가? 송산군 수리 조합장인 아버지는 애당초 내가 법관이 되기를 원했다. 그래서 내 고집대로 불문과에 입학했을 때, 맹꽁이처럼 나온 배를 뒤뚱거리며 반질반질 벗겨진 대머리가 빨갛게 되도록 혈압이 올라 방안을 서성거리던 아버지의 모습은 가관이었다. 그렇지만 나는 꾀죄죄해도 좋다. 교수가 되자 하고 두 눈을 내리깐 채 침묵으로 맞섰다. 아아, 하지만 대학 3년! 수많은 데모, 수많은 휴교 때문에 귀한 시간만 잡아먹고 말라르메, 발레리의 시정신조차 제대로 이해 못하는 겉멋만 든 불문학도가 되었다. 차츰 시간을 향해 나는 부끄러워졌다. 그리하여 그 가을에 조그마한 논문이나마 써두려고 차근차근 준비를 해오던 터였다. 그런데 그 빌어먹을 놈의 학회장 녀석이 어느 날 명동 지하 술집에까지 나를 유인해 놓고 불쑥 그놈의 선언문인가 하는 것을 내밌던 것이다.

"공부하겠다는 널 데모에 끌어넣고 싶지는 않아. 다만 이 선언문의 문장을 좀 손봐 달라는 거야. 나야 문장 실력은 먹통이라서 뼈대만 적었을 뿐인데……. 이 정도도 발뺌한다면 네 놈 두개골에선 쉬고 썩은 냄새가 난다고 소문낼 거야!"

놈이 나를 이렇게 협박했다. 나는 이미 낙지볶음에 특주까지 얻어 마신 후였으므로 그걸 탁자 위에 올려놓고 놈의 말대로 손을 봤다. 결국 겨울이 막 시작되던 어느 저녁, 나는 하숙집에서 발레리의 「해변의 묘지」를 읽다가 연행되었다. 그리고 그 신나는 크리스마스 이브도 뺏긴 채 인정머리라곤 손톱만큼도 없는 그놈의 구치소 마룻바닥에서 새우잠을 잤던 것이다.

한 달 만에 풀려나오자 발레리고 나발이고 걷어치우고 고향으로 가고 싶었다. 곧장 열차를 탔고 K읍의 무표정한 거리를 지나서 나루터에 도착했을 때, 나는 바로 그 아이를 만났던 것이다.

"아자씬 학생인게뷰?"

역시 앞장을 선 채 아이가 물었다.

"그래, 학생이다."

"대학유?"

"대학도 아니?"

"그럼유, 나루터만 왕겨 가지 않았으믄 울 아부지가 나도 대학까징 보내 준다고 혔었는디 인자 말짱 도루묵이랑게유. 여기 또랑잉게 잘 건느야 돼유."

길을 자르고 난 도랑을 건너뛰며 아이가 내게 주의를 주었다. 도랑은 거의 말라붙은 채 얼어붙어 있었다.

"아빠 그럼 뭐하시니?"

"돌산에 나가서 이것저것 잡일을 허는디 겨울엔 일도 읎유."

"형은 없니?"

"동생이 하나 있구만유. 여섯 살짜리 지지밴디 재워 두고 나왔유, 엄니는 생선장사 허구유."

"생선장사?"

"황새기랑 동태랑 팔러 다녀유, 아자씨. 동태찌게 안 좋아혀유?"

길이 강 쪽으로 구부러진 곳이어서 아이의 모습은 잠시 갈대에 묻혀 보이지 않았다.

"좋아하면 네가 해줄래?"

"우리 엄니 찌개 솜씬 읍내에서 알아 줬다구유. 왕년에 우리 집 메기탕 허면 끝내줬응게. 인자 다 왔유."

길을 돌아서자 저만큼 분뇨 탱크와 아이의 집이 보였다.

"엄니! 손님 하나 물었어!"

또르르 굴러가듯 뛰어가며 아이가 소리쳤다. 퇴락한 집이었다. 가게 자리였던 토방 아래의 빈 공간은 문짝도 없이 휑 열린 채고 초가지붕은 여기저기 주저앉아서 어른거리는 남포 불빛에 한없이 음산해 보였다.

"어서 오세유. 집이 누추혀서 워쩐대유."

망연히 서 있는 내 눈치를 살피며 아이의 어머니가 허리를 펴고 나를 맞이했다. 바람을 따라 분뇨 냄새가 확 풍겼다.

"많이 팔었어, 엄니?"

"그려, 오늘은 쬐매 재수가 있었능갑다."

커다란 호주머니만 매달린 앞치마에 코를 패앵 풀고 여자가 남자처럼 투박하게 웃었다. 타월로 목도리를 하고 펑퍼짐하게 내려오다가 끝만 오그려 붙인 바지를 입었기 때문에 그녀의 모습은 일제 때의 노무자를 연상시켰다. 새우젓과 동태 몇 마리가 담긴 함지박이 그녀 앞에 놓여 있었다. 생선 함지박이 빼곡이 들어 찬 아침 저녁 통학차의 지저분한 실내가 잠깐 떠올랐다. 새벽에 새우젓, 동태, 황새기 따위를 떼어다가 함지박에 이고 근처의 장터마다 찾아다니며 소매를 하고 돌아오는 여자들이 K읍엔 아직도 많이 있었다. 그래서 동이 틀 무렵 출발하는 통학차엔 언제나 왁자지껄한 활기가 넘치고 비릿한 바다 냄새까지 풍기는 것이다.

"생선장순 짭짤하게 되나 보죠?"

"뭘유. 오늘은 날씨가 취선지 사가는 사람마다 값을 안 깎었응게 쬐매 재미를 봉거쥬. 참, 얼큰하게 동태찌게를 해드리까?"

"좋지요. 그거."

"우선 안방으로 들어가 기슈. 야, 달근아! 워서 저쪽 끝방에다 불 빼다 넣라, 잉."

"그려유, 아자씨. 십 분이면 딱신해징게로……."

아이가 한쪽 눈을 찡긋 했다. 그러나, 야끼모처럼 따끈따끈한 방 있다는 나루터에서의 거짓말을 그다지 미안하게 생각하는 눈치는 아니었다. 여자가 앞치마 끝에 손바닥을 비비고 부엌으로 들어갔다. 부엌은 가게터에서 안방을 건넌 다음에 있었다. 그 부엌 입구에서부터 기역자 꼴로 다른 한 개의 건물이 있었는데 방문만 세 개가 보였다. 이쪽 가게 건물과 달리 초가가 아닌 슬레이트 지붕인 것이 아마 술 손님들을 위해 임시로 신축했던 모양이었다. 나는 여자가 한사코 말리는 것을 무릅쓰고 그 건물의 끝방으로 들어갔다. 오싹 몸서리가 쳐질 만큼 방바닥이 차가웠다. 아이가 가져다 준 더러운 이불을 깔고 앉으니까 등 뒤에서 갈대의 사각거리는 소리가 들렸다. 좁게 뚫린 창을 열자 옥녀봉 앞을 비켜 북으로 휘돌아진 물의 침침한 회색이 바로 눈앞에 보였다. 그리고 강변을 향해 불과 이삼십 미터의 간격을 두고 버티고 선 분뇨 탱크의 한 귀퉁이가 강의 한자락을 반듯하게 자르며 괴물처럼 서 있었다.

망할 자식들! 집 앞에 똥깐을 짓다니……. 분뇨 냄새 때문에 창을 닫으며 나는 낮게 중얼거렸다.

"뭐여? 이 사람 잡을 놈 보소!"

갑자기 부엌에서 소리치는 여자의 날카로운 목소리가 들려 왔다.

"그럼, 워쪄? 손님 잡으라고 잠들었걸레 혼자 나갔는디……."

"시방 몇 신디 인자 말혀?"

"나는 엄니가 와 있길래 시방까지 자는 줄 알었잖여?"

"썩을 놈, 지랄허고 자빠졌네. 아, 후딱 못 가!"

"워딜 가?"

"나루터랑 역전이랑 찾어보란 말여! 니 아부지도 좀 어딨나 보고."

아이의 뛰어가는 발소리가 들렸다. 어디선지 또 컹컹 개가 짖었다. 그것은 단순하게 그냥 짖는 게 아니라 금방이라도 허연 거품을 물며 나뒹구는 듯 어둠 속에 처참하게 내리 꽂히는 것 같았다. 으스스한 오한을 느끼며 나는 문밖으로 나섰다. 이때, 한 사내가 가게 자리를 건너오다가 멈칫 서며 나를 바라보았다. 개 짖는 소리 때문인지 순간 사내의 표정이 차갑게 굳어지는 것 같았다.

"워매, 언제 와 갖고 요롷게 서 있다? 저 말여유, 달순이가 읎어졌유, 글씨 달근이란 놈이 재워 놓고 나갔는디 인자 여섯 살배기가 워딜 갔대유?"

부엌에서 나오던 여자가 발을 동동 굴렀다. 한마디도 없이 장승처럼 서 있던 사내가 천천히 돌아서고 있었다.

"얼래! 어딜 가유?"

"아, 찾어봐야 헐 거 아닝게비."

"달근이가 나갔응게 쬐매 기달려 봐유. 저, 주무실 손님도 오셨응게로 같이 방으로 들으가유. 찌개 끓는 게비유."

사내와 나는 방으로 들어갔다. 말이 없는 사내였다. 술상이 들어와 마주앉고도 사내는 눈만 내리깐 채 도무지 말하려는 기색이 없어 보였다.

"요놈으 자식은 나가더니 꿩 궈먹은 소식이네. 나도 좀 갔다올 팅게 술이나 한잔씩 허구 기슈. 아따, 이 양반은 부처님 뱃속에 들어앉았나. 아, 손님 술도 좀 권하고 그려유."

여자가 눈을 흘기고 토방을 나서도 사낸 묵묵부답이었다. 부스스 일어선 머리, 건조한 표정, 핏줄이 툭 불거진 목과 가라앉은 어깨. 아이의 어머니와는 대조적으로 체구가 조그마한 이 사내는 이따금 치켜 뜨는 눈초리만이 반짝 빛나서 질기고 단단한 느낌이 들었다.

"잔 받으시죠."

"아, 예……고향이 송산이신게뷰?"

"예, 소재지예요."

사내는 다시 눈을 내리깔았다. 갈대밭을 가르고 가는 바람소리가 침묵 속에 나르는 소줏잔 끝에 차갑게 묻어 났다.

"학상이시구만?"

한참 만에 사내가 다시 물었다.

"방학해서 내려가는 길이에요."

"아버지도 기시고?"

"예, 고향에 계시죠."

"고향이라……. 나는 진바실에 살었었지유!"

불쑥, 사내가 볼멘 듯이 잘라 말하곤 다시 입을 다물었다.

"진바실이라면 없어진 마을이 아닙니까?"

"그렇쥬, 우린 쫓겨난 거쥬!"

사내의 눈빛이 반짝 빛났다. 진바실은 원래, 송산 입구의 저수지를 끼고 뒤편 골짜기로 돌아서 4킬로쯤 들어가야 되는 산골 마을이었다. 불과 이십여 가구가 산비탈에 농토를 부쳐먹고 살던 이 가난하고 작은 마을은 몇 년 전 저수지를 확장하고 유원지로 개발하려는 송산군의 계획으로 풍비박산이 되었다고 들었다. 그렇다고 마을자리가 저수지로 먹혀든 것도 아니었다. J시에서 서울로 빠지는 새 국도가 저수지 앞을 통과한다는 풍문이 떠돌자 진바실 일대의 숲지대에 도시의 투자가들이 몰려들었던 것이다.

"촌놈으 새깽이덜이 지 땅값 배로 쳐 준다는디 안 팔라고 지랄발광이여. 곱게 말헌게로 요것덜이 정신 못 차려 갖고……. 그저 무식헌 것들은 사족을 못 쓰게 사정읎이 조져야 하능건디……"

그 무렵, 밤마다 술에 취해 자가용을 타고 온 낯선 손님들과 귀가하곤 하시던 아버지는 곧잘 대문을 들어서며 이렇게 역정을 내곤 하셨다. 촌놈의 새끼라는 아버지의 한 마디가 괜히 마음에 걸렸지만 난 그 일에 조금도 신경을 쓰지 않았다. 어차피 고등학교를 서울로 가면서부터 나는 이미 집에 와 있는 게 손님과 마찬가지였고 아버지가 하시는 일엔 아예 관심조차 없는 처지였던 것이다. 어찌 되었든 진바실 사람들은 하나 둘 이삿짐을 쌌고 근처의 산기슭이 별장지대로 개발된다는 소문이 돌았다. 그러나 국도는 저수지를 외면한 채 송산을 우회하여 개통되었고 작년 여름, 저수지로 형과 밤낚시를 갔다가 젖소와 돼지를 키우는 근대적 목장의 모습을 나는 진바실이 자리잡고 있던 산자락에서 보았다.

"별장지대가 된다더니 웬 목장이야?"

저수지의 둑 위에 팔베개를 하고 무심코 나는 물었다.

"식품 생산을 주로 하는 태아기업이 경영하지. 그 회산 저런 거대한 목장을 곳곳에 가지고 있다더라. 저 땅을 앞장서서 사주고 사람 시켜 J시에 태아기업의 대리점을 낸 사람이 누군지 넌 모를 거야……"

수면에 떠있는 빨간 찌를 보며 형은 속삭이듯 말했었다. 문득 J시에 나들이가 잦은 아버지의 혈색 좋은 얼굴이 떠올랐지만 나는 진바실 따위는 금방 잊은 채 낚시만 담가 놓고 잠들어 버렸다. 이십여 호 살던 작은 마을에 관한 것까지 섬세하게 관심을 기울일 만큼 그 무렵 나는 고향을 사랑하고 있지 않았던 것이다.

"몇 시나 됐나유?"

사내가 술잔을 건네며 물었다. 아이도 아이의 어머니도 돌아오지 않는 게 몹시 마음에 걸리는 모양이었다. 시간은 열한 시가 넘어서고 있었다.

"나가 보시지요."

"그려야 헐라는 게비구만. 달근이놈을 낳고 팔 년 만에 딸년을 낳았당게. 뭐, 가족계획인가 허는 걸 헐라고 혀서 그렁 게 아니라 즈이 엄니가 수술을 받은 일이 있었거등. 만년에 딸이라고 고걸 낳고 봉게로 알게 모르게 정이 가는 게 거참 묘헙디다. 나루터만 윙겨가지 않았으믄 고상은 들 헐티지만 목구녕이 포도청인디 별 수 있간디. 즈 엄닌 생선장수, 난 뭐 일 읎나 허고 맨날 즈덜 남매만 내박쳐 둥게로 이것덜이 애빌 봐도 반가워허는 구석이 읎어. 세상에 자식 귀헌지 모르는 놈이 워디 있것어? 생각허먼 섯바닥을 깨물고 죽을 일인디……."

남포 불빛에 반질거리는 검붉은 사내의 안면에 참담한 회한과 아픔이 잠깐 떠올랐다.

우린 밖으로 나섰다. 갈대 소리가 우수수 하고 낙엽지듯 들려 왔다.

"육시럴 놈의…… 눈까징 내리는구만."

사내가 가래침을 탁 뱉으며 중얼거렸다. 정말, 눈이 내리고 있었다. 돌산 꼭대기에서 바람은 더욱 악을 썼고 희부옇게 가라앉아 뵈는 강줄기는 분뇨 탱크 뒤에서부터 나루터를 휘돌아 어둠 속에 묻히고 있었다. 다만 건너편 강안에 불쑥 솟은 몇 그루 미루나무, 나루터와 멀고 가까운 자연 부락들의 쇠잔한 불빛, 그리고 상류 쪽에서 나루터를 향해 기어내리는 고깃배의 등불 하나가 이 황량한 자정 무렵의 강변을 그나마 적막하게 도사려 안고 있었다.

"밴가 보죠?"

"뭐, 워쩌다 잉어나 한 마리 낚어 볼까 허고 조롱게 밤새 그물을 넣어 보지만 잉언 눈이 멀었겠어? 왕년이사 금강의 잉어야 알어줬지만 말여."

강심의 고깃배가 등불을 밝힌 채 분뇨 탱크 뒤쪽을 내려가고 있었다. K읍 쪽에서 기적소리가 들려 왔지만 읍내의 야경은 강둑에 가려 보이지 않았다.

기적소리는 어두운 강줄기를 따라 오래오래 남아 있는 것 같았다.

"곤헐틴디 학상은 가 주무슈."

"아뇨, 저도 함께 나가 보겠어요."

그러나, 사내와 나는 몇 발자국 걷기도 전에 눈발 속에 나타나는 아이와 아이의 어머니를 만났다.

"암디도 읎유. 역전이랑 나루터, 돌산까징 다 찾어봤는디……."

여자의 말끝이 절망적으로 떨려 나왔다.

"에그, 요놈으 새깽이가 웬수여! 어린 걸 혼자 놔두고 저만 나가 한나절씩이나 싸댕겨!"

"맨날 그런 걸 엄닌 왜 나만 갖고 그려!"

"눈까징 뿌리는디 이 일을 워쩌면 좋다!"

여자가 마침내 삐질삐질 울기 시작했다. 바로 이때였다. 팔짱을 낀 채 입술을 질근거리며 묵묵히 서 있던 사내가 돌연 아이의 손에 들린 군용 플래쉬를 채뜨리고 미친 듯 집 앞의 공터를 지나 분뇨 탱크 쪽으로 내닫는 것이었다. 서둘러 뒤쫓아가는 아이와 여자의 뒷모습을 보면서 불현듯 나는 불길한 예감에 사로 잡혔다. 아냐, 그럴 리 없어. 머리를 세차게 흔들어 보았지만 이미 거품을 물고 자지러드는 여자의 비명소리가 나의 의도적인 부정에 쐐기를 박았다. 이어서 아이의 울부짖음이 괴물 같은 분뇨 탱크 주변에 참혹하게 곤두박질을 치고 있었다. 풀썩 무릎을 꺾은 채 탱크 입구에 떨고 있는 사내의 뒷모습이 보였다. 탱크 안은 함정 같은 어둠뿐이었다.

호흡을 삼키며 나는 사내 옆에 떨어져 있는 플래쉬를 집어 올렸다. 엉겨붙은 분뇨의 한 자락이 플래쉬의 동그란 불빛 속에 떠올랐다. 그리고 콘크리트의 습기찬 벽, 퀭하니 뚫린 통풍구. 아아, 다음 순간 나는 질끈 눈을 감아 버렸다. 구역질이 났다. 거무튀튀한 분뇨 표면의 한구석에 엎어진 자세로 분홍색 스웨터 하나가 삐죽이 솟아 올라 있었던 것이다.

개새끼들……. 차츰 불길 같은 분노가 전신에 차올랐다. 한참 동안 나는 우선 나의 내부에서 들끓는 대상 없는 분노를 삭여 내리는 데 애를 쓰지 않으면 안 되었다.

이윽고 사내가 탱크 안의 스웨터를 건져 안았다. 그리고는 머리칼을 손가락으로 빗질하고 얼굴을 훔쳐 냈다. 검게 얼어붙은 손바닥만한 여섯 살 계집아이의 얼굴이 거기 있었다. 잠든 아기를 안고 가듯 고개를 모로 뉘어 딸애의 얼굴에 포개고 사내는 천천히 강을 향해 걸었다. 발자국마다 칙칙한 똥물을 주르르 떨궈 내리며 또박또박 걷고 있는 사내는 끝내 눈물 한 방울도 흘리지 않았다. 그저 떨고 있는 듯이 보였다.

강물 속으로 한 발 들어서자 바스락 얼음 깨지는 소리가 났다. 사내는 물 속에서 조용히 무릎을 꿇고 우선 한 가지 한 가지 딸애의 옷을 벗겼다. 스웨터, 바지, 빨간 속샤쓰, 양말……. 사내의 동작이 너무나 침착하여 오히려 플래쉬를 들고 있는 나의 손목이 팽팽한 긴장으로 뻣뻣하게 굳어 오는 것 같았다. 옷을 다 벗기자 그는 알몸의 조그마한 딸애를 끌어 안고는 정물처럼 오래오래 움직이지 않았다.

어디선지 또 그놈의 개가 짖고, 고깃배 한 척이 나루터를 향해 유유히 강심을 떠내려가고 있었다.

"어이! 거기 뭐허는 거여?"

배 위에서 한 사내가 내가 든 플래쉬 불빛을 겨누고 이렇게 소리쳤다.

"지미랄것, 귀가 먹으셨나 워찌 대답이 읎댜."

그러나 고깃밴 대답을 기다려 주지 않은 채 이미 저만큼 떨어져 가고 있었다.

"학상은 들어가슈, 읍내로 가시덩가……."

한참 만에 강물에 딸의 머리를 씻기며 나를 향해 사내가 말했다.

"당신이 비쳐 주지 않아도 야 몸뚱인 내가 다 안당게. 우리 달순이년, 눈허고 코허고, 귓구멍까지 어둔 디서도 훤허단 말여. 애비가 워찌 새끼 몸둥이 하나 모르겄어? 아무리 캄캄혀도 깨끗이 씻어 줄 수 있당게!"

낮았지만 사내의 목소리엔 거역하기 힘든 울림이 있었다. 나는 플래쉬를 껐다. 그러나 어쩐 일인지 그 자리를 뜰 수가 없었다. 그 참혹한 강변의 모서리에서 말하자면 나는 얼어붙은 어린 미루나무였다. 가슴이 두근거리고 있었다. 그친 듯 보였던 눈발이 다시 날리기 시작했다. 갈대밭을 물어뜯고 달려온 바람은 눈발까지 몰고 검은 분뇨탱크를 향해 달려들었으나 이 견고한 콘크리트 건물은 끄덕도 하지 않았다. J시에 남 몰래 태아기업의 대리점을 낸 사람이 누군지 넌 모를 거야. 낚시터의 형이 속삭이고 있었다. 진바실 땅을 사주고 말야, 진바실 사람들을 쫓아내고 말야…….

참으로 오랜 시간 사내는 딸애의 온몸을 정갈하게 씻었다. 그리고 마침내 흐드득 하고 상처입은 짐승처럼 느껴 울었다.

"야가 춥겄지. 시방이 어느 때라고 꽁꽁 언 강물로 몸뚱일 씻기다니. 내가 미친놈이여. 아부지 추워 죽겄어 허는 소리, 요롷게 귓구녕에 쟁쟁헌디……."

달순이에게 새 옷을 입히고 아랫목에 뉘었을 때 나는 비로소 그 방에 달근이가 없음을 깨달았다. 여자는 넋이 나간 듯 벽에 기댄 채 눈물만 흘렸고 사내는 새로 딴 소줏잔만, 연거푸 비우고 있었다. K읍 쪽에서 기적소리가 들려 왔다. 서울행 막차겠지. 잠시 찌들고 피곤한 얼굴로 칸칸마다 넝마처럼 사람들이 잠들어 있을 3등열차의 지저분한 객실 풍경이 떠올랐다. 수십 번 서울로 오르내리면서도 내가 3등열차, 그것도 막차를 이용해 본 것은 딱 한 번뿐이었다. 아무데나 누우면 잠들 수 있는 사람들의 그 야만성, 그 악착스러움, 그 무분별. 그런 것들이 꽉 들어찬 3등열차를 타는 게 괜히 겁부터 나곤 하던 소심한 나의 성격 탓이었다.

자정이 훨씬 넘어서야 달근이가 나타났다. 어디를 어떤 모습으로 싸다녔는지 토끼털 귀걸이까지 벗겨진 얼굴에 피멍이 들어 있었다. 차돌 같은 눈망울까지 반짝반짝 빛나서 아이는 약삭빠르고 음흉하고 표독스러운 한 마리의 삵괭이 같았다.

"씨양, 두고 봐라!"

아직도 씨근거리며 이렇게 서두를 떼었다.

"오늘은 못 혔지만 다 쥑여 버릴껴. 달순이 웬수가 누군지 나도 알고 있응게!"

빠드득 이를 갈듯 아이는 중얼거렸으나 말 끝에선 결국 비질비질 울음소리가 묻어 나고 있었다.

"아, 조용허지 못혀!"

사내가 술잔을 소리나게 내려놓으며 눈을 부릅떴다. 한동안 침묵이 왔다. 갈대밭을 뛰어가는 바람소리, 석유를 빨아올리는 남포소리, 그리고 정적뿐이었다.

"학상, 술 한잔 드시구랴."

사내가 이윽고 술잔을 건네왔다.

"잠자리 지랄맞게 만나 갖고 큰 봉변을 당허시는구만. 시방이라도 갈라고만 허면 읍내까징 갈 수 있을 틴디……."

"여기 그냥 있겠습니다."

"허긴, 술상 놓고 마주앉음사 시상만사 다 잊어먹는 건디……. 진바실서 먹던 토끼탕 안주가 생각나는구만. 이간 동태찌개에 비허겄어? 참, 토끼몰이 혀보셨어?"

은밀하게 물어 왔으나 사내는 내 대답까지 기다리지는 않았다.

"진바실 뒷산에 산토깽이가 많았지. 겨울에 눈만 내리면 동네 사람덜이 모조리 나서서 토끼몰이를 허는 거여. 푹푹 빠지는 눈밭인디 지놈덜이야 뛰야 벼룩이지 별 수 있간디. 몽둥이 하나씩 들고 산비탈을 뛰다 보면 심이 절로 솟는 거여. 매급시 소리도 크게 질러 보고 눈밭에 자빠져도 보고 말여. 아, 토깽이야 한 마릴 잡으면 워뚷고 열 마릴 잡으면 워뚷겄어? 눈 많이 오는 해는 풍년이 든당게. 그거 잔치허는 심 치는 거지……."

순백색의 겨울산에 날으는 함성, 쫓는 발소리가 들리는 것 같았다. 갑자기 아뽈리네에르의 시 한 구절이 선연히 떠올랐다.

사로잡고 싶어 못살겠구나
토끼가 살고 있는
애정의 나라 그 골짜기에
사향풀 향기 가득한 금렵구…….

"토끼요리는 뭐니뭐니혀도 우선 매워야 되는 뱁여. 진진 겨울밤을 눈은 내려 쌓지, 얼큰한 안주에다 목구녕 차악 감기는 막걸리 푸짐허것다, 낼 시상이 두 쪼각 나더라도 뭣이 걱정이 있겄어? 밤새 포식허는 거여. 좋았지, 참……."

신기할 정도로 실눈을 뜨고 있는 사내의 안면에 밝은 기운이 떠돌았다. 취기가 적당히 오른 모양인지 귓불이 빨갛게 달아오르고 어조엔 열기가 서렸다.

"거기선 몇 년이나 사셨어요?"

"할아부지의 할아부지 적부텀 살았었지. 농토라야 까징거 얼매 안됐지만 그려도 오손도손헌 맛이란 여기보담 백 배 낫었당게. 니것 내것이 없는 동네였어. 저녁밥만 먹으면 끼리끼리 뭐 앉아 웃어 쌓고 말여, 제삿날만 오면 떡접시가 고샅에 바쁘게 오갔응게…."

"그냥, 거기서 버티며 사시잖고?"

"버텨?"

팽팽하게 언성을 높이며 사내가 번쩍 시선을 들었다. 신기할 정도로 밝은 기운에 차 있던 좀 전의 사내가 아니었다. 질기고 매섭고 차가웠다. 나는 반사적으로 고개를 숙였다.

"버텼지! 조상님네 뼈가 묻힌 고향땅인디 무식헌 놈이라고 그저 한잔 술에 미련 읎이 떠나는 뜨네기 같았겠어?"

그는 잠시 말을 끊고 한숨을 쉬었다. 옥녀봉 쪽에서 다시 그놈의 개짖는 소리가 들려 왔다. 컹컹 컹컹……. 개 짖는 소리를 따라 자꾸 가슴이 두근거리기 시작했다.

"허지만 말여, 말짱 도로묵인겨. 우리 같언 놈 아무리 죽네 사네 용을 써봐도 뼉 좋고 잘사는 양반덜 눈썹 한 오라기 못 뽑는다 그 말여. 큰물이 지면 왕창 쏟아지는 강물 같은 심인 걸 워쩌겠어?"

강물 같은 힘. 홍수 같은 힘……. 나는 어금니를 사려물고 자꾸만 평형을 잃어 가려는 나 자신을 붙잡고자 애를 썼다.

고등학교 1학년 때였다. 여름방학을 맞이하여 K읍에 도착했을 때 홍수로 인해 강을 건너지 못하고 일주일이나 기다린 적이 있었다. 거의 매일같이 돌산 꼭대기에 올라가 시뻘겋게 뒤집혀 흘러가는 미친 강줄기를 바라보았다. 이따금 부서진 문짝도 떠내려오고, 못생긴

장롱이며 뒤주까지 물줄기 속에 숨바꼭질을 했으며, 때론 산 채로 밀려오는 가축들의 모습까지 보였다. 그럴 때마다 돌산 위에 몰려선 사람들은 놀라고 때론 감탄하고 안타까워하였다.

차츰 강물은 건너편의 그 너른 개펄을 야금야금 잡아먹기 시작했다. 아무리 견고한 둑이 쌓여 있다고 하더라도 그 당당한 물줄기의 식욕을 억제할 수는 없을 것처럼 생각되었다. 사흘이 못 가 강 건너 나루터가 물에 잠겼다. 옹기종기 모여 앉은 몇 채의 초가지붕이 망망대해 고도인 양 외로웠다. 결국은 저것도 떠내려갈 것이다. 때묻은 살강 밑의 무짠지도 낯선 길손이 버리고 간 나무젓가락도, 앳된 작부가 즐겨 듣던 낡은 라디오도 결국 저 흙탕물 속에서는 한 알의 모래알 이상 아무것도 아니다. 나는 소년다운 애틋한 감상으로 그 끝도 없는 홍수의 한 자락을 망연히 내려다보고 있었다.

그런데 바로 그때, 돌산에 모여선 사람들이 두 눈을 동그랗게 열고 숨을 죽일 만한 한 가지 사건이 일어났다. 이미 반쯤이나 물에 잠긴 나루터 맨 윗집의 지붕 위에 한 사내가 홀연히 기어 올라왔던 것이다.

"아니, 저기 홍 서방 아닌게비!"

"기구먼, 홍 서방이여!"

사람들이 떠들어대기 시작했다.

"다 피했다고 허드니 위째 혼자 남었댜?"

"글쎄 말여, 배를 들이대 놓고 나오라 혀도 이간 놈의 강물이 십년도 넘게 정붙여 산 내 집을 위쩌겄냐고 고래고래 소리만 질러대고 안방에서 꼼짝도 안허드랴. 식구덜만 내보냄서 난 안 도망가, 혔더니 고것도 팔자소관이지 뭐겄어?"

"쯔쯧, 손바닥만한 집구석 땜에 미쳤구먼."

"그나저나 저걸 위쩐댜?"

"위쩌긴……. 인자 틀린겨. 곧 날도 저물 틴디 이런 물에 배가 떴다 허면 추풍낙엽이지 별조 있겄어?"

사람들은 발을 동동 굴렀으나 정작 지붕 위의 사내는 용마루에 엉덩이로 쪼그려 붙인 채 그림책이나 보듯 태연하였다.

이 날 밤, 밤새도록 나는 잠을 이루지 못했다. 칠흑 같은 어둠 속에 바람소리만 아우성을 쳤다. 그리고 결국, 새벽에 서둘러 돌산 위에 올라갔을 때 나루터엔 아무것도 남아 있지 않았다. 요술처럼 투명해진 하늘에 해가 뜰 때까지 턱을 받치고 앉아서 나는 다만 저기쯤이 나루터야 하면서 황량한 강물 속의 한 점만을 바라보고 있었다. 기울어진 미루나무, 황토색의 강물, 타협도 없고 숨돌릴 사이도 없이 쾌재를 부르며 달려나는 그 거대한 물줄기……

"그려서 짐을 쌌지!"

사내가 술잔을 탁 하고 내려놓았다.

"내가 안 떠날라고 헝게로 그 마빡 홀랑 까진 수리조합장이 그러데. 군청과 상의혀서 나루터에 집을 장만혀 줄 텅게 장사나 혀보라고 말여. 수리조합장 아시겄지?"

빤히, 사내가 나를 건너다보고 있었다. 가슴이 철렁 내려앉았다. 마빡 홀렁까진 수리조합장, J시에 태아기업의 대리점을 낸 아버지. 나는 마침내 이 두 가지 인물의 함수관계를 명확하게 확인하는 참담한 아픔을 견디지 않으면 안 되었다.

"그놈으 새깽이여, 아부지! 우리덜 쫓아냈응게 그 자식도 달순이 웬수나 마찬가지여!"

순간, 핏발이 선 눈을 반짝 뜨고 아이가 소리쳤다.

"찍소리 말고 자빠져 있지 못혀! 쬐깐 게 뭘 안다고 지랄이여, 지랄이……"

"왜 몰라. 여기로 안 왔으믄 달순인 안 죽었을 거 아녀!"

"아가리 못 닥쳐!"

사내가 팩하고 윽박질렀다. 정적이 왔다. 정적을 가닥가닥 갈라

내며 또 그 망할 놈의 개 짖는 소리가 달려들고 있었다.

"저놈으 개새깽이덜은 밤에 잠도 안 자는 게벼!"

사내가 낮게 중얼거렸다.

"술 좀 들어, 학상. 재수읎는 놈은 비행길 타고도 뱀헌티 물린다고. 일로 이살 오고 여섯 달 만에 나루가 돌산 아래로 욍겨 갔지. 아녀, 재수있어도 별조 읎는 일이었어. 그 수리조합장, 사실은 일로 날 보낼 제 이미 나루가 욍겨 갈 걸 알고 있었댜. 그야 머 군수허고 수리조합장허고 안 통허면 누가 통허겄어? 그렇지만 알어야 면장을 허지. 배운 거라곤 땅 파먹능 거뿐인디 그 조화 속을 워찌 짐작이나 혔겄냐 그 말여."

사내의 목소리가 낮고 처연하게 젖어 들고 있었다.

"첨엔 서너 달이야 장사헌다고 차려 놨지만 난 바지저고리였지. 몰라서만이 아니라 금쪽 같은 땅을 울며 겨자 먹기로 내주고 팔자에 읎는 장사라니 헐 짓이 아닝 거 같었던 겨. 맨날 술만 퍼마시고 쌈질만 혔지. 예펜네 아녔으믄 그때 아조 사람까정 버렸을 겨. 내가 쌈질을 허든, 싸롱게(사립문 옆)에 자빠져 자든 예펜네 그저 먹고 살겄다고 아둥바둥하드구만. 차츰 이게 아니다 싶데. 그려서 맘을 잡었지. 이왕지사 조상님헌티야 죄인인 심인디 돈이라도 벌어 어린거나마 가르쳐 놔야 헐 거 아녀. 아, 그려서 장사에 재미 좀 붙이능가 혔는디 나루가 욍겨 앉지 뭐여. 사람 환장허겄더구만. 간뎅이가 벌렁벌렁 떨리고 말여."

사내가 남포불의 심지를 낮췄다. 침침해지자 그의 안면은 더욱 검고 건조하고 그리고 완강해 보였다.

"읍이서 사람이 나왔더구만. 여긴 읍이 송산군헌티 사드렸응게 딴 디로 가라는 거여. 못 간다고 버텼지. 그렸더니 떠억 저놈으 똥깐을 짓데 그랴. 갑갑하면 갈 것이다 그거지만 어림 반푼어치도 읎는 생각여. 난 안 갈 거여. 나라고 똥깐 옆이서 사능 거 뭐가 좋었어? 하

루 이틀도 아니고 인자 중독이 돼갖고 우리 식군 냄새도 잘 못 맡는
디 백 번이라도 가야 옳겄지. 사람덜이 날보고 돼지고집이랴. 돼지같
이름 멍청허게 고집을 부린다는 거지만 천만에 말씀여. 읆이 사는
사람덜 너무 쉽게 포기헝게 맨날 막보고 댐비는 거여. 가라 허면 보
따리 싸고 오라 허면 얻어 먹능 것도 별거 읆는디 해롱해롱 좋아허
고 말여. 난 무식허긴 허지만 말여. 똥고집을 부려서라도 인자 더는
안 쫓겨갈겨. 또 누가 알어? 십 년 후덩가 이십 년 후덩가, 아, 여긴
사람이 산게로 똥깐은 딴 디로 욍겨져야겄구나 허고 생각허게 될는
지. 그때까징 안 갈겨. 달근이 저 새깽이헌티도 핵굔 못 보냈지만 고
건 가르칠라고 허능구만."

　사내가 마침내 깊숙이 고개를 숙였다. 어깨가 들썩이는 게 울고
있는 듯이 보였다. 바람소리가 들려 왔다.

　"건너가 주무슈. 씨도 안 먹는 잔소리 듣는다고 심깨나 빠졌을 틴
디. 난 인자 야허고 좀 있고 싶구만……."

　사내가 홑이불로 덮인 딸애 쪽으로 돌아앉으며 말했다. 나는 엉거
주춤 일어섰다. 그러나 현기증이 나서 잠시 입술을 깨물며 그 자리
에 서 있지 않으면 안 되었다.

　"나는 말여……."

　문고릴 붙잡은 채 한 발을 앞으로 내밀었을 때 사내의 침울하게
가라앉은 목소리가 다시 내 발목을 붙잡았다.

　"첨에 학상을 봤을 때 누군지를 금방 알어봤었지. 그려도 말여. 이
나루터로 나를 내쫓웅 게 학상은 아니라고 마음을 다져 먹었덩 거여.
허다못혀서 수리조합장 그 사람이 온다고 혀도 우리 집에 발들여 놓
으면 손님 아니겄어. 누가 됐던지 나 찾어온 손님이사 성의껏 대접
혀 보내능 게 우리 진바실 인심이었는디 학상이 수리조합장 아들이
면 워쩌? 나 학상 원망허능 거 아닌게로 마음쓰지 말기여. 어서 가
봐……."

말끝을 흐리며 사내가 홑이불 속의 딸 아이를 끌어안았다. 튕겨지 듯 벌떡 일어서는 달근이를 느끼면서 나는 도망치듯 밖으로 나섰다. 매운 강바람이 얼굴을 때렸다.

"놔! 노란 말여! 수리조합장 아들이람서 왜 그냥 보내 줘, 아부지!"

달근이의 울부짖음이 바람 속에 서 있는 나의 등덜미를 쳤다. 그 앙칼진 쇳소리는 칠흑 같이 어두운 공간에서 마디마디 잘려 나가 수많은 바늘끝이 되어 나의 전신에 아프게 파고들어 왔다.

오래오래 떨면서, 가방을 기대고 앉아 있던 나는 새벽녘에야 잠깐 잠이 들었다. 꿈을 꾼 거 같았다. 낄낄낄…… 기괴하고 기분 나쁜 웃음소리가 들려 왔다. 학회장 녀석이 나를 손가락질하면서 웃고 있었다. 벼엉신, 곰배팔이병신, 다리병신, 벼엉신, 배냇병신, 팔병신…….

아이가 식칼을 들었다. 아버지가 대머리에 땀을 뻘뻘 흘리면서 쫓겨가는데 저만큼 사내가 조용히 앉아 있었다. 송곳니를 세운 커다란 검정개 한 마릴 데리고. 학회장 녀석은 계속 웃어대고 개가 으르렁하면서 목덜미를 떨었다. 나는 숨이 가빠 왔다. 가슴이 답답하고 온몸에 뜨거운 열기 같은 게 가득 차 왔다. 어쩐 일인지 꼼짝을 할 수가 없었다. 그때 무언가 와장창 떨어져 나가는 듯한 날카로운 소리를 들은 것 같았다. 순간, 누군가가 내 팔목을 와락 낚아채 갔다.

외마디 소리를 지르며 나는 눈을 떴다. 찔금찔금 눈물이 나오고 눈물 속에서 우선 빨간 불꽃이 너울거렸다. 계속 터지는 기침 때문에 전신을 들썩거리며 나는 비로소 내가 잠들었던 슬레이트 지붕의 가건물이 완전히 불길 속에 잠겨 있음을 보았다.

"다친 디는 읎지?"

사내의 얼굴이 바로 옆에 있었다. 나는 여전히 기침을 해대면서 크게 고개만 끄덕거렸다.

"문까징 잠그고 잠드셨드구만. 그래서 문짝을 잡어 잦혔지. 큰일날 뻔혔어. 쬐끔만 늦었어도."

불길은 결국 가건물 한 채를 다 집어삼킨 후에야 사그라 들었다. 낡은 소방차가 사이렌만 기세좋게 울리며 들이닥치긴 했어도 이미 지붕까지 완전히 주저앉은 다음이었다.

경찰이 왔다. 참고인으로 경찰서에 소환되어 화재 조사를 끝내고 나서는데 가죽잠바의 사내가 뒤에서 불러 세웠다.

"어디로 갈 거야?"

윤기가 반지르르 흘러내리는 아버지의 비정한 대머리가 획 떠올랐다.

"……서울로 가겠습니다."

"그건 안 돼! 우린 다 알고 있어. 자넨 엊그제야 풀려났잖아. 고향에 가서 몸보신이나 해두라고. 아직 화재에 대한 것도 조사할 게 있을지 모르니까……."

퉁명스럽게 말하고 가죽잠바는 의자를 돌려 버렸다. 딱 벌어진 어깨의 모난 선이 완강해 보였다. 나는 뒤통수를 한 대 얻어맞은 기분으로 먼지 긴 K읍의 아침을 지나 나루터로 나왔다.

건너편에서 도시로 오는 많은 사람들을 싣고 나룻배가 통통거리며 강심을 건너오고 있었다. 언제나처럼 가슴 밑바닥이 차갑게 비어 오는 것 같아 나는 담배 한 가치를 입에 물었다. 간밤에 밤새도록 갈 대밭을 지나던 강바람이 내 나약한 육신을 할퀴듯 지나갔다. 쪽 곧은 미루나무, 희끄무레하게 가라앉은 강심, 눈 덮인 옥녀봉과 수런거리는 개펄, 그리고 그 개펄의 한 끝에 을씨년스럽게 버티고 선 분뇨 탱크. 잔 연기를 아직까지 끌어올리며 남아 있는 아이의 집은 그 분뇨 탱크 때문에 더욱 조그맣게, 조그맣게 가라앉아 보였다.

부르릉, 엔진 소리를 수면에 깔아 뭉개며 배가 나루에 닿자 사람들이 쏟아져 나왔다. 자전차를 앞세운 사내, 털조끼를 걸친 더벅머리, 함지박을 인 아낙네. 갖가지 모양의 사람들이 서로 부르고 밀리며 뿜어 내는 입김으로 나루터엔 단번에 와자지껄한 활기로 넘쳤다.

아하, 오늘이 K읍의 장날인 게로구나. 나는 심호흡을 크게 하고 고개를 빳빳이 치켜세웠다.

순간, 가라앉던 가슴이 콩닥콩닥 뛰어오기 시작했다. 정복 순경에게 두 손을 깍지껴 잡힌 채 아이가 홀연히 내 앞에 버텨서며, 여전히 그 번득거리는 눈초리로 나를 바라보고 있었던 것이다.

"조사 끝나셨군. 이놈이 불을 질렀대요. 송산 쪽으로 도망치는 걸 간신히 붙잡았죠. 쥐알만한 게 아주 악바리예요."

순경이 미소를 지으며 말했다.

"……아닌데요. 불은 내가 잠결에 등잔을 자빠뜨려서……."

얼결에 이렇게 더듬거리는데 탁 하는 소리와 함께 끈끈한 점액질의 한 덩어리가 얼굴을 때렸다. 아이가 빠드득 이를 갈면서 나를 향해 가래침을 쏴갈겼던 것이다.

"생각혀 주는 척 말어! 칵 쥑여 뻐릴라고 내가 질렀단 말여!"

순경에게 알을 한 대 얻어맞고 끌려가면서 아이가 돌산이 찡 울리도록 악을 썼다. 나는 부르르 전신을 떨었다. 처음으로, 내 스물 몇 살의 젊음과 수년 동안 닦아 온 지성이 그 질기게 살아남을 하나의 겨울 아이에 비해 왜소하고 파렴치한 방관자로 물러나 있음을 확연히 깨달았다.

강줄기를 기어오르는 겨울 북풍은 칼날을 세우고 달려들고 저만큼 둑을 넘어가는 아이의 뒷모습은 토끼털 귀걸이도 없이 그냥 주먹만한 맨머리였다.

춥겠구나…….

(『문학과 지성』, 76. 12.)

70년대에 대한 강렬한 분노의 형상화

박 범 신

「겨울 아이」는 76년 12월 『문학과 지성』을 통해 발표된 소설이다. 70년대라는 사실에 주목해 주기 바란다.

아아, 70년대.

나는 70년대를 돌이켜볼 때 혼잣말로 곧잘 아, 하고 감탄사를 붙이기도 한다. 작가로서 가장 뜨겁고 순수했던 젊은 날이었다고 기억되기 때문이기도 하지만, 그보다 급격한 산업화와 유신으로 요약되는 개발독재의 광포한 질주에 의해 개인이 가져야 할 신념이나 작은 꿈들이 가차없이 유린되던 연대로 기억되기 때문이다. 반만 년 우리 역사상 아마 70년대처럼 급격한 사회·문화적 변화를 극적으로 겪었던 시기는 없을 것이다.

나는 73년에 데뷔했다.

데뷔작 「여름의 잔해」 탐미적 이상심리를 추적한 작품이지만, 그것은 오래 전 써두었던 것을 신춘문예에 통과될 욕심으로 고쳐 쓴 결과일 뿐, 데뷔할 무렵 나의 관심사는 당시의 산업화에 의해 뿌리 뽑혀나가고 있는 소외된 계층의 아우성이 어디에서 연유하고 있는가 하는 점에 집중되어 있었다. 말하자면 그 무렵의 나는 사회비판적 리얼리즘의 창을 들고 선, 세련되지도 타협적이지도 못한, 깡마르고 퀭한 눈을 가진 어두운 표정의 문학전사와 같은 모습을 하고 있었던 것이다. 첫 창작집 『토끼와 잠수함』에 실린 대부분의 단편들이 70년대에 쓰여진 작품이고, 「겨울 아이」는 그런 문학적 관점이 비교적 극명하게 드러나 있는 작품 중 하나이다.

늦가을, 혹은 초겨울이었던가.

세상은 얼음같이 차고 개인적 삶은 열악하기 이를 데 없어 애잔한 자기연민에 차서 어떤 날 나는 불현듯 고향으로 가는 기차를 탄 적이 있었다. 나는 연무읍에서 태어났으나 감수성 예민한 십대의 대부분을 강경읍에서 살았기 때문에 당연히 강경역에서 기차를 내렸다. 저물녘이었다. 내가 십

대시절 살던 옛집은 읍의 서편에 있으나, 나는 강경읍의 신시가지를 남북으로 가르고 있는 신작로를 걸어서 북쪽으로 갔다. 금강이 그곳에 있었기 때문이었다.

금강의 추억을 어찌 다 말하랴.

그러나, 70년대 말의 충동적인 귀향 길에 내가 꼭 가보고 싶었던 곳은 읍의 북단에 있는 옥녀봉에서부터 유연하게 휘돌아져 흐르는 강을 따라 서쪽의 돌산에 이르는 강안이었다. 강둑으로부터 강을 파고들 듯이 앞으로 나간 그곳엔 사철 사람 키보다 훨씬 큰 갈대들이 자라고 있었다. 「겨울 아이」에서 읍의 분뇨 탱크가 자리잡고 있는 곳으로 묘사된 바로 그곳이다. 갈대밭으로 들어가면 수많은 철새들이 사방팔방에서 분주하게 우짖고, 질펀한 금강엔 이따금 작은 고깃배들이 오갈 뿐이며, 해가 질 무렵의 강 표면엔 수천 수만의 황금빛 비늘이 일제히 매달리는, 그 은밀하고도 신비한 곳에 나의 피흘리는 십대가 그대로 남아 있으리라고 나는 생각했다. 나는 고등학교 때까지 자주자주 그곳에 숨어 지냈다. 어떤 날엔 아예 학교를 가지 않고 그 갈대밭에서 하루를 보낸 적도 있었다. 책을 읽기도 하고, 시를 쓰기도 했고, 새들과 놀기도 했다. 그곳은 십대의 내겐 내 자의식의 자궁 같은 곳이었으며, 몽상의 방이었고, 또한 자애로운 에너지의 품속이었다. 나는 얼음 같은 도시의 삶에서 받은 상처들을 갖고 잠시나마 그곳에서 위로받고자 찾아간 것이었다.

그런데, 그곳에 분뇨 탱크가 있었다.

악취에 코를 잡고 나는 물러섰다. 새들은 오지 않고 몇몇 갈대들은 말라죽어 있었다. 나는 아주 강렬한 적개심을 느꼈다. 광포한 산업화와 비인간적인 개발독재가 빚어 낸 구조물이라고 나는 생각했다. 분노는 너무도 통절했고, 곧 되돌아 서울로 왔으나 며칠 동안 밥맛도 없었다. 내 분노의 중심엔 어떤 구조적 억압에도 굴복하지 않겠다는 강한 의지가 깃들어 있었으며, 그래서 분뇨 탱크에 빠져죽은 아이의 아버지 성격을 형상화하는 데에는 오랜 시간이 필요없었다. 오히려 곤혹스러웠던 것은 「겨울 아이」의 화자로 등장하는 대학생의 캐릭터를 형상화하는 문제였다. 당시의 지식인들이 보편적으로 입고 있는 회색의 옷을 입혀 전형화하는 것은 가능했으나,

어떻게 그 전형화에 구체성을 부여, 살아 있는 인물로 만들 것인지가 쉽지 않았던 것이다. 나는 그래서 토끼털 귀마개를 하고 있는 소년의 강렬한 캐릭터를 화자 옆에 배치시켰다. 그렇게 함으로서 화자 또한 구체화될 것이라고 믿었기 때문이다.

배경은 일부러 고쳤다.

가령 현실 속에서의 나루터는 소설 속 위치보다 조금 북쪽에 있다. 분뇨 탱크가 있는 곳은 현실에선 그저 갈대밭이 있을 뿐이다. 나는 분뇨 탱크의 상징물이 갖고 있는 개발경제의 포악성을 보다 강렬하게 드러내기 위해 나루터의 위치를 분뇨 탱크가 있는 곳으로 작품 안에서 옮겨 배치한 것이다. 그래야 내 주인공들도 거기 배치할 수 있으니까.

나는 사흘 만에 이 소설을 썼다.

내가 단숨에 작품을 완성시킬 수 있었던 것은 내 분노가 그만큼 강렬해서였다. 내 안의 분노가 내 소설을 파죽지세로 밀어내고 있다고, 쓰면서 나는 느꼈다. 너무 강렬한 분노 때문에 행여 소설을 망칠까 보아 내 감정에서 빠져 나와 객관적인 위치에 서려고 극도로 조심하던 기억이 지금도 선연히 떠오른다. 그러나, 오랜만에 새로 읽어 보니 그만큼 조심했음에도 불구하고, 분노의 격렬한 감정이 군데군데 드러나 있는 것 같아 안타깝기 그지없다. 가령 예컨대, 아이가 분뇨 탱크에 빠진 채 떠있는 모습 같은 것은 지금이라면 이처럼 적나라하게 그리지 못했을 것이다. 용기가 없어졌기 때문이 아니라 문학과 삶에 대한 나의 세계관이 부분적으로 변했기 때문이다.

문학은 무기인가.

70년대에 나는 문학이 내 삶을 세우는 무기일 수 있다고 믿었고, 더 나아가 비인간적이고 불평등하고 부자유하게 하는 억압구조에 대한 최선의 무기일 수 있다고 믿었다. 그렇지만, 지금의 나는 문학이 사랑이라고 믿는다. 인간적이고 평등하고 자유로운 세계에 대한 깊은 사랑이 없다면 우리가 무엇 때문에 비인간적이고 불평등, 부자유한 우리의 현실적 조건에 반응하겠는가. 그래서 어떤 이는 내게 이렇게 말할런지도 모르겠다. 당신이 무기라고 생각했던 그것과 당신이 지금 사랑이라고 말하는 그것이 다르지 않다고.

물론 옳은 말이다.

그렇지만 보편적으로 옳은 말이지, 내게 꼭 옳은 말은 아니라고 나는 대답하고 싶다. 「겨울 아이」라는 소설을 쓸 무렵의 나는 사랑보다 분노나 미움이나 불화에 더 가까이 있었던 게 틀림없다. 분노 때문에 사랑에의 신념은 오히려 흔들리기 일쑤였던 나의 젊은 날에게 죄있을진저. 예를 들어, 소설을 공부하는 오늘날의 젊은이에게 이런 비유적 말을 해두고 싶다.

젊은이여,

제발 소설을 쓴다고, 소설은 이야기라고, 소설 속에서 함부로 사람을 죽이거나 해치지 말라. 작가는 비록 소설 속에서일망정 한 명의 인물을 죽일 때조차, 정말 살인하는 사람 이상으로 고통스럽게 번뇌해야 한다. 죽이지 않을 길이 있으면 죽이지 않아야 하고, 죽임을 피할 수 없다면 고통스럽게, 죽일 수밖에 없는 필연성 속으로 작가가 온몸을 땅에 깔고 기어 들어가야 한다.

나는 요즘 새로 소설을 쓴다.

작가는 자기부정을 통해 새로 태어나는 꿈을 멈추지 않는 사람이다. 한 편 한 편을 쓸 때마다 고통스럽지만 행복하다. 아, 나는 천상 작가로구나. 진저리를 치면서 그렇게 중얼거리기도 한다. 짐작하느니, 「겨울 아이」의 화자가 현실 속 인물이라면 아마도 작가가 되었을 것이다. 그의 위치는 불확실하나 그 불확실한 위치야말로 그에겐 실존적 위기이므로. 그는 언제까지나 70년대를 기억할 것이다. 70년대는 아직껏 모두 종결되지 않았기 때문이다.

이병렬

서울 출생. 숭실대 국문과와, 같은 대학 대학원을 졸업, 1993년 문학박사 학위를 받았다.
1978년 월간 『소설문예』에 단편 「영결식」이 당선되며 등단하여,
소설집으로 『새로쓴 춘향전』, 『장군의 꿈』, 『소설쓰는 교수』, 『교수와 두목』 등이 있으며,
『이태준 소설 연구』, 『현대소설의 이해와 감상』 등의 저서가 있다.
대천전문대, 명지대, 인천대, 서경대 등에 출강했거나 하고 있으며
1988년 9월부터 숭실대 국문과에서 창작론과 현대소설을 강의하고 있다.

귀향

버스가 H읍의 시외버스 터미널로 들어서자 정순은 우선 썬글라스부터 꺼내 썼다. 앞자리에 앉았었지만 머리라도 매만지듯 미적거리며 모두들 내리길 기다렸다. 껌 씹어 보라, 어디 사느냐, 어디 가느냐며 옆에 앉아 추근대던, 얼굴이 까무잡잡한 남자는 한동안 정순을 지켜 보더니 이내 내려 버렸다. '되게 뻣뻣하네.' 아마 속으로 그렇게 중얼거렸으리라. 선반에 얹었던 트렁크를 내려 마지막으로 버스에서 내렸다.

H읍. 3년 만에 다시 오는 버스 터미널.

2층 건물의 관리사무소는 그대로였지만 하늘이 윙크만 해도 진흙 투성이요, 해가 미소만 지어도 먼지투성이던 주차장은 말끔히 포장되었고, 주위의 초라하던 음식점들은 손님 기다리는 작부처럼 치장을 하고 있었다.

대합실로 들어섰다. 모두들 쳐다보았다. 성민이 팔등신이라 감탄하던 몸매에 길게 늘인 머리, 연한 연두색 투피스에다 분홍빛 썬글라스는 열 평 남짓 대합실 안을 훤하게 만들었다.

깨끗하게 단장은 했지만 대합실 안은 아직 시골티를 벗지 못하고 있었다. 구석에 자리잡은 매점, 하늘색으로 썬팅해 놓은 매표 창구가 촌티를 그대로 나타내고 있었고, 여기저기 나뒹구는 휴지와 담배꽁초, 긴 의자에 쭈그리고 앉은 꼬부랑 노인네들이 그랬다.

정순은 매표창구 위에 붙어 있는 시간표를 쳐다보았다.

S리. 10:30, 16:30.

'3년 전하고 똑같군.'

그 옆에 붙은 벽시계는 여섯 시 오 분을 가리키고 있었다.

'저것도 그대로야.'

손목시계를 봤다. 세 시 삼십 분이 막 지나고 있었다. 네 시 삼십 분 버스까지는 아직 한 시간은 족히 남았다. 행여 아는 얼굴을 만날세라 고개를 숙이고 대합실을 나왔다. 길을 건너 시장으로 향했다.

3년 만에 오는 집인데 그냥 빈손으로 갈 수 있나하고 망설였지만 서울을 떠날 때에는 트렁크만 달랑 들고 있었다. 모든 것을 생각하기도 귀찮았지만 사실 그럴 여유도 없었다. 그러나 H읍에 닿고 보니 그게 아니었다. 부모님은 그렇다 치더라도 동생들 얼굴이 떠올랐고, 이제 만나면 하마 같은 입이 쭉 찢어질 욱을 생각하니 빈손일 수가 없었다.

시장을 들러 다방을 찾았다. 버스 터미널에서 그리 멀지 않은 곳으로, 서울 중심가의 다방과는 달리 밝은 조명과 콘크리트 냄새, 그리고 시골 다방이 갖는 한가한 분위기가 다방문을 열자 한꺼번에 감싸왔다. 정순은 누구를 만나기라도 한 것처럼 다방 안을 휘 둘러보고는 구석자리를 잡았다. 낯익은 얼굴이 없음을 알자 조심스레 썬글라스를 벗었다.

커피를 시켰다. 지겹게도 들은 '잊혀진 계절'은 H읍 이곳 다방에서도 안 들을 수 없었다. 부잣집 거실에나 있음직한 커다란 안락의자에 기대어 정순은 눈을 감았다. 입술을 지그시 물었다.

S리. H읍 북면 S 3리. 이것이 이곳의 행정구역 명칭이었으나 이곳 사람들은 그냥 S리라고 불렀다. 상설시장이 있는, 서울로

가려면 반드시 들러야 할 H읍에서 버스로 1시간, 다시 걸어서 삼십 분, 승용차 두 대가 겨우 비켜 다닐 수 있는 도로에서 갈라져 경운기 한 대가 다닐 수 있는 비탈길을 넘어 계곡에 자리잡은 S리엔 모두 이십여 가구가 옹기종기 들어서서 백여 명의 주민을 키우고 있었다. 새마을운동 덕분으로 대부분의 집들이 지붕을 슬레이트로 갈고, 전기가 들어왔지만 전화는 오직 이장집에 한 대, TV는 두 대, 그러나 부족한 줄 모르고 살았다.

1년에 두 번, 추곡수매와 담배수매가 있을 때에는 그 조그만 마을에 작부까지 딸린 술집도 들어섰다. 그 비탈길을 어찌 헤쳐 왔는지 용달차와 까만 승용차도 들어왔다. 거의 보름 동안 앞서거니 뒤서거니 있는 추곡과 담배수매이지만 1년 중 가장 뻑적지근한 시간이기도 했다.

대부분의 가구가 논을 갖고 있었고 거기에다 담배도 했다. 정순네 집은 1년에 담배만 오백만 원은 족히 거두었다. 허름한 마을로 보기 쉽지만 보리 고개를 모르는 마을이었다. 그렇다고 날마다 푸짐한 밥상들은 아니었지만, 단지 H읍과의 거리가 너무 떨어진 데다 버스도 아침 저녁으로 한 번씩밖에 없어 불편한 것은 오직 그것뿐이었다. 국민학교도 중학교도 모두 고개 넘어 S 1리에 있는 학교를 다녔다. 대학을 나온 이는 오직 하나, 일제 때 경성제대 맛을 조금 보았다는 이장뿐이었고, H읍에 있는 농고를 나온 이가 둘, 그러나 모두 H읍에 나가 살았다.

중고등학교까지는 무난히 시킬 수 있으면서도 계집애는 국민학교, 사내녀석은 중학교면 대개 이 마을 교육수준에 맞았다. 아니 그 이상 필요치 않았다. 모심고 담배모종하고 절기따라 씨뿌리고 김매고 추수하고 추석쇠고 한겨울 사랑방에 모여 앉아 고구마 까먹고 그렇게 살기에는 몸 건강하면 그만이었다.

그러던 3년 전 가을, 동네 처녀 둘이 집을 나갔다. 우연이 아니었다. 마을의 관례대로 S 1리에 있는 국민학교만 나온 정순과 성희는 열아홉이 될 때까지 아무런 탈없이 잘 컸다. 정순은 같은 마을, 스물한 살 난 욱과 곧 결혼하리란 언약도 있었다.

그 해 여름 서울에서 한 떼의 미친 것들만 오지 않았다면 정순은 정말 욱이와 결혼해서 애낳고 농사 짓고 그렇게 살았을런지도 모른다. 여하튼 서울서 왔다는 대학생들이 마을 회관에 짐을 풀고는 도랑을 넓힌다, 길을 닦는다, 우물을 만든다, 변소마다 이상한 냄새나는 약을 뿌린다, 어린 것들 모아 놓고 기타 퉁기며 노래한다, 시키지도 않은 남의 이름을 써서 대문에 단다, 밤에는 불놓고 둘러앉아 저희들끼리 얼싸안고 돌아간다, 젊은 것들 모아 놓고 공부가 어떻고, 서울이 어떻고, 농촌이 어떻고 떠들지만 않았어도 정순과 성희는 집을 나가지 않았으리라는 것이 성희 아버지의 말이었다. 그네들이 떠난 후 동네 젊은 것들은 하나같이 공부시켜 달라, 서울 보내 달라 투정을 부리더니 결국은 한 달도 못 가 성희와 정순이 집을 나가고 말았다. 성희는 소 판 돈을, 정순은 그달치 곗돈을 뭉쳐 들고 자취를 감추었고 한 달이 지나 연필로 괴발개발 갈겨쓴 종이에 서울에서 잘 먹고 있다는 내용의 편지가 성희 이름으로 왔을 뿐이었다.

온 동네가 발칵 뒤집혔음은 말할 것도 없었지만 욱은 하늘이 무너지는 것 같았다. 그러기에 조금 이상했다. 집을 나가기 전날 밤에 만났을 때 정순은 갑자기 서울로 가서 살자고 했다. 서울 가야 아는 사람도 없고 어서 오라고 기다리는 사람도 없으니 여기서 그냥 살자는 욱의 말에 정순은 뿌루퉁했었다. 욱은 계집애들이 다 하는 투정으로 알고는 힘껏 우왁스럽게 안아 주고는 집으로 보냈었다.

소문은 S 1리에서 S 2리로, 급기야는 읍내에까지 퍼져 나갔고 이장의 권유로 성희 아버지와 박 영감은 S 1리에 나와 있는 정 순경에게 '가출인 신고'라는 것을 했다.

성희에게 편지가 오고 며칠 후에는 정순으로부터 '아버님 전상서……' 어쩌구 하면서 박 영감 앞으로 편지가 왔으나 어디에 무얼 하며 있는지 성희와 함께 있는지 따로 있는지 알 길이 없었다. 다만 서울에 있다는 것만 알 수 있을 뿐이었다.

그 후 종 무소식이더니, 이듬해 봄이던가 S 1리에 있는 이 서방이 고개를 갸웃거리며 긴가민가한 얼굴로 정순이 같은 계집애를 서울 종로에서 버스 타고 가며 보았다고 했고, 그 말이 있자 다시 성희를 보았다는 사람, 청량리에서, 영등포에서, 다방에서, 음식점에서 보았다는 사람이 나타났다. 그러나 모두들 비슷하게 생겼는데…… 하며 말꼬리를 감추었다.

H읍으로부터 들려 온 말에 따르면 성희와 정순이 서울의 어느 다방에 있다고 했고, 급기야는 맥주집에, 막걸리집에, 결국 술집 색시가 되었더라고 했다. 모두 정확한 것은 아니었지만 박 영감은 집안 망신살이 뻗쳤다느니, 내 딸 중에 정순이란 년은 없느니 하며 치를 떨었다.

그러던 여름에는 성희 아버지가 서울을 오르내리길 여러 번, 결국 서울 산다는 친척과 어찌어찌해서 성희의 머리채를 끌고 내려왔고, 그 후로 성희는 두문불출 집에서 꼼짝 못하고 지냈다. 공장에서 일했다는 둥, 음식점에서 있었다는 둥, 말들이 많았지만 정작 성희 입에서는 한 마디도 나오지 않았다.

박 영감도 몇 번을 서울로 오르락거렸으나 결국엔 포기하고 말았다.

마을에 그런 일이 있고부터 과년한 딸자식을 가진 집에서는 무던히도 신경을 썼고, 이듬해 여름 서울에서 또 다른 떼거리의 대학생들이 S 3리에 왔을 때 박 영감과 성희 아버지, 그리고 이장과 욱이 앞장서서 내쫓았다.

그리고 3년, 성희가 두문불출이요, 정순이 소식만 없을 뿐 S
리는 다시 옛날 그대로의 모습으로 되돌아왔다. 성희도, 정순이
도, 그런 일이 있었는지 없었는지 모두의 기억에서 멀어져 가고
있었다. 다만 새마을 시찰을 다녀온 이장이 주동이 되어 버스가
다니는 길까지 커다란 트럭이 다닐 수 있게 길을 넓혔고, S 1,
2, 3리 이장들이 군에 버스가 하루 네 번 들어올 수 있게 건의
도 했다.

삼십 분을 앉아 있는 동안 '잊혀진 계절'이 세 번 나왔을 뿐,
들어온 손님은 없었다. 괜스레 사방을 둘러보았다. 레지 셋이 모
여 앉아 힐끔힐끔 정순 쪽을 쳐다보며 무어라 쑤근거리고 있었
다. 정순은 개의치 않고 트렁크와 종이에 싼 꾸러미를 들고 나왔
다. 나오며 다시 썬글라스를 썼다.

S리행 버스는 이미 주차장에 와 버티고 있었다. 벌써 승객이
좌석의 반을 차지하고 있었다. 고개를 푹 숙이고 버스에 올랐다.
모든 승객의 시선을 한꺼번에 느낄 수 있었지만 애써 고개를 숙
인 채 맨 뒷자리에 가 앉았다.

"서울서 왔나부지?"

"아따, 늘씬허구만."

"이쁜데 그랴."

모두들 고개를 돌려 쳐다보았다. 정순은 시선을 피해 창 밖으
로 고개를 돌렸다. 썬글라스를 매만져 보았다.

매표원이 올라오더니 뒷좌석에서부터 표를 팔았다.

"S리요."

간단히 말하고 오백 원을 내밀었다. 매표원 아가씨는 한참을
쳐다보더니 말없이 거스름돈과 시험지에 인쇄된 표를 주었다.

"S리 가나부지?"

"S리면 뉘집 가는 게야?"

"글씨, 낸들 아남?"

"보소, 색시. S리까지 가요?"

기어코 누런 수건을 머리에 둘러맨 중년여인이 물었다. S 1리 국민학교 앞에 있는 식당 주인여자. 정순은 알아볼 수 있었다. 말없이 고개만 끄덕였다. 정순을 몰라보는 모양이었다.

"S리 뉘집에 가요?"

정순은 다시 고개를 숙였다. 말을 하고 싶지 않았다. 정순의 대답이 없자 식당 주인여자는 고개를 돌려 바로 앉았다.

앉을 자리가 없이 손님이 들어차고 서너 명이 그냥 서 있을 때에야 버스는 시동이 걸렸다. 네 시 사십오 분이었다.

가는 도중에 계속 손님이 탔다.

옆에 앉았던 학생이 내리고 그 자리에 제법 넥타이까지 맨 청년이 입을 헤 벌리고 정순을 쳐다보며 앉았다. 정순은 계속 고개를 돌린 채였으나 온 신경은 버스 안을 살피고 있었다. 윗집 정 영감네 며느리, 우물 윗집 아저씨, 그리고 저 애는 영식이, 이제 열일곱이겠지, 몰라보겠어. 또 김 영감네 며느리, 그리고 저 애는……

읍내를 벗어난 지 20분, 국도를 벗어나 비포장도로로 들어선 버스는 엉덩이가 욱씬하도록 흔들렸다. 그럴 때마다 옆에 앉은 넥타이는 핑계삼아 몸을 부딪혀 왔다.

'사내녀석들이란……'

정순은 속으로 코웃음을 쳤다. 얼핏 보았지만 말상을 한 그는 하늘색 와이샤쓰의 깃에 땟국이 꾀죄죄하니 흐르고 있었고 면도는 하다 말았는지 삐죽삐죽 수염이 솟아 있었다. 한껏 점잖을 빼려는지 또 한번 몸을 밀치고 나서는 한다는 소리가 또 우스웠다.

"미안합니다, 아가씨. 시골길에 자갈이 하두 많아서……"

정순이 흘깃 쳐다보았다. 넥타이는 용기를 얻었음인지, 아니면 정순이 쳐다본 것을 호감으로 받아들였는지 계속 말을 걸어 왔다.

"어디까지 가시나요?"

"……."

버스가 또 한번 덜컹했다.

"미안합니다. 어디까지 가시죠?"

"S리요."

"아! S리요, 내가 S리 온 지 3년이 되지만 이렇게 미인이 S리를 찾는 건 처음인데요."

"……."

서 있는 승객이 모두 쳐다보고 있었다. 앞자리에 앉은 청년 둘은 껌을 질겅질겅 씹으며 뒤돌아봤다. 저쪽 편의 사내들은 넥타이와 일행인지 넥타이를 쳐다보며 서로 킥킥댔다.

"어디서 오셨나요?"

"……."

정순이 대답 없이 넥타이의 얼굴을 빤히 쳐다보자 넥타이는 얼굴이 벌개지며 손을 뒤통수로 가져갔다. 비듬이 한 웅큼 그의 어깨로 떨어졌다.

"아니……그냥……궁금해서……요."

"……."

"지루할……것……두 같구."

"……."

정순이 다시 창 밖으로 시선을 돌렸다.

"서울서 왔나요?"

"……."

귀찮았다. 대답도 않고 머리를 차창에 기댄 채 눈을 감았다.

뻐근하던 머리가 흔들리는 버스의 반동으로 오히려 시원했다. 무슨 이야기를 주고받았는지 넥타이와 저쪽 사내들이 한바탕 웃어댔다. 다행이 넥타이는 더 이상 묻지 않았다.

'사내녀석들이란 아무튼……'

정순은 눈을 감은 채 코웃음을 쳤다.

북면 면사무소가 있는 K리에 닿은 것이 다섯 시 이십 분이었다. 절반의 손님이 내리고 서너 명이 새로 탔다.

순간 정순은 깜짝 놀랐다. 하마터면 숙아! 하고 소리를 지를 뻔했다. 분명 욱의 동생 숙이었다. 열다섯이겠지만 3년 전과 다름이 없었다. 욱과는 달리 짝달막한 키, 머리를 뒤로 길게 땋은 것은 예나 변함이 없고.

가슴이 갑자기 두근거렸다. 3년 전 장농을 뒤질 때보다도, 옆방의 성민이 깰세라 숨죽이며 방문을 나설 때보다도, 서울에서 트렁크를 들고 버스에 오를 때보다도 더 가슴이 뛰었다. 더군다나 '아가씨 안녕히 가쇼'하며 씩 웃어 보이고 내렸던 넥타이가 앉았던 빈 자리를 쳐다보고 다가오는 숙을 보며 정순은 등줄기가 따끔따끔했다. 눈을 꼭 감고 고개를 숙였다 알아보는지 못 알아보는지 숙은 옆에 앉아 자꾸 쳐다만 보았다.

버스가 K리를 출발하고 조금 후였다. 선 사람은 없고, 앉은 이도 반 정도 모두 앞쪽에 있고 뎅그라니 둘만 뒷좌석에 앉아 말이 없었다. 숙이 먼저 말을 걸어 왔다. 정순의 팔꿈치를 가볍게 건드렸다.

"저……"

"……"

한참을 말없이 고개를 숙이고 있다가 정순은 천천히 숙을 쳐다봤다.

"저…… 혹시……"

"······."

정순이가 오른손으로 썬글라스를 벗었다.

"혹시······ 혹시······ 저······ 정······."

"숙아!······."

정순의 목소리가 가늘게 떨었다. 숙의 손을 꼬옥 잡았다.

"언니! 언니지? 그치?"

"그래, 숙아."

숙이 정순의 팔에 안겼다.

"정순이 언니, 맞지? 그치, 언니."

숙의 눈에 금방 눈물이 고였다.

"애두 울긴······."

앞만 쳐다보던 손님들이 모두들 고개를 돌려 바라봤다. 우물 윗집 아저씨, 정 영감네 며느리······.

모두 눈이 둥그래 쳐다봤다. 정 영감네 며느리가 뒤뚱뒤뚱 뒷 좌석으로 다가왔다.

"아줌마, 정순이 언니예요. 정순이 언니 모르겠어요?"

정 영감네 며느리는 다시 한번 정순이를 쳐다봤다.

"그러게, 딴 데서 만나면 모르겠어."

"난 금방 알아봤는데, 아줌만, 호호호."

숙이 눈물을 흘리면서도 웃음소리까지 내었다. 우물 윗집 아저 씨가 다가왔다.

"내 긴가민가 해서, 혹 실수를 할까 말을 하진 못했지만서 두······."

정순은 애써 웃음을 지었다.

"모두들 안녕하세요?"

"그래, 다들 잘 있지 뭐. 아니 그래, 여태 소식두 없이······."

"박 영감님 이제 잔치하겠네."

"그러게 말예요. 잔치두 큰 잔치 해야겠어요."

"그럼, 이렇게 이쁘게 하고 왔는데."

우물 윗집 아저씨와 정 영감네 며느리는 좋아라고 큰소리로 떠들고 웃어댔다. 숙이는 계속 정순의 손을 꼭 잡고 있었다. 정순이 손수건을 꺼내 숙의 눈물을 닦아 주었다. 숙이 손수건을 잡아 닦으며 정순의 얼굴을 쳐다봤다.

"아유, 냄새 좋네……."

"좋니?"

"응, 손수건 색도 곱네."

"너해라, 그럼."

"정말?"

"응."

"고마워라. 참, 그 동안 뭐 했길래 한 번도 안 왔어?"

정순은 갑자기 가슴이 뜨끔했다. 뭐 했다고 얘기할까. 서울서 오면서 내내 그 생각만 했는데 아직 생각해 내지 못하고 있었다. 사실대로 말한다는 것은 생각조차 못할 일이고.

"그냥."

"그냥 뭐?"

"응…… 나중에 얘기하자."

앞자리에서는 승객이 모두 하나가 되어 S리 잔치한다는 둥, 서울서 딸이 돈 벌어 왔다는 둥 껄껄거리며 소란했다.

한참을 손수건만 가만가만 만지작거리던 숙이 무엇을 생각이라도 해낸 듯 정순의 손을 잡았다.

"참, 오빠말야."

"응?"

"욱이 오빠."

"그래."

"아직 장가 안 갔어."

"……?"

"정말야. 언니가 간 담에 혼자 울드라. 정말야 그러더니 아직 장가두 안 가구. 집에선 빨리 혼례 치르라구 야단인데…… 아직 장가 안 갔어."

"애두……."

"정말야, 언니만 생각하나 봐, 언니두 내 말 믿지?"

"그럼, 믿구 말구."

"됐어. 오빠 좋겠다."

"……."

한동안 손만 잡은 채 또 말이 없었다.

"조카 생긴 것 알아?"

"……응?"

"명식이 오빠말야."

정순의 오빠는 H읍 농협에 다녔다.

"응, 올케언니 애 가진 것 알아."

"그 해 겨울에 낳았어, 애가 얼마나 큰지. 애 낳군 집에서 다녀. 출장소로 옮겼대."

"……."

"아들이야."

"명호는?"

"읍내 학교 다녀, 하숙하며 농고에."

"졸업반이겠구나."

"응, 그리고 명구는 중학교 다니구. 지금쯤 집에 있을 거야."

송 영감님 돌아가신 것과, 길 넓힌 것, 어느 집 딸 낳고, 장가 가고, 시집가고, 환갑잔치하고, TV 사고, 정순네 냉장고 사고…… 그런 얘기를 하는 동안에 S리 입구에 닿았다.

버스에서 내리자 모두들 정순의 손을 잡았다.

"고생했지."

"소식이나 줄 것이지."

"이렇게 차리고 오니 온 동네가 훤하겠구먼."

"박 영감은 복두 많지."

"그러길래 잔치해야 한다니까."

모두의 손을 잡으며 정순은 매니큐어를 지워 버린 것을 잘한 일이라고 생각했다. 버스에서 내린 사람들과 마중 나왔던 사람들과 모두 넓어진 길을 따라 S리로 향했다.

"정순이가 왔다구?"

온 동네가 3년 전과는 다르게 또 한번 발칵 뒤집혔다. 이번에도 제일 놀란 것은 욱이였다.

숙이로부터 정순의 소식을 듣고 욱은 잠시 어리둥절했다. 그리곤 언뜻 머리에 떠오르는 것이 숙이 설명한 정순의 모습과 함께 서울에서 무엇을 했을까 하는 것이었다. 계집년이 서울 가면 사람 버린다는데, 온갖 사내녀석들이 찝적거려 곱게 놔두지 않는다는데, 정순은 곱게 있었을까. 그런 생각이었다.

읍내에 나가면 온갖 상스런 얘기를 들을 수 있었다. 그때마다 욱은 정순인 안 그러길 천지신명께 빌었다. 떠오르는 달을 보고 빌었고, 소 몰고 나가던 아침에 해를 보고도 빌었다.

욱은 툇마루에 걸터앉아 저녁을 먹을 생각도 없이, 고개를 처박은 채 움직일 줄 몰랐다. 오빠에게 소식을 전하고 숙은 어머니 손을 이끌고 박 영감의 집으로 달려갔다. 욱은 어스름이 지는 해를 보며 울고 싶은 기분이 들었다. 그렇게 기다리던 정순이 돌아왔다는 데도 별로 기쁘다거나 반갑다는 생각이 들지 않았다. 대신 읍내에서 들은 온갖 잡스러운 생각이 정순의 얼굴과 함께 머릿속에서 오락가락했다.

"여태 여기 앉아 있는 거야?"

숙이 들어오며 소리칠 때에야 욱은 고개를 들었다.

"가보지 않구. 이뻐졌드라. 어쩜, 그렇게 탐스러울 수가."

어머닌 좋아 어쩔 줄 몰랐다. 저녁을 먹은 후엔 아버지까지 나서서 어서 가 얼굴이나 보고 오라고 이르는 통에 욱은 집을 나섰다. 박 영감네 집 앞까지 왔지만 성큼 들어갈 수가 없었다.

얼굴을 본다. 도대체 어떻게 이뻐졌길래. 그래, 만나선 무얼 하나. 무슨 말을 해야 하나.

3년이란 세월을 그렇게 기다렸는데 무시무시한 짐승이나 온 것처럼 느껴졌다. 한참을 망설이다 헛기침을 몇 번 하고서야 집 안으로 들어섰다.

"성님, 집에 기슈?"

애꿎은 명식이만 찾았다. 기다리고 있었다는 듯 안방에서 명식이가 나왔다.

"오는감, 어서 올라와."

명식이 욱의 팔을 이끌었다.

넓직한 안방에 박 영감 내외가 정순과 마주앉아 있었다. 어쩐지 딸과 부모 사이같이 보이지 않았다. 여간 어색한 게 아니었다.

"자네 왔나, 앉게."

박 영감이 고개를 들었다가 방바닥을 가리키며 말했다.

서로 말이 없었다. 명식이 옆에 앉으며 정순이 쪽으로 욱을 밀었다. 정순은 고개를 숙인 채 치마폭에 손을 감싸고 손가락을 만지작거리고 있었다.

욱은 손부터 살폈다. 우선 손톱에 빨간색이 칠해져 있지 않음이 반가웠고, 반짝이는 손톱과 더욱 고와 보이는 뽀얀 손이 욱의 불안을 조금은 덜어 줬다.

"그간 잘 있었어?"

욱의 목소리가 어색했다.

"……."

정순은 고개만 잠시 들어 욱을 쳐다보고는 말이 없었다. 정순의 눈썹이 읍내 술집 가시내들처럼 시퍼런 색으로 칠해져 있지 않음이 또 반가웠다.

박 영감이 평소 해오던 말대로라면 정순의 두 다리는 지금 부러져 있어야 했고, 두 손은 꽁꽁 묶여 있어야 했다.

그러나 정순은 얌전하게 새색시처럼 앉아 고개만 숙이고 있었다. 다만 박 영감의 양미간과 입술이 가느다랗게 떨릴 뿐이었다. 무언가 불만일 때, 곧 폭발하려는 분노를 참을 때 나타나는 표정이었다.

"욱이도 남이 아닌게 어려워 말고 말을 해, 뭐했어? 뭘 했길래 이제사 나타나는 게야? 뭘 했길래 편지도 없어. 응?"

이제껏 다그치고 있었던 모양이었다. 여전히 정순은 손가락만 만지고 있었다.

"이 앙큼한 것아, 잘못했다고 빌어도 시원찮을 텐데…… 그렇게 입을 다물고…… 이게 남들처럼 학교 보내 줘, 또 시집보내 주렸더니 어디를 쏘다니다 이제사 나타나? 무슨 낯으로 나타나는 거야?"

조용했지만 박 영감의 목소리가 몹시도 떨렸다.

"야, 정순아, 말해 봐. 아버지 말씀 안 들리냐?"

명식이 옆에서 거들었다.

"아이고, 메늘애 보기 부끄러버서……."

정순이 어머니가 한숨을 내뱉었다.

"온 동네가 떠들썩하니, 그래, 니가 지금 무슨 금이화냥(錦衣

還鄉)이라도 한 줄 아냐? 온 동네 사람들이 모여들어 얼굴 보자고 하니까 큰 벼슬이라도 하고 온 줄 알아? 그렇담 얘기해 봐. 너 어딜 가서 이제껏 화냥질 하다 오는 거여? 어! 이 베라묵을 년아!"

박 영감이 엉덩이를 들썩이며 다가가자 정순이 고개를 들며 아버지의 얼굴을 쳐다보았다간 이내 숙였다. 그리곤 또 말이 없었다.

"이년이 쳐다보기는 뭐가 잘했다고 쳐다봐. 쳐다보기는?"

박 영감이 숨을 몰아쉬며 담배를 한 가치 빼들자 명식이 성냥을 그어댔다. 담배 한 가치가 다 타도록 서로 아무 말이 없었다. 정순은 다리를 반대편으로 포개놓으며 자세를 고쳤고, 박 영감은 담배를 부벼 껐다.

욱은 목이 타는 것 같았다. 앉아 있기가 어색했다. 엉덩이를 움찔움찔 움직였다.

"저, 가보겠습니다."

"아니, 왜?"

박 영감이 어색하게 물었고, 정순이 욱을 쳐다봤다.

"어디, 자네가 남인가?"

"……."

"자네 보기 부끄러우이, 참."

말리려 들지도 않았다. 욱은 명식과 함께 사랑으로 건너왔다. 명식의 처가 애를 안은 채 엉덩이만 들썩하다 앉았다. 둘은 털썩 주저앉으며 말없이 담배만 주고받았다.

이튿날 해질 무렵, 욱이 소나무가지를 치고 있을 때 정순이 찾아왔다. 빛바랜 청바지에 연한 자주색 쉐터를 걸치고 있었다. 서로 쳐다보며 말이 없었다. 정순은 바지 호주머니에 손을 찌른 채 우두커니 옆에 서서 욱의 하는 양만 바라보고 있었다. 한참을 욱의 옆에 서 있더니 머뭇거리며 정순이 말을 꺼냈다.

"여기 있다기에……."

"……."

"우물가에서 숙이가 그러드라."

"……."

욱은 손에 침을 튀겨 낫을 거머쥐고 자르던 소나무가지를 힘껏 내려쳤다. 소나무가지를 던져 놓고는 주저앉아 구멍난 장갑을 벗었다.

"앉아라. 서 있지 말고."

"……."

욱이 소나무가지 위에 털썩 주저앉자, 정순은 잠시 뭔가를 생각하는 듯 하더니 욱의 옆 한 발짝쯤 떨어져 앉았다. 욱이 주머니에서 꽁초를 꺼내 물었다.

담배연기를 들이켜서는 지는 해를 쳐다보며 내뱉았다.

"어째 이상하다."

"뭐가?"

정순의 목소리는 안 변했구나 하고 욱은 생각했다.

"우리가 말야. 나야 이 모양 그대로지만 말여, 정순이 니가 꼭 남이 된 것 같아서……."

"왜?"

"너무 변했으니까. 정말 너무 변했어. 길거리에서 만나문 난 못 알아볼 것 같아."

"……."

담배꽁초를 발로 밟았다.

"그래 뭐했냐 그 동안."

"너도 궁금하니 그게?"

"그럼 궁금하잖고⋯⋯."

욱이 정순을 쳐다봤다. 정순은 앉은 채로 주머니에 손을 꽂고
는 시선을 주고 있었다.

"왜?"

정순이 고개를 숙인 채 다시 물었다.

"왜냐고? 그걸 말이라고 하니?"

"아직 날 좋아하니?"

"⋯⋯."

"왜 말 못하니?"

"좋아한다문."

"거짓말!"

"⋯⋯."

욱이 솔가지를 꺾어 들고 잘게 잘랐다. 솔잎을 야금야금 씹어
댔다.

"넌 뭐했니?"

"⋯⋯."

"넌 뭐했냐니깐, 그 동안?"

"나, 나야 늘 하던 대로. 군대도 갔다오고."

"군대?"

"응, 방위했다. 재작년에 출장소에서."

정순의 시선은 여전히 담배꽁초에서 떠나지 않았다.

"왜 장가 안 갔니?"

"⋯⋯."

"혼담 있다며?"

"온 지 며칠이나 된다고 별거 다 들었구나."

"그럼, 정말이니?"

"일 없다. 내는 장가 안 간다."

"또 거짓말."

"······너만 빼구."

"······?"

둘은 마주보았다. 서로의 눈을 바라보았다. 욱은 정순의 눈이 전처럼 맑지 못하다고 생각했다. 정순이 피식 웃으며 고개를 돌렸다.

"안 내려가니?"

"······."

"이따 저녁 먹고 들를게"

"우리 집에?"

"응, 숙이도 보고. 아직 너희 아버진 안 봤잖아."

정순이 일어서서 호주머니에 손을 찌른 채 산을 내려갔다. 욱은 앉은 채로 정순의 뒷모습을 바라보며 다시 담배를 피워 물었다. 담배연기에 섞인 정순의 뒷모습이 픽이나 쓸쓸해 보였다.

그 날 밤 정순은 오지 않았다.

이튿날 저녁, 들리는 얘기로는 정순은 온종일 이불을 머리끝까지 뒤집어 쓰고는 밥도 먹지 않고 누워 있다는 것이었다. 아프냐고 물어도 대답 않고 밥 먹으라고 불러도 일언반구 말없이 꼼짝하지 않았다고 했다.

이튿날 밤 늦게 욱이 막 불을 끄려고 할 때 정순이 길가로 난 봉창을 가볍게 두드렸다. 전에 욱이 정순을 찾아가 하던 짓이었다. 행여 안방에서 들을까 조심스레 정순일 들였다. 정순은 누런 봉투로 산 꾸러미를 들고 들어왔다. 욱이 문을 열자 정순은 이불을 밀치고 앉으며 다리를 뻗었다.

"춥냐? 이쪽으로 앉아라."

욱이 아랫목을 비켜 주었다.

"어제는 왜 안 왔니?"

"……."

"왜 이렇게 늦게?"

"몰래 나왔어."

"……."

이불을 끌어다 다리를 덮고 마주앉았다. 욱이 담배를 찾아 빼어 물자 정순이 불쑥 손을 내밀었다. 담배를 문 채 욱이 눈을 동그랗게 뜨며 정순을 쳐다봤다.

"나도 하나 줘."

"……."

"나도 달라니까."

정순이 말없이 고개를 끄덕였다. 욱이 갑 채로 건네주자 담배를 뽑아 불을 붙이는 솜씨가 자연스러웠다. 욱은 불도 안 붙인 담배를 손에 든 채로 정순의 입과 코에서 나오는 담배연기만 쳐다봤다. 떨치고 떨쳐 버린 불안이 한꺼번에 몰아닥쳤다. 재떨이를 내밀자 재를 터는 솜씨 또한 익숙했다.

"집에 누워 있었어."

"……왜?"

"그냥."

"……."

욱이 담배에 불을 붙이자 정순은 피우던 담배를 껐다.

"뭐 했냐고 물었지."

"……."

욱은 불안했다. 궁금한 것으로 그냥 덮어두고 싶었다.

"모두 다 똑같이 뭐했냐는 인사뿐이야. 어디서 뭐했냐? 나 서울서 공부했어."

"무슨 공부?"

"인생공부."

"인생공부? …… 난 그런 말 어려워 잘 모른다."

"알 필요도 없어."

"너무 변했다 너."

"응 정말이야. 변했어."

정순이 한숨 쉬듯이 내뱉더니 누런 봉투를 끌어당겼다. 이쁜 포장지에 싼 조그만 뭉치 하나, 소주 한 병, 쥐포 두 마리가 나왔다.

"이건 너 줄려고 샀다."

포장지에 싼 것을 욱이 앞으로 던졌다.

"뭘 살까 하다가 그냥 그걸 샀어. 가지고 와서 보니까 잘못 산 거 같기두 하구."

"뭔데?"

포장지를 풀자 빨강색 넥타이가 나왔다

"잘못 샀구나. 내가 언제 이런 걸……."

"뒀다 너 장가갈 때 매라."

정순이 욱의 손에서 넥타이를 빼앗아 다시 포장지에 싸서는 한곳으로 밀쳐 두었다. 그리곤 소주병을 입으로 물어 마개를 땄다. 욱은 그저 멍하니 쳐다보기만 했다. 무슨 말을 해야 할지 몰랐다.

"컵 없니? …… 없으면 놔둬. 번갈아가며 마시지 뭐."

병째로 한 모금 훌쩍 들이키더니 쥐포를 찢었다. 욱은 가슴이 두근거렸다.

"너도 마셔."

정순이 욱에게 술병을 건넸다. 욱은 병을 받아 들고 정신없이 세 모금 들이켰다. 병을 내려놓자 정순이 쥐포조각을 내밀었다. 욱은 쥐포조각을 받아 놓고는 담배부터 빨았다.

"욱이, 너 아직 내가 좋니?"

"……"

"정말 날 기다렸니?"

"그래, 넌 내가 널 얼마나 사랑했는지 알기나 하니."

"사랑? 웃기지 마라. 애."

한꺼번에 들이킨 소주에 금방 얼굴이 화끈거렸으나 정신은 맑았다. 정순이 다시 담배를 피워 물고, 술병을 기울였으나 이제 가슴이 두근거리지 않았다.

정순이 연거푸 두 번 술병을 입에 대었다 떼자 욱이 정순의 손목을 움켜 잡았다.

"놔, 한 모금밖에 안 남았어."

슬며시 손을 놓자 정순은 한 방울도 안 남기고 다 마셔 버렸다.

"내가 밉지? 그치? 계집애가 술도 마시고, 담배도 피우고, 욕하고 싶지? 그치?"

"……"

"사랑한다구? 흥, 개떡 같은 사랑."

"……"

갑자기 정순의 눈에서 눈물이 주르르 흘렀다. 담배를 입에 대는 것을 욱이 잡자 이번엔 가만히 있었다. 욱이 정순의 손에서 담배를 빼앗아 재떨이에 넣었다. 침을 꿀꺽 삼키곤 두 손으로 정순이의 어깨를 잡았다.

"그럼 뭐하러 왔니? 담배 피우구 술 마시는 거 자랑하러 왔니?"

"……"

"뭐하러 왔어?"

"나두 몰라."

울부짖듯 내뱉고는 고개를 떨구었다. 욱이 정순의 어깨를 잡고 흔들었다. 정순은 가만히 욱의 얼굴을 쳐다봤다. 눈물이 얼룩져 있는 정순의 얼굴에서 욱은 예전의 정순의 눈을 보았다. 눈동자가 반짝 빛났다. 옅은 화장품 냄새가 코를 자극했다. 그리곤 온 신경을 마비시키는 듯 했다. 서로 마주보다간 누가 먼저랄 것도 없이 왈칵 끌어안았다. 입을 마주 부볐다. 욱의 입술이 우왁스럽게 정순의 입술을 헤집었다. 어렵지 않게 둘의 옷이 벗겨졌다. 정순은 눈물만 계속 흘리면서 욱이 하는 대로 가만히 있었다. 화장품 냄새와 술 냄새가 묘하게 섞여 향기로웠다.

"이상한 냄새가 나."
"무슨 냄새?"
정순의 가슴에 얼굴을 묻은 채 욱이 물었다.
"니 몸에서 흙 냄새가 나는 것 같아."
"싫으니?"
욱의 입술이 정순의 목을 더듬었다.
"아니, 고향 냄새 같아."
욱의 입술이 정순의 그것과 포개어지며 정순의 말을 막았다. 고향 냄새? 욱의 남자를 받아들이며 정순은 욱의 목을 끌어안고 속삭였다.
"죽고 싶어. 이대루 그냥 죽어 버렸음 좋겠어."
"……"
"나두 니가 얼마나 보구 싶었는지 아니? …… 이대루, 이대루 그냥 죽어 버렸음 좋겠어."

"그년 지독한 년이네."
읍에서 온 형사는 침을 칵 뱉으며 중얼거렸다.
"아니, 그래 농약을 마시구두 저렇게 꼼짝않고 죽을 수 있나?

어이, 김 기자, 농약 마시면 뱃속이 녹아 버리잖아? 그런데 저렇게 얌전히 죽을 수 있냐구. 독한 년이야, 독해."

정순이 욱의 집에 왔던 이튿날 오후 늦게 마을 앞 개천가에서 정순은 시체로 발견되었다. 옆에 농약병이 엎어져 있었고, 정순은 머리를 무릎 사이에 박은 채 앉은 자세로 죽어 있었다. 읍내에서 형사가 오고, 기자가 와서 사진을 찍고, 의사가 와서 검진을 했다. 의사가 어깨를 잡자 스르르 옆으로 넘어져서는 코와 입으로 누런 액체를 뱉어냈다.

정순의 시체를 화장하던 날, 서울 한양옥의 주인이라는 '김성민'이 정순을 찾아왔다가 이장과 명식, 욱에게 늘씬하도록 얻어맞고는 줄행랑을 쳤고, 이튿날 오후에는 욱이 난생 처음으로 읍내 비뇨기과를 찾았다.

(『창작집』, 1991. 7)

한 여인의 주검에서 이어지는 영감, 그리고 상상력

이 병 렬

    필자의 작품 중에서 단편 「귀향」이 작품성이나 대중성 어느 면에서고 썩 잘된 작품이라고 자랑할 만한 것은 못 된다. 70년대의 진부한 이야기, 산업사회의 그늘에서 죽어간 한 여인의 그렇고 그런 이야기, 뭐 그런 평가가 나올 것이다. 그럼에도 불구하고 여기에 소개하는 것은 작품의 미적 가치를 떠나 그 창작과정이 비교적 명확하게 떠올라, 쉽게 설명할 수 있기 때문에 소설을 쓰려는 사람들에게 혹 조금이나마 도움이 되지 않을까 하는 생각에서이다.

    강원도 홍천군 남면 시동 1리 3반. 1978년 가을, 내가 살고 있던 마을이다.

    그 해 7월에 월간 『소설문예』에 단편 「영결식」으로 문단에 데뷔를 했지만 필자는 당시 직업군인으로 군복을 입고 있었다. 사단에 볼일이 있어 홍천에 다녀오는 길이었다. 홍천을 출발한 버스가 가다 서다를 반복하면서 양덕원을 지나 이제 막 시동 1리로 들어서는, 새마을운동 덕으로 콘크리트로 바뀐 다리를 건널 때에 버스가 천천히 멈추었고 승객들은 모두 무슨 구경이나 난 것처럼 창 밖으로 고개를 돌렸다.

    보기 드물게 경찰차까지 출동한 사건이 발생했는데, 다름 아닌 한 여인의 자살이었다. 언제 누가 발견했는지, 그리고 어떻게 연락이 닿았는지는 모르나 이미 헌병과 경찰, 읍내에 있다는 신문기자까지 와 있었다. 지나가던 사람들, 인근 부락의 주민들, 논과 밭에 있던 사람들까지 합세하여 일대는 꽤 많은 구경꾼들이 모여 있었다. 그러니 버스도 가던 길을 멈추고 다리 위에서 구경을 할 수밖에 없었다.

    호기심 때문이었을까. 필자는 버스에서 내렸다. 그리고는 여인이 죽어 있다는 바로 그 개천가로 향했다. 순찰을 나온 경찰과는 안면이 있는 사이였고, 더구나 군부대 주변에서 일어난 사건이라 군복을 입고 있던 필자는 어느 누구의 제지도 받지 않고 자연스럽게 사건의 현장 가까이에 접근할 수가 있었다.

청바지에 쉐터 차림의 여인은 소설 속에 묘사한 것처럼 두 손으로 깍지를 껴 무릎을 안고는 무릎 사이에 머리를 박고, 앉은 채로 죽어 있었다. 옆에는 농약병이 뒹굴었고.

읍에서 뒤늦게 도착한 의사가 어깨를 건드리자 여인은 옆으로 스르르 넘어지면서 입으로, 코로 누런 액체를 흘렸다. 희다 못해 창백한 여인의 얼굴이 퍽 이뻤겠다는 생각은 들었으나 일부러 얼굴을 확인해 보지는 않았다. 이윽고 의사와 간호사에 의해 흰 천으로 덮여지고, 시체는 들것에 실려 앰뷸런스로 옮겨지고, 주변에 있던 여인의 소지품이 수거되고, 그리고 현장은 정리되었다.

그때에도 그랬지만 이 글을 쓰고 있는 지금까지도 그 여인이 어디에 사는 누구이며, 나이는 몇인지, 어떻게 신고가 되었는지, 그리고 왜 죽었는지는 모른다. 다만 그 여인의 주검을 보면서 유난히 필자의 마음을 흔드는 무엇인가가 있었다. 그것을 구체적으로 무엇이라 표현할 수는 없지만, 문득 떠오르는 몇 가지 생각을 습관적으로 수첩에 메모를 해 두었다. 여인의 죽음, 자살, 실연? 삶의 비관? 깍지 낀 손, 입과 코로 쏟은 액체, 농약병······ 뭐 그런 것들이었다.

그리고는 잊어버렸다.

2년이 지나서였을 것이다. 조용필의 '창밖의 여자'라는 노래를 들으며 문득 다시 떠오른 그 여인의 형상, 뭔가 이야기가 될 것 같은 느낌이 들었다. 그렇다고 조용필의 노래하고 무슨 연관이 있는 것은 아니었다. 워낙 조용필의 그 노래가 유행하고 있던 때라 하루에 열두 번은 들을 수 있던 노래였는데, 왜 그랬는지 갑자기 그 여인의 모습이 떠올랐다.

지나간 수첩을 뒤져 당시의 메모를 찾았다. 그 메모를 보면서 내 머리 속에서는 벌써 이야기가 만들어지고 있었다. 여인의 죽음, 자살, 귀향, 가출, 술집 작부, 사랑······ 그런 것들이 순서도 없이 뒤죽박죽으로 문득 문득 머리 속에서 혼동을 일으키더니 어느 순간 한 편의 이야기로 만들어지기 시작했다.

한 여인이 고향으로 찾아온다. 그 여인은 가출한 여인이고, 당시 사회적인 문제로 크게 다루었던 가출 처녀들의 말로, 서울에서 술집 작부였던 여인은 몰래 도망하여 집으로 온다. 옛사랑을 만나고, 주위 사람들의 따가운 시선, 그리고 갈등과 자살.

사실 뻔한 이야기였다. 그러나 필자는 몸살을 앓듯 순식간에 90매가 되는 원고를 써내려갔다. 독자들에게 여인의 갈등을 구체적으로 보여 줄 필요는 없었다. 그야말로 뻔한 것이니까. 그래서 서울에서의 구체적인 생활은 모두 생략했다. 충분히 상상할 수 있도록 앞뒤에 소설적 장치만 있으면 되는 것이었다.

당시 홍천의 시외버스 터미널, 홍천에서 시동으로 가는 시골 버스, 그 버스를 타고 느꼈던 여러 가지 생각들과 버스 안의 분위기, 시동이란 마을의 모습들, 지금은 생각이 다르지만 시동 사람들의 입장에서 본, 당시 농활을 나왔던 대학생들의 모습, 시동에 사는 필자가 잘 아는 순박한 농촌 청년, 이런 것들이 그 여인과 필연적인 관계를 맺으며 씨줄과 날줄이 되었다. 모두가 필자가 직접 보고, 듣고, 느낀 것들이다. 다만 한 여인의 자살과는 아무런 관계가 없는 것들이다.

그러니 이 작품 속에 한 여인의 죽음만이 사실일 뿐이다. 그것 외에는 모두 거짓말이다. 사실 거짓말도 아니다. 모든 에피소드들이 필자의 직접 체험에서 나온 것이니까. 단지 하나 하나의 에피소드들이 마치 필연적인 관련이 있는 것처럼 한 여인의 죽음과 연결되어 이야기를 만들고 있는 것이다.

필자가 가장 신경을 쓴 부분은 버스 안의 풍경과 욱과의 하룻밤이다. 홍천에서 시동까지 가는 버스 안의 모습, 정순이 숙을 알아보고 망설이는 부분, 숙이 정순을 알아보고 서로를 확인하는 대목은 그야말로 홍천에서 시동으로 가는 버스를 여러 번 탔던 필자의 생생한 체험의 결과이다. 또한 욱과의 하룻밤은 정순이의 성격이랄까 세상을 향한 절규랄까, 욱을 생각하는 정순의, 아직은 때묻지 않은 사랑의 모습을 그려 보고 싶었다. 결과야 독자들의 몫이지만, 이 두 풍경을 통해 무언가 할 말을 했다는 생각이 든다.

한 평론가는 이 작품을 들어 '작가가 주목하는 것은 이 거친 현실 속에서도 반드시 지켜야만 하는 삶의 가치에 대한 문제이며,' '그래서 이농이나 농촌의 황폐화라는 구조적인 문제보다는 어떻게 사는 게 옳은가 하는 문제에 초점이 맞추어져 있다'고 지적했다. 이쁘게 보아 준 것이지만, 필자로서는 과연 이 작품을 쓰면서 평론가가 지적한 그런 문제를 생각했을까, 하는 의문이 든다.

한 가지 더. 문단에 데뷔한 후 대학에 입학한 필자는 교지편집위원회의 부탁으로 소설을 한 편 교지에 발표하게 되는데 이 작품이 바로 그것이다. 그런데 문제는 작품을 쓸 때에는 분명 조용필의 '창 밖의 여자'가 유행하고 있었으나 발표할 당시에는 이용의 '잊혀진 계절'이 유행하고 있었다. 그래서 작품 속에 정순이 다방에서 듣는 노래를 초고에서는 '창 밖의 여자'로 했다가 '잊혀진 계절'로 바꾸었다. 그랬더니 어느 평론가가 '지금도 기억하고 있어요, 시월의 마지막 밤을……' 어쩌구 하는 이용의 '잊혀진 계절'의 노랫말에 이 작품의 서사적 줄거리를 견주어 그럴듯하게 설명을 했다. 그런데 이게 웬 걸, 정말 그럴듯한 것이 아닌가. 작가인 나는 분명 노랫말과는 관계없이 그냥 발표 당시 가장 흔하게 듣던 노래를 작품 속에 등장시켰을 뿐인데 말이다. '그 언젠가 나를 보며 꽃다발을 건네주던 그 소녀……' 조용필의 노래에 견주어도 그렇게 될까.

대학에서 현대소설을 강의하면서 늘 고민하는 것이 바로 이러한 문제들이다. 작가가 그 작품을 쓰면서 무슨 생각을 했을까 혹은 왜 이런 사건을 만들어 놓았을까가 바로 그것이다. 많이 쓴 것은 아니지만 지금까지 필자의 경험에 비추어 볼 때에 주제의식이랄까 독자들에게 전하고 싶은 메시지를 생각하고 쓴 작품일수록 졸작으로 그치고 만다. 오히려 강한 영감, 혹은 모티프를 통해 필자의 상상력이 무한정으로 작용하여 술술 흘러나온 것일수록 좋은 작품이 되는 경우가 많다.

이 작품이 바로 그렇다. 문예미학적 가치를 논하기에 앞서, 1970년대 하면 떠올릴 수 있는 뻔한 이야기이기에 사실 자랑할 만한 것은 못 된다 하더라도, 이 작품만큼 강한 영감이 작용한 것도 드물다.

소설을 쓰고자 하는가. 작가가 되고자 하는가. 그렇다면 무조건 쓰라. 우선은 자신이 잘 알고 있는 사람의 이야기를 쓰라. 바로 나 자신의 이야기이다. 그렇다고 자서전을 쓰라는 것이 아니다. 자신의 삶의 어느 한 부분을 한 걸음 떨어져 바라보면서 한 편의 이야기를 만들어 보라. 기법이니 문체 니 그런 것들은 생각하지 마라. 우선은 한 편의 이야기를 만들어 보라. 어 차피 소설은 서사물이고 서사는 곧 이야기이며, 그 이야기 속에는 인물과 사건이 있게 마련이다. 기법이나 문체는 그 다음이다. 그러다가 문득 '어, 뭔가 얘기가 되겠는데……'하는 영감이 떠오르면 메모해 두고, 그 영감을 살려 보라. 당신도 분명 작가가 될 수 있을 것이다.

정 찬

부산에서 출생. 서울대 사대 국어교육과를 졸업했다.
1983년 무크 지 『언어의 세계』에 중편 「말의 탑」을 발표하며 등단하여,
작품집으로 『기억의 강』, 『완전한 영혼』, 『아득한 길』 등이,
장편소설로 『세상의 저녁』과 『황금사다리』가 있으며 1995년에 동인문학상을 수상했다.

아늑한 길

94년 10월 30일 아침 6시 반경, 나는 조간신문을 들고 아파트 베란다로 나갔다. 전날 밤의 과음 탓인지 새벽녘에 갈증으로 눈을 떴고, 억지로 일어나 찬물 들이키고 다시 누웠으나 잠은 이미 달아난 뒤였다. 그 날은 일요일이었다.

베란다의 불을 켜고 의자에 막 앉으려는데 어둑한 창밖에서 사람들의 두런거리는 소리가 들렸다. 창밖을 내다보니 등산복 차림의 남자 세 명이 보였다. 아침 일찍 서두르는 것으로 보아 서울을 벗어날 모양이었다. 아침밥 다 먹고 느긋하게 출발했다간 금쪽 같은 휴일의 시간을 길 위에서 탕진해 버리기 십상이다. 이곳이 서울 북동쪽 꼬트머리인 상계동이라 지금 출발하면 경기도에 있는 웬만한 산들은 대개 9시 전후에 도착한다.

경기도의 산들은 대체로 1000미터 내외의 높이들이라 산행시간을 4, 5시간 잡으면 그런대로 넉넉하다. 산에서 내려와 주막에서 마른 목을 축인다 하더라도 오후 3시 전후로 출발할 수 있다. 그 시각이면 정체의 시달림 없이 서울로 돌아올 수 있을 것이다.

나는 의자에 앉아 신문을 펼쳤다. '12·12는 군사반란'이라는 큼직한 활자가 눈으로 성큼 들어왔다. 그 밑의 부제는 '검찰 수사결과 발표 전,노씨 등 34명 기소유예'라고 되어 있었다. 나는 이마를 찡

그리며 기사를 읽기 시작했다.

—94년 10월 29일, 12·12 사태 고소 고발사건을 수사해 온 서
울지검은 12·12사태는 전두환 당시 합수본부장 등 신군부 세력들
이 군의 주도권을 장악하기 위해 사전계획 하에 실행한 군사반란 사
건임이 명백하다고 수사결론을 발표했다. 검찰은 그러나 피의자들을
기소하는 경우 재판과정에서 과거사가 재거론돼 국론분열과 국가안정
저해가 우려되는 데다 피의자들이 14년간 나라를 통치하면서 나름대
로 국가발전에 기여한 면이 있는 점 등을 인정, 역사적 평가는 후세
에 맡기는 것이 바람직하다며 피의자 38명 모두를 불기소처분한다고
밝혔다… 검찰은 전두환 노태우 두 전직 대통령 등 12·12사태를
주도하거나 적극 가담한 34명은 군형법상 반란수괴, 불법진퇴, 상관
초병 살해 등 혐의를 적용해 기소유예를 결정했다. 12·12사태에
대한 최초의 사법적 판단인 검찰의 결정에 대해 12·12 주도세력과
정승화 전 총장 등 고소 고발인들이 모두 반발, 정치적 사회적 논란
이 예상된다.

나는 일면에서 눈을 떼고 관련기사가 실린 다른 면을 살폈다.

—이번 수사결과는 한마디로 죄는 인정되지만 처벌은 안 하겠다는
것으로 12·12사태 주역들에게 정치적 타격은 주되 법적으로는 관
용을 베푼 절충형 선택이라고 할 수 있다. 이같은 이율배반적 결정
에 따라 피고소 고발인들은 자신들의 유죄를 인정했다는 점에서, 고
소 고발인들은 사건관련자들을 기소하지 않았다는 데에 대해 모두
불만을 표시하고 있다. 고소 고발인들은 반란죄와 내란죄 모두를 혐
의 내용으로 고소했지만 12·12는 정권을 장악할 목적으로 자행한
것이라며 내란죄에 더 비중을 두었다.

나는 신문을 아무렇게나 접어 베란다 위에 던져 버렸다. 눈을 감
았다. 한 사람의 얼굴이 천천히 떠오르고 있었다. 멀리서 흐릿하게,
결코 다가오는 법 없이 슬픈 눈으로 나를 내려다보고 있는 그는 김

인철이었다.

2

79년 12월 12일 밤 10시 반경, 나는 광화문 거리를 걷고 있었다. 학회 행사의 하나인 세미나를 마치고 동료들과 술추렴을 했는데, 생각보다 길어져 꽤 많은 양의 술을 마셨다. 버스 정류소에는 많은 사람들이 차가운 바람 속에서 어깨를 움추리며 서 있었다. 나는 주머니에 두 손을 넣고 버스를 기다렸다. 그런데 버스는 좀처럼 오지 않았다. 평상시라면 벌써 몇 대가 지나갔을 시간이었다. 다른 노선의 버스들도 마찬가지인 모양이었다. 여기저기서 투덜거리는 소리가 들리기 시작했다. 내 앞의 한 아주머니는 연신 시계를 보며 초조한 표정을 짓고 있었다.

"사고가 났나?"

누군가가 중얼거리듯 말했다. 나는 시계를 보았다. 버스를 기다린 지 무려 40분이 지나 있었다.

"한강다리가 차단되었대."

택시를 잡기 위해 차도로 내려갔다가 올라온 중년남자가 일행들에게 말했다.

"무슨 일인데?"

"몰라. 어쨌든 차가 한강다리를 건너지 못한대. 택시도 마찬가지야."

나는 그들의 대화에 귀를 기울이면서도 버스가 오는 방향에서 눈길을 떼지 않았다. 그때 택시 한 대가 천천히 지나갔는데, 뒷좌석에 탄 사람이 창밖으로 목을 쑥 빼며 한강다리가 막혔다고 외쳤다. 나는 그제서야 무슨 사고가 났고, 오늘밤 집으로 갈 수 없다는 쪽으로 생각을 굳혔다. 시계는 벌써 11시 30분을 넘어서고 있었다.

나는 난감했다. 비록 기다리는 사람 없는 초라한 자취방이지만 이

겨울밤 나에게는 더없이 안온한 공간이었다. 그런데 지금 그곳으로 가는 길이 끊긴 것이다. 나는 한강다리를 건너지 않고 하룻밤 지낼 수 있을 곳을 생각해 보았다. 그러나 지금 이 시간에 편안한 마음으로 문을 두드릴 수 있는 곳은 어디에도 없었다. 어쨌든 더 이상 여기서 기다린다는 것은 어리석은 짓이라고 단정했다. 다행히 주머니 속에 하룻밤 지낼 돈은 있었다.

어디로 가야 여관이 있을까 생각하며 주위를 두리번거렸다. 도로변에 코트의 깃을 세운 한 남자가 우두커니 서 있었다. 그 역시 차를 잡기 위해 여태껏 기다렸던 것 같았는데, 가로등 불빛 속에 희미하게 드러난 그의 얼굴이 어딘지 낯익어 보였다. 나는 그가 눈치채지 않게 슬며시 다가가 얼굴을 살폈다. 갸름한 얼굴과 단정하게 빗은 머리, 그리고 꽉 다물고 있는 얇은 입술. 그는 김인철이었다. 가을 햇살이 스며드는 강의실에서, 샤갈의 그림을 몽상적으로 해석하고 있는 한 미학자의 글을 지독한 말더듬으로 힘겹게 읽었던 그가 뜻밖에도 나와 지척의 거리에 있었다.

강의실 창으로 스며드는 가을 빛은 따뜻했다. 그 빛은 결이 고운 나무책상 위로 동그랗게 내려앉고 있었다. 창너머로 잎들이 노랗게 물든 나무가 보였다. 그 나무 위에 파란 하늘이 있었다. 아침의 자욱한 안개가 떠올랐다.

자취하고 있는 집에서 학교로 가기 위해서는 작은 산을 넘어야 했다. 오늘 아침 낮은 산등성이는 안개로 자욱했다. 손에 쥐면 만져질 것 같은 짙은 안개였다. 나는 안개 속을 걸으며 한 여자를 생각했다. 그녀의 이름은 김경숙. 나이 21세. 전남 광주 출생. 광주국민학교 졸업. 4년전인 75년 아버지 김동운이 병으로 숨지자 튀밥 장사 하는 어머니와 동생 뒷바라지 위해 상경. 서울 양동에 있는 제품공장을 시발로 한풍섬유, 태신산업, 이천물산, 그리고 가발 봉제업체인 YH

무역회사에 근무. YH무역회사가 적자를 이유로 79년 8월 6일 폐업 조치를 결정하자 여종업원 200여 명은 기숙사에서 농성에 들어감. 종업원들은 YH무역회사 전체 여공 350명 중 90% 이상이 지방 출신이며, 회사가 폐업하면 퇴직금 10만 원 남짓으로는 사글세조차 얻을 수 없어 길거리에 나설 형편이므로 회사를 은행관리 업체로 만들어 주거나 대기업이 흡수하여 일자리를 잃지 않게 해달라고 호소함. 회사 측에서 기숙사를 폐쇄하고 경찰이 해산할 것을 요구하자 야당인 신민당사로 자리를 옮겨 농성을 계속함. 8월 11일 새벽 2시 서울 시경 산하 1천여 명의 정사복 경찰관들이 신민당사로 진입. 4층 강당에서 40시간 동안 농성을 벌여 온 여공 172명과 여공의 연행을 제지하려던 신민당원 26명을 끌어내 미리 대기시켜 놓은 경찰 버스로 서울 시내 7개 경찰서에 강제 연행 수용함. 심야의 기습, 울부짖는 여공들. 이 와중에서 여공 한 명이 왼쪽 팔목의 동맥 절단으로 스스로 목숨을 끊었다고 신문에 보도되었음. 그녀의 이름은 김경숙. 남동생과 어머니는 광주시 학동에 있는 5만 원짜리 사글셋방에 살고 있음. 어머니는 딸 사망을 모른 채 아침 일찍 장사를 나갔음.

나는 축축한 안개 속에서 김경숙을 생각했다. 그녀의 죽음은 상징이었다. 죽음은 있었으나, 그 죽음의 모습은 보이지 않았다. 어둠은 깊고깊어 죽음은 떠오르지 않았다. 행상 나간 어머니의 눈으로도 볼수 없는 깊은 어둠. 그것은 어머니와 딸 사이에 가로놓인 검은 강이었다.

내가 검은 강을 아득한 눈으로 보고 있을 때 교수는 샤갈의 그림에 대한 어느 미학자의 산문을 강의하고 있었다. 그는 샤갈의 원색그림이 있는 화집을 여러 권 가져와 학생들에게 돌렸다.

낙원, 노아와 무지개, 야곱의 꿈, 아가(雅歌). 성서의 내용들을 테마로 한 샤갈의 그림들은 붉은색과 황토색, 청색이 주조가 되어 신과 지상의 생명이 공존했던 원초적 공간을 형상화하고 있었다.

―아름다운 색깔들이 이 세상의 모든 존재들을 화해시킨다. 모든 존재는 아름답기 때문에 순수하다. 모든 존재는 함께 산다. 물고기들이 공중에서 헤엄 치고, 날개 달린 당나귀가 새의 길동무가 되며, 우주의 청색이 모든 피조물들을 가볍게 만든다.

교수는 글자 하나 하나 음미하면서 읽고 있었다. 그는 강의중에도 책 속의 말에 곧잘 감동되곤 했는데, 지금 목소리에서 그 징후를 보이고 있었다.

―생명은 기다려 주지 않는다. 생명은 되돌아오지 않는다. 샤갈이 그리는 존재들은 모두 최초의 불꽃이다. 그의 낙원은 싫증나지 않는다. 새들의 비상과 더불어 무수한 눈뜸이 하늘에 울려 퍼진다. 대기 전체에 날개가 돋아 난다.

책에서 눈을 뗀 교수는 교탁 위에 놓인 출석부를 펼쳤다. 학생들은 그가 무엇을 하려는지 잘 알고 있었다. 그는 책을 읽다가도 종종 학생들에게 다음 부분을 읽게 했다. 학생들의 주의를 집중시키려는 목적도 있었지만, 그보다는 특별히 강조하고 싶은 내용을 환기시키려는 데 더 큰 목적이 있는 듯했다.

교수는 한 학생의 이름을 거명하며 일어서서 읽으라고 했다. 그런데 웬일인지 일어서는 학생이 없었다.

"김인철, 김인철 학생 없어요."

교수는 큰소리로 말했는데, 여전히 일어나는 학생이 보이지 않았다. 나는 김인철이 누구인지 궁금했다. 선택과목이라 각 과에서 모인데다가 학기 초인 까닭에 교수는 물론 학생들도 서로 잘 모르고 있었다. 나는 주위를 두리번거렸는데, 창가에 앉은 머리가 텁수룩한 한 학생이 옆 학생의 어깨를 흔들고 있는 모습이 보였다. 그는 당황한 얼굴이 되어 책을 들고 일어났는데, 어디를 읽어야 할지 모르는 것 같았다. 어깨를 흔든 학생이 뭐라고 소근거렸고, 조금후 그는 책을 읽기 시작했다.

"사,사,샤,가,가,갈의…데,데,데…사,사,사앙…소,소,속에는…"

말 더듬는 소리를 가끔 듣긴 했지만 그토록 지독하게 더듬는 소리는 처음이었다. 음절 하나 하나가 전혀 연결되지 않고 토막이 되어 나오고 있었다. 모두가 숨을 죽이며 그 기막힌 소리를 듣고 있었는데, 교수는 눈을 감고 묵묵히 앉아 있었다. 반 페이지도 안 되는 짧은 글을 그는 참으로 힘겹게 읽었다. 그의 이마에는 땀이 송글송글 맺혀 있었다.

"김인철 씨죠?"

그는 나를 의아한 표정으로 보고 있었다.

"나를 모르겠어요? 이번 학기 때 미학개론 같이 들었는데……."

"아 그러세요."

김인철은 반색을 하며 손을 내밀었다.

"버스는 더 이상 오지 않아요. "

나는 단정적으로 말했다.

"나는 어차피 이 근처 여관에서 자야 하는데 같이 가시겠어요?"

나의 말에 김인철은 잠시 머뭇거리다가 고개를 끄덕였다.

"우선 술 한잔 하고 여관을 찾을까요?"

나는 낯선 이와 함께 맹숭맹숭한 정신으로 여관에 들어가기 싫었다. 선택과목인 경우 강의를 같이 들어도 별다른 계기가 없으면 학기 끝날 때까지 이름조차 모르고 헤어지는 경우가 더러 있었다. 김인철과의 관계도 그와 비슷해 나는 그를 잘 모르고 있었다. 더구나 그는 문과대와 다소 거리가 있는 신학과 학생이었다. 그럼에도 불구하고 그를 기억하는 것은 그때의 지독한 말더듬 때문이었다. 그런데 나중에 들은 바에 의하면 그가 평상시에 전혀 말을 더듬지 않는다는 것이다. 김인철과 고등학교 동창인 한 학우는 평상시는 물론이거니와 수업시간 중 책을 읽을 때도 말 더듬는 일이 한번도 없었는데 그때 왜 그랬는지 도무지 이해할 수 없었노라고 했다. 그 뒤 나는 의도적으로 김인철의 목소리를 여러 번 들었는데, 더듬기는커녕 차분하고 매끄러운 전형적인 서울 말씨였다.

나의 제의에 그는 좋다고 말했다. 그런데 워낙 늦은 시각이라 영업중인 술집은 좀처럼 보이지 않았다. 이리저리 찾다가 다행히 길모퉁이에 불이 켜져 있는 조그만 생맥주 집을 발견했다. 술집 안은 늙수그레한 주인남자뿐이었다.

"김 형과는 이런 자리가 처음이지요."

나의 말에 그는 어색하게 웃었다. 나는 그를 만난 것이 내심 반가웠다. 스산한 겨울밤에 초라한 여관에서 혼자 자는 것이 얼마나 청승스러운 일인가.

"한강다리 쪽에 무슨 사고가 난 모양이죠."

김인철은 어두운 표정으로 말했다. 집으로 가지 못한 것이 마음에 걸리는 모양이었다. 그러자 카운터에 앉아 돈을 세고 있던 주인남자가 불쑥 끼어들었다.

"한강다리가 그냥 다리입니까? 수많은 차들이 지나가는 큰길이에요. 그 길을 덜컥 막는 걸 보니 사고가 나도 단단히 났을 겁니다."

듣고 보니 그랬다. 한강다리를 막는다는 것은 서울의 허리를 절단하는 것을 의미했다. 우리들은 묵묵히 술을 마셨다. 느닷없이 끼여든 주인남자로 인해 대화가 뚝 잘려진 느낌이었다. 그때 이상한 소리가 났다. 거대한 쇠붙이가 부딪치는 소리 같기도 하고, 무엇이 무너지는 소리 같기도 했다. 주인남자는 돈을 세다 말고 잔뜩 긴장한 얼굴로 소리의 정체를 잡기 위해 귀를 모았는데, 소리는 점점 커지고 있었다.

"탱크 소리다!"

주인남자는 벌떡 일어나 허겁지겁 바깥으로 나갔다. 나와 김인철도 따라 나갔는데, 소리는 광화문 네거리 쪽에서 나고 있었다. 주인

남자의 말이 맞았다. 광화문 동아일보사 앞에서 시청 쪽을 향해 탱크들이 질주하고 있었다. 차량이 끊긴 텅 빈 도로 위에, 육중한 탱크들이, 밤의 적막을 깨뜨리며, 최대한의 속력으로 치닫고 있었다.

우리들은 이상하고 불길한 그 질주를 넋을 놓고 바라보았는데, 조금 후 캐터필더 소리가 멀어지면서 길은 다시 적막에 쌓였다.

"무슨 일이죠?"

주인남자는 떨리는 목소리로 물었다. 그러나 그것은 대답을 기대한 물음이 아니었다. 자신의 불안을 일행과 나누고 싶어하는 일종의 본능적 중얼거림이었다.

"전쟁 난 게 아닐까요?"

전쟁? 나는 중얼거리며 주인남자의 얼굴을 쳐다보았다.

"생각해 봐요. 중앙청이 바로 보이는 서울 한복판에 탱크가 왜 지나갑니까? 더구나 지금은 대통령 유고라는 비상사태입니다."

나는 고개를 설레설레 흔들었다. 주인남자의 생각이 전혀 터무니없는 것은 아니었다. 대통령 박정희의 죽음은 참으로 느닷없이, 벼락처럼 우리들 앞에 떨어졌다. 지난 10월 26일, 늦잠을 잔 나는 여느때처럼 라디오를 틀었다. 음악을 듣기 위해 내 라디오의 채널은 언제나 FM에 고정되어 있었다. 그런데 음악 대신 대통령 박정희가 어제 저녁 7시 50분경 죽었으며, 전국에 비상계엄령을 내렸다는 아나운서의 목소리가 들렸다. 그 순간 나는 내 귀를 의심했다. 도저히 믿을 수 없었다. 그러나 믿을 수 없는 일이 현실의 시간 속에서 요동치고 있었다.

박정희의 죽음 이후 적지 않는 사람들이 북한의 도발을 우려했다. 하지만 전쟁이 났는데 왜 탱크들이 도심 한복판을 달리고 있는가. 그리고 전쟁과 한강다리 차단과는 무슨 연관이 있는가. 북한군이 휴전선을 넘어 순식간에 서울에라도 들어왔단 말인가. 의혹은 꼬리를 물고 일어났다.

세 사람은 적막한 길을 뒤로 하고 술집으로 다시 들어왔다. 나와 김인철은 나무탁자에 앉아 빈 술잔을 채웠고, 주인남자는 세다 만 돈을 금고 속에 쑤셔 넣고 손을 턱에 괸 채 무엇을 골똘히 생각하고 있었다. 입을 꾹 다물고 이마를 잔뜩 찡그리고 있었는데, 얼굴에는 수심이 가득했다. 그러다가 무엇인가를 물으려는 듯 우리들을 향해 고개를 돌리고 입을 벌렸다가 다시 다물었다.

나 역시 탱크의 행렬이 불러일으킨 불안을 떨쳐 내지 못하고 있었다. 만약 그것이 전쟁이 야기시킨 모습이라면 그 전쟁은 권력 내부의 전쟁일 것이라고 나는 생각했다. 박정희의 죽음으로 갑자기 진공이 되어 버린 권력의 내부에서 헤게모니를 먼저 쥐려고 하는 자들이 어떤 형태로든 움직이리라는 것은 충분히 예상할 수 있는 일이었다.

"김인철 씨는 그때 왜 그렇게 말을 더듬거렸습니까? 그러니까 미학개론 강의 때 샤갈의 그림에 대한 글을 읽으면서……."

그것은 나도 예상하지 못한 느닷없는 질문이었다. 자신도 모르게 입에서 불쑥 튀어나왔다고나 할까. 그러나 곰곰이 생각해 보면 탱크가 야기시킨 불안에서 빠져 나오고 싶은 무의식적인 충동의 표현이 아니었던가 싶다. 어쨌든 나는 엉뚱한 질문을 해놓고 그가 불쾌해하지 않을까 저으기 불안했다.

"글쎄요, 나 자신도 이해가 안 될 정도로 말이 제대로 나오지 않았습니다. 다른 생각에 빠져 있다가 갑자기 지명을 당해 무척 당황했습니다만……."

다행스럽게도 그의 얼굴에는 전혀 불쾌한 기색이 없었다.

"무슨 생각을 했는지 궁금한대요."

그러자 김인철은 곤혹스러운 표정이 되었다.

"제가 괜한 말을 한 모양이군요."

"아닙니다. 사실은 아람 어를 생각하고 있었습니다."

"아람 어?"

"예수가 생전에 쓰던 말이지요."

"아, 그래요. 그런 말도 있었군요."

그때 주인남자가 벌떡 일어나면서 가게문을 닫아야겠으니 빨리 나가 주었으면 좋겠다고 말했다. 그의 얼굴은 여전히 불안했다.

술집에서 나온 우리들은 말없이 걸었다. 거리는 적막했다.

"여관으로 들어가야겠군요."

나의 말에 김인철은 고개를 끄덕였다.

"술을 좀 살까요?"

그는 다시 고개를 끄덕였다. 나는 문을 막 닫으려는 구멍가게에 들어가 소주 두 병과 마른 안주 몇 개를 샀다. 김인철은 맞은편 상가 계단에 앉아 턱을 괴고 있었다.

광화문 뒷골목 여관들이란 대부분 오래된 건물들이었다. 우리들이 들어간 여관도 예외가 아니어서 천정은 빗물로 얼룩덜룩했고 퀴퀴한 냄새가 났다. 소주 뚜껑을 따면서 나는 김인철에 대해 호감을 느끼고 있다고 생각했다. 비록 강의를 같이 들었다고는 하나 그와는 낯선 사이였다. 게다가 그는 말이 별로 없어, 경우에 따라 얼마든지 불편할 수가 있었다. 그런데 불편한 감정은 전혀 없었다. 돌연한 탱크의 출현이 감정의 간격을 좁혔던 탓인지도 몰랐다. 희귀한 경험의 공유는 정서의 나눔이고, 그 정서의 나눔은 동료의식을 불러일으키기 마련이다.

"예수가 썼다는 아람 어가 어떤 말이지요? 제가 성경에 대해 원체 몰라서……."

나는 술집 주인남자에 의해 끊어졌던 그와의 대화를 다시 잇고 싶었다.

"예수 당시 유대인들은 대개 세 종류의 언어를 사용했습니다. 헤브라이 어와 그리스 어, 그리고 아람 어입니다."

그는 눈을 반짝이며 말했다.

"유대인에게 헤브라이 어는 신의 말과 가장 가까운 신성한 언어였습니다. 인간의 탄생 이후 그들이 들었던 신의 말은 헤브라이 어로 기록되었습니다. 그러나 인간의 오만과 죄악이 그 신성한 말을 훼손시켰고, 수난과 고통의 세월 속에서 신성한 말은 점점 사라져 갔지요. 그래서 성직자들은 그 말의 모습을 복원시키기 위해 애를 썼습니다. 예수 당시에도 유대인들은 성서를 복원하는 노력을 꾸준히 했습니다. 일반적으로 헤브라이 어는 회당, 성전에서 사용되었지요. 예수가 회당에서 읽은 이사야서는 헤브라이 어로 쓰여진 것이었습니다."

나는 그의 말을 떨떠름한 기분으로 듣고 있었다. 나는 기독교인들에게 별로 호감을 갖고 있지 못했다. 그것의 가장 큰 원인은 예수를 통하지 않고서는 구원받을 수 없다는 그들의 절대성에 있었다. 언젠가 학교 내 기독교 모임에 들어오라고 권유하는 학우에게 나는 예수 없이 구원에 이를 수 없느냐고 물었다. 그는 그렇다고 했다. 이 땅에 기독교가 들어온 지 백 년 남짓인데, 그러면 기독교라는 종교가 있는지조차 모르는 그 전의 수많은 사람들 역시 구원에서 제외되느냐고 다시 물었다. 그는 잠시 생각하다가 역시 그렇다고 했다. 나는 그런 냉혹한 종교를 믿을 수 없다고 내뱉듯 말하고 일어섰다. 물론 그의 생각이 기독교인을 대표하는 것은 아니지만 그들에게 공통적으로 엿보이는 믿음의 절대성이 나는 싫었다.

"그리스 어는 예수 당시 국제적 통용어로 근동 지방 사람들이 가장 폭넓게 사용했습니다. 사도 바오르가 기독교의 교리를 다른 나라 사람들에게 전할 수 있었던 것은 그리스 어 덕택이었지요. 그러나 유대에서는 주로 정치에 관여하는 계급의 사람들이나 이방인이 많이 사는 지역 외에는 거의 쓰이지 않았습니다. 라틴 어도 약간 사용되었는데 그것은 로마인들과의 관계를 위해 한정된 계급의 사람들만

썼습니다. 그리고 아람 어가 있지요."

아람 어는 기원전 14세기 초, 메소포타미아 북부에서 시리아에 걸쳐 정착한 유목민 아람인의 언어에서 갈라져 나온 것으로 헤브라이 어가 섞인 시리아 방언이었다고 김인철은 설명했다. 그 말은 예수 탄생 수백 년 전부터 중동 전역에 사용되었는데, 대부분의 유대인들은 아람 어를 썼다고 했다.

"그러니까 유대 민중의 말이었군요."

내가 시큰둥한 어조로 끼여들자 김인철은 활짝 웃으며 그렇다고 말했다.

"예수는 바로 이 아람 어로 매일 이야기하고 사람들을 가르쳤습니다. 십자가 위에서 고통스럽게 외친 말도 아람 어였습니다."

"이해가 잘 안 가는군요. 하느님의 아들인 분은 당연히 신성한 언어인 헤브라이 어를 써야 하는 게 아닌가요?"

나는 다소 가시가 돋힌 말을 슬쩍 던졌는데, 그는 고개를 흔들었다.

"당시에는 인쇄기술이 전혀 없었습니다. 예수의 말이 책으로 전파될 수 없었던 거지요. 그분의 유일한 가르침의 도구는 말이었는데, 가르침의 대상인 민중들이 알아들을 수 있는 말이어야 했지요. 그것이 바로 아람 어였습니다."

그러면서 김인철은 다음과 같이 설명했다. 아람 어는 7세기 무렵까지 시리아 레바논 이스라엘 등 동부 지중해 연안에서 사용되었으나 이슬람 제국이 이 지역을 정복하면서부터 점차 쇠퇴, 산악지역 등 아랍 세력이 미치지 못하는 일부 지역에서만 잔존하고 있었다. 학자들에 따르면 아람 어는 이라크, 터키 남부, 러시아 남서부 등지에서 동방의 방언으로 아직 사용되고 있으나 극소수에 불과한 것으로 밝혀지고 있다.

"현재 아람 어가 가장 잘 보존되고 있는 지역은 기독교 문화가 이

슬람 지배에서 살아남을 수 있었던 깊은 산악지대인 마울라 마을입니다."

시리아 다마스커스 북쪽 56킬로미터 지점의 갈라몬 산 속에 숨어 있는 마울라 마을은 아랍 어로 관문(關門)이라는 뜻이다. 그러나 마울라의 본래 뜻은 '고난받는 자의 어머니'다. 이 마을에서 가장 오래 된 기독교 유적인 성(聖) 타클라 그리스 정교회 수도원은 '고난받는 자의 어머니'에 얽힌 전설과 관련되어 있다.

성 타클라는 18세 때 기독교로 개종함으로써 부모는 물론이고 마을사람들의 노여움을 사 도망을 친다. 그러나 그녀가 마울라에 이르렀을 때 높고 가파른 절벽이 길을 막고 있었다. 그녀는 절벽 앞에 꿇어 앉아 기도를 했다. 그러자 절벽이 갈라지면서 조그만 길이 생겼다. 그 후 마을 이름은 '고난받는 자의 어머니'라는 뜻인 마울라로 불리워졌다. 성 타클라는 서기 86년에 서거, 이곳에 묻혔다.

"마울라 마을은 지금도 옛 모습을 간직하고 있다고 합니다. 좁은 계곡을 따라 미로와 같은 산악길을 몇 굽이 지나면 절벽이 있고 그 끝에 마울라가 있는데, 엷은 자주빛과 흰색 지붕들이 옹기종기 모여 있고, 저녁이 되면 굴뚝에서 연기가 피어 오른다고 그곳을 가 본 목사님이 말하더군요. 하지만 지금 마울라는 과거처럼 고립된 마을이 아닙니다. 오늘날 아무리 산 속 깊숙이 있다고 해도 문명의 영향에서 벗어날 수 있는 마을은 없지요. 마을 가까운 곳에 산악을 가로질러 다마스커스로 통하는 4차선의 고속도로가 생기고, 그 동안 유일한 교통수단이었던 당나귀가 버스로 바뀌면서 마을 주민들은 하나나 도시로 빠져 나갔다고 합니다."

김인철은 침울한 표정으로 나직하게 말했다.

"그렇게 문명화되면서 마울라 사람들의 언어였던 아람 어가 아랍 문화권의 언어에 흡수되어 갔습니다. 게다가 아람 어는 문자로 쓰여지지 않고 구술로 전해져 온 탓에 소멸이 가속화되었지요. 목사님이 만나 본 성 타클라 수녀원장은 마을 어린이들이 아람 어의 발음을 제대로 하지 못한다고 안타까워했습니다. 그러면서 그분은 아마도 현존하는 말 중에 가장 오래 되었을 아람 어가 세상에 살아 남으려면 학교에서 어린아이들에게 아람 어를 가르쳐야 한다고 말했습니다. 예수의 사랑이 담긴 소중한 말이 사라지고 있지요."

아람 어에 대한 김인철의 긴 이야기에도 불구하고 의문은 여전히 남아 있었다.

"아람 어가 왜 김인철 씨의 말을 더듬게 했는지 알 수 없군요."

나는 솔직하게 내 의문을 털어놓았다.

"글쎄요, 뭐라고 표현해야 할지……."

그는 난감한 표정이 되어 손으로 이마를 짚었다.

"그때 강의실로 스며드는 햇살은 참 화사했습니다."

"그랬지요."

나는 고개를 끄덕였다.

"이상하게 들릴지 모르지만 그림이 살아 움직이는 것 같았습니다."

"그림이……."

"하늘에서 내려오는 천사의 날개가 움직이고, 구름 속에 떠 있는 여인이 손짓을 하고, 흰 새가 파닥거리고, 꿈꾸고 있는 야곱의 숨소리가 들려 왔습니다. 그림은 그들의 움직임과 숨소리로 가득 차 있었습니다. 그런데 그들은 서로에게 말을 하고 있었습니다. 천사는 야곱을 향해, 새는 여인에게, 여인은 하늘의 보이지 않는 신에게 속삭이고 있었습니다. 그것은 아람 어였습니다."

"아람 어라는 것을 어떻게 알았습니까?"

나는 참으로 멍청한 질문을 하고 있다고 생각했다.

"그냥 느낌이었지요. 뭐라고 할까요… 우리가 꿈을 꿀 때 현실에서는 도저히 일어날 수 없는 상황들이 벌어집니다. 그럼에도 불구하고 꿈 속의 우리는 그것을 현실로 받아들이지요. 꿈 속의 현실이라고 할까요. 그때 나는 꿈 속에 있었고, 꿈 속의 언어는 아람 어였습니다."

"꿈 속에서 아람 어를 알아들었습니까?"

"글쎄요. 나중에 곰곰이 생각해 보니 왜 그것을 아람 어라고 느꼈는지 나 자신도 이상할 정도였으니… 분명한 것은 귀로 말을 듣듯 그 말을 듣지 않았다는 것입니다. 어쨌든 그때 교수가 책을 읽으라고 했어요. 물론 나는 교수의 말을 듣지 못했습니다. 옆 친구가 허리를 두세 번 찌르자 비로소 제가 책을 읽어야 한다는 것을 알았습니다."

나무계단이 삐걱이고 있었다. 누군가가 이 이상한 겨울밤을 보내기 위해 들어오는 모양이었다.

이불 속으로 들어간 김인철은 곧 잠이 들었다. 아마 취기가 잠으로 몰아간 모양이었다. 그런데 나는 잠은 쉬이 오지 않았다. 한참동안 몸을 뒤척이다가 얼핏 잠이 들었는데, 잠결 속에 빗소리가 들려 왔다. 그것이 정말 빗소리인지 아니면 꿈 속의 소리인지 나는 지금도 알 수 없다. 다른 소리가 빗소리로 들려 왔는지도 모를 일이다. 어쨌든 잠결 속에서 어렴풋이 열린 나의 감각은 그것을 빗소리로 받아들이고 있었다. 그 순간 나는 탱크 소리를 까맣게 잊고 있었다.

다음날 아침 여관에서 나온 우리들은 차가운 아스팔트 위로 뒹굴고 있는 신문 호외를 보았다.

―정승화 계엄사령관 연행. 김재규 범행 관련 혐의. 일부 장성들도 구속 수사. 어제 저녁 육참총장 공관에서 수사관, 경비병 충돌. 오늘 새벽 국방부서 증원계엄군, 초병 오인 총격.

먼동이 트면서 어둠이 조금씩 물러가고 있었다. 나는 헝클어진 머리를 손으로 추스리며 신문을 다시 집어들었다.

—검찰이 내란죄가 안 된다고 판단한 이유로 우선 형법에서 규정하고 있는 '국헌을 문란할 목적으로의' 내용이 헌법 또는 법률의 기능을 소멸시키거나 국가기관을 강압에 의해 전복하는 등 구체적 형태로 제시하고 있다는 점을 들고 있다. 12·12로 군부내의 하극상이 이루어진 것은 인정할 수 있지만 헌법도 대통령도 모두 온전했으므로 내란죄에 해당되지 않는다는 입장이다. 그러나 이러한 법논리는 10·26 이후 신군부가 집권하기까지의 연속적인 과정을 지나치게 단편적이고 기계적으로 해석한 것이라는 지적이 학계와 법조계 내부에서 제기되고 있다. 이들은 신군부가 12·12로 군부를 장악하고 5·18 비상계엄 확대조치로 실질적인 권력을 잡았으며, 80년 9월 1일 전두환 대통령 취임식으로 형식을 갖추기까지의 일련의 과정이 무력으로 정부를 전복한 3단계 쿠데타라는 해석을 내놓고 있다.

79년 12월 12일의 그 이상한 밤이 지나고 어떤 일들이 일어났는가? 이른바 서울의 봄이 있었다. 박정희의 죽음 이후 처음 맞는 새 학기의 캠퍼스는 열정의 공간이었다. 지하의 어둠 속에서 조그만 불씨처럼 은밀히 떠돌던 말들이 감금의 쇠사슬에서 풀려나 자유의 하늘 위로 비상하고 있었다. 언어의 교환이란 신념과 정신의 교환이다. 서로 다른 수많은 신념과 정신들의 치열한 교환 속에서 여태껏 느낄 수 없었던 새로운 생명이 직조되고 있었다. 하지만 그것은 불안한 생명이었다. 비상계엄은 해제되지 않았고, 12·12사태로 실권을 장악한 신군부 세력은 권력의 장막 속에 숨어 있었다. 그들은 총칼을 갖고 있었고, 새로운 생명은 역사의 진보에 대한 믿음을 갖고 있었다.

80년 5월 17일, 신군부의 비상계엄 확대에 이은 광주의 학살은 역사의 진보에 대한 믿음을 무참히 허물어뜨렸다. 그 해 5월에도 아카시아는 피었다. 나비 모양의 꽃이 송아리를 이루어 향기 가득한 밀원이 되고, 햇빛은 눈부시게 밝았다. 그러나 세계는 황량한 들판이었다. 아무리 주위를 두리번거려도 죽음의 침묵과 어둠뿐이었다. 시간은 가슴속으로 파고드는 예리한 가시였다.

광주학살이 자행되면서 흉흉한 소문이 나돌고 있을 때 김인철은 광주 집으로 내려간다고 서울을 떠났다. 그리고 사라져 버렸다. 학살의 와중에서도 무사했던 가족들은 김인철을 애타게 찾았으나 누구도 그를 보았다는 사람이 없었다. 그의 주검도 발견되지 않았다. 결국 그는 국가에 의해 실종자로 처리되었다. 그 후 가끔 김인철이 꿈에 나타나곤 했는데, 하늘에서 지상을 내려다보고 있거나, 아니면 안개가 낀 듯한 길 위에 흐릿한 모습으로 서 있곤 했다. 그러다가 잠에서 깨어나면 그 낯선 밤의 남루한 여관방이 떠오르면서 그에게 들었던 이야기들이 봄날의 아지랑이처럼 피어올랐다. 어떤 날은 꿈 속에서 그가 나에게 아람 어로 말하지 않았나 하는 엉뚱한 생각까지 하곤 했다. 그때 왜 나는 그런 꿈을 꾸었을까? 천사의 날개와 하얀 새가 파닥거리는 소리를 듣고 싶었던가? 아니면 공중을 유영하는 물고기와 지상에서 천상을 향한 야곱의 사다리를 보고 싶었던가?

승용차 한 대가 등산복 남자들에게로 다가오고 있었다. 아마도 기다리던 차가 온 모양이다. 저들은 어디를 갈까? 지금 단풍은 벌써 졌고, 수북히 쌓인 낙엽으로 산길은 파삭거릴 것이다. 산을 주름 지우는 계곡은 더욱 깊어 보이고, 검은빛 나무들은 가슴속으로 조용히 스며들 것이다.

지인들과 같이 하는 등산도 즐겁지만 혼자 하는 등산도 그 못지않게 즐겁다. 돌이켜보면 그 동안 나는 혼자 하는 등산을 더 즐겨 왔다. 동행자가 있을 경우 시간 맞추기도 번거롭거니와, 무엇보다 산행의 자유를 누릴 수 없다. 옆 사람들의 발걸음에 신경을 써야 하고, 마음이 여는 길을 따라갈 수 없다.

홀로 있을 때 마음은 소리 없이 내려와 길을 연다. 그 길 위에서, 무엇을 생각해야 된다는 생각 없이, 모든 생각들을 버려 둔 채, 버려 둔 생각들이 눈을 뜨고 부시시 일어나도, 나는 평화롭기만 하다. 그러다가 문득 뒤돌아보면 길은 변함없이 나무 사이에 있다. 능선에서 그 길을 내려다보고 있으면 가슴이 시려 온다.

그 날이 언제였던가. 잎 다 떨어진 겨울나무 사이로 걷고 있을 때 인기척을 느껴 뒤돌아보았다. 하지만 바람에 나뭇가지들만 흔들리고 있을 뿐 길 위에는 아무도 없었다. 잠시 멍하게 서 있다가 다시 걷기 시작했다. 몇 걸음 더 걸었을까. 나는 발걸음을 멈추고 숨을 죽였다. 누군가가 뒤에 있는 것 같았다. 아니 누군가가 있었다. 하지만 뒤를 돌아보기가 두려웠다. 나는 꼼짝도 하지 않았다. 숨소리마저 죽였다. 바람에 나뭇가지 흔들리는 소리와 낙엽 쓸리는 소리가 낮고 희미하게 들려 왔다. 나는 몸을 떨었다. 시간이 얼마나 지났을까. 나는 천천히, 아주 천천히 고개를 돌렸다.

길은 겨울나무 사이로 부드럽고 아늑하게 휘어져 있었다. 너무나 아늑해 나무들이 길을 품고 있는 것처럼 보였다. 나는 찬찬히 길 속을 더듬었다. 갈색 낙엽이 바람에 흩날리고 있었다. 길이 끝나는 곳에 언덕이 있었고, 언덕 위에는 파란 하늘이 검은 나뭇가지 사이에 걸려 있었다. 나는 멍하니 서서 하늘을 보았다. 머리 속은 텅 비어 있었다.

"사,사,샤,가,가,갈의…데,데,데…사,사,사앙…소,소,속에는……."

나는 흠칫 놀랐다. 그것은 김인철의 소리였다. 오랫동안 그를 잊고 있었다는 깨달음이 가슴을 쳤다. 그가 실종된 후 더러는 꿈 속에 나타나곤 했지만 세월의 흐름과 함께 바래지고, 사라졌다. 절망도, 증오도, 치욕도, 부끄러움도, 열정도 그와 함께 사라져 버렸다. 그런데 왜 이 산길에서 지금 그가 불쑥 나타나는가?

산에서 내려온 나는 주막에서 오랫동안 술을 마셨다. 김인철은 죽지 않았다. 다만 사라졌을 뿐이다. 그런데 나는 언젠가부터 그가 죽었다고 생각했다. 죽음이란 잊혀져 가는 기억이다. 그는 그렇게 잊혀져 갔다. 지난날 나는 보이지 않는 것을 그리워했다. 하지만 언젠가부터 보이지 않는 것을 두려워하기 시작했다. 겨울나무 사이의 길 위에서 뒤를 돌아보지 못하고 머뭇거린 것은 이 두려움 때문이었다.

등산복의 남자들이 승용차에 올라타고 있었다. 그 사이 어둠이 많이 걷혀 하늘은 청회색 빛을 띄우고 있었다. 승용차가 움직이기 시작했다. 나는 눈으로 승용차를 좇았다. 왼쪽으로 꺾은 차는 조금 후 보이지 않았다. 베란다의 창을 열었다. 차가운 바람이 뺨에 닿았다.

그 날 이후 나는 산길에서 가끔 뒤를 돌아본다. 보이지 않는 것을 본다는 것은 여전히 두려운 일이지만 때로는 그와 나란히 걷고 싶다는 생각도 한다. 그가 소리없이 내려와 길을 열면 나는 가만히 그의 길 속으로 들어갈 것이다. 그 길은 어떤 모습일까? 그 속으로 한없이 들어가면 무엇이 보일까? 바람에 휘어지는 나무들 사이로 하얀 길이 떠오르고 있었다. 그 길 위로 한 사람이 긴 그림자를 드리우며 홀로 걷고 있다. 길의 끝은 하늘에 닿아 있었다.

(창작집 『아득한 길』, 『문학과 지성사』, 1995.)

12 · 12와 광주항쟁의 우회적 표현, 그리고 생명의 공간

정   찬

1. 1979년 12월 12일 밤, 당시 모신문사에 근무하고 있었던 나는 동료들과 술을 마신 후 10시 30분쯤 광화문 버스 정류소에서 차를 기다리고 있었다. 그런데 아무리 기다려도 내가 탈 버스가 오지 않았다. 평상시라면 서너 대 이상 지나갔을 시간이었다. 다른 노선의 버스도 마찬가지인 것 같았다. 사람들은 술렁이기 시작했는데, 시간은 어느덧 11시가 넘어서고 있었다. 버스를 포기한 사람들은 택시를 잡기 위해 동분서주했는데, 택시 운전사들의 입에서 흘러나온 말이 심상치 않았다. 한강다리가 차단되었다는 것이다. 불안이 사람들 사이로 빠르게 퍼져 나갔다.

누군가 내 어깨를 툭 쳤다. 돌아보니 회사 선배였다. 그 역시 나처럼 오지 않는 버스를 기다리는 중이었다. 11시 30분이 넘어서자 귀가를 포기할 수밖에 없었다(당시는 통금이 있었는데, 아이러니컬하게도 통금을 없앤 이는 그 날 밤 사건을 계기로 5공화국의 대통령이 되었던 전두환이었다). 여관에 그냥 들어가기 서운해서 근처 술집에 들렀다. 텅 빈 주점에서 맥주를 마시고 있는데, 바깥에서 이상한 소리가 들려 왔다. 신경이 곤두설 정도로 대단히 기분 나쁜 굉음이었다. 선배는 '탱크 소리다!' 하면서 벌떡 일어났고, 나는 황급히 그를 따라 나섰다.

소리의 진원지는 광화문 네거리였다. 선배의 판단은 정확했다. 휘영청한 달빛 아래 탱크들은 광화문 동아일보사 앞에서 시청 쪽으로 질주하고 있었다. 도대체 어떤 사태가 났길래 한강다리가 끊기고, 탱크들이 서울 중심가를 질주하는가. 불안이 밤의 어둠처럼 우리들을 휘감고 있었다.

다음날 새벽 우리들은 부스스한 얼굴로 여관에서 나왔다. 선배는 공중전화로 누군가와 통화를 했는데, 잠시 후 전화를 끊은 그는 어두운 표정으로 보안사령관 전두환이 어젯밤 쿠데타를 일으킨 모양이라고 나직이 말했다.

2. 단편소설 「아늑한 길」은 위의 체험이 동기가 되어 탄생한 작품이다. 12·12사태로 권력을 장악한 신군부세력은 이듬해 5월 17일 비상계엄 확대실시와 함께 정치적 반대세력들을 체포하는 제2의 쿠데타를 일으킴으로써 광주항쟁을 유발시켰다.

광주항쟁은 민주주의를 정면으로 부정한 신군부세력에 가장 격렬히 저항한 정치적 사건이었다. 그와 동시에 인간의 악마성과 권력의 본질, 유토피아의 희구와 좌절 등 인류사의 근원적 문제들을 표출한 사건이기도 했다. 「아늑한 길」은 이 사건을 우회적으로 다룬 작품이다.

체험이 그대로 소설이 될 수 없음은 상식이다. 왜냐하면 소설은 허구의 예술이기 때문이다. 소설이 요구하는 허구는 단순히 '꾸며낸 이야기'가 아니다. 그것은 삶의 진실이 구체적으로 드러나는 생명의 공간을 요구한다. 이 생명의 공간은 허구이면서도 허구를 뛰어넘는다. 그러니까 허구임에도 불구하고 어떤 현실보다도 삶의 진실이 살아 숨쉬는 입체적 세계가 소설이다.

소설에서 진실을 조각하는 이는 인물이다. 허구적 존재일 수밖에 없는 소설의 인물이 현실의 존재보다 더 생명적이어야 하는 이유가 여기에 있다. 인물이 살아 숨쉬지 못하는 소설은 독자에게 아무런 힘을 발휘하지 못한다.

「아늑한 길」에서 중심인물은 김인철이다. 그러니까 이 소설의 공간을 지탱하는 힘은 김인철이라는 허구의 인물이 가지고 있는 생명력이다. 독자는 그의 생명력을 통해 작가가 창조한 세계를 보고 느끼며 만진다.

김인철은 역사(권력)의 희생자다. 그 역사는 '인간의 얼굴을 한 야만의 역사'였다. 역사는(야만의 역사든 인간의 역사든) 집단의 움직임이다. 집단의 움직임은 개인의 실존을 허용하지 않는다. 개인의 실존을 끊임없이 삼킴으로써 생명력을 고양시키는 것이 역사다. 그러므로 역사 속에서 개인의 실존을 확인한다는 것은 불가능한 일이다.

소설은 사라져 버린 개인의 실존을 복원시킴으로써 역사를 초월하는 정신작업이다. 개인의 실존을 어떻게 복원시키는가. 역사와 맞서는 '문제적 인물'을 창조함으로써 가능하다. 개인이 역사와 맞설 수 있는 유일한 무기는 순결 혹은 악이다. 순결(악)한 인간은 역사에 의해 삼켜지나 순결(악)은 홀로 남아 역사를 견딘다. 소설이 시간을 견딜 수 있어야 하는 까닭은 여기에 있다. 김인철은 악으로서가 아니라 순결로서 역사와 맞선 인물이다.

나는 김인철의 순결을 드러내기 위해 샤갈의 그림과 예수를 소설의 공간 속으로 끌어들였다. 샤갈의 그림은 순수한 세계다. 모든 존재들이 아름답고 순수하다. 그리하여 물고기들이 공중에서 헤엄치고, 날개 달린 당나귀들이 새와 벗한다. 그 그림들을 들여다보는 김인철의 정신은 예수를 향해 비상한다. 예수의 삶은 죽음으로 향하는 삶이다. 그 죽음의 삶은 상징이 되어 김인철의 삶으로 파고든다.

또 하나의 상징은 아람 어다. 아람 어는 예수가 생전에 썼던 언어다. 헤브루 어가 섞인 시리아 방언인 아람 어는 예수 탄생 수백 년 전부터 중동 전역에서 사용되었다. 그러니까 예수는 아람 어로 자신의 가르침을 유대인에게 알렸다. 하지만 이슬람 제국이 중동을 정복하면서 쇠퇴의 길로 들어선 아람 어는 지금은 사라진 언어가 되어 버렸다.

샤갈의 그림 속에는 생명들의 속삭임이 있다. 천사는 야곱에게, 새는 여인에게, 여인은 보이지 않는 신에게 속삭인다. 김인철은 환각 속에서 그들의 말을 듣는데, 그것은 아람 어였다. 왜 아람 어인가?

인간의 순결은 말의 순결로서 나타난다. 그러니까 순결한 영혼에서 순결한 말이 나온다. 훼손된 말, 거짓된 말의 원천은 훼손된 영혼, 거짓의 영혼이다. 권력의 영혼도 이와 조금도 다를 바 없다. 올바른 권력은 올바른 말을 필요로 하며, 거짓의 권력은 거짓의 말을 필요로 한다. 올바르지 않는 권력을 지키기 위해 광주학살을 자행한 신군부세력은 어떤 말로 자신들의 행위를 합리화했는가.

아람 이는 순결한 말의 상징이다. 거짓의 말을 필요로 하는 권력은 순결한 말을 두려워한다. 아람 어를 그리워하는 김인철의 운명은 그러므로, 비극적일 수밖에 없다. 어디론가 사라져 버린 김인철을 그리워하는 '나'의 모습이 '너'의 모습이 될 수 있는 것은 80년의 어둠이 아직도 여전히 우리의 가슴속에 남아 있기 때문이다.

박상우

경기 광주 출생. 중앙대 문예창작과를 졸업했다. 1988년 『문예중앙』 신인문학상에
중편 「스러지지 않는 빛」이 당선되어 등단하여, 소설집으로 『샤갈의 마을에 내리는 눈』,
『독산동 천사의 시』 등이, 장편소설로 『지구인의 늦은 하오』, 『시인 마태오』,
『나는 인간의 빙하기로 간다』, 『호텔 캘리포니아』 등이 있으며, 이상문학상을 수상했다.

내 혈관 속의 창백한 시(詩)

한동안 나는 두려운 마음으로 손바닥에 난 구멍을 내려다보았다. 통증은 전혀 느껴지지 않았지만, 구멍이 났다는 사실은 막막한 공포감을 조성하며 가슴 한가운데에다 또 하나의 구멍을 만드는 것 같았다. 피도 나지 않는데 어째서 손바닥에 자두 크기만한 구멍이 뚫린 것인지 모를 일이었다. 얼핏 보기에도 구멍은 터무니없이 깊어, 손바닥의 두께와 아무런 상관도 없이 음험해 보였다.

한껏 겁먹은 눈빛으로 나는 허리를 굽히고 구멍 안쪽을 들여다보았다. 희끄무레한 뼈와 검붉은 피와 먹보랏빛 혈관 같은 것들, 들여다보는 순간 가슴이 견딜 수 없이 저려 오는 것 같아 반사적으로 시선을 거두고 말았다. 도대체 나에게 무슨 일이 생겨난 것인가. 근원을 알 수 없는 초조감으로 숨도 제대로 쉴 수 없을 지경이었다.

잠시 뒤, 구멍 안쪽에서 미묘한 움직임이 느껴지기 시작했다. 뭔가가 살아서 구물거리는 듯한 느낌이 전해진 것인데, 그것 때문에 허리와 상체가 거의 동시에 좌우로 뒤틀렸다. 하지만 다음 순간, 손바닥에 난 구멍에서 작고 검은 무엇인가가 툭, 하고 지상으로 떨어져 내렸을 때 나는 지나치게 긴장한 나머지 그것이 무엇인지를 진혀 알아차릴 수 없었다. 살아 있는 무엇이 내 몸 안에 들어 있었던 것일까.

내 몸뚱어리를 끔찍스럽게 이물스러워하며 나는 고개를 숙이고 검은 물체가 떨어져 내린 아래쪽을 내려다보았다. 배경이 침침했기 때문에 내가 발을 딛고 선 곳이 실내인지 실외인지도 전혀 식별할 수 없었다. 설령 식별할 수 있었다 해도 마찬가지, 그 순간 나에게 엄습한 게 오직 죽음에 대한 예감이었기 때문에 그런 건 전혀 문제가 될 수 없었다.

불길하고 음습한 예감의 응고처럼 검은 물체는 잠시 아무런 움직임도 나타내지 않았다. 이것이 내 몸에서 빠져 나오기 위해 손바닥에 구멍이 뚫린 것인가? 극도로 긴장한 와중에도 나는 그런 유추를 해보았다. 하지만 다음 순간, 검은 물체가 꿈틀거리며 앞쪽으로 가볍게 구른 뒤부터 생각은 고스란히 소멸되고 말았다. 오직 시각만 살아 대뇌의 어느 곳, 공포감이 조성되는 근거지에다 정보를 제공하는 것 같았을 뿐이었다.

검은 물체에서 푸르륵, 아주 가벼운 진동이 일어났다. 그리고는 몇 센티, 위로 봉긋하게 솟아올라 제 모습을 갖추기 시작했다. 작디작은 머리와 몸통, 짧고 가느다란 다리는 어렴풋이 식별할 수 있었지만 온몸이 검은색이라서인지 눈의 위치는 좀체 가늠하기 어려웠다. 하지만 살아 있다는 걸 확인시켜 주기라도 하듯 그 작고 앙증맞은 생명체는 톡, 톡, 톡, 뛰듯이 앞쪽으로 걸음을 옮겨 놓았다. 그 탄력적인 몸짓을 보고 나서야 비로소 나는 그것이 무엇인지를 분명하게 알아차릴 수 있었다.

검은 새.

그것이 가볍게 주변으로 튀어 다니는 걸 보다가 나는 슬그머니 잠에서 깨어났다. 가마푸르레한 방과 낮은 천장, 손바닥에 난 구멍과 검은 새가 동시에 중첩돼 언뜻 현실감이 회복되지 않았다. 그래서 몇 분 동안 꼼짝도 하지 않은 채, 검은 연기처럼 연해 허공에서 굼실거리는 불온한 어둠을 올려다보았다. 그러는 동안 목구멍 깊숙한 곳에서부터 타는 듯한 갈증이 치밀어 오르고, 머릿속은 짓이겨지듯 지끈거리기 시작했다.

벽 쪽에 붙여진 침대에 누운 채 가까스로 고개를 돌리자 반대편의 물상들이 희끄무레하게 시야로 밀려들기 시작했다. 침대 바로 옆의 화장대와 자잘한 화장품, 옷들이 촘촘하게 걸린 두 개의 행거, 낡은 386 컴퓨터가 올려진 원목 책상, 협소한 방의 넓이에 비해 터무니없이 커 보이는 중형 냉장고, 가로로 여닫게 되어 있는 격자 무늬의 미닫이 방문—그것들 전체를 그나마 식별할 수 있었던 것은 외부에서 밀려든 불빛이 창호지 발린 방문을 푸르스름하게 적시고 있었기 때문이었다.

팔과 다리가 몹시 저렸지만 더 이상 갈증을 견디기 어려워 나는 침대에서 내려가 허겁지겁 냉장고 앞으로 갔다. 하지만 문을 열고 안을 들여다보자 이런 쓰펄, 하고 나도 모르게 욕이 튀어나왔다. 빈 주스 병 하나뿐, 마실 것은 아무것도 없었다. 혹시나 싶어 냉동실 문을 열어 보았지만 얼음을 얼리는 두 개의 용기마저도 고스란히 비어 있었다. 빌어먹을 기집애, 도대체 뭘 처먹고 사는 거야!

세차게 냉동실 문을 닫고 나는 무너지듯 주저앉았다. 그리고는 마지막으로 야채를 저장하는 가장 아래쪽의 플라스틱 용기를 바깥쪽으로 당겨 보았다. 그러자 거기, 어이없게도 주먹만한 귤들이 꽤 많이 들어 있었다. 하지만 얼마나 오래된 것들인가, 그것들은 과육과 내피 사이에 공간이 생겨 껍질이 쭈글쭈글하게 가라앉아 있었다. 개중에는 푸르스름하게 곰팡이가 피어난 것까지 있었다.

지금 내게 필요한 건 껍질이 아니라 수분이라는 생각으로 나는 손아귀에 가득 들어차는 귤 하나를 집어 들었다. 그리고는 허겁지겁 손을 놀리기 시작했는데, 두껍고 메마른 껍질은 까는 게 아니라 홀러덩 벗겨지는 듯한 느낌으로 이내 손놀림을 허망하게 만들었다. 과육에도 곰팡이가 피었나, 살피고 자시고 할 건덕지도 없이 나는 까슬까슬한 속껍질이 들러붙은 과육을 통째로 입 안에다 밀어 넣었다. 그리고는 우걱우걱, 수분도 별로 없는 그것을 메마른 우거지처럼 짓씹어대기 시작했다.

십여 분 정도 웅크리고 앉아 나는 야채 저장 용기에 들어 있던 열댓 개의 귤을 모조리 먹어치웠다. 수분도 별로 없는 그 쭈그렁이들을 악골이 뻐근할 정도로 짓씹어대고 나자 갈증은 어느 정도 가셨지만, 왠지 모르게 추저분하고 비감스런 여운이 남아 명치끝에서부터 옹골찬 부아가 치밀어 오르기 시작했다. 아무도 없었기에 망정이지, 누군가 옆에 있었다면 아무런 이유도 없이 다짜고짜 목을 졸라 버릴 수도 있을 것 같았다. 인간아, 왜 나를 이렇게 비참하게 만드니?

냉장고 문을 닫고 돌아앉자 방바닥, 거기 두 개의 빈 소주병과 세 개의 맥주 캔, 그리고 재떨이가 제멋대로 널브러져 있었다. 몇 시간 전에 내가 마시고 피워댄 흔적들, 아니 자멸을 향해 미친 듯 몸부림치던 끔찍스런 시간의 허물이었다. 몇 시나 됐을까, 고개를 들고 화장대 위에 올려진 둥근 탁상시계를 올려다보았다.

한 시 사십 분.

은지가 돌아오지 않았다는 사실이 마음을 찜찜하게 했지만 무슨 상관이란 말인가, 손을 들어 지끈거리는 이마를 짚으며 나는 다시 침대 위로 기어 올라갔다. 몸을 길게 눕히고 눈을 감자 취기와 잠기운이 뒤섞여 이내 깊은 현기증이 느껴졌다. 어둠에 파묻힌 광장, 줄기차게 솟구치는 분수의 환영—속이 연해 메슥거리는 게 금방이라도 허공으로 오물이 치솟아오를 것만 같았다. 그래서 어금니를 앙다물고 조심스럽게 호흡을 가다듬었다. 밤보다 더 깊게, 이럴 때 육신을 영원히 잠재울 수 있는 치명적인 알약이 수중에 있다면 얼마나 좋을까.

—왜 돌아왔지?

밤 아홉 시경, 은지의 카페로 들어섰을 때 그녀는 별로 놀라는 기색도 없이 눈을 가늘게 뜨고 나를 노려보았다. 사십구 일 만에 돌아온 거야, 라고 말하려다가 그만두고 나는 물끄러미 바 안쪽에 앉아 담배를 피우는 그녀를 내려다보았다. 집에서 빠져 나온 직후부터, 그러니까 내 마음의 향방이 그녀를 향하고 있다는 걸 알아차린 뒤부터 나는 온다간다 말 한마디 없이 그녀의 방을 떠나던 날부터 오늘까지의 날수를 헤아리기 시작했다. 그런 것에 특별한 이유를 부여하기 위해서가 아니라 그녀를 만나도 별달리 할 말이 없을 거라는 예상이 막연한 불안감으로 작용한 때문이었는데, 그녀의 카페로 가는 좌석 버스 안에서 헤아려진 날수가 공교롭게도 사십구 일이었다. 두어 번 되풀이 헤아려 봤지만 마찬가지, 더함도 덜함도 없이 내가 그녀에게서 떠나 있던 날수가 사십구 일이었던 것이다.

사십구.

사람이 죽어서 다음 생(生)을 받을 때까지의 중음(中陰) 기간, 그것이 사십구 일이라고 해서 기이하다는 생각을 한 건 아니었다. 내가 아무런 말 한 마디 남기지 않고 바람처럼 그녀의 방을 빠져 나가던 날, 그것을 일종의 죽음으로 치부하고 싶어하던 내 자신에 대한 울화가 얼핏 되살아나서도 또한 아니었다. 문제는 되돌아간다는 것, 그것이 몹시 찜찜하게 여겨져서 '사십구'라는 숫자를 자연스럽게 받아들이지 못한 것이었다. 중음 기간을 채운 뒤, 다음 생을 받는 게 아니라 똑같은 생으로 환원하는 건 다행인가 불행인가.

―아무것도 설명하고 싶지 않아. 그때는 그랬고, 지금은 이런 거야. 됐어?

알 수 없는 울분을 억누르며 나는 고의적으로 뻔뻔스런 표정을 지어 보였다. 그리고는 그녀와 마주되게 앉기 위해 바 앞에 놓인 의자를 뒤로 끌어 냈다. 그러자 그녀가 피우던 담배를 재떨이에 던지고 벌떡 자리에서 일어났다.

―어딜 앉으려구? 꼴보기 싫으니까 여기서 꺼져!

―꺼지라구?

의자의 등받이를 손에 잡은 채 나는 동작을 멈추고 그녀를 노려

보았다.

—그래, 꺼져 버리란 말야!

두 주먹을 다져쥐고 그녀는 발악적으로 소리를 내질렀다.

—이거, 인간에 대한 예의가 영 개판이로군.

그녀의 눈꺼풀에서 파르르 경련이 일어나는 걸 보고 피식, 나는 어이가 없다는 표정으로 쓴웃음을 지어 보였다. 골목 끄트머리, 장사도 제대로 되질 않는 카페에는 그 시간까지 손님이 단 한 명도 없었고 그녀와 동업을 하는 영주도 아직은 출근을 하지 않고 있었다. 그래서 한번 뒤집어 엎고 그냥 돌아가 버릴까, 하는 충동을 느끼며 나는 미간을 찌푸리고 날카로운 눈빛으로 주변을 둘러보았다. 사십구일 전이나 지금이나 달라진 건 아무것도 없었다. 지긋지긋한 이승, 인간이건 공간이건 본질적으로 달라질 게 뭐란 말인가.

그녀의 방을 떠나던 날처럼 나는 아무 말도 남기지 않고 묵묵히 카페를 빠져 나왔다. 그리고는 골목 어귀의 구멍가게로 나가 소주 두 병을 사 가지고 곧장 그녀의 자취방으로 갔다. 카페에서 걸어서 십 분 거리, 도심의 뒷골목에 은밀한 아지트처럼 자리잡고 있는 낡고 오래된 한옥에는 그녀처럼 단칸방을 얻어 세를 살고 있는 다종다양한 인간들이 있었다. 하지만 그들은 은지처럼 주로 밤에 활동하는 야행족들이라서 좀체 얼굴을 마주치는 일이 드물었다. 낮 동안은 정신없이 곯아떨어져 자다가 밤이 되면 부나비처럼 네온의 불빛 속으로 화려하게 날아 들어가는 인간들, 그리고 날 밝기 전에 지칠 대로 지친 몰골로 돌아와 주검처럼 고꾸라져 버리는 그렇고 그런 인생들.

뒈질 테면 뒈져라.

은지의 자취방에서 홀로 소주를 마시는 동안 나는 한 가지 생각에만 집요하게 사로잡혀 있었다. 저녁 무렵, 혼자 집을 지키고 있을 때 고시원에서 걸려 온 한 통의 전화—그것이 지난 사십구 일 동안 잠잠하게 가라앉아 있던 나의 자멸 욕구에 또다시 기름을 부었고, 그것으로 인해 다음 생으로의 변태(變態)가 고스란히 수포로 돌아갔다고 단정한 때문이었다. 빌어먹을 자식, 하필이면 이런 날 나와 상충(相沖)될 게 뭐란 말인가.

—그럼 지금 전화 받으시는 분이 하길 형 동생인가요? 다른 게 아니라 말이죠, 하길 형이 좀전에 폭주족 오토바이에 부딪혀서 병원 응급실로 실려 왔어요. 얼굴과 머리가 온통 엉망이 됐는데…… 아무튼 길게 말할 수 없으니까 지금 빨리 어머님과 영등포 자혜병원으로 오세요. 지금 빨리요!

전화를 끊고 나서 나는 방바닥에 누워 십여 분 정도 멍하니 천장을 올려다보았다. 빗물 자국인가 쥐오줌 자국인가, 천장의 사방연속 무늬에 거무끄름하게 얼룩이 져 있었다. 웃기는 자식, 하길 형이라면 엄마를 모셔 오라고 말해야지 어째서 어머니를 모셔 오라고 말하는 것이냐. 누운 채 담배를 피워 물고 나는 한심스럽다는 표정으로 츳, 츳, 츳, 하고 혀를 찼다.

엄마와 어머니라는 호칭의 차이.

그것이 사소하고 단순한 차이라고 생각하는 사람들은 예외 없이 혈연에 내재된 악연의 고리를 이해하지 못하는 사람들이었다. 형에게는 엄마로 불려지는데 어째서 나에게는 어머니로 불려지는가. 그것을 이해하지 못하는 사람들에게는 마땅히 내 자신을 설명하고 자시고 할 필요도 없었다. 엄마라고 부르고 불릴 수 있는 관계가 형성하는 놀라운 친연성의 세계에 대하여, 그래서 나는 의도적으로 어머니라는 호칭을 사용하며 객관적인 거리감을 유지하려고 기를 쓸 수밖에 없었다. 그러니 형의 엄마와 나의 어머니는 동일인이면서도 엄연히 다른 존재로 기능할 수밖에 없었다. 그 엄마의 아들이 사고를 당했다는데, 어째서 내가 나의 어머니에게 그 소식을 전해야 하는가.

빗물 자국인지 쥐오줌 자국인지도 모를 천장의 얼룩을 올려다보며 곰곰 생각해 보았지만, 왠지 모르게 형의 사고 소식을 어머니에게 전하는 일은 나의 몫이 아닌 것 같았다. 근거를 설명할 순 없었지만 그런 당위성이 본능적으로 나를 당당하게 만든 것이었다. 내가 동생이기 때문에 마땅히 사고 소식을 형의 엄마에게 전해야 할 의무가 있다? 그런 생각을 하자 불쑥, 나도 모르게 울화까지 치밀어 올랐다. 그래서 서둘러 집을 빠져 나가야겠다고 생각하며 나는 자리에서 일어나 주섬주섬 옷을 챙겨 입기 시작했다. 내가 누구의 동생이고 누구의 자식이란 말인가.

돼지거나 말거나.

팔을 들어 지끈거리는 이마 위에 얹으며 나는 길게 한숨을 내쉬었다. 형이 아니라 이 시간까지도 돌아오지 않는 은지가 훨씬 끈끈하게 뇌리에 들러붙어 정신을 어지럽게 하는 것 같았다. 혼자 두 병의 소주를 비우고 냉장고에 들어 있던 세 개의 캔맥주까지 모조리 비우는 동안, 서너 번 누군가에게서 괴전화가 걸려 왔다. 여보세요, 하고 내가 말하면 몇 초 동안 아무 말도 하지 않고 있다가 그대로 전화를 끊어 버리곤 해서 세 번째 수화기를 집어 들었을 때는, 좆 같은 인간아, 목구멍에 화염병이라도 박혔니? 하고 욕을 하고는 내가 먼저 전화를 끊어 버렸다. 나를 향해 입을 벌리지 않는 인간들은 십중팔구 적일 터, 누가 전화를 걸어 왔건 그런 건 조금도 상관하고 싶지 않았다. 내가 자신의 방에 있는지 없는지를 확인하고 싶어하는 은지의 전화, 아니면 그녀를 찾는 골 빈 사내새끼들의 전화가 분명할 테니 별달리 궁금해할 건덕지도 없었던 것이다.

*

눈을 뜨자 침대 옆, 푸르스름한 어둠 속에서 은지가 옷을 벗고 있었다. 이제 막 상의를 벗던 참에 내가 눈을 뜬 것인데, 나의 시선을 의식하면서도 그것을 고의적으로 무시하려는 듯 그녀는 허공에다 시선을 붙박고 옷을 마저 벗었다. 형광 물질이 발린 것처럼 희디흰 상체, 옷을 벗어 던지자마자 검은 브래지어가 두드러지며 알살과 극적인 대비를 이루었다. 벨트를 풀고 청바지를 밑으로 밀어 내리자 이번에는 검은 팬티가 드러나며 주변의 푸르스름한 어둠을 순간적으로 약화시키는 것 같았다.

무엇을 도발하고 싶어하는 건가.

길게 한숨을 내쉬고 나서 나는 한 손을 들어 이마 위로 올렸다. 머릿속은 여전히 지끈거리고 입 안에서는 지분지분 모래가 씹히는 것 같았다. 목구멍 안쪽에서부터 바작바작 타오르는 갈증 때문인가, 목울대도 제대로 움직여지지 않았다. 쭈그렁이 같은 귤들을 짓씹어 먹고 나서 짧은 동안 다시 잠에 빠져 있었지만, 치명적인 맹독처럼 술기운은 변함없이 내 혈관을 따라 흐르며 심신을 무기력하게 만들고 있었다.

몇 초 동안, 보란 듯 검은 팬티와 브래지어 차림으로 서서 그녀는 나를 내려다보았다. 냉기가 가득 어린 그 눈빛이 나를 비웃고 있다는 걸 나는 직감적으로 알아차릴 수 있었다. 눈빛에서도 냉소를 읽어 낼 줄 아는 사람의 비굴과 비감을 느끼며 뭔가, 나는 뭔가를 말하려고 몸을 굼지럭거렸지만 그것을 이미 알아차린 듯 그녀는 망설임 없는 동작으로 단호하게 내게 등을 보였다. 그리고는 행거에서 다른 바지와 상의, 그리고 조끼를 꺼내 입기 시작했다. 마지막으로 숏 커트를 한 짧은 머리에다 검은 모자를 눌러썼을 때, 그제서야 나는 그녀의 차림새가 검정 일색이라는 걸 알아차릴 수 있었다.

얼핏 꿈에서 보았던 검은 새가 뇌리를 스쳐 갔다. 내 손바닥에 난 구멍에서 빠져 나와 오종종, 오종종, 좌우로 옮겨 다니던 그것이 은지와 어떤 연관성을 지닌 꿈이었던가, 불길한 기분으로 나는 냉기가 어른거리는 그녀의 뒷모습을 지켜 보았다. 하지만 그녀는 더 이상 내 쪽으로 돌아서지 않고 그대로 방문을 열고 밖으로 나가 버렸다.

한껏 무기력해진 내 자신을 비웃고, 가증스러워하고, 혐오하고, 무시하려는 몸짓 언어—나는 그것이 기막히게 유치하고, 치졸하고, 저질스럽고, 구태의연하다는 생각을 하며 천천히 침대에서 몸을 일으켰다.

두 시 삼십오 분.

화장대 위에 놓인 시계를 보고 나서 나는 다시 냉장고로 갔다. 거기서 빈 주스 병을 꺼내 들고 조심스럽게 방문을 열고 마당으로 나갔다. 디귿자 형으로 지어진 낡고 오래된 한옥, 불이 켜져 있는 방은 단 한 군데도 없었다. 뿌리 없는 영혼의 소유자들은 지금쯤 황홀한 네온의 바다, 저마다 꿈의 질감을 느끼게 하는 현란한 밤의 세계를 부유하고 있으리라. 지붕을 넘어와 마당으로 내려앉는 푸르스름한 빛의 기운에서 인간들이 토해 낸 광기의 잔해가 추저분하게 스멀거리고 있는 것 같았다.

나는 마당의 수도꼭지에다 입을 대고 정신없이 물을 마셨다. 굶주린 아이가 게걸스럽게 엄마 젖을 빨 때처럼 나도 모르게 눈동자가 자꾸만 뒤쪽으로 넘어가는 것 같았다. 그럼 지금 전화 받으시는 분이 하길 형 동생인가요? 의식의 아득한 저편에서 누군가 다급한 목소리로 나를 부르는 것 같았다. 지금 빨리 영등포 자혜병원으로 오세요, 지금 빨리요!

빈 주스 병 가득 물을 받아다 화장대 위에 올려놓고 나는 다시 침대로 올라가 누웠다. 방바닥에서 침대까지의 높이 육십 센티미터, 침대에서 천장까지의 높이 일 미터 삼십 센티미터—어림 짐작으로 수치를 헤아리자 내가 꽤 큼직한 관 속에 누워 있는 것 같다는 생각이 들었다. 형의 사고 소식을 알리던 인물의 목소리를 밀어 내기 위해 의도적으로 정신을 방기한 것이었다. 하지만 그 결과는 엉뚱하게도 세상에서 가장 큰 관을 탄생시키고, 살아 있는 나를 주검과 동일시하게 만들었다. 그래, 나는 죽은 게 아닌데도 커다란 관 속에 누워 있구나.

성은(聖恩)이 부재하는 인생.

내가 어느 곳에도 정착하지 못하고 떠도는 이유를 어머니는 언제
나 성령이 임하지 않는 때문이라고 지적하곤 했었다. 그리고 내게
성령이 임하지 않는 이유는 내 스스로 구원을 위해 회개하지 않기
때문이라고 설명하곤 했었다. 그래서 회개하라고, 아직도 늦지 않았
으니 심판의 그 날이 오기 전에 속히 회개하라고 귀에 못이 박힐 정
도로 똑같은 말을 되풀이하곤 했었다. 믿음을 갖지 않고 회개하지
않는 자들, 심판의 그 날이 오면 유황불의 지옥 속으로 팽개쳐질 거
라고 말할 때는 어머니가 이미 심판자가 되기라도 한 것처럼 살벌한
눈빛으로 나를 노려보기도 했었다.

드디어 심판의 날이 왔다고 말해 줄까?

형의 사고 소식을 듣고 집을 나온 직후, 어머니가 경영하는 성은
식당(聖恩食堂) 앞에서 걸음을 멈추고 나는 잠시 망설였다. 창으
로 넘어다 보이는 허름한 식당 안에는 시장 바닥의 노무자들로 보이
는 사내들 서넛이 둘러앉아 고기를 구워 소주를 마시고 있었다. 하
지만 그 순간, 어느 날 밤의 악몽 같은 기억이 되살아나서 나는 황
망스럽게 그곳을 떠나지 않을 수 없었다. 형의 사고가 심판이 아니
라 나로 인한 시험(試驗)이라고 생각할 게 불을 보듯 뻔한데, 그런
걸 어찌 내 입으로 전해 줄 수 있으랴.

—하길아, 마당으로 나오너라.

지금으로부터 사십구 일 전, 내가 반 년 만에 다시 집으로 돌아가
열흘쯤 지난 뒤였을 것이다. 고시원에서 기숙하는 형이 모처럼 집으
로 다니러 왔을 때, 나는 그와 같은 공간에 머무는 게 싫어서 동네
포장마차로 소주를 마시러 나갔었다. 그리고 밤 열 시경까지 두어
병의 소주를 마시고 돌아와 그대로 잠자리에 들어 버렸다. 같은 방
에 머물던 형은 내게 뭔가를 말하고 싶어하는 눈치였지만, 들으나마

나 그것이 어떤 종류의 말일 거라는 걸 나는 훤히 알고 있었기 때문에 어떻게 해서든 그에게 말할 기회를 주지 않으려 한 것이었다. 어쨌거나 책상에 앉아 책을 보는 형에게 등을 보이고 나는 먼저 잠이 들었는데, 공교롭게도 자정이 훨씬 지나 식당문을 닫고 집으로 돌아온 어머니가 방문을 열고 은밀하게 형을 불러 내는 소리에 그만 잠이 깨어 버리고 말았다.

—피곤하실 텐데 그만 주무시지, 왜요?

자기 엄마의 부름에 형은 고분고분하게 밖으로 나갔지만 나는 등을 보인 채 계속해서 잠을 자는 시늉을 했다.

—시험 공부하느라 몸이 곯았을 텐데, 고기 좀 구워 먹고 자라고 불렀다. 오늘 정육점에서 아주 좋은 고기가 들어왔어. 내가 금방 숯불 준비할 테니 잠깐만 기다리거라.

—재욱이는요?

—걘 그냥 놔둬. 안 그래도 자잖아?

그 날 밤, 두 모자는 사이좋게 좁은 마당에 앉아서 오래도록 고기를 구워 먹었다. 그리고 어려운 현실을 참고 견디면 반드시 주님의 은총으로 성공할 날이 올 거라는 얘기를 주고받으며 화려한 미래를 설계해 나갔다. 누구나 고시에 붙는 게 아니니까 두 번의 실패를 마음에 두지 말고 올해는 편안한 마음으로 시험에 임하라고 형의 엄마는 말했고, 두 번의 실패가 좋은 경험이 돼서 올해는 반드시 엄마를 기쁘게 해드리고 싶다고 형은 자신의 엄마에게 붙임성 있게 말했다.

안 그래도 자잖아.

그 날 밤. 나의 가슴에 커다란 대못이 박힌 것은 그들 모자가 둘이서만 고기를 구워 먹었다는 사실 때문이 아니라 어머니의 입에서 무심결에 흘러 나온 그 한 마디의 말 때문이었다. 안 그래도 자잖아, 라고 말할 수 있는 무의식의 저변을 감지하며 나는 온몸에 푸릇푸릇하게 소름이 돋아 오르는 걸 느꼈다. 저놈이 깨어 있어도 너만 먹이고 싶어서 어서 자라고 말을 해야 할 판국인데, 때맞춰 잠을 자니 얼마나 잘된 일이니?—지난 이십오 년 동안, 한 마디의 말이 나에게 그토록 공포스럽게 느껴진 적은 단 한 번도 없었다.

어머니는 나의 악마.

앉으나 서나 성령의 힘으로 세상을 살아간다는 어머니는 이미 고등학교 시절부터 나의 낙서장에서 악마가 되어 있었다. 형과 나에 대한 노골적인 차별 대우가 싫어서이기도 했지만, 형에 대한 기대감을 키우기 위해 나를 희생양으로 삼고 있다는 걸 그때 이미 확연하게 알아차리고 있었기 때문이었다. 내가 고등학교 이학년이 되었을 때, 형은 자기 엄마의 기대감에 부응하듯 법대생이 되었고 나는 어머니로부터 대학 포기를 종용받기 시작했다.

—자고로 형이 잘돼야 동생도 잘되는 법이라고 했다. 우리 형편에 둘씩 대학을 보낼 수 없으니 네가 다른 길을 찾아야지 달리 어쩌겠니?

그때, 나는 어머니의 그 말이 새빨간 거짓말이라고 단정했다. 가정 형편이 어려워서 대학을 포기하라는 게 아니라, 형에게 적극적인 뒷받침을 하기 위해 다른 쓰임새를 막아 보자는 말로 받아들여진 때문이었다. 그리고 내가 세 살 때 세상을 떠났다는 아버지, 내가 그를 빼다박은 듯이 닮았다는 이유 때문에 어머니가 본능적으로 나를 싫어하는 거라고 미루어 짐작했다. 하지만 내가 세상에 태어나기 직전부터 딴 여자와 살림을 차려 집을 나갔다가 이태 뒤에 교통사고로 세상을 떠났다는 아버지의 죄를 어째서 내가 대속해야 하는가.

대학을 포기하라는 종용을 받은 직후부터 나는 그때까지와 전혀 다른 방식으로 세상을 살기 시작했다. 가출을 하고, 무기정학을 당하고, 술을 마시고, 담배를 배우고, 심지어는 패싸움을 벌이고 경찰서 유치장 신세를 지기도 했다. 고등학교는 가까스로 졸업했지만, 그때 이미 나에게는 혈연에 대한 아무런 소속감도 남아 있질 않았다. 지갑을 만들어 납품하는 몇 군데의 가내 공장을 전전하고, 거기서 만난 인물들의 권유로 술집과 카페를 전전하기도 했다. 어쩌다 오갈데가 없어져 며칠씩 집으로 돌아가 보기도 했지만, 그때마다 내가 확인할 수 있었던 것은 싸늘한 타인의 세계일 뿐이었다. 어머니와 형에게서 나는 이미 남과 같은 존재가 되어 있었고, 내가 그들의 화평을 침범하는 못된 파괴자가 된 것 같아 도리 없이 또다시 집을 떠나곤 했던 것이다.

사법 고시?

집을 떠나 세상을 떠도는 동안, 나는 변함없이 어머니와 형의 꿈을 가소롭고, 가증스럽고, 황당무계한 것이라고 비웃으며 살았다. 어쩌면 그런 저주를 지탱력으로 삼아 사막스럽고 거친 세상을 하루하루 견뎌 낸 것인지도 모를 일이었다. 형이 법대에 입학하고 판검사가 되겠다는 야무진 꿈을 키우기 시작한 직후부터 나는 죽기 전에 한 번, 노골적으로 형을 비웃을 수 있는 기회를 기다려 왔었다. 그리고 그런 기회가 오면 주저 없이 이렇게 말하고 싶었다.

—너 같은 돌대가리가 판사가 된다면, 나는 어둠 속을 떠돌며 매번 너에게 물을 먹이는 탁월한 범죄자가 되겠다. 어머니를 닮았다는 것말고 네가 나보다 나은 게 뭐지?

노력을 통해 모든 걸 다 성취할 수 있다고 해도, 어린 시절부터 형이 나에게 느껴 온 열등감은 죽을 때까지 지워지지 않을 거라고 나는 확신하고 있었다. 그리고 어쩌다 한 번씩 마주칠 때마다 형이 나에게 나타내는 어정쩡한 태도를 통해 나는 변함없이 그것을 확인할 수 있었다. 적어도 형이 법대에 입학하고 어머니가 나에게 대학 포기를 종용하기 전까지. 학교 성적상으로건 성격상으로건 형은 나보다 나은 게 아무것도 없었던 것이다.

우열의 척도란 무엇인가.

간단히 말해 형은 어머니를 닮았고, 어머니가 원하는 대로 무한정

성실했을 뿐이었다. 그나마 형이 유지하던 성적은 철저하게 노력의 결과였지만, 어머니는 그것을 내가 해마다 받아들고 오는 우등상장보다 훨씬 우월한 것인 양 칭찬을 아끼지 않곤 했다. 뿐만 아니라 형의 주변머리 없는 성품은 어머니에게서 유전된 차분한 성품으로 미화되고, 주변에 친구가 많은 나의 성품은 아버지를 닮아 싹수가 없어 보이는 성품으로 터무니없이 폄하되기까지 했다.

얼마나 웃기는 일인가.

어머니가 아무리 자신의 편을 들어 주고 나를 왜곡하는 일을 일삼아도, 형은 그와 나 사이에 운명처럼 주어진 우열의 진실을 알고 있었다. 그리고 그것을 어머니만큼 노골적으로 왜곡하고 은폐하지 못해 매번 괴로워하곤 했다. 그가 판검사가 되고 내가 지능적인 범죄자가 되는 일이 실제로 일어난다고 해도 마찬가지, 그와 나 사이의 우열 관계에서는 평생 역전극이 일어나지 않으리라는 걸 나는 알고 있었다. 설령 그가 나에게 사형선고를 내린다 해도, 그래도 나는 끝끝내 서늘한 오만함을 잃지 않고 그를 비웃을 자신이 있었다. 마지막 역전극을 만들어 내기 위해 그가 아무리 발버둥친다 해도, 사형수가 된 나에게 그가 전할 수 있는 마지막 자비란 것도 기껏 동정이나 연민 이상의 것은 결코 되지 못할 것이라고 생각하며 회심의 미소를 짓곤 했던 것이다.

얼마나 통쾌한 일인가.

십여 분 정도, 나는 서늘한 벽에다 이마를 붙이고 모로 누워 있었다. 그러다가 다시 갈증이 살아나 부스스 몸을 일으키고 화장대 위에 올려 둔 물병을 집어 들었다. 한없이 낮은 곳으로 잦아드는 듯한 가을밤, 물을 마시는 동안 이상하게도 몸이 땅 속으로 꺼져 드는 듯한 기분이 들었다. 나를 무시하기 위해 밖으로 뛰쳐나간 은지, 그 한심한 영혼은 지금 어느 곳을 부유하고 있을까.

—이것 봐, 이것 보란 말야. 나는 지금 다른 남자하고 바람을 피우

고 있는 거야. 약 오르지 않아?

물을 마시고 나서 나는 벽에 등을 기대고 앉아 물끄러미 컴퓨터를
내려다보았다. 카페를 끝내고 돌아와서도 잠이 오지 않는다고 통신
에 접속을 하고, 이곳저곳 채팅실을 돌아다니며 아무 놈하고나 닥치
는 대로 수다떨기를 하며 그녀는 보란 듯이 나에게 스크롤되는 모니
터를 가리키곤 했었다. 그런 것을 보며, 아니 그녀가 다른 남자를 만
날 수도 있을 거라는 가능성에 대해 내가 단 한 번이라도 질투심을
느껴 본 적이 있었던가?

오다가다 만나 몇 번 잠을 자고, 그래도 괜찮을 것 같다는 생각으
로 반 년 가까이 그녀와 동거를 하는 동안 나는 단 한 번도 그녀를
사랑한다고 생각해 본 적이 없었다. 그녀가 자신을 배신하면 죽여
버릴 거라고 심심할 때마다 한 번씩 내게 했던 말도 또한 사랑과 아
무런 상관이 없는 말이라고 나는 생각했다. 그리고 아무리 기회가
주어진다 해도 이런 식 이상으로는 절대 여자에게 가슴을 열지 않으
리라, 여자라는 족속을 은근히 어머니와 동일시하기까지 했었다. 지
금은 달라도 나중에는 같아질 수 있다는 끔찍스런 가능성.

아, 시!

컴퓨터를 물끄러미 바라보다가 문득 떠오르는 게 있어 나는 굼뜨
게 침대에서 기어 내려갔다. 그리고는 엉금엉금 컴퓨터가 올려진 원
목 책상 앞으로 기어갔다. 한순간, 전원 스위치를 누르자 짙푸른 빛
살이 터지듯 밖으로 밀려 나왔다. 접속번호, 기다림, 그리고 원하는
이동, 은지에게서 통신 접속법을 배운 직후부터 한동안 줄기차게 이
곳저곳 게시판을 기웃거린 적이 있었는데, 그렇듯 무수한 곳을 돌아
다니며 그때 내가 발견해 낸 낙은 어이없게도 오직 한 가지뿐이었다.
아주 가끔 어떤 여자가 특정한 게시판에다 올려놓는 시, 그것을 읽
는 미묘한 쾌감이 있어서 그 뒤로는 아예 그것을 찾아 읽기 위해서
만 통신 접속을 하곤 했던 것이다.

하지만 지난 사십구 일, 애석하게도 내가 은지의 방을 떠난 뒤로 그녀가 추가로 올린 시는 단 한 편도 없었다. 그래서 물끄러미 화면을 들여다보다가 그 동안 그녀가 게시판에 올린 시를 모조리 불러내 차례차례 다시 읽어 나가기 시작했다. 전부라고 해봤자 고작 일곱 편—그것을 모조리 읽고 나서 나는 특정한 시 한 편을 서너 번 되풀이해 읽었다. 독에는 독, 혈관을 따라 흐르는 독보다 더욱 강한 독이 주입될 때처럼 마음이 편안하게 진정되는 것 같았다. 약간의 독은 편안한 잠을 가져다 주고 많은 독은 영원한 잠을 가져다 준다고 했던가?

> 너의 집은 그곳이 아니야.
> 너의 집은 내가 너와 함께 있는 그곳이지
> 함께 피운 담배 꽁초들이 어질러져 있고
> 몸에서 흘러 나온 질척한 것들로 이불이 더럽혀져 있는
> 너의 집은 내가 너의 팔을 베고,
> 네 손가락이 내 머릿결을 헤집어 놓는
> 우리가 나눈 농담들과 진저리쳐지는 얘기들이
> 담배 냄새와 함께 공중에 녹아 있는 그곳이지
> 너는 이제 돌아왔어
> 너는 어디로도 가지 않아도 돼
> 집이 아니라면 어디든 네 마음은 편안하다고 너는 말하지만
> 또한 내가 너와 함께 있는 여기가 아니라면 어디라도
> 네 마음은 편안하지 않을 테지

*

설핏 다시 잠이 들었다 깨어났을 때, 은지가 푸르스름한 어둠 속에서 다시 옷을 벗고 있었다. 처음 집으로 돌아와 옷을 갈아입을 때

보다 표정은 더욱 경직돼 있었지만, 그때와 달리 홀렁홀렁 옷을 벗어 닥치는 대로 팽개치면서도 그녀의 시선은 시종 나에게 집중돼 있었다. 팽팽하게 긴장된 눈빛과 앙다문 입술, 그리고 서둘러 옷을 벗어 던지는 그녀의 거친 동작이 의미하는 게 무엇인지를 알아차리고 나는 단박 육체적인 긴장감을 느꼈다.

기습적인 섹스.

그래, 은지의 섹스 욕구는 언제나 돌발적이고 기습적으로 살아나, 때마다 나를 당혹스럽게 만들곤 했다. 담배를 피우다가, 책을 읽다가, 컴퓨터 통신을 하다가, 라면을 먹다가, 한순간에 동작을 멈추고 그녀는 팽팽하게 긴장된 눈빛으로 나를 건너다보곤 했다. 처음에는 그것이 무엇을 의미하는지 몰라, 왜 그래? 왜 그러는 거지? 하고 몇 번씩이나 되묻지 않을 수 없었다. 하지만 그럴 때마다 나의 물음에는 아무런 대답도 하지 않고, 그녀는 다급하게 옷을 벗어 던지고 다짜고짜 나를 공격하며 일방적인 섹스에 몰입하곤 했다.

은지가 내 위로 올라가 자신의 섹스에 일방적으로 몰입하는 동안, 다소 곤혹스런 기분으로 눈을 감고 누워 나는 엉뚱한 상상의 세계로 빠져 들어가곤 했다. 그녀는 왜 이런 식의 섹스를 즐기는 걸까, 하는 게 매번 되풀이되는 고정적인 상상의 질료였다. 그것은 달리 말하면 내가 그녀의 신상에 관해 별달리 아는 게 없다는 뜻이기도 했다. 그녀는 자신에게 여동생이 하나 있다고 말한 적이 있지만, 내가 그녀와 동거를 하던 육 개월 동안 나는 단 한 번도 동생을 본 적이 없었다. 그래서 동생과는 전혀 연락을 주고받지 않고 사느냐고 나는 물은 적이 있었는데, 그때 그녀는 다시 한 번 그 따위 질문을 하면 내 간을 빼먹어 버리겠다고 심각한 표정으로 나를 협박했었다. 그래서 '여동생이 하나 있다'는 말에 부모가 없다는 의미가 포함되어 있는지, 그런 것도 모른 채 나는 그녀와 때마다 살을 섞으며 살아갈 수밖에 없었던 것이다.

아무렇든 그녀와의 섹스에서 나는 단 한 번도 일체감 같은 걸 느낄 수 없었다. 그녀와 내가 주고받는 섹스는 아무리 생각해 봐도 합리적이고 조화로운 섹스가 아니었고, 그랬기 때문에 그녀가 자신의 섹스에 몰입하는 동안 나는 육체를 제공해 주는 이상한 보살처럼 묵묵히 눈을 감고 다른 생각에 몰입할 수밖에 없었다. 그러다가 온몸이 땀에 젖은 그녀가 나에게서 떨어져 나온 뒤에야 비로소 나는 뒷북을 치는 사람처럼 체위를 바꾸고 나의 섹스를 시작할 수 있었다. 하지만 내가 섹스에 몰입하는 동안, 그녀는 구제불능의 불감증 환자처럼 뻣뻣하게 굳은 몸으로 또한 나처럼 눈을 감고 인내의 시간을 보내곤 했다.

"안 벗고 버틸 거야?"

침대 옆에 붙어 서서 팽팽하게 긴장된 알몸으로 그녀가 물었다.

"지금 몇 시야?"

"몰라. 쓸데없는 거 묻지 마."

"그렇게 독을 써도 소용없다. 술을 너무 많이 마셔서 지금은 불가능하니까."

제발 내 인내심을 시험하지 마라, 하는 심정으로 나는 그녀를 올려다보았다.

"누군 술 안 마신 줄 알아?"

웃기는 소리 하지 말라는 표정으로 그녀는 침대 위로 올라왔다. 역한 술 냄새가 끼치듯 내 후각을 자극했다. 소주를 마시고 온 건가, 냄새로 미루어 짐작하며 나는 진저리가 난다는 표정으로 미간을 찌푸렸다. 하지만 그녀는 독이 잔뜩 오른 작은 들짐승처럼 입술을 앙다물고 내 혁대를 풀기 시작했다.

"비켜."

인내심의 영역을 조금 더 넓혀 보자, 하는 심정으로 나는 그녀의 손을 밀쳐 내고 상체를 일으켰다. 그리고는 몸에 걸쳐진 옷을 차례

차례 벗어 방바닥으로 집어 던지며 전혀 다른 종류의 인내심에 대해 생각하기 시작했다. 내 몸을 내 뜻대로 죽여 보리라. 여전히 긴장된 눈빛으로 무릎을 꿇고 앉아 있는 그녀를 한번 보고 나서 나는 반듯하게 침대에 누웠다. 그리고는 언제나와 마찬가지로 눈을 감고 그녀에게 몸을 맡겼다.

"봐, 네 맘대로 되는 건 아무것도 없지?"

뜻 모를 말을 중얼거리며 그녀는 나의 몸에 손을 대기 시작했다. 하지만 나는 그 순간부터 전혀 다른 종류의 인내심을 발휘하기 시작했다. 한심한 영혼아, 네가 아무리 나를 만져도 싸늘한 주검처럼 나는 끝끝내 살아나지 않을 것이다. 살아나지 않을 것이다, 살아나지 않을 것이다, 하는 말을 주문처럼 연해 마음속으로 되뇌이며 나는 그녀의 기대감을 배신하려고 이를 앙다물었다. 죽어도 그녀가 원하는 대로 깨어나고, 살아나고, 그리고 발기하지 않으리라.

"제발, 이런 식으로 날 짜증나게 하지 마."

그녀의 말을 귓전으로 흘리며 나는 영등포에 있는 병원으로 실려 갔다는 형을 생각하기 시작했다. 그녀의 손이 나의 중심부에서 제멋대로 움직이는 걸 느끼며 곳곳에서 비명이 터져 오르는 병원 응급실을 떠올렸다. 그리고 폭주족의 오토바이에 부딪혀 짓이겨지고 으깨어졌을 형의 얼굴과 머리, 그를 진찰하고 치료하는 의사와 간호사들을 상상해 보았다. 의사가 고개를 가로젓고, 간호사가 흰 시트를 형의 얼굴에 덮는 장면—그녀의 집요한 손놀림에도 불구하고 나의 육신은 바람 빠진 풍선처럼 한껏 편안하게 이완되고 있었다.

생과 사.

그래, 솔직히 고백하건대 형의 사고 소식을 접하던 순간에 내가 가장 먼저 떠올렸던 생각이 바로 그것이었다. 마땅한 이유가 있어서가 아니라 거의 본능적으로 그런 생각을 떠올린 것이었다. 내가 살아서도 주검처럼 세상을 떠돌던 시간, 악마의 자식은 화평과 사랑이 넘치는 온실에서 안주하지 않았던가. 그래서 이제 진정한 심판의 시간이 왔는지도 모른다는 생각으로 나는 미묘한 흥분을 느끼기까지 했었다. 아주 오래 전부터, 그런 심판의 날이 오기를 얼마나 학수고대하고 있었던 것일까.

"병신⋯⋯. 내가 미쳤지."

그녀가 손놀림을 멈추고 내게서 떨어져 나와 털썩, 침대에 몸을 눕히며 중얼거렸다. 울화가 잔뜩 치밀어 오른 듯한 목소리―그녀의 뜻대로 내 몸이 살아나지 않은 게 아니라 나의 뜻대로 내 몸이 제어된 결과였다. 하지만 그녀, 잠시 침대에 누워 있다가 분해서 못 견디겠다는 목소리로 다시 입을 열었다.

"올라와."

"⋯⋯"

"올라오란 말야!"

"⋯⋯."

"마지막이니까 오늘만 그렇게 해."

"오늘이 무슨 특별한 날인가?"

천천히 상체를 일으키고 그녀의 몸 위로 기어오르며 나는 물었다. 하지만 짜증스런 표정으로 눈을 감은 채 그녀는 아무런 대꾸도 하지 않았다. 그녀에게서 나에게로 주도권이 이렇게 빨리 넘겨진 적은 단한 번도 없었지만, 주도권을 넘겨받았다고 해서 턱없이 방심하다간이내 자세가 역전되기 십상일 터였다.

세 시 사십 분.

아무런 동작도 취하지 않은 채 나는 그녀의 몸 위에서 길게 목을 늘어뜨리고 화장대에 올려진 탁상시계를 보았다. 갑자기 밤, 깊고 푸른 어둠의 시간이 진저리쳐지게 지리멸렬하다는 생각이 들었다. 한세월 내내 내가 그 어둠 속에 갇혀 있는 것 같았고, 남겨진 세월 내내 내가 그 어둠에서 헤어나지 못할 것 같았다. 그래서 무엇인가, 내가 뚫고 나가야 할 통로를 만들고 싶다는 굴진 충동이 은근히 중추를 자극하기 시작했다.

꿈꾸지 마.

그 순간. 빛에 대한 모든 갈망을 갈가리 찢어발기듯 느닷없이 전화벨이 울리기 시작했다. 그녀에게 마악 진입하려다 말고 빌어먹을, 하고 중얼거리며 나는 동작을 멈추었다. 하지만 그녀는 대수롭지 않다는 표정으로 눈을 감은 채 팔을 뻗어 수화기를 집어 들었다. 그리고는 음침하게 가라앉은 목소리로 여보세요, 하고 말하고 나서 뭔가에 퍼뜩 놀란 사람처럼 갑작스럽게 눈을 뜨고 언성을 높이기 시작했다.

"그래 미친년아, 넌 지금 도대체 어디 있는 거야? 내가 널 찾아서 베네통 앞에서 패밀리 마트까지 몇 번이나 돌았는지 알기나 해!"

잠시 사이를 두고 저쪽 얘기를 들은 뒤에 그녀는 다시 입을 열었다.

"그래. 알았어. 지금 나갈 테니까 꼼짝 말고 거기 죽치고 있어."

전화를 끊고 나서 그녀는 아무 일도 없었다는 표정으로 다시 눈을 감았다. 하지만 어둠에 대한 진저리도, 빛에 대한 갈망도, 그때 이미 나에게서는 허망하게 스러진 뒤였다. 그걸 알아차리기라도 한 듯 그녀는 눈을 뜨고 다소 누그러진 어조로 다시 입을 열었다.

"금방 안 나갈 거니까 신경 쓰지 마."

"신경 쓰지 말라니……. 밤이 지겹지도 않으냐?"

"지겹지 않아. 차라리 낮이 없어져 버렸으면 좋겠어."

"그럼 그냥 나가. 이건 네 방식이 아니잖아."

"상관없어. 우린 오늘로 끝이니까 이게 기념식이라고 생각해."

"기념식치곤 정말 더럽군."

"그래, 그러니까 더럽게 해봐. 더할 수 없이 아주 더럽게 말야."

"더럽게 하지 않아도 어차피 우린 더러워."

"우리라고 말하지 마."

"그럼 어떤 말을 듣고 싶은 거지?"

"다 필요 없어. 그냥 날 창녀라고 생각하면서 해봐."

그래 좋다, 하고 이를 악물고 나는 창녀의 몸 속으로 불쑥 들어가 버렸다. 그러자 지상의 모든 어둠과 지상의 모든 병마와 지상의 모든 악덕이 도사리고 있는 어둠의 자궁, 그것을 잔혹스럽게 짓이겨 버리고 싶다는 충동으로 온몸이 뜨겁게 달아오르기 시작했다. 그래서 서너 번 굴신을 한 뒤부터 나는 사뭇 가학적인 흥감을 느끼며 그녀를 공격하기 시작했다. 삐이걱, 그때 밖에서 나무대문 열리는 소리가 들리고 곧이어 뚜벅뚜벅 하는 발자국 소리가 들리기 시작했다.

누군가.

순간적으로 긴장했지만 네온의 바다를 떠돌던 어떤 부나비가 이제 돌아왔겠거니, 발자국 소리를 괘념치 않고 나는 맹렬하게 어둠의 오지로 굴진해 들어갔다. 하지만 발자국 소리가 어디선가 뚝 멈춘 직후. 다름 아니라 바로 내 등뒤에서 조심스럽게 유리문을 두드리는 소리가 들렸다. 다른 어느 방이겠거니, 그것을 무시하고 나는 계속해서 그녀를 공격했다. 어떤 부나비가 또 다른 부나비를 찾아왔지만 부재중인가, 밖에서는 잠시 아무 소리도 들리지 않았다.

"은지 씨, 계세요?"

다시 한 번 바깥쪽 유리문을 두드리며 조심스럽게 묻는 남자의 목소리를 듣고 나는 벼락을 맞은 듯한 표정으로 동작을 멈추었다. 그녀도 눈을 뜨고 당황스런 표정으로 숨을 죽였다. 그러다가 목소리의 주인공을 알아차린 듯 나를 밀쳐 내고 다급하게 침대에서 내려갔다. 그리고는 행거에서 손에 잡히는 대로 긴 원피스 하나를 꺼내 정신없이 몸에 걸치며, 누구세요? 하고 방문을 향해 소리쳤다. 곧이어, 저 영민인데요, 하고 밖에 선 남자가 조심스럽게 대답했다. 미닫이문과 유리문을 차례로 열고 마루로 나선 뒤에 그녀는 재빨리 안쪽의 미닫이문을 닫았다. 그러자 다소 의기소침한 목소리로 남자가 물었다.

"희진이는 지금 어디 있죠?"

"자정 무렵에 헤어졌는데 지금은 어디 있는지 몰라요. 그 기집애, 영민 씨 때문에 술 많이 마셨어요. 지금이 몇 신데, 지금 나타나면 어떡해요?"

"……."

"제 말은요, 영민 씨가 나쁘다는 게 아녜요. 영민 씨도 날 그렇게 생각하는 건 아니죠? 나도 영민 씨에게 연락하고 싶었지만 방법이 없었어요. 지금이라도 호출번호 알려 주면 안 되나요?"

"그건…… 곤란한데요."

"영민 씬 나에 대한 감정이 나쁜 건가요? 나하곤 생각이 많이 다른 것 같아요. 그럴 필요 없는 거 아녜요?"

"생각이 잘 정리되지 않아요. 며칠 동안 통 잠을 못 잤거든요."

"마음이 불편하긴 나도 마찬가지예요."

"지금, 안에 누가 있나요?"

"아, 오빠가 와 있어요. 친오빠."

"……그럼 갈게요."

"정말 호출번호 알려 주면 안 되나요?"

"미안해요. 그냥 갈게요."

"그래요, 그럼. 하지만 이삼 일 내로 꼭 전화해 줘요. 알았죠?"

뚜벅뚜벅, 다시 마당을 가로질러 가는 발자국 소리가 들렸다. 문을 걸고 안으로 들어와 그녀는 잠시 방 한가운데 우두커니 서 있었다. 그러다가 꼭 세 번, 지겨워, 지겨워, 지겨워, 하고 똑같은 말을 되풀이했다. 그러고 나서 화장대 위에 올려진 물병을 들고 서너 모금 마신 뒤에 냉장고 문을 열고 아무런 동작도 없이 우두커니 그 앞에 서 있었다. 그것이 냉기를 받으며 몸을 식히는 그녀 나름대로의 방법이라는 것, 내가 모를 리 없었다. 하지만 육신이 서늘하게 식을 만한 시간이 흐르기도 전에 다시 전화벨이 울렸다.

"그래. 지금 막 나가려던 참이야."

사이.

"소주 몇 병?"

사이.

"미친년아, 그 자식들한테 너무 쉽게 보이지 마."

사이.

"좀전에 영민 씨 왔었어."

사이.

"그래, 너 있는 곳은 안 알려 줬으니까 걱정하지 마."

사이.

"그래, 오 분 이내로 갈게."

전화를 끊고 나서 그녀는 다시 옷을 갈아입기 시작했다. 검정 진에 타이트하게 상체를 드러내는 흰 반팔 셔츠, 그리고 그 위에 검정 가죽 재킷을 걸치고 다시 모자를 눌러썼다. 그러고 나서 침대 쪽으로 등을 돌리고 그녀는 싸늘한 목소리로 잘라 말했다.

"언제 돌아올진 모르겠지만, 내가 돌아오기 전까지 여기서 사라져 줘."

"……"

"제발 찜찜하게 굴지 마. 정말 지겨워 미치겠어."

"……"

"대답해. 거지야?"

"……"

"집으로 돌아올 땐 다른 놈 데려올 거니까 알아서 하라구."

"……"

묵묵부답으로 허공을 올려다보는 나를 노려보다가 쉬트, 하는 입소리를 내며 그녀는 방을 나가 버렸다. 혼자 있게 된 공간, 원래의 관으로 환원된 것 같아 쾌적하고 편안한 기분이 들었다. 살아서도 주검과 같은 나날을 사는데, 세계에서 가장 큰 관을 버리고 이제 더 이상 날더러 어디로 가라고 그녀는 성화란 말인가. 더 이상 밀려날 수 없고, 더 이상 밀려날 곳도 없는 인생—필요하다면 쟁투를 벌여서라도 이제는 내 공간을 확보하고 싶다는 오기가 살아 올라 나도 모르게 두 눈을 부릅뜨게 만들었다. 주인이 있는 방, 임자 있는 영역, 무슨 상관이란 말인가. 내가 피 흘리지 않기 위해 타인의 피를 흘리게 하는 것—그것은 세상을 사는 요령이지 단죄의 대상이 아니었다. 내가 세상에서 배운 게 그런 것이라면, 그런 걸 써먹으며 세상을 살아야지 달리 무슨 묘수가 있으랴.

*

마지막 파국을 기다리는 사람처럼 나는 미묘한 설렘을 느끼며 허공을 올려다보았다. 가고 싶지 않은 길과 갈 수 없는 길, 그리고 가지 않은 길들이 푸르스름한 어둠 속에서 모조리 부질없는 길로 태를 바꾸고 있었다. 그래서 지금 내가 등을 붙이고 누운 이곳, 관처럼 안온한 악연의 터전을 떠나고 싶지 않다는 생각에 굳은 뼈마디가 생겨나기 시작했다. 지금 이곳에 뿌리를 내리고, 바로 이곳에서 저주의 꽃으로 피어나고 싶다는 간절한 열망—나는 저주의 씨앗으로 잉태되고, 악의 떡잎으로 자라고, 자멸의 늪으로 가라앉아 가는 가련한 인생이 아니었던가.

신선한 피가 그리운 밤, 나는 막연한 기다림과 막연한 그리움과 막연한 기대감 속에서 서서히 지쳐 가기 시작했다. 형벌에 대한 불길한 예감이 엄습하고, 속 깊은 상처의 그늘에서 저주의 꽃이 피어나기 시작했다. 따뜻한 불빛이 그리운 저녁, 세상을 떠돌며 한없이 마음 서늘해지던 기억이 문득문득 되살아나 가슴을 저리게 했다. 그러다가 형, 그의 생사가 궁금해지면 그때까지의 방심이 말짱 후회스러워 다시금 눈을, 두 눈을 부릅뜨지 않을 수 없었다.

　네 시 오십 분.

　쿠당, 하는 소리를 내며 나무대문이 거칠게 열리는 소리가 들렸다. 그리고 누군가 다급하게 마당을 가로질러 뛰어오는 소리가 들리고, 곧이어 유리문을 여는 소리가 들렸다. 이윽고 마지막 차단막 같았던 미닫이문이 열리고 불쑥, 오른손에 붕대를 두른 누군가 거친 동작으로 방안으로 들어섰다. 방안의 푸르스름한 기운보다 더욱 뚜렷한 기운으로 푸르게 빛나는 존재, 은지가 방안으로 들어서자마자 역한 술 냄새가 방안 가득 들어찼다. 무슨 이유 때문에 손을 다치게 되었는지 모르겠지만, 지혈이 제대로 되지 않았는지 붕대의 반 이상이 피에 젖어 있었다.

　"야, 이 새꺄! 왜 아직도 안 꺼진 거야?"

　미닫이문에 위태롭게 기대 서서 나를 노려보다가, 갑작스럽게 혀 꼬부라지는 소리로 그녀는 언성을 높였다. 슬그머니 내가 상체를 일으키자, 붕대가 감긴 손을 흔들어대며 그녀는 아슬아슬한 걸음걸이로 나를 향해 다가왔다.

　"개자식아, 내가 니 봉이니? 여기가 니 꿀림방인 줄 알아?"

　그녀는 보이지 않고 오직 핏물이 번진 붕대만 눈앞에서 연해 어른거렸다. 그래서 그것이 내 턱과 뺨을 건드리고 급기야 내 머리통까지 후려쳤지만 나는 꼼짝도 하지 않았다. 갑작스럽게 명치끝이 저려오며 숨을 제대로 쉴 수 없었는데, 그런 걸 알아차리기라도 했는지 자제력을 잃은 그녀의 손놀림은 더욱 난폭해지기 시작했다. 하지만 핏물이 번진 붕대, 미친 듯이 살아 움직이는 손에서 전혀 다른 무엇인가가 떠오르는 것 같아 나는 타작을 당하면서도 집요하게 그것을 노려보았다.

　형!

그 순간, 붕대가 감긴 은지의 손이 아니라 형이 죽지 않았다는 확신이 세차게 나의 뒤통수를 후려쳤다. 그래서 무릎을 꿇고 엉덩이를 허공으로 들어올린 채 나는 정신없이 베개에다 머리를 처박았다. 견딜 수 없을 정도로 명치끝이 조여들고, 그것이 치받쳐 오르며 기도를 차단하는 것 같았다. 하지만 누구인가, 그런 것 따위는 조금도 아랑곳하지 않은 채 연해 나의 몸을 두들겨댔다. 은지의 손인가, 형의 손인가, 아니면 어머니의 손인가, 백광의 영역으로 접어든 것처럼 그 순간부터 머릿속으로 눈부신 빛이 밀려들기 시작했다.

"형, 이제 우리의 시간이 왔어."

베개에다 처박았던 머리를 천천히 들어올리고 나는 핏물이 번진 손의 주인에게 말했다.

"개자식아, 여기서 꺼져 버리라는데 무슨 헛소리야! 꺼지라구!"

손의 주인이 세차게 나의 콧등을 후려쳤다. 그러자 뜨끈하면서도 끈끈한 액체가 주르륵, 콧구멍 밖으로 흘러내리기 시작했다. 하지만 나는 한없이 평온하게 미소지으며 손의 주인에게 다시 말했다.

"나는 형을 사랑해. 내가 아무리 침묵하고 있어도 형은 그걸 알잖아."

침대에서 내려가 나는 손의 주인에게 조심스럽게 나의 손을 내밀었다. 그러자 손의 주인은 내 손을 세차게 후려치며 발로 나의 정강이를 걷어찼다. 하지만 나는 여전히 미소를 잃지 않으며 손의 주인이 움직이지 못하게 슬그머니 양손으로 어깨를 움켜쥐었다. 그리고는 서서히 손에 힘을 주며 세찬 몸부림을 다스려 나갔다.

"제발 움직이지 마. 이러면 우리가 행복하게 지낼 수 있는 시간이 줄어드는 거야. 알겠어, 형?"

"미친 새끼, 왜 이러는 거야! 정말 미쳤어?"

손의 주인이 발악적으로 몸을 뒤틀어대자 와장창, 화장대 위에 올려졌던 온갖 것들이 일시에 바닥으로 떨어져 내렸다. 그리고 침대

쪽으로 방향을 틀며 다시 한 번, 손의 임자가 몸을 버둥거리는 바람에 원목 책상 위에 올려졌던 컴퓨터가 방바닥으로 곤두박질쳤다. 그 순간, 나는 참으로 맑고 순수한 분노를 느끼며 차분한 목소리로 손의 주인에게 말했다.

"죽음의 골짜기는 아주 평화로울 거야. 아무것도 걱정하지 마, 형."

"이 나쁜…… 크헉!"

손의 주인, 그의 마지막 몸부림을 손아귀로 느끼며 나는 순간적으로 양손을 목으로 밀어올리고 힘을 가했다. 그리고 목을 움켜쥔 채 재빨리 반원을 그리며 침대 쪽으로 방향을 틀었다. 거기, 편안하고 부드러운 침대 위에다 손의 주인을 눕히자 연해 켁켁거리는 소리를 내며 세차게 허리를 뒤틀어댔다. 그래서 그러지 말라고, 손의 주인을 부드럽게 타이르며 나는 배를 타고 올라앉아 손아귀에 더욱 힘을 가하기 시작했다. 형과 내가 행복하던 시절에 불렀던 노래, 그와 함께 손을 잡고 부르던 동요가 기억의 그늘에서 아련하게 되살아나는 것 같았다.

"형, 풀잎이슬이란 노래 생각나?"

"……."

나의 물음에 아무런 대답도 하지 않고 손의 주인은 몸 전체를 좌우로 뒤틀어댔다. 그래서 무릎으로 양팔과 어깨뼈를 동시에 찍어누르며 나는 다시 물었다.

"흐, 형은 음치였잖아. 그래서 내가 음정을 맞추는 발성법을 알려 줬는데…… 생각 안 나?"

등 뒤쪽에서 다리가 심하게 요동질치는 느낌이 전해져 왔지만 나는 조금도 동요하지 않았다. 벌과 나비가 평화롭게 날아다니는 곳, 맑은 냇물과 눈부신 햇살이 지천에 깔린 꽃동산이 선연하게 눈앞으로 떠오르자 손의 주인이 더할 나위 없이 사랑스럽게 느껴져서 가슴이 마구 두근거리기 시작했다. 그래서 주체할 수 없는 사랑의 감정을 느끼며 나는 마지막 안간힘을 다해 손아귀에 힘을 주었다.

"나는 정말 형을 사랑해. 그러니까 어디로 가든 그걸 잊어선 안 돼. 제발, 그런 건 잊지 말라구."

손의 주인이 더 이상 움직이지 않았기 때문이 아니라, 나로 하여 금 뜨거운 눈물이 흐르게 만든 격한 감동을 통해 나는 비로소 평화 가 완성되었다는 걸 알았다. 그리고 형에 대한 나의 사랑과 평화, 그 것이 온전하게 완성되었다고 생각하자 온몸이 종이처럼 가벼워지는 것 같았다. 그렇게 잠시, 지상에서 내가 경험한 시간 중에 가장 감미 롭고 가장 평화로운 시간이 흘렀다.

"봐, 형을 위해 세상에서 가장 큰 관을 준비했어. 그러니까 아무런 걱정도 하지 말고 여기서 편안하게 자. 그냥 자면 되는 거야."

평화로운 주검에서 떨어져 나와 나는 어질러진 방바닥에서 물병을 집어 들었다. 그리고 삼 분의 일 쯤 남겨진 물을 모조리 비워 버리 고 은지가 그랬던 것처럼 냉장고 문을 열고 잠시 그 앞에 서 있었다. 안쪽에 밝혀진 노오란 불빛을 받으며 굼실굼실, 서늘한 냉기가 안개 처럼 내 몸을 덮어 왔다. 그렇게 잠시 서 있자니 냉장고 안쪽의 가 로 선반과 세로 선반, 그 하나하나의 선들이 좀전의 흐무러진 상태 와 전혀 다르게 날카롭게 살아나기 시작했다. 그래서 냉기가 집중적 으로 얼굴로 밀려들도록 선 자리에 그대로 쪼그려 앉아 나는 냉장고 안쪽으로 목을 길게 뽑았다. 그러자 기억의 저쪽, 아득한 어둠의 공 간에서 붉은 네온사인이 연해 깜박거리기 시작했다.

무슨 일이 일어난 건가.

냉장고 문을 열어 둔 채 나는 멍한 표정으로 뒤를 돌아보았다. 핏 물이 번진 붕대를 손에 두른 은지가 반듯하게 침대에 누워 있었다. 어디서 손을 다친 건가, 나는 온갖 잡동사니들이 널브러진 방바닥을 엉금엉금 기어 그녀에게로 다가갔다. 그리고 붕대가 감긴 손을 들어 올리고 상심한 눈빛으로 그것을 들여다보았다. 그녀의 상처에서 지속적으로 피가 밀려나와 이제 붕대는 빈틈없이 핏물에 젖어 있었다.

"이것 봐, 피가 멈추어지지 않잖아."

나는 다급한 심정으로 푸른빛이 번지는 그녀의 뺨을 두들겨 보았다. 하지만 그녀는 꼼짝도 하지 않았고, 엉뚱하게도 내 기억의 한켠에서는 그녀의 세찬 몸부림과 악다구니가 살아나기 시작했다. 그래서 정신없이 침대 위로 기어 올라가 나는 그녀의 어깨를 흔들어대기 시작했다. 움직여 봐, 눈을 떠 봐, 숨을 쉬어 보란 말야, 하고 미친 듯 소리치며 이제는 내가 몸부림을 치기 시작한 것이었다. 이 지리멸렬한 밤, 이 진저리쳐지는 어둠 속에서 나는 도대체 무슨 짓을 저지른 것인가!

이윽고 차디찬 현실감이 되살아났을 때, 나는 깊고깊은 밤의 정적 속에서 다시 한 번 그녀를 내려다보았다. 푸르스름한 빛이 속으로 잦어들어 이제는 그녀의 몸 전체가 푸른빛을 발산하고 있는 것 같았다. 그래서 차분하게 호흡을 가다듬고 나는 그녀의 아름다운 얼굴에 입맞추고 주섬주섬 옷을 찾아 입기 시작했다. 그녀의 얼굴이 저토록 아름답게 빛날 수 있는 신비는 대체 어디서 오는 것일까. 옷을 다 입은 뒤에도 나는 한동안 침대 옆에 붙어 서서 물끄러미 그녀의 얼굴을 내려다보았다.

한 송이, 깊고 푸른 어둠의 꽃.

평온하게 잠들어 있는 은지에게서 등을 돌리고 나는 화장대에 붙어 있는 거울을 들여다보았다. 그리고는 헝클어진 머리카락을 대충 손으로 쓸어올리고 말라 버린 코피 자국을 제거한 뒤, 화장대 서랍을 열고 그녀의 지갑을 꺼내 들었다. 해장국 한 그릇 가격이 얼마인가, 오백 원 정도의 차이를 두고 기억이 오락가락했다. 그래서 만 원 정도면 소주까지 한잔 곁들일 수 있겠지, 하는 생각을 하며 지갑에서 푸른 지폐 한 장을 꺼내 바지 주머니에다 찔러 넣었다.

은지가 자주 가던 그 집, 24시간 해장국집을 떠올리며 나는 서둘러 방을 나섰다. 대문을 열고 골목으로 나와 서늘한 새벽 공기를 들이마시자 머릿속이 한결 맑고 상쾌해지는 것 같았다. 아직 어둠이 걷히진 않았지만 좁은 골목길 어느 곳에서도 사람의 모습은 눈에 띄지 않았다. 어쩌면 이 지리멸렬한 밤이 영원히 끝나지 않을는지도 모르겠다는 생각이 얼핏 뇌리를 스쳐 갔지만, 아침이 찾아온다고 해도 별로 달라질 게 없을 테니 그런 건 아무래도 상관없다는 생각이 들었다.

변함 없는 세상, 걱정할 게 뭐란 말인가.

구불구불한 골목길을 반쯤 빠져 나왔을 때, 제법 키가 큰 남자 하나가 골목 어귀로 접어드는 게 보였다. 머리를 길게 길러 뒤로 묶은 모습이었는데, 다가가면서 보니 투명한 비닐에 싸인 붉은 장미 한 송이를 손에 들고 있었다. 그래서 나는 신선한 눈빛으로 그의 손에 들린 장미에다 시선을 고정시키고 걸음을 옮겨 놓았다. 신새벽, 도발적인 기운을 담뿍 머금은 붉은 장미 한 송이—그것이 못내 아쉽게 여겨져서가 아니라 문득 뇌리를 스쳐 가는 생각이 있어 나는 골목 어귀에서 우뚝 걸음을 멈추고 골목 안쪽을 들여다보았다. 하지만 남자의 모습은 그때 이미 어둠의 오지로 잦아들어 발자국 소리만 희미하게 귓전으로 밀려들 뿐이었다. 어디서 들었던가, 왠지 모르게 귀에 익은 듯한 그 발자국 소리.

생각하면 무엇하나, 지나가는 인연이려니.

골목을 벗어나 인도로 나서자 바다처럼 드넓고 무궁무진한 어둠의 세계가 나를 기다리고 있었다. 아주 오래 전부터 내가 골목에서 빠져 나오길 기다리고 있었던 것처럼 한없이 부드럽고 깊은 자애감이 온몸을 감싸안는 것 같았다. 그래서 더 이상 다른 아무것도 생각하지 않고 나는 편안한 마음으로 밤의 세계로 나아가기 시작했다. 뇌리에 각인된 몇 줄의 시가 떠오르자 둥실둥실, 온몸이 깃털처럼 가볍게 허공으로 떠오르는 것 같았다. 꿈에 보았던 검은 새 한 마리,

그것이 미래가 예비되지 않은 밤하늘로 무작정 비상하는 시간이었다.

생각한다 육십 년대, 더 후의 마이 제너레이션
그때에도 혹 불면
눈이 돌아가는 무엇이 있었을까?

견딜 만한 고통이 나의 온몸을 휘감아도
태평성대야, 여긴 모두 잘 지내
우린 모두 화평하다구

견딜 만하다고 하니까
그런가 보다 하는 거지 뭐

(『문학동네』, 97. 9.)

---

* 본문 중에 인용한 두 편의 시는 컴퓨터 통신 하이텔 내의 문학 소그룹 '쉬파흐'(go
sg85)에 올려진 박세라(ID:SARAH008)의 시 「컴백 홈, 살아 있는 시체들의 별」과 「
MY GENERATION」에서 인용한 것임.

아주 막연한 이미지 들여다보기

박 상 우

1. 내가 소설에 대한 영감을 얻게 되는 경우는 크게 세 가지이다. 이야기로 얻게 되는 경우, 단어로 얻게 되는 경우, 그리고 이미지로 얻게 되는 경우가 그것이다. 이야기로 얻게 되는 경우는 가장 흔한 방식이라 언급을 피하겠다. 단어로 얻게 되는 경우는 정서적 자극과 그것에 대한 반응의 산물인데, 그것이 한편의 소설로 만들어지기 위해서는 적잖은 부화 기간이 필요하다. 예를 들자면 「옥탑방」, 「말무리반도」, 「산타 페」, 「호텔 캘리포니아」 같은 것들이 하나의 단어에서 출발하여 한 편의 소설로 만들어진 경우이다.

이미지로 영감을 얻게 되는 경우는 정서적 자극과 함께 영상적인 상상력이 동원되는 경우이다. 그것은 아주 막연하거나 희미하게 출발해서 차츰 소설적 구체성을 얻게 되는 경우이다. 물론 그것에도 부화 기간이 필요하다. 하지만 단어를 부화할 때와는 다르게 영상적인 상상력, 다시 말해 이미지에 대한 감각적 숙성이 중요한 관건으로 작용한다. 예를 들자면 나비를 관념적으로 획일화하는 게 아니라 그것의 다양한 색상과 무늬, 그리고 생김새를 부각시키기 위해 차별화된 부화 방법을 동원하게 되는 것이다. 예를 들자면 「내 혈관 속의 창백한 詩」같은 경우가 이미지에서 출발해 소설적 구체성을 얻은 경우이다.

소설의 영감을 이야기로 얻는 경우는 비교적 세공 과정이 수월하다. 노두(露頭)에서 발견한 원석을 깎고 다듬어 소설적 구조를 얻게 하면 그만이기 때문이다. 하지만 특정한 단어나 막연한 이미지로 영감을 얻은 경우는 작업 과정이 복잡 미묘하다. 특정한 단어에서 출발한 경우는 그것을 이미지로 최대한 확장시킨 뒤에 취사선택과 가감을 통해 적절한 소설적 얼개를 형상화한다. 하지만 이미지에서 출발한 경우는 희미한 꿈의 기억을 소설로 만드는 과정처럼 난감하고 막연하기 짝이 없다. 하지만 이 과정에서 경험하게 되는 정신적 화학 작용은 모든 소설 작법에 삼투될 수 있기 때문에 활용 가능성이 무궁무진하다. 문학이 무의식을 의식으로 전환하는 데 기여하는 분야라면, 막연한 이미지를 구체화하는 단계를 거치지 않고 달리 무엇을 말할 수 있으랴.

2. 「내 혈관 속의 창백한 詩」라는 제목은 아르튀르 랭보의 시집을 읽다가 찾아낸 문구이다. 그것을 읽는 순간, 나도 모르게 어떤 이미지가 감지되었다. 하지만 정서적인 자극 이상, 구체적인 이미지는 전혀 떠오르지 않았다. 그것을 수첩에 메모해 두었다. 특별한 소설적 의도나 구체적인 활용 가능성이 떠오르기 전까지는 철저하게 시적인 상태일 수밖에 없는 표현이었다.

시간이 지나고 다른 소설에 몰두하면서 나는 '내 혈관 속의 창백한 시'라는 표현을 잊었다. 그러던 어느날, 컴퓨터 통신에 접속했다가 아주 우연히 '쉬파흐'라는 문학 소그룹을 발견했다. 엇비슷한 문학 동아리가 많았기 때문에 특별한 관심을 가지고 들어간 건 아니었다. 그런데 거기서 나는 아주 특이한 표현법을 지닌 존재 하나를 발견했다. 일반적인 글을 올리는 게시판에서 대담한 욕설과 거침없는 성적(性的) 표현, 그리고 파격적인 발상법을 느끼게 하는 존재를 발견한 것이었다. 의도적인 제스처가 아니라서 그 존재의 표현에서는 일말의 거부감도 느껴지지 않았다. 일상에서 발견되는 부조리한 일들에 대한 욕설, 인간 관계에서 생겨나는 허위의식에 대한 지적, 우울한 일상과 현실에 대한 짜증, 심지어는 남자친구의 성기 모양이나 섹스 과정을 묘사하는 글까지 있었다.

어쩌면, 하는 심정으로 나는 회원들이 소설을 올리는 게시판으로 들어가 보았다. 하지만 그곳에는 내가 보고 싶어하는 대상의 글이 한 편도 없었다. 다시 시를 올리는 게시판으로 들어가 보았다. 다행스럽게도 그곳에 그 존재의 시가 대여섯 편 올라와 있었다. 그것을 찬찬히 읽어 보고 나는 깊고 강렬한 문학적 호기심을 느꼈다. 그 존재의 시는 세공이 덜 된 것처럼 거친 구석이 있었지만 특유의 개성 때문인지 아주 강한 흡인력을 느끼게 했다. 일상화된 퇴폐와 세기말적 분위기 — 그것이 그 존재의 시에서 내가 받은 첫인상이었다.

그 날 이후, 나는 통신에 접속할 때마다 '쉬파흐'를 찾아갔다. 물론 그 존재의 시를 읽기 위해서였다. 여러 달이 소모되었지만 그때 내가 읽은 시는 도합 십여 편 정도밖에 되지 않았다. 그 중에 서너 편을 갈무리해 두고 나는 뭔가를 궁리하기 시작했다. 하지만 그때까지도 '내 혈관 속의 창백한 시'와 그 존재의 시는 접합되지 않았다. 그것들이 푸른 섬광을 일으키며 나의 의식 속에서 마찰을 일으킨 건 그로부터도 한동안이 더 지난 뒤였다. 어느 날 좌석 버스를 타고 가다가 서로 다른 두 개의 이미지가 하나로 접합하며 아주 구체적인 이미지로 전이되는 걸 경험한 것이었다.

나는 두 개의 서로 다른 이미지를 세기말적 이미지로 재가공하기 시작했다. 불온하고 불안정한 시대, 뿌리에 대한 확신을 저버리는 시대, 그리고 자아를 망실한 영혼의 부유를 그로테스크한 이미지로 재편집하기 시작한 것이었다. 세기말적 분위기에 편승하고 그것으로 인해 가장 심하게 파괴되는 젊은 존재들이 등장인물로 설정되었다. 하룻밤에 일어나는 일을 다루는 소설, 철저하게 어둠을 배경으로 하는 소설, 그리고 시작부터 끝까지 검은 이미지로 일관하는 소설. 세기말을 다루기 위해서는 세기말이라는 단어를 한번도 사용해서는 안 된다는 걸 유념할 필요가 있었다. 중요한 건 이미지와 상징, 그리고 그것을 위한 기술자의 정신적 집중력이었다.

3. 「내 혈관 속의 창백한 詩」는 세기말을 사는 인간들의 악마성에 초점을 맞춘 소설이다. 그것을 위해 검은 새, 검은 옷, 그리고 종말적인 어둠이 빈번하게 동원되었다. 랭보의 시에서 받았던 막연한 이미지, 통신에서 발견한 시에서 받았던 서로 다른 이미지가 하나로 통합되어 가까스로 구체성을 얻게 된 것이었다. 아주 막연하게 이미지를 감지하고 그것을 소설적으로 부화시키고 구체화시키는 데 이 년이 넘는 시간이 소모되었다. 하지만 그와 같은 과정, 다시 말해 '막연한 것'에서 '구체적인 것'으로 이행하는 과정을 통해 작가는 자기 무의식의 심연을 들여다보게 된다. 작품을 위해 자신을 투자하는 동안 작가 자신도 또 다른 내면의 구체성을 확인하게 되는 것이다. 작가와 작품이 유리될 수 없듯, 작가는 작품을 통해 자기 의식을

심화시키고 또한 고양시키게 되는 것이다. 작품은 있지만 작가정신이 없는 작가, 작가정신은 있지만 작품이 없는 작가 — 불행한 작가가 되지 않기 위한 자기 경계는 이 두 가지 범주를 작가적 삶의 토양으로 삼아야 할 것이다.

이순원

강릉 출생. 강원대 경영학과를 졸업했다. 1988년 『문학사상』 신인상에 단편 「낮달」이 당선되며 등단하여,
창작집으로 『그 여름의 꽃게』, 『얼굴』, 『수색, 그 물빛 무늬』 등이,
장편소설로 『우리들의 석기 시대』, 『압구정동엔 비상구가 없다』, 『미혼에 마친다』,
『에덴에 그를 보낸다』 등이 있으며, 동인문학상을 수상했다.

말을 찾아서

"그럼 지금 나보고 봉평에 가달라는 겁니까?"

통화 중간 나는 나도 모르게 왠지 화가 나 있었다. 전혀 화를 낼 일이 아닌데도 그랬다.

"꼭 가셔야 되는 건 아니고요. 안 가시고도 쓰실 수 있으면 그렇게 하셔도 됩니다. 안 가셔도 2박 3일 간의 취재비와 취재 수당은 저희가 따로 드리고요."

그러니까 저쪽 편집자의 말은 웬만하면 거절하지 말고 꼭 좀 써달라는 뜻일 것이다. 어떤 일이든 내가 하기 싫으면 그만이긴 하지만, 사실 그런 조건으로 쓰는 원고라면 이제까지 내가 받은 어떤 사보들의 청탁보다 좋은 조건이었다. 그런데도 나는 처음부터 그 일을 하지 않을 핑계를 찾고 있었다. 아마 며칠 전에 꾼 말 꿈 때문일 것이다. 그때 본 말이 아직도 내 머리 속을 떠나지 않고 있었다.

"그 회사는 돈이 그렇게 많습니까? 가지 않은 여행비까지도 주고."

이번에도 내 말은 가시를 달고 나갔다.

"그런 게 아니라 처음 그런 기획을 할 때부터 책정해 놓은 경비니까 저희들로선 그렇게 드려도 문제가 없다는 뜻입니다. 선생님께서 좋은 원고만 주시면……."

"그러니까 거기 나오는 노새인지 나귀 얘긴지만 확실하게 써달라……?"

"예. 독자들이 작품과 작품 배경을 이해하기 쉽게 작품 얘기 반,

작품 무대 얘기 반, 그런 식으로요."

"그렇다면 다른 사람 찾아보지 그래요. 나는 안 가보고도 쓸 수 있을 만큼 봉평에 대해 잘 알지도 못하고, 그렇다고 그걸 쓰자고 지금 거기 다녀올 시간이 있는 것도 아니고 하니까."

"저희들은 선생님이 가장 적임자라고 생각해서 전화를 드린 건데. 고향도 그쪽이고 해서……."

"적임자가 따로 있겠소? 가서 보고 쓰면 그게 적임잔 거지."

나는 저쪽에서 무어라고 더 말을 하기 전에 서둘러 전화기를 내려 놓았다. 그러나 사실 봉평에 대해서라면 누구보다 가슴속에 묻어 두고 있는 이야기가 많았다. 어린 날 보았던 봉평 장터에 대해서도 그렇고, 「메밀꽃 필 무렵」속의 허 생원과 그의 나귀, 또 그들이 걸었던 봉평에서 대화로 가는 80리(그러나 실제로 60리밖에 되지 않는) 산길과 그 길 옆에 끝없이 펼쳐져 있던 메밀밭에 대해서도 그랬다. 다만 내가 지금 그 얘기를 하고 싶지 않은 것뿐이었다. 그 얘기를 하자면 나는 어쩔 수 없이 작품 속의 나귀가 아닌 또 다른 나귀와 아부제(양아버지) 얘기를 해야 할 것이었다.

"어디 전환데 그렇게 받아요?"

전화를 끊고 나자 옆에 섰던 아내가 말했다.

"아무것도 아니야."

"아무것도 아니긴요? 원고 청탁 전화 같던데……."

"원고 청탁 전화면 왜?"

"전화를 그런 식으로 받으니 그러지요. 애써 전화한 사람 무안하게……."

"말 얘기를 해달라니까 그렇지. 정초부터 말 꿈을 꾼 것도 부족해 말 얘기를 해달라고……."

"작품 여행 얘기가 아니고요?"

"그 얘기가 그 얘기지. 「메밀꽃 필 무렵」에 말 얘기가 안 나와?

나귀 얘기가 말 얘긴 거지."

"이제 그만 생각해요. 나쁜 꿈도 아니라면서……."

"그래도 내가 언짢으니까 그렇지."

며칠 동안 말 꿈으로 내가 신경을 쓰는 걸 보아서인지 아내도 더 이상 뭐라고 말하지 않았다. 만약 그러지 않았다면 아내도 지지 않고 그 속에 나귀 얘기가 나오긴 하지만 「메밀꽃 필 무렵」을 어떻게 말 얘기라고만 할 수 있겠느냐고 말했을 것이다. 어쨌거나 중요한 건 그게 말 얘기든 나귀 얘기든 지금 내가 그 원고를 쓰고 싶지 않다는 것이었다. 정초에 그런 꿈까지 꾼 다음 또 다른 나귀 얘기와 어린 날 아부제를 찾아 봉평에 갔던 얘기를…….

그 꿈을 꾸었던 것은 연말에 아이들을 강릉에 보내고 아내와 함께 모처럼 여행을 떠나 철원에 갔을 때였다. 한 해가 가는 마지막 날이 었던 그 날 우리는 이제 막 얼어붙기 시작하는 삼부연 폭포와 한때 임꺽정이 은신하고 있었다는 고석정, 김시습이 거기에 누각을 짓고 자신의 호를 따 이름붙였다는 매월대, 철원읍 홍원리의 궁예 성지 등을 둘러보았다. 그런데, 아무리 피곤하기도 하고 또 밖에 나와 자 는 잠이라도 그렇지, 어쩌다 새해 첫날 그런 꿈을 꾸었던 것인지 모 르겠다. 꿈에서 본 말은 내가 잠을 깬 다음에도 여전히 히히힝, 소리 를 지르면서 달려와 앞발을 쳐들고 경중경중 뛰듯 내 주의를 맴돌았 다. 새해 첫 꿈으로 말 꿈이 좋은 것인지 나쁜 것인지 생각해 볼 겨 를도 없이 왠지 언짢은 기분부터 들었다. 차라리 나귀거나 노새였다 면 또 모르겠다. 그랬다면 나도 어린 시절 늘 그걸 보고 자랐으니 충분히 그럴 수 있는 일이라고 생각해 다른 데까지 그걸 연결시켜 생각하지 않았을 것이다. 그런데 틀림없이 말이었다. 다리가 내 가슴 높이까지 오고, 앞발을 쳐들고 이리저리 경중경중 뛸 때 한 뼘 반도 넘는 길이로 휘날리던 검은 갈기도 나귀나 노새의 것이 아니라 말의 것이 틀림없었다. 말에 대해서는 잘 모르지만 나귀와 노새에 대해서라면 누구보다 잘 아는 내가 그게 말인지 아니면 나귀거나 노샌지 구분 못 할 까닭이 없었다. 그놈이 등에 갖춘 안장과 고삐도 없이 자르르 윤기 흐르는 붉은 맨몸으로 내게 다가와 무어라고 히히힝, 소리를 지르듯 주위를 맴돌던 중 잠을 깨고 만 것이었다. 그런 모습이 내게 우호적이었던 것 같지도 않고, 그렇다고 머리로 나를 떠받을 만큼 성이 나 있는 것처럼 보이지도 않았다. 그냥 그놈은 저만큼 멀리 들판에서 내게로 뛰어왔고, 뛰어와선 이리저리 갈기를 휘두르며 내 주위를 겅중거렸던 것이다.

그놈인가…….

나는 누운 채로 위로 손을 더듬어 머리맡에 둔 담배를 꺼내 물었다. 나로서는 한 번도 본 적이 없지만, 본 적이 없는데도 껄끄럽게 짐작이 가는 한 놈이 있었다.

"일어났어요?"

아내는 아직 잠결에서 물었다.

"응."

"몇 신데 벌써 일어나서 그래요?"

아내도 머리맡으로 손을 올려 시계를 더듬었다.

"다섯 시잖아요. 더 자지 않고……."

"이상한 꿈을 꿨어."

"어떤 꿈인데요?"

"말 꿈……."

"그럼 나쁜 꿈도 아니네요, 뭐. 난 또…….."

아내는 다시 잠이 들었다. 그러나 나는 그때부터 아내가 다시 깨어날 때까지 잠을 이룰 수가 없었다. 눈을 감아도 눈을 뜬 것처럼 그놈이 나타나고, 그래서 눈을 뜨면 이번엔 눈을 감았을 때처럼 머리 속에 그놈이 나타나는 것이었다.

"혹시 궁예가 타던 말이 당신에게로 온 것 아니에요? 어제 당신

궁예 성지를 둘러보면서 연신 아쉬워하더니……."

아침에 일어나서도 내가 계속 말 꿈에 신경 쓰자 아내가 말했다.

"아니야, 그런 말이."

"당신이 어떻게 알아요? 그 말이 맞는지 아닌지."

"봤으니까 알지."

내가 생각하는 건 아까 꿈에서 막 깨었을 때의 생각대로 내 의식 한구석에 껄끄럽게 남아 있는 바로 그 말이었다. 철원 평야와 그곳 풍천원 도성 터를 달리던 궁예의 말이 아니라 꿈에서 본 것말고는 달리 직접 눈으로 본 적도 없고 출신도 모르는 일본 오사카 어느 교외의 후미진 마굿간에서 자라 소나 양처럼 죽어 우리 곁으로 왔던…….

그러나 그 이야기를 아내에게 하지 않은 채 여전히 찜찜한 마음으로 학저수지와 그곳에서 멀리 떨어지지 않은 곳에 있는 도피안사, 철원 토성을 둘러보는 듯 마는 듯하고 서울로 돌아왔다. 혹시 꿈에서 본 것처럼 갑자기 헛것이 보이듯 말이 내가 운전하는 자동차 앞에 나타나는 것이 아닌가 싶어 그곳을 돌아다닐 때에도 그랬고, 서울로 돌아올 때에도 나는 나보다 한참 운전이 미숙한 아내에게 키를 내주었다.

"왜 그래요? 자꾸……."

집에 도착해서도 자꾸 먼 산을 바라보듯 꿈에 본 말 생각을 하자 아내가 말했다.

"모르겠어. 새해 첫날 말 꿈을 꾸었다는 게 영 기분이 좋지 않아서 그래."

"말 꿈이 나쁜 것도 아니잖아요. 우리가 그냥 생각해 봐도……."

"그런데도 나한테는 자꾸 언짢은 생각이 드니 그렇지."

"그럼 물어 봐요. 그런 꿈이 좋은 꿈인지 나쁜 꿈인지."

"누구한테?"

"누구긴요? 강릉 어른들한테 물어 보면 알겠죠."

"강릉 어른?"

그렇게 되묻다가 나는 아버지의 얼굴보다 아부제의 얼굴을 먼저 떠올렸다. 다른 건 아버지가 더 많이 알지 몰라도 말에 대해서라면 아부제가 더 많이 알고 있을 것이었다.

"아이들이 지금 어디 있는지도 물어 보고요. 위에 있는지 아래에 있는지."

전화기의 번호 판을 누를 때 다시 아내가 말했다.

"여보시오."

아부제였다.

"아부제?"

"어, 그래. 서울이나?"

"예."

"서울이야?"

"예."

아부제가 먼저 서울이나? 한 것은 전화를 거는 사람이 나냐고 묻는 말이었고, 나중에 서울이야? 하고 물은 것은 지금 전화를 거는 곳이 집이냐는 뜻이었다.

"어제 어데 갔다가 완?"

"예. 어디 좀 둘러볼 데가 있어서요."

"그런 걸 전화를 하니 자꾸 다른 여자가 받지. 에미 목소리도 아니구."

"다른 여자가 아니고 전화기가 그러는 거예요. 집 비울 때 거기 얘기할 게 있으면 하시라고."

"그건 아는데 목소리가 다르니 난 다른 여자가 느 집에서 전화를 받는가 하고……그래서 잘못 걸어 그렇나 해서 또 걸으니까 같은 목소리잔."

다른 땐 외출할 때면 보통 내 목소리를 녹음해 두거나 아내 목소리를 녹음해 두곤 했다. 그런 걸 엊그제 철원에 갈 땐 그냥 전화기 안에 내장되어 있는 기계음으로 자동 응답 버튼을 눌러 놓고 간 것이었다.

"요즘 아부제는 어디 편찮으신 데 없지요?"

"없어. 하는 일도 없이 노는 기 뭐 펜찮을 데가 어데 인? 그래 전화는 왜?"

"아부제 새해 복 많이 받으시라구요."

"새해는 무슨, 이제 개설 지난 걸 가지구."

"그래도요. 어머니도 건강하시구요."

"그래. 우리야 늘 조심하지 뭐. 어멈도 자나깨나 느 걱정말고는."

"그런데 아부제."

"어."

"꿈에 말을 보면 어때요?"

"니가 말을 봤더나?"

"예. 전에 집에 있던 그런 말이 아니고 큰 말이오. 사람이 타고 댕기는……."

"좋은 거다, 그거. 뭐가 좋은 일이 있을라는 모냥인데 니한테."

"말이 내 앞으로 뛰어와서 자꾸 경중경중 뛰더라구요."

"타라고는 안 하고?"

"그러지는 않는데 내 주위를 빙빙 돌면서요."

"그랬으믄 더 좋았을 거르. 니를 떠받거나 해꼬지는 안 하구?"

"예."

"그럼 그것두 좋은 거야. 말을 봤으믄. 느는 양력으로 세월 가는 걸 아니까 정초 꿈이래도 괜찮구."

"얘들은 지금 어디 있어요?"

"점심 먹고 나서 위에 올라갔잔. 즈 사촌들이 시내서 올라오니 모두 어울레서. 오던 날은 위에서 자고 어제는 여기서 즈 할미하고 자고."

"인사만 하고 내려와 자라고 그러지 그러셨어요. 어제는 올라가 자더라도 가던 첫날은."

"나두어. 게서 자믄 어때서. 즈 애비 생가 댁에서 자는 건데."

내가 아이들의 잠자리를 첫날과 둘째 날을 분별해 말하자 아부제는 금방 마음이 뿌듯해져 오는 모양이었다. 한결 푸근해진 목소리로 위에는 전화를 했더냐? 하고 물을 때 아뇨, 이제 해봐야죠, 하고 대답하자 표현은 하지 않아도 그 뿌듯함은 전화선을 타고 이쪽으로 와 거실 전체를 가득 채우는 듯했다.

"그럼 위에도 얼른 전화를 하잖구."

"예. 그런데 아부제."

"어."

"말고기를 입에 대는 건 어때요?"

"꿈에 말이다?"

"꿈이라도 그렇고, 생시라도 그렇고요."

"그런 꿈꿨더냐?"

"아뇨, 그런 꿈을 꾼 건 아니고요."

"괜찮아, 것두. 꿈이라도 괜찮구 생시라도 괜찮구. 나야 그 짐승 부렸으니까 안 그랬지만 사람이 개고기는 안 먹든? 뭐든 없어서 못 먹는 거지 일부러 가릴 건 없어."

"그런 꿈꾸고 나니 왠지 기분이 좀 그래서요. 좋은 건지 나쁜 건지……말이 경중경중 뛰면서 자꾸 빙빙 돌던 게……."

"좋은 거랄수록. 타라고는 안 해두 니한테로 와서 경중경중 뛰고 했다믄. 니가 평소 말한테 해꼬지한 일도 없을 테구. 하기야 요즘은 뭐 그러고 싶어두 그럴 말이라도 인?"

"그럼 해꼬지한 다음 그런 꿈을 꾸면요?"

"그기사 좋을 게 없겠지만서두. 사람이나 짐승이나 해꼬지한 다음 다시 본다믄 아무래두 그렇지 않겄?"

"예에."

"괜찮아, 니가 꾼 꿈은. 좋은 거니까 그렇게 알구 어여 끊구 위에 아버지 계신데 전화나 혀."

"예."

"애들한테두 즈 사촌들 와 있는데, 안 떨어지려구 하는 걸 괜히 억지루 여게 내려와 자라구 하지 말구, 게서 그냥 어울레 놀다 자게 두구."

"예."

"에미 몸은?"

"괜찮아요, 저흰."

"그럼 끊어. 끊구 위에다 전화하구."

나는 아부제의 전화를 끊고도 여전히 개운한 마음이 아니었다. 아니, 혹을 떼려다 혹 하나를 더 붙인 듯한 느낌이었다. 내가 그놈의 고기를 입에 댄 다음, 꿈에 나타나 내게 모습을 보인 거라면 아부제 말대로 그건 좋은 꿈일 수 없었다. 살아 있을 때 해꼬지를 한 것은 아니지만, 죽은 다음 고기를 입에 대고 나서 꿈에 그놈을 본 것이라면 살아 있을 때 해꼬지를 한 것이나 다를 게 없었다. 더구나 말을 끌던 아부제가 예전 유일하게 가리고 금기하던 고기가 그것이었다. 그런 걸, 그러고 나면 내가 먼저 꺼림칙해지고 말 거라는 걸 알면서도 그때 어떻게 그것을 입에 댔던 것인지 모르겠다. 그것도 익힌 것이 아닌 날것을.

두 달쯤 전 일본에서 열린 어떤 문학 심포지엄에 갔을 때였다. 어느 지방 소도시에서 나흘 간의 공식 일정을 마치고 일행 모두 오사카로 왔다. 첫날은 버스 여행에 지쳐 방 배정을 받기 무섭게 잠을 자고, 아마 다음날 저녁 때였을 것이다. 호텔 뒤편에 작은 술집들이 많았다. 일행 중 다섯 명이 함께 갔는데, 처음엔 저마다 입맛에 따라 데운 청주거나 맥주를 시키고 안주로는 메뉴 판의 그림을 보고 꼬치 안주와 철판에 구운 해물 안주를 시켰다.

"그런데 저건 뭐지?"

한참 술을 마시던 중 누군가 내가 앉은 자리의 뒤쪽 벽에 붙어 있는 안주 이름을 가리켰다. 돌아보았을 때 내가 아는 글자는 거기에 쓰여 있는 마(馬)자 한 자뿐이었다.

"글쎄. 말고기라는 뜻인가."

한자로 '馬'라고 쓴 아래 일본 글자 세 자가 더 붙어 있었다.

"가만 있어 봐. 말 사시미……."

누군가 그 일본 말을 읽었다.

"사시미라면 회를 말하는 거고, 그러면 이거 말고기 생거라는 얘기 아니야?"

"그래, 그럴지도 모르겠다. 쇠고기 육회처럼."

"이야, 여기선 그런 것도 먹네. 정말 별걸 다 먹어."

그러자 일행 중 제일 나이 든 선배가 사막 여행 때 낙타 고기를 먹어 봤다는 얘기를 했고, 그 얘기 끝에 사막 도마뱀 요리에 대해 말했다. 아니, 요리라는 말을 붙일 것도 없는 그냥 사막 도마뱀 얘기를 했다.

"느 그거 알아?"

"뭘요?"

"난 안 먹어 봐 모르겠는데, 중동에 일꾼으로 나갔다가 들어온 노인네가 도마뱀 때문에 다시 중동에 나간 얘기 말이야."

"그게 그렇게 맛있나. 한 번 먹으면 다시 안 먹고 못 배길 만큼."

"그게 아니고, 사막 도마뱀이 이거에 아주 최고라는 거야."

선배는 탁자 위로 내민 팔뚝을 끄덕여 보였다.

"그럼 중동에서 돌아온 다음 양기가 떨어져서 다시 나간 모양이죠 뭐."

"그러면 애초 얘기도 안 되는 거지."

"그럼요?"

"거 왜 옛날 서울고 자리에 현대 그룹 인력 본부가 있었잖아. 중동으로 나가는 노무자들 뽑아서 교육하는 데 말이야. 거기서 어떤 사람이 실제로 들은 얘긴데, 지난번에도 중동에 나갔다 들어온 사람 둘이 거기서 다시 만났거든. 한 사람은 늙수그레하고 한 사람은 좀 젊고 말이지. 그래서 젊은 사람이 나이 든 사람한테 우리야 젊으니 돈 더 벌려고 나간다지만 당신은 이제 그만 쉬지 뭐 하러 다시 나가냐니까 도마뱀 얘기를 하더라는 거야. 말도 마라고, 마누라가 죽겠다고 떠밀어서 다시 나간다고 말이지."

"마누라가 왜요? 그거 먹어 힘도 좋을 텐데."

"좋아도 너무 좋아 노니 탈인 거지. 이 사람이 먼저 나갔을 때 그게 좋다는 얘기를 듣고 틈날 때마다 거기서 그걸 잡아먹었거든. 그런데 거기선 그걸 써먹을 데가 없어서 몰랐는데 귀국해 들어와 마누라를 안아 보니 대번에 효과가 나타나는 거라. 그러니 젊은 나이도 아니고 쉰이 훨씬 넘은 나이에 밤마다 해제키니 동갑내기 마누라가 배겨나. 마누라가 보기에 이게 중동에 나가 뭘 먹고 왔는지 사람이 아니라 완전히 짐승이거든. 그래서 남편한테 아주 대놓고 하소연했다는 거야. 나도 이제 나이가 있는데 말이지 당신 하자는 대로 밤마다 그렇게 하다간 제 명에 못 죽을 것 같으니 다시 거기 나가 뱀을 잡아먹든 뭘 잡아먹든 더 늙은 다음에 들어오라고 말이지."

"에이……."

"에이는 이 사람아. 남 힘들게 얘기하는데. 저 말 사시미라는 것도 좀 그런 게 있는지 몰라. 말도 이게 크잖아. 소보다는 덩치가 작아도 이거 크기는 몇 배로 더 크고 말이지."

"그럼 우리도 한번 시켜 보죠 뭐."

"그럴까?"

"그래요. 많이는 말고 하나만."

도마뱀 얘기를 거치는 동안 조금 끈적해지기는 했지만 얘기는 다시 자연스럽게 말 사시미 쪽으로 돌아왔다. 그러나 그래서라기보다는 처음부터 다들 말 사시미가 어떻게 생긴 것인지 궁금해 하는 눈치들이었다. 나도 누군가 말 사시미라는 말을 읽어 준 다음 그것이 어떻게 생긴 것이며 또 어떤 모습으로 나오는지 궁금했다. 그러면서 마음 한편으로는 어린 시절 집에서 키우던 말 생각으로 말 사시미라는 말만으로도 왠지 꺼림칙해지는 기분이었다.

"어이, 어이, 스미마센."

누군가 장난 반의 서툰 일본 말로 40대 여자 종업원을 불러 '호스 사시미'를 시켰다. 여자는 '호스'의 뜻을 알아듣다가 벽에 붙여 놓은 안주 이름을 가리키는 손가락을 보고 나서야 하이, 하이, 하고 물러났다. 잠시 후 작은 접시에 나온 그 말 사시미는 마치 당근을 얇게 썬 것 같은 모습으로 길쭉한 다섯 장의 꽃잎 모양으로 놓여 나왔다. 색깔도 고기 결도 꼭 그런 모양으로 저며 내온 쇠고기 같았다.

"말고기라니 우리 생각에 좀 그렇게 보이는 거지 생긴 건 쇠고기하고 똑같네."

나이 든 선배가 불빛에 이리저리 고기 접시를 비춰 보며 말했다.

"그래서 옛날에 말고기를 쇠고기라고 속여 팔았다지 않습니까?"

그 다음으로 나이 든 선배가 말했다. 두 사람 다 본인이 직접 말고기를 보거나 먹어 본 적은 없지만 6·25 때만 해도 그걸 먹었다는 얘기를 들었다고 했다. 그러나 어디 6·25 때뿐이겠는가. 나 역시 고기는 본 적이 없어도 그보다 썩 후에까지 아부제한테 말고기를 먹는 사람들의 얘기를 들은 적이 있고, 죽은 말고기를 가지러 집으로 온 사람들을 본 적이 있지만 입을 다물고 있었다.

"그럼 쇠고기가 말고기보다 비쌌던 모양이지? 살아 있는 건 말이 비싸도 말이지."

"아무래도 그렇잖겠습니까? 맛이야 그게 그거라 해도 기분상 차이가 있는 거니까."

"하긴……."

"그런데 이걸로 봐선 잘 모르겠는데, 사실 쇠고기와 비교했을 때 말고기가 더 뻘겋답니다."

그러면서 그 선배는 '사쿠라'에 대해서 말했다. 우리가 변절 정치인을 '사쿠라'라고 부르는 것이 사실은 벚꽃에서 나온 말이 아니라 말고기에서 나온 말이라는 것이었다. 말고기가 쇠고기보다 붉고, 그래서 쇠고기라고 속여 파는 말고기를 '사쿠라'라고 부르고 변절 정치인을 가짜라는 뜻으로 그렇게 불렀던 것인데, 우리는 그 말이 당장 일본 국화 벚꽃을 가리키는 말이니까 거기에 친일파라는 뜻까지 넣어 변절 정치인을 그런 의미로 해석해 부른다는 것이었다.

"그런데 이건 붉지 않고 좀 희끗희끗하네. 노새고긴가."

"냉동했다가 얇게 썰어서 그런 모양이죠, 뭐."

"니 이제 보니 많이 아네. 그 집 옛날에 노새 푸줏간 했나?"

그 말에 다들 웃었지만 나는 나를 보고 하는 말이 아닌데도 나에게 한 말을 못 들은 것처럼 시침을 떼느라 얼른 주머니를 뒤져 담배를 꺼내 물었다.

"가마이 있어 봐라. 700엔이면 이거 우리 돈으로 1만 원 넘는 거 아이가. 비싼 돈 주고 시켰으면 먹어야제. 우리가 다섯이고 이게 다섯이고, 그럼 딱 맞네. 한 앞에 하나씩."

"그래요, 먹읍시다. 우리가 안 먹어 봤던 거지 못 먹는 음식도 아니고……."

그래서 가장 용기 있는 한 사람이 먼저 젓가락을 가져 가고, 그걸 입에 넣고 우물거리며 뭐, 먹을 만하네, 하니까 또 한 사람이 나는 누가 먼저 젓가락만 대면 그게 지렁이라도 따라 대니까, 하면서 젓가락을 가져 가고…… 그러다 끝에 한 점 남은 게 접시째로 내 앞으로 오게 된 것이었다.

"야, 이수호, 그래 빼지 말고 니도 함 먹어 봐라."

"좀 있다가요……."

"먹어 봐라. 먹고 죽는 거 아니니까."

"그래, 이럴 때 먹는 거지, 언제 다시 우리가 말고기를 먹어 볼 기회가 있겠다고."

아마 공범자 의식 같은 것이었을 것이다. 얼굴에 먼저 검정을 묻히고 나면 아직 안 묻히고 망설이는 사람에게 저절로 그런 채근을 하게 되듯 모두들 한마디씩 거들고 나섰다. 나는 젓가락만 접시 위로 가져 갔다가 뺐다가 했다.

"하, 이제 보니 비위 되게 약하네. 니, 쇠고기 육회는 먹나?"

"그거야 이거하고 다르죠."

"그러면 이거라고 못 먹을 게 어디 있나. 말고기 먹으면 안 될 내력 가지고 있는 것도 아닐 테고."

"내력이 어디 있습니까? 옛날부터 소 키우던 집 소 잡고, 말 키우던 집 말 잡는 거지."

'사쿠라' 얘기를 하던 선배였다. 알고 한 말은 아닐 테지만 그 말이 무얼 알고 한 말인 것처럼 묘하게 가슴에 와 걸렸다. 남들처럼 일찍 젓가락을 가져 가지 않아 그런 소리까지 듣고 보면 언제까지 같은 채근을 받으며 접시를 앞에 두고 앉아 있을 수도 없는 일이었다. 나는 그걸 입에 대고 나면 한동안 꺼림칙한 기분에서 벗어나지 못할 거라는 걸 알면서도 당근을 썰어 만든 꽃잎 같은 그것을 젓가락으로 집은 다음 질끈 눈을 감고 입에 넣었다. 그리고 어금니 한번 눌러 보지 않은 채 다른 손에 들고 있던 맥주로 그것을 삼켜 버렸다.

"잘 먹네. 하나 더 시켜 줄까?"

그때부터 나는 이제까지 마시던 맥주를 옆에 미뤄 두고 그 집을 나올 때까지 연신 맥주잔에 '사케'라는 일본 소주를 부어 마셨다. 얼마를 마셨는지 모른다. 잔이 비기도 전에 잔을 채웠고, 병이 비기 전에 다시 술을 시키곤 했다.

탈은 당장 다음날 아침에 있었다. 새벽부터 속이 쓰리며 자꾸 헛구역질이 나던 것이었다. 과음하긴 했지만 평소 경험했던 술탈과는 다른 무엇이 계속 속을 볶아대고 머리 속을 휘저어대고 있었다. 말이었다. 그 날 관광 코스였던 나라(奈良) 지역이 대체 어느 나라 어느 지역에 붙어 있는 것인지 모를 정신으로 일행을 따라다녔다. 나라 공원 여기저기를 돌아다니는 사슴 떼를 볼 때에도 말 생각이 났고, 그 사슴들에게 주는 전병 모양의 사슴 과자를 볼 때에도 어제 먹은 말 사시미 생각에 속이 울렁거리고 거북했다. 약을 먹어도 다스려지지 않았다. 아마 일정이 사흘만 더 길었다면 나는 그곳에서 병원신세를 지고 말았을 것이다.

서울로 돌아오면 나아지겠지 했지만 돌아와서도 기분은 여전히 그랬다. 처음보다 나아지기는 했지만 수시로 그 말 사시미가 나를 괴롭혔다. 식탁에 오른 쇠고기를 볼 때에도 그랬고, 얇게 썰어 구운 돼지고기를 볼 때에도 그랬다. 고기만 보면 암만 참으려 해도 먼저 구역질이 나고, 일본에서 먹었던 말고기와 어린 시절 아부제 집에서 키우던 말 생각이 났다. 아이들이 먹는 과자를 봐도 나라 공원에서 본 사슴 과자 전병과 사슴, 그러다 또 그때 입에 댄 말고기와 말 생각으로 수시로 뱃속과 머리 속이 편하지 못했다. 그렇다고 그걸 누구에게 이야기할 수도 없는 노릇이었다. 일본에 가서 말고기를 먹어 그게 가슴에 얹히고, 앞으로도 당분간 내 의식의 한끝을 껄끄럽게 지배할 것 같다고……

말 꿈도 아마 그래서 꾸었을 것이다. 꿈을 꾸다 깼을 땐 차라리 나귀거나 노새였다면 어린 시절 늘 그걸 보고 자랐으니 충분히 그럴 수 있겠다고 생각해 다른 데까지 그걸 연결시켜 생각하지 않았을 거라고 했지만, 그건 말 꿈을 꾼 다음의 생각이지 만약 그랬다면 그 자리에서 화장실로 달려가 토악질을 했을 것이다. 내게 말이라는 건 그랬다. 일본에서 그런 일 없이 그런 꿈을 꾸었다 해도 나는 그 꿈을 좋은 꿈으로 생각하지 않았을 것이다. 어릴 때부터 말에 대해서 한 번도 나는 좋은 생각을 가져 본 적이 없었다. 그건 아부제 집에 양자로 들어가기 전부터 그랬다. 집에는 안 들어가 살고 어른들이 그냥 아부제의 양자 아들로만 정해 놨을 때에도 내 별명은 이미 '노새집 양재'였다. 집 나간 아부제를 찾아 봉평에 다녀온 다음엔 밥도 거기서 먹고 잠도 거기서 자고 학교도 거기서 다니는 '노새집 아들'이 되었다. 그때까지는 아부제라고 부르지 않았다. 당숙이라고 부르거나 아재라고 불렀다.

전화로 힘들게 거절했던 그 사보의 원고는 잠시 후 다시 쓰지 않을 수 없게 되었다. 먼저 전화를 했던 담당자가 다시 전화를 해서 잠깐만요 선생님, 우리 과장님 바꿔 드릴게요, 하고 전화를 바꾼 사람이 예전 학교 다닐 때 같은 대학의 교지 편집실에 있던 후배였다. 후배도 그냥 후배였던 것이 아니라 여름 방학 동안 '한국의 장터를 찾아서'라는 기획 기사를 취재하며 대화에서 봉평, 또 봉평에서 진부까지 「메밀꽃 필 무렵」 속의 무대를 함께 걸어 여행했던 친구였다. 70년대 후반의 일이었다. 그때엔 허 생원처럼 나귀를 끌고 다니는 장돌뱅이는 없었지만 젊은 날 벌어 놓은 게 없어 조 선달처럼 등짐을 지고 이 버스 저 버스 눈총 받으며 옮겨 타고 다니는 나이 든 장돌뱅이들이 아직도 오일장을 찾아 다니고 있었다.

"거긴 언제 갔는데? 그 회사 있다는 얘기는 들었지만……."

"지난 연말에 이쪽 부서로 자리를 옮겼어요."

"그랬어?"

"그러니까 내가 여기 있을 때 하나 써줘야지요. 내가 일부러 형한테 전화를 걸라고 시킨 건데. 우리 전에 그렇게 다니기도 했었고.

형, 그때도 그러지 않았나? 어릴 때에도 그 길 걸어 봤다고. 나귀가 끄는 마차를 타고……"

아마 이럴 때 쓰는 말이 빼도 박도 못한다는 말일 것이다.

"임마, 그럼 애초에 니가 전화를 했어야지."

"놀라게 하려고 일부러 그랬지요. 오랜만에 전화를 하면서 원고 얘기를 하는 것도 좀 그렇고 해서……"

"바빠, 요즘. 해야 할 일도 많고."

"그래도 써요. 하루 저녁이면 할 일을 가지고. 옛날 거기 취재 떠났던 일도 생각하면서. 그리고 원고 다 되면 나와서 저하고 소주도 한잔하고요. 원고 핑계삼아 술 한잔하자는 얘기니까."

그러니 무작정 거절할 수만도 없는 일이었다. 처음엔 몰라서 못 쓴다고 그랬지만, 후배의 전화까지 받으면서 더 어떻게 뻗댈 수가 없었다. 그 친구에게 꿈 얘기를 할 수도 없는 일이었고, 직접적이든 직접적이지 않든 말 얘기라면 그것과 연관되는 어떤 것도 지긋지긋하다는 말도 할 수 없었다.

그래서 그 날 저녁, 말고기를 맥주로 삼키듯 하기 싫은 일 차라리 단매에 끝내고 말지 하는 생각으로 책상에 앉았다.

대관령 아래에서 태어나 대관령의 산 그림자를 보고, 대관령의 물을 먹고 자라면서도 한 번도 그 영을 넘어 보지 못한 내가 처음 그 영을 넘었던 건 중학교 1학년 여름 방학 때 봉평 우체국에 근무하는 친척 누이를 찾아서였다.

대관령 아래 면 소재지 마을까지 20리를 걸어 나가 강릉에서 올라오는 대화행 완행 버스를 타고 먼지 풀풀 날리는 아흔아홉 굽이 고갯길을 넘어 세 시간 반 만에 장평에 도착해 거기서 다시 차를 갈아타고 한 시간 만에 가 닿은 곳이 봉평이었다. 차를 탄 건 네 시간 반 동안이었지만, 차를 타기 위해 걸어 나온 시간, 차를 기다리던 시간, 또 차를 갈아탈 때 지체했던 시간 때문에 아침 일찍 나온 걸음이었는데도 오후 늦게나 그곳에 닿았다.

그러나 유감스럽게도 나는 그때 너무 어려서 내가 처음 큰 영을 넘어 찾아간 그곳 봉평이 이효석의 「메밀꽃 필 무렵」의 실제 무대라는 것을 알지 못했다. 지금도 기억나는 건 그곳의 늦은 장 풍경과 누이를 따라 처음 들어간 본 '남포 다방'의 풍경이다. 마침 가는 날이 장날이라 누이가 퇴근하기를 기다리는 동안 나는 그곳 장터의 난전도 구경하고 나일론 양말과 나일론 옷들을 파는 포목전의 옷가게들도 구경하고, 장터 곳곳에 매어져 있는 장돌뱅이들의 나귀도 구경하고, 어른들의 눈을 피해 그 나귀의 왕자표 노새 자지를 툭툭 건드리며 나귀를 못살게 구는 각다귀 떼들도 구경했다. 그리고 누이가 퇴근한 다음 따라 들어가 본 남포 다방. 다방 이름이 '남포 다방'이었던 것이 아니라 내가 중학교 1학년이던 1969년 때까지 봉평도 큰 영 아래의 우리 마을과 마찬가지로 아직 전기가 들어오지 않아 장터가 있는 소재지의 단 하나뿐인 그 다방도 그렇게 밤이면 남폿불을 켜놓고, 작은 화덕에 숯불로 커피를 끓여 팔았던 것이다.

그러니까 나는 아직 이효석의 「메밀꽃 필 무렵」을 읽기도 전 그 소설의 무대를 거의 원형에 가깝게 보았던 셈이다. 작품이 씌어진 건 1936년의 일로 내가 본 것보다 30여 년 전의 일이었지만, 당시 강원도 내륙 지방의 사람살이와 도로 사정도 그렇고, 전기가 들어오지 않은 마을의 장터 풍경이란 그렇게 달라진 것이 없을 것이다. 아마 달라진 것이 있다면 숯불로 커피를 끓여 파는 다방이 들어서듯 허 생원과 조 선달이 피륙을 팔던 드팀전이 그때 막 대중화되기 시작한 나일론 양말들과 나일론 옷들을 파는 포목전으로 바뀌듯 몇 가지의 물건들이 시절에 따라 좀더 현대화된 것과, 또 생원이니 선달이니 하고 불리던 장돌뱅이들의 호칭이 허씨, 조씨 하고 불리던 것들일 것이다. 그들은 여전히 등짐이 아니면 나귀에 물건을 싣고 이장 저 장을 떠돌아다녔다. 하루에 고작 몇 행보씩 다니는 콩나물 시루 같은 버스가 그들의 짐을 받아 줄 턱이 없었다. 장터의 음식점이나 술집 이름들도 두세 개의 중국집을 빼면 여진히 '충주집,' '제천식당'이 아니면 '진부옥,' '강릉옥' 들이란 간판을 반은 기와 지붕, 반은 초가 지붕 처마에 내걸고 있었다.

그러나 시작부터 나는 거짓말을 하고 있었다. 그때 봉평 우체국에 근무하는 친척 누이가 있었던 건 사실이지만 나는 그 누이를 찾아갔던 것이 아니라 몇 달째 집을 나가 있는 당숙을 찾아 봉평에 갔던 것이다. 내 양아버지인 당숙은 그때 이미 나이가 마흔이 넘었는데도 밑에 아이가 없었다. 결혼한 지 15년이 넘는데도 당숙모가 아이를 낳지 못하는 것이었다. 유일하게 '애비'로 불리는 말이 있다면 그건 '노새 애비'라는 차라리 쌍욕보다 못한 호칭뿐이었다. 그때 당숙은 '은별'이라는 노새를 끌고 있었다. 붉은 기운이 도는 갈색 몸통에 정수리 한가운데만 별처럼 흰털이 난 노새였다.

어른들 사이에 내가 작은집의 양자로 정해진 건 국민학교 4학년때의 일이었다. 우리 집엔 아들 형제가 많았고, 그때 당숙모는 몸의 다른 곳이 아파 병원에 입원했다가 처음부터 아이를 낳을 수 없는 몸이라는 말을 들었다고 했다. 아파서 그런 게 아니구 애초 둘치라는구만. 당숙모가 없는 앞에서 어른들은 그렇게 말했다. 그래서 나는 둘치라는 말이 짐승에게 쓰는 말이 아니라 당숙모 같은 사람들에게 쓰는 말인 줄 알았다. 아마 어른들이 나를 일찍 작은집 양자로 정했던 건 이제 앞으로도 당숙모가 아이를 낳을 수 없게 된 것을 알아서라기보다는 그때 당숙과 당숙모의 실의를 나의 양자로 메워 주려는 배려 때문이 아니었나 싶다. 그것은 또한 내 문제기도 한데 모든 일이 나 모르게 이루어진 것이었다. 나한테 묻지도 않았고, 얘기해 주지도 않았다. 할아버지와 작은할아버지를 포함해 그냥 어른들이 일방적으로 그렇게 정한 것이었다. 나는 마을 사람들이 나를 '노새집 양재'라고 할 때야 비로소 어른들이 그 일 때문에 늘 사랑에 모였었구나 하는 것을 알았다. 작은집으로 가는 양자니까 큰아들이 갈 수는 없고, 나머지 세 아들 가운데 하나를 지목하라니까 작은할아버지와 당숙이 세째 아들인 나를 지목했다는 것이었다.

"그럼 작은형을 보내지 왜 날 보내?"

당숙의 양자로 정해진 걸 알고 내가 처음 어머니에게 따진 말은 그것이었다.

"작은집에서 널 들이겠단다. 아버지 어머이가 너를 보내는 게 아니라 누구를 들이겠느냐니까."

나를 달래기 위한 말이 아니라 실제로도 그랬을 것이다. 그때 작은형은 중학교 3학년이어서 집안에 무슨 일이 있는지 말하지 않아도 알았을 테고, 노새를 끄는 작은집(아니, 노새를 끌지 않더라도)에 자기는 죽어도 양자를 가지 않을 거라고 분명하게 말했을 것이다. 그리고 그런 것들을 짐작하고 있는 작은집에서도 일을 껄끄럽게 처리하는 것보다는 부드럽게 처리하자는 뜻에서 아직 무얼 모를 것 같은 나를 지목했을 것이다. 또 나를 낳고 나서 그 사이에 여동생 낳은 다음 낳은 막내는 아직 젖먹이나 다를 게 없어 작은 할아버지나 당숙이 보기에도 어느 세월에 절 받고 잔 받을까 싶었을 것이다.

"나는 양재 안 가."

"누가 지금 가서 살라나? 나중에 작은집 제사만 맡으면 되지."

"그래도 안 가."

그러나 그게 어디 내 마음대로 될 일이던가. 그 해 가을 덜컥 작은할아버지가 세상을 뜨자 나는 단박 새로 지어 입힌 베옷을 입고 불려 나가 어린 상제 노릇을 해야 했다. 게다가 탈상 전 1년 동안 보름과 삭망 아침마다 작은집에 불려 가 작은할아버지 궤연에 당숙과 함께 잔을 올리고 절을 하고 와야 했다. 그러면서도 나는 말끝마다 '양재 안 가'를 입에 달고 살았다. 그냥 양자도 싫고 서러웠지만 '노새집 양재'는 더더욱 싫고 부끄러웠다.

"나 양재 안 가니까 도로 물려."

작은집에 불려 내려갔다 오는 날마다 나는 어머니께 떼를 썼다.

"니가 몰라서 그렇지 작은집 살림이 어디 적은 살림인 줄 아나? 어여 그러고 가만 있으면 나중에 그게 다 니 것이 되는데."

"나 그런 거 안 가질 거니까 도로 물려 오란 말이야. 노새집 양재 안 할 거니까."

"말은 뭐 아무나 끌고 아무나 부리는 줄 아나? 다 있고 부지런하니 그러지."

"그럼 소로 끌면 되잖아."

내가 참을 수 없는 게 그것이었다. 마을에 우차를 끄는 종기 아버지초차 노새를 부리는 당숙을 노새, 노새, 하고 부르며 은근히 깔보고 우습게 아는 것이었다. 그러니 다른 사람들은 오죽했겠는가. 농사만 지어도 될 일을 당숙은 농사 일은 거의 작은할아버지와 당숙모에게 맡기고 아침마다 노새를 끌고 시내(강릉)로 나갔다. 작은할아버지가 돌아가신 다음에도 그런 출입은 여전해, 시내로 나가 벽돌을 실어 나르거나 국유림 쪽으로 들어가 산판장의 나무를 실어 날랐다. 원래 천성이 부지런하긴 해도 작은집의 살림이 그렇게 불어난 것도 당숙이 말을 부려서라고 했다.

그런 당숙이 완전히 집 밖으로 돌기 시작한 건 내가 국민학교 6학년 때부터의 일이었다. 밖에 일을 나가도 밤이면 꼬박꼬박 집으로 돌아오던 당숙이 어떤 때는 닷새고 열흘씩 집으로 돌아오지 않았다.

"거 봐라. 니가 그러니까 더 집 밖으로 돌잖는가."

어른들은 내가 정을 붙여 주지 않아 그런다고 했지만 그러거나 말거나 내가 상관할 일이 아니었다. 아니, 더 그렇게 해주길 바랐다. 나는 여전히 '양재 안 가'를 입에 달고 살았고, 어떤 때는 아버지와 어머니, 당숙과 당숙모가 함께 있는 자리에서도 서슴없이 그 말을 해 갑자기 분위기를 낯설게 만들어 놓기도 했다. 아버지 어머니가 아닌 다른 사람의 아들이 되는 것도 싫었지만 남들이 까닭 없이 깔보고 우습게 아는 노새집의 '노새 애비' 아들이 되는 게 싫었다. 나는 다른 아이들과 함께 길을 가다가 마차를 끌고 가는 당숙을 만났을 때 노새가 왕자표 통고무신 같은 자지를 배 밖으로 덜렁대고 있으면 내가 다른 아이들 앞에 옷을 벗고 그렇게 서 있는 것처럼 부끄러웠다. 동네 계집아이들이 그 옆을 지나기라도 하면 그만 학교에 다닐 마음조차 싹 가시고 마는 것이었다. 그래서 저만치서 노새가 보이면 늘 내가 먼저 그 자리를 피하곤 했다.

어른들은 내가 크면 낫겠지 했겠지만, 다음 해 중학교에 들어간 다음 나는 노새를 끄는 당숙을 더욱 견딜 수 없어 했다. 중학교 때부터는 가르치는 데 큰 돈이 든다 해서 교복도 작은집에서 지어 주었고, 학비도 작은집에서 가져오는 돈을 어머니가 내게 주었다. 어머니는 내게 그걸 늘 고마워하라고 말했지만 나는 그런 말부터가 싫었다.

"애초 그런 일 없었으면 집에서 줄 거 아니에요?"

"그래도 그러는 게 아니다."

"암만 그래도 난 양재 안 간다니까."

"누가 지금 가라더냐?"

"나중에도 안 간다구요. 누가 가는가 봐라 정말……."

그게 아버지 어머니에 대해서도, 그리고 작은집에 대해서도 나의 유일한 유세였다. 당숙은 일을 하러 나가고 들어오는 길에 나를 만나면 늘 마차에 나를 태우고 싶어했지만, 나는 한 번도 마차에 타지 않았다. 함께 학교로 가고 함께 집으로 오던 다른 아이들은 당숙의 마차를 만나면 즈들이 먼저 태워 달라거나 그런 말도 없이 달려와 가방부터 먼저 그 위에 던지고 냉큼 올라타곤 했지만, 나는 당숙의 마차가 아니더라도 마차만 보면 그 자리를 피하거나 그럴 틈이 없으면 고개를 팍 꺾고 내가 먼저 싫다는 뜻을 분명히 하곤 했다.

"남들도 타는 걸 왜 니는 안 타나?"

그런 말을 하는 사람은 늘 어머니였다. 당숙은 그런 말조차 하지 않았다. 내가 싫다면 억지로 뺏어 실었던 가방을 도로 내주며 그럼 천천히 걸어오라고 했다. 당숙도 내가 노새를 끔찍히 싫어하는 걸 알았다. 아니, 노새를 끄는 당숙을 싫어하는 걸 알고 있었다.

"몰라서 물어요? 남들은 남이니까 타지. 나도 남이면 타고 댕긴다구요."

"그래도 그러는 게 아니다."

"아니면 지금이래도 작은형을 양재 보내면 되잖아."

그러다 결정적으로 나빴던 건 어느 토요일 오후, 하교길에서의 일이었다. 남대천에서 모래를 퍼 실어 나르다 길 옆 버드나무 그늘 아래 마차를 세우고 다른 마부들과 함께 담배를 피우며 땀을 들이던 당숙이 같은 반의 다른 동무들과 함께 둑 길을 걸어오는 나를 보았던 것이었다. 내가 고개를 팍 꺾고 가면 그런 내 모습이 마음에 언짢더라도 못 본 척해야 되는데 그 날은 웬일인지 그 자리에서 당숙이 나를 붙잡았다. 어쩌면 다른 마부들 앞에서 뭔가 낯을 내고 싶었던 것인지도 모른다.

"학교 마치고 오나?"

"야."

나는 친구들 앞에 쥐구멍이라도 들어가고 싶은 마음이었다.

"점심은 먹은?"

"토요일이잖아요."

"가마이 있어 봐라. 그래도 뭘 먹고 가야제. 안 봤다면 몰라두
⋯⋯."

그러면서 당숙은 품에서 빳빳한 100원짜리 한 장을 꺼내 주었다.

나는 고맙다는 생각보다는 그 자리에서 얼른 벗어날 생각으로 돈을
받았다.

"어이, 은별이, 걔는 누구야?"

당숙보다는 대여섯 살쯤은 아래로 보이는 다른 마부가 당숙에게
물었다. 당숙말고는 대부분 말만 끄는 사람들이었다. 그들은 서로의
호칭도 얼룩이, 점박이, 하는 식으로 노새의 이름으로 불렀다. 훗날
어이, 몇 호, 몇 호, 하고 자동차 끝 번호 두 자리를 이름 대신으로
부르던 택시 회사 사람들을 본 적이 있지만, 사람 이름을 은별이, 점
박이, 하고 노새 이름으로 부르던 것도 내게는 낯선 일이었다.

"장래 우리 집 대주시다."

"대주라니?"

"우리 맏상주라구."

당숙은 보란 듯이 내 모자를 바로 씌워 주면서 말했다.

"뭐야, 그렇게 큰아들이 있었단 말이야?"

아들 소리를 듣자마자 갑자기 눈앞이 아득해져 오는 느낌에 나는
손에 들고 있던 돈을 당숙에게 도로 내밀었다. 대주니, 맏상주니 하
는 말을 할 때만 해도 얼른 그 자리를 벗어나야겠다는 생각만 했는
데 이제 동무들 앞에서 노새를 끄는 마부의 아들 소리까지 나온 것
이었다. 아이들은 이제 대번에 그 사람 느 아버지냐, 하고 물을 것이
었다.

"뭘 사 먹고 가라니까."

"싫어요. 나 이제 아재 양재 안 해요!"

나는 기어이 그 돈을 당숙 앞에 던지고 냅다 가방을 옆구리에 끼
고 뛰었다. 뒤에 다른 마부들 앞에 당숙이 어떤 얼굴이 되었을까는
생각할 틈도 없었다. 당장 동무들 앞에 내 얼굴이 문제였다. 정말 그
것만은 감추고 싶었고, 감추어 왔던 일이었다. 나는 동무들에게 먼
친척 아저씨인데 아들이 없으니까 분수를 모르고 나한테 찝쩍거리는

거라고 말했다. 그러니 우리 동네 애들한테도 물어 보라고. 내가 어느 집에 누구하고 살고 우리 아버지가 말을 끄는 사람인지 아닌지…….

아마 그 일이 있고 나서였을 것이다. 처음엔 밤마다 술에 취해 마차를 끌고 들어오던 당숙이 어느 날 집을 나간 다음 한 달이 되고, 두 달이 되고 방학의 반이 지나 석 달이 되도록 집에 들어오지 않는 것이었다. 처음엔 집안 어른들도 무슨 일인가 몰랐다가 당숙모가 당숙이 떠나기 전의 일들을 얘기해 모두 그 일을 알게 되었다.

"집 나가기 전에 술을 잔뜩 먹고 와 이런 말을 하잖우. 어디 가서 여자를 사서라도 애 하나를 낳아 와야겠다구. 그러면서 또 나한테 그러잖우. 내가 오죽하면 아 못 낳는 자네 가슴에 못질을 하고 있겠느냐구, 그러면서 대구 울구……."

아버지가 남대천 제방으로 나가 전에 함께 일하던 마부들에게 수소문을 하자 당숙은 봉평 어디의 산판장에 가 있다고 했다. 거기서 다른 살림을 차렸을 거라는 얘기도 있었고, 살림까지는 차리지 않았지만 좋아 지내는 술집 여자가 있는 것 같더라는 얘기도 있었다. 당숙모는 날마다 우리 집으로 올라와 아버지에게 당숙을 찾아 데리고 올 수 없겠느냐고 말했다. 당숙이 오지 않거나 거기서 다른 여자와 살림을 차리고 앉은 거라면 이녁이 여기 있을 게 뭐가 있겠느냐며 올라올 때마다 눈이 붓도록 울고 내려갔다.

"거 봐라. 저 귀해 주는 어른 가슴에 못이나 지르고……."

일이 그렇게 되자 아버지와 어머니는 내가 양자로 아직 들어가 사는 것도 아니고 족보에 그렇게 올린 것도 아니니 늦게라도 셋째 양자에서 둘째 양자로 바꾸는 이야기까지 했지만, 그리고 이제 고등학교 졸업반인 작은형도 어른들이 정 그렇게 정하면 자신도 어른들의 말에 따르겠다고 했지만 그건 당숙모가 안 된다고 했다.

"지가 우리를 싫다 해두 그간 그 양반하고 내가 시째한테 붙이구들인 정이 얼만디요. 지두 그거 크면 어련히 알 거구……그러구 아버님 상세나셨을 때 어린 지가 와서 장삿닐 다 했는데……어린 게 달마다 오르내리며 보름 삭망 다 챙기구……아버님두 그래 알고 돌아가신 다음 절 받구 했는 기……그간 정리를 생각해서두 난 시째 못 내봐요. 안 내놓는다구요."

"봐라. 니를 어떻게 생각하는지."

아버지는 아버지가 올라가 데리고 올 일이 아니라고 했다. 아버지가 가면 억지로라도 따라 내려오긴 하겠지만 이내 또 집 밖으로 돌거라고 했다. 그러면 나라는 얘기였다. 그간 지은 죄도 있고, 또 그때쯤 나도 가슴에 풀어지는 무엇이 있었다. 예전 중학교에 다닐 때만 해도 노새집 양자는 죽어도 안 가겠던 둘째 형이 이제는 어른들이 시키면 시키는 대로 하겠다고 말하는 것을 듣자 어제까지 가졌던 노새집 양자에 대한 부끄러움과 서러움도 많이 녹아 내리던 것이었다.

"올라가거든 거기 우체국에 가서 경금집 영자를 찾아라. 그리고 당숙을 찾는 거야. 수소문을 해 찾더라도 사람 찾는 것보다 짐승을 찾는 게 더 빠를 테구. 한 파수래도 좋고 두 파수래도 좋고 찾아서 니가 잘못했다구 말하구 모시구 오너라. 그러잖으믄 또 올라갈 테니까."

"살림하고 있으면요?"

철도 없이 그 말을 나는 당숙모까지 있는 자리에서 물었다.

"그런 일 없을 거다만 그런다 해도 닐 보면 마음이 달라질 거다. 그간 니한테 들이고 쏟은 정이 얼만데. 이번에 올라간 것도 달리해 올라간 게 아니라 니한테 노여워서 올라간 거니까."

다음날 아침 면 소재지까지는 당숙모가 데려다 주었다. 나는 교복을 입고 가기 싫었지만 어른들은 교복을 입고 가는 게 모양도 반듯하다고 했다. 얼마를 묵을지 몰라 따로 몇 가지 옷들도 챙겨 갔다.

"꼭 니가 데리고 내려와야 한다."

"야."

"니가 가자면 올 거다."

"야."

"내려오변 내 인자 그놈의 짐승 없애라고 할 거니까."

"⋯⋯."

당숙모는 찐 계란 몇 개를 가방에 넣어 주고, 집에서 차비를 받아 왔는데도 100원짜리 돈을 세지도 않고 열 닢도 넘게 주머니에 넣어 주었다. 차를 두 번 갈아타도 봉평까지의 학생 차비가 완행 버스로 는 100원도 되지 않을 때였다.

"경금집 영자한테 신세 질 것도 없이 때 되면 혼자서라도 든든히 사 먹어라. 잠이야 한데서 잘 수 없으니 얻어 자더라도."

"집이나 잘 설어(청소해) 놔요. 안 쓰더라도 내 방도 하나 내놓 고."

어른들이 가르쳐 준 것말고도 나는 나대로 이 기회에 요량하고 다 짐하고 있는 게 있었다.

봉평에 가서는 위에 적은 것 그대로였다. 우선 우체국에 들러 영 자 누나를 찾았고, 혹시 이곳에서 우리 당숙을 보았느냐고 물었다.

"보기는 봤는데⋯⋯."

봤어도 아는 체는 하지 않은 듯했다. 양자로 들어간 내가 길에서 마주쳐도 그랬는데, 암만 친척이라도 그렇지 영자 누나도 스무 살도 넘게 먹은 처녀가 객지에 나와 남들 보는 앞에서 말을 끄는 당숙을 아는 체하기가 쉽지 않았을 것이다.

"어디 잘 가는지는 모르나?"

"저쪽 장터에 가끔 보이는 것 같던데. 가방은 나 주고 거기 가서 물어 봐라. 진부옥이나 강릉옥이나. 그리고 이따가 이리로 와. 여기 와서 없으면 내가 저기 다방에 있을 테니까."

"내가 다방에 어떻게 들어가나? 중학생이."

"괜찮다, 여기는. 그냥 들어오는 게 아니라 나를 찾아오는 거니까."

"우리 아재를 찾으면 아재하고 같이 와도 되나?"

"그래. 니하고 같이 있으면."

"그런데 참 우리 아재 여기서 살림한다는 얘기는 못 들었나?"

"살림이라니?"

"방 얻어서 딴 여자하고 산다는 얘기는 못 들었느냐고."

"야, 수호야."

"왜?"

"넌 어린 게 그런 말도 할 줄 아나?"

"그 말이 왜?"

"니가 그런 말을 하니 이상해서 그런다."

"이상하긴, 몰라서 묻는 건데."

나는 우선 장터와 장터 뒷길을 다니며 당숙의 노새가 있는지를 살폈다. 장터라고 해봤자 시골 너른 집 마당보다 조금 더 큰 정도여서 이쪽 저쪽 뒷길까지 살피는 데도 10분이 안 걸렸다. 장꾼들의 노새가 몇 마리 보이긴 했지만 정수리에 흰털이 난 노새는 보이지 않았다. 그래도 혹시 살림하는 집이 따로 있고, 거기에 노새가 매어져 있는 게 아닌가 싶어 마을 부근의 집들을 하나하나 다시 둘러보았지만 장터 주변말고는 노새 비슷한 것도 보이지 않았다. 천상 장터 거리의 술집이며 밥집에 들어가 물어 볼 수밖에 없었다. 나는 때보다 일찍 강릉옥에 들어가 강릉에서 올라온 마부 이씨를 찾는다고 했다. 당숙의 얼굴 모습과 노새의 특징을 함께 말했다.

"그 사람은 왜 찾는데?"

찾아도 바로 찾아 들어온 셈이었다. 마흔쯤 되어 보이는 주인 아주머니가 칼질을 멈추고 물었다.

"우리 아버집니다."

"콧날이 우뚝하고, 여기 귓볼 아래 어금니 자리에 팥알만한 점이 있는 양반 말이제?"

"예."

"노새도 은별인지 뭔지는 몰라도 장배기에 허연 털이 나 있는 게 맞고……."

"예."

"그 사람이 맞나는 모르겠다만 아들이 없어 그래 댕긴다고 하던데."

"그러면 맞아요."

"참 이상네. 아들이 없다는 게 맞다면서 또 아버지라는 얘기는 무슨 얘긴데 시방?"

"지금 어디 있는지 아나요?"

"맞는지 아닌지는 모르겠다만 그 사람들 홍정산에 산판 들어갔는데 낼 모레나 돼야 나올 거르. 낼 모레가 한 파수 간조날이니까."

"그럼 낼 모레 여기로 오나요?"

"여기로 오든 어디로 오든 이곳으론 나올 기구만. 그래 하루 지내곤 또 이것저것 준비해 들어가구……."

나는 영자 누나를 만나러 가기 전 그곳에서 이른 저녁으로 밥을 먼저 시키고 나서 소머리국 한 그릇을 나중에 시켰다. 영자 누나를 놔두고 혼자 밥을 먹은 건 잠은 거기서 얻어 자더라도 아침저녁으로 먹는 것까지 신세를 져선 안 된다는 어른들의 말도 있었지만 우선은 주인 아주머니가 당숙 소식을 알려 준 게 반갑고 고마워서였다. 밥을 먹으며 몇 가지 더 물어 볼 말도 있었다. 그리고 밥을 먼저 시키고 소머리국을 따로 나중에 시킨 건 떠나올 때 아버지가 혹 국밥이 먹고 싶거든 그냥 국밥을 시키지 말고 꼭 그렇게 하라고 가르쳐 준 때문이었다. 장터 밥집들은 그냥 국밥을 시키면 먼저 먹던 손님들이 먹다 남긴 밥을 국에 말아 내오니 밥 따로 국 따로 시키라는 것이었다.

"강릉 큰 데서 학교를 다녀 본 게 있어서 그렇나, 여게 아들 같지 않고 참 똑똑타. 혼자 아버지를 찾아와 이래 밥도 시켜 먹고."

사기 사발 가득 국을 내오며 아주머니가 말했다. 나는 그 말을 내가 밥 따로 국 따로 시켜서 하는 말일 거라고 생각했다.

"니 중학교 몇 학년이나?"

"1학년요."

"그 양반이 정말 아버지가 맞나?"

"예."

"의젓하구만…… 오늘 내려가지는 않을 테고 잘 데는 있나?"

"예."

"어디서 자는데?"

"정해 놨어요."

영자 누나 이야기는 하지 않았다. 영자 누나 이야기를 하면 이 사람들도 여기에 와 말을 끄는 당숙이 영자 누나의 가까운 친척이라는 걸 알게 될 것이었다.

"말을 끌어도 다른 사람들과 좀 다르다 했더니 아들을 보니……."

"그런데 내일 모레 언제쯤 오시나요?"

"아마 저녁 때 올 거르. 거의 어두워서."

그때 출입문이 열리고 주인 아주머니보다 조금 더 나이 들어 보이는 아주머니가 안으로 들어왔다.

"야는 누군데?"

어린 게 혼자 시골 밥집에 앉아 있으니 별일로 보이는 모양이었다.

"거 왜 홍정산에 산판 들어가서 그 아래 버덩말 차 다니는 데까지 나무 끌어내리는 말 패들 있잖은가?"

"말 패가 왜?"

"그 말 패 중에 강릉서 올라온 이씨 아들이래. 거 왜 코가 우뚝하고 눈이 서글서글한 이……."

"아들이라고?"

"그렇다니까."

"아이구야, 그이 말로는 의지가지없어 그래 댕긴다더니……진부옥 그 치는 무슨 일이래?"

주인 여자가 찔끔 눈치를 주었다. 나는 못 본 체하고 숟가락으로 묵묵히 밥을 퍼 올렸다. 한 가지는 분명하게 안 셈이었다. 그리고 그간 당숙한테나 당숙모한테 내가 지은 죄 또한 분명하게 안 셈이었다. 나는 오히려 그들이 내게 더 많은 것을 물을까 봐 밥값을 계산하고 밖으로 나왔다.

다음날 그곳에서 30리 떨어진 곳에 있다는 홍정산까지 당숙을 찾아 들어갈까 하다 그만두었다. 아무래도 이곳에서 보는 게 좋을 것 같았다. 일부러 진부옥엔 들어가지 않았다. 그런데도 내가 강릉옥에서 점심을 먹을 때 그곳에서 일하는 나이 든 아주머니가 내 눈치를 살피며 아닌 척하고 밖으로 나갔다가 잠시 후 들어올 땐 다른 여자와 함께 들어와 밥을 먹는 나를 살폈다. 나는 직감적으로 진부옥 그 치라고 생각했다. 밥 먹는 일이 어떻게 하면 의젓하게 보일까마는 그래도 나는 의젓한 모습을 보여야겠다는 생각에 혹시 밥알이라도 흘리지 않을까 싶어 숟가락으로 밥을 꾹꾹 눌러 가며 그것을 떠먹었다. 따라 들어온 여자도 나이는 마흔쯤 되어 보이는데 인물로 봐선 거기 주인 같지는 않고 허드렛일을 하는 여자 같았다. 나는 그 여자가 내게 무어라고 묻거나 말을 시키면 어떻게 해야 하나 잔뜩 긴장하고 있었지만, 두 사람 다 일부러 다가와 그러지는 않았다. 한편으로는 느긋한 마음도 생겨 나는 별로 먹고 싶지 않은 물까지 한 그릇 더 달래서 먹고 영자 누나가 얻어 있는 방으로 돌아와 오후 동안은 거기에 꼼짝도 않고 있었다. 내일 산에서 당숙이 내려오면 어떻게 해야 하는지 그것만 곰곰이 궁리를 했다.

그런데 오후 늦게 영자 누나가 들어와 지금 진부옥에 가보라고 했다.

"거기 느 아재 와 있다. 진부옥에서 나를 찾아왔더라. 널 데리고 오라고."

"강릉옥이 아니고?"

"진부옥이다."

나는 가방을 챙겨 일어났다. 영자 누나도 함께 가고 싶은 마음이 없는 듯했고, 나도 영자 누나와 함께 거길 가고 싶지 않았다.

"아재가 왔으면 바로 가야 할 것 같다. 가서 편지할게, 누나……."

"우리 집에도 내가 잘 있다고 말해 주고……."

"고맙다, 재워 주고 오늘 아침도 해주고……."

"니는 쬐끄만 게 별말을 다한다. 어제부터……그리고 이건 우리 엄마 좀 갖다 드려라. 추석 전에 내가 내려간다고 얘기도 해주고."

"알았다."

나는 영자 누나가 주는 돈을 받아 주머니에 넣고 밖으로 나왔다. 강릉옥이면 편한데…… 그런 마음으로 진부옥 문을 열고 들어서자 방안에 당숙이 앉아 있었다. 시커멓게 수염까지 길러 행색이 산사람이나 다를 게 없었다. 나로서는 남대천 제방 둑에서 보고 석 달 만에 보는 얼굴이었다. 당숙은 방에 앉아 있고, 낮에 강릉옥으로 나를 구경 왔던 여자는 부엌 쪽에 있었다.

"왔네요, 아드님이……."

당숙도 나를 보고 있는데 부엌 쪽의 여자가 말했다.

"언제 완?"

당숙이 방에서 일어서며 말했다.

"아부제……."

나는 신발을 벗고 방으로 들어서며 말했다. 강릉에서 올라올 때부터 내내 입 속으로 되뇌며 연습한 말이었다. 아버지가 있으니 아버지라고 부를 수는 없고, 그러면서도 아버지라는 뜻을 불러야 하고. 이젠 당숙을 그렇게 불러야 하고 그렇게 불러야 할 때가 왔다고 생각했다. 아부제가 놀라는 얼굴로 나를 바라보았다.

"아부제……."

"……."

"지가 잘못했어요."

"언, 언제 완?"

"어제요. 어머이가 아부제 모시고 오라고 해서요."

"……밥은 먹은?"

"야. 내일 온다더니요?"

"여게서 들어오는 사람 편에 니가 왔다는 얘기를 들었잔."

"진지는 드셨어요?"

"거게서 먹기는 해두 니가 뭘 안 먹었음 같이 먹을라구……."

"말은요?"

"뒤꼍에 매놨는기 이젠 그것두 힘을 못 써서……."

"아부제……."

"……."

"가요, 집에……."

"오냐, 가야제. 니가 왔다 해서 다 챙겨 내려왔는기. 집은 다 펜한?"

"야."

"느 숙모도?"

"야."

아부제는 나는 빈 몸으로 오고 아부제는 말을 가져왔으니 나는 차를 타고 내려가고 아부제는 내일 산에서 간조 패들이 내려오면 돈을 마저 받은 다음 말을 끌고 내려오겠다고 했지만, 나는 나도 아부제하고 함께 내려가겠다고 했다. 가방까지 들고 나왔는데도 그 날 하루 더 영자 누나 방에서 잠을 잤다. 아부제는 어디서 잠을 잤는지 모른다. 다음날 영자 누나가 출근한 다음 아부제가 말하던 대로 열 시쯤 진부옥으로 다시 갔을 때 아부제는 이발을 하고 면도를 한 얼굴로 멀끔하게 앉아 있었다. 부엌 쪽을 살펴도 그 여자는 보이지 않았다.

"니 나하구 대화 가지 않으렌?"

"거긴 어딘데요?"

"차를 타믄 된다. 거긴 여기보다 큰 점방들이 많으니 니 뭐 사구 싶은 것두 사구……."

그 날 아부제는 내게 시계를 사주었다. 내가 고른 것보다 아부제 마음에 드는 게 더 비쌌는데 비싼 그것을 사주었다. 큰형은 시계가 있어도 고등학교 3학년인 작은형은 아직 시계가 없었다. 라디오를 틀면 매시간마다 아홉 시를 알려 드립니다, 열 시를 알려 드립니다, 하는 오리엔트 야광 손목시계였다. 그 외에도 내 옷과 숙모 옷 몇 가지를 더 사고, 할아버지와 아버지 어머니의 옷가지도 샀다. 그리고 거기서 먹는 점심은 내가 내 식대로 아부제 것과 내 것을 시켜 먹었다. 아부제한테 내가 컸다는 것을 보여 주고 싶었다.

봉평으로 돌아오니 해가 저물고 있었다. 아부제는 진부옥에서 돈만 받으면 떠날 준비를 하고 흥정산 간조 패들이 오기를 기다렸다. 그 사람들은 우리가 저녁을 먹은 다음에 내려왔다.

"야, 느들 장래 우리 집 대주 봐라. 우리 아들 얼굴 얼마나 훤한가 한번 보란 말이다. 느 아들들이면 이만한 나이에 혼자 애비 찾아 여게 오겠나?"

아부제는 그들로부터 받아야 할 돈을 받은 다음 길을 떠나기 전 몇 잔 술을 마시며 연신 내 자랑을 했다. 어제까지는 내가 아부제라고 불러도 그 말을 드러내 놓고 좋아하지 못하고 서먹해하더니 이젠 마음껏 그 말을 좋아했다.

"언제는 정 붙일 아들이 없어 돌아다닌다더니?"

"아들이 없기는, 내가 노새나? 아들이 없게. 애비 산에 가서 안 온다고 이렇게 여게까지 데리러 오는 아들이 있는데. 자, 이제 나는 아들하구 떠나네. 해져서 선선할 때 떠나야지, 짐승을 끌구 가는 기……."

진부옥을 나온 다음 아부제와 나는 밤길을 걸었다. 아니 걷지 않고 마차 앞자리에 타고 밤늦도록 이목정까지 나왔다. 달이 없어도 별이 좋은 밤이었다. 아부제의 입에서 풍기는 술 냄새가 조금도 싫지 않았다. 노새는 연신 딸랑딸랑 방울을 울리고, 길 옆은 온통 옥수수밭이거나 감자밭, 올갈이 무와 배추를 뽑은 다음 씨를 뿌린 메밀밭이었다. 꽃 향기도 좋고 바람도 시원했다.

"수호야."

"야."

"니가 날 데리러 완?"

"야, 아부제."

"니가 날 데리러 여게까지 완?"

"야, 아부제."

"수호야."

"야."

"니가 날 데리러 이 먼데까지 완?"

"야, 아부제."

"니가……니가……나를 애비라구 데리러 완?"

"야, 아부제."

돌아오는 길 내내 아부제는 그 말을 묻고 또 물었다. 나는 새로 찬 야광 시계를 보며 10분이나 20분 간격마다 지금 몇 시 몇 분이다, 를 말했다. 자정 통행 금지 시간이 다 되어 이목정 말먹이집에 닿았다.

다음날 아침부터 걸은 길도 그랬다. 끓인 여물을 가마니에 받아
싣고 노새가 맥을 못 추는 한낮만 잠시 그늘에 피했다가 저녁 늦게
야 대관령에 닿았다.

"자지 않고 떠나면 새벽이면 닿는다."

"아부제."

"어."

"그러면 그냥 가요."

"그라이자. 우리 맏상주 시키는 대로. 영 내려가다 중간 반정(半
頂)집에 가서 뭐 좀 달래서 먹구."

그리고 또 밤길을 걸었다. 아부제는 마차에 올라타기도 하고, 내
리막 언덕이 심한 곳에서는 마차에서 내려 말의 고삐를 잡기도 했다.
그때면 나도 따라 내렸다. 아부제가 그냥 타고 있으라고 해도 그랬
다. 그러면서 아부제와 나는 또 얼마나 많은 이야기를 하면서 그 영
을 넘어왔던가.

"아부제."

"어."

"뭐 하나 물어 봐도 돼요?"

"그러믄. 누가 묻는 말이라구."

"아부제가 진부옥 아주머이를 좋아했어요?"

"그래 보이더나?"

"야."

"아니다. 내가 좋아한 게 아니구 그쪽에서 그랜 거지. 내가 이래
다 큰 아들이 있는데 아들이 읎는 줄 알구. 그러니 니두 내려가 숙
모한테 그런 말한믄 안 된다."

"야."

"그러믄 나두 니한테 뭐 물어 봐두 되겐?"

"야."

"니 아버지 어머이가 이렇게 해서 날 데리구 오라구 시키든?"

"데리고 오라고 시키긴 했는데, 이렇게 데리고 오라고 시키지는 않았어요."

"날 아부제라고 부르라구 시킨 것두 아니구?"

"야."

"그럼 니가 니 마음으루다 부른 말인?"

"야. 아부제"

"그러믄 하나 더 물어두 되겐?"

"야."

"니 내가 말 끄는 게 싫은?"

"……."

그 말만은 대답하지 못했다. 아부제도 그 말을 두 번 묻지 않았다.

"아부제."

"어."

"나 내려가면 이제 아부제 집에 가서 살려구 해요."

"우리 집에?"

"야."

"어른들이 그렇게 하라구 시키든?"

"아뇨. 지 마음으로요."

"니 마음으로?"

"야. 그래서 올라올 때 하생골 어머이한테 내 방 하나 치워 놓으라고 했어요."

"수호야."

"야."

"아부제는 고맙다. 무슨 말인 줄 알제?"

"야."

"그래. 내려가믄 나두 이 짐승 치우지 뭐. 니 싫어하는 걸 계속할 게 뭐 있겠."

"……."

"허, 이눔이 말귀 알아듣나. 절 치운다니까 대가리를 흔들게."

"안 치워도 나 아부제 집에 가 살아요……."

"그래, 치우지 뭐. 치울 거야. 이제 이거 힘두 제대루 못써 사람 망신시키는 거. 늙어서 고집두 늘구……."

그 날 아부제와 나는 온 하늘과 산이 붉게 동틀 무렵 하생골 집에 닿았다.

그러나 그 날 밤길에도 그랬고, 먼저 살던 집에서 아부제 집으로 살림을 옮기듯 책상과 책가방, 입던 옷가지들과 내가 쓰던 물건들을 옮겨 온 후에도 끝내 말과는, 그리고 아부제가 그것을 끄는 것과는 화해가 되지 않았다. 예전보다 덜 부끄럽다고 해도 그랬다. 그때 나는 중학교 1학년이었고, 동네에서 아이들과 싸우다가도 '노새집 양재 새끼'라는 말을 들으면 그 말을 이 세상에서 가장 심한 욕으로 느끼던 열세 살의 소년이었다.

그 말은 내가 중학교 3학년일 때까지 집에 있었다. 내가 저를 핍박하고 서러움 줄 때 그는 이미 늙어 있었다. 그가 죽던 마지막 모습도 그랬다. 말굽을 박았는데도 공사장에서 벽돌을 내릴 때 땅에서 바로 선 대못을 밟아 오른쪽 앞다리부터 못쓰게 되더니 한 해 겨울을 한 쪽 다리를 늘 구부린 채 서서 앓다가 어느 날 배를 땅에 대고 만 것이었다. 알리지 않았는데도 어떻게 알고 시내의 마부들이 마차를 끌고 와 죽은 그를 싣고 내려갔다. 아부제는 따라가지 않았다. 마부들이 그럼 저녁 때 고기라도 보낼까, 하고 묻자 아부제는 그러지 말라고 했다. 작은할아버지가 돌아가신 이후 그 날 처음으로 나는 남몰래 감추는 아부제의 눈물을 보았다. 한 지붕 아래에서 사는 동안 그는 내게 참으로 많은 설움과 눈총과 미움을 받았다. 내가 누리는 모든 것이 그의 등에서 나왔는데도 그랬다. 아마 그가 죽어 정말 하늘의 은별이 되었다 해도 나는 앞으로도 말에 대해 자유롭지 못하고, 그에 대해 자유롭지 못할 것이다. 결국 그 원고에 나는 그의 이야기를 쓰지 못했다. 그러나 언젠가 나는 그의 슬픈 생애에 대해 제대로 글을 쓸 수 있는 날이 오길 기다린다. 그는 태어나기로도 암말과 수나귀 사이에서 온갖 핍박 속에 오직 무거운 짐과 먼 길을 걷기 위해 생식력도 없는 큰 자지만 달고 나온 노새였고, 이름은 은별이었다.

(『상상』, 1996. 3.)

두 이야기의 조합, 그리고 상상력

이 순 원

「말을 찾아서」는 1996년 1월에 썼다. 그러기 몇 달 전, 열흘쯤의 일정으로 일본에 다녀왔고, 그 다음날인가 그 다다음날 서울에서 중학교 동창을 만났다. 학교 다닐 때 무척 친한 친구였다. 그러나 한 번도 그 친구집에 놀러가 보지 못했다. 그때의 기억으로 누군가 그 친구에게 '너희 집에 한 번 놀러 가자.' 하면 이 친구가 이런 저런 핑계로 그것을 피하는 것이었다.

그런데 20년이 더 지난 다음 서울에서 만났을 때 이 친구가 그때의 얘기를 하는 것이었다.

"그때 너희들 우리 집에 한 번도 안 와 봤지?"

"그래. 너는 우리 집에 몇 번 왔어도. 강릉 내곡동 어디라는 것만 알지 거기 어딘지는 잘 모른다."

그러자 이 친구가 뒤늦게 그 얘기를 하는 것이었다. 사실은 그때 자기 아버지가 노새를 끌고 여름이면 남대천의 모래를 퍼나르고, 겨울이면 산판장을 찾아다니며 목재를 실어나르고 했다고. 그때 그 친구는 그것이 참 부끄러웠다고 했다. 그래서 친구들에게 맘대로 집으로 놀러 가자는 소리를 하지 못했다고.

그 얘기를 들으며 내가 떠올린 건 며칠 전 일본 여행에서 처음 먹어 본 말고기 육회였다. 오사카 어느 뒷골목에서 우리 나라 작가들 대여섯명과 함께였다. 말과 관계없이 자랐지만 그것을 먹을 때 뭔가 꺼림칙한 생각이 들어 그 기분을 떨치기 위해 '사케'라는 일본 소주를 물 마시듯 연신 마셔대다가 배탈까지 났던 것이었다.

나는 이 두 가지의 이야기를 잘 조합하면 뭔가 기가 막힌 소설 하나가 나올 것 같다는 생각이 들었다. 그러나 아버지와 아들 사이의 단순한 얘기는 재미가 없을 것 같았다. 아버지와 아들 사이의 상징물이 노새인데, 그러나 노새는 커다란 성기를 늘 배 밖으로 덜렁거리며 다닐 뿐이지 실제로는 생식 능력이 없다. 어릴 때 길에서 그런 노새를 보면 주인 몰래 길다란 꼬챙이로 툭툭 건드리며 장난했던 기억이 내게도 있는 것이다.

그러면, 노새를 매개로 또 다른 형태의 아버지와 아들 사이는 어떤 것이 있을까. 그래서 떠오른 것이 양자였다. 아들을 낳지 못하는 당숙집에 양자를 가는 어린아이라면 어떨까? 그러면 노새를 끄는 양아버지도 싫고 노새도 충분히 싫을 것이었다.

그러면서 그 친구가 했던 말을 떠올렸다. 아버지에게도 죄송하지만 그때 그 시절 자기 집에 있던 노새에게도 왠지 미안하고 안타까운 생각이 든다고. 생각하면 그 노새도 불쌍한 짐승인데 그때는 왜 그렇게 아버지 모르게 못살게 굴었는지 모르겠다고.

며칠을 두고 이야기 구조를 짜보았다. 노새를 끄는 당숙 집에 양자를 간 '나'가 새해 초 아내와 함께 철원으로 놀러간다. 장소를 철원으로 정한 것은 그곳에 궁예의 옛 도성지가 있기 때문에 일부러 그렇게 한 것이다. 그곳에서 잠을 자다가 말꿈을 꾼다. 옛날 집에서 부리던 노새가 아니라 말 그대로 말꿈을 꾸는 것이다. 그러면서 자연스럽게 얼마 전 일본에서 먹은 말고기를 떠올리고, 또 예전 집에서 부리던 노새를 떠올린다. 그리고 여행에서 돌아와 양아버지에게 말꿈을 꾸었다는 말을 한다. 아버지는 그 꿈을 좋은 쪽으로 해석하지만 나는 그럴 수가 없는 입장이다. 이때 어느 대기업 홍보실에 근무하는 후배로부터 '명작의 무대를 찾아서'라는 제목 아래 이효석의 「메밀꽃 필 무렵」과 그 무대를 이루고 있는 봉평 장터에 대한 원고를 청탁받는다. 그러나 나는 원고를 쓸 수가 없다. 봉평은 이효석의 「메밀꽃 필 무렵」의 배경일 뿐만 아니라 어린 날 나와 양아버지 사이에 또 다른 갈등이 있는 곳이기 때문이다. 당숙의 양자로 정해진 다음 어린 나는 사사건건 노새를 끄는 당숙에게 상처를 주고(면전에 대고 '나는 아저씨 양자 안 해요.' '누가 양자 가나 봐라, 노새애비한테.' 하는 식으로), 그 상처로 당숙은 나를 피해 산판장을 찾아 봉평으로 떠나는 것이다. 주위 어른들이 어린 나를 나무라고 그런 양아버지를 데리러 나는 봉평으로 떠난다. 그리고 그곳에서 양아버지와 함께 나귀를 끌고 밤길에 강릉 집까지 돌아오는 이야기라면 충분히 가슴 뭉클한 감동을 넣을 수 있을 것 같았다.

보통 작품을 쓰면 우선 제목을 정하고 첫머리부터 써나가는데, 그때 그 작품에 대해서만큼은 제일 마지막 구절부터 먼저 써놓고 소설을 시작했다. 그러니까 '은별(정수리에 하얀 점이 있는)'이라는 그 노새에 대한 주인공의 회한으로 그 구절이 노새 '은별'이의 묘비명이 되게 하자는 것이었다. 이 작품에서 가장 먼저 쓰고, 또 가장 공들인 부분이다. 옮기면 이렇다.

　　한 지붕 아래에서 사는 동안 그는 내게 많은 설움과 눈총과 미움을 받았다. 내가 누리는 것 모든 것이 그의 등에서 나왔는데도 그랬다. 아마 그가 죽어 정말 하늘의 은별이 되었다 해도 나는 앞으로도 말에 대해 자유롭지 못하고, 그에 대해서도 자유롭지 못할 것이다. 그는 태어나기로도 암말과 수나귀 사이에서, 온갖 핍박 속에 오직 무거운 짐과 먼 길을 걷기 위해 생식력도 없는 큰 자지만 달고 나온 노새였고, 이름은 은별이었다.

　그 작품을 쓸 때까지 나는 강원도에서 나서 강원도에서 컸으면서도 봉평엘 한 번도 가 보지 못했다. 이럴 때 작품 취재 때문이라도 당연히 가 보아야 하겠지만 나는 일부러 가 보지 않았다. 내 작품 속에 나오는 봉평은 20년 전의 봉평인데, 오히려 지금 그곳에 가 보게 되면 내 상상력 속의 봉평이 없어질 것 같은 생각 때문이었다. 그건 나의 다른 작품에서도 거의 그랬다. 「압구정동엔 비상구가 없다」를 쓸 때에도 나는 그곳에 나가 보지 않았다. 「은비령」을 쓸 때 그 작품 안에 '은비팔경'이라는 여덟 경치를 소개해 다른 사람들이 읽으면 이 작가는 한때 정말로 이곳에서 살았구나 싶을 만큼 그곳의 풍광들에 대한 묘사들을 했지만 실제로 한계령 샛길인 그 은비령에 내가 가 본 것은 후일 독자들과 함께였다. 작품에 대해 나는 그런 생각을 한다. 어떤 무대든 직접 가 볼 무대가 있고, 일부러 가 보지 말아야 할 무대가 있다. 나는 어떤 작품들의 경우는 작가의 상상력이 보다 간절해지면 그 무대를 현실보다 더 현실답게 그려 낼 수 있다고 믿는 쪽이다. 봉평도, 은비령도, 압구정동도, 수색도 그래서 작품을 쓰기 전에 일부러 가 보지 않았던 무대들이다. 때로는 작품을 쓰는 동안 그곳에 가서 내 눈으로 직접 그곳을 확인하고 싶은 유혹을 이겨 내는 것(가 보는 것이야말로 얼마나 쉬운 일인가. 하루 시간만 내면 되는 일인 것을)이 작품을 쓰는 일만큼이나 어려울 때도 있었다.

그리고 또 하나, 「말을 찾아서」를 쓰며 내가 가장 역점을 두었던 것은 대화의 묘미와 그 효용을 극대화하는 것이었다. 흔히들 소설작법에서 묘사가 가장 으뜸이고 그것이 가장 중요한 줄 알지만, 그건 그야말로 소설을 써보지 않은 사람들의 생각일 뿐인 것이다. 온밭 천지 메밀꽃이 피어 있고, 밭가의 옥수수잎이 서걱이며, 또 달빛이 풀밭을 덮은 이슬 위에 녹아들고 있는 밤길을, 이제 새로운 화해를 끝낸 양아버지와 양아들이 함께 나귀 수레를 끌고 내려오는 그 길을 어떻게 처리할까를 고민했다. 그 부분을 쓰며 나는 이런 생각을 했다. 묘사는 실제 자연의 모습 그 이상을 보여 주지 못한다. 한밤중 길옆에 펼쳐져 있는 메밀밭과 옥수수밭 풍경, 거기에 녹아드는 달빛과 그 길을 나귀와 함께 걷는 부자의 모습을 독자들의 가슴속에 보다 감동적으로 전할 방법은 없을까. 그러니까 그 밤길에 대한 묘사를 극도로 압축하거나 생략하면서도 작품 안에 마치 달빛이 흐르는 듯한 그 서정성을 함께 녹여들어갈 방법이 없을까를 생각했다. 이 작품에서 나는 대화로 그것이 가능하다고 생각했다. 일부러 그것을 묘사하고 설명하지 않더라도 그 밤길의 서정이 부자가 주고받는 말 속에 그대로 녹아들게 할 수 있는 대화법이. 작품 안에서 '나'가 봉평에 찾아가 양아버지를 처음 만났을 때 '아부제'하고 부른 것도 강릉지방에서 양아버지를 그렇게 불러서 쓴 말이 아니라 '아버지가 아니면서 아버지'라고 불러야 하는 양아버지에 대해 작가인 내가 만들어 붙인 호칭인 것이다.

작품이 나온 다음 더러 이 작품이 「메밀꽃 필 무렵」의 패러디가 아니냐는 말들을 했지만, 나는 그 말을 듣고 나서야 아, 그렇게 생각할 수도 있겠구나, 생각했을 정도로 그 부분에 대해서는 전혀 신경을 쓰지 않았다. 처음부터 패러디에 신경을 썼다면 그런 말이 나오는 것을 오히려 쉽게 피해 갈 방법도 많았을 것이다. 이 작품에서 그렇게 중요한 부분도 아닌 명작의 무대에 대한 후배의 청탁 얘기를 빼고, 또 나에게 상처를 받은 양아버지가 나를 피해간 곳을 봉평이 아닌 다른 곳으로 하는 것만으로도 그것은 충분히 가능한 일이니까. 실제 이 소설은 예전에 나온 어느 작품을 패러디한다는 생각은 조금도 하지 않고 실제 일본에서 말고기를 먹었던 일과 중학교 때의 한 친구의 이야기에서 이 작품을 시작했던 것이다.

한 강

전남 광주 출생. 연세대 국문과를 졸업했다. 1994년 서울신문 신춘문예에 단편소설
「붉은 닻」이 당선되며 등단하여, 창작집으로 『여수의 사랑』이, 장편소설로 『검은 사슴』 등이 있다.

어느 날 그는

1

어느 날 그는 빗방울이 전선에 맺혀 있는 것을 보았다. 그리고 그
때까지 살아 왔던 방식을 한꺼번에 바꾸었다. 그러니 정말 흥미 있
는 이야기는 그 뒤에 비로소 시작되지만, 일단 이 이야기는 그가 전
선의 빗방울을 보기 전까지이다.

그의 사층 방 창문 왼편에 세워진 전신주의 꼭대기로부터 그 전선
은 뻗어 내려온다. 소로 맞은편 오른쪽으로는 주유소가 서 있다. '불,
불, 불조심'이라는 점선 활자들이 물고기 입처럼 적요하게 달싹거리
는 주유소의 구식 전광판 뒤로 전선은 가파른 빗금을 그어 내리고
있다. 덕분에 그가 창을 통하여 보는 풍경은 언제나 절반으로 비스
듬하게 잘려 있다.

주유소의 벤치에는 롤러스케이트 화를 신은 앳된 남녀 아르바이트
생 넷이 일렬로 앉아 대기하고 있다가, 크고작은 차들이 들어올 때
마다 순번대로 민첩하게 일어선다. 그들은 시멘트 바닥을 능숙하게
미끄러져 달려가 앞 차창으로 얼굴을 들이민다.

어서 오십시오!

안녕히 가십시오!

간혹 목청 좋은 녀석이 외치는 소리는 그의 귀에까지 들린다.

그 정경을 굽어보고 있는 이 건물은 지하까지 모두 다섯 개 층으

로 이루어져 있다. 지하는 단란주점, 일층은 카센터, 이층은 당구장, 삼층은 헬스클럽이 임대하고 있는데, 어울리지 않게도 사층은 고시원이다. 의자를 책상 위에 올린 뒤 책상 속에 다리를 뻗고 누우면 꼭 맞는 크기의 방 사십 개가 열 칸씩 네 열로 길게 배열되어 있다. 고시는커녕 대학입시도 준비해 본 일이 없는 그가 이곳에서 얻은 방은 십호실이다.

원생들에게 십호실은 인기 없는 방이다. 건물은 남향이지만, 복도의 서쪽 끝에 위치한 이 방은 서향이다. 블라인드를 내리건 말건 팔월의 불볕더위가 늦은 저녁까지 방 안으로 더운 숨을 뿜어넣는다. 게다가 창문 아래 소로에서는 불법복제한 음악 테이프들을 파는 리어카가 저녁마다 볼륨을 최대한 높이고 질 나쁜 스피커를 울려댄다. 창문을 열면 고막에서부터 정수리까지 신경이 빳빳하게 곤두서고, 창문을 닫으면 왈칵왈칵 숨이 막힌다.

그런 방을 그가 택한 것은 전망 때문이다. 그렇다고 그 시끄럽고 무더운 십호실 창문으로 보이는 풍경이 대단한 것인가 하면 그렇지 않다. 소로 건너편에 주유소가 있고, 그 옆으로 긴 도로가 있고, 대여섯 블록을 뻗어 나간 도로가 우측으로 굽이트는 주택가 너머에 북한산이 먼 발치로 보일 뿐이다. 그가 방을 얻으러 이곳에 온 것은 지난 봄 휴일 오후였다. 십호실에 들어가 창 밖을 내다보았을 때, 변두리의 황량한 도로 너머 까마득히 먼 북한산의 바위 봉우리가 눈부시게 희었고 그 아랫도리는 푸르렀다. 그 푸른 빛깔이 이상스럽게 마음에 와 닿아 그는 아무도 들어오려 하지 않는 십호실을 택했다.

열일곱 시간씩의 근무가 있는 평일에는 열한 시 넘어 들어와 잠만 자고, 일요일에는 무더위에 끈적끈적해진 몸을 죄다 벌거벗은 채 틀어박혀 있는 이 방에서 그가 하는 일은 창 밖의 풍경을 보는 것뿐이다. 밤이면 캄캄한 산 아래턱까지 꼬물꼬물 기어올라가 있는 붉고 노란 인가의 불빛들을 보며, 낮에는 햇볕이 바짝 들어 연료통이 금방이라도 폭발해 버릴 것 같은 주유소의 정경을, 차량 통행이 한산한 거리 너머에서 흰 이마를 따갑게 빛내고 있는 북한산을 본다. 아니, 본다기보다는 풍경을 향하여 시선을 둔 채 잠자코 하이테크 의자에 앉아 있다. 선이라도 하는 듯이 반가부좌를 했지만 그의 시선에는 초점이 풀려 있다.

그에게는 읽을 책도, 무엇인가를 끄적거릴 볼펜이나 공책도 없다. 월간지나 흔해빠진 주간지, 조간 신문도 없다. 오랜 시간 꿈쩍도 하지 않은 탓에 다리가 저려 오면 그는 젖은 솜뭉치처럼 감각이 없는 발을 끌고 창문으로 다가간다. 다리에 피가 돌기 시작하면 다시 의자로 돌아온다.

저녁이 되어도 그는 불을 켜지 않는다. 변두리라고는 하지만 이 건물 앞의 소로는 전철역에 잇닿아 있는 탓에 제법 번화가를 이루고 있다. 가깝고 먼 건물들의 네온 사인과 밤새 밝혀 놓은 주유소의 조명이 그의 방 구석구석을 음음하게 밝혀 준다.

깊은 밤이 되어서야 그는 블라인드를 내린다. 부챗살처럼 풍경이 접힌다. 그의 기민하고 단단한 몸은 두 평이 될까말까 한 사각의 공간에 옴쭉달싹할 수 없이 갇혀 버리고 만다. 그는 깡마른 팔을 뻗어 블라인드의 가느다란 틈을 벌린다. 소로를 따라 오가는 취객들, 대낮처럼 밝은 주유소의 풍경, 밤 근무를 맡은 두 명의 아르바이트 생이 나란히 벤치에 앉아 롤러스케이트 화를 까닥거리고 있는 모습을 묵묵히 내려다보다가 그는 다시 의자로 돌아온다.

블라인드 때문에 아무것도 보이지 않는 창을 바라보며 그는 다시 의자에 앉는다. 이번에는 단정한 자세가 아니라 허물어진 자세로 기대어 앉는다. 졸음과 피로 때문에 그의 고개는 두어 번 앞과 뒤로 꺾인다. 그는 초점 없는 눈을 뜬다. 참담하게 침을 흘려 놓은 입가를 손등으로 닦아 낸다. 책상 위에 개켜 놓았던 군용 담요를 바닥에 깔고 의자를 책상 위에 올린다. 담요 위에 벌렁 드러누운 뒤, 담요의 남는 면을 뒤집어 배를 가리고 잠드는 것으로 그의 일과는 끝난다.

2

그는 자명종 시계를 맞추어 놓지 않는다. 어김없이 다섯 시면 저절로 눈이 떠진다. 자동인형처럼 상체를 일으킨 뒤 그는 벽의 목제 옷걸이에 걸어 두었던 덜 마른 흰 티셔츠와 고동색 면바지를 꿰어 입는다. 십호실 문을 잠그고, 어둑어둑한 층층계를 두 개씩 밟아 내려간다. 건물 앞 인도에 세워 둔 오토바이에 열쇠를 꽂을 때까지 그는 아무런 생각도 하지 않는다. 단지 계단을 내려가고 문을 여는 따위의 동작을 기계적으로 진행할 뿐이다.

시동이 걸리는 즉시 그는 적요한 네거리를 향하여 달려나간다. 그의 동작들 사이에는 틈이 없다. 그는 결코 망설이지 않는다. 무엇인가를 기억하거나 계획하는 따위의 일은 없다. 사무실까지는 쉬지 않고 질주하면 이십 분 만에 다다를 수 있는데, 그 동안 그는 오로지 새벽 여름 바람이 자신의 몸을 때리는 것만을 느낀다. 짙은 청색 하늘 아래 앞으로, 왼쪽으로, 오른쪽으로 속도감 있게 뻗어 나간 길들을 본다.

길은 어디에서도 끝나지 않는다. 아직 그는 길이 끝나는 지점에 이르러 본 적이 없다. 근무중 그에게는 오토바이로 인도를 누벼서라도 제 시간에 도착해야 하는 수많은 목적지가 있으나, 결국 그곳들 모두 지나가는 길에 지나지 않는다. 만일 이 새벽 그가 사무실로 향하는 대신 계속해서 도로를 따라 달려나간다면, 서울의 톨게이트를 지나 고속도로와 국도를 타고 마음껏 달려간다면, 종내 육지의 끝에 다다르기는 할 것이다. 하지만 그 끝 역시, 그쯤에서 돌아오고자 하는 바로 그 순간에 고작 길의 일부가 되어 버리고 만다. 그러므로 애초에 길이라는 것은 결코 끝나는 법이 없으며 '끝'이라는 것은 사람들이 지어 낸 생각일 뿐이라는 것이, 그가 이 직장에 들어와 사년을 지내는 동안 깨달은 사실이다. 끝이라는 것이 지어 낸 생각일 뿐이라면 길이라는 것 역시 지어 낸 생각일 뿐일까? 아마 그럴 것이라고 그는 짐작한다.

사무실에 다다르면 셔터는 올려져 있을 수도 있고, 아직 아무도 오지 않았을 수도 있다. 대체로는 대머리 서 실장이 먼저 와 문을 열어 놓고 커피를 타 마시고 있다. 서 실장이 늦는 날에는 그가 문을 연다.

반갑네.

매일 아침 만나는데도 서 실장의 인사는 늘 똑같은 '반갑네'다. 금으로 땜질한 앞니를 비죽 드러내는 웃음에 엷은 장난기가 배어 있다. 뒤쪽에만 머리털이 남은 탓에 영락없이 오십대처럼 보이지만 아직 마흔도 되지 않았다. 어울리지 않게도 서 실장의 아내는 제법 미인이다. 노총각 시절 서 실장은 단 하루도 빠짐없이 가발을 쓰고 다녔다고 한다. 스물다섯 살부터 처참히 빠지기 시작하여 광택까지 나게 된 머리통을 아내에게 처음 보여 준 것은 신혼의 첫날 밤이었다. 꼭 이해해 주리라 믿었던 아내는 기겁을 했다.

나랑 약속 하나 해요.

서 실장의 아내는 말했다.

평생 이건 나만 아는 사실로 해요. 외출할 때는 반드시 가발을 쓰고 다녀요.

그러나 서 실장은 아내의 말을 듣지 않았다. 서 실장이 가발을 쓰고 다닌 것은 괜찮은 여자를 만나기 위해서였다. 이제 목적을 이루었는데 답답한 가발을 쓸 필요가 어디 있겠는가? 그 가발 문제로 그들은 꼬박 일 년 동안을 다투었다. 유치원에 다니는 딸이 둘인 지금은 그 무수한 옛 다툼들을 상기하며 부부끼리 낄낄 웃는 날이 많다고 한다.

서 실장은 그 연배치고 애처가다. 집에서 커피를 타거나 과일을 씻어 깎는 일, 그릇을 씻고 쓰레기를 비우는 일은 서 실장의 차지라고 한다.

오늘도 커피? 에이, 녹차나 율무차로 하지?

서 실장이 커피통과 잔, 스푼 따위를 다루는 능숙하고 부지런한 동작은 필경 생활에서 배어나온 진짜배기의 것이다. 그러나 그 살가운 태도에도 불구하고 기실 서 실장이 그를 좋아하지 않는다는 것을 그는 알고 있다. 서 실장이 그를 바라보는 눈에는 종종 곤혹과 경계가 어리어 있다.

넌 눈이 무섭게 생겼어.

두 사람이 만난 지 얼마 되지 않았을 때다. 저마다 거나하게 취기가 오른 회식 자리에서 서 실장은 그에게 말했다.

커다란 구멍이 나 있는 것 같애. 검은자위 속에 아무것도 없다구. 거기 내 얼굴이 비쳐 있는 걸 보면 아주 끔찍해.

경리를 보는 박양은 그가 없을 때 서 실장이 건네곤 한다는 험구의 말을 그에게 그대로 전해 주었다.

태식이 그 자식, 아무래도 무서운 놈이야. 언젠가 큰 사고를 저지를 거야. 그 눈깔 봤어? 못 봤으면 좀 자세히 봐.

그러나 평소에 서 실장은 그에게 그런 내색을 하지 않았다. 오히려 어느 날인가는 곰살궂은 어조로 그에게 말했다.

공부를 해보는 게 어때?

얼른 고개를 끄덕여 줄 것을 채근하는 듯, 서 실장은 은근히 강요하는 어투로 활달하게 말을 이었다.

방통대는 등록금이 싸니까, 그래저래 해서 한번 다녀 보는 거야. 언제까지 이렇게 몸 굴리면서 살 거야?

그는 말없이 서 실장의 눈을 올려다보았다. 서 실장은 그보다 키가 컸고 체격도 든든했다. 그러나 매서운 데가 없이 황소처럼 큰 눈자위에는 얼마간의 회의가 주저하며 뒷걸음질을 치고 있었다. 눈꺼풀을 꿈벅거리며 시선을 피하는 것으로 미루어, 서 실장은 자신이 괜한 말을 꺼냈던 것을 후회하는 것 같았다. 다음날 둘이서 아침을 함께 먹으며 서 실장은 말했다.

사실 말야……. 자넨 복서 같은 데가 있어. 몸만 하나 달랑 들고 상경한, 왜 그, 영화 같은 데 나오잖어. 배고프면 피를 팔아서 빵 먹구, 대전료에 몸 팔고 매맞는 복서. 라이트 플라이급 복서 말이야…… 클클.

서 실장은 말끝에 혼자 웃음을 터뜨렸다. 그 웃는 얼굴이 약간 쓸쓸해 보였다. 워낙 웃음이며 말씨에 공허한 데가 있는 사람이었다.

그 날 이후 서 실장은 그를 복서! 하고 부른다.

복서, 화이팅!

낮시간에 사무실에서 마주칠 때면 서 실장은 여전히 비아냥과 두려움이 섞인 몸짓으로 그의 좁고 군살 없는 어깨를 툭툭 두드린다. 간혹 샌드백도 없는 허공에 대고 가볍게 잽을 날리는 시늉을 해보이기도 한다.

복서, 또 커피야? 다른 건 입에 대기도 싫어?

서 실장은 그가 늘 커피만을 고집하는 것까지 못마땅하고 불편하게 생각한다. 서 실장은 다시 농을 건다.

오래 살기 싫어? 언제까지 청춘일 줄 알고? 녹차로 바꾸는 게 신상에 좋을걸?

그러나 그는 언제나처럼 커피를 마신다. 커피의 맛 따위는 전혀 모른다. 몸에서 잠기운이 완전히 빠져 나가고 머리가 맑아질 때까지, 새벽의 사무실에서 마신 커피도 모자라 배달 중에도 틈 나는 대로 자판기 커피를 빼 마신다. 그의 위장이 거덜나지 않은 것은 요행한 일이다.

이 회사가 하는 일은 출판사들로부터 각종 신간 서적을 들여와 언론매체별로 분류해 이박삼일 안에 직접 배달하는 것이다. 발송된 책이 언론매체에 소개될 경우 날짜와 면수를 체크해서 팩시밀리로 출판사에 전송하는 일도 업무에 포함된다. 출판사 출신의 젊은 사장이 아이디어 하나로 창업한 회사다. 직원이라고 해봤자 광고, 기획, 영업을 맡은 서 실장, 전화를 받고 경리를 보는 박양, 그리고 그까지 셋뿐이다. 그가 맡은 일은 서 실장이 '이 회사의 꽃'이라고 부르는 배달이다. 야구모자에 청바지 차림을 즐겨하는 사십대 초반의 사장도 언제나 그의 업무를 치켜세운다.

자네가 어떻게 일해 주느냐에 회사의 운명이 달렸어.

웃는 얼굴! 자네 얼굴이 회사의 얼굴이야.

안전, 정확성, 신속성, 이 세 가지를 모두 잊어선 안 돼.

뿔테안경을 고쳐 쓰며 말하는 사장의 얼굴을 그는 그저 올려다보기만 하는 편이다. 외유내강형인 사장은 아랫사람을 잘 다룬다. 직원 중 누군가가 힘들어할 때면 보너스를 주기도 하고, 호칭만 바뀔 뿐인 승진을 시켜 주기도 하고—덕분에 그 역시 대리로 진급하였다—, 따로 불러 술을 사주며 다독거려 줄 줄도 안다. 친절하고 자상하기 이를 데 없으면서도, 기실은 아무도 자신을 함부로 대하지 못하도록 반드시 일정한 거리를 두고 직원들을 대한다.

서 실장의 말마따나 젊은 몸 하나 믿고 상경한 그가 사장을 만난 것은 첫 직장에서였다. 그때 사장은 제법 유서 깊은 출판사에서 편집부 차장으로 있었고, 그는 그 출판사의 창고지기였다. 창고 가득 일목요연하게 책들을 정리하고, 반품을 체크하고, 신간 서적들을 포장하여 도매상으로 발송하는 따위의 일을 했다. 야간대학에 다니며 아르바이트를 하던 청년이 그를 도왔다. 그는 창고에서 잠을 잤으며, 회사에 딸린 손바닥만한 구내식당에서 식사를 해결했다. 수당은 많지 않았지만 숙식이 해결되었고, 돈 쓸 줄을 모르는 그의 성격 덕분에 그럭저럭 괜찮은 직장이 되어 주었다.

그러던 어느 날 창고에 쌓여 있던 수천 권의 책이 무너졌다. 어처구니없게도, 야간대학에 다니던 아르바이트 생이 즉석에서 압사했다. 마침 그는 제작부에서 부탁한 심부름 때문에 인쇄소에 가 있었다.

다음날 신문 사회면 귀퉁이에 난 다섯 줄짜리 단신기사를 보며 그는 전율하였다. 날마다 불렀던 이름이지만, 활자화된 아르바이트 생의 이름은 생경하였다.

그 날 오후 책을 가지러 내려왔던 편집부의 정 차장은 그에게 말했다.

자네, 이곳이 싫지 않나?

책이 필요할 때는 늘 부하 직원들을 내려보냈으므로 정 차장이 창고까지 직접 내려온 것은 처음이었다. 더욱이 그와 사적인 대화를 나누어 본 적은 한번도 없었다. 정 차장의 의도를 알기 위해 그는 안경알 너머의 눈을 말없이 올려다보았다.

형광등을 밝혔으나 지하 창고는 어두웠다. 오래된 책 냄새가 어둠과 섞이어 스멀스멀 책꽂이 뒤편의 석회벽을 기어다니고 있었다. 포장하고 남은 두꺼운 노끈들, 포장 기계 밑에 어수선하게 널린 골판지와 뜯겨 나간 잡지 표지 따위가 싸늘한 불빛 아래 몸을 뒤틀며 도사리고 있었다.

아르바이트 생이 깔린 쪽의 책꽂이는 그날 점심 때까지 정리를 했다. 이사장 전용 승용차의 운전기사와 영업부의 젊은 직원 둘까지 힘을 합하여, 수천 권의 무너진 책들을 원상태대로 쌓아 올렸다. 아무도 말하지 않았다. 한숨소리도, 가벼운 '영차' 소리도 없었다. 서로의 얼굴을 외면한 채 그들은 단단히 책을 쌓아 올리는 일에 열중하였었다.

새로운 일을 해보고 싶은 생각은 없나?

그의 눈을 똑바로 내려다보며 정 차장은 재차 물었다.

다음달에 출판사를 그만둔 정 차장은 예전부터 구상했다는 신종

사업을 시작했다. 그도 함께 사표를 낸 뒤, 이제는 정 사장이 된 정 차장의 한옥집 문간방으로 들어갔다. 정 사장이 부모에게 물려받은 유일한 유산이 그 집이라고 했다. 그때까지 지하철 타는 법도 모르는 촌놈이었던 그를 붙들고, 사장은 그 문간방 아랫목에서 대축척 서울 지도를 상세히 짚어 가며 일을 가르쳤다. 지난 겨울 그가 그 집을 나올 때까지 사장은 그에게서 한푼의 숙박비도 받지 않았다.

사장은 면밀한 사람이다.

처음 서울에 올라올 때 그의 어렴풋한 계산은 일 년 정도 고생해서 돈을 번 뒤에는 그 돈으로 무엇이든 기술을 배워 자격증을 따는 것이었다. 그런저런 계획들을 접어 두고 그가 사 년 동안 이 회사에 붙박여 있게 된 것은 사장의 주도면밀함 탓이 컸다.

그에게도 이따금은 전망 없는 일에 젊음을 보내고 있다는 어렴풋한 자각이 생길 때가 있었다. 그야말로 어렴풋한 느낌일 뿐, 그 생각에는 뚜렷한 윤곽도 실체도 없었다. 신기한 것은 그가 그렇게 실체 없는 막막함을 느낄 때마다 사장이 보여 준 따뜻한 배려였다. 하다 못해 다정하게 어깨라도 두드려주고, 그를 가까운 일식집에 따로 불러 따끈한 정종을 기울여 주고, 특별 보너스를 챙겨 주고, 옷이나 사 입으라며 용돈을 얹어 주었다.

사람의 마음을 꿰뚫어보는 법을 사장은 어떻게 알게 되었을까. 책을 많이 읽으면 그렇게 되는 것일까. 그런지도 모른다고 그는 생각하곤 했다.

하루의 첫 배달은 신문사 순례다. 러시아워가 되기 전, 승합차에 책들을 싣고 신문사들을 한 바퀴 도는 것이다. 기백 권의 책을 승합차 뒤켠에 싣는 데는 두 사람이 힘을 합해야 한다. 서 실장은 기운이 세지 않은 편이다. 허리가 부실한지 책을 나르다 말고 자꾸만 등을 곧게 펴고 주먹으로 척추를 툭툭 두드려보곤 한다. 반면 그는 망설이거나 요령 피울 줄을 모른다. 잰걸음으로 번쩍번쩍 책을 나른다.

서 실장이 운전을 맡고 그는 뒷좌석에 앉는다. 근무중 그가 쉴 수 있는 유일한 시간이다. 그러나 그는 사지를 늘어뜨리거나 차창에 머리를 기대고 졸지 않는다. 그의 주먹은 단단히 쥐어져 있다. 졸음을 쫓으려 애쓰는 눈에는 핏발이 서 있다. 차창 밖으로 스쳐 가는 한산한 새벽 거리를 그는 말없이 바라본다. 서 실장이 무섭다고 말하곤 하는 그의 공허한 눈에 푸르스름한 빛이 배어든다.

이른 시각의 신문사 편집국은 직원들 대부분이 출근 전이다. 서 실장이 승합차를 지키며 기다리고 있는 동안 그는 양손에 묵직한 책 뭉치를 들고 로비로 들어선다. 경비실의 나이 지긋한 직원들과 청소하는 아낙들은 거개가 그의 얼굴을 알아본다. 인사를 주고받는 동안 그는 웃는다. 그의 웃음은 마치 급히 마셔 입가로 넘치는 우유처럼 좀 불안해 보인다.

대체로 엘리베이터를 타지만, 너무 일러 엘리베이터가 작동되지 않는 곳도 있다. 그럴 때면 칠층이고 팔층이고 계단을 걸어 편집국으로 올라간다. 편집국에는 온갖 책과 서류철과 메모지들이 어지럽게 널려 있다. 그러나 정작 사람은 없어 기묘한 적요감을 준다. 팩시밀리를 통해 외신 기사만 삐걱거리는 기계음을 내며 들어오고 있는, 간혹 당직 기자 혼자 텔레비전 앞에서 꾸벅꾸벅 졸고 있는 그곳의 빈 책상들 사이를 지나 그는 문학 출판기자들의 책상을 찾아 책을 내려놓는다.

그는 매일 자신의 책을 받아 보는 기자들을 한번도 만나 본 적이 없다. 다만 책상에 놓인 책들, 컴퓨터 키보드, 방석, 의자 밑의 슬리퍼, 책꽂이에 붙여 놓은 가족사진 따위를 보며 그들이 어떤 사람일까를 짐작해 볼 뿐이다. 상반신의 무게 때문에 꺼진 방석의 스펀지를 보면서 그들의 몸집을 상상하고, 책상을 정돈한 모양새로 보아 성격을 짐작한다. 물론 그 모든 생각은 기껏해야 이삼 초 안에 이루어진다. 그에게는 들러야 할 곳이 많다.

여덟 시가 지나면 벌써 시내 쪽으로 차량이 밀리기 시작한다. 쨍쨍한 햇빛이 내리쬐기 시작하는 거리를 되돌아올 때 서 실장은 언제나 서두른다. 늦어도 아홉 시 전에 회사로 돌아가야 간단한 아침 식사나마 여유 있게 할 수 있기 때문이다.

아침 메뉴는 늘 똑같은 청국장집의 정식이다. 예전에는 삼치구이가 나왔지만 이즈음에는 고등어 자반도 거를 때가 있다.

재료값이 얼마나 올라대는지요.

주인 여자는 미안한 웃음을 흘린다. 그녀의 앞치마는 더럽고, 슬리퍼 앞으로 비죽 나온 그녀의 발톱은 세균성 무좀으로 반나마 짓물러들어가 있다.

남는 게 진짜 없다니깐요.

식사를 마치면 서 실장은 내근을 시작하고, 그는 바로 오토바이 발송에 들어간다. 새벽을 제외한 전 시간대가 러시아워인 서울의 도로를 신속하게 달려 정해진 시간 내에 책을 배달하려면 오토바이는 유일한 교통수단이다.

책들이 배달되어야 할 잡지사나 주간신문사들은 장충동과 용산을 아우르는 강남 지역, 광화문 지역, 합정·마포·여의도 지역으로 분류되어 있다. 일단 지도를 보고 동선을 정한 뒤, 함석판으로 짠 큼직한 책상자에 책들을 담아 오토바이 뒤에 싣고 출발한다.

그가 하루에 들르는 언론사들은 모두 오륙십 군데다. 점심은 시간에 맞춰 아무 곳에서나 혼자 해결한다. 책 상자에 실을 수 있는 책의 물량에 한계가 있으므로, 그는 여러 번 회사로 돌아와 책을 싣고 간다. 동선이 긴 강남으로 나가는 날에는 더욱 서둘러야 한다. 하루에 여덟 번쯤 강을 건너는 일도 종종 있다. 도심의 강은 무방비한 몸뚱이를 길게 누인 채 무수한 비늘들을 번쩍이고 있다. 대체로 정체중인 다리의 빈 곳을 비집고 그는 엔진 음을 요란하게 울리며 달려나간다.

처음 서울에 왔을 때, 산간 출신인 그를 가장 놀라게 한 것은 그 널따란 강이었다. 내륙에 역류해 들어온 바다와도 같이 깊고 검푸른 강줄기를 보며, 마치 새로운 세계의 기쁨이 막 자신의 손아귀에 들어와 쥐어진 듯 그의 가슴은 벅차올랐었다. 그러나 이제 그런 감흥은 잊혀진 것이 되었다. 그는 움푹 꺼진 눈으로 강 수면에서 튕겨져 나오는 무수한 빛줄기를 바라다볼 뿐이다.

속도계가 팔십을 넘어갈 때부터 그는 모종의 쾌감을 느끼기도 한다. 그의 머리털이 사자 갈기처럼 날린다. 흰 티셔츠 자락이 부풀며 펄럭인다. 그의 몸과 오토바이 사이의 간격이 없어진다. 마치 반인반수와도 같이 결합된 민첩한 물체가 격렬한 속력으로 아스팔트를 미끄러진다. 자신의 몸이 하나의 탄환이 되어 버리는 그 순간, 과거와 현재와 미래를, 공간까지도 그는 속력 속에서 잊는다.

그러나 쾌감은 오래가지 않는다. 그 날 중으로 돌아야만 할 곳들과 가장 효율적인 동선, 빠듯하게 소요될 시간을 머릿속으로 체크하다 보면 강한 초조감이 그의 머리를 채운다. 시간에 쫓겨 인도를 내달릴 때 행인들은 짧은 비명을 지르거나 욕지거리를 퍼붓는다. 그러나 그에게는 그것을 상관할 겨를이 없다. 하루에도 수십 번 시계를 본다. 잠시 틈이 난다고 여겨 뜨거운 자판기 커피를 들이켜는 동안에도 그의 가슴은 초조하게 금 가고 있다.

발송을 모두 마치고 빈 상자로 회사에 돌아오는 시간은 저녁 일곱시쯤이다. 도심의 먼지로 더럽혀진 데다 햇볕에 그을린 그의 얼굴은 마치 다른 인종과 같은 피부빛을 하고 있다. 그가 사무실에 들어서면 서 실장은 예의 흐릿한 눈으로 그와 시선을 맞추며 농을 건다.

수고했습니다, 복서.

그때부터는 책을 분류하고 포장하는 작업이 기다리고 있다. 사장과 서 실장, 스무 살 난 박양과 그가 모두 그 작업에 매달린다. 언론매체를 지역별로 분류한 철제 책꽂이와 일간지용 테이블에 천여 권의 책을 일사정연하게 꽂고 쌓는다. 중국집에서 배달해 온 짜장면과 짬뽕과 볶음밥을 시큼한 단무지와 함께 부지런히 삼켜대는 잠깐의 시간을 제외하면, 다섯 평이 채 안 되는 사무실은 흡사 우체국처럼 소란하고 어수선하다. 작업시간은 물량에 따라 차이가 있어, 대략 밤 열 시면 끝나지만 자정을 넘기는 경우도 이따금 있다.

고작 일고여덟 시간 후면 다시 올려야 할 철제 셔터를 내리고, 피로에 지친 동료들에게 꾸벅 고개를 숙여 인사한 뒤 그는 오토바이에 몸을 싣는다.

잘 가, 복서.

서 실장이 거슴츠레한 웃음을 웃으며 손을 슬쩍 들고 작별을 고할 때, 그는 정말 자신이 두어 푼의 대전료를 받고 늘씬 얻어맞은 싸구려 복서 같다고 느끼기도 한다. 그러나 그것 역시 잠깐의 느낌일 뿐, 더 이상의 비애 따위는 느끼지 않는다.

번화가의 춤추는 불빛들을 옆눈으로 흘려 보내며 그는 밤거리를 내달린다. 고시원의 일점 오 평 방이 그를 기다리고 있다. 그가 바라는 것은 그곳에서 이룰 죽음 같은 평화와 잠뿐이다. 깨어 있는 시간 동안 그는 결코 쉴 수 없다. 오로지 그 방에 들어선 뒤에만, 입가에 침을 흘리며 잠든 뒤에야만 그의 사지, 헐떡이던 호흡, 초조하게 번뜩이던 눈은 힘없이 늘어지고 조용히 감길 수 있다.

지하 단란주점에서 방음벽을 뚫고 새어나오는 음악소리, 악을 쓰는 노랫소리들을 들으며 그는 다리를 끌고 계단을 올라간다. 층층계는 그가 그 날 과속으로 헤집고 다닌 서울의 거리를 모두 합해 놓은 것만큼 길고 가파르다. 이따금 그는 오르다 말고 멈추어 서서 어두운 벽에 기대어 서 있다. 십 초쯤 멈추어 있는 동안, 그는 마치 가루약을 털어 삼킨 뒤 그 쓴 맛을 음미하는 것 같은 얼굴로 고개를 쳐들고 있다. 그러다가 다시 계단을 오른다. 계단을 오르는 것이 그 순간 그가 해야 할 일이다. 그 이외의 것은 없다.

3

원생들의 세탁실과 샤워실, 화장실을 겸한 세면장에서 그는 머리를 감는다. 비눗물이 순식간에 검은 구정물이 된다. 코를 풀면 검댕 같은 먼지가 묻어 난다. 티셔츠는 매일 빨아 말려 입어야 할 만큼 더럽다. 서울의 공기는 눈에 보이지 않는 속력으로 야금야금 그의 폐를 새카맣게 갉아먹고 있을 것이다. 오후만 되면 목이 따끔거리는 것도 그 지독한 먼지와 매연 탓이다.

배달을 하는 낮 동안 그는 두 시간에 한 번꼴로 세수를 한다. 조용한 사무실의 문을 열고 들어설 때마다 모두 이상한 눈으로 바라보는 것 같아서다. 이따금 쇼윈도에 비친 모습을 볼 때, 흰자위만 유난스럽게 번쩍거리는 검은 얼굴에 자신조차 놀란다.

민화를 처음 만났던 지난 겨울의 어느 날 오후 역시 그가 막 세수를 하고 났을 때였다. 마포 지역을 다 돌고 마지막으로 조그만 주간지 사무실에 다다른 그는 먼저 복도의 화장실에 들러 세수를 했다. 손수건으로 우악스럽게 물기를 닦아 낸 뒤 내처 사무실로 바쁜 걸음을 옮겼다. 자주 찬물로 씻은 그의 얼굴은 발갛게 터 있었다. 크게 입을 벌려 웃거나 말할 때면 뺨과 입가가 당기며 쓰라렸다.

책 왔습니다.

문에서 가장 가까운 책상 앞에서 그녀는 컴퓨터 모니터에 얼굴을 바싹 대고 오퍼레이팅을 하고 있었다. 책을 받기 위해 일어선 순간 그녀는 짧은 비명 같은, 그러나 차마 비명으로 새어나오지 않은 경악의 표정을 지었다.

그는 자신의 뺨을 주먹으로 훔쳐서 무엇이 그녀를 놀라게 했는가를 확인했다. 피였다. 살갗이 텄던 자리가 마침내 터진 것이다. 그는 웃는 듯 마는 듯 얼굴을 일그러뜨렸다. 그녀는 여전히 커다랗게 치뜬 눈으로 그의 얼굴을 들여다보고 있었다.

스물여섯? 스물셋? 스물여덟?

그녀는 좀처럼 나이를 알아볼 수 없는 평범한 얼굴을 하고 있었다. 그 사무실의 어떤 사람보다도 허름한 옷차림이었다. 몹시 마른 체격에 피부는 마치 송이버섯처럼 파리하고 윤기가 없었다.

뒤돌아서서 현관문을 열고 나오는 동안 그는 계속해서 자신의 뒤통수를 향해 있는 그녀의 시선을 느꼈다. 그녀의 시선에 경악 말고 다른 것이 있었던가? 그는 그 저녁 내내 그녀의 시선에 무엇이 있었던가를 되짚으려 애썼다.

이틀 뒤 그 주간지 편집부를 찾았을 때에도 그녀가 우편물을 받았다. 그녀의 얼굴은 여전히 버섯처럼 노릇노릇했다. 다만 다른 점은 이 날 그녀의 표정에 경악 대신 친밀감이 깃들여 있다는 것이었다. 반갑다는 듯이 눈썹을 치켜올리며 눈을 크게 뜨더니 얼굴을 활짝 펴는 미소를 지었다. 이상한 힘이 있는 웃음이었다. 옥수수 낱알같이 가지런한 이가 고스란히 드러난 순간 그녀가 입고 있는 옷, 파리한 안색이 모두 한번에 환해졌다.

……얼굴이…….

뜻밖에 굵고 낮은 편인 그녀의 목소리에는 힘이 있었고, 모습보다 더 사람을 끄는 데가 있었다. 저렇듯 약하기 짝이 없는 모습으로 이 세상에서 버틸 수 있는 힘은 바로 저 목소리에 있었던 것이리라.

옆얼굴이 멋있으세요.

그녀의 핏기 없는 입술 속에서 나온 말은 외모에 어울리지 않게 당돌한 것이었다.

편집국을 나와 그는 화장실에 들렀다. 그는 처음으로 거울에 비친 자신의 옆얼굴을 살폈다. 완전한 옆모습을 볼 수는 없었지만 이마와 코의 선, 입술의 모양새를 곰곰이 뜯어볼 수 있었다. 고개를 옆으로 들어 좀더 제대로 된 옆모습을 보려고 애쓰다가 그는 피식 웃었다.

낯선 사람이 마음을 비집고 들어오는 데에는 잠깐의 시간이 소요될 뿐이라는 것을 그는 처음 알았다. 그때만 해도 고시원이 아니라 사장 집 하숙방에서 삼 년째 지내고 있을 즈음이었는데, 다음날 새벽 이불 속에서 눈을 뜨자마자 캄캄한 천장의 불 꺼진 형광등 언저리에서 어른거리고 있는 그녀의 얼굴을 보았다. 매연으로 가득한 도심의 공기를 가르며 달리는 동안에도, 돌아와 이불을 덮고 잠을 청할 때까지도 그는 마치 부드러운 수증기의 덩어리와도 같은 그녀의 인상과 함께 있었다.

며칠 뒤 그녀가 일하는 회사가 있는 마포 쪽으로 배달을 가게 되었다. 사무실을 들어서는 순간, 마침 문을 열고 나가려던 키 큰 남자 직원이 그의 책을 받아들었다. 그는 직원의 어깨 너머로 그녀의 책상을 보았다. 오퍼레이팅을 하고 있는 그녀의 뒷모습이 보였다.

사흘 뒤에 다시 마포 쪽으로 나갔다. 이번에는 옆이나 뒤를 보지 않고, 누군가가 책을 받으려고 하건 말건 바로 그녀의 자리 쪽으로 성큼성큼 걸어가리라 다짐하고 사무실에 들어섰다. 이번에는 그녀가 자리에 없었다. 그녀의 옆 책상에 앉아 있던 여직원이 인사를 하며 책을 받아들었다.

실망한 채 그는 사무실 문을 나왔다. 그때 그녀가 양치 컵에 칫솔을 담아 가지고 복도 끝에서 걸어오고 있는 것을 보았다. 그는 얼어붙은 듯 멈춰 섰다.

치약 거품의 청량한 이미지와 그녀의 마른 목덜미는 잘 어울리는 것이었다. 바로 좀전까지 그녀의 입 속에 가득 담겨 있었을 흰 거품을, 좀더 가까이 얼굴을 댈 수만 있다면 그녀의 입에서 맡아질 정결한 치약향을 상상한 순간 그는 갑작스러운 욕망을 느꼈다.

그녀의 파리한 입술을 그의 입술로 짓누르고 싶었다. 톡 쏘는 맛이 나는 이빨 사이로 혀를 밀어넣고 싶었다. 선홍빛 혀를 더듬어, 그

혀뿌리 아래 담겨 있는 찰랑찰랑한 침을 맛보고 싶었다. 한줌도 안되는 그녀의 허리를 한 팔로 끌어당기고, 남은 손으로 그녀의 어린 새 같은 가슴을 움켜쥐고 싶었다.

복도에는 아무도 없었다. 그녀가 그를 알아보고 눈인사를 했다. 살짝 벌린 입술 사이로 흰 옥수수 낟알 같은 떡니가 드러났다. 그는 자신의 욕망이 지나치게 구체적임에, 제어할 수 없는 무시무시한 힘이 금방이라도 그녀를 향해 뛰쳐나가려 하는 것에 두려움을 느꼈다.

아무 일도 일어나지 않았다. 그녀는 고개를 까닥 숙이고, 이십 센티도 채 되지 않는 거리로 그의 옆을 스쳐 지나가 사무실 문을 열고 들어갔다.

그 일요일 내내 그는 사장 집의 하숙방 구석에서 이불을 덮어쓴 채 웅크리고 앉아 있었다. 기름을 아끼느라고 춥게 해둔 데다 한 주일간 쌓인 피로 탓에 휴일은 언제나 이불 속에서 빈둥거리다가 지나가기 마련이었다.

그때까지 그는 자신의 손으로 배달한 무수한 책들 중 어느 하나도 읽어 본 적이 없었다. 그에게 책이란 무게나 크기, 행선지 따위로 분별되는 짐일 뿐, 그 안의 내용으로 판단되는 것이 아니었다. 고등학교를 졸업한 뒤 그는 단 한 권의 책도 읽지 않았다. 심지어 신문 읽는 것도 좋아하지 않았다. 그런 그가 그 일요일에는 책을 읽었다. 다름아니라 그녀가 일하는 회사에서 나온 주간지였다. 그녀의 손으로 옮겨 쳤을 단어들, 한 순간이나마 그녀의 머릿속에 머물렀을 사건들을 유추하며 그는 활자를 읽어 내려갔다. 뻔한 연예 스토리와 부정확한 정치 추측기사들, 시시콜콜하고 더러는 선정적인 건강 상담과 부동산 투자 안내 기사들을 꼼꼼히 곱씹으며, 그 썩 좋지 않은 종이질의 주간지 안에서 그녀의 얼굴을 만지작거리고 있는 듯한 기분이 되었다.

그 다음 주의 일이다. 그녀의 회사에 배달을 갔을 때 그는 대단히 용기 있었다고 기억할 만한 일을 했다. 그녀를 복도로 불러 내어 일요일에 단둘이 만날 약속을 청했다. 그녀가 그토록 흔쾌히 시간을 내준 것은•두고두고 그를 뿌듯하게, 한편으로는 복권에 당첨된 것처럼 어리둥절하게 만들었다.

특별한 계획이 있으세요?

그녀는 다만 그렇게 물었을 뿐이었다.

계획을 세워 보겠습니다.

그는 특별한 계획도 없이 약속을 청한 자신을 나무라며, 여자와 남자가 처음 만나 할 수 있는 일들 가운데 가장 특별한 계획을 만드는 일에 골몰했다. 마침내 약속한 날이 되었을 때 그는 극도로 긴장한 상태였다. 그녀를 만족시킬 수 있을 만한 특별한 계획은 없었다.

이름이 뭐죠?

민화예요. 이민화.

그들은 통성명을 했고, 차를 마시고, 밥을 먹고, 영화를 한 편 보았다. 그는 아무런 특별한 사건을 만들어 내지 못했다. 함께 본 영화도 그녀가 즉석에서 고른 것이었다.

집 앞까지 바래다 주겠다는 그의 제의를 민화는 거절하지 않았다. 낡은 청바지에 검정색 스웨터, 그 위에 진회색 낡은 코트를 걸쳤을 뿐이지만 그녀는 사무실에서보다 훨씬 활기차 보였다.

오늘 재미있었어요.

어두운 골목의 가등을 등지고 서서 민화가 말했다. 반지하 월셋방으로 통하는 쪽문을 열고 들어서는 민화의 동그란 어깨를, 고동색 머플러를, 질끈 동여맨 머리털과 흰 귓바퀴를 그는 지켜 보았다. 욕망이 사람에게 고통을 줄 수도 있다는 것을 그는 그때 알았다.

그들은 보통의 수순에 따라 주말마다 만나 차를 마시고, 밥을 먹고, 영화를 보고, 고궁에 가고, 또 차를 마시고, 밥을 먹고, 영화를 보았다. 그러면서 그는 그녀에 관하여 조금씩 새로운 사실들을 알아갔다.

민화는 신문이나 잡지에 실리는 크로스 퍼즐을 좋아했다. 왜 그것을 좋아하느냐고 묻자, 자신이 잘할 수 있는 일이기 때문이라고 했다. 직업과 관련이 있는 것인지, 책 읽기를 좋아하는 취미 탓인지 과연 그녀는 어휘력이 풍부했다. 그녀가 낸 문제들 가운데 대부분을 그는 쩔쩔매며 맞추지 못했는데, 그녀는 순식간에 가로열쇠와 세로열쇠를 모두 풀어 내었다. 신통한 일이었다.

그녀에게 더 신통한 점은 좋은 것을 발견해 내는 능력이었다. 보잘것없고 불쾌한 장소나 사물에서도 민화는 아름다운 구석을 찾아내고 기뻐했다. 그의 때묻고 빨갛게 튼 얼굴에서 멋있는 부분을 찾아내 주었듯이, 아무리 비좁고 더러운 식당에 들어간다 해도 민화는 불평을 하는 대신 '이거, 나무 의자네? 진짜 나무야. 이런 감촉이 나는 좋아'라고 말하며 때가 반질반질 엉겨 있는 의자를 쓰다듬었다. 순간 그녀의 몸에서 뿜어져 나오는 광채와 향내가 고스란히 그 낡은 의자로 옮아 가는 것을 그는 경이로운 눈으로 지켜 보았다.

저 사람 귀 좀 봐. 조개 껍질 같지 않아?

석유 냄새! 이 집은 석유 난로를 쓰네. 난 이 냄새가 좋아. 석유 타는 냄새를 좋아하는 사람은 뱃속에 회충이 있다던데.

그는 민화의 몸에서 은은히 풍기는 향기가 실은 그녀가 매일 쓰는 삼천 원짜리 샴푸의 냄새라는 것을 알았고, 피곤할 때 그녀의 입술에서 이따금 쓴 약 같은 단내가 난다는 것을 알았으며, 그녀의 손이 여자 손 중에서도 작은 편이라는 것을, 피부가 약해 쉽게 손등에 멍이 들곤 한다는 것을 알았다. 그가 그녀를 안을 때 그녀는 숨을 쉬지 않은 채 얌전히 서 있었고, 그가 서투르게 입을 맞추면 작고 부드러운 혀를 장난스럽게 그의 입 속에 밀어넣었다.

이따금 민화는 오토바이를 타고 싶어했다. 그녀는 오토바이 뒤에 타는 것보다 직접 모는 것을 좋아했다. 그는 그녀의 허리에 매달려,

힐끔힐끔 뒤돌아보는 사람들의 시선을 즐기며 도심을 내달렸다. 그녀의 허리는 따뜻했고, 이따금 손을 더듬어 가슴께를 어루만지면 그녀는 모르는 척 계속 속력을 냈다.

그는 자신의 조건이 결혼에 그다지 적합하지 않다는 것을 깨달았다. 적당한 크기의 전셋방 한 칸이라도 그의 힘으로 얻어야만 했다. 더군다나 지금과 같이 위험할 뿐더러 사생활이 거의 존재하지 않는 직업은 바람직하지 않았다.

그렇다면 이제 어떻게 해야 할까.

여자를 만나야 철이 든다더니, 처음으로 그는 미래에 대하여 진지한 생각을 하게 되었다. 앞으로 기술을 배우든, 조그만 장사를 시작하든 일단은 방을 얻을 돈이 가장 급했다. 그러자면 결국 현재의 직장만한 곳은 찾을 수 없을 것 같았다. 비록 일은 고되지만, 기술도 경력도 없는 그가 이만한 월급을 받는 것은 감지덕지한 일이었다.

그가 그러한 고충을 털어놓자 민화는 뜻밖의 제안을 했다.

그럼 내 방으로 들어와.

그녀는 아무렇지도 않게 말했다.

좁긴 해도 둘이 살기엔 괜찮을 거야. 잠깐이라도 매일 볼 수 있으니까 지금보다는 좋지 않겠어? 주말마다 시간 내서 만나는 거, 사실 나도 그 동안 피곤했어.

그 날 오후 그는 민화가 안내하는 대로 그녀의 반지하 자취방에 들어가 보았고, 어둑한 창으로 스며드는 햇빛 속에서 처음으로 그녀와 살을 섞었다. 그녀의 몸은 금방 데친 버섯처럼 연하고 말랑말랑하게 그의 몸에 감겼다.

민화와 함께 살게 된 후 그는 그녀에 대해서 좀더 많은 것을 알게 되었다.

그가 가장 좋아하게 된 것은 민화의 잠든 모습이었다. 잠들었을 때 그녀의 표정은 어느 때보다 부드러웠고 아무런 저항이 없었다.

그것은 그가 살아오면서 보았던 어떤 얼굴보다도 순수하고 평화로운 것이었다. 그러나 눈살을 찌푸린 채 자는 때도 있었다. 그럴 때면 그녀의 몸은 뻣뻣했고, 안으려 하면 소스라치며 신음소리를 흘렸다. 그녀는 꿈을 자주 꾸는 편이었다. 눈살을 찌푸리고 잘 때 그녀는 무슨 흉흉한 꿈에 시달리고 있었을까.

민화는 생활력이 있는 편이었지만, 다른 한편으로는 생김새만큼이나 마음이 약한 구석이 있었다.

어느 날 밤인가, 민화는 삼십 분 동안 바퀴벌레를 죽일까 말까를 망설이면서 세면장 벽에 붙은 바퀴벌레를 노려보고 있었다고 고백했다. 마침내 죽여야겠다고 마음먹은 뒤 그녀는 옆에 있던 신문지를 둘둘 말아 쥐었다. 긴장하며 꿈틀거리는 그 바퀴벌레의 모습 때문에 마지막으로 그녀는 다시 망설였다. 그녀는 신문지로 그것을 분명히 내리쳤으나, 잡는 데에는 실패했다. 민화가 고의적으로 바퀴벌레를 놓쳤다는 것을 그는 짐작할 수 있었다.

그 날 이후 그는 세면장에서 민화의 한숨소리나 짧은 감탄사만 들려 와도 바퀴벌레인가? 싶어 달려나가곤 했다. 그 역시 바퀴벌레를 죽이는 일을 좋아하지 않았지만, 그녀를 위해 수십, 수백 마리의 바퀴벌레를 죽여 줄 마음의 준비가 되어 있었다.

민화는 마음뿐 아니라 몸도 약했고, 체력에 비해 일이 고된 편이었다. 그것이 그의 마음을 불편하게 만들었다. 자신에게 좀더 능력이 있다면 그녀가 고된 일을 하지 않아도 좋으리라는 생각이 그를 괴롭혔다.

그러나 종일 활자와 씨름하는 자신의 직업을 민화는 좋아하는 편이었다. 그녀의 말에 따르면 그 수많은 활자들 속에서 갑작스런 기쁨을 느낄 때도 있다고 했다. 아름다운 단어들이 있고 기분좋은 말들도 있다고 했다. 대체로는 쓰레기 같은 내용이 많지만 말이다. 다만 그녀가 자신의 직업에서 마음에 들어하지 않는 부분은 햇빛을 볼 수 없다는 것이었다. 사무실의 구석자리에 웅크리고 앉아 하루 종일 모니터에 얼굴을 들이대고 있는 것이 때로는 숨을 막히게 한다고 그녀는 말했다.

달려나가고 싶을 때가 있어.

민화는 특유의 나지막하고 강인한 어조로 말했다.

언젠가, 반드시 달려나가 버리고 말 거야.

그럴 때 민화의 얼굴에서는 약한 구석을 찾아볼 수 없었다. 처음에 그를 당황하게 했고 동시에 설레게 했던 성숙함과 당돌함이 느껴졌다.

그러나 민화는 당장은 어디로도 달려나갈 수 없었다. 그녀는 종종 그에게 견비통을 호소했다.

브이디티 증후군이야.

어깨를 주무르는 그에게 그녀는 투덜거렸다.

긴장을 안 하려고 해도 자꾸 긴장이 돼. 점심 때만 되면 어깨가 딱딱해져. 어깨가 이러니, 소화가 안 될 수밖에 없어.

그들에게는 사랑할 시간이 부족했다. 주중에는 그가 지쳐 있었고, 주말에는 민화 역시 일주일간의 노동에 나가떨어졌다. 바깥에서만 만나던 때에는 잘 보이지 않던 지치고 황폐한 표정을 그녀는 주말 내내 짓고 있었다.

지친 민화가 그를 받아들이는 데에는 시간이 걸렸다. 오랫동안 가랑이를 핥고 젖가슴을 주무르고 나면 그녀의 몸이 열렸다. 그녀가 소스라칠 때마다 그는 끝을 보았다. 결코 끝나지 않을 것 같던 모든 길들의 끝에는 죽음과도 같이 격렬한 휴식이 기다리고 있었다.

다시 시작될 전쟁과도 같은 한 주일을 앞두고 그들은 나란히 십육 인치 텔레비전 앞에 앉아 뉴스를 보곤 했다. 불길하도록 고요한 평화가 텔레비전과 그들의 사이를 떠돌았다.

저것 봐.

민화는 언젠가 뉴스를 보다가 그의 옆구리를 질벅거렸다. 나사의 최근 연구 발표에 대한 뉴스였다. 브라운관 속에서는 무수한 별무리가 반짝였다. 토성의 은회색 테와 푸른 지구의 모습이 자료화면으로 지나갔다.

태양이 없어진대.

그녀의 얼굴은 심각했다. 그는 웃음을 터뜨렸다.

오십억 년 후에 있을 얘기잖아. 벌써부터 걱정할 게 뭐야?

아무튼,

민화는 여전히 심각한 얼굴을 하고 있었다.

아무튼 없어진다잖아. 태양계가 없어지고, 그 다음에는 이 우주가 통째로 없어져 버린다잖아.

그는 대꾸하지 않았다. 다음 뉴스가 지나가고, 날씨 예보가 끝나고, 주식 시세표와 함께 경쾌한 음악이 흘러나올 때까지 그녀도 침묵했다. 침묵을 깬 것은 민화였다.

그런 거구나.

그녀의 얼굴은 그믐달처럼 파르스름하게 여위어 있었다.

그렇게 다들 없어지는 거구나.

바퀴벌레 한 마리를 죽이기로 마음먹기까지 삼십 분이 걸리던 그녀가 어떻게 그토록 간단히 그를 배반해 버릴 수 있었을까. 그를 받아들이는 것이 그만큼 간단했기 때문일까.

그는 그녀에게 사랑한다는 말을 종종 했다. 대부분의 남자들이 쑥스러움 때문에 그 말을 꺼린다는 것을 그는 이해할 수 없었다. 그는 오히려 자신의 애착을 더 강하게 표현할 말이 없다는 것에 불만을 느끼며 사랑해,라고 반복하여 말했다.

날 사랑해?

그가 물을 때마다 민화는 담담한 어조로 대답했다.

현재까지는.

기실 그녀의 대답에 상처를 받았으나, 겉으로는 아무렇지도 않은 듯한 얼굴을 지으며 그는 물었다.

그럼 앞으로는?

민화는 웃으면서 그의 목을 끌어안곤 하였다. 그 어설픈 몸짓이 자신이 방금 그에게 준 상처에 대한 보상이 된다고 생각하는 듯했다.

언젠가 민화는 이렇게 되묻는 것으로 '날 사랑해?'라는 질문에 대한 대답을 회피했다.

사랑이 뭔데?

그가 할 말을 잃고 있자 그녀는 자신의 생각을 말했다.

사랑이라는 게 만약 존재하는 거라면, 그 순간 순간의 진실일 거야. 순간의 진실에 대해서 물은 거라면 당신을 사랑해. 하지만 영원을 믿어? 있지도 않은 영원이라는 걸 당신 힘으로 버텨내려고? 버텨내 볼 생각이야?

솔직히 말해서, 그는 그녀의 말을 전혀 이해하지 못했다. 그러나 이해하지 못했다는 고백 대신 그는 물었다.

언제부터 나를 사랑하기 시작했어?

당신 얼굴의 피를 봤을 때.

민화는 방금 옷핀 끝으로 티눈을 빼낸 자신의 검지손가락을 빨며 건성으로 대답했다.

그때 당신이 피흘리고 있지 않았다면 당신을 좋아하지 않았을지도 몰라…… 난 당신의 피와 상처를 좋아해.

그녀의 수수께끼 같은 일면이 그를 불안하게 했다. 이해하기 힘든 사소한 말들, 열띤 애정을 확인할 수 없는 무연한 태도 따위에 그는 성이 나고 지쳐 갔다.

그는 그녀에게 많은 것을 원했다. 반면 그녀는 그에게 아무것도 별다르게 원하는 것이 없었다.

무심함은 민화의 천성인 듯했다. 그녀에게는 어떤 관계든 지속하고 간직하려 하는 노력이 없었다. 실례로 민화에게는 동기동창이라는 존재가 없었다. 어찌어찌하여 모두 연락이 끊겨 버리고, 친하게 지내는 사람은 현재 다니는 회사의 경리를 보는 미스 노뿐이었다. 머리를 갈색으로 물들이고 자주색 립스틱을 즐겨 바르는 그 아가씨와의 관계 역시 만일 두 사람 중 하나가 회사를 그만둘 경우 곧 끊어질 것이 분명했다. 관계뿐 아니라 그 어떤 것에도 민화는 집착하지 않았다.

함께 지낸 겨울이 가고 나무들에서 잎눈이 돋아날 즈음, 시금치를 넣어 끓인 된장찌개를 나누어 먹으며 민화는 이런 말을 했다.

이 파란색, 참 좋다.

그녀의 약간 수그린 얼굴과 평온한 입 모양에서 삶에 대한 조용한 열의가 느껴졌으므로 그는 반가웠다. 그 표정은 그가 가장 좋아하는 것이었다.

겨울에도 종종 시금칫국을 먹었는데 이 색깔이 좋다는 생각을 하지 못했었어.

참 이상하지? 라고 민화는 말했다.

반대로, 아름답게 느꼈던 것들이 어느 날 보면 전혀 아름답지가 않아. 전혀 아름다운 걸 느끼지 못했던 것들은 어느 날 나를 놀라게 하고…… 이를테면 말야, 난 어려서부터 왠지 개나리가 예쁘지 않았어. 진달래가 예쁘다는 건 알겠는데 개나리의 노란색은 도무지 별로였어. 그런데 재작년 봄, 사월 초순쯤이야…… 야근을 마치고 새벽에 집에 돌아오는 길이었어. 갑작스럽게 닥친 꽃샘추위에, 전날 입고 나온 옷은 너무 얇아서, 할 수 없이 덜덜 떨면서 도로변을 걸어 올라오고 있었어. 진눈깨비가 바람에 마구 휘날리고 있었는데…… 그때, 도로 한편에 섰는 블록 담 위로 일제히 쏟아져 내려와 있는 개나리무더기를 봤어. 왜 그랬을까? 눈을 맞고 있는 그 노란 꽃들을 본 순간 아, 아름답구나, 하는 생각이 들었어. 처음으로, 이십몇 년 만에 처음으로 말이야.

그녀는 숟가락을 든 채 곰곰이 생각에 잠겨 있었다. 그녀의 얼굴에서는 생기가 걷혔고, 순식간에 삼십 년쯤 나이를 먹은 것 같은 표정이 되어 있었다.

……사람도 그렇잖아. 어느 날 어떤 사람이 좋아지지만, 그 순간에는 그것만이 가장 크고 중요한 진실이지만……. 상황이 바뀌거나, 시간이 지나거나 하면 모든 것이 함께 바뀌어 버리잖아.

민화는 숟가락을 바로 쥐었다. 입 속으로 찌개와 밥을 한 움큼씩 집어넣었다. 음식을 입 속에서 우물거리며 그녀는 미소를 지었다. 잠시 모습을 감추고 있었던 광채가 다시 민화의 눈과 웃음 속으로 돌아왔다. 쾌활하게 웃으며 그녀는 말했다.

결국 영원한 건 없는 거야, 그렇지?……. 영원한 건 없다는 걸 인정하고 나면 살기가 훨씬 쉬워질지도 몰라.

그때 민화는 그와의 관계를 겨냥해서 그런 이야기를 한 것이었을까. 그는 그렇게까지는 생각하지 않는다. 다만, 그들의 생활이 조금씩 어긋나기 시작한 것이 그 무렵부터였기 때문에 그녀의 머릿속에 그런 일련의 생각들이 떠올랐을 수는 있다.

그들은 어떤 부분들이 맞지 않았을까.

그는 모든 일에 단순하다 못해 거의 맹목적이다시피 한 성실성을 가지고 있었다. 조금의 망설임 없이 그는 자신의 앞에 놓인 일상 생활을 해치워 나갔다. 반면 민화에게는 마치 앞으로 천 년쯤 살기로 약속이 되어 있는 사람처럼 느긋한 면이 있었다. 그렇게 느긋한 면이 그녀의 강한 일면이기도 했다.

뭐가 그렇게 급해?

그게 그렇게 중요해?

민화는 종종 그에게 묻곤 했다. 마치 그녀에게는 급하고 중요한 것이 아무것도 없다는 듯한 태도였다.

집착하지 않는 성벽이었으므로, 사랑이란 대체로 집착을 통해 지속되는 것이므로, 그녀의 사랑은 쉽게 식었다. 민화는 자신의 사랑이 식었다는 것을 굳이 그에게 숨기지도 않았다. 숨길 필요도 느끼지 못했을 것이다.

그러나 그의 경우는 달랐다. 민화를 만난 뒤 비로소 그에게는 미래라는 관념이 생겼다.

무엇인가를 계획하고 희망하고 상상한다는 것은 기대 이상으로 달콤한 것이었다. 귀휴 끝에 자유의 냄새를 맡고 돌아온 죄수의 수감생활은 배로 고통스럽다. 한번 희망의 맛을 알게 된 그는 더 이상 지난날과 같은 삶을 원하지 않았다. 지난날로 돌아가 예전처럼 혼자 살아간다는 것을 생각하는 것만으로도 그는 고통을 느꼈다. 민화를 잃는다는 것은 흡사 그의 생명을 위협당하는 것과 같은 일이었다.

언젠가부터 그들은 다투기 시작했다. 대체로 사소한 일들이 발단이 되었다. 그도 그녀도 고집이 센 편이었고, 더구나 두 사람 모두 육체적으로 지쳐 있었기에 싸움으로 발전하기도 쉬웠을 것이다.

그는 자신의 감정을 말로 표현하는 법을 알지 못했다. 문을 거세게 닫고 나가 버리거나, 벽을 향해 헛발길질을 하거나, 그릇이나 화분 따위를 던져 깨뜨렸다. 그러한 감정의 표현들이 그에게서 민화를 멀어지게 한다는 것을 알고 있었으나, 그 순간을 넘길 수가 없었다.

말로 해, 제발.

민화는 눈물로 흠뻑 젖은 얼굴을 하고 말했다.

말로 안 하는 이유가 뭐야?

그는 이를 악물며 쏘아붙였다.

제기랄, 내가 널 때리기라도 했다는 거냐?

그녀는 입술을 실룩이며 울곤 했다.

그가 불안해 하고 있다는 것을, 그가 그렇게까지 화를 낸 까닭은 싸움의 발단이 된 사소한 갈등이 아니라는 것을, 그때마다 그에게 실망하며 몇 발짝씩 뒷걸음질쳐 가는 그녀 자신이라는 것을 그녀는 알지 못했다.

마침내 어느 저녁 그녀는 말했다.

차라리 우리 헤어질까?

그는 잠시 할 말을 잃었다.

헤어진단 말을 그렇게 쉽게 하니?

어려워야 할 까닭이 있어?

그는 그녀의 뺨을 때렸다.

순간 내부에서 무너지는 무수한 감정들, 고통, 배반감, 상실에 대한 두려움을 그는 말로 표현할 수 없었다. 그가 조금만 더 책을 읽었다면, 그리고 달변가였다면, 그래서 그녀에게 애원하거나 설득하거나 비난할 수 있었다면 그렇게 했을 것이다. 그러나 그는 그럴 수 없었다.

화를 낸 다음이면 그는 그녀에게 친절을 다해 대했다. 밥을 안치고 설거지를 하고, 윤나게 방과 세면장을 청소했다. 그녀의 무반응한 입술에 입을 맞추고 차가운 몸을 안았다.

그러다 보면 차츰 민화의 화도 풀렸다. 어느 결에 그녀는 예전의 모습으로 돌아와 따뜻하게 그를 안아 주었다. 부드러운 농담을 하고 잠자코 그의 머리털을 쓸어 주기도 했다.

그렇게 다정한 화해를 한 주말이 지났을 때, 그는 낮은 울음소리를 듣고 새벽잠에서 깨었다. 켜켜이 쌓인 두꺼운 솜이불 같은 잠을 필사적으로 밀어낸 끝에 그는 가까스로 몸을 일으켰다. 어둠 속에서 민화는 돌아누워 있었다. 그는 그녀의 얼굴 쪽으로 손을 뻗었다. 눈언저리가 젖어 있었다.

왜 그래?

목을 다듬으며 그가 물었다. 민화는 대답하지 않았다.

안 자는 거 알아. 왜 우는 거야?

꿈을 꿨어.

그녀의 음성은 조용했으며, 코가 막혀 있었다.

무슨 꿈?

별거 아니야.

말해 봐.

그녀는 소리를 죽여 웃었다. 흐느낌 같은 웃음이었다.

별거 아니라니까?

그는 참을성 있게 기다렸다.

그녀는 여전히 돌아누운 채, 마치 어둠 속의 사물을 서툰 손길로 더듬듯 천천히 자신의 꿈을 되짚어 가기 시작했다.

내가 죽어서 강기슭에 누워 있었어…… 죽었다는 걸 그냥 알아. 죽어서 엎어져 있는 내 모습이 보여. 그 모습을 보면서 나는 강둑을 따라 걸어갔어…… 바람이 불고 있었어. 부드럽고, 향긋한 바람이었어. 기분이 썩 나쁘지 않았어.

그는 책상다리를 하고 앉았다. 어둠에 익숙해진 그의 눈에 그녀의 몸의 가냘픈 선이 고스란히 들어왔다.

그래서 슬펐니, 네가 죽어서?

아니, 나쁘지 않았다니까? 아주 밝았어. 모든 것이 선명하게 햇빛 아래서 빛나고 있었어……. 그렇게 강둑을 따라 걸어가다가, 맑은 물 아래 잠겨 있는 돌들을 봤어. ……옥색, 살구색, 연초록색, 자주색 돌들이, 조금씩 먹을 섞어서 낸 것처럼 부드러운 빛깔들을 하고 강바닥에서 반짝거리고 있었어.

민화는 잠시 말을 끊었다.

……거기서 짙은 청색 돌을 봤어. 눈동자처럼 반짝거리는……. 마치 눈물 묻은 눈동자처럼 맑은 광채가 나는…… 파랗다 못해 짙은

먹빛이 도는 돌이었어.

군살이라고는 조금도 없는, 모든 군더더기가 빠져 나가버린 민화의 옆얼굴의 선이 어둑한 방 안에서 조용한 빛을 발했다.

물 속으로 손을 뻗어 그걸 주우려고 하는데, 그때 갑자기 깨달은 거야, 내가 죽었다는 걸. 갑자기, 살아나야겠다는 생각이 들었어. 살아나서 저 파란 돌을 건지고 싶었어. 다시 살아야겠다고 결심하니까 눈물이 났어. 다시…… 돌아와야만 한다는 게.

그들은 다시 다투었다. 그는 다시 무엇인가를 던졌다. 민화는 울었다. 울면서 '이렇게는 도저히 함께 살 수가 없어'라고 소리쳤다. 그는 다시 그녀를 때렸다. 그녀는 계속해서 우는 대신 벽에 자신의 이마를 짓찧었다. 그녀는 처음으로 욕을 했다. 한번도 거친 말을 쓴 적이 없었던 그녀의 입에서 뿜어져 나오는 포효가 격렬했으므로 그는 당황했다.

개새끼야, 나를 왜 때려? 네가 내 아버지니? 내가 네 물건이니? 난 지금이라도 딴 남자하고 연애도 할 수 있고, 잘 수도 있어, 알아?

그녀의 울부짖는 소리가 그의 가슴을 도려냈다. 그녀는 온몸의 힘을 쥐어짜서 소리치고 있었다. 양말을 신지 않은 발의 발가락들은 긴장으로 오그라들었고, 주먹은 무엇인가를 으스러뜨릴 듯 굳게 쥐어진 채 자신의 가슴을 짓누르고 있었다.

며칠이 지난 뒤에야 민화는 다시 다정해졌다. 나란히 벽에 기대어 그는 텔레비전을 보고, 그녀는 책을 읽고 있었다. 광고화면이 시작되었을 때 그녀가 나직이 말했다.

우리, 이제 다시는 싸우지 말자.

그는 고개를 돌려 그녀를 보았다. 그녀의 얼굴은 부쩍 초췌해져 있었다.

응?

그녀는 그의 눈을 피하며 힘없이 동의를 구했다. 그녀의 얼굴에는 한때 그를 그토록 설레게 했던 광채와 생기가 사라지고 없었다.

그는 텔레비전을 껐다. 그녀의 무릎을 베고 누웠다. 그녀의 힘없는 손길이 자신의 머리카락을 어루만지는 대로 놓아 둔 채 주말 저녁의 혼곤한 잠을 청했다.

그 후 그는 다시 그녀를 때리지 못했다. 불끈 손이 올라올 때마다 그녀의 일그러진 얼굴, 전혀 다른 사람처럼 터져나오던 목쉰 음성이 떠올라 그를 괴롭혔기 때문이다. 그러나 다툼과 화해의 반복은 여전히 계속되었다. 민화가 마음을 닫는 기간이 차츰 길어졌으며, 화해의 시간은 점점 짧아졌다.

그로서는 인정하기 어려운 일이었으나, 민화는 더 이상 그를 사랑하지 않았다.

그녀는 한 마리의 꿈틀거리는 바퀴벌레를 바라보듯이 그를 보며 망설이고 있었던 것은 아닐까. 완전히 돌아서 버리는 것이 거의 그를 죽이는 것과 같이 잔인한 일임을 어렴풋이 알고 있었으므로, 다만 바라만 보고 있었던 것일까.

황사 바람이 서울을 휩쓸고 지나가는 동안 그는 눈병을 앓았다. 핏발 선 눈으로 책을 가지러 회사에 돌아올 때마다 서 실장은 '이 친구, 눈이 더 무서워졌네'라고 혀를 끌끌 찼다.

병원에 가보지 그래?

병원 갈 틈이 어디 있습니까.

그는 무뚝뚝하게 대꾸했다.

틈을 내서 가면 될 거 아닌가. 잘하는 안과를 내가 알고 있는데.

그러나 그에게는 잠시 약국에 들를 틈밖에 없었다. 약을 조제해 먹자 졸음이 쏟아져, 질주하는 오토바이의 핸들을 잡은 채 감기려

하는 눈을 부릅떠야 했다.

배달을 마치고 사무실로 돌아오자 사장이 그를 불렀다. 사장은 짙은 청색 브이네크 셔츠를 입고, 검은 야구모자를 눌러 쓴 채 담배를 피우고 있었다.

병원에 갔다 왔나?

약국에 다녀왔습니다.

사장은 주머니에서 만 원권 지폐를 석 장 꺼냈다.

아닙니다, 괜찮습니다.

손사래를 치는 그의 남방 앞주머니에 사장은 지폐를 구겨 넣었다.

배달이 좀 늦어져도 좋으니까, 악화되기 전에 내일 병원에 가봐.

그는 퇴근길에 제과점에 들렀다. 사장이 준 돈으로 민화가 좋아하는 팥빵과 작은 케이크를 샀다. 그러나 민화는 돌아와 있지 않았다. 회사에 전화를 하자 대뜸 민화가 받았다.

오늘은 밤샘이야.

그녀가 말했다.

펑크 난 원고가 있어서 기자가 새로 만들 때까지 기다려야 돼.

민화의 음성은 지쳐 있었다. 민화는 그가 눈병에 걸린 것을 알고 있을까. 그들은 이즈음 거의 얼굴을 제대로 마주해 본 적도 없었다.

그 날 밤 그는 이불도 깔지 않은 차가운 방에 엎드려 정신없이 잠들었다. 다음날 새벽에 눈을 떠 입었던 옷 그대로 출근할 때까지 민화는 돌아오지 않았다.

오후에 마침 민화의 회사 쪽으로 배달 일정이 잡혀 있었다. 그는 책상자 한 구석에 조심스럽게 케이크 상자를 넣어서 갔다.

무지막지한 졸음만을 주었을 뿐 약에는 조금의 약효도 없었다. 그는 여전히 핏발 선 눈으로 민화가 일하는 사무실에 들어섰다. 그녀는 자리에 없었다. 민화의 회사에서 유일하게 그와의 관계를 아는 미스 노를 복도로 불러 내어 케이크를 건네주었다.

이 친구는 어딜 갔습니까?

미스 노는 뜻밖의 대답을 했다. 민화가 아파서 일찍 퇴근을 했다는 것이었다.

며칠 전부터 감기기가 있었는데…… 밤샘을 하고 몸살이 난 모양이에요. 얼굴이 백짓장처럼 질렸더라구요. 기획부 윤 대리님이 차로 집까지 바래다 줬으니까 괜찮을 거예요.

배달을 할 곳이 아직 남아 있었지만, 그는 자취방을 향하여 오토바이를 달렸다.

그는 자책과 연민을 함께 느꼈다. 민화를 탓할 일이 아니었다. 그녀에게 감기 기운이 있었는지조차 그는 전혀 알지 못하고 있었다. 민화의 잦은 야근 때문에 거의 그녀의 얼굴을 제대로 살필 겨를이 없었다고는 하지만 이건 좀 심했다. 체력이 약하기는 하지만 좀처럼 잔병치레를 하지 않던 그녀였는데, 조퇴까지 했다면 상당히 좋지 않은 상태인 모양이었다.

자취방으로 들어가는 골목 어귀에 난데없는 콘테이너가 길을 막고 있었다. 그는 골목 바깥쪽에 오토바이를 세운 뒤 뛰다시피 걸어갔다. 이미 한 손에는 방 열쇠를 꺼내 쥔 채였다.

자취방의 바깥문은 빼꼼이 열려 있었다. 그는 눈살을 찌푸렸다. 혼자 있는 한밤에도 세면장이 있는 바깥쪽 문의 단속을 허술하게 하는 그녀를 그는 늘 못마땅하게 여기곤 했었다.

막 세면장에 발을 들여 놓으려던 그는 방문 앞에 놓인 남자 구두 한 켤레를 보았다. 반질반질 윤을 낸, 이백 팔십 센티미터쯤의 큼직한 검은 구두가 민화의 단화 옆에 놓여 있었다. 그는 세면장에 들어가지 않은 채 멈추어 섰다.

웃음소리 때문이었다.

누구의 것인지 알 수 없을 만큼 자연스럽게 섞인 남녀의 웃음소리가 문틈으로 나직하게 들려 왔다.

바늘 떨어지는 소리도 들릴 것 같은 적요가 어둑신한 세면장을 채우고 있었다. 웃음소리는 한없이 다정하고 나직하여, 그 적요를 깨뜨리기보다는 더욱 깊고 완전하게 만들고 있었다. 간간이 침묵이 깔렸고, 침묵이 끝나면 웃음소리가 다시 시작되었다. 말소리는 더욱 나직해 제대로 들리지 않았다.

이 구두의 주인은 민화를 바래다 주었다는 윤 대리라는 자일 것이다. 바래다 준 답례로 그녀는 차나 과일을 대접하며 잠깐 담소를 나누고 있는 것이리라.

그는 그 웃음소리에 실린 더없는 호의와 친밀함을, 조용한 기쁨에 겨운 생기를 거듭 확인하며 떨고 있었다. 그것은 그가 그녀의 몸을 쓰다듬거나 간지럽힐 때 그녀의 입과 코에서 흘러나오던, 신음도 웃음도 아닌 나직한 탄성과 어딘가 닮은 데가 있었다.

그는 발소리를 죽여 주인집 마당을 빠져 나왔다. 마치 스펀지를 딛는 듯이 그의 발바닥에는 감각이 없었다.

그는 골목 아래에 주차해 놓은 오토바이를 끌고 비탈진 옆골목으로 들어갔다. 점심 때 반으로 갈라서 씹고 놔두었던 껌을 마저 씹기 시작했다.

오 분쯤 뒤 한 키 큰 남자가 골목을 걸어 내려왔다. 민화의 회사 직원들이 입는 남색 점퍼 안주머니에서 자동차 열쇠를 꺼내어 꽂는 남자는 언젠가 그의 책을 받아 준 적이 있었다. 오른쪽 턱 언저리에 동전만한 팥죽색 점이 있는 것이 흠이지만, 얼굴이 희고 입가에 장난기가 어려 있어 제법 호감을 주는 인상이었다.

특별할 것이 없는 동작으로 남자는 안전벨트를 메고, 시동을 건 뒤 좁은 골목을 능숙하게 빠져 나갔다.

가슴에 불이 탄다는 말의 의미를 그는 그 날 저녁 깨달았다. 그 불의 힘으로 그는 저녁 여덟 시까지 신들린 듯이 배달을 끝냈다. 바로 퇴근하겠다는 이야기를 하기 위해 그는 공중전화 부스로 들어가 사무실로 전화를 했다.

눈이 어떤데 그래? 병원에서 뭐래?

서 실장이 전화선 저쪽에서 소리쳤다. 전화 한 통 없이 제시간에 회사로 돌아오지 않은 그의 행동에 놀란 듯했다. 사 년 동안 한번도 없었던 일이었다.

괜찮습니다.

그는 긍정도 부정도 아닌 대답을 했다.

죄송합니다, 괜찮습니다.

전화의 감이 먼 것도 아닌데 서 실장은 다급하게 고함을 질렀다.

알았어, 잘 쉬어 봐. 사장님한테는 내가 잘 말해 둘 테니까. 내일 아침에는 나올 수 있겠나?

물론입니다.

온갖 상상이 만화경처럼 어지럽게 돌아가고 있는 머릿속의 한 부분을 도려내 버리기 위하여, 그는 전속력으로 밤거리를 내달렸다. 온몸이 불덩이처럼 뜨거웠다. 정수리가 활활 타오르고 있었다.

그는 방문턱 아래에 놓인 민화의 낯익은 단화를 보았다. 몇 시간 전까지 낯선 남자 구두가 놓여 있었던 자리는 비어 있었다.

아팠다면서?

방에 들어서자 민화는 벽에 기대어 책을 읽고 있었다. 이불을 무릎에 덮은 채였고, 얼굴은 평소보다 창백했다. 그의 질문에 그녀는 약간 놀란 듯했다.

오늘 회사에 왔었어?

그래.

노진주 씨가 그래?

응.

많이 나아졌어. 그냥 몸살이야.

그녀는 무릎걸음을 걸어 요를 펴고 베개를 나란히 놓았다. 그는 그녀가 읽고 있던 책의 표지를 힐끗 보았다. 언젠가도 한번 본 적이 있는 대입 영문법 책이었다.

예전에 그는 그 책을 두고 왜 공부를 하느냐고 물었었다.

대학에 가려고.

민화는 대답했었다.

세상에 영원한 게 하나도 없다면서, 대학은 왜 가?

그는 어쩐지 그녀가 공부하는 것이 마땅치 않아 은근히 화를 냈고, 그녀는 무안하다는 듯 웃었었다.

다들 변하는데 나라고 변하지 않겠어? 그냥 이렇게 꼼지락꼼지락 움직여 보는 거야…… 어떻게 될지 잘은 몰라. 그냥 움직여 보는 거야.

그가 씻고 돌아왔을 때 민화는 벽 쪽으로 돌아누운 채 잠들어 있었다.

그는 떨리는 팔을 뻗어 이불을 나누어 덮었다.

그의 상상이 모두 잘못된 것이었다면, 그는 상상만으로 민화에게 용서받을 수 없는 짓을 저지른 것이다. 그녀는 과로 때문에 아팠고, 조퇴를 했던 것뿐이다. 집까지 바래다 준 사람과 잠깐 이야기를 나누었을 뿐이다.

하지만.

어둠을 노려보며 그는 생각했다.

그가 특별히 그녀와 맞는 사람이어서 민화에게 끌렸다고 볼 수는 없는 일이었다. 그녀의 진지한 눈길, 또렷하게 다물려 있는 입술의 선, 어딘가 모르게 사람을 도발하는 웃음이 반드시 그에게만 노출된 것은 아니다. 눈이 있는 사람이라면 모두 그녀를 볼 것이고, 코가 있는 사람이라면 그녀의 체취를 맡을 것이다. 민화와 함께 거리를 걸을 때 남자들은 모두 그녀를 눈여겨본다. 민화의 얼굴이 전혀 예쁘지 않은데도 그렇다.

민화는 또한 모든 것에서 좋은 점을 발견해 낸다. 그녀가 알았던 모든 남자들에게서 각기 다른, 사소한 매력들을 발견해 낼 수 있었으리라. 또한 그녀는 대담하고 분방한 사고방식을 가지고 있다. 그를 처음 만나 함께 살게 되기까지 그녀가 단 한번이라도, 처녀들이 갖기 쉬운 경계심을 그에게 보인 일이 있었던가. 마치 물이 흘러가듯이 모든 것이 순조롭기만 하지 않았던가.

일주일쯤 뒤 그는 한 잡지사 옆건물의 주방용품점에서 칼 한 자루를 샀다. '구십 퍼센트 세일, 점포 정리'라는, 흰 도화지에 붉은 매직으로 쓴 글씨들을 보며 무심히 오토바이 쪽으로 걸어가던 참이었다. 칼집이 있는 과도 한 묶음이 눈에 띄었다. 칼집을 벗기자 새 칼 특유의 예리한 광택이 그의 눈을 아리게 했다. 그는 흥정하지 않은 채 돈을 지불한 뒤 점퍼 안주머니에 그것을 넣었다.

그 날 따라 물량이 적어 배달이 일찍 끝났다. 회사로 돌아오자 우편물 분류도 이미 끝나 있었다. 다음날의 물량 역시 형편없이 적어 그 없이 세 사람이 해치웠다는 것이었다.

이런 날도 있네, 진짜 불경기가 오고 있나 봐.

박양은 기뻐하는 대신 걱정스러운 표정을 지었다.

대포 한잔 하지요?

갑자기 빨라진 퇴근시간에 당황한 사람은 박양뿐만이 아니었다. 서 실장은 눈으로는 그를 보며, 그러나 말은 사장에게 하며 사람 좋은 너털웃음을 웃었다.

모두 실내 포장마차로 향하는 것을, 그는 피곤하다는 한마디로 돌아섰다.

좀 쉬고 싶습니다.

피로와 고통으로 그의 얼굴은 일그러져 있었다. 넉살 좋은 서 실장이었지만 그를 더 이상 붙잡지 않았다.

늦봄의 물컹물컹한 바람을 들이마시며 그는 퇴근길의 도로를 달렸다. 시든 꽃과 과일이 무더기로 썩어 가는 것 같은 들큰한 냄새에 그는 구역질을 할 것 같았다.

골목으로 접어드는 대로변에 이르렀을 때 그는 편의점에서 담배를 사고 나오는 윤 대리를 보았다. 그는 시계를 확인했다. 저녁 여덟 시였다.

왜 이 시간에, 이 동네에 저 사람이 있을까.

이번에는 머리가 끓어오르는 것이 아니라 냉정해진 마음으로 그는 윤 대리의 모습을 살폈다. 불빛 밝은 편의점의 문을 열고 나온 윤 대리는 담배갑의 포장 비닐을 벗겨 아무 데나 내던졌다. 계단 아래에서 담배 한 대를 피워 물고는 일전에 본 적이 있는 자주색 승용차에 몸을 실었다.

이쪽에 집이 있거나, 다른 아는 사람이 있을 수도 있다.

그는 연신 고개를 주억거리며, 이를 악문 채 집으로 향했다.

세면장 문은 언제나처럼 열려 있었다. 그는 방문을 열기 위해 손을 뻗었으나, 이내 뒷걸음질을 쳤다.

그 날 밤 그는 처음으로 혼자 술집에 들어갔다. 이상하게도 잔을 비울수록 그의 머리는 더욱 차갑게 깨어 갔다.

새벽부터 비가 몹시 내렸다.

그는 모자 달린 우비를 입고 그 위에 헬멧을 썼으나, 얼굴을 때린 차가운 빗줄기는 목을 타고 흘러내려 가슴과 등을 적셨다. 목적지에 다다를 때마다 그는 일단 오토바이를 세워 놓고, 헬멧과 우비의 모자를 벗고, 흠뻑 젖은 얼굴을 손바닥으로 훔치며 책상자를 열었다. 그 안에 넣어 둔 마른 수건으로 손을 닦은 뒤 배달해야 할 책뭉치를 들고 건물 안으로 뛰어들어갔다. 책이 젖어서는 안 되기 때문이다.

실내의 공기는 평안하고 적요하였다. 비와 바람과 달리는 차들,

미끄러운 도로와는 전혀 다른 세계였다. 모든 것이 보송보송하게 말라 있었다. 아무도 젖은 옷을 입고 있지 않았다.

그 날분의 배달을 마친 뒤 그는 지난 보름간 줄곧 그렇게 해왔던 대로 자취방을 향해 달렸다. 그녀가 아직 돌아오지 않았거나, 그녀의 단화만 놓여 있거나 하는 것을 세면장에서 확인한 뒤 그는 다시 사무실로 달려가곤 했다.

이즈음 그의 명치께에는 마치 나름의 생명을 가진 것 같은 고통이 꿈틀거리고 있었다. 마치 그 부근에 화살을 맞은 짐승처럼, 밤마다 그는 동굴같이 캄캄한 자취방으로 비틀거리며 들어섰다. 마치 남과 같이 돌아누워 잠든 민화의 등을 보며, 그는 씻지도 않은 채 모로 웅크려 누워 뒤척였다.

처음에는 '어디가 아픈가'고 물어 주던 박양과 서 실장은 이즈음 그를 잠자코 바라보기만 했다. 서 실장의 눈에 스쳐 가는 경계와 반감을 그는 못 본 척했다.

범죄형이야, 그렇게 생각하지 않나? 저 째진 눈깔 보라구.

그는 언젠가 서 실장이 박양에게 했다는 말을 상기했다. 서 실장은 자신의 판단을 재차 확인하며 그의 얼굴에 새겨진 뜨겁고도 서늘한 살의의 흔적을 살피고 있었을 것이다.

윤 대리가 담배를 사던 편의점의 유리창에 빗줄기가 어지럽게 뒤엉키고 있었다. 하늘도 보도블록도, 우산을 받고 있는 사람들의 얼굴도 모두 잿빛이었다. 진창의 흙탕물을 사방으로 튀기며, 그는 어떻게 보면 차가우며 어떻게 보면 고통에 지질린, 그러나 다르게 보면 거의 무감각해 보이는 얼굴로 오토바이의 속력을 냈다. 비는 쉴 새 없이 그의 목줄기를 타고 가슴과 배로 흘러내렸다.

그는 세면장 한켠에 세워진 두 개의 우산을 보았다. 물방울 무늬의 우산은 민화의 것이었고, 그 옆에 진초록색 남자용 우산이 기대어 있었다. 우산 꼭지들에서 흘러나온 빗물이 서로 엉키며 세면장

바닥을 타고 수채 구멍까지 뻗어나가 있었다.

그는 조용히 손을 뻗었다. 단호하게 방문을 열어 젖혔다.

그녀는 벌거벗은 몸을 동그랗게 말아 국부와 젖가슴을 가렸다. 그가 과도를 치켜들었을 때 그녀는 가냘픈 비명을 질렀다. 그는 그녀의 국부를 향해 칼을 휘둘렀다. 한 번, 두 번, 세 번. 한번도 써보지 않았던 날카로운 칼날이 민화의 살을 헤집었다. 마침내 정신이 들었을 때 방바닥과 그녀의 아랫도리는 피투성이가 되어 있었다. 함께 있었던 윤 대리는 진작 달아나고 만 뒤였다.

그는 전신을 떨며 민화의 인중에 귀를 댔다. 가느다란 숨이 새어 나왔다. 그는 자신의 우비를 벗어 그녀의 몸을 감쌌다. 우비 아래의 흰 다리로 선홍색 핏방울이 떨어졌다. 그녀를 업고 빗속을 내달렸다. 그녀의 몸을 앞으로 안은 채 오토바이의 시동을 걸었다.

응급실 침대에 민화를 내려놓자마자 그는 간호사를 향해 짐승 같은 울음을 터뜨렸다.

살려 주십시오.

제발 살려 주십시오.

목숨만 살려 주십시오!

간호사는 그의 흠뻑 젖은 몸과 목울음에, 우비 아래 드러난 민화의 참혹한 아랫도리에 아연했다.

그는 자신을 죽여 달라고 고함을 질렀다. 주먹으로 가슴을 치고 머리로 콘크리트 기둥을 짓이겼다. 굵은 눈물이 그의 젖은 뺨을 타고 쏟아져 내렸다.

그가 눈을 떴을 때는 다음날 새벽이었다.

그는 응급실 침대에 누워 있었다. 진정제의 약효 탓인지 몸에 힘이 없었으며, 마음은 평온하게 가라앉아 있었다. 지난 달포간의 자신의 광태가 급히 돌린 필름처럼 아득하게 머리를 스쳐 갔다. 결코 그 달포 이전의 자신으로 돌아갈 수 없으리라는 것을 그는 어렴풋이 깨달았다.

민화는 상처 봉합 수술을 마치고 입원실의 침대에 누워 있었다. 피를 많이 흘린 탓에 그녀의 얼굴은 더욱 파리해졌다. 의식을 잃은 상태에서도 고통받는 듯 힘주어 눈을 감고 있는 그녀의 얼굴을, 그는 자신의 링거 병을 든 채 서름서름한 눈으로 내려다보았다.

상처는 무려 열일곱 군데였다. 의사도 혀를 내둘렀다고 했다. 다행히 그녀는 무사했다. 허벅지로 국부를 가렸기 때문에 대부분의 상처는 허벅지에 났으며, 그가 모질게 깊이 찌르지 못했기 때문에 치명적인 상처는 없었다.

민화는 오후에 의식을 차렸다. 그녀는 그에게 형사적인 조치를 시도하지 않았다.

제가 그런 거예요.

누가 이런 짓을 했느냐는 의사와 간호사의 질문에 그녀는 오히려 담담한 어조로 말했다고 했다.

자기 몸을 열일곱 번 찔렀다는 말입니까?

그래요. 정말이에요.

그녀는 금방이라도 허물어질 것 같은 미소를 지은 채 의사의 얼굴을 올려다보았다고, 옆 환자의 보호자라는 사십대 초반의 아낙이 그에게 일러 주었다. 자신도 믿기지 않는다는 듯, 아낙의 눈은 사뭇 진지하게 그의 얼굴을 탐색하고 있었다.

그는 민화의 회사로 전화해 미스 노에게 입원 사실을 알렸다. 그저 입원했다고만, 큰 병이 아니라고만 했으므로 미스 노는 퇴근길에 꽃까지 사들고 명랑한 얼굴로 찾아왔다. 전말을 안 뒤 미스 노의 얼굴은 희끗하게 질렸다. 복도까지 배웅 나온 그에게 미스 노는 말했다.

참, 독하기도 한 분이시군요.

몹시 화를 낼 줄 알았는데, 미스 노의 질책은 그쯤으로 끝났다.

저 애…… 원래 남자관계가 복잡했어요. 자기 좋다는 사람한테는 쉽게 마음을 줘버려요. 태식 씨같이 순수한 남자는 상처받을 수도 있다고 진작부터 생각했었어요.

미스 노는 두꺼운 화장 때문에 오히려 깊이 패어 보이는 주름을 입가에 짓고 있었다. 직업적인 웃음이랄까, 웃음의 기운은 전혀 없이 입으로만 웃는 웃음이었다.

회사에는 말 안 나도록 제가 잘 이야기해 놓을께요. 상처가 저만 해서 다행이에요.

그는 다음날부터 일을 다시 시작했다. 퇴근길에 입원실을 찾으면 민화는 깊이 잠들어 있었다. 어떻게 구했는지 알 수 없는 대입 수험서 몇 권이 그녀의 베개맡에 떨어져 있었다. 그는 그 책들을 쏘아보며 우두커니 서 있다가 빈 자취방으로 돌아가곤 하였다.

언젠가 격한 다툼을 할 때 민화는 그에게 울면서 소리쳤었다.

당신 얼굴, 당신 얼굴이 어떤지 당신은 보지 못하니까, 그게 얼마나 추하고 일그러져 있는지 보지 못하니까. 그 눈…… 그 입술, 그 이빨에서 뚝뚝 흘러넘치는 증오가 얼마나 당신을 남처럼 만드는지, 당신은 모르니까.

정말로 정이 떨어진다는 듯이 그녀는 체머리를 떨었었다.

그랬다. 그는 민화의 애정이 식어 가는 과정을 보았다. 그가 가장 견딜 수 없었던 것은 그 과정을 똑똑히 목격하면서도 그것을 저지할 수 없는 자신의 무기력이었다. 그는 그녀를 이해할 수 없었다. 그가 무엇을 그렇게까지 잘못했단 말인가? 얼마나 큰 잘못에 대한 벌로 그녀는 그를 더 이상 사랑하지 않는 것인가?

그러나 이제 병원에서 그는 그녀를 이해했다. 잠들어 있는 그녀의 까칠한 얼굴을 매일 밤 대하는 동안 그의 몸 속에서 불타던 분노와

증오는 차츰 사그라들었으며, 애정 역시 천천히 식어 갔다.

이 주간의 입원을 마치고 민화는 퇴원했다. 퇴원하던 토요일 아침 그녀는 처음으로 그와 눈을 맞추었다. 헬쑥하던 그녀의 얼굴은 꽤 좋아졌다. 그러나 눈빛과 입가에는 헤아릴 수 없는 쓸쓸함이, 마치 늙은 사람의 그것 같은 체념이 깃들여 있었다.

어디로 가지?

그녀는 물었다.

나, 이제 어디로 가?

그것은 아마, 그들이 함께 사는 일이 지속될 것인가에 대한 질문이었을 것이다.

순간 그가 확연히 깨달은 것은 자신이 그녀를 더 이상 사랑하고 있지 않다는 것이었다. 더 이상 그는 그녀와 함께 살 수 없었다. 그녀의 살을 안고 입을 맞출 수 없었다. 같은 찌개를 떠먹고 얼굴을 마주볼 수 없었다. 모든 것은 그의 냉담해진 마음과 함께 끝났다.

그녀는 그에게 삶과 같았다. 그를 매혹하고 잠시 기쁨을 주었으나 동시에 그를 배반하였다. 다만 머무르다 지나갔을 뿐, 결코 그의 손아귀에 붙잡혀 주지 않았다. 보람이나 좋은 추억조차도 남겨 주지 않았다. 환멸에 가까운 쓴맛만이 그의 혀끝에 남아 있었다.

그는 택시로 민화를 방까지 바래다 준 뒤, 자신의 몇 안 되는 옷가지와 살림살이를 챙겨 나왔다.

사장의 문간방에는 이미 다른 학생이 하숙을 들었다. 그에게는 이제 갈 곳이 없었다. 그는 일주일 간 사무실 소파에서 새우잠을 잤다. 그러나 계속해서 사무실을 신세질 수는 없는 일이었다. 싼 값의 잘 곳을 구하던 차에, 주간 정보지를 통해 이 고시원의 전화번호를 알아냈다.

마음에 드십니까? 이 방밖에는 남은 게 없는데요.

이십대 후반으로 보이는 고시원의 총무는 한 손에는 볼펜을, 다른 손에는 두툼한 수험서를 든 채 십호실 앞 복도에 서 있었다. 그는 굵은 전선으로 비스듬히 잘린 창 밖 풍경에서 수 분 간 눈을 떼지 않고 있었다.

……좋습니다.

그는 갈라진 목소리로 대답했다. 그는 바지 주머니에서 만 원권 지폐들을 꺼내 세기 시작했다. 그의 손등은 더러웠고, 손톱마다 새카만 때가 끼어 있었다.

여기가 좋겠습니다.

4

누에집 같은 방들의 문틈으로 불빛이 새어나온다. 복도에 설치된 에어컨디셔너의 바람을 쐬려고 문을 열어 놓은 방도 더러 있다. 펼쳐져 있는 묵직한 사전들, 뜨겁게 느껴지는 백열 스탠드, 그 앞에 반바지 차림으로 앉아 반팔 티셔츠를 어깨까지 걷어올리고 있는 수험생들의 뒷모습들을 지나 그는 복도의 끝방을 향해 걸어간다.

그는 불을 켜지 않는다. 불을 켜지 않아도 십호실은 충분히 밝다. 그 날 그 날 세면장에서 빨아 입는 티셔츠와 면바지가 잘 마르도록 옷걸이에 펼쳐 걸어 놓은 뒤, 그는 하이테크 의자에 걸터앉는다. 러닝셔츠와 팬티 바람으로 그는 창 밖의 불빛을, 어둠 때문에 형상이 보이지 않는 산 쪽을 바라본다.

그는 일어난다. 젖은 솜뭉치 같은 다리를 이끌고 블라인드로 다가간다. 금방이라도 몸으로 깨뜨리고 뛰쳐나갈 듯 거친 동작으로 아귀가 잘 맞지 않는 창문을 연다. 열대야의 밤공기 속으로 그는 머리와 상체를 내민다. 몸이 훌쩍 가벼워지는 순간, 알 수 없는 강한 힘이 뒤에서부터 그의 몸을 창문 밖으로 밀어내려 한다. 그때 그의 눈에는 아무것도 보이지 않는다. 움찔 놀라며 창문에서 물러선 뒤에야 소로의 불빛들과 행인들의 정수리가 보인다.

그는 의자로 돌아와 앉는다.

그는 그 의자에 앉아 민화에 대한 생각을 해본 일이 없다. 이따금 그는 배달중에 그녀를 보는데, 이상하게도 별다른 감정이 생기지 않는다. 그녀의 몸매가 몹시 볼품없으며 안색이 나쁜 평범한 여자라는 것을 담담하게 느낄 뿐이다. 마치 생경한 타인에게 잠시 눈길이 머무는 것처럼 그는 그녀를 본다.

이즈음 서 실장이 그에게 커피 아닌 다른 것을 마시기를 권할 때 그는 얼빠진 듯이 미소를 짓는다. 그때마다 서 실장은 당혹스러워한다.

서 실장은 결코 그의 표정에서 무엇인가를 찾아내지 못할 것이다. 그의 눈에는 어떤 기억도, 미래에 대한 계획도 없다. 오로지 그 찰나 눈에 비치는 것들만이 그의 텅 빈 눈동자에 들어와 담길 뿐이다. 마치 공기가 새어 나오듯이 그는 웃으며, 자신이 웃었다는 것도 깨닫지 못한다.

그가 민화에게 저지른 일을 서 실장이 안다면 서 실장의 살찐 뺨은 하얗게 질릴 것이다. 약간은 비굴하며 약간은 초탈한 듯하며 또 약간은 음울한 미소를 지으며 박양의 팔을 질벅거릴 것이다.

거봐, 내가 뭐랬어? 무서운 놈이라고 했잖어?

그러나 서 실장은 그 일을 알지 못한다. 앞으로 그의 앞에 펼쳐져 있을 어떤 무섭고 가혹한 일을 혼자서 예감하고 있다는 듯, 비밀스러운 눈으로 그의 안색을 살피며 커피를 타줄 뿐이다.

그가 오토바이에 실을 책들을 두 팔 가득 안고 사무실 문을 나설 때, 서 실장은 한쪽 팔을 자신의 책상에 고인 채 다른쪽 팔을 잠깐 쳐들고는 특유의 장난기 어린 인사를 던진다.

오늘도 무사히.

사람들은 서 실장을 좋아한다. 인간미 때문이라고 한다. 그 역시 서 실장의 인간미라는 것을 느낀다. 다만 그가 다른 사람들과 다른 점은 그 인간미에 감동하지 않는다는 것뿐이다. 서 실장의 인간미뿐 아니다. 예전에 어렴풋이나마 느끼고 있었던 삶의 생기를 그는 잊었다. 강물이 빛나거나, 바람이 유쾌하거나, 도심을 질주할 때 가슴이 툭 트이거나 하는 감정도 느끼지 못한다.

그가 건네는 책을 받아 들 때 사람들의 눈은 차츰 서 실장을 닮아 간다. 불분명한 공포가 어린 눈이다. 그들이 움찔거리며 물러설 때 그들이 보는 것이 무엇인지 그는 알지 못한다.

때때로 그는 자신의 앞에 얼씬거리는 행인들의 몸뚱이를 갈아 버리고 싶은 충동을 느낀다. 마주 오는 승용차의 앞 범퍼를 향해 반인 반수의 몸을 던지고 싶을 때도 있다. 그러나 그는 그렇게 하지 않는다. 그의 무감각한 내면은 그 충동을 마치 남의 것인 듯이 멀찌감치 바라보고만 있다.

그렇게 멀찌감치 자신의 내면에서 물러서서 그는 하이테크 의자에 앉아 있다. 밤이 깊었다. 고시원은 고요하다. 복제 테이프를 팔던 리어카도 철수했다.

재미있는 책을 읽다 보면 모든 것이 사라지고 책과 읽는 사람만 남듯이, 그는 오로지 혼자서 세계와 마주해 있다. 그 순간 세계는 광활하지도 복잡하지도 불가해하지도 않다. 손아귀에 잡히는 말랑말랑한 육체처럼 세계는 그를 응시하고 있다.

마음만 먹으면 금방이라도 창에서 뛰어내릴 수 있다는 것을 그는 알고 있다. 그를 망설이게 하는 것은 아무것도 없다. 그가 이곳에 남아서 하고 싶은 일은 아무것도 없다.

누가 그의 안에서 아무것도 없다고 말하고 있는 것일까. 그는 망연히 자신의 안에서 들려 오는 소리에 귀를 기울인다. 누가 고함을 지르며 접시와 책들을 던져댔을까. 끓어오르는 욕망에 몸을 맡겼던 사람, 열에 들떠 과도를 가슴에 품고 뒤척였던 사람, 미친 듯이 울부짖으며 칼날을 휘둘렀던 사람은 누구였을까. 그 사람은 그에게 너무 낯설다. 차마 자신이었다고 말할 수가 없다.

그 사람이 누구인지, 그 사람을 묵묵히 바라보고 있는 이 또 다른 사람은 누구인지 그는 모른다. 그들이 누구인지 알아내지 못한 채 그는 그들의 모습을 묵묵히 바라본다. 그렇게 묵묵히 바라보는 그 사람을 다시 한 발짝 물러서서 바라본다. 그, 다시 바라보는 그 사람을 더 물러서서 바라본다.

양파 껍질을 벗기는 것과 거의 흡사한 그 작업이, 그가 이곳에 와서 여름 내내 해온 유일한 일이다. 마침내 양파 껍질을 다 벗기고 나면 아무것도 없을 것이다. 아무것도 남지 않았을 때, 더 이상 벗길 것이 없는 순간이 왔을 때 그는 창을 열고 뛰어내릴 것이다. 살아오면서 줄곧 그래 왔듯이, 그는 결코 주저하지 않을 것이다.

5

그러던 어느 날 그는 비에 젖어서 돌아왔다. 늦은 밤이었다. 상고머리의 총무는 총무실의 책상 위에 두툼한 법전을 펼쳐 놓은 채 꾸벅꾸벅 졸고 있었다. 그는 젖은 구두를 벗어서 신장에 들여 놓았다. 고시원에 비치된 더러운 슬리퍼들 가운데 한 켤레를 젖은 발에 꿰어 신었다. 어둡고 좁다란 복도의 끝까지 걸어가, 십호실의 문고리에 열쇠를 꽂았다.

그는 지쳐 있었다. 뼈마디 하나하나가 삭아서 흘러내리는 것 같은 피로였다. 손잡이를 돌려 문을 열기 전에 그는 수 초 간 베니어 판문에 이마와 상체를 기대고 서 있었다.

그는 어둑한 방에 들어섰다. 문을 잠갔다. 현관에서 짰음에도 빗물이 떨어지는 우비를 옷걸이에 걸었다. 불을 켜지 않은 채 블라인드를 끝까지 올렸다.

창 밖에는 행인들이 우산을 받으며 걷고 있었다. 리어카의 복제 테이프들 위에 비닐을 덮어 놓은 이십대 초반의 청년이 우비를 입은 채 젖은 담배를 피우고 있었다. 습기 찬 스피커는 코먹은 소리 같은 음악을 흘려 내보내고 있었다.

주유소에 승합차 한 대가 들어왔다. 한 청년이 비를 맞으며 차를 향해 뛰어갔다. 청년은 빗물에 미끄러질 것을 염려한 탓인지 롤러 스케이트 화 대신 운동화를 신고 있었다.

안녕히 가십시오.

머리에 떨어지는 빗줄기를 손바닥으로 어설프게 가린 채 청년이 외치는 입 모양이 보였다.

우산을 받은 행인들의 발길이 성기어졌다. 복제 테이프를 파는 리어카가 철수했다. 주유소의 아르바이트 청년 둘이 빗줄기를 바라보며 다리를 꼬고 앉아 있는 것을, 몇 가치의 담배를 연달아 피우며 젖은 바닥으로 꽁초를 던지는 모습을 지켜 보면서 그는 서 있었다.

네온사인들은 하나둘 꺼졌다. 빈 소로에 떨어지는 빗줄기들이 주유소의 불빛을 받아 반짝거렸다. 비는 소로를 적시고, 주유소의 구식 전광판을 적시고, 리어카가 놓여 있던 편의점 앞의 우묵한 빈 터를 적셨다.

마침내 그는 창문으로부터 돌아섰다. 그리고 빗방울이 전선에 맺혀 있는 것을 보았다.

아니, 정확히 말하자면 그는 빗방울이 전선에 맺혀 있는 그림자를 보았다. 어두운 방의 흰 벽지는 창문을 통하여 새어 들어온 불빛으로 음음히 밝혀져 있었다. 그 흰 벽지 위로, 굵은 먹선처럼 확대된 전선의 그림자가 그어져 있었다. 거기 매달려 있던 검고 섬세한 빗방울들의 그림자가 소리없이 흘러내리다가 이내 떨어지곤 하였다. 창문에도 빗방울들이 빗금을 긋고 있었는데, 그 그림자들은 마치 무수한 가는 붓들이 부드럽게 스쳤다가는 곧 지워지며, 다시 가볍게 스쳐가는 것처럼 보였다.

그는 그 벽지에 비친 자신의 단단한 그림자를 보았다. 그 검은 몸을 가로지르는 전선을 보았다. 거기에서 흘러내리는, 꿈 같기도 하고 눈물 같기도 한 빗방울들을 보았다.

그의 입술이 떨렸다.

크고작은 그의 혈관들이 소리내어 흐르기 시작했다. 맑은 수액 같은 빗물이 수없는 실핏줄들을 타고 일제히 차올라왔다. 빗물은 그의 허기진 내장을 적시고, 단단히 굳은 근육들을 적시고, 움푹 패인 눈두덩과 뺨을, 떨고 있는 입술을 적셨다.

그는 눈을 감았다. 델 것 같은 눈물이 굴러 떨어졌다. 입술과 턱을 적신 그 눈물은 억센 힘줄이 드러난 목줄기를 타고 내려가 러닝셔츠로 번졌다. 바로 그 순간으로 인하여 그의 삶이 바뀌었으나, 그는 아직까지 그 변화를 실감하지 못한 채 무수한 그림자들의 춤추는 곡선 가운데 우뚝 서 있었다.

(『세계의 문학』, 98. 6.)

깊숙이, 묵묵히 들여다보기

한　강

1. 그 해 봄에는 자주 위를 앓았다. 칠 킬로그램 가까이 체중이 빠졌다. 잦을 때는 일주일에 두어 번씩 밤을 새우며 위액을 뱉어 냈다.

그런 밤이면 통증을 줄이기 위해 그 아픔을 간격을 두고 '바라보려고' 애쓰기도 했다. 쉽지 않았다. 성공한 순간만은 과연 견딜 만해졌으나, 그 마음을 지속하는 것은 더욱 어려운 일이었다.

생각해 보면 절망이나 미움이나 후회, 아집들도 그렇다. 관(觀)할 수 있다면, 그 관하는 나를 다시 관할 수 있다면, 나는 어느새 그것들의 힘에서 벗어나 있다. 직시함으로써 극복한다는 것. 그러나 그것은 때로 얼마나 어려운 일인가. 얼마나 자주, 제자리걸음으로 돌아와 있곤 하는가. 이 「어느 날 그는」은 모든 것을 버리는 한이 있더라도 그 '마음공부'에 내 삶을 걸고 싶다고 느끼던 그 봄날들에 씌어졌다.

2. 미문을 쓰지 않되 정확하고 정밀하게 묘사할 것, 묵묵한 어조로, 철저히 절제된 가운데 태식의 '눈뜸'의 순간을 설명하지 않고 '깊숙이 보여 줄' 것, 모든 것을 버린 뒤에라도 '파란 돌'을 줍기 위해 되돌아와야 하는 인간 조건의 상징으로서 민화의 이미지를 살릴 것—이 소설을 쓰는 동안 염두에 두고 놓치지 않으려 했던 것들이다. 제목을 「파란 돌」로 고칠까 하는 생각도 중간에 잠시 했지만 처음의 계획대로 「어느 날 그는」으로 했다.

눈을 뜬다는 것은 그야말로 '어느 날' 문득 일어나는 순간의 일이다. 그러나 그 순간이 있기까지 우리는 응시해야 한다. 고통의 밑바닥까지 정직하게 내려갔다 올라오는 용기가 필요하다. 이 과정에서 침묵과 응시는 서로를 필요로 하는 근친의 것들이다. 태식에게는 말이 없고, 민화의 삶은 일체의 도덕관념이나 세간의 법칙들로부터 한 발짝 물러선 자리에서 바라보는 낮은 응시로 이루어져 있다. 그들의 동거와 파국이 그 자체로 하나의 상징이 되기를 나는 바랬다. 삶의 이면으로 잠수해 들어간 태식이 찾아 낸 아름다운 한 순간의 힘이 눈물겹게 뜨거운 것이기를 바랬다.

3. 불교 공부에 처음 관심을 가지던 때였고, 승려나 절 풍경 혹은 불경의 글귀가 한 마디도 나오지 않는, 그러나 불교철학을 내면화한 소설을 쓰고 싶었던 때였다. 그 시절 나에게 힘이 되어 주었던 책들을, 잎눈 핀 나무들을, 이른 봄날의 햇볕을 마치 수년 전의 일이었던 것처럼 아득히 기억한다.

'눈을 감아 보자, 지금 나에게 무엇이 가장 절실한가. 그 절실한 것을 쓴다.' 처음 소설을 쓰기 시작할 때부터 내가 간직해 온 화두다. 그 절실한 것 이외의 모든 것을 하나씩 하나씩 지워 간 뒤, 마침내 그 절실한 것마저 지워 버린 뒤 돌아와야 한다. 다른 길들이 모두 지워져 더욱 선명하게 보이는 그, '절실할 것 없이 절실한' 길로.

갈수록 어려운 길이라는 생각이 든다.

송경아

서울에서 출생. 연세대 전산학과를 졸업했다. 1994년『상상』에 「청소년 가출 협회」를 발표하며 등단하여, 창작집으로『성교가 두 인간의 관계에 미치는 영향에 대한 문학적 고찰 중 사례연구 부분인용』, 『책』,『엘리베이터』 등이, 장편소설로 『아기찾기』,『테러리스트』 등이 있다.

바리—길 위에서

두 여행자는 차창 밖을 바라보고 있었다. 한 여행자는 긴 머리를 뒤로 묶고 체구가 크다. 체구만큼이나 큰 가슴과 흰 얼굴에 달린 짧지만 잘 다듬어진 턱수염이 눈에 뜨인다. 양성인간이다. 다른 하나는 햇빛에 그을은 듯한 갸름하고 가무잡잡한 얼굴과 마른 몸집을 하고 있다. 검은 머리는 짧게 커트되어 있다. 둘 다 긴 여행에 걸맞은 옷차림을 하고 배낭 하나씩을 들고 있다. 초고속으로 운행하는 차의 승객은 그들 둘뿐이었다. 창 밖의 경치는 차의 높은 속도 때문에 식별하기가 어려웠다. 그저 푸르고 노란 빛들이 가닥가닥 갈라져 차를 휩싸고 드는 것만 같았다. 푸른 것은 숲, 노란 것은 그 사이를 흐르고 도는 안개려니 하고 바리는 생각했다. 그러나 지금 그녀는 바깥 경치보다 바로 손위 언니인 석금이 한 말에 더 관심이 있었다.

"그럼 우리가 지금 가는 것도 아무 소용이 없단 말이에요, 석금 언니?"

바리는 까맣고 반짝거리는 눈을 커다랗게 떴다. 석금은 동생을 보며 고개를 끄덕이고, 걸걸한 목소리로 대답했다.

"그래, 예쁜 동생아. 네가 생각하듯이 그렇게 간단한 일이 아니란다. 단순히 서천서역국에 가서 불로초와 불사약만을 가져온다고 되는 일이 아니야. 그보다 훨씬 더 미묘한, 그리고 정치적인 데이터 흐름(data flow)의 문제야."

그리고 석금은 입을 다물어 버렸다. 바리는 질문을 더 하고 싶었지만, 어떻게 질문을 해야 자신이 원하는 답을 얻을 수 있을지 알수 없었다. 석금은 바위처럼 단단하게 침묵을 지키고 있었다. 바리는 검은 턱수염을 기른 석금의 얼굴을 다시 한번 아쉽게 바라보았다. 바리가 어떻게 질문을 해도 해답은 얻을 수 없으리라는 것, 설령 바리가 석금에게서 해답을 얻는다고 하더라도 그 해답을 바리 자신의 내부에서 연산해서 유용한 결과로 바꿀 수 없으리라는 판단이 석금의 얼굴에 결연하게 씌어 있었다. 바리는 한숨을 쉬고 다시 시선을 창 밖으로 돌렸다.

가끔가다 분간하기 힘들 정도로 작은 검은색 점도 스쳐 지나갔다. 꽤 큰 점도 있었다. 그것은 빠른 속도로 스쳐 지나가는 새들이었다. 새들은 보통 두 가지 역할을 한다. 그 속도 때문에 새들은 간단하고 빠른 정보를 먼저 전하는 역할을 맡거나, 초기 조건에 민감한 작은 서브루틴으로서 테스터 내지 파수꾼의 역할을 했다. 그러나 바리는 그것도 알지 못했다. 그녀는 사흘 전까지 그녀 자신 외의 다른 정보를 거의 접해 본 일이 없었다. 그녀는 고립자였고, 처리할 변수가 외부에서 주어지지 않은 서브루틴이었고, 아무 곳도 가리키지 못하고 고립된 산과 동굴 속에서 지워지기만을 기다리던 포인터였다. 어머니 길대부인이 그녀를 다시 불러 주지 않았다면 그녀는 쓸데없이 세계의 기억 장소만 차지하고 아무것도 하지 못하는 허수아비(dummy)가 되었을 것이다.

그리고 그녀가 불라국에 들어가서 본 세계! 아! 바리는 그렇게 아름다운 세계를 본 적이 없었다. 잉여도 없고 부족도 없었다. 모든 사람들은 세계 안에서 나름대로의 역할을 수행하고 있었다. 사람들은 변수로서 다른 프로그램의 다른 사람들과 접촉하며 자기 삶을 살아갔고, 물건들은 상수였다. 부패하지도 퇴색하지도 않았다. 그 모든 것이 우주가 요구하는 한 가지 결과를 얻어 내기 위해 움직여 가고 있었다. 전 우주를 수행하는 하나의 프로그램! 불라국의 중요성은 절대적이었다. 가끔 에러가 나면 시스템은 가장 신속하고 가장 완벽하게 에러를 수정할 수 있는 방법을 스스로 고안해 실험했다. 시스템은 작성된 곳까지 항상 분석되고 분석을 토대로 작성되었기 때문에 대부분 에러를 두 번 수정할 필요는 없었다. 어린아이들은 가끔 문법에 관한 초보적인 오류를 저지르기도 했지만, 모두 너그럽게들 봐주고 있었다. 문법은 문제가 아니다. 그들이 어떤 창조적 의미를 가지고 불라국에 도달해서 어떤 의미로 쓰이게 될 것인가가 중요했다. 모두가 미래를 생각하는 세계! 수천 수억 번이나 다시 실행할 수 있는 우주를 위한 거대한 프로그램!

모든 일의 처리가 빠르고 화려한 궁중에서 바리가 처음 자신의 언니들에게 그런 감정을 털어놓았을 때, 여섯 언니들은 모두 바리를 좋아하고 있었음에도 불구하고 낄낄 웃었다. 마침내 바로 손위 언니인 석금이 난처한 듯 말했다.

"음, 바리야, 우리 모두 널 좋아하지만 네 오류나 정보부족까지 좋아할 수는 없는 일이지. 사정은 좀 복잡해. 아마 네가 여기서 조금더 살면 알게 되겠지만, 그렇게 낙관적이지만은 않아. 아직은 모르겠지만 우리 불라국은 병에 걸렸어. 전 세계라는 네트워크가 병에 걸렸을지도 모르지. 정보들, 그러니까 우리들의 삶은 끊임없이 조금씩 분실되고 파손되고, 사람들은 자기 목적지를 향해 가다가 목적지가 어디인지 잊어버리고, 그 중 어떤 것들은 복구 불능일 때마저 있단다. 네 말대로 하자면 여기는 병에 걸린 사람 같은 건 없어야 해. 하지만 당장 우리의 아버지인 오구대왕도 병에 걸려 있잖니. 그래서 우리도 지금 어떻게 운신을 못하고 허공에 매달려(dangling) 있는 상태야. 부모 프로그램에게 문제가 생기면 문제를 수정하기 전까지 자식 루틴들은 보통 쓰일 길이 없는 법이지."

바리의 얼굴이 창백해졌다. 맏이인 천상금은 바리의 후리후리한 키와 가무잡잡한 얼굴을 부면서 어깨를 으쓱했다. 어린아이들은 자신에게 주어지는 정보가 부족하거나 질이 낮으면 자신의 추론도 질이 낮아질 수밖에 없다는 것을 잘 인정하려 들지 않는다. 천상금 자신도 자랄 때 그랬고, 바로 밑인 지상금도 그랬고, 여섯째인 석금도 마찬가지였고, 그리고 이제 바리, 16년 만에 다시 불려 온(called) 이 매력적인 아이도 마찬가지다. 천상금은 자매들이 바리를 모두 좋아하고 있다는 것을 알 수 있었다(태어날 때부터 삶의 양성적인 면을 선택한 석금은 바리에게 이성으로서의 매력까지 느끼고 있는지도 모른다). 이 아이는 이직까지는 한 번도 주어진 데이터를 제대로 처리해 본 적이 없었고, 수정 여부에 따라서 꽤 쓸 만한 루틴이 될지도 몰랐다. 아직 많은 사람과 정보들을 접해 보지 못해서 흥분을 잘한다는 단점이 있긴 하지만…… 바리가 떨리는 목소리로 물었다.

"그러면 이 아름다운 체계가 병에 걸려 있다는 말씀이세요? 더구나 우리의 부모가? 언니는 저보다 훨씬 현명하고 많은 것을 아시니까 어떻게 해야 할지도 아시지 않으세요? 아…… 아시다시피 전 아무것도 모르고 실제로 해본 적도 없어요. 하지만 전 어떻게 해서든지 이곳이 치유되었으면 좋겠어요. 만약 이 아름다운 불라국이 그런 병으로 해서 무너지다면 이곳의 사람들은 어떻게 되는 건가요?"

"쓰레기(garbage)—쓸모없는 데이터들의 무너진 폐허가 되는 거야. 우리 중에 운좋은 몇몇 데이터들은 살아남아서 별들 사이를 날아다니며 체계에 소속되었던 과거를 그리워할지도 몰라. 하지만 아무것도 실행하지 못하고 어떤 처리과정에도 끼지 못하는 데이터란 오히려 없느니만 못 한, 독과 같은 존재가 될 거야. 그렇게 우주는 멸망으로 가까워지겠지."

석금이 약간 냉소적인 표정으로 말했다. 별금이 석금의 허리를 쿡 찔렀다.

"혼자 너무 비관적인 체하지 마. 바리가 놀라겠다."

석금은 어깨를 으쓱하며 바리를 쳐다보았다.

"바로 이렇다니까, 바리야. 멸망은 항상 우리 눈앞에 기다리고 있는데도 사람들은 태평으로 살아. 하기야 태평으로 사는 것밖에 다른 선택이 없기도 하지. 정해진 처리과정(process) 안에서 정해진 쓰임에 따라서—. 지금 사람들이 걱정하는 건 단 하나밖에 없어. 그 '정해진 쓰임'에 대한 정보, 아버지 오구대왕께서 병에 걸려 죽어 버리면 어쩌나 하는 것이지. 사실 그것은 세계가 멸망하는 수천 수만의 길 중 한 가지에 지나지 않는다는 걸 사람들은 생각하지 않아요. 어쩌면 그게 현명한지도 몰라. 근본적인 문제들은 언제나 하나의 법칙이야. 어떤 일이 잘못될 가능성이 있다면 그 일은 잘못될 수밖에 없다는 머피의 법칙이라든지, 원인과 결과가 같은 수치의 선상에 존재할 때 그 경로를 따라가는 사건의 곡선을 접하고 지나가는 수많은 우연 중에서는 그 원인과 결과만큼이나 공평한 우연이 하나 이상 존재한다는 중간값 정리처럼. 그 법칙에 저항할 수 없다면 우리에게 주어진 하나의 경우만 생각하는 것도 그렇게 나쁜 일은 아니겠지, 아닐 거야."

"아버지의 병을 고칠 수는 없을까요? 이 불라국의 모든 정보에 대한 정보가 복구된다면 불라국의 병도 낫지 않을까요?"

"뭐…… 고친다면 당분간 훨씬 나아지긴 하겠지. 고치는 방법도 이미 제시되어 있어. 서천서역국이라는 네트워크에 가서 불로초와 불사약을 얻어 오면 된대."

"그건 어떻게 알았어요?"

"어떤 스님이 어머니 꿈 속에 나타나서 그렇게 이야기를 했다더라. 그 스님이 네 태몽에 나타났던 스님과 얼굴이 똑같다는 거야. 어쩌면 시스템 운영자가 변장을 하고 나타나 구원의 손길을 뻗친 거였을지도 몰라.

하지만 우리 중에 서천서역국에 가는 방법을 아는 사람은 아무도 없고, 서천서역국에 간다고 하더라도 그 '불로초'와 '불사약'이라는 것을 얻기가 그렇게 쉬울까? 그것이 한 네트워크의 병을 고칠 수 있을 정도로 희한한 것이라면, 그쪽에서도 그걸 엄청나게 중요한 정보로 취급할 거야. 그쪽의 왕밖에 손대지 못하는 귀중한 것일 수도 있구. 차라리 해답을 몰랐으면 좋았을 텐데, 해답을 알기 때문에 더 속태우는 경우지. 요즘 우리는 어머니를 말리는 데 정신이 없어요. 어머니가 서천서역국에 가시겠다고 난리니…… 아버지가 병든 것도 그렇지만, 어머니가 자리를 비운다면 혼란은 더욱 가중되리라는 걸 어머니는 생각을 안 해. 어쩌면 아버지의 역할은 어머니를 한두 번 순서에 맞게 부르는 것일 수도 있고, 어머니와 아버지가 서로 적절히 자극(invoke)하듯이 부르고 쓰다듬어 주는 것으로 이 프로그램은 끝나는 것인지도 모르는데. 아니, 이런 이야기는 해야 소용없지. 아직 살아 보지 못한 것에 대해서 할 수 있는 말이 어디 있겠어. 그래서 우리는 동화처럼 우리 대신 서천서역국에 가 줄 기사나 기다리고 있는 형편이야. 점점 세상은 더 엉망진창이 되어 가고, 우리가 물려받는 건 그런 세상이야. 젠장."

석금은 과장된 한숨을 푹 쉬었다. 잠시 아무도 말이 없었다.

다음날 바리가 일어났을 때, 길대부인에게서 온 전갈이 도착해 있었다. 바리는 서둘러 옷을 갈아입고 어머니 방으로 향했다.

어머니의 방은 정갈했다. 상당히 큰 방이었지만, 장식은 얼마 없었다. 방은 자신의 기능에 충실했다. 어머니는 만날 사람들만을 만나면 되는 것이고, 나머지는 그 사람들이 알아서 처리할 문제인 것이다. 바리는 16년 동안 헤어져 있던 어머니를 바라보았다. 어쩐지 낯설구나…… 바리는 생각했다. 그녀의 다갈색 얼굴과는 달리 어머니의 얼굴은 희었다. 여섯 언니들의 얼굴도 희었다. 길게 늘어뜨린 어머니의 머리를 보고 갑자기 짧게 깎은 머리가 어색해지는 느낌도 들었다. 그러나 어머니는 어머니였다. 그저께 아침 바리를 처음 발견하고 눈물을 쏟은 것도 얼굴이 흰 이 어머니였고, 지금 햇빛이 쏟아지는 이 하얀 방에서 미소를 지으면서 그녀를 바라보고 있는 것도 어머니다.

"바리야, 일곱 번째 딸아, 불라국은 어땠니? 언니들은 모두 친절하게 해주든?"

"슬픈 이야기를 들었어요, 어머니. 불라국이 병에 걸려 있다는 것이 사실인가요?"

길대부인이 한숨을 쉬었다. 한숨은 커다란 창 밖을 넘어 조용히 사라졌다.

"누가 그런 이야기를 했니? 수다스런 석금이가?"

"그냥…… 언니들한테 조금씩 들은 이야기예요."

희고 커다란 창문 밖에서 꽃향기가 가냘프게 흩날려 들어왔다. 코스모스, 마타리, 국화, 별개미취, 초롱꽃…… 가을 꽃들이었다. 가을의 문턱을 지키는 이들이 하나씩 떨어져 갈 때가 되면 겨울이 조금씩 다가올 것이다. 길대부인도 꽃향기를 느낀 듯, 아무 말도 하지 않았다. 바리가 헛기침을 하며 말했다.

"저 많은 꽃 중에 불로초가 하나도 없다니, 너무 안타까운 일이어요."

길대부인의 큰 눈에 물기가 서리기 시작했다. 저 눈만은 어머니를 닮았구나. 자신의 커다란 눈을 의식하며 바리가 생각했다. 길대부인이 울음에 꽉 막힌 목소리로 말했다.

"바리야, 바리야. 아픈 이야기는 우리 하지 말도록 하자꾸나. 고칠 수 없는 병에 대한 기약 없는 이야기를 너한테까지 들어야 한다는 건 너무 힘들어……."

"아녜요, 어머니. 제가 말하려던 건 그게 아니었어요. 제가 서천서역국에 가도 된다는 허락을 해달라는 거예요."

"네가?"

길대부인의 어조가 미묘하게 높아졌다.

"아시잖아요, 어머니. 전 지금까지 불라국에서 아무런 연결도 맺지 않고 잘 살아왔어요. 아버지께서 병에 걸리셨다고는 하지만 아직 불라국은 그럭저럭 돌아가고 있어요. 아버지의 병이 나으면 더 잘될 거예요. 불라국에서 지금 어느 누가 사회적인 그물망에서 효용가치가 없는 사람이 있겠어요? 저는 지금까지 없었던 사람이니 괜찮을 거예요. 저 하나 없다고 해서 불라국에 큰 기능상 장애가 생기지는 않잖아요. 별일은 없을 거예요."

수많은 눈물과 한숨, 비탄, 그리고 설득. 마침내 바리는 서천서역국으로 떠날 여장을 챙길 수 있었다. 그때 석금이 바리의 방으로 들어오면서 "자, 떠나자!" 하고 외친 것이다. 바리는 어리벙벙했고, 석금의 손에 들린 배낭을 보았다.

"언니가 왜? 언니는 남아 있어야죠."

"내가 왜? 내가 왜 남아 있어야죠?"

석금은 입술을 비죽이며 바리의 어조를 흉내냈다.

"애, 바리야, 내 말 좀 들어 봐. 내가 왜 여기 남아 있어야 한단 말이냐? 나도 아직 사용되는 인간들의 그물망에 들어가려면 멀었어. 난 지금 대학에 다니고 있고, 사회에 들어가려면 유예 기간이 2년이나 남았지. 더구나 난 뭐지? 아무것도 아니야. 태어날 때 양성으로서의 삶을 선택했기 때문에 아들도 아니고 딸도 아니야. 더구나 네가 있기 때문에 막내조차도 아니지. 언니들은 결혼이라도 해서 각자 지니는 사회적 위치가 있지만, 난 잉여적인 존재일 뿐이야. 어떤 손이 나를 세계에서 삭제해 버린다고 하더라도 난 불평할 자격도 없어. 내가 여기 있는 이유는 단지 너를 일곱 번째 딸로 만들기 위해서, 다만 그뿐일지도 알 수 없는 일이야. 네 말마따나 없어도 사회 전체의 기능상 장애를 일으키지 않는 사람이 서천서역국에 가야 한다면, 제일 먼저 가야 할 사람이 나라구. 다만 내게는 지금까지 별 동기가 없었던 것뿐이지. 지금 내가 널 따라간다는 것도 아버지 병을 고치겠다는 게 아니고 그저 널 따라간다는 거야. 그래서 내가 너를 따라가서 내 힘닿는 대로 지켜 주겠다는데, 네가 지금 반대하겠다는 거니?"

그렇게 떠나 온 것이 오늘 아침이었다. 불라국은 넓고도 넓었다. 이제야 바리와 석금은 불라국 국경에 가까워지고 있었다. 가끔 길이 험해서 지체되는 경우도 있었지만, 패킷으로 그럭저럭 갈 만한 길이었다. 수도에서 국경까지 가는 패킷은 딱 하나뿐이었다. 그나마 3, 4개월마다 한 번씩 승객의 유무를 체크하는 것에 그치는 명목상의 운영이었다. 불라국 국경 밖은 지옥처럼 여겨지는 미지의 세계여서 불라국 국민이라면 아무도 갈 생각을 하지 않았다. 길대부인은 불라 데이터 링크 회사에 연락해서 오늘 아침 바리와 석금이 탈 임시 운행 패킷을 하나 마련했다.

바리는 다시 석금의 얼굴을 바라보았다. 석금의 얼굴은 아무리 바라보아도 싫증이 나지 않았다. 저 얼굴 속에 어떤 수수께끼가 숨어 있을까. 내가 완전한 정보체로 기능하기 전까지 석금 언니에게 배울 것은 얼마나 많을까. 하나의 정보체, 다른 데이터들과 연결(link)되고, 서로 연결된 속에서 사회적 존재로서 쓰임을 갖는다…… 언제쯤 그렇게 될 수 있을까.

"왜 그런 길을 택했을까?"

석금이 입을 열었다. 멍하니 있던 바리는 깜짝 놀라 앞좌석에 머리를 부딪칠 뻔했다.

"네?"

"옛날 이야기를 잠시 생각하고 있었어."

"어떤 옛날 이야기요?"

"우리가 잠이 안 와 칭얼거리고 있을 때마다 어머니가 해주던 이야기야. 너는 태어나자마자 버려졌으니 들을 수가 없었겠지. 인간이 정보체로서의 스스로를 자각하기 전, 어떤 수도승 이야기야."

"수도승이라……."

"일종의 성자라고 해두자. 어쨌든 그는 다른 수도승보다 꽤 덕이 높았다고 하니까. 그 성자는 다른 누구도 찾아와서 그에게 정보를 전해 줄 수 없고 아무도 그를 사회적, 유기체적인 망에 들어오라고 초대할 일 없는 사막에서 살고 있었어."

"그런 삶이 가능한가요?"

"옛날에…… 인간들이 정보를 만들어 내고 정보를 수송해서 세계에 새롭고 유용한 정보를 보태는 존재로서의 자기 자신을 부정하는 것이 하느님에게 조금이라도 더 가까워지는 길이라고 생각한 때가 있었어. 그 성자도 그런 생각을 하며 자기 딴에는 하느님을 열심히 섬기며 살고 있었지. 그런데 그 성자에게 세 번의 유혹이 닥쳤던 거야."

석금은 침을 삼켰다. 바리는 멍하니 기계적으로 창 밖을 바라보며 석금의 말을 재촉했다.

"그래서요? 세 번의 유혹을 이겨 내고 그가 신에게 도달했나요?"

"그가 신에게 도달했는지 하지 않았는지가 요점이 아니야. 문제는 그에게 다가왔던 세 번의 유혹과 그가 거기서 벗어나왔던 방법이야.

첫 번째는 물론 성과 타락이었지. 좋은 술과 고기, 아름답고 사근사근하고 지적인 여자들이 그에게 다가왔어. 자기 개체를 번식시키려는 욕망은 그 종교를 따라 수행해야 하는 수도승들에게는 정말로 죄악이었지. 그는 잘 견뎌 나왔고, 자기 재산을 몽땅 수도원에 기증해 버렸대. 그건 별로 중요한 것이 아니야.

두 번째는 좀더 심각한 거였어. 악마들이 그에게 평범한 삶에 대한 욕구를 느끼게 만들었던 거야. 물론 악마들이 그 욕구를 만들어 낸 건 아니고, 그의 마음속에 있었던 욕구를 좀더 예민하게 느끼게 해준 거겠지. 난 그 점에 있어서 그가 악마들에게 감사해야 한다고 생각해. 둔감한 인간이 신에 가까이 갈 수 있다는 생각 자체가 난 신성모독이라고 생각해. 악마가 그를 예민하게 만들어 줬다면 악마에게 감사할 건 감사해야지. 그래서 그는 평범한 삶에 대한 욕구를 느꼈어. 잘 절제되고, 다른 사람들과 노이즈 없는 깨끗한 정보들을 교환하고, 집에 돌아오면 순결하고 정숙한 아내와 자식들이 기다리고 있는 꿈을 꾼 거지. 그는 그것도 그럭저럭 잘 빠져 나왔어. 그의 생명과 감각과 두뇌를 오직 신과 우주에 집중하기로 했대. 신과 우주에게서 도대체 어떤 보상을 그가 기대했는지는 아무도 모르지."

"흠…… 그리고요?"

"세 번째는…… 세 번째 유혹이 가장 심각했지. 늘 그렇듯이 말야. 세 번째로 등장한 악마는 지금까지와는 모습부터 달랐지. 밤의 입구에서 불꽃에 싸여 나타나는 그의 검고 거대한 모습은 웅장했고, 어쩌면 성스럽기까지 했어. 성자는 자기도 모르게 성호를 그었지. 그 성호가 신의 가호를 바라 그은 것인지 악마의 신성성에 놀라 그은 것인지는 성자 자신도 몰랐대. 악마가 말했어.

'당신을 여자나 평범함 따위로 유혹하려 든 건 내 실수였소. 인정하지요. 그래서 내가 가지고 있는 것 중 가장 괜찮은 품목을 당신에게 제공하기로 했소.'

성자는 평범한 삶에의 유혹이 견디기 힘들 정도로 큰 것이었다고는 그에게 말하지 않았어. 다만 그는 이렇게 말했지.

'어떤 품목?'

악마가 빙그레 웃었어. 그의 미소는 황금빛이었어.

'나는 아무것도 바라지 않소. 전통적인 거래방식인 영혼이나, 배교나, 그 외 모든 것을. 다만 나는 당신에게 한 가지 역할만을 제공하겠소. 당신은 그 역할에 충실하기만 하면 되는 거요. 그게 내 거래조건이오. 내가 당신에게 제공할 역할은 이런 거요. 세계를 구원하기.'

그리고 천둥과 함께 그는 사라졌어.

성자는 생각에 잠겼지. 이건 그에게 어려운 시험이었어. 어째서인지 악마가 세계를 구원할 능력을 그에게 줄 수 있다는 것을 그가 믿어 의심치 않았기에 그의 시련은 더욱 혹독했지. 그는 초라한 동굴 안에서 생각하고 생각하고 또 생각했어. 다음날 저녁놀이 질 때까지 아무것도 먹지 않고 묵상에만 잠겼어. 물론 그것이 그에게 어려운 것은 아니었을 거라고 생각해. 그는 기본적으로 일주일에 이틀씩은 신에게 바치는 단식과 묵상을 하고 있었고, 한 달마다 또 특별한 단식을 일주일씩 행했으니까.

마침내 똑같은 시간에 악마가 다시 나타났어. 악마는 제안이 거절 당하리라고는 절대 생각하지 않는 확신의 미소를 지으며 말했어.

'어떻소? 세계를 구원할 결심은 섰소?'

성자는 고개를 들었어. 그의 머리 뒤에는 후광이 빛나고 있었어. 성자는 주름진 얼굴에 어린애같이 소박하고 짓궂은 미소를 지으며 악마에게 반문했어.

'왜 내가 세계를 구원해야 하지요?'

악마는 아무 말도 못하고 사라져 버렸어. 이렇게 해서 성자는 세 가지 유혹을 다 빠져 나왔지. 그래서 그는 천국에 갔는데, 천국에서 하느님이 그에게 맡긴 역할이 무엇이었는지 알아?"

바리는 고개를 저었다. 석금이 웃으며 말했다.

"하노이의 '탑 원반을 옮기는 역할이었대."

(주—세 개의 다이아몬드 기둥이 있고, 제일 왼편 기둥에는 64개의 금으로 된 원반이 꿰어져 있다. 규칙은, 한 번에 하나의 원반만을 움직일 수 있으며 큰 원반이 작은 원반 위에 올라와서는 안 된다는 것이다. 이렇게 해서 모든 원반을 왼편 기둥에서 가운데 기둥을 이용해 오른편 기둥으로 옮겨야 한다. 브라흐마 사원의 사제들은 끊임없이 이 원반 옮기기를 반복하고 있으며, 이 원반 옮기기가 끝나면 세계는 멸망한다고 한다.)

바리는 웃음을 터뜨리고야 말았다.

"정말 우스운 이야기예요. 그 시대의 사람들이란! 그 사람이 도대체 무얼 원했을까?"

"아무도 모른다고 했잖아. 혹은 모르지. 시공간을 신이 창조할 때의 비밀스런 순간을 조금이라도 엿보고 싶었을지."

"그렇지만 그런 건 없잖아요. 시간과 공간이라는 것은 충분히 이산적인 점들의 집합이고, 창조란 그 점들에 의미를 부여하는 행위, 신은 자기 자신이 들어 있는 시스템 안에서 새로운 조그만 시스템을 만들어 내는 사람일 뿐이잖아요. 불라국에도 자기 시스템 내에서 신노릇을 하는 사람들은 꽤 많은 것 같던데."

그러나 석금은 더 이상 웃지 않았다. 유리에 물든 저녁놀에 비치는 석금의 이마에는 생각에 잠길 때 보이는 가는 주름이 이리저리 얽혀 있었다.

"그게 중요한 게 아니야. 바리야, 세계가 멸망하는 원인에 나는 나 나름대로 두 가지 가설을 세워 봤어. 이 세계, 이 시스템에 어쩌면 레지스탕스가 있는지도 모른다는 게 그 하나지. 그 레지스탕스들은 혼란을 가중시키고 연산에 오류를 범하게 하기 위해서 자기 자신의 의미를 상실해 버리려고 기를 쓰는 사람들이야. 그들은 시스템 내부에서 정치적인 자살을 하면서, 우리의 기억장소들을 조금이라도 더 점령해 버리고 부동소수(floating point)들의 오차 한계를 조금이라도 더 늘리려고 노력하는 사람들이야. 그들이 이루려고 하는 세계가 무엇인지는 나도 몰라. 그들이 세계를 이루려고 하는 건지, 아니면 단지 이 시스템을 망가뜨리는 것에만 집착하고 있는지도 모르겠어. 이건 내 가설일 뿐이니까.

또 하나는 이 세계, 이 우주, 이 시스템, 네가 무어라고 불러도 좋은데, 하여간 우리를 둘러싸고 있고 우리도 포함되어 있는 이곳이 처음부터 잘못된 프로그램이었다는 거야. 혼란은 우연히 생겨 난 것이 아니고 혼란의 정도가 점점 가중되도록 프로그램이 진행되고 있다는 것. 그렇다면 성자의 의문은 맞아. 세계를 구원하는 행위가 신이 프로그램한 것의 목적을 저지하는 것뿐이라면, 왜 그가 그 역할을 맡아야 했겠어? 단지 그 역할을 맡는다는 것만으로 악마는 그의 영혼을 빼앗고 그를 배교시키는 것 이상의 일을 충분히 해낼 수가 있는데?

네가 불라국을 구한다고 서천서역국으로 떠나는 것 자체가 그 유혹에, 성자가 벗어난 마지막 유혹에 빠져 버린 건지도 몰라, 바리야. 넌 시스템의 유혹에 빠진 걸지도 몰라. 그런 생각을 하고 있었어."

"언니는 그럼 내가 돌아가야 한다고 말하는 건가요?"

"아니, 돌아가건 돌아가지 않건 큰 차이가 없을지도 모른다는 이야기를 하고 있는 거야."

석금은 바리를 지그시 바라보았다. 바리의 눈에 이해했다는 빛이 떠오르지 않자, 그녀는 바리의 어깨에 손을 얹었다.

"바리야, 내 귀여운 동생아. 난 널 정말 좋아해. 내가 불라국을 떠나서 널 따라오겠다고 결심한 건 순전히 너 때문이야. 네가 어떻게 들을지는 모르지만, 난 우리 불라국이나 어머니나 아버지한테도 관심이 없어. 지금 내 앞에 나타난 새로운 개체(object)인 너만이 내 관심을 끌 뿐이야. 그래서 네가 가는 길을 쫓아왔지만, 네가 처음부터 완전히 잘못된 목적 때문에 이 길을 떠나지 않았나 하는 생각이 들면 나 자신도 무서운 혼란에 빠지는 거야.

넌 다른 개체들에게서 찾아볼 수 없는 특성이 있어. 호기심과 지적 욕구지. 호기심과 지적 욕구는 같은 것 같으면서도 달라. 호기심은 어떤 사건, 우연히 일어나는 어떤 사고들에 대한 관심이지. 그런 것에만 집착하는 개체들은 꽤 보아 왔다고 생각해. 그런 사람들은 결국 호사가나 수집가밖에는 되지 못 해.

지적 욕구는 조금 다른 거야. 지적 욕구를 가진 개체들은 자기 자신을 확장할 줄 알아. 그들은 어떤 사물을 바라보는 것에 그치지 않고 그 사물 뒤에 있는 의미를 바라볼 줄 알아. 바라보려고 노력해.

그리고 그것을 자기의 일부로 만들고 자기 자신의 용량을 더욱 넓히고 연산 속도를 빠르게 만들어. 그것이 무엇을 의미하는지는 나도 몰라. 어쩌면 그것은 개체가 새로운 네트워크로까지 발전하는 것, 한 사람이 자신의 왕국을 자신 안에 가지고 있는 것을 의미하는 건지도 몰라. 좀더 크게 말하자면, 한 사람이 온 우주를 자기 안에 포용하게 되는 경지에 이를지도 몰라. 난 네가 그런 경지에 도달했으면 좋겠어."

둘은 잠시 아무 말 없이 차창 밖으로 스쳐 지나가는 수많은 빛가닥으로 보이는 경치를 바라보았다. 갑자기 차의 속도가 느려지며, 칙칙 갈라지는 안내 방송이 나왔다.

"이 직행 패킷의 종점인 불라국 국경입니다. 불라 데이터 링크 회사를 이용해 주신 여러분께 감사드립니다. 불라 데이터 링크 회사는 지금까지 10,000,000cps의 속도로 여러분을 모시고 왔습니다. 본 회사는 4년 전부터 프레임 릴레이 방식을 채택하고 있습니다. 국경을 넘어가실 때는 패리티 검사를 잊지 마시……"

바리는 속으로 다른 생각을 하고 있었다. 패킷이 멈추고 난 차창 밖은 이미 밤의 짙은 암흑으로 덮여 있었다. 그 어둠을 보며 바리는 자신이 자라 왔던 산 속에서의 생활을 생각했다. 동물들의 영역을 침범하지 않으려고 노력하며 돌아다녀야 했고, 때때로 비가 내리면 낮과 밤을 구분하기 힘들었던 동굴 속에서 보내야 했던 정체의 생활. 산신령이라고 자처하는 인물이 잠깐씩 들러 그녀에게 아주 초보적인 지식을 조금씩 가르쳐 주기는 했었다. 매개변수(parameter)를 받아들이는 법, 생각의 가지들을 따라가 어떤 경우의 수를 배제하는 법, 간단한 반복적인 일들을 실행하는 법, 사람들끼리 서로 상대방의 의견을 들어 주며 이야기할 때 어떻게 끝도 없는 순환논법에 빠지지 않고 상대방의 추론을 자기의 지식으로 삼는가, 외부에서 받아들인 비슷비슷한 종류의 데이터들을 여러 개의 칸으로 된 하나의 기억 장소 배열에 저장하는 법, 그렇게 받아들인 데이터를 중요한 순서대로 정렬하는 법…… 하지만 그는 가장 초보적인 것만을 가르쳐 주고 떠나가 버렸고, 불라국에서는 배워야 할 것들이 너무나 많았다. 가장 중요한 것은 지금 석금이 이야기한 것처럼 혼란되고, 논리에 맞지 않는 것처럼 보이고, 어쩌면 상호배제적으로 보이는 이야기들 사이에 세워져 있는 하나의 논리, 가상적으로 세워져 있는 우주의 논리를 바리가 스스로 터득해 내는 것이었다. 그것이 언제 이루어질지는 알 수 없었다. 바리는 한숨을 쉬었다.

패킷에서 내렸을 때, 그들에게 주어진 것은 아무것도 없었다. 암흑 속에서는 불라국 국경을 벗어났는지 벗어나지 않았는지조차 분간하기 어려웠다. 만약 국경을 벗어났다면 그들은 이제 여섯째 공주와 일곱째 공주가 아닌, 어떤 망 속에도 속하지 않은, 아무 짝에도 쓸모없는 정보들일 것이었다. 벗어나지 않았다고 해도 이 암흑 속에서는 분간할 길이 없었다. 석금이 바리 쪽으로 얼굴을 돌렸다. 바리는 그녀의 하얀 눈자위만 간신히 알아볼 수 있었다.

"여기서 더 가는 건 힘들 것 같다. 좀 자는 게 낫겠어."

"노숙을? 언니가 할 수 있겠어요? 나야 산에서 자랐으니까 괜찮지만."

"염려하지 마. 내가 너보다 더 잘 잘걸. 난 보이스카우트 대장도 해봤어."

대강 평평한 자리를 고른 뒤, 둘은 침낭을 폈다. 이미 꽤 쌓여 있는 갈색 낙엽들 위에서 갈색 침낭은 부드럽게 그들 둘의 몸을 감싸 주었다. 바람과 함께 나뭇가지 사이로 달이 천천히 움직였다. 두터운 구름 사이에서 달이 간간이 뿌려 주는 은빛이 그들의 몸 위에 희미하게 비치곤 했다.

시간이 흐르자 바리의 호흡이 달빛을 따라 점점 고르게 흩뿌려지기 시작했다. 잠을 이루지 못하고 눈만 감고 있던 석금이 살그머니

침낭을 들췄다.

"바리야, 자니?"

아무 대답이 없었다. 석금은 살짝 침낭에서 빠져 나와 바리의 얼굴을 지켜 보았다. 머리를 짧게 깎은 바리의 얼굴은 명멸하는 달빛 아래서 창백하고 연약해 보였다. 석금은 자신의 턱수염을 단단히 잡아 바리의 얼굴을 스치지 못하도록 하고, 조심스럽게 부드럽게 그녀의 이마로 입술을 옮겼다. 아마 바리는 꿈 속에서 아주 작은 미풍이, 귀엽고 장난스러운 바람이 이마를 스치고 지나갔다고 생각할 것이다. 석금은 웃으며 작은 소리로 속삭였다.

"이봐, 심각해지기도 좋아하고 흥분 잘하는 동생아. 우리 우주는 하나의 목적을 위해 프로그램을 실행하고 있는 거대한 컴퓨터지. 또 알겠니. 그 프로그램이 단지 너를 하나의 별로, 밝고 빛나며 천체의 운행을 감독하는 중심에 있는 별로 만들어 주려는 목적에서 짜여진 건지. 아니면 우리는 중간 연산과정에서 잠깐 쓰이다 버려지는 무가치한 존재일지도 모르고. 나한텐 상관없는 일이지만, 넌 아직 의욕이 있어. 난 새로울 것 없는 외부에 이르는 채널을 슬슬 닫아 가고 있는 중이지만, 넌 호기심이 있어. 삶을 처음 시작하는 사람들한테 호기심은 참 강력한 무기란다. 잘 자라. 내일부터는 정말 아무도 가 본 일없는 새로운 세계로 들어가야 하니까. 잘 자. 귀여운 동생아. 내가 지금까지 네가 들어 보지 못한, 하지만 네가 잘 알고 있을 자장가를 들려 줄게."

계속 구름이 덮여 있는 어두운 밤 하늘 아래에서 별을 불러 내려는 듯, 석금은 조용히 중얼거리기 시작했다.

"옛날 옛적에 불라국이라 하는 나라에 오구대왕이 있었단다. 오구대왕은 왕위에 올라 길대부인과 결혼하여 세상 만사 부러울 것이 없는 한 나라의 왕이 되었으나 27세가 되도록 슬하에 자식이 없어 걱정이었는데, 그러는 중에 날이 가고 달이 가고 또 해가 가서 십수

년이 그대로 흘러갔단다······."

거대한 밤은 누워 있는 한 사람과 앉아 있는 한 사람의 입술에 똑같이 입을 맞춰 주며, 자신의 영역을 조용히 돌아보고 있었다. 어디에서 흘러내리고 있는지 모를 냇물과 이끼가 덮인 바위 사이로, 가만히 잠들어 있는 새들 사이로, 비단결 같은 밤의 고요를 깨고 석금의 중얼거림은 조금씩 퍼져 나간다. 끝도 없는 우주의 공허와 침묵 사이로, 풀린 문제와 영원히 풀리지 않을 문제들 사이로, 이미 알아버린 것들과 알려지지 않은 것들 사이로, 그들은 내일 아침 일어나 또 모험을 계속할 것이다. 세월은 그렇게 흘러갈 것이다.

(『문예중앙』, 95. 9.)

'바리 공주 무가'에서 찾은 세계에 대한 탐색

송 경 아

「바리—길 위에서」를 쓸 때 나는 소설가로서 햇병아리에 불과했다. 병아리야 1년 있으면 중닭을 넘어 다 큰 닭이 되지만, 등단한 지 1년 된 소설가라는 것은 대부분의 경우 아직 자신의 가치를 증명하기에는 너무 어린 입문자에 지나지 않는다. 자기 글 빼놓고 웬만한 작품들은 눈에 차지 않는 건방진 때이고, 대가와 거장들의 빛나는 작품은 격려가 되기보다는 자신의 한계를 되돌아보게 하는 두려운 장애물이기 십상이다. 그러나 때로 그 서투름과 건방짐이 새로운 세계를 찾아가는 첫발이 되기도 한다. 무수한 걸작들을 대하면서도 거기에 끌려가지 않고, 남들과 다른 것을 어떻게 쓸 것인가, 나에게 세계의 의미는 무엇인가, 이런 질문을 끊임없이 자기 자신에게 던져 볼 수 있는 직업은 흔치 않다.

나에게 그 시절은 '탐색'이라는 한 마디로 요약될 수 있다. 세계는 어떤 곳인가? 그 안에서 나 자신은 무엇인가? 내가 가야 할 길은 어느 쪽인가? 나는 왜 그 길을 가야 하는가? 전공과는 별 상관 없는 직업의 첫발을 내딛는 내게 쏟아진 것은 이론적으로는 청소년 시기에 다 해결해야 하는, 그러나 나에게는 스물 네 살임에도 불구하고 절실히 다가오는 문제들이었다. 나에게 절실한 문제였기에 한참 동안 나는 '탐색'이라는 주제에 골몰했다. 길을 떠난다. 익숙한 세계에서 불안과 알지 못하는 세계로 몸을 던진다. 그렇다면 그것은 왜인가? 길 떠나는 자는 왜 길을 떠나는가? 로드 무비 속의 주인공들을 제외하고 현대에 진정한 의미로서의 길 떠나는 자가 존재할 수 있을까? 지구상 곳곳에 인간의 발길이 닿지 않은 곳이 없는 지금, 안전이 보장된 여행이 아닌, 미지의 영역에 대한 탐사가 가능할까? 가능하다면, 그의 길떠남은 어떤 것일까? 그의 불안은? 그가 찾고자 하는 성공은? '탐색'이라는 주제를 진지하게 생각한다면 누구나 당연히 떠올릴 수 있는 질문들이다. 그러나 그때 당시의 내 처지에 합치하는 질문들이었기에, 나에게는 '당연히 떠오름' 이상의 의미를 가졌다. 그 질문들이 스스로의 이야기를 가지고, 생동감을 가지고 가슴속에서 자라나고 있었던 것이다.

이 질문들이 어느 정도 자라나 익었다고 느껴졌을 때, 나는 둘 중 하나를 결정해야 했다. 이 질문들을 이야기 속에 담을 것인가, 부족하나마 질문들의 해답을 담을 것인가. 얼마 망설이지 않고 나는 전자를 택했다. 내가 아는 것만큼만 이야기하는 것이 인간으로서도, 소설가로서도 솔직한 일이라고 생각했기 때문이다. 그때 당시 머리 속에서 어렴풋이 결정해 놓았던 것은 '길을 떠나는 여자아이가 있다'는 한 가지 사실뿐이었다. 그 안에 이 질문들을 담아야 했다. 사족을 붙이자면, 나는 주인공으로서 여자아이를 선호한다. 여자아이란 권력 바깥에 있으며 권력을 승계받을 희망이 없는 국외자이다. 그렇기 때문에 세계를 다른 시각으로 볼 수 있는 가능성이 있으며, 누군가(아버지? 남편? 기타 가족? 생활이 요구하는 역할?)에게 소유되지만 않는다면 길을 떠나기도 쉽다. 그러나 현실에서 이렇게 누군가에게 소유되지 않은 여자아이란 너무나 예외적인 존재이다. 길을 떠나는 여자아이를 주인공으로 한 수많은 이야기가 떠올랐지만 대부분 '그녀는 어떻게 아무에게도 소유되지 않을 수 있었는가?'라는 물음에서 좌초해 버렸다. 그 부분에서 개연성이 확보되지 않는다면 이야기 전체가 흔들리기 때문이다.

그러던 어느 날, 도서관에 들러 책을 뒤적거리다가 바리 공주 무가를 만났다. 이야기 자체는 어렸을 때부터 동화책을 통해 알고 있던 것이었으나, 다시 보는 순간 갑자기 눈이 뜨이는 느낌이었다. 내가 원하던 모든 것이 그 이야기 안에 있었다. 버림받았던 여자아이는 왜 길을 떠나게 되었는가, 마침내 길을 떠난 여자아이의 모험담, 아버지를 치유함으로써 세상을 치유한 여자아이. 이것은 내가 갖고 있던 모든 질문들을 담아 낼 수 있는 틀이었다. 나는 당장 바리 공주 무가를 복사해 집에 가져가서 읽었고, 거기서 몇 가지 고칠 것과 뺄 것을 결정했다. 예를 들자면 바리 공주 무가에는 여성의 주체적인 삶에 대한 탐색과 가부장제 이데올로기가 묘하게 뒤섞여 있었고, 후자는 내가 전혀 편들고 싶지 않은 것이었다. 이 시기 내가 결정한 것은 다음과 같다.

—'아버지의 병'은 심층적인 의미를 가지고 있어야 한다 : 아버지로 상징되는 세계의 뒤흔들림, 불완전성. 바리의 떠남은 이것을 치유하기 위한 것이다. 조셉 캠벨의 『천의 얼굴을 가진 영웅』에는 '영웅의 성공적인 모험의 의미는, 생명의 흐름을 풀어 다시 한 번 세계의 몸 속으로 흘러들게 하는 데 있다'는 구절이 있다. 바리의 모험도 그러하다. 단순히 얼굴 한 번 보지 못한 아버지를 위해 목숨을 걸고 여행을 한다는 것은 불합리하다. 그러나 아버지와 가족들을 새로 발견한 세계, 가치 있는 세계로 인식한다면 가능하다.

—바리의 모험은 길을 떠나는 데서 끝맺는다 : 그 당시 내가 할 수 있었던 것이 거기까지였기 때문이다. 바리의 모험담을 모두 풀어 갈 능력, 그곳에서 내가 찾는 해답까지를 길어 낼 능력이 없었다. 내가 믿지 않는 관념적인 해답을 제시하는 것은 소설에서 거짓말을 하는 것이다. 소설은 소설 나름대로의 의미와 방법으로 진실해야 한다.

—바리의 세계를 디지털의 세계와 연결한다 : 당시 나는 지식과 체계, 현 단계를 넘어선 인간의 진화라는 문제에도 빠져 있었다. 나는 인간의 한계인 시공간의 문제를 부분적으로나마 극복해 주는 통신이 가지고 있는 가능성과 잠재력을 인정하고 있었다. 결국 문제는 인간이지만, 고대나 중세와 19세기, 20세기에 인간을 형성하는 것은 각각 다를 수밖에 없다. 시공간의 한계를 부분적으로 극복함으로써 인간은 더욱 진화할 것인가, 퇴화할 것인가? 인공지능은 인간의 지능과 감정을 모사하고 그것을 더욱 발전시킬 수 있을까? 그렇다면 인간의 의미는 무엇이 될 것인가? 이런 문제는 나 자신의 발전과 진화라는 문제와도 겹쳐 있었다. 나는 소설가로서뿐 아니라 인간으로서도 뛰어난 인간이 되고 싶었다. 통신과 정보를 통한 새로운 공동체의 탄생은 불가능한 일로 보이지 않았고, 그 공동체가 각 개인의 주체적 자아를 보완하며 향상시키는 것은 이상적인 일이었다. 나는 그런 공동체가 내 주위에 생길 수 있었으면, 그로 인해 나와 그 공동체의 구성원들이 질적으로 향상될 수 있었으면 하고 바랐다. 전산 공부를 열심히 한 편은 아

니었지만 가령 OOP(Object Oriented Programming : 객체 지향적 프로그래밍)는 인간 관계에 있어서도 적용될 수 있는 체계로 보였다. 나는 소설이라는 작은 왕국에 그것을 용어 그대로 적용해 보기로 마음먹었다.

바리와 그 외의 인물들은 소설에서 하나의 인공지능 프로그램들로 나타난다. 그들이 궁극적으로 속한 프로그램은 우주의 운영체계이다. 이것은 철학적으로는 그다지 새롭지 않다. 옛부터 내려오던 신학적 결정론을 용어만 전산 용어로 바꾼 것에 지나지 않는다. 새로운 것이 있다면, 그런 결정론적 체계 안에서도 '길을 떠나는 자'가 있다는 점이다. 그녀는 자신의 체계를 치유하기 위하여 길을 떠나지만 그 길떠남으로 인하여 그 체계를 뒤흔드는 자이다.

이런 체계와 인물을 등장시키는 시도는 어쩌면 '관념적 구성물'이라고 비난받을지도 모른다. 그러나 소설이 꼭 인간의 감정과 일상적인 삶만을 다루어야 한다는 법은 없다. 오히려 그런 경향이 지배적인 것은 최근의 일이다. 인간이 생각하고 느끼고 상상하고 감각으로 받아들이는 모든 것은 소설 속에 들어올 수 있다. 그렇지 않다면 소설의 매력은 반감될 것이다. 더구나 관념들조차 우리의 삶의 일부인 것이다. 신, 휴머니즘, 자유, 평등, 영원, 무한…… 이런 것들은 우리에게는 관념 속에서 존재할 뿐이다. 그러나 그 관념들에 대한 진지한 추구와 질문이 소설 속에서 시도될 때, 그것은 삶의 일부로 기능한다.

글을 쓰는 것은 사회적이기 이전에 개인적인 행위이다. 자신에게 가장 절실한 문제를 글로 쓰는 것이 글에 대해 가장 정직한 태도이다. 그 절실한 문제가 사회적인 문제라면 글 쓰는 자는 사회적인 문제를 다루어야 하고, 개인적인 문제라면 개인적인 문제를 다루어야 하는 것이다. 「바리—길 위에서」는 그 당시 내게 가장 절실했던 문제인 '세계에 대한 탐색'을 다루고 있다. 내가 가장 중요하다고 생각하는 문제를 다루는 것만큼 올바른 출발점은 없다. 길을 떠나는 어린 바리는 소설이라는 새로운 세계에서 희망과 불안에 차 있던 나 자신의 모습이다.

조경란

서울 출생. 서울예술대학 문창과를 졸업했다. 1996년 동아일보 신춘문예에 단편 「불란서 안경원」이
당선되며 등단하여 그 해 장편 「식빵 굽는 시간」으로 제1회 문학동네 신인작가상을 받았다.
소설집으로 『불란서 안경원』과 중편 『움직임』, 장편 『가족의 기원』 등이 있다.

녹색광선

냉장고 속은 텅 비어 있었다. 냉동실의 얼음 상자도 두꺼운 성에
가 낀 채 비어 있기는 마찬가지였다. 그는 빈 생수통을 거꾸로 들고
입 안으로 흔들어댔다. 생수 한두 방울이 가까스로 혓바닥 위로 떨
어졌다. 싱크대 수도꼭지를 비틀어 보았으나 물은 한 방울도 나오지
않았다. 수도꼭지를 한껏 위쪽으로 올려 보았다. 지하의 어둡고 긴
수도관을 통해서 올라오는 것은 갈증을 해소할 수 있는 세찬 물줄기
가 아니라 크륵, 크르륵거리는 헛된 공명음뿐이었다. 세면대 수도에
서도 물은 나오지 않았다. 그는 단 한 방울의 물도 떨어지지 않는
수도꼭지를 이리저리 비틀어대다가 욕실 슬리퍼를 거칠게 벗어 던지
고는 화장실을 나왔다.

언덕 밑, 연립 주택 앞에서 출발하는 마을 버스는 십오 분 간격으
로 운행되었다. 지각을 면하기 위해서는 사십 분 버스를 놓쳐서는
안 되었다. 그러나 그는 왠지 길고 날카로운 시계바늘이 온몸을 포
박하고 있는 듯한 느낌을 떨쳐 내지 못하면서 개수대 속에 아무렇게
나 포개 놓은 더러운 접시들과 빈 생수통을 번갈아 노려보고 있었다.

방 한쪽에 구겨져 있는 점퍼를 걸쳐 입고 거울 앞에 서서 머리카
락을 쓸어 넘겼다. 얼굴과 이를 닦지 못했어도 출근은 해야 했다. 시
간은 벌써 여섯 시 사십오 분을 넘어서고 있었다. 오십오 분 마을
버스를 타고 또 운이 좋다면 바로 도착하는 지하철에 승차할 수도
있다. 어쨌든 지각은 면해야 할 터였다. 엊저녁에 벗어 둔 양말과 바

지를 서둘러 꿰어 입었다. 현관 앞에서 신발을 신다가 그는 돌연 옆구리에 기습적인 구타를 당한 것처럼 허리를 꺾으며 주저앉고 말았다. 어제 날짜로 공장에서 해고되었다는 사실이 떠올랐다. 이백여 명도 넘는 직원들 중 일부가 지난 연말에 일차 감원되었고 어제 이차 감원 대상자 명단이 공장 출입구 벽에 붙어 있었다. 유리 공장에는 이제 팔십여 명 정도만 남아 있게 되었다. 만 칠 년 넘도록 근무했던 직장이었다. 그는 남아 있게 된 사람 대여섯 명과 함께 자정이 넘도록 술을 마셨다. 소주에서 맥주로 다시 소주로 이어지던 술자리에서 까무룩히 정신을 놓고 말았다. 그 뒤에 기억나는 것은 아무것도 없었다. 감원되었다는 사실마저도 까마득하게 잊고 있었다.

그는 현관 문턱에 앉아 골똘히 생각했다. 이제 아침 여섯 시 삼십분에 일어나지 않아도 되고 마을 버스를 놓칠까 봐 단숨에 언덕빼기를 뛰어내려가지 않아도 되고 휴일이면 잔업 근무가 아니라 도시락을 싸들고 피크닉을 가도 된다. 오랫동안 가보지 못한 모친의 묘에 가서 벌초도 할 수 있고 또 그녀를 찾아볼 시간도 충분할 것이다.

종미. 그는 휘파람을 불듯 입술을 동그랗게 말았다가 그녀의 이름을 소리내어 불러 보았다.

숙취 끝의 갈증과 두통이 심해지고 있다는 것을 깨달았지만 좀체로 몸을 움직일 수 없었다. 이를테면 그것은 일종의 징크스 같은 것이었다. 간밤에 혓바닥이 쑥 빠지는 꿈을 꾸거나 흰 타일 바닥에 누구 것인지도 모를 새까만 머리카락이 흩어져 있는 것을 보았을 때처럼 아침에 그녀를 떠올릴 때면 진종일 정신이 사나웠고 일진이 나빴다. 용광로 모서리에 오른쪽 팔꿈치를 데인 날이며 사차선 출근길에서 마을 버스 타이어가 터진 날도 아침에 자리에서 일어나자마자 그녀를 떠올린 날이었다.

두 손으로 싸안고 있던 머리를 흔들어댔다. 출렁거리던 뇌수가 금방이라도 낡은 운동화와 슬리퍼 위로 허연 김을 내뿜으며 왈칵 쏟아질 것만 같았다. 조금만 더 자고 일어나자. 그는 조여맸던 신발끈을 느릿느릿 풀어 내며 중얼거렸다.

신발을 벗고 현관에서 일어서려다 말고 현관문 틈으로 밀어 넣어져 있는 두 장의 조간신문을 집어들었다. 신문과 신문 사이에 누런 갱지가 끼여 있었다. 갱지 위에 적힌 글자들을 무심히 훑어보았다. '수도권 177만 가구, 오늘부터 24일까지 단수 시작됩니다. 아침에 반드시 수돗물 받아 두세요.' 반상회에서 돌렸거나 아니면 통장이 집집마다 돌아다니면서 밀어 넣은 용지일 터였다. 팔당 제1취수장의 노후 설비 교체로 서울과 인천 경기 수원 등 5개 시지역에 대한 수돗물 공급이 22일 오전 5시부터 24일 오전 4시까지 지역에 따라 38시간 내지 47시간이나 중단된다는 내용이었다. 그는 한 손으로 목울대를 감싸쥐며 날짜를 더듬거렸다. 그러니까 회지에서 미리 물을 받아 두라고 했던 시간은 이미 한 시간이나 지나 있는 셈이었다. 앞으로 사흘 동안이나 단수가 된다는 명백한 사실 앞에서 그는 더욱 심해지는 두통과 갈증에 시달리고 있었다.

이미 소용 없는 짓인 줄 알면서도 주방과 세면대 수도꼭지를 다시 비틀어 보았다. 물이 나올 턱이 없었다. 단수는 이미 한 시간 전부터 시작되고 있는 중이었다. 물 한 방울 떨어지지 않는 수도꼭지 앞에서 그는 이글거리는 태양 아래 그늘 한 점 드리우지 못하는 가시 나무처럼 무기력하게 서 있다가 빈 생수통을 들어 위로 치켜올려진 수도꼭지를 힘껏 내리쳤다. 생수통 중동이 맥없이 찌그러들었다. 단수가 시작된다는 사실은 어제 조간신문에도 기사화돼 있었다. 어제 저녁 술에 취해 들어오지만 않았어도 저녁 식사중에 신문을 읽었을 테고 플라스틱 물통이며 욕조에도 한가득, 사흘 동안 얼굴을 씻고 밥을 해먹을 수 있도록 넉넉히 물을 받아 놓았을 것이다. 설령 자정이 넘어 취침을 하게 되더라도 말이다. 그는 읽지도 않은 두 장의 조간신문을 한꺼번에 둘둘 말아 현관문 쪽으로 집어던졌다. 오십오 분

마을 버스는 벌써 사거리를 지나 지하철역으로 향하고 있을 시간이었다.

지하 술집의 눅눅한 기름 냄새가 배어 있는 윗옷과 양말과 바지를 벗고 방 안을 서성거렸다. 앞으로 사십 분 후면 공장에 도착해야 했고 지금쯤이면 고개 한 번 마음대로 돌릴 수 없는 혼잡한 지하철에 몸을 맡기고 있어야 했다. 러닝셔츠마저 벗어 버린 채 다시 이불 속으로 파고들어갔다. 보다 명징하고 날카로워진 아침 햇살이 눈두덩에 내리꽂히고 있었다.

그는 머리맡에 놓인 전화기를 이불 위로 끌어당겼다. 가까운 곁붙이의 어깨를 툭툭 치듯 전화번호 세 자리를 눌렀다. 신호음이 이어지고 있었다. 수화기를 좀더 귀에 가까이 붙였다. 그 여자가 자리를 지키고 있을 시간은 아니었다.

안녕하십니까, 안내 863호입니다

기계음이 끝나자 낯선 여자의 음성이 귀에 들어왔다.

네, 말씀하세요.

그토록 수없이 114에 전화를 걸었지만 이 목소리는 낯설기만 하였다. 그도 그럴 것이 이렇게 이른 시간에 전화를 해보기는 처음이었다. 그는 따끔거리는 목 안으로 침을 삼키며 입을 열었다.

이보세요, 거기도 지금, 물이 안 나옵니까?

…….

전화가 끊어진 후에도 그는 수화기를 내려놓지 않은 채 이불을 정수리까지 눌러쓰고는 부화되기를 기다리는 둥근 알처럼 온몸을 웅크리고 있었다.

아직도 그녀는 저 방에 우두커니 서 있을까.

그는 철 지난 옷가지와 모친이 남겨 놓고 간 유품과 낡은 가구가 들어 있는 골방 쪽을 흘긋 쳐다보며 오랜만에 실내를 둘러보았다.

손 끝으로 건드리기만 해도 줄기째 와스스 부서져 내릴 것만 같은 관엽 식물들과 썩은 음식 냄새를 풍기고 있는 쓰레기통, 새카만 벌레들이 벌벌 기어다니고 있는 쌀봉지, 욕실 바닥에 널려 있는 세탁물과 그리고 여태도 물이 나오지 않는 수도꼭지들.

잠을 자고 일어났어도 달라진 것은 아무것도 없었다. 시간은 이제 겨우 오후 다섯 시를 조금 넘고 있을 뿐이었는데도 그는 아주 긴 하루를 보낸 것 같은 착각에 빠져들고 있었다. 음식물 찌꺼기가 남아 있는 식기와 세탁물, 베설물이 든 변기를 해결하지 않는다면 열한 평짜리 비좁은 실내는 곰팡내를 풍기며 점점더 썩어 갈 터였다. 여느 때의 휴일처럼 수도꼭지를 세게 틀어 놓고 샤워도 하고 밀린 빨래도 하고 쌀을 씻어 밥을 해먹고 뿌리까지 마른 화분들에 물을 듬뿍 줄 수만 있다면. 종미, 저 어두운 방에 혼자 서 있는 그녀에게도 물은 필요하다. 어쩌면 그녀의 얼굴은 오랫동안 먹이를 찾지 못해 온몸이 흰색으로 변한 바닷가재처럼 창백하고 딱딱하게 굳어 있을지도 몰랐다. 그는 자신의 신경이 차츰 예민해져 가고 있다고 생각했다. 그러나 수돗물은 앞으로 이틀이나 더 지나야 나올 것이다.

오후의 긴 잠에서 깨어난 것은 싸르르한 아랫배의 통증과 함께 금방이라도 쏟아져 나올 것만 같은 급작스런 설사 때문이었다. 그는 허겁지겁 이부자리를 박차고 일어나 화장실로 달려 들어갔다. 허리춤을 내리자마자 설사가 쏟아져 나오기 시작했다. 간밤에 맥주를 지나치게 많이 마신 탓이었다. 그는 버릇대로 변이 나오는 것과 동시에 변기꼭지를 눌렀다. 변기꼭지는 고장난 플라스틱 장난감처럼 헛돌기만 했고 변기에서는 크륵, 크크륵 하는 소리뿐 악취로 가득한 변을 씻어 내려 줄 물줄기는 나오지 않았다. 아랫배를 움켜쥐고 있던 그는 갑자기 괄약근을 꽉 오므리고 말았다. 그제서야 잠이 퍼뜩 달아나면서 새벽녘 그가 잠든 사이에 단수가 시작되었다는 사실이 떠올랐기 때문이었다. 변기에서 몸을 일으켰다. 화장실 어디를 둘러

보아도 변기에 쏟아 부을 물은 한 방울도 보이지 않았다. 머리카락 몇 올이 달라붙어 있는 빈 세면대와 빈 욕조, 그리고 빈 세숫대야만 놓여 있을 뿐이었다. 거품까지 부글거리는 변기 속의 배설물들을 난감하게 굽어보다가 아예 변기 뚜껑을 닫아 버리고 말았다. 이 낡은 다세대 주택에는 모두 다섯 가구가 살고 있었다. 그는 문득 그들은 어떻게 밥을 해먹고 용변을 보고 세수를 하고 있는지 묻고 싶었다. 혹시 이 집에만 단수가 된 것은 아닐까. 이제 겨우 단 하루를 살았을 뿐인데도 단수가 시작되었다는 사실이 구체적으로 느껴지기 시작했다.

세수를 할 수도 없었고 라면을 끓여 먹거나 갈증을 해소시킬 수도 없었다. 무엇보다도 그는 골방에 혼자 서 있을 그녀, 종미가 마음에 걸렸다. 너무 깊은 잠에 빠져 있었다는 자책이 두통보다 빨리 머리를 쳤다. 아니 조금 더 오래, 아주 오랜 시간 동안 깊디깊은 잠에 빠져들었어야 했다고 생각했다. 그는 이부자리를 개켜 방 한구석에 밀쳐 두고 바지와 윗옷을 걸쳐 입었다. 출근할 때처럼 거울 앞에 서서 머리칼을 쓸어 넘기고는 병바닥으로 꾹 눌렀다가 떼어 낸 것처럼 검고 둥그렇게 파인 눈 주위를 한동안 주시했다. 외기가 없는 방 안은 새벽녘처럼 희부연했고 발 아래로 거뭇한 그림자가 드리워져 있었다. 그는 텔레비전 위에 놓인 열쇠꾸러미를 챙겨 들었다.

늘상 아침마다 한달음에 달려 내려가곤 했던 언덕배기를 느릿느릿 걸어 내려갔다. 한동안은 더 이상 숨이 턱까지 차오르도록 뛰어내려가 마을 버스를 잡아 탈 일도 없을 것이다. 그는 어깨를 반듯하게 펴고 시간에 쫓겨 작업을 끝마쳤을 때처럼 긴 숨을 내쉬었다. 연립 주택 앞에 마을 버스 한 대가 정차해 있었다. 줄서서 기다리는 사람도 보이지 않고 차 안에도 몇몇 사람만이 앉아 정거장 쪽을 무심히 바라보고 있을 뿐이었다. 출근 시간에는 연립 주택 입구까지 두어 줄씩 길게 늘어서 있곤 했다. 혹시 지금이 오후 다섯 시가 아니라 새벽 다섯 시가 아닐까. 손목시계를 들여다보았으나 종내 감을 잡을 수 없었다. 아직도 술이 안 깼을지도 모른다. 그는 낯선 풍경 속으로 성큼 걸음을 재촉했다.

연립 주택에 면해 있는 24시간 편의점에서 1.5리터짜리 생수 두 병을 집어 들었다. 계산대에서 돈을 치르자마자 생수 한 병을 따 목 안으로 들이부었다. 언젠가 텔레비전에서 본 거대한 이과수 폭포를 본 것처럼 온몸과 정신이 순식간에 정화되는 듯한 느낌이 들었다. 턱 밑으로 물이 줄줄 흘러내리고 있었다.

그는 아무래도 자신의 집에만 단수가 된 것인지도 모른다는 의구심을 떨쳐 버릴 수가 없었다. 사거리로 내려가는 길가 쪽의 음식점들과 카페들, 그리고 모텔의 네온사인까지도 환하게 불이 들어와 있었다. 사흘 동안이나 단수가 된다는데 영업을 할 수가 있다니. 모두들 옆구리나 머리 위에 거대한 물탱크를 한 개씩들 갖고 있거나 집채만한 다라이통을 늘 비치해 두고 사는 것일까. 생수병이 든 비닐봉지를 들고 사거리 쪽으로 길을 접어들었다. 연립 주택 쪽으로 올라가는 마을 버스 한 대가 시커먼 매연을 뿜어 내며 그의 오른쪽을 빠르게 스쳐 지나가고 있었다. 차츰 퇴근 시간이 가까워지고 있었다. 마을 버스 운행 간격 시간은 십오 분에서 십 분으로 당겨질 것이다. 그는 아주 오래 전 일을 떠올리듯 지하철역 앞에서 매양 일곱 시 십오 분 마을 버스를 타고 귀가하곤 했던 사실을 기억해 냈다.

그느 사거리가 시작되는 어귀에 위치한 '군산매운탕'이라고 씌어진 식당 문을 밀고 들어갔다. 딱히 식사를 해야겠다고 생각한 것은 아니었지만 아무것도 확인하지 않고 그냥 이대로 집으로 돌아갈 수는 없었다. 식사를 기다리는 테이블 하나를 제외하고 실내는 텅 비어 있었다. 자리를 잡지도 않고 출입구 쪽에 멀건히 서 있는 그를 보고 카운터에 앉아 있던 중년 여자가 다가왔다.

식사하시게요?

…여기, 지금 물 나옵니까?

아뇨, 안 나오는데 그건 왜요?

왠 동에도 닿지 않는 말을 하냐는 듯 중년 여자가 팔짱을 끼고 그를 빤히 쳐다보았다. 식사가 나오기를 기다리고 있던 두 명의 손님들도 그와 중년 여자 쪽을 바라보고 있었다.

그럼 무, 물도 안 나오는데 어떻게 식사가 됩니까?

그는 연필로 그린 것처럼 가느다란 금 몇 줄이 그어져 있는 여자의 이마를 내려다보며 따지듯 물었다.

…내일부터는 우리도 영업 못 해요. 오늘까지야 받아 둔 물로 어떻게 버티기는 하겠지만.

그는 후딱 몸을 돌리고는 식당 문을 밀치고 나왔다. 재수없게. 중년 여자의 목소리가 귓전을 때렸다. 이제 모든 것이 확실해지는 기분이었다. 단수는 사흘 동안이나 계속될 것이고 그것은 오로지 그의 집만 해당되는 것이 아니었다. 그는 안도의 한숨을 길게 내쉬었다.

유리의 완성은 빛과 조화를 이루는 바로 그 순간이라고 그는 단정하고 있었다. 그것은 그가 유리 제품을 만들었던 칠 년 동안 깨달은 한 가지 사실이었다. 모래와 석회석에서 추출한 이산화규소와 탄산칼슘을 고온에서 녹여 생성된 재료로 만들어지는 유리는 빛과 어울렸을 때만 그 진가가 제대로 살아났다. 구태여 색소로 사용되는 크롬이나 다른 혼합물들을 넣지 않고 만들어도 유리는 막 떠오르는 태양 빛을 받을 때와 석양 무렵 창틀에 올려놓고 볼 때마다 제각각 다른 빛깔들을 뿜어 내곤 하였다. 완전한 어둠 속에서도 유리는 완전히 어둡지 않았다. 그러니까 이를테면 유리는 빛의 음악인 셈이었다. 그러나 그는 그녀, 종미를 만들 때만큼은 색소를 사용하지 않았다. 그가 기억하는 그녀는 언제나 창백했고 창백하다못해 특히 그녀의 눈동자는 삼십 년 묵은 간장 항아리 속처럼 어둡고 컴컴했다.

공장에서는 벌써 오래 전부터 특별한 주문 디자인을 제외하고는 모든 제품을 주형틀을 사용해 대량 생산하고 있었다. 그는 그녀를 그 주형틀로 찍어 낼 수는 없다고 생각했다. 세상에 같은 사람은 없다. 그녀는 이 세상에 존재하는 단 하나의 그녀였다. 그녀를 기계로 찍어 내다니. 그건 말도 안 되는 소리였다. 그녀가 떠난 얼마 뒤 그는 작업이 끝난 공장에 혼자 남아 먼지로 가득한, 벌써 몇 년 전부터 사용하지 않는 용광로에 불을 지펴 놓고 파이프 끝에 용해된 유리 덩어리를 묻혀 입김을 불어넣어 그녀를 닮은 여체(女體)를 만드는 작업에 몰두했다. 견습사원 시절 귓결로 알게 된 인도 속담 중에 이런 것이 있다. 당신이 만약 유리 부는 사람이라면 당신 연인의 입술에 스치듯 조심스럽게 입김을 불어넣어라.

그는 새의 깃털처럼 부드러운 입김을 한없이 불어넣었다. 그의 입김을 통해서 그녀가 완성될 터였다. 목이 긴 화병을 만들기 위해서는 파이프를 문 채 좀더 높은 곳으로 올라가서 입김을 불어대야 했다. 그는 아무도 없는 작업장에서 불을 지핀 채 쓰러져 잠을 자고 다음날이면 여일하게 근무하곤 했다. 한번 입김을 잘못 불면 작업은 처음부터 다시 시작해야 했다. 종미, 그녀를 닮은 유리병을 만드는 데 꼬박 한 달을 보냈다. 종미를 만들면서 기원한 것은 단 한 가지였다. 그녀의 보이지 않는, 이 년 동안 살면서도 끝내 짐작할 수 없었던 그녀 영혼의 현(絃)까지 재현하고 싶다는 그 열망이었다. 그 열망이 얼마나 헛되고 헛된 것이었는지 그는 간신히 여체처럼 보이는 뭉툭한 유리병을 완성하고 나서야 깨달을 수 있었다.

그녀의 얼굴이 기억나지 않았다. 콧날이 어땠는지 입술 모양이 어땠는지 또 귀와 눈썹은 어떻게 생겼었는지, 아무리 애를 써도 떠올릴 수가 없었다. 이 년 동안 함께 살았던 사람이었다. 그런데 얼굴이 기억나지 않다니. 순간적으로 등허리께가 꼿꼿하게 얼어붙는 느낌이었다. 목의 길이가 얼마나 됐던가 하는 따위나 그녀의 불안정한 눈꺼풀의 떨림과 어깨의 기울기와 손톱이나 성기의 생김새까지 떠올릴 수 있었지만 얼굴만큼은 영영 그려 낼 수 없었다. 그는 좁은 집 안을 뒤지며 그녀의 사진을 찾으려 애써 보았다. 사진은 한 장도 발견되지 않았다. 어쩌면 사진이 있었더라도 그는 그녀의 얼굴을 빚을 수 없었을지도 모른다고 생각했다. 기억 속에 없는 얼굴, 그것은 이미 죽은 자의 얼굴이나 마찬가지일 터였다. 그는 끝내 그녀의 얼굴 모양을 만들 수 없었다. 발 끝에서 불어 올라오기 시작한 유리병은 그예 목선에서 멈추었다. 거기까지 불고 나서 파이프를 입에서 떼어 내고 말았다.

그는 냉각화로로 옮겨 놓은 얼굴 없는 화병 앞에서 그녀가 떠났을 때보다 더 깊은 절망에 휩싸였다.

다섯 시간 동안 오븐에서 식도록 놓아 둔 후 유리병을 꺼냈을 때, 그는 허벅지까지 올라오는 미완성된 유리병을 두 팔로 껴안고 서서 그녀가 떠난 이후 처음으로 견딜 수 없는 상실감과 돌연한 현기증을 느끼고 있었다.

유리병에 꽂혀 있던 시든 국화꽃을 집어 냈다. 짓무른 꽃대궁에서는 썩는 냄새가 풍겨 올라왔다. 퇴근길에 가끔 줄기가 긴 갈대나 국화꽃, 또 이름도 알 수 없는 꽃들을 사 와 유리병에 꽂아 두곤 하였다. 끝내 그가 만들지 못했던 그녀의 얼굴은 어느 날엔 갈대가 되었다가 또 다른 날에는 국화꽃으로 변하곤 했다. 그 어느 것도 그녀의 얼굴은 아니었지만 그는 차츰 그녀의 얼굴을 기억해 내려고 했던 노력을 포기하기 시작했다. 그제 갈아 주었던 물은 그녀의 종아리 밑에서 찰랑거리고 있었다. 유리병을 기울여 세숫대야에 뿌연 물을 쏟아 부었다. 그녀의 빈 몸 속으로 생수 한 병을 들이부었다. 얼굴 없는 그녀의 두 손을 수긋이 앞으로 모은 채 무릎 위까지 맑은 물로 채워져 있었다. 유리의 다른 장점은 아무리 두껍게 만들어도 사물을 있는 그대로 비출 수 있을 만큼 맑다는 것이었다. 그러나 그는 종미를 만들 때 깨어지지 않을 정도로만 얇다랗게 빚었다. 그가 기억하는 그녀의 피부는 푸른 정맥이 환히 드러나도록 얇았고 사소한 찰과상에도 상처나 멍이 들 정도로 연약했기 때문이었다. 지나치게 얇게 만든 탓인지 만든 지 얼마 지나지 않아 목 뒤에서부터 등줄기까지 가는 금이 생겼다. 그는 그녀를 냉각화로에 더 오래 두었어야 했다고 생각했다.

저녁의 어둠 속에서도 그녀는 여전히 투명하고 맑게 빛나고 있었다. 그는 한 손으로 그녀의 몸을 쓰다듬었다. 그녀의 몸은 금속으로 만든 돌고래처럼 차갑고 단단했다. 그는 그에게 여자의 성기는 열린 구멍이 아니라 닫힌 틈이라는 말을 실감하게 해주었던 그녀의 성기를 한동안 쓰다듬었다.

만약 당신을 다시 만들게 된다면, 이번엔 어쩌면 얼굴도 완성할 수 있을지도 모르겠어. 우리는 너무 오랫동안 헤어져 있었으니까.

그는 그녀의 빈 몸을 끌어안으며 나지막이 속삭였다.

눈 속에 한 겹 보늬라도 낀 듯 두 눈이 침침하고 어질머리가 일었다. 저녁 내내 거실 창문 틈으로 새어 들어왔던 된장찌개 냄새와 부추나 다진 고기를 넣고 지지는 기름 타는 냄새가 아직도 실내에 남아 있는 것만 같았다. 식탁 위에 수저를 올려놓는 소리나 방금 막 한 고봉으로 푼 하얀 쌀밥, 고단한 하루를 마치고 식탁 앞으로 함께 모인 가족들의 웃음소리 같은, 그 모든 들리지 않는 소리와 냄새들이 거대한 음량으로 귓전을 울리기도 했다. 그는 움찔 놀란 채 귀와 코를 틀어막으며 성산동 21번지에서 아니, 다섯 가구가 사는 이 오래된 주택에서 오로지 자신만이 혼자 고립되었을지도 모른다는 두려움을 떨쳐 버리지 못했다. 어두운 실내를 더듬거리며 거실과 두 개의 방과 화장실의 모든 전등 스위치를 올리고 텔레비전 볼륨을 높이고 아무것도 담기지 않은 냄비를 얹어 놓고 시퍼런 가스불을 켜 보아도 그 느낌은 종내 떨쳐지지 않았다. 그는 문득 벽이라도 쾅쾅 두드리고 싶은 심정이 되었다. 그나마 아직은 전기와 전화가 끊기지 않는 게 다행이었다. 그러나 그가 잠든 사이에 기습적으로 단수가 시작됐듯 전기도 언제 어느 순간 끊어질지 모른다는 불안감은 혼자 고립되었다는 의식을 배가시키고 있었다.

식욕이 느껴졌던 것은 아니지만 아침부터 지금까지 고작 컵라면 하나밖에 먹지 않았다는 사실이 떠올랐다. 유리병에 부어 주고 남은 생수는 이제 반 병 정도밖에 남아 있지 않았고 쌀을 씻을 수 있는 여분의 물도 똥무더기가 가득한 변기에 쏟아 부을 수 있는 물도 없었다. 몸을 씻지 않은 지도 이틀이나 되었다. 그녀가 있었더라면 어땠을까. 그는 유난히 청결벽이 심했던 종미를 기억해 내며 차라리 지금 그녀가 이 집에 없다는 사실에 깊이 안도하고 싶었다. 그는 그녀가 옆에서 지켜 보고 서 있기라도 한 듯 생수 한 잔을 부어 적신 수건으로 이틀이나 닦지 못해 시큰한 냄새가 나는 겨드랑이와 사타구니께를 문질렀다. 냄새가 나기는 머리카락이나 입 안에서도 마찬가지였다. 혹시 예정된 시간보다 더 오래 단수가 지속되거나 시간을 앞당겨 물이 나올지도 알 수 없었다. 그는 회지와 조간신문의 기사 내용을 믿고 싶지 않았다. 그러나 예정보다 일찍 단수가 끝날지도 모른다는 희망은 어쩐지 고산 지대에서 이파리가 무성한 나무를 볼 수 있을 것이라고 기대하는 것만큼이나 어리석게 느껴졌다. 그는 전의를 상실한 늙은 하이에나처럼 목을 축 늘어뜨리며 실내를 서성거리다가 싱크대 밑 여닫이 서랍을 뒤져 오래 전부터 쓰지 않은 커다란 양은주전자를 꺼냈다.

그는 일층에 거주했고 다세대 주택은 반지하를 포함해 사층까지 올려 지어져 있었다. 입주하기 전에 한 번 세금 문제로 들러 본 주인집은 삼층과 사층을 터 이층집으로 설계되어 있었다. 다세대 주택 공사 붐이 일었던 초기에 지은 집이었기 때문인지 대문은 따로 나 있지 않고 대문을 지나 왼쪽과 오른쪽, 계단을 통해 현관문으로 드나들 수 있도록 된 구조였다. 베란다가 없는 실내에 사는 사람들은 대문 왼켠으로 사층 옥상까지 이어져 있는 가파르고 긴 계단을 이용해 옥상에 빨래를 널곤 하였다. 언젠가 옥상으로 빨랫감을 갖고 올라가던 젊은 여자가 낙상해 다리가 부러졌다는 이야기를 들은 적도 있었다. 그 이후에도 계단을 고치거나 보수한 흔적은 보이지 않았다. 계단은 한 사람이 지나가기에도 몹시 비좁고 발디딤 철판이 군데군데 삭아 뚫려 있거나 난간에 녹이 슬어 있을 정도로 낡아 있었다. 그는 옥상으로 올라가는 계단참에 서서 난감한 듯 어둠에 가려 끝이 보이지 않는 계단 꼭대기를 올려다보았다.

한 손에 양은주전자를 꼭 쥔 채 발을 빗딛지 않기 위해 다리에 힘을 주고 천천히 계단을 올라가기 시작했다. 길이가 1.5미터도 넘는 대형 파이프를 불어 유리병을 만들거나 거대한 주형틀로 유리 제품을 찍어 낼 때에도 이렇게 긴장되거나 무릎팍이 후들거리지는 않았다. 그나마 어둠에 가려 그림자마저도 보이지 않을 거라는 생각에 마음이 놓이기는 했다. 그는 몸을 잔뜩 구부린 채 불빛이 흘러나오는 주인집 삼층과 사층을 지나 옥상 위까지 올라갔다. 보름을 겨우 하루 이틀이나 지났을 법한 둥그럼한 달이 팽팽하게 묶인 빨랫줄 밑에 집게로 집어 놓은 것처럼 걸려 있었다. 어느 집에선가 걷어 가지 않은 수건 몇 장이 불길하도록 흰빛을 뿜어 내며 늘어져 있었다. 그는 옷 앞섶을 부여잡았다.

노란색 물탱크는 옥상으로 통하는 문 왼켠 구석을 돌아 디근자로 튀어나간 곳에 세워져 있었다. 물탱크의 높이는 그의 턱 밑까지 올라왔다. 그는 어둠을 휘휘 몰아내며 물탱크의 선이 연결된 곳을 더듬어 보았다. 짐작했던 대로 역시 그의 손목보다 굵은 파이프는 단 한 개였고 그것은 필시 주인집으로만 통하게 연결되어 있을 터였다. 그는 옥상 바닥에 주전자를 내려놓고 빨랫줄 대를 받치고 있는 시멘트 덩어리 위로 올라섰다. 물탱크 뚜껑은 두 팔로 감싸안아야 할 만큼 크고 둥글었다. 잘못 낀 나사를 풀어내 듯 단단히 닫혀 있는 뚜껑을 왼쪽으로 돌렸다. 몇 번 헛힘이 돌아간 끝에 스르르 뚜껑이 열렸다. 뚜껑을 밀치고 나서 물탱크 안을 들여다보았다. 고여 있던 비릿한 물 냄새가 코를 찔렀다. 더 깊숙이 고개를 숙여 보았다. 수면 위로 컴컴한 얼굴과 날카로운 끌로 금을 근 것 같은 빨랫줄이 긴 사선으로 드리워졌다. 물은 아직 절반도 더 넘게 남아 있었다.

단수가 시작되었는데도 어떻게 밥 냄새와 된장찌개 냄새와 수다한 웃음소리가 들려 왔는지, 식당은 어떻게 영업을 계속하고 모텔의 네온사인에도 불이 들어와 있었는지, 그제서야 그 모든 것을 한꺼번에 이해할 수 있을 것 같은 느낌이었다.

바닥에 놓여 있던 주전자 뚜껑을 열고 다시 시멘트 덩어리 위로 올라서려다 말고 힐끗 고개를 돌렸다. 옥상 입구 쪽에서 가느다란 플래시 불빛이 슬쩍슬쩍 비춰지고 있었다. 그는 황급히 물탱크 뒤편으로 가서 몸을 붙이고 키를 낮췄다. 누군가의 기척을 알아차린듯 조심스럽고도 신중한 슬리퍼 소리와 어둠을 샅샅이 찢어 놓기라도 할 듯한 선명한 플래시 불빛이 이쪽으로 점점더 가까이 다가오고 있었다. 그는 숨을 멈추었다.

이윽고 플래시 불빛이 물탱크 정면을 비추었다. 그 순간, 플래시 불빛은 마치 야간 조업중인 수백 척의 오징어 채낚기 어선에서 내뿜는 삼 킬로와트짜리 집어등 불빛보다 밝은 듯 느껴졌다. 그는 수심 백 미터 깊이의 물 속에서 집어등 불빛에 홀려 결국에는 잡혀 올라오고 마는 오징어처럼, 잡히는 순간 마지막 생존 수단으로 한껏 머금었던 바닷물과 함께 새카만 먹물을 내뿜는 오징어의 필사적인 몸짓으로 포복하듯 소리 없이 바닥으로 몸을 깔았다. 아무런 생각도 떠오르지 않았다.

달은 어느새 빨랫줄을 비켜나 하늘 중천으로 무연히 떠오르고 있었다.

플래시를 든 누군가가 그가 들고 온 주전자를 집어 들고는 다시 계단을 내려가고 있었다.

그녀들의 목소리는 약속이나 한 듯 한결같이 짜증과 권태를 숨기지 않았고 말끝마저 트미하게 발음하고는 했다. 이를테면 네에, 라고 분명하게 해야 할 발음도 겨우 ㄴ만을 길게 빼물 뿐이었다. 그러나 그는 약 사천여 명쯤이나 되는 전화 안내원들의 목소리에 모두 익숙해져 있다고 믿고 있었다. 그 중에서도 재택 근무를 하는, 한밤중에 전화 안내를 하는 여자들의 목소리는 더더군다나 하나하나 분별할 수 있을 정도라고 여기곤 했다. 그 중에서도 특히 그는 안내 785호 여자의 목소리를 사랑했다.

그 여자와 첫 통화를 하게 된 것은 종미가 떠나고 난 얼마 뒤 자정이 넘은 시간이었다. 그는 그가 기억하고 있는 수십 개의 모든 전화번호를 눌러 보았다. 아무도 종미가 어디로 사라졌는지 알지 못했다. 그는 그녀가 집을 떠난 게 아니라 혹 죽은 것은 아닌지, 검은색 스웨터와 검은색 바지를 입고 있는 그가 이미 그녀의 장례식을 치르고 온 것인지조차 분별할 수 없었다. 그럴 만큼 그녀의 흔적은 아무 것도 남겨져 있지 않았다. 그는 마지막으로 헛된 기대와 무릎이 꺾이는 심정을 억누르며 114로 전화를 걸었다. 그 전화를 안내 785호 여자가 받았다.

여보세요….

네, 말씀하세요.

안내 여자가 그에게 물었다. 그는 침을 꿀꺽 삼켰다.

윤종미가, 종미가 간 곳을 알고 싶습니다.

…….

안내 여자는 대꾸하지 않았다. 그렇다고 전화를 끊거나 하는 짓은

하지 않았다. 그는 수화기를 좀더 가까이 귀에 붙였다.

그런 곳은, 컴퓨터에 입력되어 있지 않은데요.

국어책을 읽듯 또박또박한 어조로 여자가 대꾸했다. …수화기가 순식간에 열전도체로 돌변해 귓바퀴를 와락 빨아들이는 것만 같았다. 그 여자의 목소리가 끝나자마자 그는 황급히, 그러나 질긴 이물질을 씹어 뱉듯 낮고 잔인한 목소리로 이렇게 되물었다.

당신, 종미지, 그렇지?

……!

안내원이 전화를 끊어 버렸다. 그는 기계음이 울리고 있는 수화기를 붙잡고 다시 한 번 가슴이 섬짓해지도록 종미의 약간 거쉰 듯하면서도 비음이 섞인 목소리와 너무도 흡사한 그 여자의 목소리를 기억해 내려 애써 보았다. 114에 처음 전화를 걸었을 때 녹음된 기계음성이 '안녕하십니까, 안내 785호입니다' 라고 했던 것이 퍼뜩 기억에 남았다. 그는 얼른 후크를 눌렀다 떼고는 다시 번호를 눌렀다. 그러나 전화는 785호가 아니라 홋수를 훌쩍 뛰어넘어 844번으로 연결되었다. 그는 몇 번이나 전화를 끊었다가 114로 되풀이해 전화를 걸어 보았지만 785번으로 연결되지는 않았다.

미약한 정보나마 안내 785호 여자에 대해서 알게 된 것은 퇴근 후 잠들기 전 한 달여에 걸쳐 114로 수십 통 수백여 통의 전화를 건 때문이었다. 여자는 자정에서 아침 여섯 시까지 여섯 시간 동안 근무했다. 재택 근무일 테고 그것은 여자가 밤시간대를 신청했기 때문이었을 것이다. 그의 추측은 계속되었다. 여자는 심각한 불면증에 시달리고 있다. 혹은 누군가 여자를 떠났을지도 모른다. 여자는 밤마다 괴전화를 기다리면서 전화선 저쪽의 목소리들과 내통하면서 밤을 지샌다…. 그는 단정했다. 그 여자가 종미가 아니라 다른 여자이든, 다른 여자가 아니라 바로 종미이든 그런 것은 중요하지 않았다. 그는 다만 어떻게든 얼굴도 기억나지 않는 종미를 몇 초나마 떠올리고 싶을 뿐이었다. 그러나 안내 785호 여자에게 그런 설명을 할 기회는 좀처럼 주어지지 않았다. 그의 목소리를 기억하고 있는 듯 여자는 재빨리 전화를 끊어 버렸고 다시 여자와 연결되기 위해서는 수십여 통의 전화를 걸어야만 했다. 그 동안 여자와 통화한 횟수가 열 번을 넘지 않을 만큼 114에 전화를 걸어 785호와 연결되기란 아주 우연한 경우에 지나지 않았다. 전화를 받은 안내원에게 785호와 연결시켜 줄 수 없느냐고 부탁한 적도 있었으나 그녀들은 안내원들끼리 서로 연결시켜 주는 기계는 없다는 대꾸만 되풀이했다. 이 지역구만 해도 칠백 번부터 구백 번대의 호수를 가진 여자들이 전화를 받곤 했다. 그것도 헤아릴 수 없을 만큼 많은 전화를 하면서 알게 된 사실들 중 하나였다.

사람들은 밤마다 어딜 그렇게 물어 보는 것일까. 자정이 넘은 시간이나 혹은 새벽 세 시가 넘은 시간에도 114는 가끔 '먼저 걸려 온 전화를 안내중이오니 잠시만 기다려 주시기 바랍니다' 라는 기계음이 연이어 들리거나 아예 통화중이기도 했다. 그는 그 깊은 밤중에도 사람들이 어딜 그렇게 물어 보려고 전화하는 것인지 가끔은 함께 일하는 공장 사람들이나 매일 같은 시간에 마을 버스에서 마주치는 낯익은 얼굴들에게 물어 보고 싶은 충동을 느끼고는 하였다.

그는 집 전화번호보다 익숙해진 114번호를 누르면서 어쩌면 자신이 114가 아니라 응급구조 119를 눌러야 되는 것은 아닐까 잠깐 의심하다가 머리를 흔들어 버렸다. 새벽 두 시 반에 그의 전화를 받은 안내원은 891호 여자였다. 그는 안내원의 목소리가 들리기도 전에 전화를 끊어 버렸다. 그가 통화하고 싶은 여자는 오로지 종미의 목소리를 닮은 785호, 그 여자뿐이었다.

기면증에 걸린 사람처럼 그는 잠에 빠졌다가 가까스로 두 팔을 허우적거리며 긴 꿈에서 깨어나기를 반복하고 있었다. 잠에서 깨어나

보면 찬기가 도는 거실 바닥이었다가 또 어느 때는 싱크대 밑에서 깊고 어두운 바닷속의 심해어처럼 가슴을 바닥에 대고 엎드려 있기도 했다. 잠이 들어 있는 동안에도 목구멍이 찢어질 듯한 갈증과 거실 창을 통해 새어 들어오는 따뜻한 음식 냄새, 골목을 지나는 우편 배달부의 오토바이 소리와 폭죽을 터뜨리며 뛰노는 아이들 웃음소리를 다 생으로 듣고 느끼고 있었다. 잠이 든 게 아니라 머리끝까지 잠기는 거대한 물통 안에 눈과 코를 틀어막힌 채 잠겨 있는 느낌이었다. 누군가 필사의 힘을 다해 수면 위로 떠오르려는 그의 머리를 자꾸만 두 손으로 내리누르고 있는 것도 같았다. 그는 오후 내내 온몸을 감싸고 있던 빙의의 상태를 털어 내며 허겁지겁 잠에서 깨어났다.

세면대 수도꼭지를 비틀어 보았다. 물은 나오지 않았다. 그제서야 혼몽한 기운이 싹 달아나 버리는 것만 같았다. 거실 창틀을 넘어 들어온 새하얀 가을 햇빛이 아직도 바닥에 길쭉한 이등변삼각형 모양으로 남아 있었다. 소철과 벤자민 이파리들은 어제보다 한결 싯누렇게 변색되어 있었고 변기 속에서 풍기는 오물 냄새와 음식물 썩는 냄새들이 실내에 가득했다. 지독한 냄새 때문이었을까, 그는 자신이 집 안에 살아 있는 단 하나의 생물체가 아니라 실내를 가득 채우고 있는 썩은 냄새의 일부가 아닐까 싶은 의혹에 사로잡혔다. 거실 바닥에 남아 있는 햇살 자리가 아니었더라면 집 안은 오래 전에 폐가된 흉가처럼 느껴졌을 것이다. 삼각형 자리는 꼭지점부터 아주 조금씩 줄어들고 있었다. 오후가 끝나고 저녁과 자정이 조금만 더 지나면 단수는 끝날 것이다.

생수가 쌓여 있던 편의점의 냉장칸이 어제보다 빽빽하게 물통으로 들어찬 듯 보였다. 그는 생수 두 통과 컵라면 두 개를 사들고 나서 사거리 쪽으로 길을 접어들었다. 오후는 아직도 길고 지루하게 남아 있었다. 오후의 낯선 산책 끝의 피로가 자정이 넘도록 깨어나지 못

할 긴 수면을 가져다 줄 것이라는 믿음과 한동안 느끼지 못했던 허기가 외려 걸음을 재촉하게 만들었다.

제과점과 대형 속옷 할인점 사이에 들어앉는 군산해물탕집 앞을 지나다가 걸음을 멈추었다. 아직 불을 켜야 할 시간이 아닌데도 불구하고 간판 맨 꼭대기에 걸려 있는 대형 새우 한 마리에 네온이 들어와 있었다. 수염이 길고 꼬리가 한껏 말려 올라간 새우는 갓 잡아 올린 것처럼 붉은빛으로 번쩍거리고 있었다. 그는 깜빡거리는 새우 한 마리와 식당 문을 밀치고 나와 플라스틱 통에 든 구정물을 보도 블록 위로 휙 뿌리고 들어가는 식당 여주인의 뒷모습을 번갈아가며 쳐다보고 있었다. 여자가 뿌린 구정물이 그의 운동화 앞부리까지 튀어올랐다. 그가 머츰하게 서 있는 사이에도 손지갑을 든 여자 서넛과 두 명의 남자들이 식당으로 들어가고 있었다. 한밤중에 주인집 옥상 위에 있던 물탱크 뚜껑을 열어 보았을 때처럼 그는 무엇엔가 단단히 속고 있는 듯한 기분을 떨쳐 내지 못했다. 식당 문 앞까지 다가갔던 그는 다시 걸음을 틀었다. 생수 두 병이 든 묵직한 비닐봉지를 왼쪽으로 바꿔 쥐었다. 오른손 손바닥에 일자로 붉은 자국이 남아 있었다.

그 동안 무슨 일이 일어났던 것일까.

그는 생수통이 든 비닐봉지가 둔탁한 소리를 내며 바닥으로 떨어져 내리는 것도 모른 채 문지방을 밟고 우뚝 서 있었다. 수마(睡魔)의 날카로운 발톱 사이에서 헤어나오지 못하고 있는 동안 혹시 규모 3.6 정도의 지진이라도 들이닥친 것은 아니었을까. 그 정도의 지진이었더라면 찬장 속의 그릇들이 다 떨어져 내리고 창문과 방바닥이 덜컥거렸을 것이다. 전신주 위에 앉았던 새들은 떼지어 먼 하늘로 갑자기 날아가 버리고 짐승들은 둥지를 저버린 채 멀리멀리 더 깊은 산 속으로 숨어 들어갔을 것이다. 어쩌면 집채만한 해일이 쓸고 지나갔는지도 몰랐다. 그는 머릿속이 왈칵 흔들리고 있는 것을 느꼈다.

거실과 주방을 돌아보았다. 바닥에는 종이 조각 한 장 떨어진 게 없었다. 어둑서니같이 침침한 눈을 팔뚝으로 문질러 대며 방 쪽으로 다가섰다.

종미의 몸이 산산조각나 방바닥으로 떨어져 있었다. 그녀의 두 팔과 다리, 가슴과 목이 제각기 따로 흩어져 발 디딜 틈도 없이 흩어져 있었다. 뒤집어진 우묵한 가슴과 무릎 안쪽에 어제 부어 준 생수가 위태롭게 고여 있었다. 마치 이 미터도 넘는 거인이 유리로 만들어진 그녀의 몸을 허공으로 번쩍 들어올린 뒤 바닥으로 내팽개친 것만 같았다. 산산조각난 그녀의 몸은 동공을 찌를 것처럼 새하얗게 반짝거렸다. 미세한 유리 분진들이 화환처럼 그녀의 깨어진 몸 주위를 둘러싸고 있었다.

그는 어두운 유리 공장에서 그녀를 만들던 날들을 떠올려 보았다. 활활 타오르던 용광로의 불길과 민감한 냉각화로의 온도계 숫자와 그녀를 만들고 남은 점액처럼 끈적거리던 유리 덩어리들, 긴 파이프 속으로 불어넣었던 뜨거운 입김과 얼굴이 떠오르지 않아 몇 번인가 목까지만 빚어진 미완성된 유리병을 파이프로 깨부수려 했던 손아귀의 힘들…. 그 모든 것이 아주 오래 전 일들처럼 기억나지 않았다. 문지방에 웅크리고 앉아 손을 뻗어 그녀의 몸 조각 하나를 집어 들었다. 날카로운 유리면이 금방이라도 손바닥으로 파고들 것만 같았다. 그는 퍼즐을 꿰맞추듯, 오백 년 전 무덤 속 유골을 찾아 낸 사람처럼 유리 조각들을 방바닥에 가지런히 늘어놓기 시작했다. 그녀의 다리와 발목 사이, 골반과 허리 사이가 텅 비었다. 그녀의 손가락들과 가녀린 목도 어디론가 사라지고 없었다. 사람의 형체가 아니라 불량 유리 제품들을 한꺼번에 파기시킨 조각들처럼 보였다. 꺼져 가는 불꽃을 대하듯 파이프를 든 시늉을 하며 깨어진 유리 조각들 위로 입김을 불어 보았다. 유리는 건듯건듯거리며 의미 없이 흔들리기만 할 뿐이었다. 그는 부서진 그녀의 몸 위로 없는 흰 천을 가만히 씌웠다. 그것은 한낱 깨어진 유리 조각에 지나지 않을 따름이었다.

동강난 유리병 조각들을 물끄러미 쳐다보다가 그는 이제 다시는 그녀를 만들 수 없을 거라는 사실을 차츰차츰 깨닫고 있었다. 얼굴도 기억할 수 없었던 그녀, 이제 더는 그녀의 목선과 어깨 기울기나 가슴의 모양 같은 것들도 기억나지 않을 것이었다.

그는 1호선 신설동 지하도 입구에 서서 갈 길을 잃은 사람처럼 주위를 두리번거리며 서 있었다. 눈두덩이 아플 만큼 명석하게 쏟아져 내리는 햇살 때문이었을까, 길고 어두운 지하도를 빠져 나와 지상으로 올라서는 순간 이곳까지 찾아온 이유가 눈 깜짝할 새에 휘발되어 버린 당혹감에 휩싸이고 말았다. 지하도를 오르내리는 사람들이 어깨를 치고 지나가는 것도 아랑곳하지 않고 입구에 우뚝 서서 시간을 확인했다. 퇴근 시간은 아직 조금 더 남아 있었다. 그는 방금 빠져 나왔던 지하도 계단을 몇 개 내려가다 말고 결연히 다시 걸음을 돌렸다. 아무것도 확인하지 않고 이대로 집으로 돌아갈 수는 없는 노릇이었다. 그리고 어쩌면 그녀는 지금 회사에 남아 있을지도 몰랐다.

그는 아무래도 종미를 찾아 나서야겠다고 작정했다.

세면대에 생수 반 병을 부어 간신히 얼굴을 씻고 이를 닦고 나오기는 했지만 여태도 목덜미며 귀 뒤쪽에서 부패한 생선 냄새 같은 것이 배어 나오는 듯했다. 물 한 방울 없는 집 안은 벽지가 떨어져 나갈 만큼 건조해질 대로 건조해져 있고 어두운 골방 안에서는 깨어진 유리병 조각이 그대로 나뒹굴고 있을 터였다. 그러나 단수가 끝날 시간도 이제 얼마 남지 않았다. 물이 나오기만 한다면 새벽이 지나도록 곰팡내가 풍기는 온 집 안 구석구석을 청소하고 샤워를 하고 세숫대야며 큼직한 그릇그릇마다 한가득씩 물을 받아 두는 것도 잊지 않을 것이다. 생에 가장 길었던 단수는 그렇게 끝날 것이다. 그는 손바닥을 마주 부벼대면서 길을 거슬러 올라가기 시작했다. 용광로에 불을 지필 때처럼 등줄기로 식은땀이 배어 나오고 있었지만 그것은 완성된 유리 제품을 오븐에서 꺼낼 때 느끼곤 하던 흥분이나 기대감 같은 것인지도 분간할 수 없었다. 익숙한 길을 짚어 가듯 주저하지 않고 걸음을 옮겼다.

'주식회사 서울번호 안내국'은 지하도 입구에서 동대문역 방향 쪽 대로에 위치해 있었다. 그는 건물 양쪽으로 늘어서 있는 측백나무 밑 벤치에 앉아 서울번호 안내국의 잿빛 건물을 정면으로 바라보고 앉았다. 드나드는 사람은 보이지 않았지만 혹여 그녀를 놓칠세라 두 눈을 부릅뜨고 앉아 주시했다. 집을 떠날 때부터 괴어오르던, 얼굴만으로는 그녀를 분간해 낼 수 없을 거라는 두려움 따위는 다시 떠올리고 싶지 않았다. 이대로 기다리고 있다 보면 일을 끝낸 그녀가 짐작하고 있었다는 듯 두 손을 외투 주머니에 꽂은 채 천천히 그에게로 다가와 줄 것만 같았다. 집을 나오기 전에 요기를 하고 왔어야 했다고 그는 뒤늦게 생각했다. 시간이 지날수록 점점더 초조해지는 것을 느끼고 있었다.

삼층으로 올라가고 있는 엘리베이터 숫자를 무심히 올려다보다가 현관 구석에 있는 공중전화 부스로 다가갔다. 신호음이 떨어지자마자 그는 관리과로 돌려 달라고 말했다. 수화기를 들고 있는 사이에도 누군가 계단이나 엘리베이터를 타고 내려와 건물을 빠져 나가는 것을 아닐까 싶어 자꾸만 뒤를 돌아다보았다. 관리과 직원이 전화를 받았다.

저, 거기 안내원들 중에 혹시 785호 여자, 지금 있습니까?

왜 그러시는 겁니까?

점퍼 속에 껴입는 셔츠가 등덜미에 찰싹 달라붙어 있는 게 느껴졌다.

먼 친척되는 사람입니다만, 연락처를 알 수가 없어서 그러는데요.

그는 자신이 아무런 준비도 없이 찾아왔다는 것을 깨닫고 있었지만 이제 더는 돌이킬 수 없는 지경까지 왔다는 것도, 밤마다 무작정 수백 번씩 114를 돌려 가며 785호 여자에게로 연결되기를 바라는 우연의 시간도 기다릴 수 없다는 것도 한꺼번에 깨닫고 있었다.

우리는, 꼭 만나야 합니다.

그는 다짐을 하듯 직원에게 말했다. 기다리라는 말도 없이 직원이 수화기를 책상 위로 밀쳐 내듯 내려놓는 소리가 귓전에 울리고 있었다. 그는 손아귀에서 힘이 빠지는 순간 통화가 끊어져 버리기라도 할 것처럼 수화기를 부여쥐고 있었다. 그녀를 만나게 된다면 막힘없이 아주 많은 이야기를 털어놓을 수 있을 것만 같았다. 어쩌면 그녀도 그가 찾아와 주기를 기다리고 있었는지도 알 수 없었다. 너무 늦게 이곳에 왔다는 자책을 떨쳐내 버리기 힘들었다. 종미. 그는 사무실의 소음이 들려 오는 수화기에 대고 그녀의 이름을 불러 보았다.

785호라고 그랬습니까?

갑자기 직원의 목소리가 튀어나왔다. 그는 얼떨결에 수화기를 놓칠 뻔하다가 가까스로 그렇다고 대꾸했다.

벌써 일 주일 전에 그만뒀는데요.

…저 그럼, 혹시 연락처 같은 건 알 수 없습니까?

전화가 끊어져 버렸다. 그는 전화를 끊기 전에 관리과 직원이 무슨 대꾸를 한 것도 같았고 그에게 관리과로 직접 올라와 보라고도 말한 것 같았다. 아무런 소리도 듣지 못했을지도 몰랐다. 땀이 밴 수화기가 뱀장어처럼 미끈덩거리며 손아귀에서 빠져 나갔다. 엘리베이터는 칠층에서 멈춰 꼼짝도 하지 않고 있었다. 그녀는 대체 어디로 가 버렸을까. 그는 오후 다섯 시 오 분, 그녀를 기다리던 측백나무 밑 벤치에 주저앉아 버렸다. 종미를 닮은 누구도 건물 안에서 나오지 않았다. 차츰차츰 불이 번져들듯 거리에 네온이 들어오고 인도를 오가는 사람들 숫자가 눈에 띄게 불어나고 있었다. 그 많은 사람들 중에서 그가 아는 얼굴은 단 하나도 없었다. 그는 종미가 또다시 어디론가 사라져 버렸다고 생각했다.

　새벽 두 시 삼십 분에 그는 잠에서 깨어났다. 집 전체를 뒤흔들어 놓을 듯한 기세로 빗줄기가 퍼붓는 소리가 들려 오고 있었다. 거실 창을 열어젖히자마자 희슥한 새벽 공기가 얼굴로 몰려들었다. 침침한 눈을 껌벅거려 보았으나 빗줄기는 보이지 않았다. 아직도 귓속으로 폭우가 쏟아져 들어오고 있는 느낌이었다. 물소리를 따라 몸을 돌려 세웠다. 그것은 지하의 어둡고 긴 수도관을 통해 올라오는 수돗물소리였다. 그는 무엇엔가 홀린 듯 천천히 개수대 쪽으로 다가갔다. 바닥이 온통 흥건하게 젖어 있었다. 한껏 열어 놓은 수도꼭지에서 세찬 물줄기가 쏟아져 내리고 욕실의 세면대와 욕조의 수도꼭지에서도 한꺼번에 물줄기가 터져 나오고 있었다. 언제부터 물이 나오기 시작했던 것인지 도무지 짐작할 수 없었다. 이미 개수대를 넘쳐난 물이 주방 바닥으로 흘러 넘치고 욕실 바닥도 침수된 것처럼 물에 잠겨 가고 있었다. 물줄기는 강철이라도 뚫을 수 있을 만큼 세차게 쏟아지고 있었다. 그는 다시 한 번 시간을 확인해 보았다. 무려 사십여 시간 동안 계속됐던 단수가 끝난 것이다.

　한꺼번에 물이 쏟아져 나오는 소리 때문에 마치 폭포수 한가운데 서 있는 것만 같았다. 그는 불도 켜지 않은 어두운 실내를 유영하듯 느리게 움직이며 물 속에서 둥둥 떠다니는 식기들과 음식물 찌꺼기들, 썩은 내가 풍기는 쓰레기통과 변기 속의 오물들과 관엽 식물의 마른 이파리들을 한눈으로 무심히 훑어보았다.

　그는 세면대와 욕조의 수도꼭지를 차례대로 잠그고 나서 마지막으로 개수대 수도꼭지도 온 힘을 다해 꽉 잠가 버렸다. 거짓말처럼 물은 단 한 방울도 흘러나오지 않았다. 그제서야 집 안은 다시 깊은 정적 속에 잠기기 시작했다.

(『문학동네』, 98. 9.)

사소한 에피소드를 소설로 형상화하는 이미지

조 경 란

　나방은 왜 불빛을 보면 달려드는 것일까. 나방을 비롯한 밤벌레들은 거리의 가로등이나 환히 불밝힌 전등 주변으로 날개를 붕붕거리며 그 주변을 맴돌고는 한다. 나방은 야행성 곤충이다. 어두운 밤에 움직이기 위해서는 나침반이나 지도 역할을 해줄 수 있는 것이 필요하다. 내가 아는 상식으로는 오랜 진화 끝에 나방은 하늘에 떠 있는 별들, 특히 달빛을 나침반 대용으로 이용할 줄 알게 되었다. 그런데 인간이 인공조명을 발명하게 되면서부터 나방들의 착각이 시작된 것이다. 달빛과 흡사한 빛을 뿜어 내는 등불이나 가로등을 달빛으로 착각해 날아갈 길을 탐색하게 되었다. 결국 나방은 점점 작아지는 동심원을 그리며 광원을 향해 맴돌아 들어가다 전구에 부딪치거나 타죽는 운명에 처하게 된다. 지금도 어느 곳에선가는 방향감각을 잃은 나방이나 밤곤충들이 맹렬한 속도로 전구를 향해 돌진하고 있다.

　책이며 노트를 싸들고 동해로 내려갔다. 휴가철이 지난, 텅 빈 숙소에서 보름 여를 머물렀다. 하루 종일 파도소리가 들리고 아침이면 눈부신 햇살이 창을 통해 들어왔다. 그때마다 바다는 온통 은빛으로 일렁거렸다. 수십 여 척의 오징어채낚기 어선들이 일제히 집어등을 밝히고 수심 백 미터 깊이의 물 속에서 집어등 불빛에 홀려 잡혀 올라오는 오징어들을 낚아 올렸다. 나는 먹물을 내뿜으며 필사적으로 반항하는 오징어의 몸짓에 매혹돼 있었다. 그 모든 것들이 다 눈에 보이는 것은 아니었다. 아니, 나는 숙소의 커튼 뒤에 숨어서 그 모든 것을 눈여겨보고 있었다. 밤이 오면 식탁 앞에 앉아 한 줄도 쓰지 못한 노트를 끌어안고 새벽까지 노파처럼 등을 구부린 채 앉아 있었다. 한낮에는 조세희의 「난장이가 쏘아올린 작은 공」을 새로 읽었다. 마음이 분주해지곤 하였다. 누군가에게 엽서를 쓰거나 버스를 타고 나가 과일을 사오기도 했다. 소화가 잘 되지 않아 끼니 때마다 한 웅큼씩 알약을 삼켰다. 추분이 지나고 가을이 시작되었다. 내가 기다리는 것은 아직 기척소리도 내지 않고 있었다. 나는 차츰 지쳐 가기 시작했다. 아침부터 가랑비가 뿌리던 날, 더는 아무것도 할 수 없다는 듯 이맛살을 잔뜩 찡그린 채 다시 이 도시로 돌아오고 말았다.

나는 L에게 전화를 걸었다. 아무래도 안되겠어, 이토록 막막하고 두려울 수가 없어, 좁고 어두운 공간에 혼자 갇혀 있는 느낌이야. 나는 투정을 부려댔다. 가만히 내 목소리를 듣고 있던 L이 무겁게 입을 열었다. 그럼 바닥까지 한 번 내려가 봐, 그렇게 조급해하지 말고, 바닥을 칠 때까지 가만히 숨죽이며 기다리는 거야…… 지난 해 구월의 일이다.

「녹색 광선」은 그 해 시월 사일 일요일부터 시월 십일 금요일까지 쓴 소설이다. 지금 나는 그때 메모했던 노트를 가만히 펼쳐 본다. '……문제는 보편성이 아니라 개성, 단수 때문에 벌어진 일, 유리로 만든 꽃병, 114전화 교환수, 희박한 공기 속으로, 나를 사랑하지 않는다, 고독의 변주곡, 당신은 어떻게 고독을 견디고 있는가, 눈 없는 물고기, 가장 오래된 이야기……'

소설을 시작하기 전에 머릿속에 떠오르는 대로 써 내려간 메모들이다. 특히 나는 '단수(斷水)'와 '유리' 그리고 '114전화 교환수'라는 이미지에 주목하였다. 그것은 이미지란 여러 개의 사소한 에피소드들을 소설의 육체로 형상화할 수 있는 강력한 장치라고 믿고 있었기 때문이다. 소설을 다 읽은 뒤 우리에게 남는 것은 몇 가지 잔상들과 이미지들뿐이다. '이미지의 공간에는 의미론적 논리가 아니라 감각의 논리가 있다'는 말은 어떤 의미로 독자들은 이미지의 수신자라는 말과 크게 다르지 않다. 지금껏 그래왔지만 나로 하여금 소설을 쓰게 만드는 것은 '서사'가 아니라 '이미지'이다. 내 머릿속에서 아주 한참 부유하다가 마침내 비명을 내지르듯 터져나오는 그것. 그러나 이미지는 소설의 전부는 아니다. 거기까지 생각이 미치면 나는 길을 걷다 움푹 파인 도랑을 훌쩍 건너뛸 때처럼 날렵하고 신중해지곤 한다.

이것들이 모여 칠 일 후에 「녹색 광선」이 되었다. 그러나 아직도 이 소설에 삶의 보편적인 문제들에 대한 깊은 통찰이 있는가, 하는 질문에는 말이 막힌다. 게다가 이것이 과연 소설인가, 라는 내 생에 결코 자유롭지 못할 질문을 던진다면 금세 의기소침해지고 만다.

문학이란 것은 소명이 아니라 일종의 저주라는 토마스 만의 말을 떠올릴 때마다 나는 이따금씩 그 나방들을, 그들의 운명을 떠올리고는 한다.